CW00552974

# LE CAPITAL

# STÉPHANE OSMONT

# *Le Capital*

ROMAN

GRASSET

*A ma Simone.*

Mes remerciements à Cécile, à Régis et à ceux qui m'ont aidé.

# 1

Ce qui suit est le récit de cinq années de ma vie. La durée d'un plan de stock-options.

Le conseil d'administration du Crédit Général vient à l'instant de me porter à sa présidence.

Me voilà triomphant, moi Marc Tourneuillerie, quarante et un ans. Tout nouveau potentat de la plus grande banque européenne. Phénix de la finance. Top gun précoce des affaires.

A quelle inestimable aptitude dois-je la fulgurance de ma réussite ? Qu'y a-t-il en moi de si désirable pour m'assigner une haute destinée ? Pourquoi m'aime-t-on autant ? Est-ce la pénétration de mon regard bleu ? La calvitie naissante qui me fait paraître plus vieux que mon âge ? La puissance de mon buste ? La vivacité de mon intelligence ? La voracité de mes désirs intimes ? Je suis une merveille de la nature. Je mérite mon sort d'exception. Je m'admire.

Le coup de ma désignation à la présidence du Crédit Général avait été monté depuis des semaines. Jacques de Mamarre, mon prédécesseur, m'avait dit de me tenir prêt.

Je me tenais prêt mais rien ne venait. La mécanique s'était enrayée.

Dans le big business, pareille nomination n'est jamais acquise d'avance. L'incertitude subsiste jusqu'au dernier moment. Jacques – j'étais invité à l'appeler par son prénom depuis qu'il m'avait informé de mon sort – en avait épuisé plus d'un, des types comme moi. Il faisait miroiter une succession prochaine, avant de reculer l'échéance de loin en loin. Aucun des candidats pressentis ne s'était lassé d'attendre une issue favorable. Jacques de Mamarre avait dû les foutre à la porte. « Ils veulent mon sang. Je suis chez moi ici. Personne ne me dictera ma conduite. Qu'ils s'en aillent ! » Les récalcitrants au départ avaient beaucoup perdu à vouloir résister. Jacques s'était acharné. Un bain de sang. Des magnifiques carrières ratatinées pour de bon. Qui voudrait d'eux après un tel échec ? La réputation de looser leur collait à la peau.

Au moins quatre dauphins putatifs s'étaient succédé avant moi. Un bandit de grand chemin qui piochait dans la caisse, un névrosé qui martyrisait son monde, un immature qui perdait pied à la première contrariété. Le pire qu'avait eu à connaître Jacques était un pédé, le dernier en date des successeurs. Un type honnête, capable et mesuré pourtant. C'était à lui que Jacques en voulait le plus. Comment avait-on pu lui faire une chose pareille ? Une tantouze à la tête de l'établissement bancaire le plus puissant en Europe ? Il irait se faire péter la rondelle dans la salle des coffres. Il réglerait ses michetons avec un chéquier du Crédit Général. Souillure !

Parce qu'il n'avait pas révélé son orientation sexuelle à temps, son éviction avait tourné au massacre. Jacques avait mis les homophobes, nombreux dans l'état-major de la banque, de son côté. « Qu'il aille se faire mettre ! Dehors les fiottes ! » Un lynchage collectif. Une fatwa du business lancée contre lui.

Si je réussissais là où d'autres avaient échoué, je le

12

devais à la chance. Jacques de Mamarre s'était découvert un cancer des testicules, diagnostiqué au stade quasi terminal. Il avait longtemps refusé de consulter. Etre affligé d'une maladie des couilles lui paraissait attentatoire à sa virilité.

Peu de temps avant la découverte de son cancer, à mesure que l'hypothèse de ma désignation à la présidence se précisait, Jacques avait commencé à envisager les modalités de mon éviction. Je n'allais pas tarder à y passer. Il s'en était ouvert à plusieurs administrateurs, qui m'en avaient informé aussitôt.

Comme la chimiothérapie l'épuisait, il s'absentait de plus en plus souvent. L'activité de la banque s'en ressentait. C'est du moins ce que je prétendais à qui voulait l'entendre. Rien de trop explicite dans mes témoignages : le simple relevé des décisions en souffrance du fait de la maladie du patron. Le moment n'était pas venu de le pousser dehors. Le plus sage était de s'en remettre à l'évolution programmée de sa tumeur maligne. Sans intervenir.

Quelques séances du traitement de cheval qu'on administrait à Jacques de Mamarre suffisaient à métamorphoser son physique. Son corps se ratatinait au point de ne plus tenir droit. Il adoptait la démarche des vieux en bout de course : les jambes toujours fléchies, le dos raide penché en arrière et le cou tendu en avant pour compenser. La conséquence la plus surprenante de son amaigrissement soudain se constatait sur le visage. Jacques finissait par ressembler au logo de la banque : un cercle – la forme arrondie de son visage – traversé d'un dard – la ligne droite de son nez jusqu'au front. Je remarquais les mêmes dispositions physiques chez sa fille Claude. La coïncidence me stupéfiait.

Je me disais qu'une fois devenu président, j'exigerais que l'on dessinât un nouvel emblème du Crédit Général. A mon image cette fois. Pour les besoins promotionnels de la banque, il ne me resterait plus alors qu'à arroser de mon sperme des milliers de femmes porteuses afin d'enfanter une génération d'employés logotisés. Les progrès de la génétique nous invitaient à l'audace marketing.

Ce n'était pas de lui-même que Jacques de Mamarre renonçait à m'écarter, mais sous la pression des administrateurs de la banque. L'un d'entre eux, mandaté par les autres, lui avait rendu visite sur son lit d'hôpital. L'administrateur lui annonçait la fatale décision de ses pairs : « Va-t'en. » Jacques avait-il entendu ? Pas sûr. Il était shooté à la morphine ce jour-là. Jusqu'aux yeux. L'entretien avait été moins pénible que prévu. Un soulagement pour l'administrateur.

Jacques de Mamarre resta en fonctions.

Passé un délai de décence, une nouvelle délégation, composée de trois administrateurs, revint à la charge pour lever le doute sur l'avenir de Jacques. Il sortait tout juste de l'hôpital. « Soigne-toi. Repose-toi. Eloigne-toi. » La maladie de Jacques devenait un secret de Polichinelle. Le conseil d'administration s'inquiétait. Le Crédit Général partait à la dérive. Les investisseurs doutaient. La Bourse désertait le titre.

— Vous me laissez combien de temps ? demandait Jacques.

— La décision appartient à toi seul, répondaient les administrateurs. Tu conviendras, avec nous, que la bienséance commande d'entériner... ton départ lors du... prochain conseil.

— Si vite ?

— Fais-le à ton rythme... Au prochain conseil d'administration, c'est notre recommandation...

— Merci, mes amis... je réfléchirai, avait conclu Jacques.

Il savait bien qu'avec une couille en moins, il ne pourrait pas tenir longtemps. Son refus de partir n'était qu'un

14

levier pour négocier les conditions de son futur statut d'ex-président. Il voulait garder son bureau, ses deux assistantes, ses cartes de crédit, son chauffeur et la voiture. La jouissance du Falcon 7X, l'avion privé de la banque. Sa rémunération, amputée toutefois des primes de résultats. Son poste d'administrateur de la banque et d'autres sociétés liées au groupe, avec maintien des jetons de présence. L'assurance que Claude, sa fille, resterait directrice de la communication, faute de quoi elle toucherait une indemnité de départ de deux millions d'euros, outre un préavis contractuel de trois ans.

J'avais mis plusieurs mois à connaître les détails de ce traitement de faveur. Il était consenti à Jacques sans limite de temps. Impossible pour moi de récupérer le bureau présidentiel où trônaient un tableau de Monet et un autre de Chagall.

Le protocole d'accord avait été signé par l'ensemble des administrateurs. Jacques de Mamarre y tenait pour la sécurité du deal.

Dès lors, plus rien ne s'opposait à ma nomination comme président.


Le discours de remerciements que je prononçai à cette occasion devant le conseil d'administration fut pathétique. Je le savais d'avance. Quelle importance ? Mon intronisation était acquise. Impossible de revenir en arrière. Je pouvais m'offrir un égarement au terme de mon laïus :

« Permettez-moi à présent de vous dire quelques mots personnels. Des mots venus du cœur, messieurs. Toute mon énergie n'aura qu'un but : la création de valeur. A votre profit, vous les actionnaires. Notre cours va exploser. Boum, vers les sommets ! Il faudra licencier ? Je licencierai. Il faudra économiser ? J'économiserai. Il faudra vendre ? Je vendrai. Création de valeur ! Merci

15

de m'avoir confié cette mission. Merci de m'accueillir parmi vous. Aujourd'hui, j'ai l'honneur de vous servir. Oui, moi, vous servir. Un honneur ! »

Ce n'était pas assez. Maintenant, j'allais hoqueter. Je me connaissais. Si la circonstance était exceptionnelle, je ne contenais plus mon émotion. J'avais déjà noté en moi cette jouissance à me ridiculiser en public au moment où la bonne fortune me souriait :

« Je suis stupéfié d'être des vôtres. Moi, aujourd'hui, devenir le pair des hommes d'exception que vous êtes... Faut-il être vaniteux pour me comparer, me mêler, m'associer à vous. De quel droit ? Qui suis-je ? Rien... Un moins que rien... Un tout petit rien du tout... Un microbe, une amibe, un cloporte, un aoûtat ! Que sais-je encore : un quark ! »

Certains administrateurs, pas tous, étaient émus par cette envolée. Ils pensaient qu'elle touchait à son terme. Peut-être trouveraient-ils la fin inutilement vulgaire :

« Un nul, en somme. Oui, un nul... Je le dis ! Une petite merde sur une pelle. Et pourtant, je suis là, à la place que vous m'assignez. J'en suis bouleversé. Vous ne savez pas le trouble que vous me procurez. Merci, mille mercis... Je vous aime ! »

Je m'assis. J'observai les réactions désespérées des administrateurs.

Par la suite, jamais personne ne témoigna de cette scène à l'extérieur du conseil. Qu'en aurait pensé la Bourse ? L'omerta me protégeait.

Il m'était arrivé de faire bien pire dans ma vie. Comme à la sortie de l'ENA, lors de l'« amphi garnison » où étaient proclamés les rangs de sortie des élèves. J'avais été jusqu'à renoncer à ma place de major devant la promotion rassemblée. « Je n'ai pas le droit d'être le premier, m'étais-je exclamé, quand je vois devant moi tant d'esprits brillants. Délivrez-moi de cette injustice. Car je suis un imposteur. Un truqueur. Que l'on me révoque ! Que l'on m'exclue ! Que l'on me bannisse ! Tout ce que je possède vous appartient. Au nom de l'équité, je cède ma place à qui la veut. »

Je m'étais mis à pleurer. Le directeur de l'ENA avait dû intervenir. Toute la promotion interpréta mon comportement comme l'expression d'une commisération méprisante. On se mit à me détester. On m'en voulut de renoncer aux privilèges d'un classement que beaucoup d'autres, derrière moi, désiraient tant. Je refusais ce qu'ils vénéraient, et qui leur était à jamais inaccessible.

C'était ne rien comprendre à l'âme d'un être d'exception. J'adorais souffrir de temps en temps alors que je n'en avais jamais l'occasion. La vie était tellement bienfaisante à mon égard. L'échec me délaissait depuis le plus jeune âge. Aucune opportunité de me lamenter et de recevoir une légitime compassion. Le succès m'isolait du monde. Il me contraignait à l'autisme. Personne d'autre que moi ne pouvait m'infliger une humiliation que rien, ni les personnes ni les événements, ne m'avait fait subir. En désespoir de cause, j'étais la seule source de ma souffrance, et du plaisir que j'y associais. M'avilir quand je triomphais restait à mes yeux la plus haute des jouissances. La seule qui m'était accessible.

Après mon discours devant le conseil, les administrateurs me placèrent sous surveillance tutélaire. Je m'en félicitais. On allait s'occuper de moi.

## 2

La dernière affaire que je devais traiter avec Jacques de Mamarre était d'ordre personnel. Du business bien entendu, mais rien à voir avec le Crédit Général.

Jacques avait depuis peu décidé de s'instituer business angel pour start-up. La vieille carne cancéreuse, un « ange des affaires » ? Le chimiothérapisé jusqu'à l'os, l'imaginer rose et joufflu, des ailes dans le dos... Il ne fallait pas avoir peur de se payer de mots ! Comment avait-on pu inventer un concept pareil ? Que l'arnaqueur qui, le premier, a eu l'idée d'utiliser un tel terme se désigne. Un génie du paradoxe sémantique. Un prix Nobel du contresens rhétorique.

Un « ange des affaires », Jacques ? Lui qui se targuait déjà d'en être le dieu vivant... Pour ce qui était de verser le cash dans la start-up, les choses se compliquaient. La signature du chèque le tétanisait. Il fallait pourtant en arriver là à un moment ou un autre. Un cauchemar. Après tout, il s'agissait du petit pognon qui lui restait, déduction faite d'une montagne de dépenses incompressibles : impôt sur le revenu, impôt sur la fortune, train de vie courant, gens de maison, charges foncières, entretien du yacht. Il calculait sans se tromper que, pour disposer d'un seul euro à investir, il devait en gagner dix. Ou, plus pénible encore, il convertissait en sacrifices personnels, la plus solide des devises à ses yeux, le montant de l'investissement promis à la start-up : cent soixante-dix déjeuners chez Taillevent avec un copain (vin compris), quinze nuits complètes avec deux putes de luxe travaillant en tandem (sans préservatif), cinquante paires de chaussures Berluti (bottier depuis 1895), cinq cents massages dans le meilleur institut de Paris (aux huiles essentielles), mille cinq cents plus-values de levées de stock-options de son dernier plan (le moins avantageux), une Mercedes 300 SL « portes papillon » (options comprises). Les start-upeurs se rendent-ils compte de ce qu'il en coûte ?

Jacques de Mamarre n'était pas parvenu une seule fois à surmonter la prévention qui l'étreignait à l'idée de donner son argent. Le recensement des privations l'écœurait. Si bien qu'à ce jour, il n'avait pas eu l'occasion une seule fois d'étrenner son nouveau statut d'ange des affaires.

Seule l'excitait l'idée de s'offrir la fougue des créateurs d'entreprise, leur espérance d'enrichissement personnel, leur certitude d'aller à la conquête des terres inconnues. Quel ébahissement de contempler l'effervescence de ces cadres supérieurs, inadaptés à la vie des entreprises, agissant en meute ivre de ses propres audaces. Il aurait fallu les licencier un jour ou l'autre. Là, tout à leur start-up, ils débarrassaient le plancher. D'eux-mêmes. Sans rien demander. Contents par surcroît. Ils allaient jusqu'à faire des envieux dans leur entourage qui s'extasiait devant tant de résolution à entreprendre.


Sur un dossier qu'un ami lui avait recommandé, Jacques de Mamarre m'avait demandé d'assister au rendez-vous organisé dans son bureau avec deux créateurs de start-up.

Le cerveau du projet avait pris la parole avant d'y être invité :

— Voici le dossier d'investissement.

Il jetait un épais document dans les bras de Jacques, qui me le tendait sans le regarder.

— Vous comprendrez, précisait le cerveau, que je ne peux pas vous laisser le dossier à l'issue de notre entretien. Pas même un executive summary. C'est ultra-confidentiel. J'en connais plus d'un qui aimerait avoir un truc pareil dans les mains. Ça oui ! Alors, voici comment nous procéderons : si vous souhaitez vous engager, je vous ferai signer une lettre de confidentialité longue comme le bras pour avoir accès à nos données. Dans l'immédiat, je compte sur votre discrétion.

Jacques de Mamarre éternua cinq fois de suite. Sans aucun rapport avec la conversation. Une allergie certainement. Sans qu'il s'en aperçoive, une longue glaire expulsée de la bouche atterrissait sur le revers de sa veste. Ses mains aussi étaient souillées.

— Continuez, continuez, dit-il en s'essuyant les doigts sur le pantalon.

Le boss de la start-up marqua un temps d'arrêt. Il consulta sa montre :

— Donnons-nous, disons, trente-cinq minutes pour notre entretien. Nous avons rendez-vous avec un autre business angel juste après.

Pas de temps à perdre, lui. Jacques de Mamarre avait pourtant bloqué deux heures sur son agenda.

— Notre concept est le suivant, enchaîna-t-il tout de suite pour ne pas consommer inutilement les trente-cinq minutes. Mettre en ligne un négoce de la machine-outil d'occasion. Signalons à ce stade que le projet n'a de sens qu'à l'échelle européenne. Dans douze mois, nous attaquerons le continent nord-américain et l'Asie. Pour vous dire que nous ne manquons pas d'ambition.

Je ne réagissais pas. Jacques non plus.

— Le nom du site... vous aimeriez le savoir ? C'est... c'est... c'est : Machinoo.com ! MACHINOO.COM ! Pas mal, non ? Machinoo.com, avec deux « o » à Machinoo. Nous sommes dans le web...

A force de s'essuyer les doigts un peu partout, Jacques finissait par repérer le mollard étalé sur sa veste. « Oh, merde », grogna-t-il sans souci de discrétion, tout en frottant la substance encore humide avec le plat de la main. Il l'étalait plus qu'il ne l'ôtait.

— Nous mettons en relation acheteurs et vendeurs de matériel, enchaîna le deuxième start-upeur, qui n'avait pas dit un mot jusque-là.

Il ne restait plus que trente-deux minutes avant le terme convenu du rendez-vous.

— Notre rémunération est assise sur le montant de la transaction. Notre modèle économique est donc... il est donc... comment est-il le modèle économique ?

Pourquoi nous parlait-il comme à des enfants de deux ans ? Il était comment le modèle économique ? Quelle était la question au juste ? Je n'en savais rien de ce qu'il était son modèle économique. Qu'il le crache. Qu'on en finisse.

— ... notre modèle économique est : B to B ! Business to business. Vous aviez deviné, c'est certain. Comme le prix unitaire des transactions est élevé, je ne vous fais pas un dessin sur la rentabilité du projet. On atteint pas loin des vingt pour cent sur fonds propres... Bon, j'accélère.

Encore vingt-neuf minutes à subir cette jactance. Vingt-neuf longues minutes à nous gaver de logorrhée start-upeuse. Les deux charlatans qui nous faisaient face allaient nous en déverser des conteneurs. Toute la gamme rhétorique y passerait : capitaux d'amorçage, valorisation, business plan, résultat opérationnel, multiple des bénéfices, introduction en Bourse... Rien ne nous serait épargné.

Je mis mes neurones en veilleuse pour le reste de l'entretien.

Le cerveau de la start-up s'enthousiasmait :

— Nous bouclons le financement de démarrage d'ici la fin du mois. Dans quatre mois, le premier tour de table : de l'ordre de quinze millions d'euros. A horizon de douze à vingt-quatre mois, sortie par le haut : la Bourse. Je ne veux pas vous stresser, mais si vous voulez en être, il faut le dire vite.

Jacques raclait la glaire avec l'ongle du pouce. Maintenant qu'elle avait séché, elle s'étalait en traînée blanchâtre et luisante sur le revers de la veste.

— Vous voulez combien de mon argent, au juste ? demanda-t-il sans regarder son interlocuteur.

— Attendez, qu'on se comprenne bien, intervint le start-upeur en chef. Combien et surtout à quelle échéance. Comme je vous l'ai indiqué, nous bouclons notre tour de table. Il faut faire vite maintenant.

— Oui, mais combien ?

— Nous partons d'une valorisation de cinq millions d'euros. Attention : avant augmentation de capital. Soyons clairs ! Le besoin de financement est de deux virgule cinq millions d'euros, la valorisation après augmentation de capital ressortant à sept virgule cinq millions. Le ticket d'entrée est de trois cent mille euros, ce qui nous fait l'investisseur à quatre pour cent. En deçà nous ne prenons pas. Trop compliqué à gérer.

— Comment justifiez-vous ces montants ?

— Par le business plan. Tout est dedans. Au trimestre 3 de l'année N + 2 nous atteignons le point mort. Déjà ! T3 N + 2 ! Vous en connaissez beaucoup des comme ça ? Au-delà, plaf ! La rentabilité explose. Vous verrez. On a tiré la prévision jusqu'en T4 N + 5. Incroyable, et pourtant... imparable. C'est à se demander comment personne n'y a pensé plus tôt, à ce business. En T3 N + 2, le point mort ! Des fois, je me dis : j'y crois pas. Il faudrait se lever de bonne heure pour venir les contester, les prévisions du business plan... La valorisation de Machinoo.com ? Très simple. Le résultat opérationnel cumulé de la période sous revue, avec un multiple de cinq. Vous n'allez pas me dire que c'est cher payé. On en voit, aujourd'hui, des multiples à huit, dix et même à quinze ! Dans notre cas, nous ressortons à trois fois le chiffre d'affaires en N + 5, ce qui nous paraît tout à fait cohérent avec un multiple de cinq. Vous ne trouvez pas ?

Le start-upeur dévisageait Jacques de Mamarre. Silencieux, serein. Puis, redémarrant à la même cadence :

— Je peux vous poser une question ? J'aimerais savoir quelle pourrait être votre plus-value pour Machinoo ? Pas l'argent ; mais votre apport personnel. Pour être très honnête – je ne vous prends pas en traître –, sur un tel concept, ce n'est pas l'argent qui manque. J'exagérerais si je disais qu'il suffit de se baisser pour le ramasser. Mais c'est pas loin. Alors, vous, votre plus-value ? En y réfléchissant deux secondes, je vois : la crédibilité financière, le conseil – je pense à l'introduction en Bourse –, le carnet d'adresses...

— Oui, un peu tout ça...

— Donc, vous êtes prêt à jouer le jeu. Un vrai business angel qui s'implique. Pas : « Je donne deux millions et je m'en lave les mains, au revoir et merci, je reviendrai plus tard pour ramasser la mise. » Non, non : un business angel prêt à payer de sa personne. Sans quoi, je vous le dis honnêtement : l'argent, et seulement l'argent, ne manque pas aujourd'hui. A vous de vous mouiller. De prendre le taureau par les cornes, en quelque sorte. Nous, on est prêts à se défoncer. Mais si on se sent soutenus quand même.

Je ne savais pas bien quoi penser. Je me taisais donc. Pourquoi donner mon point de vue avant de connaître celui de Jacques ? J'étais là à sa demande, rien de plus. Je n'avais pas à m'immiscer dans une affaire qui ne me regardait pas. Personnellement, je m'en branlais de

Machinoo.com et du business plan des deux pieds nickelés du web. Machinoo ? Yahoo ! Wanadoo ! Gloogloo ! Bijoo ! Cailloo ! Choo ! Genoo ! Hiboo ! Joojoo ! Poo !

Nous en étions à dix-sept minutes d'entretien.

Après un instant de silence pendant lequel je plissais les yeux en regardant avec pénétration nos deux interlocuteurs, Jacques finit par ouvrir la bouche :

— Bien, bien. Merci messieurs pour votre présentation. Très intéressant... Moi...

— Oui, très intéressant... me sentis-je autorisé d'ajouter.

— Moi, reprit Jacques, je veux qu'il soit convenu ceci : mon rôle se limitera à celui d'investisseur ultra-minoritaire. Je ne veux aucun rôle dans la gestion. Je peux vous aider pour la levée de fonds. Vous ouvrir des portes. C'est tout. Qu'on ne vienne pas me chercher par la suite pour un comblement de passif, un soutien abusif ou une connerie de ce genre. J'apporte trois cent mille euros. Vous me donnez cinq ou dix pour cent de votre boutique, pas plus. Disons, dix pour cent. Et vous vous démerdez.

Calcul mental des deux start-upeurs : trois cent mille euros pour dix pour cent de la boîte nous donnaient une valorisation à trois millions pour cent pour cent. Après augmentation de capital ! Catastrophe. Deux fois moins que prévu.

Le cerveau de l'affaire se sentait un peu perdu :

— Attendez, que l'on se comprenne bien. Vous prenez cinq ou dix pour cent de la boîte ?

— Dix pour cent. Je crois vous l'avoir dit clairement à l'instant même. J'aurais pu exiger quinze, vingt, vingt-cinq... Auriez-vous pu refuser ? Non, je m'arrête à dix. Pas plus. Pas moins. Il me semble avoir dit dix, n'est-ce pas Marc ?

Jacques me prenait à témoin. J'abondai dans son sens :

— Oui, sans aucun doute. J'ai entendu dix. C'est ce que vous avez avancé. Dix pour cent...

Le cerveau de la start-up insista :

— Non, je demandais cette précision parce qu'il faut toujours être clair dans la vie. Vous avez dit un moment donné : « cinq ou dix pour cent », et puis vous avez ajouté : « dix pour cent »... C'est quoi le bon pourcentage ? Je me noie dans tous ces chiffres...

Jacques se lassait :

— Je viens de vous le dire à nouveau : dix pour cent.

Le boss de la start-up continuait de croire en ses chances. Dans les écoles de commerce, on lui avait appris à négocier comme un chien.

— On peut donc considérer avec certitude que votre offre porte sur dix pour cent... Pas cinq pour cent... Vous aviez dit « cinq ou dix pour cent » tout à l'heure... Maintenant, c'est dix pour cent... Pas moyen de revenir à cinq pour cent ? C'est vous qui avez mentionné cinq pour cent... Je ne me permettrais pas de mettre en doute votre parole. Vous avez d'abord évoqué cinq pour cent. Je m'en souviens bien. Puis, personne ne le contestera, dix pour cent. Vous n'avez pas tort sur ce point... Pour nous résumer : dix c'est dix. N'est-ce pas ?

— Vous avez tout compris, conclut Jacques. Vous nous avez expliqué que l'argent n'était pas votre souci. Qu'il se ramasse par camions entiers de nos jours. Que vous ne recherchiez qu'un apport de compétences. Qu'une implication personnelle. Que vous ne doutiez pas de ma valeur ajoutée à cet égard.

— Bien entendu, bien entendu... répétaient les deux start-upeurs.

Vingt-cinq minutes d'entretien s'étaient écoulées.

Jacques poursuivait :

— Parfait, messieurs. J'ajoute que je dois étudier

votre dossier d'investissement avant de m'engager définitivement. Je vous donne ma parole de n'en faire qu'un usage personnel. Vous conviendrez de ce fait qu'il est superflu, voire déplacé, de me faire signer une lettre de confidentialité.

— Bien entendu, bien entendu...

Jacques maudissait la morve croûteuse qui s'accrochait au revers de sa veste.

— Une dernière chose avant de nous quitter. Pour investir, j'ai besoin de sentir le produit, de le toucher. Je suis le regard du client de base. Du con de base, devrais-je dire. Or, je n'y comprends rien à Internet. Personne n'a été foutu de m'expliquer comment ça marche. Fait chier !

Le start-upeur en second intervint :

— Laissez-moi faire.

Il savait mieux que personne que l'on accrochait un business angel en lui donnant du plaisir. Oui, du plaisir. Car le business angel s'ennuie à mourir. Il a de l'argent. Des tonnes d'argent et plus beaucoup de besoins à satisfaire.

Le start-upeur avait pris le contrôle de l'ordinateur à écran plat de Jacques de Mamarre :

— Bouton « Power ». Voilà, très simple. « Windows ». On attend un peu. Voilà. « Internet Explorer »... c'est le navigateur... Voilà. Nous sommes sur le web. Incroyable, non ? Tout Internet ! Le vaste monde... Que voulez-vous voir, monsieur de Mamarre ? Le site du Crédit Général ?

— Rien à foutre...

— Le site d'une banque concurrente ?

— Pareil...

— ... la Bourse ?

— Merde ! Trouvez-moi quelque chose d'amusant...

— ... je pensais à Wall Street... en direct...

— Vous ne comprenez rien à rien ! Si je veux une

cotation à Wall Street, à Francfort, à Tokyo, à Tombouctou ou en Patagonie, j'appelle mon directeur financier. Je l'ai dans la seconde. Je m'en branle de Wall Street !

— ... la météo à New York...

— Voilà ! La météo à New York... Ma fille est là-bas. Dites-moi si elle a beau temps.

— Je ne vais pas vous le dire, je vais vous le montrer ! Grâce à une webcam ! Dans quelques secondes sur votre écran : New York live. Laissez-moi vous expliquer comment procéder : là, vous entrez sur Google et vous tapez « webcam »... Je tape « webcam ». On attend un peu... Ça vient. Nous avons sous les yeux une liste des sites de webcam. Vous savez ce que c'est ? Non ? Regardez, je clique sur celui-là. On attend un peu... Ah, voilà ! New York ici, allons-y... On clique... On attend un peu... C'est un peu lent aujourd'hui... Quand on pense que ma requête est partie à l'autre bout du monde... Ah, voilà... Nous avons le choix : Times Square, Central Park, Brooklyn Bridge, Wall Street, Empire State... Vous voulez Wall Street ? Je clique ici, allons-y... On attend la réponse... Encore un petit peu. C'est lent aujourd'hui... Mais ça vient. Voilà, encore un petit peu d'attente. Quel dommage que la connexion soit si lente...

A présent, les trente-cinq minutes convenues pour l'entretien étaient dépassées. Le start-upeur en chef s'éclipsait en douce du bureau pour annuler le rendez-vous suivant avec l'autre business angel. Jacques mordait si fort à l'hameçon. Pourquoi le lâcher ?

Start-upeur numéro deux poursuivait la démonstration :

— Vous avez quoi, ici ? ADSL, câble ? Vous ne savez pas ? Moi, je vous conseille le câble, la connexion est plus stable. Renseignez-vous, et prenez le câble, c'est un conseil. Oui, le câble... Mieux que l'ADSL. Un bon conseil... Vous devriez demander ce qu'on vous a pris. Parce que personnellement, l'ADSL, j'ai des doutes...

Jacques l'interrompit :

— C'est pas rapide votre truc ! On a le temps de s'emmerder...

— Je suis bien d'accord. Vous devez avoir de l'ADSL. Et j'ai des doutes sur l'ADSL. De gros doutes, même... Moi, je suis câble... A fond... Ah, voilà, enfin ! Wall Street en direct. Qu'est-ce que vous en pensez ? Impressionnant, non ?

Jacques n'en revenait pas. Sur l'écran, une lucarne montrait le New York Stock Exchange vu du trottoir d'en face. Avec des passants ! Des New-Yorkais filmés à leur insu. Pas possible ! Jacques ne décrochait pas les yeux de l'ordinateur.

Il appela sa secrétaire :

— Janine ! Janine ! Qu'est-ce qu'elle fout encore celle-là... Janine, vous venez ou quoi !

Elle jaillit dans le bureau, essoufflée de crainte d'avoir tardé. Un calepin et un stylo à la main comme il sied.

— Vous appelez ma fille à New York et vous lui demandez de se pointer devant le Stock Exchange. Sur le trottoir d'en face. Maintenant !

Janine bondissait déjà dans l'autre sens pour rejoindre son bureau.

— Elle devrait être en réunion, à cette heure-ci. A deux blocs de Wall Street. Il n'y en a pas pour long-temps... J'ai quand même le droit de voir ma fille...

Jacques était aspiré vers l'écran. Fasciné par le spectacle.

Start-upeur numéro un s'en aperçut :

— Des webcams, vous en trouverez partout : devant le poisson rouge d'un couple du Minnesota, devant la machine à café du troisième étage d'une société de transport hollandaise, dans le studio d'une radio locale à Naples... Extraordinaire ! Je vous recommande les webcams de la police américaine à la frontière du Mexique. Tout le réseau de surveillance est accessible. Avec un peu de chance, vous tomberez sur l'arrestation de clandestins qui essayent de passer la frontière. Et avec beaucoup de chance, vous en verrez un se faire descendre. En direct.

Jacques écoutait, impressionné. Le start-upeur poursuivit à voix presque basse :

— Si vous le souhaitez, je vous enverrai les adresses de sites qui recensent les webcams... intimes : appartements de couples, cabines d'essayage dans les magasins, douches collectives de gymnases...

Je tendis l'oreille. Jacques aussi.

— Je ne sais pas si vous aimerez... Mais je vous le dis quand même... Il existe des webcams dans les toilettes publiques... Oui, les toilettes publiques... C'est tout petit une webcam... On ne s'aperçoit pas qu'on est filmé... Le monde entier peut vous épier... Sans que vous vous en rendiez compte ! Ça me fascine... Sur un site, ils ont installé un décompte d'utilisation de la chasse d'eau. On observe qu'en moyenne, un usager de toilettes publiques tire la chasse 2,4 fois. 2,4 fois ! Pourquoi ? Une fois avant, une fois après. D'accord. Mais 2,4 fois ? Mystère. Une fois au milieu, peut-être...

Janine apparaissait de nouveau, ventre à terre.

— Votre fille en ligne... de New York. Sur son portable...

Jacques mit le haut-parleur :

— Ma chérie. Ma petite chérie. Où te trouves-tu ?

— Papa, tu m'as dérangée au beau milieu d'une réunion. C'est quoi cette connerie de webcam à Wall Street ?

— Où te trouves-tu ?

— Dans la rue... Je m'avance vers le Stock Exchange...

— Continue à avancer.

— Voilà, j'y suis... Devant la porte d'entrée.

— Je ne te vois pas. Traverse.

— ...

— Je te dis de traverser, ce n'est pas compliqué.

— Je suis en train de traverser...

— Merde, où ? Je ne te vois pas traverser.

— Juste en face... Je traverse juste en face...

— Je ne te vois pas ! Putain de webcam ! Tu es où maintenant ?

— Sur le trottoir d'en face... Exactement en face...

— Bordel, je ne te vois pas... Va vers la gauche.

— Vers la gauche quand je regarde le Stock Exchange ? Ou dos au Stock Exchange ?

— Quand tu regardes, voyons !

— ... Je vais vers la gauche... Jusqu'où ?

— J'en sais rien, moi ! Jusqu'à ce que je te voie...

— Tu me vois ?

— Rien ! Reviens en arrière.

— Jusqu'où ?

— Oh merde, je n'en sais rien jusqu'où. Je ne te vois pas, c'est tout. Reviens en arrière.

La connexion Internet planta d'un coup. Sur l'écran, les passants new-yorkais restaient figés.

Jacques se mit hors de lui.

— Chiotte de webcam à la con !

Il raccrocha le téléphone au nez de sa fille.

— Pourriture de technologie de mes deux. L'entretien est terminé. S'il vous plaît, messieurs...

Jacques de Mamarre montra la porte du bureau. Les start-upeurs bafouillèrent :

— Mince, que se passe-t-il ? Ah, c'est pas de chance...

Ils remballaient leurs affaires à toute allure.

— La malédiction des démos. C'est toujours comme ça, les démos. Bill Gates lui-même, lors de la présentation de Windows... Vous vous rendez compte, Bill Gates lui-même, devant des milliers de gens, en direct. Paf, le truc planté, Bill Gates, des milliers de... Non, ne me dites pas que vous n'êtes pas au courant... Vous n'avez pas vu la scène ? Mais si, Bill Gates, dans une salle immense, un écran géant, et tac, la démo plantée. Pourtant Bill Gates, Microsoft, tout ça... Incroyable... Non ? Je suis sûr que vous avez vu la scène... Si, si j'en suis sûr...

Les aventuriers de la technologie s'enfuirent en désordre. Je leur étais reconnaissant de m'avoir instruit d'un nouvel usage d'Internet. J'avais hâte de regarder les webcams sur mon ordinateur.

## 3

Le dossier Machinoo.com devait se clore le jour de ma nomination à la présidence du Crédit Général.

A l'issue de notre rendez-vous avec les deux start-upeurs, Jacques m'avait demandé d'investir avec lui dans le projet. Quelques dizaines de milliers d'euros tout au plus. Il ne voulait pas s'occuper de la négociation du protocole d'accord, ni du pacte d'actionnaires.

Vu son état d'énervement, il était inopportun de refuser la proposition de Jacques. Je m'étais pourtant fait discret pendant le rendez-vous. Je n'avais pas demandé à y participer.

— Deux trois petites choses pour la négociation, m'avait précisé Jacques. Je ne veux pas mettre plus de cinquante mille euros dans l'affaire. Cinquante mille à nous deux. Vingt-cinq mille chacun. Pour dix pour cent du capital, j'ai donné ma parole sur ce point. Dix pour cent chacun, s'entend. On y parviendra sans difficultés si vous les faites poireauter quelques semaines. Pour le pacte d'actionnaires, mettez une clause de prise de contrôle par les investisseurs si les hypothèses du business plan ne sont pas satisfaites au terme des six premiers mois. Ajoutez-y une clause de garantie sur les biens personnels des fondateurs en cas de faillite. Tenez-moi au courant.

Dès le lendemain, Janine me transférait un mail des start-upeurs envoyé à Jacques :

« Monsieur le Président,

Nous tenions à vous remercier pour votre accueil et le temps précieux que vous nous avez consacré.

Comme nous vous l'avons indiqué hier, la date limite de souscription au capital de Machinoo.com est dans dix jours. Merci de nous faire part au plus vite de vos intentions pour vous réserver une participation significative.

Sentiments respectueux. »

A la demande de Jacques, Janine avait indiqué aux start-upeurs de s'adresser à moi pour régler les détails de l'opération. Je m'abstins de réagir dans le délai requis.

Le jour de la date limite de la levée de fonds, je reçus un message :

« Monsieur le Directeur Général,

Nous n'avons malheureusement pas eu de vos nouvelles. Nous avons pris la décision de repousser d'une semaine la clôture de l'augmentation de capital pour vous permettre de nous rejoindre.

Merci de nous tenir informés de vos intentions.

Meilleurs sentiments. »

Chaque jour qui passait m'incitait à attendre le lendemain. Les deux start-upeurs avaient appelé mon secrétariat à plusieurs reprises. En vain. Le jour de la clôture de l'augmentation de capital, Jacques me transmettait un nouveau mail auquel il n'avait apostillé aucune instruction :

« Monsieur le Président,

Pardon de vous importuner à nouveau. Nous ne parvenons pas à joindre Monsieur Tourneuillerie. Nous lui avons pourtant indiqué que nous devions boucler notre tour de table aujourd'hui.

Qu'en est-il ?

Sentiments respectueux. »

Jacques n'avait pas souhaité répondre au message lui-même. Je m'alignai.

Ce jour-là, les deux start-upeurs avaient appelé toutes les heures le secrétariat de Jacques. Idem le jour suivant ; et le jour d'après. « C'est urgent », disaient-ils. Puis, ils se rabattaient sur mon secrétariat. Un appel chaque heure, moi aussi. « C'est urgent, très urgent. » Je demandai à mon assistante Marilyne de tenir le décompte exact du nombre d'appels. Trente et un appels en trois jours. Un petit trait sur une feuille pour chaque appel reçu. Trente et un petits traits en trois jours ! Autant de moments d'espoir.

Marilyne leur disait que je les contacterais bientôt. Les start-upeurs préféraient rappeler eux-mêmes. « J'essaye à nouveau dans une heure, c'est plus simple. » Me téléphoner restait la seule occupation dont la maîtrise ne leur avait pas encore échappé.

Les jours suivants, les appels continuèrent au même rythme. Au bout de dix jours, je reçus un autre mail :

« Monsieur le Directeur général,

Peut-être n'avez-vous pas été informé que nous avons essayé de vous joindre à plusieurs reprises. Notre situation est désormais critique. Les autres investisseurs intéressés n'acceptent de nous suivre qu'à la condition expresse de votre participation au tour de table.

Nous avons en effet commis l'imprudence de leur annoncer la présence parmi nous de Monsieur de Mamarre. Son absence serait désormais interprétée comme un signe de défiance. Elle mettrait en péril notre levée de fonds.

Bien entendu, nous sommes disposés à revoir à la baisse la valorisation de la société. De même, pourrions-nous ramener le ticket d'entrée à cent mille euros.

Pouvez-vous nous consacrer deux minutes pour en parler ?

Sentiments respectueux. »

J'interprétai cette proposition comme la preuve que nous ne pourrions pas nous entendre sur cet investissement. Cent mille euros ! Beaucoup plus que le montant fixé par Jacques. Comment aurais-je pu donner suite ?

Dès le lendemain, les appels à mon secrétariat reprirent de plus belle. J'en comptai jusqu'à quinze dans la même journée. Marilyne se lassait. Elle me demanda l'autorisation d'éconduire les start-upeurs une fois pour toutes. Je refusai : « Ne dites rien de définitif, j'attends que Jacques me reparle de cette affaire. »

Un mois plus tard, Jacques reçut un mail. Il me le transmit sans commentaire.

Ce jour-là, Jacques avait la tête ailleurs. Je le remplaçais à la présidence du Crédit Général.

« Monsieur le Président,

Si nous prenons la liberté de vous importuner à nouveau, c'est que nous sommes désormais dans une situation catastrophique.

En dépit des incertitudes pesant sur notre levée de fonds, nous avons pris le risque d'engager de nombreuses dépenses : bureaux, matériel informatique, salariés... Des rumeurs concordantes nous ont en effet alerté sur le risque d'apparition d'un concurrent. Il semble que notre dossier de présentation de Machinoo.com ait été transmis à des tiers sans notre consentement. Pour préserver notre prime au premier entrant, nous avons décidé de nous lancer en nous finançant sur fonds propres.

Toutes nos ressources personnelles ont été investies. Aujourd'hui, nous ne pouvons plus faire face. La banque nous a accordé une dernière facilité de caisse de quinze jours, gagée sur nos biens personnels.

Seul un geste de votre part nous sauverait de la banqueroute. Le ticket d'entrée peut se limiter à vingt mille euros. Si ce montant vous semble trop élevé, nous sommes prêts à accepter dix mille euros. En échange de quoi, nous vous céderions le contrôle majoritaire de notre société.

Nous vous serions très reconnaissants de bien vouloir prendre en considération l'urgence de la situation.

Sentiments respectueux. »

Je ne me sentais pas engagé par cette demande. Elle s'adressait à Jacques, qui n'était plus président. Je n'avais désormais aucune raison de me soumettre à sa volonté.

Je donnai instruction à Marilyne de dire aux deux start-upeurs de ne plus nous déranger. C'en était fini de la belle aventure Machinoo.com.

## 4

En arrivant à la banque le lendemain de ma nomination par le conseil d'administration, je notai mentalement les noms de ceux qui me disaient : « Bonjour, monsieur le président », et de ceux qui me disaient : « Bonjour, monsieur ». « Monsieur », tout court.

Juste après le déjeuner, Marilyne apporta avec solennité *Le Monde* dans mon bureau. Un énorme Post-it orange fluo indiquait la page où il était question de moi. Qu'allait-on pouvoir dire de ma personne ? Avec les journalistes, on ne savait jamais à quoi s'en tenir.

Dans le doute, j'avais fait ami-ami avec le directeur du *Monde* à chaque fois que j'avais eu l'occasion de le rencontrer dans le passé. A Roland-Garros, à l'Opéra, lors de la visite privée d'une exposition. Pas trop intime, mais suffisamment pour l'appeler Jean-Marie : « Bonjour, Jean-Marie, content de vous voir, comment allez-vous ? » Courtois, pas familier ni fayot. Rien de plus. Jacques de Mamarre ne l'aurait pas toléré tant qu'il était encore président du Crédit Général. Jusqu'au bout, les relations avec la presse constituaient son domaine réservé, qu'il gérait en prise directe avec sa fille.

Claude de Mamarre était de ces femmes dont l'apparence révélait un souci maniaque d'avoir de l'« allure » en toutes circonstances. Habillée, chaussée, peignée, maquillée, manucurée « avec beaucoup de goût »,

Claude se rêvait en incarnation de l'élégance froide. Jamais de couleurs vives, mais des dégradés de gris et de beige. Un large foulard – qu'elle nommait « étole » pour s'attribuer une dignité sacerdotale – de soie ou de cachemire jeté sur les épaules. Chevelure blonde cartonnée par les brushings. Visage carotène tiré par les liftings. Peau luisante d'avoir été trop badigeonnée de crèmes hydratantes. Corps embaumé aux pschitts de parfum vaporisés à longueur de journée. Une fois par mois, dans un rituel immuable, elle se rendait chez Carita, rue du Faubourg-Saint-Honoré, pour une épilation demi-jambes-aisselles-maillot. A cinquante-deux ans, Claude évoluait en chantier de rénovation pour arranger les dommages de sa flétrissure et dissimuler l'insignifiance de sa physionomie.

Elle n'avait jamais été assez charnelle pour supporter les contraintes de la maternité. Par chance, une stérilité énigmatique, diagnostiquée deux décennies plus tôt, l'en avait exonérée pour toujours. Elle n'avait pas eu d'enfant. Aujourd'hui encore, elle s'en félicitait.

L'inaptitude de Claude à enfanter avait conduit son mari, un antiquaire d'art africain, à demander le divorce. Elle ne voyait aucun inconvénient à dénouer un mariage superflu. Le célibat lui allait. Sans enfant, sans époux, elle aurait tout le loisir de se consacrer à elle-même. Quand, par la suite, son mari s'était toqué d'une jeunesse, Claude avait déprimé. Elle estimait que son ex se ridiculisait à s'acoquiner avec une beurette très typée, de quinze ans sa cadette. Encore n'avait-elle jamais su qu'il s'était converti à l'islam par amour pour sa dulcinée.

Depuis la séparation, nul ne savait si Claude de Mamarre menait une vie de femme. Aux amants, elle préférait son père. Claude avait emménagé chez lui au veuvage de Jacques. Son emprise sur l'existence de son père ne s'était plus relâchée. Soudé par une complicité inaltérable, un couple s'était formé.

Cette proximité m'obligeait à régler dès que possible le sort de Claude. Je ne pouvais pas me permettre de douter de la loyauté de la directrice de la communication du Crédit Général. Je souhaitais qu'on parle de moi, qu'on m'aime, qu'on m'adule, qu'on m'envie. J'avais le droit d'être un people, désormais. J'avais tout ce qu'il fallait pour. Il ne suffisait que de bien me vendre.

Je savais que *Le Monde* donnerait le « la » sur l'opinion qu'il convenait de se fabriquer à mon égard. A l'unisson, le tam-tam se répandrait ensuite dans la brousse médiatique. Il n'y a pas plus grégaire que la presse. Pas un article qui ne soit inspiré d'un autre article. Ils passent leur temps à se pomper dans la corporation. Des fainéants.

Une page entière du *Monde* nous était consacrée. En haut, un article sur la situation de la banque. En dessous, un portrait de moi. A droite, un encart sur les résultats du dernier exercice. Je commençai par le portrait. C'était titré : « *Un surdoué de la finance* ». Flatteur comme entrée en matière. Je m'apprêtais à déguster l'article.

« A 41 ans, Marc Tourneuillerie accède à la présidence du Crédit Général, le premier réseau bancaire européen. Le milieu de la finance le présente comme un génie précoce des affaires. Sa nomination met un terme aux vingt-trois années de règne sans partage de Jacques de Mamarre à la tête de la banque.

La trajectoire de Marc Tourneuillerie est impressionnante. Après l'Ecole normale supérieure et Sciences-po, il sort major de l'ENA à 24 ans – il en avait pleuré devant les élèves de sa promotion –, et intègre l'Inspection des Finances. Quatre ans plus tard, il quitte l'administration pour le cabinet de conseil Boston Consulting Group. Il côtoie alors les grands noms du patronat, dont il devient le conseiller influent. A 32 ans, il rejoint Renault comme directeur du contrôle de gestion. Six mois plus tard, il remplace le directeur financier monde, qui est écarté.

Marc Tourneuillerie ne découvre la banque qu'à 35 ans. Son succès à la direction financière de Renault lui permet d'accéder au poste de directeur général adjoint du Crédit Général, chargé des financements. Il en devient le directeur général, véritable numéro 2 de la banque, à la suite de l'éviction soudaine de Jean-Baptiste Manchard, en désaccord avec Jacques de Mamarre.

Au cours des derniers mois, beaucoup pensaient que Marc Tourneuillerie connaîtrait un sort identique à celui de Jean-Baptiste Manchard. Des indiscrétions venant de l'état-major de la banque faisaient état de dissensions entre Jacques de Mamarre et son directeur général. »

Cette dernière information ne me surprenait pas. Elle avait déjà été reprise par plusieurs journaux dans les rubriques « Confidentiel » ou « Indiscrétions ». Quel coquin, ce Jacques ! Je savais qu'il faisait fuiter l'existence de « dissensions ». C'était sa technique : faire publier une confidence dans la presse en guise de ballon d'essai, évaluer les réactions, apprécier le degré de déstabilisation de la victime, accoutumer l'environnement à un départ prochain. Comment les journalistes pouvaient-ils accepter de devenir les supplétifs d'une manipulation aussi grossière ?

« Toutefois, continuait l'article, l'état de santé préoccupant de Jacques de Mamarre a précipité la succession. »

Voilà qui était bien tourné. Retour à l'envoyeur. En représailles aux manœuvres de Jacques, j'avais personnellement transmis l'information à la presse. Un ragot beaucoup plus croustillant que les démentis exténués de Jacques. Il suffisait de l'observer pour s'apercevoir qu'avec la chimio il rabougrissait comme un raisin de Corinthe. Mais quel galimatias faux cul de journaliste pour parler d'un cancer irrémissible. «*Etat de santé préoccupant*». *Le Monde* tout craché. Cet air de ne pas y toucher. Jacques était mangé de l'intérieur, oui ! Un macchabée sursitaire.

Plus loin, l'article évoquait ma vie privée : mes origines «bourgeoises», ma foi catholique, mon épouse Diane, mon fils unique Gabriel. Joli tableau de famille. Puis le journaliste décrivait ma personnalité intime. C'était le passage que je préférais. J'étais « *brillant* », « *prévenant* », « *humble* », « *jeune* », « *attachant* », « *pas condescendant* », « *sympa* ». Oui, *Le Monde* disait « *sympa* », en utilisant des guillemets. Qu'il était bon de lire pareils qualificatifs à propos de moi. Des milliers de lecteurs CSP + colporteraient la bonne nouvelle, que la crédibilité du *Monde* certifiait : « Marc Tourneuillerie est un type extraordinaire. Un type génial. Pas bégueule en plus. Sympa. Nous voulons Marc comme patron ! » Je regrettais de ne pas avoir ma photo en accompagnement de l'article. Personne n'allait me reconnaître dans la rue. Dommage.

La fin de l'article me réservait une exaspérante surprise, qui me gâchait le reste de la journée. Le journaliste estimait certes que j'étais l'homme idoine pour mettre de l'ordre dans la maison, après une fin de règne « *interminable* » et « *assoupie* ». Que j'améliorerais la rentabilité de nos activités. Que j'internationaliserais notre réseau. Que je mettrais au pas les baronnies internes. Jusque-là tout allait bien. In fine, le journaliste glissait une perfidie pour le plaisir de me blesser :

« Reste à connaître la véritable personnalité de Marc Tourneuillerie. Selon l'un de ses proches, "il est comme tous ceux qui prétendent ne pas aimer le pouvoir, il ne pense qu'à ça". D'autres évoquent sa "duplicité". "Il est gentil dehors, méchant dedans", témoigne l'un de ses anciens collègues. »

Félonie ! Qui étaient les traîtres ? J'avais déjà ma petite idée. Refourguer pareille calomnie à un journaliste. Du *Monde* ! Il y aura du sang sur les murs. Qui d'autre que moi s'arrogeait le droit d'exprimer du mal de moi ?

Je demandai à Marilyne d'annuler tous mes rendez-vous de l'après-midi. J'avais besoin de me détendre en vagabondant au loin sur le web.

Internet Explorer... Google... Webcam... Lieux insolites... Toilettes publiques...

# 5

Peu de temps après, le moment tant attendu vint enfin. Je fus convoqué par le comité de rémunérations du Crédit Général. Un samedi après-midi, étions-nous convenus. Pour la quiétude de notre conversation.

Trois administrateurs étaient mandatés par le conseil de la banque pour évoquer ma situation personnelle. On discuterait salaires, primes et stock-options. Du sérieux, du tangible, du chiffrable. La coutume voulait que cette tâche incombe aux anciens du conseil d'administration. La matière était sensible. Elle exigeait sagesse et diplomatie. Seuls les experts en périphrases et sous-entendus savaient s'en acquitter.

Le rendez-vous avait été fixé, non pas au siège de la banque, mais dans le bureau de Richard de Suze, l'emblématique patron d'un conglomérat industriel. Un actionnaire historique du Crédit Général.

A soixante-huit ans, Richard de Suze restait un être flamboyant. Beau, riche, puissant, respecté. Teint mat, yeux bleus, abondante chevelure poivre et sel coiffée en arrière. Descendant émérite d'une dynastie d'ambassadeurs, de membres de l'Institut, de capitaines d'industrie et de banquiers. Pas un seul collabo chez les Suze. Des résistants de la première heure. Une histoire familiale sans tache, qui s'identifiait aux heures glorieuses de la nation française.

Sa dernière épouse, la cinquième, était une princesse iranienne, de vingt-cinq ans sa cadette. Une petite-cousine du Shah. Un tempérament de feu, disait la rumeur. Richard savait s'entourer. La légende lui prêtait pour maîtresses les femmes les plus désirables de l'après-guerre. Avait-il sauté Raquel Welch, Jean Seberg ou Sophia Loren ? Il ne s'en vantait jamais. Mais les témoins de l'époque assuraient qu'il avait laissé derrière lui un vaste champ de ruines sentimentales. Suze, le Terminator des cœurs...

Lorsque j'avais entrepris de le dénigrer devant des tiers, j'avais dû vite battre en retraite. Un consensus d'admiration exaspérant protégeait sa personne. Les femmes comme les hommes le trouvaient charmant, élégant, intelligent, sexy, spirituel, prévenant, attentif, doux, viril... Quel cocktail. Arrêtez, stop ! Où se cachaient l'imposture, le mensonge, la faille ? Quelqu'un oserait-il un jour les débusquer ?

La seule présence de Richard sur cette terre témoignait des insupportables inégalités qui opposent les individus. Pourquoi notre système fiscal n'avait-il jamais imaginé un impôt sur la beauté, sur le charme, sur l'intelligence ? Une taxe sur les conquêtes féminines ou le sex-appeal ? Notre code général des impôts regorge d'ingénieuses trouvailles pour redistribuer revenus et fortunes. Rien sur l'essentiel : la condition humaine. Comment l'obsession égalitaire de nos agents du fisc s'accommode-t-elle d'un laxisme pareil ?

Sitôt la porte du bureau de Richard de Suze franchie, j'eus la prescience d'un traquenard.

Jacques de Mamarre était présent, affalé sur un sofa dans un angle du bureau. Impénétrable, souffreteux. La main dans la poche, il touchait sa dernière partie génitale.

44

Au milieu de la pièce, sur une chaise design, se tenait Dittmar Rigule. Un monstre, ce Dittmar. Un Allemand d'origine, représentant pour la France de Templeton Global Investors, un fonds de pension basé à Fort Lauderdale en Floride. A trente-cinq ans, le gamin avait été bombardé au conseil d'administration de la banque. Sous prétexte qu'il détenait un peu plus de cinq pour cent des actions du Crédit Général, il s'était auto-investi mollah de la corporate governance. « Transparence, transparence ! Vous devez des comptes aux actionnaires ! » Un illuminé du reporting. Soir et matin, il nous adressait des questionnaires remplis d'indicateurs financiers sur l'activité de la banque. Un gestapiste. En collectionneur maniaque des ratios de performance, il nous en étalait sous le nez des échantillons entiers à chaque conseil. Des spécimens invraisemblables auxquels personne n'avait jamais songé avant lui.

Le garçon était si maigre et inhumain que la peau fine de son visage se plaquait sur le squelette du crâne. Des dents immenses, pas de lèvres, des joues collées aux gencives, un nez à la Michael Jackson, des yeux enfoncés, un front cabossé. Une horreur sculptée au burin. A quoi ressemblait-il pendant l'orgasme ? Ses traits pouvaient-ils être encore plus tirés qu'ils ne l'étaient au repos ? Avait-il un jour connu la tendresse ?

Pareille composition du comité de rémunérations était de mauvais augure. Etait-ce mon discours d'intronisation qui avait incité le conseil d'administration à la rigueur ? Dans le bureau de Richard de Suze, l'atmosphère n'était pas à la prodigalité. Je devais apprendre par la suite que Jacques et Dittmar avaient été désignés par le conseil à leur demande expresse. Ce qui était contraire aux usages.

Me faire comparaître face à de tels jurés. Quelle indélicatesse ! J'y avais pourtant pensé jour et nuit ces derniers temps, à l'instant que j'allais vivre. J'envisageais tous les scénarios possibles. Jamais je n'avais prévu la mise en scène qu'on m'imposait.


La première fois que Jacques de Mamarre m'avait proposé la présidence de la banque, j'avais construit des simulations complexes au sujet de ma future rémunération. Mais je ne parvenais à aucun résultat fiable. Rien de mieux que des hypothèses à multiples inconnues. Il m'avait été impossible d'obtenir le véritable montant des appointements de Jacques, sur lequel j'aurais pu m'étalonner. Ni le nombre de ses stock-options.

Du temps où j'étais directeur général, pour établir les comptes définitifs du siège, on ne me transmettait qu'un poste comptable baptisé « présidence ». Aucun détail. Pas de ventilation des dépenses. Je savais que ce poste comprenait le salaire et les primes de Jacques, le traitement de ses deux assistantes et celui de son chauffeur. S'y ajoutaient les notes de frais, les déplacements, les charges de l'avion privé du Crédit Général. Un window dressing de maître. Impossible d'isoler les émoluments du patron. Seul un vieux comptable de la maison, qui à dessein se faisait passer pour gaga, détenait le secret des chiffres. Malgré le départ de Jacques, il persistait à me refuser l'accès aux écritures détaillées. Je l'avais convoqué dans mon bureau.

— Seul le comité de rémunérations est habilité à me donner des instructions, monsieur. Je ne relève que de lui, m'avait-il répondu.

J'insistai avec amabilité pour ne pas le braquer.

— Voyons, je suis votre président, je suis le président du conseil d'administration de cette banque...

— Je sais, monsieur, mais je ne reçois mes instructions que du comité de rémunérations.

Après réflexion, son entêtement m'apparaissait comme une assurance de discrétion à ménager pour l'avenir.

Même sous la torture il ne parlerait pas. Je décidai de garder comptable aussi précieux.

D'après un article de la presse économique, ma seule source d'information, Jacques émargeait à sept millions d'euros par an, primes comprises. Les plus-values potentielles de ses stock-options étaient évaluées à quatre-vingts millions d'euros. La révélation de ces montants m'avait déprimé. Si peu ! Sept malheureux millions d'euros après vingt-trois années à la tête de la première banque en Europe. Quatre-vingts millions, pas plus, pour les stocks. Il s'en était pourtant gavé de plans d'options. Un chaque année depuis au moins dix ans.

A quoi aurais-je droit, moi qui ne pouvais me prévaloir d'aucune ancienneté dans la fonction ? Beaucoup moins. Je révisai à la baisse les hypothèses de rémunération que j'avais bâties antérieurement à la lecture du sinistre article. Quel sacrifice devrais-je consentir parmi les composantes du patrimoine immobilier que mes premiers espoirs m'avaient fait concevoir ? J'avais imaginé un appartement de 350 m$^2$ rue de l'Université, un chalet à Courchevel, une maison à Sperone en Corse, une autre à Bonnieux dans le Luberon. Je voulais être un propriétaire tendance. Investir dans tous les lieux hype. On me l'interdisait.

J'abordai le comité de rémunérations sur la défensive. Comme directeur général, la partie fixe de ma rémunération ne dépassait pas deux millions d'euros. « Pour tenir compte de votre jeune âge et nous réserver des marges de progression ultérieures », m'avait dit Jacques. A quoi s'ajoutait un bonus assis sur l'augmentation du produit net bancaire du Crédit Général. L'exercice précédent s'était inscrit en progression de deux virgule cinq pour cent. Faiblard. Ma rémunération variable avait atteint un million deux cent mille euros. J'en avais voulu à Jacques de cette contre-performance.

Au cours de l'année écoulée, l'addition du fixe et du variable représentait trois millions deux cent mille euros. Même pas trois cent mille euros par mois. Comme président, je pouvais légitimement m'attendre à un doublement de cette somme. Arrondissons à sept millions d'euros. Moitié en salaire de base, moitié en primes variables. Voilà qui me paraissait un minimum décent. A ce niveau, j'étais très en retrait d'hypothèses plus audacieuses bâties précédemment. En partant de si bas, je pensais me prémunir contre une déception.

Richard de Suze m'invita à m'asseoir face à lui. L'onctuosité de son phrasé trahissait la satisfaction sadique qu'il éprouvait :

— Quel plaisir de vous voir, Marc... J'en suis très heureux. Comment vous portez-vous dans vos nouvelles fonctions ? Vous ai-je renouvelé mes félicitations ? Je le fais : mes chaleureuses félicitations. Ainsi que tous mes vœux de réussite. Nous comptons sur vous. Vous savez... nous avons pris un risque en vous nommant. Si jeune ! Etes-vous taillé pour l'emploi ? En ce qui me concerne, j'ai confiance. D'autres, au conseil d'administration, étaient dubitatifs. Vous vous en doutez. Ne les décevez pas. Bien sûr... il y eut votre petit discours de récipiendaire... Surprenant. N'en parlons plus. Oublié, la « merde sur la pelle ». Où êtes-vous allé chercher une expression pareille ? On n'y pense plus. Gardons ça pour nous. Tous les administrateurs en conviennent. Motus et bouche cousue. Nous mettrons vos déclarations sur le compte de l'émotion. On m'avait demandé d'évoquer cet incident avec vous. C'est fait.

Jacques et Dittmar opinaient. Voilà donc pourquoi ils étaient présents : vérifier que je recevrais le blâme que les administrateurs entendaient m'adresser. Les fourbes. J'apprendrais par la suite que Dittmar avait été ulcéré du ton mesuré adopté par Richard de Suze. Dittmar voulait un ultimatum, une menace de représailles nucléaires en cas de récidive. L'œil de Moscou se tortillait sur sa chaise, sans toutefois oser intervenir. Ces Français, pensait-il, toujours aussi couards !

Quant à moi, je restai muet, accaparé par l'évaluation des conséquences de cet avertissement sur ma rémunération. Les propos tenus par Richard avaient pour vocation de me préparer à une déception.

— Passons à vos émoluments, reprenait-il. Voici ce que nous vous proposons. Votre salaire de base est porté à deux millions cinq cent mille euros. Vingt-cinq pour cent d'augmentation. Nous vous traitons bien... Les primes, maintenant. Nous avons envisagé un système très incitatif. Il consiste à indexer votre rémunération variable sur le cours de Bourse. Si l'évolution de notre cours nous place en tête des progressions des valeurs comparables à la nôtre sur l'Eurostoxx 50, vous recevrez une prime de trois millions d'euros. Deux millions si nous sommes deuxième. Un million si nous sommes troisième. Rien à partir de la quatrième place. Incitatif, non ?

J'étais éberlué :

— Rien d'autre ? Je veux dire : pas de prime sur l'évolution du produit net bancaire... du résultat opérationnel... du résultat net... ? Parce que jusqu'à présent...

Jacques de Mamarre se doutait de ma réaction. Il m'interrompit :

— Innovons ! Vous l'avez souhaité, l'innovation. Nous entendons vous donner satisfaction.

Quel scandale ! Un vol en plein jour. Aussi bien, avec cette enculerie de prime sur le cours de Bourse, je gagnerais moins comme président que comme directeur général.

En désespoir de cause, je me décidai à émettre une idée qui germait en moi depuis plusieurs semaines.

49

— Puis-je me permettre d'avancer une suggestion qui devrait retenir votre attention ?

— Faites...

— Merci. Nous savons tous que l'amélioration de notre rentabilité passe par une réduction des effectifs de la banque. De l'ordre de dix pour cent sur trois ans. C'est difficile de supprimer dix mille emplois. Les drames personnels, les injustices, les situations de famille, le stress... J'ai besoin de me sentir soutenu dans l'épreuve. Qu'on m'aide à surmonter mes préventions. Une telle hécatombe...

— Vous en déduisez...

Dittmar Rigule tendait l'oreille. Il était sûr d'entendre quelque chose d'intéressant. Heil Dittmar !

— Dans le contexte tendu qui se profile, je m'interrogeais sur ce que pourrait être une formule incitative. J'en ai conclu que le plus rationnel consisterait à m'attribuer... une prime au licenciement. Un licenciement, une prime. Que pensez-vous du principe ?

Dittmar intervint :

— Combien par licenciement ?

— En moyenne annuelle, un salarié nous coûte trente mille euros, avec les charges patronales. Autant d'économisé en cas de licenciement. Il me paraissait raisonnable d'envisager un reversement à mon profit de... vingt pour cent, soit six mille euros par licenciement.

Dittmar calculait :

— Pour dix mille licenciements envisagés, votre prime pour réduction d'effectifs s'élèverait à... six millions d'euros. C'est beaucoup, mais l'idée est bonne. A quatre mille euros par licenciement, je suis preneur...

J'avais envisagé l'éventualité de ce marchandage :

— On pourrait convenir de ceci à titre de compromis : quatre mille euros pour les licenciements des plus de cinquante ans, six mille pour les autres. Cette solution équitable vous conviendrait-elle ?

— Respectivement quatre mille et cinq mille, répliqua Dittmar. Pas plus.

Richard et Jacques se consultaient du regard.

— L'idée me plaît, se décida à dire Richard. Astucieuse... J'en conviens. Toutefois, j'y vois un inconvénient majeur. Elle me paraît, comment dire, un peu risquée. Supposez qu'elle s'ébruite. Les syndicats, les pouvoirs publics, la presse, l'opinion...

— Cette pratique existe déjà, l'interrompis-je. Elle marche très bien. Personne n'en a jamais rien su...

Richard de Suze tenait bon :

— Vous avez probablement raison. Je persiste cependant à penser que le risque est trop élevé. La banque est très exposée... On ne nous ratera pas. Je ne le sens pas. Pas du tout. Qu'en penses-tu, Jacques ?

— Comme toi : trop risqué. J'admets que la formule est la plus efficace que l'on puisse trouver. Et j'espère qu'elle deviendra monnaie courante à l'avenir. Aujourd'hui, il est trop tôt...

Dittmar Rigule se tapait les cuisses d'énervement. Le jésuitisme des Français, l'embrouillamini du cheminement de leur pensée, l'agaçaient au plus haut point. « On parle doctrine, pensait-il, sans même examiner les chiffres. Quels raisonneurs ! J'ai fait une contre-proposition, Marc acceptait d'en débattre, et personne ne la discute. Que de rhétorique ! »

— J'ajoute, reprit Jacques pour m'enfoncer définitivement, qu'une telle prime fait double emploi avec la prime indexée sur le cours de Bourse, à laquelle nous avons déjà consenti. Lorsque l'on licencie, le cours monte. C'est d'effet équivalent à mes yeux.

— Tu as raison, Jacques. Tenons-nous-en à notre proposition initiale, conclut Richard. En ligne avec le mandat qui nous a été donné par le conseil d'administration. Mais je retiens votre idée, Marc. Elle mérite d'être creusée. Autre chose ?

« Non » irrité de Dittmar. « Non » satisfait de Jacques. « Non » dépité de moi.

Richard me tendit la main.

— Merci d'être venu me voir. Voilà une conclusion heureuse.

A ce moment précis, je sortis de ma torpeur :

— Nous... Pardonnez-moi, mais nous n'avons pas parlé des stock-options. Peut-on en dire un mot avant de nous quitter ?

— Ah, vous avez raison ! J'allais oublier les stocks. Désolé. Je continuais à réfléchir à votre idée de prime au licenciement...

Tout le monde se rassit. Richard prenait une feuille sur son bureau. La lut quelques secondes. La reposa :

— Nous avons, à ce propos, une idée très novatrice. Encore une. Si j'en crois ce qu'on m'écrit, vous avez bénéficié de trois cent mille stocks depuis quatre ans, réparties en deux plans. Nous vous en attribuons cinq cent mille ! En totalité cette année. Mais à une condition. Là réside l'innovation. Ecoutez. Le prix de souscription est fixé à un niveau supérieur au cours de Bourse actuel. Supérieur de vingt-cinq pour cent. En contrepartie, vous avez un beau paquet de stocks. Cinq cent mille d'un coup. Vingt-cinq millions d'euros au cours actuel. Quel meilleur message de confiance adresser au marché ? Les stock-options du président émises vingt-cinq pour cent au-dessus du cours actuel. Du jamais-vu. Une merveille. Les investisseurs vont applaudir.

Les bâtards ! Ils me grugeaient ! Sur toute la ligne. Le salaire, les primes. Maintenant les options. Me proposer des titres vingt-cinq pour cent plus cher que ce que je pourrais acheter aujourd'hui même en Bourse. Une arnaque à mon détriment pour peloter les marchés. Et moi, dans l'affaire ? Avait-on pensé à moi ? A mon confort, à ma confiance en l'avenir ? Comment pouvait-on s'imaginer que je me mettrais au service de la banque et de ses actionnaires après pareil traitement ? Au niveau où l'on m'abaissait, je ne pointais même pas dans le Top 50 des rémunérations de la banque. Loin derrière les brokers surexcités et les analystes corrompus d'à peine trente ans. Des décervelés. Des incultes couverts d'or.

La réunion se termina ainsi. Par la débâcle de mes intérêts personnels. Je me levai. Je partis.

J'appelai Marilyne pour qu'elle annule mon dîner du soir. Je rentrai chez moi.

## 6

« Alors ? » m'interrogea Diane quand j'arrivai à la
maison.

La nuit précédente, j'avais informé ma femme de ce
rendez-vous capital avec le comité de rémunérations. A
trois heures du matin, il m'avait semblé équitable de
partager avec elle l'insomnie qui me tenaillait. Je l'avais
secouée dans son sommeil. « Je t'ai réveillée ? Pardonne-moi... » A peine revenue à la conscience, Diane
avait tâché au mieux d'appréhender le mécanisme des
stock-options que je lui exposais en termes simples pour
la cinq centième fois. Rien n'y faisait. Eveillée, endormie, elle n'y entendait rien. Par mauvaise volonté pure.
Ses questions stupides trahissaient à chaque instant son
incompréhension. Comme je lui faisais remarquer
l'ineptie de ses propos, elle avait cru bon mettre un
terme à la polémique qui montait en me rappelant que
j'avais pris auprès de sa mère l'engagement d'assister
au thé qu'elle organisait dans l'après-midi. Heureuse-
ment, la réunion du comité de rémunérations au même
moment m'avait permis de sécher la réunion familiale.

Le lendemain matin, Diane avait regretté son attaque
nocturne contre moi. Malgré les excuses qu'elle me présentait, je fis régner la terreur dans la maisonnée en
guise de représailles. Mon fils Gabriel était prié par sa
mère de ne pas m'importuner. Il obéit. J'avais gagné
dans l'affaire une matinée de quiétude.

Nous n'avions que Gabriel pour enfant. C'était bien assez. Les importunités de la descendance nous avaient dissuadés d'adhérer au stakhanovisme procréateur. L'expérience Gabriel ne valait pas la peine d'être réitérée.

Depuis les origines de notre ménage, nous avions reculé année après année le moment d'enfanter. Un accord tacite nous liait Diane et moi : l'autosuffisance. « Restons entre nous » devenait notre devise. Mais vers le milieu de la trentaine, Diane s'était inquiétée tout à coup de gâcher sa fonction reproductrice. Le compte à rebours biologique la stressait. Avant qu'il ne soit trop tard, elle avait voulu voir à quoi ressemblait le mélange de nos patrimoines génétiques. J'avais accepté, après plusieurs mois de tergiversations. La fécondation réussissait du premier coup. Dès le lendemain, les soucis commencèrent. Nausées, vertiges, aigreurs d'estomac, boursouflures, boulimie. Diane grossit de vingt-sept kilos. Elle devint difforme. La libido de notre couple déclina. A trois mois de l'accouchement, les contractions la forcèrent à s'aliter. La grossesse s'acheva avant terme par une perte des eaux. Le SAMU emmena Diane à la maternité. Gabriel se présenta par le siège. La césarienne s'imposait.

Un cauchemar, la gestation de cet enfant !

La suite aussi. Gabriel était de mauvaise constitution. Son métabolisme fonctionnait de travers. Régurgitations, troubles du sommeil, allergie aux produits lactés, otites à répétition, retards dans l'acquisition du langage, incontinence tardive. Tout y passa jusqu'à l'âge de trois ans. Par miracle, Gabriel comprit alors qu'il nous encombrait. Il accepta de se faire discret. Ses dérèglements s'arrangèrent. Son comportement s'assagit.

A six ans, au moment de mon accession à la présidence du Crédit Général, il était définitivement propre, raisonné et poli. Pas de turbulences, pas de caprices, pas de crises de larmes. En bermuda de flanelle grise et les cheveux passés à l'eau de Cologne, il se tenait à carreau. Il rangeait ses affaires. Ses camarades de classe ne l'invitaient jamais aux goûters d'anniversaire. Gabriel en profitait pour prendre de l'avance dans ses devoirs. Je n'avais pas besoin d'être répressif avec lui.

Comme le développement psychique de mon fils évoluait favorablement, je m'étais tranquillisé à son sujet. Mes dernières craintes se dissipèrent le jour où Gabriel découvrit la fièvre des jeux vidéo. Il s'installa aux manettes. Il ne les lâcha plus. Le rite initiatique s'accomplissait. Gabriel rejoignit sa génération. Il devint un enfant tout à fait normal.

Je lui achetai aussitôt la gamme complète des consoles de jeux. La dernière Nintendo. La dernière Sony. La dernière Microsoft. Tout le matériel flambant neuf. Devant ses trois téléviseurs grand écran, Gabriel découvrit le monde extérieur. Les autres activités devenaient superflues. Ni sport, ni loisirs, ni copains, ni famille. Sa socialisation s'en passait très bien. Quand Gabriel ne travaillait pas dans sa chambre, il jouait dans sa chambre. La porte restait fermée, nous n'étions pas dérangés.

Il excellait dans les « shoot'em up ». Bastons, fusillades, bombardements, attentats, massacres, il aimait ça. Les autres jeux vidéo le barbaient. Gabriel préférait zigouiller plusieurs milliers de types tous les jours. Au coupe-papier, au hachoir, à la bonbonne de gaz, au lance-flammes, au napalm, au missile balistique. Tous les moyens étaient bons. Gabriel ne reculait devant rien. Le réalisme des situations de jeu se chargeait de façonner la virilité de son caractère. Ça me rassurait. Le soir à table, il était tellement sonné qu'il allait se coucher sans faire d'histoires.

Le voyant grandir ainsi, Diane s'attacha à lui. Pour

56

moi, il était trop tard. Le traumatisme des débuts perdurait. Ce garçon m'indifférait. Comme sa mère le chouchoutait de plus en plus, je craignais que Gabriel n'hérite des tares du fils unique des milieux favorisés : indiscipline, échec scolaire et futilité du comportement. A défaut de l'engueuler, je décidai de contingenter mes témoignages d'amour. J'imaginais que nous avions cinq enfants, et que je ne pouvais affecter à Gabriel qu'un cinquième de mes sentiments paternels. Je provoquai un rationnement affectif salutaire. Il me remercierait plus tard de ne pas lui avoir tout donné.

Pour le moment, tandis que je rentrais tout juste de la désastreuse réunion du comité de rémunérations, Gabriel se serrait dans les bras de Diane. Mère et fils s'inquiétaient de mon exaspération. Un spectacle d'anxiété se jouait à demeure.

Diane venait de me dire : « Alors ? » « Alors ? », voilà ce qui m'attendait pour le reste de la soirée, maintenant que j'avais annulé mon dîner sous le coup d'une regrettable impulsion.

« Alors ? », rien de plus précis que ce « alors ? » compassionnel de Diane. Pas « Alors, quel pourcentage d'évolution de ton salaire ? » Pas « Alors, quelles modalités de calcul et de versement de ton bonus ? » Pas « Alors, quel prix de souscription de tes options ? » Aucune interrogation circonstanciée justifiant une réponse précise.

Dans l'esprit de Diane, seul comptait le salaire perçu à la fin du mois. Le montant net qui figurait en bas de la feuille de paye. Une conception syndicale du pouvoir d'achat. Depuis des années que j'étais dans les affaires, elle continuait à calculer le « budget du ménage », subdivisé en « enveloppes » : loyer, scolarité, habillement, vacances, sorties...

Une épicière, Diane, pas une femme de patron.

« Alors, quoi ? » Pourquoi lui répondre si elle devait s'ébaudir d'une augmentation salariale de vingt-cinq pour cent ? « Dans la fonction publique, c'est inespéré. » Je m'en moquais. Voulait-on me condamner à ne mettre de côté que ma treizième mensualité ?

Moi, j'avais désormais la ferme intention d'accumuler une montagne d'argent. De me constituer un joli magot. Le plus gros possible. Posséder ! Contempler mon bien. Le peser, le chiffrer, l'évaluer. Le bonifier, aussi. Le faire croître à l'infini. Car je voulais devenir l'incarnation vivante de la théorie de la fortune : vivre des intérêts produits par les intérêts de ses actifs. Je dépense et j'accumule en même temps. Sans rien faire. Sans peine. Un miracle.

Diane, bien sûr, elle était née dedans. Sa famille possédait depuis des lustres. Des terres, des châteaux, des titres, des œuvres d'art, des automobiles de luxe... Qu'en avaient-ils fait ? Ils dilapidaient. Ils croquaient tout. Anéanti, le patrimoine ! A la rue, la famille La Rochefoucard. Que leur restait-il ? Rien que des ruines effondrées, des bons du Trésor mités, des croûtes éventrées, des meubles branlants, des emprunts russes démonétisés... Oui, la nécessité leur imposait de compter leurs petits sous à la fin du mois pour maintenir un semblant de dignité à leur gloire passée. Les voilà réduits à l'esclavage salarial. Minables ! Au turbin, maintenant. A cause de leur impécuniosité, ce n'était plus leur patrimoine qui les entretenait, c'était leur salaire qui entretenait leur patrimoine. Quelle gabegie. Honte sur eux !

J'en conjurais Diane : qu'elle ne se mêle pas de mes affaires. Elle n'y comprenait rien. Qu'elle ne dise pas que vingt-cinq pour cent d'augmentation sur mon fixe, c'était déjà beaucoup. Que je devrais m'en satisfaire. A ce que je sache, je ne l'avais pas autorisée à penser que je gagnais déjà beaucoup d'argent. Aucun La Rochefoucard n'était habilité à se prononcer sur ma rémunération. Leur banqueroute discréditait leurs propos. La ferme !

Me venait un soupçon, d'ailleurs : n'étaient-ils pas animés à mon égard d'un sentiment de jalousie ou de revanche, par hasard ? Pourquoi chercher ainsi à m'abaisser ? Pourquoi m'interdire la fortune ? Pourquoi rogner mon ambition ? Serait-ce que l'enrichissement d'un roturier les défriserait ? Pensaient-ils qu'en leur infligeant la frugalité, le destin doive condamner au dénuement l'humanité entière ? Etaient-ils contrariés que j'entre dans le *Who's Who* tandis que la famille La Rochefoucard en sortait par branches entières ? Faites place. Débarrassez le plancher. Du sang neuf. Renouvelons l'élite !

Je mesurais à présent l'abîme infranchissable qui s'était creusé entre Diane et moi. A ses yeux, la richesse était un souvenir. Pas un avenir. Nous divergions.


Les dernières heures ne m'avaient réservé que des désagréments : insomnie, incompréhension conjugale, radinerie du comité de rémunérations, défaut de compassion. Comme nous étions samedi soir, j'avais besoin de détente.

En consultant les programmes télé dans *Le Monde*, je repérai que le film porno était précédé d'un documentaire sur les fjords norvégiens. Une aubaine. Je demandai à Diane de mettre Gabriel au lit et de verrouiller la porte de sa chambre. Nous nous retrouvâmes ensuite dans le grand salon. Je me penchai vers Diane :

— Ne parlons plus de salaire, de prime, de stock-options, chérie. Oublions tout. Respirons un autre air. Je vois à ce propos dans le journal un documentaire sur les fjords norvégiens. Voilà ce qu'il nous faut. Ça nous rappellera notre voyage jusqu'au cercle polaire. Tout là-

haut en deux-chevaux... Tu te souviens. Il y a maintenant, quoi... ?

— Vingt ans...

— Oui, vingt ans. Quel souvenir ! L'aurore boréale...
Les nuits sans fin... L'eau profonde des fjords... Regar-
dons ensemble le documentaire. L'un contre l'autre...
Comme ça...

Diane peinait à ne pas sombrer dans le sommeil. Je
devais la tenir éveillée jusqu'à l'heure du porno. Coûte
que coûte. Une fois le film commencé, Diane sortirait
de sa torpeur. Nous en avions fait l'expérience à de
nombreuses reprises dans le passé : le X l'attirait. Il n'y
avait pas de raison que ce soir déroge à la règle. « Ce
qui m'émoustille, disait Diane, c'est de voir des femmes
faire ce que je ne ferais jamais. Elles osent ce qui me
dégoûte. Le sexe est pour elles aussi primordial qu'il est
accessoire pour moi. Leur transgression ne sera jamais
la mienne. »

Cette justification me déprimait. Mais je n'avais rien
d'autre à ma disposition pour susciter son excitation. Je
devais m'en satisfaire. A prendre ou à laisser.

J'étais parvenu à tenir Diane devant la télévision jusqu'à la fin du documentaire.

— Tiens, le film porno, annonçai-je. Tu ne voudrais
pas regarder cinq minutes avec moi ?

Diane ouvrit un œil. Bon signe. Elle se redressa.

Au menu de la première scène : une fille, trois bites,
double pénétration, éjaculation faciale. La totale. Diane
regardait, les bras croisés. Je me rapprochai d'elle pour
passer ma main entre ses jambes. Elle ne résista pas.

— Allons dans la chambre si tu veux, proposa-t-elle.

Dilemme. Soit je la baisais là-bas, soit je regardais le
film ici. Pourquoi ne pas la sauter ici, devant le porno ?

— Tu ne veux pas rester ici, Diane ? Nous sommes
bien...

60

— Je préfère dans la chambre. J'y vais. Rejoins-moi plus tard...

Le piège. Dans cinq minutes, elle dormirait. Je serais condamné à la solitude. Je décidai donc de suivre Diane dans la chambre. Elle avait déjà enfilé sa chemise de nuit. Je lui caressai les fesses par en dessous. Sans attendre, elle se mit en position pour que je la pénètre. Je m'exécutai.

Je ne savais pas si les râles de Diane provenaient du plaisir ou de mes coups de reins qui expulsaient l'air de ses poumons. J'accélérai le rythme. Mon bas-ventre claquait contre ses fesses. Je revoyais les images du porno.

— Hein, Diane, ça t'excite de voir un film de cul... Ça te plaît, toutes ces cochonnes... de les voir se faire mettre...

J'accélérai encore la cadence.

— Ces pétasses à qui l'on donne quelques billets pour une sodomie... Dis-le que tu aimes ça...

La jouissance approchait.

— Baisées devant tout le monde...

J'accélérai plus fort. Paf, paf, paf. Par-derrière.

— Oui, ça te plaît... Je le sens...

Soudain, sans même se retourner vers moi, Diane me coupa la parole :

— S'il te plaît, Marc, prends-moi... sans parler. J'ai l'impression d'entendre le doublage d'un film porno. Ça me déconcentre...

Je m'arrêtai net. De parler et de la bourrer.

— Non, continue Marc... mais en silence. Voilà, comme ça... Doucement... Sans parler... Oui, comme ça... Bien... Bien... Doucement...

A présent, elle remuait du cul. A gauche, à droite, devant, derrière.

Je restais en elle. Immobile. Interdit. Inhibé. La jouissance promise s'était évanouie. Loin, loin.

Diane se balançait toujours. D'avant en arrière, lentement. Jusqu'à ce qu'elle jouisse dans son coin.

— C'est bon... C'est bon... C'est bon...

Elle s'allongea sur le dos, essoufflée.

— Ah, j'ai joui... Je dois t'avouer... que moi aussi...
j'y pensais au film. La fille avec les trois mecs...

Diane s'endormit sans m'embrasser.

## 7

Au commencement de ma carrière dans le secteur privé, j'aimais exhiber Diane en société. Je disais d'elle :

— Ma femme ? Chercheur au Collège de France, laboratoire collisions, agrégats, réactivité. UMR 5589 du CNRS. Un crâne d'œuf. Elle m'épate. Un concentré d'intelligence plus dense qu'une promotion entière d'inspecteurs des Finances. A la maison, nous parlons thermodynamique des agrégats, spectrométrie d'électrons, interactions ion-surface, nanostructures, collisions électron-molécule... Ça me détend. Je ne pense plus au boulot. Quel bonheur...

Pour une fois que l'épouse d'un cadre dirigeant n'était pas femme au foyer dépressive, consultante bidon en formation professionnelle ou collaboratrice stagiaire d'une agence de communication, autant en profiter. Diane était une tête. Elle rendait crédible l'intelligence supérieure que l'on me prêtait. C'est de famille, pensait-on. Comment se douter qu'elle n'avait toujours rien compris aux stock-options ?

J'ajoutais à propos de Diane :

— Quand je vois ces gens-là, ces chercheurs admirables, ces puits de science, je me dis que là réside l'accomplissement personnel. Eux font avancer l'humanité. Eux progressent sur le chemin de la connaissance. Nous, les hommes d'affaires, où nous situons-nous dans la hiérarchie de l'utilité sociale ? Bien en deçà, croyez-moi. Nous ne sommes pas fondés à réclamer la gratitude de nos contemporains. Les jours de doute – il m'arrive en effet de douter –, j'en viens à regretter d'avoir délaissé la recherche. J'aurais dû poursuivre dans cette voie après Normale Sup et l'agrégation. J'ai bifurqué vers l'ENA, par hasard. Un accident... Un jour, peut-être, reviendrai-je à ma vocation...

Les collègues à qui j'avais recyclé ce speech au cours des dernières années se rassuraient à mon égard. A leurs yeux, j'étais un cadre supérieur déprimé, une caricature de fonctionnaire égaré dans l'univers du business. Leur hostilité à ma personne s'en trouvait neutralisée. Pareille gamberge m'interdirait d'être un jour patron. Ils en venaient à louer publiquement mes états d'âme. Ils interprétaient l'expression de mes scrupules comme le signe avant-coureur de mon échec.

J'étais convaincant. Sur moi-même. Sur ma femme.


Lorsque j'avais épousé Diane, trois mois après notre rencontre, je pensais qu'elle m'aiderait dans la vie. Pas elle en particulier. Sa famille plutôt. Les La Rochefoucard avaient appartenu à la noblesse de cour. Des parentés royales dans l'Europe entière. Des cousinages qui occupaient au bas mot une dizaine de pages dans le Bottin de l'aristocratie.

Seulement, depuis les années trente, la famille n'avait cessé de décliner. La disparition de la rente foncière leur avait été fatale. Avait-on jamais mesuré combien l'inflation avait décimé notre noblesse autant que la Révolution ? Le modeste réveil de la famille La Rochefoucard était intervenu au tournant des années soixante. Grâce aux femmes, les hommes continuant à cultiver leur inaptitude atavique au travail.

Parmi les multiples tantes de Diane, l'une avait fait fortune dans la lingerie fine. Sous son impulsion, le string français détrônait le string brésilien. Un succès exemplaire à l'exportation. Sacrée victoire ! Le Valmy du commerce extérieur.

Une autre de ses tantes était entrée en politique. Députée de droite, elle n'aurait jamais assez de mérite pour devenir ministre. Une autre encore était professeur d'économie, sorte de théoricienne de la critique du capitalisme. Très à gauche. Ses travaux inspiraient aujourd'hui les hordes bagarreuses et dépenaillées du mouvement altermondialiste.

Les La Rochefoucard avaient enfanté des originales, célibataires pour la plupart.

Je devais ne pas avoir compris la géographie sociale pour croire qu'avec Diane j'épousais une « cheminée d'usine ». Au début du siècle, lorsqu'un polytechnicien, sans fortune mais au cerveau bien rempli, se mariait avec une héritière d'industrie du nord de la France, on disait qu'il épousait une « cheminée d'usine ».

En fait de « cheminée d'usine », Diane n'en avait que le physique : solide et rustique. Je devais constater à mon détriment qu'elle n'avait ni fortune, ni dot. Pas même un vieil appartement dans le septième arrondissement pour nous installer le temps de nos études. Pendant notre scolarité, nous étions contraints de nous loger par nous-mêmes dans un deux-pièces sombre près de la place d'Italie. Du coup, la seule fantaisie que nous nous étions autorisée pendant toutes ces années avait été l'achat, à l'angle de la rue Saint-Guillaume et du boulevard Saint-Germain, d'une cravate en soie lourde pour mon grand oral de l'ENA.

Révélée jour après jour, l'indigence du réseau relationnel des La Rochefoucard m'affligeait. Il s'était effiloché au fil du temps et des échecs. Il se composait, si l'on mettait de côté les tantes de Diane, de hobereaux misérables réfugiés dans les dépendances de châteaux décatis. Pas de haut fonctionnaire, pas de directeur de journal, pas d'administrateur du Racing, pas de commandeur de la Légion d'honneur, pas de chef d'entreprise, pas de hiérarque du MEDEF...

Le seul bénéfice que je tirais de cette décrépitude était de n'avoir ressenti aucune honte à l'égard des miens lorsque nos deux familles s'étaient rencontrées peu de temps avant notre mariage.

Il n'y avait rien d'utile à dire sur mes origines. Mon père était médecin, ce qui était honorable. Une vie entière dédiée à la dermatologie. Comme son père, comme le père de son père et ainsi de suite. Une dynastie de dermatologues. Des générations successives au service de la peau. La conception du monde des Tourneuillerie était peuplée de chancres, bubons, eczéma, mélanomes, urticaire, acné, herpès, kystes...

Je n'avais d'autre souvenir d'enfance que ces dîners silencieux au cours desquels mes parents avalaient leur potage le nez dans les manuels de dermatologie. Leur lecture m'était interdite. On voulait m'épargner les photographies trash de langue, d'aisselle, de cuir chevelu, d'anus, de nez, de doigt de pied. Parfois, je consultais en cachette les ouvrages de référence pour visualiser les maladies qui occupaient nos soirées : nodule de sœur Marie-Joseph, sclérose tubéreuse de Bourneville, lentiginose de Peutz-Jeghers, nævus de Spitz, histiocytose langheransienne...

Ma mère ne travaillait pas. Elle n'avait pas non plus étudié la médecine. Mais à force de potasser la matière, elle était devenue, en diagnostic dermatologique, d'une perspicacité supérieure à celle de mon père. Il en était flatté. Ensemble, ils partageaient la même obsession maniaque des dangers de la surexposition solaire. Année après année, nous passions nos vacances d'été sous des latitudes septentrionales. A Zuydcoote de préférence ou, à défaut, en baie de Somme. Je n'avais pas connu plus

66

méridional que Le Havre où ma mère trouvait que le soleil tapait dur. Pendant un mois, elle m'avait imposé chapeau à larges bords, chemise à manches longues et pantalon de toile dès que je mettais un orteil sur les galets de la plage.

Lorsque j'avais été reçu à l'ENA, mon père m'avait mis en garde avec solennité : « Réfléchis avant de renoncer à la dermatologie. »

J'avais réfléchi. Je ne voyais pas comment la médecine pourrait m'enrichir. Mes parents étaient comme Diane : ignorants des commandements de l'économie moderne.

## 8

Quand j'avais rencontré Diane, à l'âge de vingt ans, on pouvait encore lui supposer un physique agréable. Avec un petit peu de charme dans le sourire et, paraît-il, dans le regard. Sa constitution courtaude ne s'était pas affinée avec le temps. Mollets et cuisses robustes, derrière abondant, le cou descendu dans les épaules. Et puis des seins volumineux, comme toutes les filles à particule, fières de leur label de fabrication. Elle avait toujours aimé se faire peloter la poitrine, la zone la plus érogène de son corps.

A quarante ans passés, grâce à l'embonpoint, sa peau restait ferme et caoutchouteuse. A l'exception du visage cependant, qui commençait à se cartonner.

Le seul embellissement auquel elle avait consenti pour accompagner mon ascension professionnelle concernait sa coupe de cheveux. Toutes les variations concevables de l'art capillaire avaient été testées : blond, châtain, auburn, mèche à mèche, balayage, brushing, mise en pli... Dernièrement, elle avait tenté les bouclettes peroxydées. Elle s'était à juste titre vexée quand je lui avais alors dit qu'elle ressemblait à un gros caniche châtré.

Rien ne lui allait. Pas facile avec des cheveux fins, raides et clairsemés. Une visagiste de renom, qui facturait la prestation plus de mille euros, avait récemment rendu son verdict : une coupe à la garçonne, couleur naturelle.

Contrairement à sa coiffure, la garde-robe de Diane n'avait connu aucune transformation depuis des années. Du jour où elle avait opté pour le tissu écossais, son évolution vestimentaire s'était bloquée à jamais. Cet événement malheureux s'était produit avant notre rencontre : je n'avais connu Diane qu'en motif écossais.

Dans un premier temps, je n'y avais pas vu d'inconvénient. Diane portait des jupes au-dessus du genou. Les pans tenaient par une simple broche. Ce fragile dispositif avait parfois laissé apparaître, jusqu'en haut des cuisses, les collants de Diane. Un summum de l'érotisme qu'elle n'avait jamais plus égalé par la suite.

Au tournant de la trentaine, l'appétence maniaque de Diane pour le tissu écossais connut une funeste évolution. Elle avait découvert la jupe-culotte. « Pour le confort », se justifiait-elle. Fini l'entrebâillement fortuit sur les cuisses. La détérioration vestimentaire n'avait plus de limite. Le bermuda supplanta la jupe-culotte. Le bermuda jusqu'à mi-mollet, bien large, avec un revers extérieur. L'horreur esthétique. Une silhouette monstrueuse, comme si les jambes de Diane avaient été raccourcies de vingt centimètres. Elle qui ne disposait pourtant pas de superflu en la matière. Pour les weekends, elle avait adopté le short. Plus « sport » que le bermuda, d'après elle. Le risque d'indécence était écarté par l'ampleur du vêtement. Trois tailles au-dessus. La silhouette de Diane n'était plus qu'un énorme cul posé sur des jambes épaisses. Pourrais-je encore ressentir du désir pour elle ? J'en doutais.

Outre sa mocheté intrinsèque, l'ennui du tissu écossais était de n'autoriser aucune fantaisie. Tout le reste de la garde-robe de Diane était uniformément bleu marine et vert bouteille : chemisiers, cardigans, manteaux. Elle avait renoncé au rouge et au jaune, trop voyants.

Voilà à quoi se résumait l'apparence de Diane : un motif écossais surmonté d'une sinistre couleur.

De mon côté, j'avais pris soin d'accompagner mon ascension professionnelle d'une progression vestimentaire. La banque était exigeante en la matière. Affaire de standing. Lors de mon arrivée au Crédit Général, ma première décision avait concerné les plis de pantalon. J'avais exigé de notre femme de ménage un repassage quotidien. Mais très vite, je constatai que le coup de fer laissait des marques luisantes. L'un de mes collègues me l'avait fait remarquer. J'étais mortifié. Charitable, le collègue m'avait initié au secret du pli qui ne brille pas : mettre un linge entre le fer et le pantalon. J'avais testé moi-même. Impeccable. Ensuite, j'avais formé la femme de ménage à ce procédé miraculeux.

Depuis mon accession à la présidence du Crédit Général, j'avais pris une autre décision capitale sur le plan vestimentaire, preuve de ma capacité à avancer dans la vie. Il fallait en finir avec le pantalon à pinces. J'avais longtemps observé autour de moi avant de m'engager dans cette voie nouvelle, qui absorbait l'essentiel de mes capacités de réflexion. A ma demande, Marilyne s'était procuré la totalité des magazines de mode masculine parus ces dernières semaines en France, en Italie, en Angleterre et aux Etats-Unis. Mon statut exigeait un look transnational.

Je m'étais aperçu que ma constitution ne convenait pas aux pantalons à pinces, a fortiori s'ils étaient accompagnés d'une veste croisée. Ma courte taille – j'annonçais un mètre soixante-quatorze pour un mètre soixante-douze en réalité – restait le traumatisme de mon existence. D'autant que la nature m'avait doté d'un corps râblé et musclé. Sans avoir pratiqué aucun sport, il se trouvait que, par une ruse de la génétique, mon buste était large et noueux. Avec des pectoraux proéminents. Dans l'ensemble, mon aspect physique était dépourvu d'élégance. Inutile dès lors de me raccourcir la silhouette par des vêtements amples.

Mon choix était donc arrêté : pantalon droit et veste cintrée. Restait la mise en œuvre. Après enquête, je m'adressai à Emporio Armani dont on me vantait le savoir-faire casual-chic. Marilyne avait dû les convaincre de se transporter jusqu'à la banque pour effectuer les essayages. Pas question de me retrouver en chaussettes dans une boutique, le pantalon tire-bouchonnant sur les chevilles.

A peine avais-je enfilé le premier pantalon droit, moulant plus qu'à l'accoutumée mon bassin et mes cuisses, qu'une érotisation de mes pensées se produisit.

Dans le miroir, je me voyais aminci, presque élancé. Métamorphosé. Magnifique. Sexy pour la première fois de ma vie. Un bouleversement hormonal. La vision de profil me stupéfia : une énorme bosse à hauteur des couilles. Un paquet compact et volumineux. Aurais-je pu imaginer auparavant que la coupe d'un pantalon puisse avantager de la sorte ma virilité ? En me contemplant, je comprenais pourquoi, depuis l'adolescence, je m'étais posé cette question : les filles regardent-elles la gibbosité de notre sexe avec la même concupiscence que nous matons leur cul ? Ainsi vêtu, j'en acquis la conviction : les filles s'attarderaient désormais sur ma proéminence. Je m'exhiberais. Je serais sensuel. Désirable, en somme. A moi seul, je rétablirais la parité des vices entre les sexes. Je deviendrais objet de la convoitise libidineuse des femmes. Enfin !

Cette perspective m'excitait. Comme une femme à l'idée d'être reluquée. Qui n'ignore rien de la cochonnerie des hommes. Car nous fera-t-on croire qu'une seule femme d'aujourd'hui ne s'est jamais offerte à la libido des hommes ? Intentionnellement. Matage systématique et généralisé ! Les femmes le savent et y consentent. Sinon, pourquoi les strings ? Pourquoi la transparence des étoffes ? Pourquoi les pantalons qui dessinent la fente ? Oui, c'est ça : la femme, la fente ; l'homme, la bosse. Pas plus compliqué.

Ma décision était prise : je voulais désormais investir le marché érotique. Avec de gros moyens. Je passai commande d'une trentaine de costumes aux sbires d'Emporio Armani.

Lorsqu'on me laissa enfin seul dans mon bureau, j'eus envie de repartir sur le web. Internet Explorer... Google... échangisme... pages personnelles... Christian et Elisa... notre annonce... nos photos... men in black... nos meilleures adresses... nos sites favoris... Frank et Laetitia... nos soirées... nos vidéos... nos clubs... nos liens sympa... Anaïs et Mickey... notre galerie de photos... nos gang-bangs... nos copines... Et ainsi de suite.

Ce soir-là, j'inspectai des dizaines d'amatrices licencieuses. Des minces, des épilées, des vieilles, des étudiantes, des grosses, des noires, des bandantes, des laides, des bourgeoises. Et encore des exhibitionnistes de parking, des partouzeuses du dimanche, des gangbangueuses de blacks, des suceuses de bites en réunion, des escort-girls de la Côte, des naturistes du cap d'Agde...

Je passai des heures en érection, la souris à la main pour découvrir les trésors infinis de la Toile. De lien en lien, de site en site.

# 9

A la banque, je m'installais petit à petit dans mes fonctions.

En quelques mois, l'action du Crédit Général avait progressé de dix-sept pour cent. Meilleure performance du secteur bancaire sur l'Eurostoxx 50. Puis d'un coup, le titre entama son envol vers l'empyrée boursier : plus trente et un pour cent. A ce rythme, j'empocherais bientôt la prime promise par le comité de rémunérations.

Que faire de trois millions d'euros ? Il était temps d'y songer. Dépenser ? Un peu certes, pour mes costumes. Mais sans dilapider l'argent ni s'exposer à un revers de fortune. Investir dans la pierre ? Je le désirais plus que tout, mais le moment était mal choisi. En cas de divorce, Diane me spolierait. Epargner ? Voilà qui me paraissait judicieux. Un placement de père de famille. Sur un compte rondement rémunéré, logé dans un centre offshore. Impossible à débusquer, même en fouillant partout. Le moment venu, je mettrais les spécialistes de la banque sur le coup. J'avais cru comprendre que nous avions dans la maison des compétences réputées pour effacer les traces du cheminement de l'argent. J'expérimenterais par moi-même les vertus qu'on attribuait à notre département de gestion de fortune.

Dans l'attente de la prime de fin d'année, il me fallait songer aux stock-options. Le seul moyen pour un type comme moi de se constituer un magot digne de ce nom. Comment gonfler ce maudit cours de Bourse ? A plus trente et un pour cent, mes options rentraient tout juste dans la monnaie. Une bonne base, mais insuffisante pour assurer mon enrichissement.

Aux dires des analystes financiers, la progression de notre titre n'avait d'autre justification que ma nomination à la présidence de la banque. A moi seul, je provoquais des « anticipations haussières ». On m'attribuait la volonté de « redynamiser » le Crédit Général. De lui imprimer une stratégie de « consolidation des parts de marché sur les métiers traditionnels » et de « conquête de positions nouvelles sur les métiers d'avenir ». Bien dit. Le message que je m'escrimais à vendre de déjeuners fastueux en dîners fastueux passait tel quel auprès des analystes et des journalistes. Ils gobaient sans barguigner mes sornettes, avant de répandre en Bourse la bonne parole. Quel plaisir d'ego d'imaginer la tribu des épargnants fébriles venant investir chez nous leur pécule. Rien que sur ma bonne tête. Sur les « anticipations » que ma personne suscitait. Moi... Moi... Que Dieu les bénisse. Merci à eux. Un grand merci pour leur courageuse contribution à ma prospérité. Je leur devrais tout. Moi seul le saurais.

Par superstition, je m'étais refusé à concevoir un plan d'action précis pour la banque tant que ma nomination à la présidence n'était pas accomplie. Du coup, les premières semaines, j'avais été pris de court par les événements. Que devais-je faire ? Dans quelle direction aller ? Comment me comporter ? Je n'en avais pas la moindre idée. Plus personne au-dessus de moi pour prendre les décisions. Je remettais les choix à plus tard en priant le ciel pour qu'une illumination me vienne.


Telle était mon humeur lorsque l'on vint m'avertir de la survenance d'un événement historique qui allait bouleverser mon propre destin. Et celui du Crédit Général. Les fonds de pension, avec l'appoint des mutual funds, avaient pris la veille le contrôle de la banque. Ensemble, leur participation dépassait le seuil de cinquante pour cent du capital. En détaillant la liste des nouveaux actionnaires que l'on me tendait d'une main tremblante, je retrouvai les noms des monstres de la finance mondiale : Fidelity, Calpers, UBS Brinson, Fortis Investments, Janus Capital, Morgan Grenfell, Standard Life, DWS Deutsche Gesellschaft Wertpapiersparen, Northern Cross Investments, Meiji Life Insurance... A lui seul, Templeton Global Investors de Dittmar Rigule détenait à présent un peu plus de neuf pour cent de notre capital. Américains, Anglais, Allemands, Ecossais, Japonais, Hollandais : les retraités prospères de la planète s'invitaient dans nos murs. Ils se glissaient dans nos draps. Nous n'étions plus chez nous.

J'annulai tous mes rendez-vous pour réunir en urgence le comité exécutif de la banque. J'avais un quart d'heure devant moi, le temps de vérifier l'intuition qui me venait sur la manœuvre en cours. Je demandai à Marilyne de joindre Dittmar Rigule.

Au bout du fil, j'entendis sa voix des bons jours :

— J'attendais votre appel. Je ne voulais pas vous déranger... Une telle perturbation... Quel choc... J'aurais dû vous alerter au préalable... Acceptez mes excuses... Vous comprendrez que j'étais condamné au secret... Une si grosse affaire...

Je percevais la jubilation de Dittmar. Mon nouveau maître. Il poursuivit sur le même ton :

— Ne nous attardons pas sur le passé. Regardons l'avenir. Alors : comment vous sentez-vous ? Pas trop brutal, le changement de taulier ? A titre personnel, vous n'avez rien à craindre. Moi, je vous aime beaucoup. Vous êtes mon ami. Et je suis le vôtre. Je sais pouvoir compter sur vous. J'en suis convaincu depuis notre réunion du comité de rémunérations. Votre idée de prime au licenciement m'a ébloui. Malin comme tout. Ne m'en voulez pas d'avoir piqué l'idée pour d'autres groupes que j'administre. Un succès du tonnerre. On a fait des miracles. Je vous prie de croire que ça restructure vite fait...

Dittmar s'interrompit un instant. Mon silence le perturbait.

— J'étais en dette avec vous, reprit-il pourtant. J'ai donc évoqué votre cas avec mes petits camarades des fonds de pension. Nous nous connaissons tous entre gestionnaires. Une bande de potes, en quelque sorte. A une douzaine, nous gérons plus d'argent que le produit intérieur brut de la France. Ça crée des liens. On se refile les bons tuyaux... Donc, je leur ai dit...

Dittmar Rigule s'arrêta de nouveau, inquiet du désintérêt qu'aurait pu susciter chez moi son récit. Je le rassurai : sa crainte était infondée. Si je demeurais silencieux, c'était par fascination pour ses propos. Je l'invitai à continuer. Ce qu'il fit volontiers. Comme souvent avec les authentiques polyglottes, il employait des mots d'argot sans s'en rendre compte.

— Je leur ai dit : « Les gars, j'ai une bonne affaire sous le coude. La culbute assurée. Une bien belle banque. Avec à sa tête un nouveau président. Un type formidable. Jeune. Vaillant. Résolu. Prêt à tout pour nous donner satisfaction. » Puis, j'ai raconté l'histoire de la prime au licenciement. Ç'a été la ruée en Bourse. Ils se poussaient des coudes pour investir chez vous. « Faites-moi une place ! J'achète ! » clamaient-ils. Ah, ah, ah !

Rien qu'au souvenir de la bousculade, Dittmar s'esclaffait à pleine poitrine. J'éloignai le combiné de mon oreille. J'entendais un rire puissant. Par contagion, je souriais à mon tour :

— Vous savez que vous me flattez, Dittmar. J'en rougis.

76

Dittmar poussa un long soupir de ravissement. Il était secoué de s'être gondolé si fort :

— Ach ! Combien j'ai ri... Mais attendez ! Ecoutez la fin. Nous nous sommes dit : Pourquoi s'arrêter en si bon chemin ? Pourquoi ne pas prendre le contrôle majoritaire de votre banque, après tout ? Nous serons chez nous. Seuls maîtres à bord. Allez hop, trois quatre coups de téléphone à des mutual funds de nos relations. Quelques ordres d'achat en Bourse. Et nous voilà ! Cinquante virgule treize pour cent du Crédit Général, pour être précis. A nous la boutique ! Encore n'ai-je pas associé Putman Investment à la combine. Ils m'avaient joué un tour de con sur une affaire. Une vieille histoire...

Dittmar s'assombrit à l'évocation de ce souvenir douloureux. J'en profitai pour lui poser la question qui me préoccupait depuis le début de notre conversation :

— Quelles sont vos intentions à présent ? Je présume que vous avez une petite idée... Qu'attendez-vous de moi ?

— Oui, vous avez raison, venons-en au vif du sujet. Nos intentions ? Rien de méchant... Deux ou trois postes au conseil d'administration. Pas plus. Ne brusquons pas les choses. Nous avons beaucoup de considération pour les dignitaires de la banque.

Dittmar semblait sincère en parlant de la sorte. Les Légions d'honneur qui peuplaient le conseil d'administration du Crédit Général l'impressionnaient.

— En revanche, reprit-il d'une voix devenue métallique, nous attendons beaucoup de vous. Transparence des comptes et rentabilité du capital. Il y a du boulot. Votre banque sommeille, Marc. Vous traînassez. C'est fini, la belle époque Jacques de Mamarre. Les combines entre actionnaires, les participations croisées, les petits arrangements... Nous n'avons plus l'éternité devant nous. Faut nous bousculer tout ça. N'êtes-vous pas d'accord ?

Dittmar me prenait à froid. Je m'attendais à ce qu'il poursuive son monologue sans me questionner.

— Oui, oui... balbutiai-je. Pour le moment, je vous écoute... Avec beaucoup d'attention... Mais puisque vous m'interrogez, j'aimerais en savoir davantage sur... le sort que vous me réservez. Qu'adviendrai-je dans le dispositif ? Que me donnerez-vous pour prix de ma collaboration ?

Dittmar embrayait sans se démonter. Discuter de la situation personnelle d'un patron ne l'avait jamais effrayé :

— Sachez que nous vous traiterons bien. Vous nous aidez, nous vous aidons... Salaire, bonus, stock-options : nous n'avons pas l'habitude de mégoter. Nous plaiderons votre cause au conseil d'administration et au comité de rémunérations. Pour commencer, vous n'avez pas eu à vous plaindre de notre petit raid sur le Crédit Général. Nous avons fait monter le cours de Bourse de trente et un pour cent. C'est bon pour vos stock-options. Un cadeau de bienvenue... Voyez, nous ne sommes pas ingrats.

— Je vous en remercie... Quelles contreparties votre prodigalité exige-t-elle ?

Dittmar récita la liste d'un trait :

— Création d'un comité d'audit ayant tous pouvoirs de contrôle sur les comptes du Crédit Général. Avec faculté d'auditionner les principaux cadres et de réaliser des audits aux frais de la banque. Examen des comptes trimestriels par le conseil d'administration. Constitution d'un comité de sélection des administrateurs. Réduction de leur mandat à quatre ans. Publication de la rémunération individuelle des dirigeants, primes et stock-options comprises.

L'intonation de Dittmar se durcissait à mesure que la conversation entrait dans le dur du business. Son pavlovisme d'investisseur se réveillait. Je revoyais ses yeux d'illuminé de la corporate governance.

Il poursuivit :

— A minima, telles sont nos demandes. L'actionnaire que je suis veut savoir, minute par minute, où va son argent...

Puisque la conversation ne s'embarrassait plus de circonlocutions pipoteuses, je tins à lever une inconnue :

— Vous ne m'avez pas précisé combien vous vouliez au juste pour la rentabilité des fonds propres. Dix pour cent, quinze pour cent, vingt pour cent ? Plus ?

La parano gestapiste de Dittmar s'excita :

— Je vous vois venir avec vos gros sabots... Ne me prenez pas pour un couillon. Si j'articule un pourcentage, vous irez tout droit pérorer dans la presse : « Les fonds de pension nous imposent quinze pour cent. Ces salauds. Ils nous forcent à licencier. C'est de leur faute... Gna-gna-gna, gna-gna-gna... » Voilà les calomnies que vous colporterez pour nous nuire. Prenez vos responsabilités, mon vieux. Rentabilité des fonds propres veut dire enrichissement personnel de M. Marc Tourneuillerie. A vous de décider. Les moyens pour y parvenir sont à votre convenance. Seulement, il faut faire très vite. N'allez pas me pousser la chansonnette du long terme. J'en ai rien à foutre. Chacun sa merde. J'ai des comptes à rendre, moi. Faites suer le burnous au plus vite. Sinon...

Pourquoi Dittmar s'irritait-il de la sorte ? J'avais parfois du mal à m'adapter à ses sautes d'humeur. Je tentai de ne pas avoir l'air de me coucher :

— Nulle menace dans vos propos, je suppose...

J'aurais dû m'abstenir de ce sursaut d'ego. Dittmar n'avait plus l'heur de galéjer :

— Interprétez-les comme bon vous semble... Donnez-moi votre réponse sous quarante-huit heures.

L'entretien avec Dittmar se termina recta. Sans formules de politesse.

D'instinct, je perçus que les quarante-huit heures qu'il me concédait pour réfléchir étaient superflues. Sans me l'avouer encore, ma décision était prise : j'accepterai le deal.

En dix minutes, la donne avait changé. J'étais agrippé par les mains griffues des fonds de pension. Soumis aux desiderata des retraités. Ils ne me lâcheraient plus. La prosternation quotidienne m'attendait.

Etais-je révolté ? Emettais-je des doutes ? Des récriminations ? Ressentais-je de l'humiliation ? Du dépit ? De la rancœur ? De l'injustice ? Non, rien de tel. L'introspection à laquelle je me livrais à toute vitesse ne révélait aucun sentiment de cette nature. J'entendais ma voix intérieure me recommander la soumission. De nouveaux actionnaires s'imposent à toi, me disait-elle. Pourquoi ne pas les accueillir ? Sont-ils plus indignes que ceux que tu as servis jusqu'à maintenant ? Plus illégitimes que les coquins qui avaient fait roi Jacques de Mamarre ? Ne méritent-ils pas que tu les enrichisses au même titre que les autres ? Que t'importe l'identité des détenteurs du capital ? Avec ceux-là, au moins, une ligne de conduite te sera imposée. Tu sauras comment agir. Ne t'encombre pas de scrupules vieux jeu. Pense à toi. A la gratitude qu'ils te témoigneront. Reste à ton poste. Ils ont besoin de toi. Profites-en. Fais-les cracher au bassinet. Un maximum.

En route pour l'aventure, décidai-je au terme de cette rapide revue de ma conscience. Droit devant !

Il fallait mettre la banque en ordre de bataille sans perdre une minute. Je partis rejoindre les membres du comité exécutif en salle de réunion. Le sale boulot commençait. Tant mieux.

# 10

Je jubilais d'annoncer la terrible nouvelle sur les changements de notre actionnariat aux caciques du Crédit Général. J'avais d'ordinaire si peu l'occasion de les maltraiter.

L'institution du comité exécutif, siège du pouvoir suprême de la banque, remontait à Jacques de Mamarre. Au fil des ans, la vie de Jacques s'était tout entière ordonnée autour du rituel sacré des deux réunions hebdomadaires, les lundis et les jeudis matin. La puissance de l'habitude était telle qu'au moment de son renoncement à la présidence du Crédit Général, il m'avait supplié de rester membre du comité exécutif. Et puis quoi encore ? m'étais-je dit. Me voler la vedette dans le saint des saints ? M'infliger sa présence malodorante ? Pas question !

Pour m'économiser une réponse expressément négative à cette pathétique requête, je m'étais contenté de repousser à l'après-midi l'horaire de réunion. J'omis d'en avertir Jacques et sa fille Claude. Le premier lundi matin qui avait suivi, ils avaient pénétré benoîts dans la salle du comité, des piles de dossiers sous le bras. Ils avaient poireauté une heure durant avant de s'éclipser. Jacques n'avait pas osé demander à qui que ce soit le nouveau planning des réunions. J'avais signé à cette occasion ma prise de pouvoir au sein de la banque.

Ma réforme du comité exécutif se limitait aux horaires. Pour ne pas m'attirer d'inimitiés, j'avais reconduit la liste des membres établie par Jacques. En premier par ordre hiérarchique : Alfred Hatiliasse, le directeur général. Un cran en dessous, apparaissaient les trois directeurs généraux adjoints. Un par métier : Matthew Malburry pour la banque de financement et d'investissement, Boris Zorgus pour la banque de détail, Raphaël Sieg pour la gestion d'actifs et la banque privée. Des types pas bien marrants, mais tous excellents banquiers. Ils avaient eu la sagesse de ne jamais concourir à la succession de Jacques de Mamarre. Je ne voyais pas de raison de les évincer.

Au bas de l'échelle, et à la condition de ne plus venir aux réunions avec son père, figurait toujours Claude de Mamarre. J'avais donné instruction, dans les documents publics présentant l'organigramme de la banque, de ne pas mentionner son nom dans la liste des « membres » du comité exécutif. Je rédigeais moi-même la mention la concernant : « Claude de Mamarre, directrice de la communication, assiste également aux réunions du comité exécutif. » « Assiste », mais pas « membre ». Ce subtil distinguo lui restait en travers de la gorge. Elle l'interprétait comme une déchéance. Pouvais-je la démentir ?


Alfred Hatiliasse était un imposant gaillard de soixante-trois ans. Un corps immense et baraqué. Des manières de butor. Les oreilles envahies par la broussaille. Le nez et les mains velues. Le crâne chauve. Sa pilosité avait perdu tout sens de l'orientation.

Alfred pompait trois paquets de brunes par jour. A force, la fumée avait écorché ses puissantes cordes vocales. L'addiction remontait à un cocuage lointain, un mois tout juste après son mariage. Depuis ce trauma initial, Alfred carburait à la nicotine, pendant que sa femme, à laquelle il ne touchait plus, se défonçait au

Prozac et ses deux fils à l'héroïne. Le cercle familial était entré en décadence. Alfred n'avait plus que le travail pour seule compagnie. Il en abusait.

L'infidélité de son épouse avait provoqué chez lui la décision existentielle de ne jamais plus contrarier sa grossièreté naturelle. Quoique sorti dans la botte de l'Ecole polytechnique, Alfred était né malotru et entendait le rester. Il estimait que le métier de la banque n'exigeait pas qu'il se départe de son naturel. Les réceptions, les cocktails, les dîners l'emmerdaient. Il les fuyait.

On aurait dit que son incommensurable intelligence ne se déclenchait que l'index enfoncé dans le nez ou les oreilles. Le curage d'orifices était chez lui un geste habituel. Il contemplait, au bout du doigt, morve et cérumen extirpés. Le dégoût qu'il suscitait l'indifférait. Ainsi lui arrivait-il souvent de se remettre les couilles en place avant de tendre sans malice la main à son visiteur pour le saluer.

Il introduisait généralement son propos par un « bordel », et le concluait par un « merde ». Au total, et en dépit de ses mérites, sa réputation de pignouf lui interdisait pour toujours l'accès à la présidence du Crédit Général. Il n'en concevait aucun ressentiment. « Bordel, tu vas te farcir un job de tapette, merde », s'était-il récrié en apprenant ma future nomination comme président de la banque. Il était tout à fait sincère. Dès lors que je me gardais d'empiéter sur ses plates-bandes, il ne manifestait aucune hostilité à mon égard. Les embrouilles d'état-major ne le concernaient pas.

Au travail, Alfred Hatiliasse opérait à la façon d'un Excavator Caterpillar. Robuste et puissant. Il avançait sur des chenilles épaisses, arrachant le sol, déblayant le terrain, charriant des tonnes de terre. Dans ses paluches de bûcheron, la banque travaillait à la dure. Ces derniers mois, j'avais pourtant senti une forme de lassitude chez lui. La carburation de la machine commençait à peiner. Il fumait moins. On prétendait que les conflits du ménage s'apaisaient avec le temps. Alfred vieillissait.

Aurait-il l'énergie d'accomplir la tâche assignée par Dittmar Rigule ? Pourrait-il s'accommoder des standards de gestion du futur ? Collaborerait-il à la révolution copernicienne qui nous attendait ? La réaction d'Alfred pendant le comité exécutif me préoccupait.

A la table de réunion, Alfred était encadré par Matthew Malburry et Boris Zorgus. Qu'aurais-je pu dire à leur sujet ? Pas grand-chose. Je me contentais de penser qu'ils étaient d'irréprochables professionnels. Dans l'intimité, je les connaissais à peine, sans avoir jamais consenti l'effort de m'intéresser à leur existence. Tout juste m'agaçai-je d'entendre la ritournelle de Matthew Malburry, un Franco-Américain surnommé « Mama », au sujet de la supériorité de la formation dispensée par l'université Harvard sur celle de l'ENA. En quoi ce test comparatif me concernait-il ?

A ma droite, pas très loin de Claude de Mamarre, s'était assis Raphaël Sieg. Le chouchou des cent mille clients fortunés de la banque qui plaçaient leur confiance en sa discrétion. De douze ans mon aîné, Raphaël était issu comme moi de l'Inspection des finances. On l'avait chargé de me chaperonner à ma sortie de l'ENA, au temps où il étincelait comme conseiller du ministre des Finances, puis du Premier ministre. Je l'admirais alors. Un clone parfait de Jean-Claude Killy : hâlé été comme hiver, élégant, mince et digne. Un bien bel homme. Une bien belle carrière.

En rejoignant le Crédit Général, Raphaël commit un impair dont il souffrait encore aujourd'hui. Malgré son pedigree, il n'avait jamais compté au nombre des successeurs putatifs de Jacques de Mamarre. Pas assez coquin pour l'emploi. Quelques jours avaient suffi pour le dézinguer dans les couloirs de la banque. Trop lettré, trop précieux, trop vertueux. Trop bon pianiste. Trop accro aux lectures de Spinoza. Trop fidèle en ménage. Raphaël laissait indifférent. Ni haine, ni admiration. Une chiffe molle.

Faute de se propulser vers les sommets, Raphaël progressait échelon après échelon dans la hiérarchie de la banque. Directeur, secrétaire général adjoint, secrétaire général, directeur général adjoint. A présent, il naviguait aux alentours de la cinquième place dans la hiérarchie de la banque.

Je lui devais mon recrutement au Crédit Général. Par amitié pour moi, il m'avait recommandé à Jacques de Mamarre. Pas une seconde, il n'avait pronostiqué ma fulgurante ascension. Depuis ma nomination à la présidence, il subissait ma tutelle dans une souffrance muette. Mes lubies l'horripilaient. Mes méthodes le dégoûtaient. Je le sentais d'intuition, car il ne l'avouait jamais. Il ravalait ses sentiments. Personne ne réussissait à lui tirer les vers du nez. Mes informateurs dans Paris ne me rapportaient aucune vacherie de sa part. Même en m'accablant devant lui pour l'appâter, il ne se livrait pas. Une tombe.

En matière de débinage, Raphaël constituait une exception dans la banque. Tous les autres collaborateurs, dans le secret des tête-à-tête, cédaient sans retenue à la tentation du dénigrement. Malgré l'habitude, je restais stupéfié de la proportion réservée aux médisances dans nos conversations privées. L'introduction à la délation était immuable : « Monsieur le président, le devoir me dicte de vous informer sur... », « Personne, à part moi, n'osera vous dire que... », « Puis-je vous parler sans langue de bois... ». La figure de style accomplie, les ragots se déversaient : incompétences, malversations, corruptions, gabegies, forfaitures, concussions, prévarications, détournements... Jusqu'aux coucheries !

Je prenais soin de préserver ces moments d'épanchements complices avec les principaux cadres de la banque. Mon meilleur réseau de renseignement. Il me suffisait, avec eux, de feindre l'ignorance pour alimenter la machine à baver. On me créditait d'ignorer les dysfonctionnements de la banque. Moi qui savais tout, moi qui laissais dire, moi qui laissais faire.

Je fixai un long moment les participants au comité exécutif, en m'épargnant toutefois le visage de Claude de Mamare. Tous s'impatientaient de m'entendre parler. Je savourai le suspense avant de prendre la parole :

— Merci de vous être libérés si vite pour notre réunion impromptue. Vous allez en comprendre l'urgence. Un événement considérable vient tout juste de se produire. Les fonds de pension ont pris le contrôle majoritaire de la banque. Nous avons affaire à une action concertée. C'est un raid.

Un frémissement sinistre fit le tour de la table.

Je poursuivis :

— Je m'en suis entretenu à l'instant avec Dittmar Rigule. Il a confirmé mon soupçon. Nous avons été ciblés.

Comme je le craignais, Alfred ne put s'empêcher de grogner son hostilité :

— Bordel ! Ça va secouer avec les fous de profit, les toqués du cours de Bourse. Vous n'êtes pas sortis de l'auberge, mes enfants. Ce sera sans moi...

J'endiguai immédiatement ses débordements de langage :

— Calmons-nous ! S'il vous plaît... N'aviez-vous pas prévu cette évolution ? A mes yeux, elle était inévitable. Ne feignez pas la surprise. En un sens, l'attrait que nous

86

éveillons pour les investisseurs résonne comme un hommage. Laissons-nous le temps de la réflexion. Pour le moment, je voulais vous informer de la situation. Ce sera tout. La réunion est terminée.

J'avais beau me lever de ma chaise, je ne parvenais pas à ramener l'ordre. J'entendais des appels à l'insoumission. Dans le sillage d'Alfred, la jacquerie grondait. Même Claude de Mamarre, que personne n'avait sonnée, s'en mêlait. « Nous voilà déchus de notre nationalité, protestaient-ils. Rétrogradés au rang d'employés des maisons de retraite. Nous, dirigeants de la plus grande banque de notre vieille Europe. Nous, héritiers des héroïques fondateurs du Crédit Général. Nous, bâtisseurs des chemins de fer, des usines sidérurgiques, des logements sociaux, de l'industrie d'armement, des autoroutes, du Concorde, des centrales nucléaires, de la fusée Ariane, des infrastructures de télécommunication, des nouvelles technologies de l'information, et j'en passe. Nous, financiers de la modernité, de la post-modernité, de la post-post-modernité. Nous faire ça. Une infamie ! Dehors, vieillesse cupide ! Foutez-nous la paix ! Regagnez vos hospices ! Car nous résisterons. La France aux jeunes Français ! Aux armes, citoyens ! »

Seul Raphaël Sieg ne s'associait pas au chorus patriotique. Il restait silencieux, observant comme moi l'agitation ambiante. Je regrettai d'avoir agi par impulsion. La convocation ex abrupto du comité exécutif était une bourde. La réunion tournait au fiasco. Les esprits n'étaient pas prêts. J'espérais les rudoyer. Je déclenchais en retour un lamento sécessionniste. Quel con !

## 11

Revenu dans mon bureau, je fulminais. Je m'en voulais d'avoir sous-estimé l'inertie mentale de l'état-major de la banque. Mais quoi ! Ne m'étais-je pas adressé à des dirigeants de gros calibre ? Pourquoi avaient-ils tout compris de travers, comme des cadres de PME ? Etaient-ils à ce point ignorants des évolutions de notre époque ? Entendaient-ils parler pour la première fois des fonds de pension ? Croyaient-ils en être immunisés ?

Je n'en revenais pas de la réaction des membres du comité exécutif. S'aveugler ainsi. Tourner le dos à l'avenir. Même un enfant de douze ans aurait su dire que l'invasion des gérontes avait commencé. Ils conquièrent la planète. Ça grouille de partout. Boom-boom, papy-boom. Ils se multiplient comme des lapins. Ça n'arrête plus. Ils s'accrochent à la vie. Ils sont devenus increvables. Vaincre la maladie pour gagner l'immortalité. A croire qu'ils picolent un philtre d'éternité. Que les soiffards s'extirpent des tombeaux la nuit pour sucer le sang de la jeunesse. Impossible de s'en débarrasser. Les parasites ont pris le pouvoir. La gérontocratie triomphe.

En plus, poursuivais-je en moi-même, les vieux, ils ont les moyens maintenant. Croupissent plus comme avant dans des mouroirs sans chauffage, avec une télé noir et blanc pour cinquante pensionnaires. A présent, ils sont bourrés de fric. Les poches pleines de pognon. Résidence trois étoiles avec self-service, lecteur de DVD et Internet haut débit. Jamais génération de seniors ne s'est gavée pareillement sur le dos de la prospérité. Ils en profitent. Ça flambe sans compter. On se la coule douce, chez les mamies et les papys. Rien donner aux autres, tout garder pour soi. Ils n'arrivent même plus à claquer les sous pour se payer du bon temps. Alors, ils achètent tout ce qui est à vendre. Les actions, les obligations, les bons du Trésor, les parts de Sicav. Et puis les immeubles, les maisons, les terres, les fonds de commerce. Le monde leur appartient. Faut que ça rapporte. Dividendes, intérêts, plus-values, rentes, loyers. Accumuler encore. Sans oublier de recruter des mercenaires pour garder le magot. Des Dittmar Rigule vendus comme hommes de main pour retraités. Une légion de kapos qui installe les miradors autour des sweatshops. Les forces vives sont sous contrôle dans les camps de travail. Les galériens n'ont qu'à bosser.

Comment parviendrais-je à satisfaire aux exigences de Dittmar ? Un engagement nous liait désormais. Rentabilité pour lui, fortune pour moi. Entre collaboration et indigence, j'avais choisi mon camp. Maintenant, la soldatesque des fonds de pension me tenait en ligne de mire. Je n'avais plus le choix. Prospérer ou crever.

Le commando que je voulais recruter pour la mission ressemblait à une vieille troupe récalcitrante. L'état-major de la banque apparaissait en piteux état. Je m'angoissais.

Il fallait provoquer un électrochoc de toute urgence. Je réfléchissais à la façon de procéder. Me vint alors l'idée d'une excursion lointaine : j'allais emmener le comité exécutif du Crédit Général à la rencontre de ses nouveaux actionnaires. Il n'y a pas mieux que le contact direct pour se comprendre. C'est bien connu. Pourquoi ne pas se parler les yeux dans les yeux ? Dialoguer et échanger. Car, derrière la devanture anonyme des fonds de pension, il y a des êtres de cœur et de chair. Nos parents, nos grands-parents, nos oncles, nos tantes. Ne les aimons-nous pas ? Ne chérissons-nous pas leur bonheur ? Ne désirons-nous pas les secourir ? Une visite de courtoisie à nos maîtres s'imposait.

On reproche si souvent aux énarques de se tenir à distance hygiénique des réalités. De se contenter des connaissances théoriques. Ma démarche prouverait le contraire. Déférons au dogme moderne de l'empirisme. Descendons de l'altitude des concepts. Abolissons la réflexion. Allons crapahuter sur le « terrain ». Partons au-devant des vraies gens. Palpons-les. Sentons-les.

La conversation que j'avais eue un peu plus tôt avec Dittmar Rigule me suggérait une destination évidente : la Floride. Je demandai à Marilyne de le rappeler.

— Je sors de notre comité exécutif, commençai-je comme si notre entretien ne s'était pas interrompu. Je pensais prendre une initiative dont je voulais vous entretenir au préalable. Je crois qu'il serait opportun de faire connaissance avec vos pensionnés. Il faut nouer un lien entre nous. J'envisage un déplacement de l'état-major du Crédit Général à Miami. Qu'en pensez-vous ?

La question avait de ma part quelque chose de fayot. Comme je m'y attendais, Dittmar réagit par un cri du cœur :

— A Miami ! Je m'y trouve en ce moment même. Ne vous l'ai-je pas dit tout à l'heure ? Je suis venu m'installer quelques jours dans les bureaux de Templeton Global Investors. Le temps de manigancer notre raid sur le Crédit Général. Je rentre en Europe dès demain.

— Je sais bien que vos bureaux sont à Fort Lauderdale, confirmai-je, toujours lèche-cul. D'où mon idée d'un séjour en Floride...

Je sentais Dittmar enthousiaste à l'autre bout du fil. Il poursuivit :

— Bravo, Marc. Votre initiative est excellente. Je

90

savais que vous seriez réactif. Tout à l'heure vous ignoriez avoir de nouveaux actionnaires, et deux heures plus tard vous me demandez de faire les présentations. Très bon réflexe. Je me réjouis de cette perspective. Vous constaterez de visu que mes mandants ne sont pas les monstres gâteux que l'on décrit. Rien que des braves gens. Pas méchants pour un sou. Il ne faut pas se moquer d'eux, c'est tout ce qu'ils demandent.

Dittmar me fit l'article un bon moment. Pour une fois que quelqu'un s'intéressait à ses retraités. Il me dessina la fresque du troisième âge local. A l'entendre, la Floride devenait le refuge des fins de vie exquises. Les seniors affluaient de partout vers l'Eden ensoleillé pour s'y dorer la pilule.

Je commençais un peu à regretter mon choix de destination lorsque Dittmar réveilla mon intérêt :

— N'allez pas croire que Miami n'est qu'une réserve de séniles. La ville est en plein boum. Vous serez scotché.

Mon dernier séjour en Floride remontait à une dizaine d'années. J'avais gardé le souvenir du district art déco envahi de top models esseulées. Depuis que Miami s'était reconverti en capitale mondiale de la photographie de mode, les beautés pullulaient en ville. Je les voyais descendre Ocean Drive en rollers. Dans les restaurants fashion, des tablées de dix mannequins convoitaient les faveurs d'un seul assistant-photographe. Dix nénettes pour un toquard : le rapport démographique me semblait idéal. J'avais mes chances dans cette équation.

— Je ne vous parle pas seulement de la mode et des minettes, continuait Dittmar comme s'il avait lu dans mes pensées. Mais du business. Les dollars se déversent ici par paquets de douze. Toutes les fortunes d'Amérique du Sud y sont venues se mettre au vert. C'est quand même plus sûr que dans la Pampa. Les grandes banques se précipitent : Dresdner Bank, Compagnie

Bancaire de Genève, Barclays... Même la Lloyd's Bank a rappliqué de Londres.

En écoutant Dittmar, je me rappelais l'insistance de la filiale américaine du Crédit Général pour transférer son siège social à Miami. « New York est mort pour le business, me serinait-on, gagnons la Floride au doux climat. » Je trouvais suspect l'héliotropisme de mes troupes yankees. J'imaginais mes banquiers en chemise à fleurs, folichonnant dans des voitures décapotables sur la route des Keys, le visage tartiné de Piz Buin. Incompatible avec les rigueurs de la fonction.

J'exposais à Dittmar mes préventions à propos du déménagement de nos bureaux. Il se faisait bonimenteur pour me convaincre des mérites du lieu :

— Vous avez tort, Marc. Visualisez plutôt la situation de Miami. Au nord, le marché des Etats-Unis. Grand ouvert. Au sud, l'Amérique Latine. Toute proche. Et au large, que voyons-nous ? C'est là que réside le petit plus...

Je ne comprenais pas où Dittmar voulait en venir. Que voyait-on au large ? L'océan ? Le soleil couchant ? Les dauphins ? Les requins ?

— Les Caraïbes, enfin ! Réveillez-vous, mon vieux... Nous voyons les Caraïbes. Et la spécialité des îles, c'est... le paradis fiscal et bancaire... La plus grosse concentration au monde. A une heure d'avion de Miami. Je peux vous assurer qu'il n'y a pas que des plages de sable fin là-bas. Si vous voyez ce que je veux dire...

En effet, je voyais.

— Personnellement, j'ai un gros faible pour les Bahamas, confessait Dittmar. Saviez-vous que le siège social de Templeton Global Investors est installé là-bas ? Non ? Alors n'allez pas le clamer sur tous les toits. Six cents fonds se sont établis dans l'île aux délices. Je vous enverrai la brochure du Conseil des services financiers des Bahamas. Tout y est décrit. Un cocktail enivrant : punch planteur et exonération fiscale, noix de coco et secret bancaire.

Dittmar se mettait à fredonner en anglais quelques paroles d'une chanson exotique. A ce que je comprenais, elle évoquait la douceur des tropiques. La voix de Dittmar était suave.

— Toutes ces merveilles au large de Miami, ça finit par déteindre, reprenait-il. La ville s'encanaille à son tour. Elle s'est mise à créer ses petits paradis du cru, rien que pour les clients étrangers. Si le Crédit Général avait la bonne idée de s'installer sur Brickell Avenue, vous auriez les mêmes avantages qu'une banque off-shore. A Miami même. Et les zones franches, alors... C'est l'invasion, ici. Il y en a partout. Duty-free à chaque coin de rue.

Dittmar s'enfonçait de nouveau dans le tunnel d'un interminable monologue. Il m'infligeait à présent un laïus sur la fiscalité locale. Je décrochais de la conversation sans m'en rendre compte. C'est seulement en entendant que l'Etat de Floride ne prélevait pas d'impôt sur le revenu que je me réveillai. Il était temps de mettre un terme au battage d'office du tourisme :

— Je suis contraint de vous abandonner...

Dittmar prit conscience qu'il abusait de mon temps :

— L'heure tourne. Hou là là... Retournez au travail.

L'injonction lui avait échappé. Il chercha à se rattraper pour conclure notre conversation sur une amabilité :

— A Miami, passez voir les bureaux de Templeton Global Investors. Vous serez bien reçu. Désolé de ne pas pouvoir vous accueillir moi-même.

Comme s'il craignait de ne pas avoir assez donné, il me fit une autre proposition :

— Je vais me renseigner pour vous sur les départs de croisière vers les Caraïbes. Imaginez que Miami repré-sente quarante pour cent du trafic mondial des croisières. Les retraités de Templeton en raffolent. Un spectacle à ne pas manquer : soleil, bonheur et opulence. Les voyages forment la vieillesse.

Avant de me quitter, Dittmar m'interrogea sur la météo à Paris.

— Un froid de gueux...

Ce n'était qu'après avoir raccroché que je compris l'ironie involontaire de ma réponse.

Trois jours plus tard, j'embarquai dans le Falcon 7X de la banque les huiles du comité exécutif. Je ne leur révélai pas le lieu de notre destination finale.

## 12

En survolant la ville à notre arrivée, je trouvai que Miami ressemblait à une miniature du monde moderne. Sur le front de mer, dans le décor pastel de South Beach, le troisième âge prospère se prélassait en compagnie des beautiful people. Juste derrière, le downtown de la finance dominait la rade. A l'intérieur des terres, les immigrés peuplaient les ghettos interlopes de Little Havana et de Little Haiti.

Le « terrain » choisi avait bien des agréments. En plein mois de février, j'étais heureux d'inhaler la chaleur moite de la Floride. Sur la foi des renseignements transmis par Dittmar Rigule, je me rendis au Miami Seaport en compagnie de mon austère escorte du comité exécutif.

Comme tous les dimanches, le *Carnival Paradise* appareillait vers les Caraïbes. A neuf cent quatre-vingt-dix-neuf dollars la semaine tout compris, la croisière affichait complet. Plus de deux mille six cents passagers s'apprêtaient à embarquer. La croisière était garantie non fumeur. Même au vent du large, les poumons roses des retraités gymniques ne seraient pas exposés au goudron malfaisant.

Au pied du *Carnival Paradise*, nous découvrîmes un spectacle enchanteur. Dittmar n'avait pas menti. D'un côté, l'herbe verte d'un golf dix-huit trous se prolongeait jusqu'au quai. De l'autre côté, le bleu profond des mers du Sud. Au milieu, la masse blanche du navire. Du vert, du blanc, du bleu : comme l'étendard de ralliement des seniors en goguette.

Des centaines de retraités cool en tenue d'été se rassemblaient pour le départ. Devant la passerelle, des couples tournoyaient autour de palmiers en pot aux rythmes acidulés d'un orchestre de calypso. Vers la proue, trois célibataires passés au brushing baratinaient une bande de copines. On s'échangeait les numéros de cabine. Les carnets de bal des soirées en disco se remplissaient. Dixieland, ragtime, reggae... On se donnait rendez-vous aux tables de Punto Y Banco du Majestic Casino. Sur le pont supérieur, on s'initiait déjà aux crazy signs de la croisière. Juste à côté, des plaisantins lançaient vers le quai d'immenses serpentins colorés.

Au milieu de cette atmosphère festive, les hommes en blanc de l'équipage demeuraient impassibles, tandis que des bagagistes hispaniques chargeaient les colis à bord.

Les caciques du comité exécutif du Crédit Général circulaient en silence au milieu de la foule joyeuse. Ils transpiraient dans leurs costumes d'hiver, dont la couleur sombre détonnait dans le chatoiement ambiant. Au départ de Paris, personne n'imaginait une escapade sous les tropiques. Claude de Mamarre s'obstinait à couvrir ses épaules d'une étole en cachemire par crainte qu'on la prenne pour une passagère. Matthew Malburry et Boris Zorgus déambulaient en couple, l'air ahuri. Alfred Hatiliasse, la clope au bec, tempêtait en lui-même de se retrouver en pareil lieu. Il détestait les villégiatures. Seul Raphaël Sieg gardait le front sec.


J'avais fait réserver une salle de réunion dans le club house du golf qui dominait le quai d'embarquement du Carnival Paradise. Des baies vitrées, j'observais la foule s'animer en contrebas. Je percevais le brouhaha des rires, des voix, de l'orchestre de calypso.

96

La démonstration administrée par le « terrain » me paraissait lumineuse.

— Regardez la scène, lançai-je pour introduire la réunion. Voyez nos nouveaux maîtres. La croisière s'amuse !

En me retournant vers la clique renfrognée installée autour de la table, je compris que la théâtralité enjouée de ma déclaration rebutait. J'aurais dû préparer mon entrée en scène par une opening joke bien épaisse. Au lieu de quoi, j'avais improvisé. Je jouais gros pourtant en cet instant. Réussirais-je à emporter l'adhésion de l'état-major de la banque ? Devrais-je me résoudre à une purge massive pour accomplir mon dessein ?

J'avais imaginé que l'ambiance yukulélé du *Carnival Paradise* assouplirait les rigidités de mes adjoints. Raté. Se formait face à moi un bloc d'animosité. Que faisait-on dans ce sauna ? se demandaient les hiérarques du Crédit Général. Que signifiait tout ce cinéma ? Avait-on supporté onze heures de vol pour une telle mascarade ? Les regards qui convergeaient vers Alfred l'invitaient à s'exprimer le premier. Ça tombait à pic, il ne pouvait plus se retenir :

— Rien à branler de la croisière, bordel... Si les croulants de Floride veulent gerber leur bile sur des paquebots de luxe, qu'ils aillent tanguer loin de nos côtes. Faut pas me demander de passer la serpillière dans les cabines. Je ne suis pas payé pour...

Alfred se trafiquait le nez bien profond. Je n'escomptais pas de sa part un ralliement à ma cause. Au moins, me devait-il en cette circonstance considération et déférence. Pour la première fois, la muflerie de ses propos provoqua ma fureur.

— Surveille tes métaphores, m'emportai-je. Retiens ta gouaillerie.

Je toisai Alfred en marchant de long en large. L'occasion légitime m'était offerte de lui passer un savon en public. Je pointai mon doigt vers lui :

— Avant de déblatérer, réfléchis ! Faut-il donc que je justifie notre trimbalement jusqu'ici ? Allons-y. Nous sommes ici parce que vous êtes tous dépassés par les changements en cours.

Je me retournai à nouveau vers l'immaculé *Carnival Paradise*.

— Vous avez vu, et vous ne comprenez toujours pas ? Faites un petit effort... Quand même... Non ? Suis-je contraint de recourir au volapük technocratique ?

Je pris une pose professorale :

— Exposé en trois parties. J'annonce le plan. Prenez vos stylos. Et notez. Première partie : « Les plus de soixante ans représentent une part croissante – bientôt un tiers – de la population des pays développés. » Deuxième partie : « Pour financer les retraites, les fonds de pension accumulent une capacité d'épargne jamais égalée auparavant. » Troisième partie : « Cette épargne est investie en actions des grandes entreprises dans le but d'augmenter la valeur des actifs financiers. » Conclusion : « La gestion des grandes entreprises doit se conformer aux intérêts des fonds de pension. »

Alfred goba tranquillement une crotte de nez roulée en boule :

— Nous connaissons tout cela par cœur, Marc. Ne nous prends pas pour des demeurés. L'exposé, je peux le faire, moi aussi. Au débotté.

Il adopta la même attitude docte que moi :

— Les fonds de pension et les mutual funds gèrent plusieurs milliers de milliards de dollars US. Six mille, huit mille, dix mille milliards ? Nul ne le sait exactement. Ils contrôlent à peu de chose près la moitié des entreprises cotées à New York, Londres ou Paris. Cette concentration de capitaux est sans précédent dans l'histoire de la finance. Elle est supérieure au produit intérieur brut des grandes puissances économiques.

Claude de Mamarre et Boris Zorgus souriaient. D'après des témoins fiables qui me l'avaient rapporté en confidence dans mon bureau, Alfred excellait à me singer devant ses collaborateurs.

Il continuait sur le même ton scolaire :

— Nous sommes entrés dans l'ère du cybercash. L'argent se déplace désormais à la vitesse de la lumière. Grâce à la libéralisation des marchés de capitaux, les actifs financiers des fonds de pension circulent sans entraves, à la recherche du moindre dixième de point de variation de la rentabilité anticipée. C'est ainsi qu'aujourd'hui mille cinq cents milliards de dollars s'échangent chaque jour, soit cinquante fois plus que les transactions sur biens et services. Les devises et les Bourses font du yo-yo au gré de ces échanges quotidiens. Etc., etc., etc. Veux-tu que je poursuive la leçon ? Je peux tenir des heures à ce rythme-là...

Alfred était mort.

Ma décision était devenue irrévocable avant même la fin de son imitation. Se payer ma tête en plein comité exécutif ! Chacal infâme, yack puant... Qu'il se cure les dents devant témoin, passe encore. Mais faire le mickey sous mes yeux ! Parader avec les rieurs. Défier mon autorité. Se croyait-il en autogestion ? Oubliait-il qui l'avait nommé ?

Je repris la parole :

— Merci, Alfred... Très drôle... Supposons que les données qui viennent d'être rappelées soient parvenues jusqu'à votre cerveau. Je dis bien : supposons... Je serais curieux de connaître les conséquences que vous en tirez. Ne voyez-vous pas que le capitalisme de papa a vécu ? Terminés, les noyaux durs, les participations croisées ou les copinages d'actionnaires. Terminés, les administrateurs accommodants qui cachetonnent aux jetons de présence. La chansonnette du « je te tiens, tu me tiens par la barbichette... » vous arrangeait bien pour tricoter vos combines. Maintenant, ça vous enquiquine d'avoir à rendre des comptes. D'être jugés à la performance dans le respect de la vérité des chiffres.

J'avais une pensée pour Dittmar Rigule. Aurait-il été fier de moi ?

— A votre tour, terminai-je, dites-moi ce qu'il conviendrait de faire. Je vous écoute. J'attends vos suggestions...

Alfred alluma une brune. Il bravait une interdiction de fumer valable dans tout le club house, sur le golf dix-huit trous et probablement dans les rues avoisinantes. J'espérai qu'un vigile surgisse pour l'embarquer. Pareil crime contre la santé publique réclamait sanction exemplaire.

— C'est très simple, répondit Alfred, on ne baisse pas notre froc. Ne sacrifions pas l'avenir du Crédit Général. Dénonçons les sectes de la rentabilité à court terme. Je ne m'agenouillerai pas pour sucer Dittmar et sa bande d'impuissants. J'en aurais pour des kilomètres. Je m'y refuse. J'ai passé l'âge de me siliconer les miches pour m'embellir...

J'arrêtai Alfred d'un geste brusque de la main : « On a compris, boucle-la. » Du regard, j'invitai chacun à s'exprimer. Que les félons se dénoncent. Que les féaux se lèvent. Je ferais le décompte.

Le tour de table allait maintenant commencer. L'adrénaline se déchargeait.

Boris Zorgus venait en premier :

— Je partage le sentiment d'Alfred.

Mort, Boris Zorgus. En moi-même, je tournai le pouce vers le bas. Zorgus s'était prononcé sans que je parvienne à détecter la moindre trace d'affect dans sa voix. Il aura disparu de ma sphère avant que je perce

100

l'énigme que ce type représentait depuis toujours à mes yeux. Dans une autre vie, peut-être...

Au suivant. Matthew Malburry bredouillait :

— J'hésite...

Sursis pour Matthew Malburry. Pouce en l'air, pouce en bas ? La résolution de Mama mollissait. Comme à son accoutumée dans les moments décisifs. Je faisais confiance à son pragmatisme pour suivre le vent dominant. Je réservai ma sentence.

C'était ensuite le tour de Raphaël Sieg :

— Il faut examiner la question avec sérénité, commença-t-il. On se méprend souvent sur les standards de gestion des fonds de pension. De quoi s'agit-il ? Permettez-moi de revenir un instant en arrière sur la corporate governance. Historiquement...

En vie, Raphaël Sieg. Pouce vers le haut. Inutile d'attendre la fin des considérants dont il nous infligea l'énumération pendant un bon quart d'heure.

Assise en bout de table, Claude de Mamarre allait s'exprimer au terme de l'intervention apaisante de Raphaël, quand je repris la parole :

— Merci de vous être livrés chacun à votre tour avec franchise. Que faut-il en conclure ?

Je regardai les membres du comité exécutif un à un :

— J'en ai vu ici qui se déballonnaient... A mes yeux, ce sont des lâches. Je déciderai de leur sort en temps voulu. Quant à moi, j'ai choisi la voie que j'emprunterai. Voici les décisions que j'ai prises.

Raphaël Sieg attrapa une feuille de papier pour prendre note.

— Concernant l'exercice en cours, j'attends pour le Crédit Général une rentabilité de quinze pour cent. Pour l'exercice prochain : vingt pour cent. Et, pour le suivant... vingt-cinq pour cent. Suis-je clair ?

Raphaël s'arrêta de noter, croyant avoir mal entendu. Alfred leva les yeux au ciel.

— Vous ne recevrez votre bonus individuel qu'à la condition d'atteindre cet objectif. En dessous, pas un centime, vous n'aurez rien... Si, si... vous aurez quelque chose : une lettre de licenciement...

Les regards autour de la table sollicitaient de nouveau une intervention d'Alfred. A titre préventif, je me tournai vers lui :

— Alfred, nous t'écoutons... Qu'as-tu à nous dire ? Quelques phrases joliment imagées ? Un florilège d'expressions argotiques tirées de *La Méthode à Mimile* ? Souhaites-tu que nous organisions un concours de pets ? Ou un concours de crachats, peut-être... Divertis-nous... Une chanson paillarde reprise en chœur te conviendrait ?

Alfred comprit à mon fiel que la réunion tournait mal. Peut-être avait-il cru jusqu'à présent participer à une psychothérapie de groupe pour cadres stressés. Nous étions en réunion du comité exécutif, pas dans une session de motivation d'état-major, avec saut à l'élastique, jeux de rôles et chasse à l'homme dans les bois.

Alfred alluma une cigarette avec celle qu'il venait de terminer. Sa mine était grave, sa voix éraillée :

— Marc, écoute-moi. Tu connais mon tempérament. Mes écarts de langage. Accorde-moi ton indulgence si mes propos t'ont paru excessifs. Je les regrette. Tu ne peux pas t'engager dans la logique dictée par les fonds de pension. Sans quoi, tu vas ratiboiser le Crédit Général. Et nous avec. Tu dois refuser.

Je m'emballai pour de bon :

— Tu n'as encore rien vu. Ecoute ceci. Dès le début de l'exercice prochain, nous publierons nos résultats financiers tous les mois. Pas tous les trimestres comme aujourd'hui, ou tous les ans comme dans le passé. Tous les mois. Nous serons les premiers à le faire.

Alfred expulsa d'un coup une bouffée de cigarette. Comment ses poumons pouvaient-ils contenir autant de fumée ?

Il soupira :

— C'est absurde. Le climat des tropiques t'étourdit.

— « Absurde » ? Laisse-moi me souvenir... lorsque Jacques de Mamarre nous avait imposé la publication trimestrielle de nos résultats. « Absurde, disais-tu déjà, trop compliqué, casse-gueule. » Ce sont les mêmes pleurnicheries aujourd'hui.

L'argument portait. Alfred le rétrograde était coincé dans les cordes. J'en profitai pour cogner :

— Publication mensuelle des résultats : nous y arriverons ! Avec ou sans Alfred. Puis, viendra la publication hebdomadaire des résultats. « Absurde », s'alarmera Alfred s'il est encore des nôtres. Et nous vaincrons ! Enfin, s'imposera la publication quotidienne des résultats. Oui, tous les jours. Tous les jours que Dieu fait. Le triomphe ultime de la corporate governance. « Absurde », vagira Alfred. Et pourtant, nous réussirons !

Alfred écrasa du pied sa cigarette sur la moquette. Je l'interpellai :

— Tous les jours, Alfred. N'oublie pas ! Tu t'encroûtes depuis quelque temps, je le vois. Tu tires la langue. J'ai besoin de gars vaillants autour de moi.

Alfred encaissa les coups sans réagir. Il n'avait plus le goût de fumer. L'Excavator Caterpillar tombait en rade.

Les autres membres du comité exécutif restèrent tétanisés par la scène. « Tous les jours, se disaient-ils, mon Dieu, quelle galère nous attend. »

Je levai la séance du comité exécutif.

Mon regard se porta sur le *Carnival Paradise* qui s'éloignait au loin vers les mers chaudes. Un panache blanc s'échappait de la cheminée du paquebot. La chaudière brûlait les dividendes du Crédit Général.

## 13

Je craignais de décevoir Dittmar Rigule et sa meute sanguinaire si je ne bousculais pas les inerties du Crédit Général. Depuis notre virée à Miami, le chamboulement à entreprendre me paraissait titanesque. Rentabilité à quinze pour cent et publication mensuelle des résultats, avais-je décrété. Comment y parvenir quand ma garde rapprochée se résumait à un quarteron de généraux hostiles ? J'avais donné l'ordre d'attaquer et je me retrouvais seul en première ligne.

Pendant des jours et des nuits, je gambergeai sur la meilleure façon de booster les énergies avachies de la banque. Aucune idée originale ne voulait se présenter à moi. Je différais semaine après semaine l'heure des décisions. J'étais dans la mouise. Le harcèlement téléphonique de Dittmar commencerait bientôt : « Qu'est-ce que vous foutez ? Je ne vois rien venir, moi... Faut vous remuer le popotin... » Des remontrances pas agréables de ce genre me parviendraient.

J'avais bien fait d'attendre. Car une illumination géniale se produisit à la suite d'une conversation furtive avec Diane. Un soir dans le lit matrimonial, je m'étais confié à elle, probablement sous l'effet du découragement. « Il faudrait faire la révolution là-dedans », avait-elle lancé à l'aveugle avant de revenir à la rubrique « Les pieds dans le caviar » de *Gala*. « Révolution, révolution », ruminai-je pendant toute la nuit.

Au matin, mon choix était arrêté. Je provoquerais le

déferlement, à l'intérieur de la banque, d'une contestation radicale. Un mouvement du peuple, par le peuple, pour le peuple. Un vaste bouleversement venu de la base : voilà comment présenter l'effervescence à venir.

Plus j'y pensais dans les jours qui suivaient, plus mon idée se précisait. J'enverrais mes gardes rouges à l'assaut des citadelles du mandarinat. Je susciterais les dazibaos contre les réactionnaires qui entravaient la marche du progrès. Que le défouloir commence. Que les langues se délient. Que les rancunes s'expriment. Que les désaccords se manifestent. Le Crédit Général devait s'exposer à la contradiction interne. A la dialectique des contraires. A l'affrontement des intérêts particuliers. Contestons les chefs. Dénonçons les incapables. Chassons les scélérats. Il était temps d'ouvrir les fenêtres. De laisser entrer l'air pur de la rébellion. Que mille fleurs s'épanouissent.

Au sein de la banque, j'imposai du jour au lendemain la création de centaines de task forces. Mes soviets à moi. Aucune succursale, aucune filiale, aucun service du siège ne devait être épargné. Tous à poil. Sans distinction de rang. Les dignitaires comme les valets. Ordre du jour des débats, après l'élection à mains levées du commissaire de la task force : analyse critique des procédures de travail, rôle de la hiérarchie, critères de notation, justification des rémunérations, modalités d'avancement, travail des femmes, réforme statutaire, formation, prime de transport, prime de langue...

Mon propre bureau était déclaré zone libre. Les collaborateurs de la banque étaient invités à passer une tête quand bon leur semblait. Sans formalisme. Sans rendez-vous. La porte leur était ouverte. Je suis là pour vous écouter. Parlez-moi, les gars. Le moment est venu de délier les langues. J'ai besoin de tâter le pouls. De sentir l'ambiance. Je veux du contact. Je veux du vécu. Faites-moi sentir le bon fumet de la base.

Au début, le mot d'ordre « Tout le monde dans mon bureau » ne recevait aucun écho. Personne n'avait pris l'invitation au pied de la lettre. Il faut dire que, sous le long règne de Jacques de Mamarre, l'idée même de fouler la moquette épaisse des couloirs de la présidence faisait frémir. Une Cité interdite. Qu'un collaborateur non habilité à pénétrer dans le bureau du président puisse un jour s'y rendre était inconcevable.

La première à me prendre au mot fut une salariée d'une succursale de la banlieue parisienne. Déléguée CGT du personnel, devait-on me préciser avant qu'elle ne pénètre dans mon bureau. Elle s'était pointée à l'improviste, histoire de vérifier la sincérité de mes intentions. « Qu'elle entre, avais-je dit. Elle est la bienvenue. »

Je l'implorai d'ouvrir son cœur, de ne plus rien me cacher : harcèlements moral et sexuel, misogynie de l'encadrement, arbitraire des promotions, précarité de l'emploi, travail le week-end, vie familiale foutue... J'étais bouleversé par son témoignage. « Le Moyen Age », concluait ma cégétiste.

J'opinai :

— Je n'ignore rien de ce que vous me rapportez. J'enrage à écouter votre déposition. Je désespère. Alfred Hatiliasse ne veut rien entendre. Combien de fois lui ai-je dit : « Changez tout, agissez, nom de Dieu, faites quelque chose » ? Et je l'entends encore me répondre : « Merde, bordel ». Avec cette violence et cette méchanceté qui me terrifient. Rien ne bougera avec lui. Un facho. Ordre et discipline... Il ne connaît que ça... « Le Moyen Age » ? Vous avez raison.

Je rapprochai ma chaise tout près de ma cégétiste pour me confier à elle :

— Savez-vous qu'Alfred Hatiliasse complote contre

106

le progrès social ?... N'en dites rien à personne, je compte sur vous. Car je vous le dis comme à une amie. Ils sont de mèche, avec Boris Zorgus. Je le sais. Dans mon dos, ils contestent mes décisions. « Pas d'augmentation de salaires pour les pouffiasses, se gaussent-ils quand je m'absente. Toujours à réclamer. Elles n'en branlent pas une. » Voilà ce qu'ils disent, sachez-le. Je vous épargne les injures machistes. Des horreurs... Une honte pour le Crédit Général.

La rumeur de mon accueil cordial fit le tour de la banque en une journée. Je devais déplorer, dans le cadre du plan social intervenu un peu plus tard, le licenciement de cette audacieuse salariée qui avait lancé le mouvement. Car à la suite de ma cégétiste, d'autres salariés me rendirent visite. Seuls ou en petits groupes. Puis par délégations entières. Les rangs de mes gardes rouges grossissaient.

Défoulez-vous, leur disais-je. Exprimez ce que vous avez sur le cœur. Criez, pleurez, geignez, critiquez. Diffamez les autres, si vous le souhaitez. Vengez-vous. Tout est permis. Je suis là pour vous écouter, je suis votre confident. Reprenons tout depuis le début. D'abord, racontez-moi votre boulot. Vous êtes content ? Pas de frustrations ? D'où venez-vous ? Quel est votre parcours ? Vos études, votre carrière, votre rémunération ? Jacques de Mamarre, il vous emmerdait ? Oui ? Je sais, moi aussi. Il nous emmerdait tous. Alfred Hatiliasse, dites-vous ? Pire que tout ? Un tyran ? Une brute ? Je m'en doute... Moi aussi j'en ai gros sur la patate. Je ne peux pas vous en dire plus pour le moment... Il n'est pas seul, si vous saviez... C'est à vous d'agir... Prenez les choses en main...

Et votre hiérarchie ? Incompétente ? Je note... Epelez-moi son nom. Je verrai ce que je peux faire. Vous avez eu raison de me le dire. N'hésitez pas. Aucun tabou entre nous. Informez vos collègues que je châtierai les incapables. Les traîtres. Pour Alfred Hatiliasse, comptez sur moi. Pour Boris Zorgus, itou. N'ayez plus peur. Relevez la tête. Je sais quel est mon devoir. Je serai à la hauteur. Revenez me rendre visite à l'occasion. Nous en reparlerons.

Et vos équipes, elles se portent bien ? Le moral est bon ? Les rémunérations ? Les primes ? Les promotions ? Des injustices selon vous ? Je note. Comment s'appelle-t-il ? Je m'occuperai de son cas personnellement. J'insiste : on ne peut tolérer que nos collaborateurs soient victimes d'injustices. Il faut savoir récompenser autant que sanctionner.

Maintenant, retournez dans vos succursales. Allez porter la bonne parole. Soyez les soldats téméraires du renouveau. Témoignez de mes intentions sur votre lieu de travail. Dites à vos collègues que je suis à leur côté. Que mon bras ne tremblera pas. Alfred Hatiliasse ne passera pas ! Le valet à sa solde, Boris Zorgus, non plus !

J'allais bien voir comment s'opérerait la sélection naturelle au terme de ce vaste bazar dans la maison. Je trierais ceux qui survivraient au bouleversement et ceux qui disparaîtraient sous les crachats de la foule. La banque en sortirait renforcée.


A tous les étages, le Crédit Général était en flammes. Je me délectais d'en être le pyromane.

Jamais le milieu bancaire n'avait connu pareille agitation démocratique. La délation des sans-grade se déchaînait. Les mentalités besogneuses de la finance découvraient l'excitation du tumulte des masses. Les énergies destructrices se déchaînaient. On dynamitait habitudes et conventions, baronnies et prébendes. Saine occupation pour le Crédit Général.

Conformément à mes souhaits, les cadres dirigeants

de la banque étaient au cœur du charivari. Les uns, comme Raphaël Sieg et Matthew Malburry, se claque-muraient dans leur bureau. Les autres déprimaient. Les démagogues rejoignaient les insurgés. Les rescapés s'entre-déchiraient pour sauver leur peau. Les couards démissionnaient. Autant d'économisé en indemnités de licenciement. Pas un planqué n'était à l'abri de la vin-dicte.

Des caricatures anonymes d'Alfred Hatiliasse et de Boris Zorgus inondaient les messageries de la banque. Au fil du temps, il s'échangeait chaque jour des mails plus terribles. Hatiliasse-rat, Zorgus-vautour, Hatiliasse-affameur, Zorgus-vampire, Hatiliasse-pitbull, Zorgus-violeur, Hatiliasse-assassin, Zorgus-Mussolini, Hati-liasse-Hitler... Le couple maudit des scélérats était honni par les salariés du Crédit Général. On se traitait d'« Ha-tiliasse » ou de « Zorgus » pour dire « enculé » ou « fu-mier ». L'accusation de « zorgusisme » provoquait les brimades, le soupçon d'« hatiliassisme » entraînait l'exclusion.

Je refusais de recevoir à ma table les deux ennemis du peuple. Dans les couloirs de la banque, je les fuyais. Depuis le début des événements, le comité exécutif était suspendu sine die. Plus une seule réunion ne s'était tenue : je me serais compromis en sa compagnie.

Alfred Hatiliasse et Boris Zorgus ne s'expliquaient pas la haine qu'ils concentraient sur eux. Je savais qu'ils me demanderaient d'intercéder en leur faveur. Ma fonc-tion consistait-elle à entraver la marche de la justice populaire ? Etait-il concevable de priver la foule d'une vengeance légitime ?

Les gueux de l'institution me vénéraient. J'étais leur timonier. Leur guide infaillible. En témoignage d'ad-miration et de gratitude, des portraits de ma personne fleurissaient sur les murs. J'avais fait éditer des cartes postales avec ma photo, pour satisfaire l'afflux des demandes d'autographe qu'on adressait à Marilyne.

Le jour de mon quarante-troisième anniversaire, des cadeaux du monde entier parvenaient à mon bureau : cendriers en terre cuite, pulls tricotés, spécialités culinaires, breuvages artisanaux, photomontages des traîtres, dessins d'enfants, poèmes à ma gloire... Les présents s'exposaient dans le hall majestueux du siège du Crédit Général. Pendant une semaine, des délégations de province se succédaient devant moi pour faire allégeance. On me souhaitait bonheur, amour et victoire totale. J'exigeais que les lumières de mon bureau restent allumées toutes les nuits. J'avais imaginé que des salariés viendraient en famille sous mes fenêtres pour dire à leur épouse : « Regarde, le patron travaille pour nous. Même la nuit. Il se tue à la tâche. Le pauvre... Nous sommes en de bonnes mains. Sous sa conduite, nous vaincrons. J'ai confiance en lui. J'aime notre guide de tout mon amour. »

Je baignais dans un univers d'adulation. J'étais bien. J'en redemandais. « Flagornez-moi, continuez, encore, c'est bon, oui comme ça, flagornez fort, ne ralentissez pas, encore, plus fort... »

A côté de moi, dans les bureaux voisins, Hatiliasse et Zorgus déclinaient. On les traquait comme des bêtes. Je les voyais disparaître dans la clandestinité. Je me demandais s'ils étaient assez costauds pour s'en tirer seuls.

## 14

Petit à petit, la presse ralliait la cause de la grande révolution culturelle et bancaire.

De cette époque dataient les débuts de ma notoriété dans les médias. Les quotidiens nationaux réagissaient les premiers. « Contestation dans la banque », titrait *Le Figaro*. « Mao derrière le guichet », lisait-on en une de *Libération*. Puis les hebdos embrayaient. « Le patron fait la révolution », pour *Le Nouvel Observateur*. « Le manager du vingt et unième siècle », pour *L'Express*. Par scepticisme, *Le Monde* n'avait pas réagi avant que les sociologues progressistes ne m'encensent. Alain Touraine ne tarissait pas d'éloges sur mon compte. Il m'élevait à la dignité de précurseur du capitalisme nouveau. De plateau de télévision en tribune de presse, il déversait concept sur concept à propos de ma démarche novatrice.

A la direction de la communication de la banque, Claude de Mamarre peinait à suivre le rythme de l'effervescence médiatique. Sur le fond, elle ne goûtait pas cette fièvre réformatrice qu'elle interprétait à juste titre comme le saccage du legs paternel. Elle-même se voyait fragilisée à l'intérieur de sa propre direction, qu'elle tenait jusqu'à présent d'une main de fer.

Il était toutefois prématuré de la faire empaler sur une pique. Jacques de Mamarre, dont l'odeur camphrée imprégnait encore les murs de la banque, demeurait l'un de nos administrateurs influents. De plus, je trouvais réjouissant de faire délivrer à la presse notre message révolutionnaire par l'intermédiaire de Claude de Mamarre, au conservatisme légendaire.

A la suite des prises de position d'Alain Touraine, la controverse sur le Crédit Général s'était emballée. Symposiums, colloques et tables rondes cherchaient à percer le mystère. Nouvel âge du capitalisme ? Révolution managériale ? Démocratisation de l'entreprise ? Réconciliation du citoyen et de l'économie ? Ou, à l'inverse, démagogie patronale ? Putsch boursier ? Dictature de la rentabilité ? Fascisme du bouleversement social ? On s'étripait, on s'invectivait, on se calomniait. Des convictions anciennes se brisaient. Des engagements communs se rompaient. Des convergences inédites se dessinaient.

Les leaders syndicaux comme les responsables politiques étaient sommés de se prononcer. Traversant la droite et la gauche de part en part, une redoutable ligne de fracture se dessinait. Les optimistes annonçaient l'action de grâce : là, sous nos yeux ébahis, le capitalisme s'accomplissait enfin dans sa plénitude. Il venait aujourd'hui même de révéler sa finalité grandiose : réconcilier abondance matérielle et émancipation de l'homme, création de richesses et exercice du libre arbitre, prospérité et épanouissement personnel. Les sceptiques, minoritaires, désespéraient d'entendre pareilles billevesées. Ils dénonçaient une monstrueuse supercherie : aveuglement réformiste, aliénation paroxystique de l'espèce humaine, avilissement de l'individu, décadence du système, dégénérescence sociale, clamaient-ils. Crime de haute trahison avec l'ennemi, acte de collaboration avec le nouveau Reich de l'argent, inversion mensongère des valeurs, poursuivaient-ils.

A quoi ressemblait le génome du capitalisme ? Contenait-il l'ADN du bien ? Celui du mal ? Mon maigre bagage théorique m'interdisait de répondre à la question. Je me tenais donc à l'écart de la mêlée doctrinale. Laissons à d'autres, plus compétents, le soin d'entretenir le ramdam ambiant. J'avais une banque à diriger et un cours de Bourse à tenir. S'y ajoutait un devoir impérieux : faire en sorte que mes stock-options me rapportent.

A cet égard, les événements récents me comblaient. Notre titre bondissait de palier en palier. Trente-huit pour cent d'appréciation en quelques semaines. Une performance historique pour la banque. Contradictoires dans les termes, audace et épargne se liguaient pour acheter nos titres. Des particuliers organisaient dans l'enthousiasme militant des clubs de soutien à la banque pour collecter de l'argent. L'action du Crédit Général devenait la coqueluche des bobos. On se l'arrachait. Les fonds de pension spécialisés dans les « investissements socialement responsables » achetaient notre titre par souci de bonne moralité. Pareil pour les ouvertures de compte : les particuliers se précipitaient. « Ouvrez-moi un compte, je veux en être. Que l'on m'accueille dans le club, s'il vous plaît. Que l'on me donne un chéquier du Crédit Général pour témoigner de mon engagement. » Voilà ce que disaient nos clients.

L'engouement à mon égard, que j'avais su nourrir pendant plusieurs semaines, m'assurait le versement de la prime de fin d'année. Trois millions d'euros d'un coup in the pocket. Le maximum possible. Pour mettre à profit un rapport de forces qui m'était plus favorable que jamais, je sollicitai du conseil d'administration l'attribution d'un nouveau plan de stock-options pour les principaux cadres de la banque. Sans majoration du prix de souscription cette fois. A moi seul, je me réservais les deux tiers du plan. Inutile de gaver des directeurs généraux en sursis.

Pour suivre au jour le jour l'évolution de ma fortune virtuelle, j'avais confectionné sur mon ordinateur un tableur rudimentaire : nombre d'options, prix de sous-cription, cours de Bourse, prélèvements fiscaux et sociaux. Le solde apparaissait en gras : ma fortune. Tous les soirs, à l'instant où l'on clôturait les cotations, j'entrais le dernier cours dans mon tableur. En une fraction de seconde, mon patrimoine s'affichait. Je contemplais le chiffre un long moment. Repu. Puis, quand je détaillais mes calculs, je m'affligeais. Le fisc me carottait quarante pour cent de mes plus-values. Par la faute de ceux qui, avant moi, s'étaient goinfrés de stock-options, l'impôt était devenu confiscatoire.

Je maudissais ces profiteurs lorsqu'un jour Marilyne vint m'annoncer la nouvelle : Alfred Hatiliasse et Boris Zorgus étaient bouclés depuis la veille dans la salle des coffres de l'agence centrale du Crédit Général à Marseille. Les deux séquestrés terminaient une tournée sur place lorsque des salariés, dans un élan spontané, les avaient claquemurés. Alfred avait hurlé à la mort toute la nuit en tapant contre les murs. « Misérable vermine ! Ouvrez, bordel ! Ou je vous flanque une rouste, bande de cloportes. » Et ainsi de suite des heures durant. Un ouragan terrible. Mais les portes blindées avaient tenu bon. Alfred finissait par se calmer. On venait à l'instant de le libérer avec Boris Zorgus. Ils n'avaient pas bonne mine tous les deux. Des sales têtes de décavés. Pas joli-joli à voir, d'après les témoins. Alfred s'était explosé les cordes vocales à force de brailler. Plus un son ne sortait de sa bouche. Il avait dû s'exprimer par gestes pour qu'on lui donne une clope. Alfred était à sec. Ses geôliers n'avaient que des blondes à lui offrir. Il avait fallu qu'Alfred s'en satisfasse. Il était quand même content d'avaler une petite dose de nicotine après une si longue privation.

A la suite de l'incident, Alfred Hatiliasse et Boris Zorgus disparurent de la circulation. Leur démission me parvint deux jours plus tard. Ils ne remirent plus les pieds au bureau. Qu'étaient-ils devenus ? Je l'ignorais. Personne n'avait eu de leurs nouvelles. Seules des rumeurs convergentes prétendaient qu'Alfred resterait aphone. Sa femme l'avait recueilli et consolé, ajoutaient les on-dit. Ils avaient renoué avec l'amour. Tromperie et hurlements oubliés. Retour de flamme dans le couple, après tant d'années de répulsion réciproque. Alfred renonçait à la cigarette, sa femme au Prozac. La famille se réconciliait. La décadence s'éloignait. A peine croyable. Sur la foi de simples bruits de chiottes, une légende de la rédemption alfrédienne prenait corps.

La vie privée d'Hatiliasse et de Zorgus ne me concernait plus. Ils étaient morts pour la banque. Adieu, camarade. Adieu, noble cœur. Mais le peuple vainqueur s'étire et respire et prospère... Voilà ce que chantaient les révolutionnaires lorsqu'ils inhumaient l'un des leurs.

## 15

Les semaines de révolution culturelle à l'intérieur du Crédit Général demeuraient dans mon souvenir comme une période euphorique. Pendant un temps, j'y avais pris beaucoup de plaisir.

J'avais néanmoins fini par me lasser de ses soubresauts lorsqu'elle s'éteignit d'elle-même. Un événement dramatique marqua le point de retournement.

Un jour, un cadre moyen de la banque s'était présenté au siège. Il voulait me rencontrer en tête à tête, sans préciser le motif de sa requête. A ma demande, Marilyne l'éconduisit. J'étais alors occupé sur le web. Depuis plusieurs jours, j'avais découvert un horizon nouveau de dépravation : zoophilie, sado-masochisme, urologie, scatologie, femmes âgées... Les moteurs de recherche spécialisés répertoriaient des centaines de sites. Ma libido n'était cependant pas assez déliée pour que le pipi, le caca et les vieilles peaux provoquent chez moi une quelconque excitation. Je considérais en revanche que le fétichisme méritait le détour. L'univers esthétique de la chose me fascinait : latex, talons, bas, cordes, cuir, chaînes, fouets, croix... J'évitais néanmoins les rubriques crades où des types encagoulés se faisaient clouer les couilles sur des planches de bois. La zoophilie m'intriguait. Sans doute la vision de ces femmes prêtes à tout, même aux bêtes, pour assouvir un désir. Je bénissais Internet de m'offrir l'opportunité de voir une fille sucer un poney ou se faire enfiler par un doberman.

Le moment était donc mal choisi pour qu'un visiteur m'importune. Les rencontres impromptues avec les collaborateurs de la banque m'avaient trop longtemps accaparé ces derniers temps. Il fallait que je ralentisse le rythme. Les salariés devaient perdre l'habitude de débarquer à tout bout de champ dans mon bureau. Sans le proclamer, le temps était venu de refermer ma porte.

Voilà pourquoi j'exigeai de Marilyne que l'on ne me dérange pas. Sans plus attendre, le cadre moyen qui s'était déplacé pour me voir sortit un fusil de chasse gros calibre. Il pointa le canon sur son bras gauche. Il appuya sur la détente. La chevrotine arracha son membre. Dans un râle de souffrance, il visa le pied gauche. Puis tira. Ensuite, le pied droit. Arraché, lui aussi. Prostré sur le sol, il s'en prit aux genoux. Le gauche, tiré. Le droit, tiré. Dans un dernier élan vital, il se coinça le canon sous le menton. La tête partit en lambeaux. Pulvérisée. Il ne restait de notre collaborateur qu'un amas de chair fumante.

Claude de Mamarre n'avait eu besoin que de quelques instants pour concevoir le stratagème destiné à étouffer l'incident. A peine avait-elle obtenu mon accord qu'elle s'entretint au téléphone avec la veuve de fraîche date. Récit succinct du drame, condoléances attristées. Puis dans la foulée, elle lui proposa un deal : le mutisme moyennant un généreux dédommagement. C'était à prendre ou à laisser. Cinq minutes de réflexion, pas plus. Claude insista : la proposition ne valait que pendant les cinq prochaines minutes. Interdiction, dans l'intervalle, de prendre conseil auprès d'un tiers.

Dans le trouble, l'épouse du suicidé donna son accord sept minutes plus tard. Claude lui demanda de passer à la banque d'ici à la fin de la journée pour signer un protocole. Le délai était impératif. En une heure tout juste, au moment où la veuve pénétrait dans les locaux de la banque, la direction juridique pondait un document que j'avais eu le temps de valider. Le protocole démarrait par une clause de confidentialité de trois pages : secret absolu sur les circonstances du suicide et l'existence même d'un arrangement financier. Confidentialité étendue à tous les tiers, y inclus parents en ligne directe, enfants et petits-enfants. S'ensuivait une clause de renonciation définitive à tout recours ultérieur, amiable ou contentieux, quel qu'en soit le motif. Enfin, venaient les clauses de dédommagement. J'avais demandé que l'on ne mégote pas sur les montants. Etaient intégrés au calcul l'ancienneté du cadre, le préavis contractuel, les congés payés, les traitements prévisionnels jusqu'à la retraite. A quoi s'ajoutait un pretium doloris forfaitaire. Au total sept cent mille euros, payables en sept ans. En cas de décès de la veuve avant le terme de cette période, il était expressément convenu que les versements annuels seraient interrompus. Contrairement à mes instructions, la rente de scolarité, pour leurs deux filles jusqu'au terme de leurs études, avait été omise dans le protocole.

Pour le reste, Claude fit valoir à la veuve qu'un suicide était une décision souveraine de chaque individu. Par respect pour le défunt, les proches devaient s'interdire de la juger ou de la comprendre. Il serait indécent de chercher à percer le mystère sacré de la mort volontaire. A moins bien sûr, et c'est là où Claude voulait en venir, d'aller fouiner dans les recoins obscurs de la vie privée pour en extirper des motivations cachées. Personne n'y avait intérêt. On ne savait jamais ce que l'on pouvait trouver.

Je m'abstins de féliciter Claude de Mamarre pour la gestion efficace de cette crise. Pourquoi susciter un espoir sur son avenir au sein du Crédit Général ? L'un des plus anciens collaborateurs de la banque, mémoire vivante des lieux, m'avait raconté qu'une circonstance identique s'était produite quinze ans plus tôt. Pour une

118

raison obscure, une jeune employée s'était tranché les veines au milieu de la nuit. Elle avait été retrouvée inanimée au petit matin, son sang répandu sur la moquette des couloirs de la présidence. Claude de Mamarre était parvenue à ne pas ébruiter le drame. Avait-elle rodé à cette occasion le dispositif d'endiguement mis en œuvre aujourd'hui ? La rumeur prêtait à la jeune suicidée une liaison avec Jacques de Mamarre. Les pervers ajoutaient qu'elle était enceinte du patron. Une vieille histoire. Probablement un ragot.

La presse n'avait jamais rien su du massacre à la chevrotine qui avait ensanglanté notre établissement. L'événement sonna pourtant comme un avertissement. Il était désormais souhaitable que l'attention des médias se détourne des frasques de notre grande révolution culturelle et bancaire. En cela, nous étions servis par l'usure naturelle qui guette toute actualité. Les sujets d'enquêtes et de débats s'épuisaient d'eux-mêmes. Un tremblement de terre meurtrier sur la Côte d'Azur venait à point nommé pour détourner l'attention de la presse. Que valaient mes lubies aux yeux de l'opinion par comparaison avec les milliers de morts dénombrés ?

L'heure était venue de siffler la fin de la partie. J'aboutissais à cette conclusion en admirant l'œuvre accomplie par plusieurs semaines de contestation interne.

Après le départ d'Alfred Hatiliasse et de Boris Zorgus, notre état-major était purgé des poids morts. Raphaël Sieg et Matthew Malburry se tenaient à carreau. Je n'avais plus à me soucier de leur docilité. Ils turbinaient comme des galériens pour satisfaire à l'objectif de publication mensuelle des résultats financiers de la banque.

Des centaines de cadres supérieurs avaient débarrassé

le plancher sous les crachats. Sans percevoir aucune indemnité. Arithmétiquement, notre rentabilité y avait gagné. Au vu de l'hécatombe, je regrettais plus encore le refus du comité de rémunérations de m'attribuer une prime à la suppression d'emploi.

Désormais, la réduction des effectifs passait par le dégraissage des gros bataillons : les employés. L'insoumission des sans-grade risquait de desservir mon dessein prochain.

Quant au cours de Bourse, il avait déjà franchi plusieurs paliers à la hausse. Le titre du Crédit Général accédait au rang de star européenne des places financières. Mais, depuis un mois, nous avancions sur un faux plat. Les dernières cotations nous refusaient les envolées auxquelles nous nous étions accoutumés ces derniers temps. Le cours sommeillait.

J'allais toucher la totalité de ma prime quoi qu'il advienne. Pourquoi entretenir un tapage dont j'avais épuisé les charmes ? Quel bénéfice pourrais-je encore en tirer ?

A ces considérations, s'ajoutait l'attitude hostile du MEDEF à mon égard. On ne m'y vilipendait plus seulement dans les réunions à huis clos. Les attaques devenaient publiques. Le patronat m'abhorrait pour de bon. J'étais le traître, l'irresponsable.

A son tour, le conseil d'administration de la banque tira le signal d'alarme. Les barons craignaient pour leur peau. Dans leur propre entreprise, des agitateurs m'érigeaient en modèle. Ils appelaient au grand chambardement. Ils réclamaient des têtes à trancher, leur dose de sang et de larmes. Pour contenir le risque de contagion, les administrateurs m'avaient intimé l'ordre de me faire discret. J'y déférai après plusieurs mises en garde.

Seul Dittmar Rigule plaidait en faveur de la poursuite de la révolution permanente. Sur le plan financier, il n'y voyait que des avantages. Les élucubrations institution-

120

nelles ou politiques ne l'inquiétaient pas. Comme je devais le constater plus tard, l'ami Dittmar était moins conventionnel qu'il n'y paraissait.

J'attendis d'avoir sous les yeux le bordereau de virement de ma prime de fin d'année pour annoncer le retour à l'ordre. Je voulais une apothéose. Au mois de janvier, je convoquai une grand-messe au Stade de France. L'événement supposait la présence de cent mille personnes. Peu de collaborateurs du Crédit Général avaient eu le culot de s'absenter.

La mise en scène était parfaite. Portraits à ma gloire, banderoles de soutien, slogans joyeux, ola dans les tribunes, *I will survive* en chœur. Seul au milieu de la pelouse, je m'exclamais : « Nous avons gagné ! » Il n'en fallait pas plus pour renvoyer les troupes dans leurs foyers.

Quand l'idée de ce rassemblement avait germé en moi, je savais que je ne pourrais pas contenir mon émotion. Comme lors de mon discours d'intronisation devant le conseil d'administration, je pleurai, je m'accablai, je me salis devant la foule compatissante. Personne n'avait oublié le final, lorsque je m'étais tortillé sur la pelouse :

— Notre talent, c'est vous. Vous seuls. Les richesses de la banque ? Vous ! Les merveilles ? Vous ! Les trésors ? Vous !

« Nous, nous ! » scandaient les tribunes.

— Oui, vous, sanglotais-je. Vous tous ! Mais moi, ai-je été à la hauteur ? Ai-je mérité de vous ?

« Oui, oui ! » répondait le stade électrisé.

— Non, non. Pas de flatterie. Je le sais : j'ai failli. Je ne mérite que l'opprobre. La révocation. Laissez-moi vous abandonner. Continuez votre chemin sans moi. Ne regardez pas derrière vous. Vous êtes forts à présent. Je vous quitte.

La foule éructait :

— Restez, restez ! Avec nous, avec nous !

Lorsque la pelouse avait été envahie, je m'étais senti submergé. On me raconta par la suite que j'avais été porté en triomphe de tribune en tribune.

## 16

Deux jours plus tard, je convoquai le chef du service gestion de fortune de la banque pour une longue séance de travail dans mon bureau. Il était temps que je songe à moi.

Dès les premiers instants de notre entretien, je regrettai l'indifférence que m'avait inspirée ce collaborateur émérite. Lorsqu'il pénétra dans mon bureau, son visage n'évoqua en moi nul souvenir. Peut-être n'avions-nous jamais eu l'occasion auparavant d'échanger quelques mots. Son nom, Christian Craillon, n'éveillait rien de plus dans ma mémoire. Je savais seulement qu'il avait quarante-cinq ans, dont vingt-deux passés à la banque dans le même service.

Il s'avança dans ma direction la main tendue, le buste penché en signe de déférence, haletant par saccades des « Pardonnez-moi, pardonnez-moi, pardonnez-moi ». Bien qu'il soit venu à ma demande, il craignait de m'importuner. J'en déduisis qu'il n'avait jamais été invité à se rendre dans le bureau du président de la banque, a fortiori s'il s'agissait d'un entretien en tête-à-tête. Christian Craillon avait pris soin de vérifier auprès de Marilyne à deux reprises qu'il devait venir seul. Marilyne l'avait rassuré. La présence de Raphaël Sieg, dont dépendait Christian, n'était pas requise. De même, n'était-il pas opportun de l'avertir du rendez-vous. Une entorse aux usages qui flattait Christian Craillon.

En guise de protection, il serrait contre son torse une

pile démesurée de dossiers. Lorsqu'il s'assit, je perçus une excitation incontrôlable bouillir sous sa timidité naturelle. L'homme se préparait à donner sous mes yeux la pleine mesure de son talent. L'occasion de briller était pour lui historique. Il n'aurait pas droit à une seconde chance. Espérait-il ainsi échapper aux purges qui avaient ensanglanté la banque ? L'enjeu était tel que, pas une seule fois pendant toute la durée de notre conversation, il ne soutint mon regard. Ses yeux balayaient le sol de part en part sans jamais remonter à ma hauteur. Dès que la conversation prenait un tour personnel, des bouffées de chaleur envahissaient son corps frêle. Une sudation abondante perlait sur son visage : le front, le nez, les joues, les lèvres, le menton. Je m'abstins de le mettre à l'aise.

L'opacité du circuit de placement de ma prime qu'il venait m'exposer était géniale.

— Monsieur le président, le schéma que j'ai conçu à votre intention relève de la plus haute sophistication bancaire. J'y ai mis tout mon savoir-faire, au mieux de vos intérêts. Mon devoir est d'attirer au préalable votre attention sur ceci : je ne dispose d'aucun moyen, dans les limites de la légalité, pour dissimuler le versement de votre prime au fisc français. La banque est contrainte de la déclarer. Vous serez imposé sur le revenu. Je le regrette, mais c'est ainsi.

La sueur envahit le visage de Christian Craillon. Pendant qu'il s'épongeait, je m'interrogeai sur ce qu'aurait été ma réaction si, par extraordinaire, il m'avait proposé sous le manteau la défiscalisation de ma prime.

— En revanche, reprit Christian en pliant son mouchoir, les placements que je vous recommande laissent présager une totale exonération d'impôt sur les plus-values. De plus, ils compliquent la reconstitution, et donc l'évaluation précise, de votre épargne vis-à-vis de vos proches. Vous avez raison d'être méfiant.

Ce commentaire sur ma vie privée n'appelait pas d'observation de ma part. L'abondante sudation de Christian Craillon reprenait.

— J'en viens au dispositif envisagé, monsieur le président. La solution la plus éprouvée consiste à virer vos avoirs de compte bancaire à compte bancaire. La cascade des virements rend occulte la destination finale des sommes. Bien entendu, il convient de localiser votre argent dans des paradis financiers et fiscaux offrant un niveau élevé de discrétion. J'ai sélectionné à votre intention des destinations exclusivement classées comme « non coopératives » par les organismes internationaux de lutte contre le blanchiment des capitaux. Nous recourons souvent à ces classements dans le cadre de notre activité. Ils sont très utiles.

— Voilà un bon critère. Je vous suis.

Christian reçut cette remarque comme un encouragement. Il aborda le point crucial de notre entretien.

— Le cheminement que je vous propose est le suivant. Ecoutez, les noms ont leur importance. Commençons par un premier virement en Birmanie. Un deuxième en Russie, un troisième en Ukraine. Ensuite, si vous le voulez bien, évadons-nous vers les destinations exotiques.

L'intellect de Christian Craillon tournait à plein régime.

— Niue, d'abord, en Nouvelle-Zélande. Je ne sais pas à quoi ressemble cette île lointaine. Puis, l'Indonésie avant de partir vers les Antilles : Sainte-Lucie, Saint-Vincent-et-les-Grenadines, Aruba. Il s'agit d'une dépendance des Pays-Bas. Un petit tour au Guatemala. Et enfin, notre destination finale : l'Egypte. Je veux vous rassurer : dans notre périple, nous recourons exclusivement aux services de banques américaines et européennes de première réputation. Rien ne se perdra en route, soyez-en sûr. Je recommande de ne jamais faire apparaître le Crédit Général. Evitons toute trace des virements dans les livres de la banque.

Christian haletait. Une question me tarabustait :

— Comment ferai-je pour mémoriser cette course autour du monde ? Votre gymkhana me paraît très compliqué. C'est sa vertu. Mais je crains de m'y perdre moi-même.

Le rouge monta au front de Christian Craillon. Il attendait cet instant depuis le début.

— Puis-je m'autoriser une confidence, monsieur le président ?

— Je vous écoute.

— N'y voyez aucune manifestation d'orgueil... Je suis... un... amateur de poésie. Je vénère la langue française, je cultive les mots rares. Alors, je m'efforce de composer un joli acrostiche avec la... première lettre des pays de destination des virements. Les clients apprécient ce service, vous savez. C'est une astuce mnémotechnique infaillible. Jamais personne ne s'est plaint d'un oubli.

Christian ne tenait plus en place sur sa chaise. La sudation faisait place à une volubilité inattendue. Il me savait séduit. Son débit s'accélérait :

— Tenez, la semaine dernière, j'ai trouvé pour l'un de nos meilleurs clients « épilobe ». Une fleur mauve qui pousse en Scandinavie. Je savais que son épouse était de nationalité suédoise. Il m'a remercié pour cette délicate attention. Il m'a confessé hier qu'il surnommait désormais sa femme « épilobe ». Touchant, non ? Pour d'autres, j'ai choisi « tmèse ». C'est un terme de rhétorique. Ou encore, pour ne vous donner que quelques exemples, « fluxmètre », « aruspice », « villanelle », « rubato », « anacrouse ». Ou « enclouure », qui est à ma connaissance – avec « nouure », « duumvir » et « duumvirat » bien entendu –, l'un des rares mots de la langue française comportant deux u consécutifs. « Enclouure »

126

autorise deux virements coup sur coup en Ukraine, l'un des paradis les plus fiables du moment. Méconnu, mais fiable.

Plus rien n'arrêtait Christian Craillon. Ni l'émotion du début, ni la sueur, ni l'objet du rendez-vous. Il poursuivait, illuminé, sans se soucier d'épier mes réactions :

— J'ai « vulvite » en réserve. « Vulvite » pour Vanuatu, une île magnifique du Pacifique. Je n'ai jamais osé le proposer à un client. La connotation du terme... Vous comprenez... et m'approuvez, je pense...

Je considérai qu'il convenait de ralentir la fougue de Christian :

— Monsieur Craillon, revenons à mes affaires. Quel mot m'avez-vous attribué ?

Christian se ressaisit immédiatement :

— Pardonnez-moi. La passion, vous savez... Reprenons donc, monsieur le président, le trajet que je vous ai proposé : Birmanie, Russie, Ukraine, Niue, Indonésie, Sainte-Lucie, Saint-Vincent-et-les-Grenadines, Aruba, Guatemala, Egypte. Qu'obtenons-nous ? Nous obtenons B.R.U.N.I.S.S.A.G.E. De la racine « brunir ». Ce qui me paraît de circonstance, vous ne trouvez pas ? « Brunissage » ! J'aime beaucoup... Par commodité, je me permets de vous recommander l'attribution de ce nom à tous vos comptes personnels. « Brunissage » s'inscrira dans votre mémoire. Aucun risque d'oublier la localisation de vos avoirs.

Christian ne percevait pas l'indélicatesse de ses paroles à mon égard. Me proposer un dérivé de « brunir » ! Pourquoi pas « noircir », « salir », « souiller », « maculer », « saloper » « dégueulasser » ? Son initiative déplaisante sortait du cadre de sa mission.

J'allais m'emporter contre lui et le congédier en exigeant pour le lendemain un autre nom de code. J'aurais pris « vulvite » s'il le fallait, mais pas « brunissage ». La raison m'invitait néanmoins à dompter l'antipathie qui montait en moi à l'égard de Christian Craillon. Il était inopportun de traumatiser le détenteur de secrets me concernant. Il avait fait du bon travail, après tout.

J'optai pour la magnanimité à son égard.

— Très bien... « Brunissage », je m'en souviendrai... Faites le nécessaire.

Christian s'éclipsa à regret de mon bureau. « Merci, merci », grommela-t-il en reculant jusqu'à la porte.

## 17

La banque m'avait beaucoup accaparé depuis quelque temps. Mes affaires personnelles réglées, j'entendais désormais jouir de la vie et des avantages de ma fonction.

Je découvris petit à petit la socialisation à laquelle donnait droit la présidence d'une grande banque. Je mesurai, aux cercles qui m'accueillaient, l'étendue croissante de ma surface sociale. On me réclamait partout.

En activiste de la mondanité, j'enchaînais petits déjeuners, déjeuners, collations, dîners, soupers. Avec chacun des administrateurs du Crédit Général. Avec les présidents de banques concurrentes. Avec les dirigeants des grands groupes dans lesquels nous avions des participations. Avec les ministres, les ex-ministres, les futurs ministres. Les ministres autoproclamés également. Au total, la corporation allant des ministres aux ministrables comptait à Paris au bas mot un millier de membres actifs. Tous demandaient à me voir. Etait-ce utile ? Je ne pouvais recevoir l'un et éconduire l'autre.

Je comprenais que ma seule présence établissait la cote d'une soirée. « Marc Tourneuillerie sera des nôtres », confiait-on en manière de réclame pour une réception. Même lorsque j'avais décliné une invitation, l'hôte continuait d'annoncer ma venue : « Il devrait nous rejoindre plus tard. »

La sollicitude des nombreux importuns se révélait

parfois encombrante. En pareille circonstance, la technique consistait à accepter l'invitation : comment prétexter une indisponibilité trois mois à l'avance quand on me laissait la liberté de choisir une date ? Je n'annonçais ma défection qu'au tout dernier moment, au prétexte d'un empêchement inopiné.

Il m'arrivait de plus en plus souvent de recourir à ce subterfuge. Nous étions convenus d'un code avec Marilyne pour ne pas commettre d'impair. Les dîners où elle devrait m'excuser à la dernière minute étaient indiqués au crayon rouge sur mon agenda. Marilyne savait sans crainte d'oublier qu'elle annoncerait mon absence le jour même, aux alentours de dix-huit heures. Elle avait dénombré jusqu'à cinq engagements inscrits en rouge à la même date.

Mes absences à la banque devenaient fréquentes. Je m'étais placé en congé de finance pour quelque temps. « Un patron, ça bouffe, ça vire et ça signe les chèques. Un point c'est tout » : la devise fétiche de Jacques de Mamarre justifiait mon comportement paresseux. Il fallait seulement que je fasse attention à ne pas prendre de poids. Le renouvellement complet de ma garde-robe était si récent.


J'avais mis un point d'honneur à convier le directeur du *Monde* à la maison. Alors qu'il me suffisait de claquer des doigts pour que le patron du *Wall Street Journal* se précipite à ma table, Jean-Marie Colombani m'échappait. J'avais dû remettre le dîner à deux reprises après qu'il eut annulé. Pourquoi me repoussait-il ? Ne m'aimait-il pas ? Craignait-il d'être corrompu ? Je ne m'expliquais pas sa défiance à mon endroit.

Il avait cependant fini par venir. L'élaboration de la liste des convives m'avait plongé dans la perplexité. Comment susciter l'émoi de Jean-Marie Colombani ?

Convoquer des hommes politiques ? Un président de la République n'aurait pas suffi. Des gens de lettres ? Il en connaissait de plus illustres que moi. Des stars du show-biz ? C'était renoncer à toute conversation sensée. J'optai en définitive pour la simplicité ; on ne pourrait pas me le reprocher. Je sollicitai donc un camarade de promotion devenu directeur de la comptabilité publique au ministère des Finances, le patron du laboratoire de recherche de Diane et sa tante économiste de gauche. Je rajoutai in extremis Patrick Poivre d'Arvor à la liste.

L'atmosphère du dîner n'avait jamais quitté l'ère de glaciation dans laquelle il était entré dès les premiers instants. La conversation tournait au fiasco malgré mes efforts pour l'entretenir. Contrairement à ce qu'il avait annoncé, Jean-Marie Colombani n'était pas venu accompagné. Qu'importe : je le tenais. Il était enfin à la maison. Qu'il se soit ennuyé au point de nous quitter à dix heures et demie en prétextant des horaires matinaux comptait peu. A mes yeux, il avait rendu les armes en se déplaçant jusqu'à mon domicile.

Après son départ, je me reprochai de ne pas lui avoir soutiré le nom des « proches » qui m'avaient débiné dans le portrait du *Monde* qui m'était consacré lors de ma nomination à la présidence du Crédit Général.

Malgré l'indifférence du journal et de son directeur envers ma personne, ma notoriété dans le grand public avait prospéré en l'espace de quelques mois. Les controverses suscitées par notre grande révolution culturelle et bancaire me propulsaient au firmament des médias. Je franchissais d'un bond un palier que d'autres mettaient dix ans d'acharnement à gravir.

J'existais.

Le retour à l'ordre dans la maison commençait cependant à tarir l'intérêt que l'on me portait. Sur ma lancée, je continuais certes d'apparaître à intervalles réguliers dans *Le Figaro Entreprises*, *La Tribune* ou *Capital*. Ma stratégie, mon ambition pour la banque, mon entourage, ma vision de la finance de demain... Des articles de complaisance pour quémander la générosité publicitaire du Crédit Général ? Ma présence à la télévision se limitait désormais à LCI, dans les programmes de fin de soirée consacrés à l'économie. On me choyait gentiment. Sans plus. L'engouement à mon égard ronronnait. En chef de gare des articles, Claude de Mamarre enregistrait, sélectionnait et me transmettait les demandes d'interviews.

Moi qui m'étais prêté sans rechigner au tintamarre médiatique, le retour à l'ordinaire du patron de banque me dépitait. Il me semblait injuste de ne pas jouir d'une popularité durable, au moins équivalente à celle d'un chanteur de variétés. Fallait-il tout chambouler pour que l'on s'intéresse de nouveau à moi ? N'exerçais-je pas un pouvoir économique qui justifiait une place de choix dans la lumière ? Ma notoriété réalisée se situait en deçà de ma notoriété légitime. En observant autour de moi, je déplorais la désaffection dont pâtissaient les patrons français les plus puissants. Combien appartiennent à la caste people ? Ont-ils des admirateurs qui les montrent du doigt ? Leur demande-t-on des autographes ?

Dans nos domaines, nous régnons pourtant en maîtres absolus. Le sort de dizaines de milliers de salariés se trouve à notre merci. Nous sommes craints. Nous sommes vénérés. Nos paroles valent évangile. Le moindre de nos soubresauts psychologiques fait frémir. A mes yeux, notre poids économique justifierait meilleur traitement dans la presse.

Un article, paru à contretemps dans *Les Inrockuptibles*, vint à mon secours. Bien qu'éteinte, la polémique autour du Crédit Général appelait une prise de position iconoclaste du journal. « Pourquoi un article sur Tourneuillerie, quand nous détestons les patrons de son espè-ce ? » s'interrogeait l'auteur. Par un jeu de miroirs narcissique, il convertissait ses états d'âme à mon égard en sujet d'enquête. Le journaliste nous narrait dans le détail son baroud sur la ligne de front de ses contradic-tions internes.

Les impératifs de la lutte pour la primauté idéologique dans les médias supposaient qu'une thèse provocatrice ressorte de cette introspection. L'article soutenait l'idée que j'étais « cool ». On ne pouvait mieux dire dans le registre laudatif. J'étais bien entendu apparenté à la détestable communauté des « nouveaux dictateurs », des « brejnéviens du profit ». Mais, moi, à titre personnel, j'étais labellisé « cool ». Une exception était née. On me l'attribuait.

Tel était le thème central de l'article des *Inrockup-tibles*. L'attestation de coolitude délivrée par la moderne magistrature d'influence m'élevait à la dignité de per-sonnalité d'avant-garde. Les déontologues ayant pro-noncé mon éloge, la presse d'arrière-garde prit le relais. « Cool », « patron cool », « banque cool », lisait-on à longueur de colonnes. On louait l'humanité de ma per-sonne, et par extension l'ambiance au Crédit Général. Sans avoir été contraint de le solliciter, *Paris-Match* me consacrait un reportage sur quatre pages. J'avais droit à une accroche en une du journal. Les légendes qui accompagnaient les photographies de ma journée de tra-vail constituaient un florilège du genre : « Responsabi-lités harassantes », « Stress permanent »... « Agenda surbooké » venait à deux reprises. Sans oublier les décli-naisons du cool en langage *Paris-Match* : « disponible », « convivial », « détendu », « en bras de chemise sans cravate »... *Gala* me sollicitait à son tour. Il fallait leur livrer du Marc Tourneuillerie dans l'intimité. En famille, en vacances, au lit, dans la salle de bains... Je repoussai le reportage à plus tard pour ne pas saturer les lecteurs.

La presse étrangère avait fini par percevoir l'écho de cette popularité. Elle s'intéressait à mon cas. Je valais d'autant plus le détour que la réputation des patrons français nous donnait guindés et prétentieux. Dans le « worldwide cool contest », je grimpais au sommet. En Angleterre, le *Guardian* rétrogradait Richard Branson, le mètre étalon du cool, derrière moi. *Newsweek* en faisait de même avec Steve Jobs, un nom bâti pour la notoriété. Etre détrôné par un banquier frenchy, coincé de nature, devait les écœurer. Des années d'extravagances et de clowneries ne suffisaient pas à préserver leur rang. L'univers du cool business se révélait impitoyable.

Par curiosité, Richard Branson, que je ne connaissais pas encore, m'appela pour me féliciter. Dans la conversation, il me confessait qu'il amuserait bientôt la galerie de façon spectaculaire dans le but de recouvrer sa prééminence. La pitrerie ferait grand bruit, m'annonçait-il. Il profitait de ma bonne humeur pour solliciter un crédit de la banque d'un montant de cinq cents millions d'euros. Je le lui accordai. Entre gens cool...

Le moindre de mes propos était publié en brève dans la presse. Il suffisait que j'émette un jugement sur la conjoncture économique ou sur la politique gouvernementale pour qu'il soit dans l'instant répercuté. Je maraboutais les médias en tâchant de concevoir une idée originale à intervalles réguliers.

Mon appartenance à la top list des people du moment me valait de nombreuses sollicitations. Mes restaurants d'affaires préférés, mes hôtels de charme, mon mal au dos, ma gestion du stress, mes secrets minceur... On voulait tout savoir de moi.

Avec la télévision, je comprenais que la forme de l'expression importait davantage que le contenu du propos. Il fallait être un « bon client ». Je récusais les préceptes des training media que Claude de Mamarre m'avait fait suivre : parler avec application, articuler chaque syllabe, statufier son corps. Il ne me convenait plus de dire : « En s'inscrivant à plus dix-huit pour cent, notre résultat opérationnel du deuxième semestre est en ligne avec nos prévisions. Le consensus de marché considère que notre titre dispose d'une marge d'appréciation. » On attendait de moi un autre langage : « Tout roule. Ça sourit, nous sommes heureux. On peut faire encore mieux. On va se bouger. »

Le premier autographe que je signai dans la rue m'apparut comme un aboutissement personnel. Je fus déçu d'apprendre qu'il s'agissait d'un étudiant en marketing, dont l'élan d'admiration se justifiait par des arrière-pensées professionnelles. Pour les fans grand public, il me fallait encore progresser. La direction des ressources humaines de la banque se targuait néanmoins de recevoir chaque jour des dizaines de CV. On m'en attribuait le mérite : « Le Crédit Général attire les meilleures compétences. Grâce à vous, monsieur le président, on se précipite chez nous. On veut en être. Plus besoin de draguer les diplômés des écoles de commerce ».

Je n'en voulais à personne d'exagérer le raz de marée que provoquait ma canonisation médiatique.

## 18

Mon surcroît de popularité m'assurait l'accès aux manifestations people. Avant-première, défilé de haute couture, concert privé, inauguration de restaurant, lancement de parfum... J'entrais dans les listings des attachés de presse influents. Marilyne recensait en moyenne cinq invitations par semaine. Je m'offrais le luxe de n'en accepter qu'une seule.

J'avais noté que les photos de moi qui se publiaient dans *Paris-Match* et *Gala* me montraient toujours en compagnie d'une personnalité du spectacle. Seul ou accompagné de Diane, ma valeur jet-setique ne suffisait pas à justifier une publication. La presse exigeait de l'inattendu par le télescopage des genres. Banque et show-biz faisaient l'affaire. Je m'imposais donc les effusions de sentiments amicaux en compagnie des stars. Claque dans le dos, éclat de rire complice, embrassade chaleureuse... Les célébrités s'aimaient. Du pur bonheur pour les lecteurs.

Mon apprentissage des événements people m'enseignait que l'arrivée dans le lieu, là où se massent les photographes, constituait le moment critique à ne pas louper. Malheur au naïf photographié bras dessus bras dessous avec une gloire vieillissante ou une demi-mondaine ravagée. Pour apparaître en bonne compagnie, j'apprenais à attendre ou bien à me précipiter selon les mouvements de personnalités devant le mur de paparazzi.

C'est à la même époque que je reçus de mes connexions mondaines une surprenante invitation. Je compris par la suite qu'elle était réservée aux gens de la mode. Les milieux d'affaires n'étaient pas supposés en être destinataires.

Marilyne fit un jour une intrusion dans mon bureau, le sourire coquin, tenant à la main un tube de carton. En effeuilleuse qui se dégante devant son public, elle en extirpa un fouet noir à lanières de cuir. Un bristol lacéré accompagnait le suggestif objet. « L'invitation qui fait mal », était-il écrit. En plus petit, suivait cette explication : « Ils ne se fouettent plus pour Gucci. Messieurs Pinault (PPR) et Arnault (LVMH) vous convient à célébrer leur réconciliation. » Le lieu où se tenait la soirée, le Bar-Bar, ne m'évoquait rien.

Le déhanchement que Marilyne s'autorisa à cette occasion dans mon bureau m'avait émoustillé. Sur le coup, je n'y avais vu aucune malice. Le soir venu, je me remémorai ses propos : « Si vous n'y allez pas, pourrai-je emprunter votre invitation ? »

Il m'avait semblé qu'elle caressait le fouet en posant la question. M'étais-je mépris sur son geste ? Y avait-il eu manifestation soudaine de sensualité ? Expression scabreuse de désir ? Ce moment constituait ma première immixtion dans l'intimité de Marilyne. En sept années de collaboration, elle n'était apparue à mes yeux que dans sa fonctionnalité de secrétaire. Une ombre attachée en silence à ma personne. Dépourvue de vie et de sens. Je n'aurais su dire si elle était femme ou chose.


Lorsqu'on l'avait affectée à mon service, Marilyne avait renoncé à l'existence. Son homme s'était suicidé un an plus tôt pour une raison incompréhensible. Le couple semblait pourtant épanoui et formait un assortiment harmonieux. Pour couper court une fois pour toutes aux rumeurs, Marilyne m'avait donné sa version du drame dès notre première rencontre. Son mari, d'origine vietnamienne, lui annonçait un beau jour qu'il était affligé d'une maladie dégénérative incurable. Marilyne l'ignorait. Elle comprit pourquoi il lui refusait depuis toujours la maternité. La condamnation à mort de son chéri devenait désormais exécutoire. Il décidait de prendre les devants. Il sauta par la fenêtre.

De ce jour, Marilyne se cantonnait au non-être. On disait que, dans sa solitude, elle pleurait du soir jusqu'au matin. Je n'avais jamais prêté attention à ses yeux gonflés. Qu'un tel magma de malheur m'ait été dévolu suscitait à mon égard la compassion de mes collègues. J'estimais à l'inverse que sa retraite volontaire de la vie valait gage de discrétion et d'efficacité. Nulle aspiration personnelle, nulle ambition revendicatrice, nul vecteur de bruits de couloir. Nos liens désincarnés me convenaient. Marilyne contemplait son destin de veuve. Une existence esseulée de labeur à mon service. Pas de désir, pas d'avenir. Juste le défilé répétitif du temps présent.

La chosification de Marilyne m'autorisait une parfaite liberté de comportement. Elle n'écoutait pas, elle ne voyait pas, elle ne jugeait pas. Hors les nécessités du service, l'altérité lui demeurait inaccessible. En sa présence, je houspillais Diane au téléphone, je me curais le nez, je matais des sites de cul sur Internet. Il m'arrivait de lui dicter une lettre tout en urinant, la porte des toilettes ouverte. Rien ne la choquait. Les événements qui advenaient dans son environnement ne provoquaient de sa part aucune réaction visible.

Les années suivantes, installé dans le confort de cette relation, je n'avais pas perçu les signes de sa lente rémission. On avait pourtant attiré mon attention sur les infimes détails du changement en cours. Un rictus

138

d'amusement, un soupir de compassion, une moue de réprobation. Je m'astreignis à davantage de retenue devant Marilyne sans aller jusqu'à lui prêter une humanité.

Un imprévisible bouleversement se produisit dans les mois qui précédèrent ma nomination à la présidence du Crédit Général. Marilyne se métamorphosa d'un coup. Raccourcissement des jupes, apparition du maquillage, ouverture du décolleté. L'abandon du chignon marqua l'apothéose de la résurrection. La nouvelle se propagea en une seule matinée parmi les pipelettes de la banque : Marilyne avait lâché ses longs cheveux bouclés. « Elle fait pute, disait-on, une vraie tronche de salope. » Son renoncement à l'austérité monacale déclenchait les jalousies. « Elle a revu le loup », supputait la rumeur.

A la pauvresse que j'avais connue succéda une femme d'allure. Je me dispensai de la licencier lors de mon accession à la présidence de la banque. Ripolinée de bas en haut, Marilyne satisfaisait désormais aux exigences de son nouveau statut de première secrétaire de la banque. Autant la garder à mes côtés, dès lors qu'elle n'errait plus comme un sac à viande sans âme. Un souci de moins à traiter.

Quels qu'aient été les enjolivements de Marilyne, la force de l'habitude persistait en moi. Je continuais à nier son existence. Sa présence à mes côtés demeurait transparente. Qu'une sensation puisse l'animer me paraissait inconcevable.

J'étais bien le seul à la banque à ne pas me soucier des états d'âme de Marilyne. Sa responsabilité du secrétariat particulier du président – trois assistantes à temps plein sous ses ordres – lui conférait un prestige inouï. Accéder à mon bureau, écouter mes conversations, partager mes secrets, planifier mon emploi du temps : nul ne pouvait prétendre à pareille proximité. Recueillait-elle mes confidences ? Emettait-elle des avis ? Proposait-elle des chan-

gements de personnes ? Débinait-elle ? Se moquait-elle ?
Personne ne le savait. Les barons de la banque n'avaient
qu'une seule certitude : les doigts de Marilyne taperaient
chaque caractère de leur lettre de licenciement. Elle serait
informée de leur mise à l'écart avant même qu'elle ne
leur parvienne. Qui prendrait le risque de se la mettre
à dos ? Qui oserait violer son immunité de clabaudages
salasses ? Fini la « pute », fini la « tronche de salope »,
fini le retour du « loup ».

Aujourd'hui, le fouet à la main, Marilyne me proposait pour la première fois de reconnaître sa féminité.
D'admettre la présence en elle d'une sexualité. Son physique attirant m'explosait au visage. Tout en volume,
tout en abondance, tout en robustesse : chevilles, mollets, cuisses, fesses, hanches, poitrine, visage. Un beau
brin de corps mastoc. Disponible aux plaisirs. Volontaire
pour les outrages.

Une vision me traversa l'esprit. Marilyne ressemblait
en cet instant à une maîtresse-femme dont je fréquentais
le site sur Internet. Appétissante et solide, capable de
résister aux pires excès de la brutalité masculine. Je fermai les yeux. Je demandai à Marilyne : tu le veux, ton
retour à la vie ? Tu veux que je te culbute sur le bureau ?
Maintenant, sans ménagement. D'un coup sec. Allez,
Marilyne, soulève ta jupe. Penche-toi en avant. Voilà,
comme ça.

Plutôt que de passer à l'acte, je lui proposai de m'accompagner à la soirée Gucci. Je trouverais un prétexte
pour me débarrasser de Diane ce soir-là.

Je demandai au préalable à Marilyne de s'assurer que
l'invitation n'était pas un canular. Le secrétariat de Bernard Arnault confirma la soirée, mais semblait embarrassé de me savoir inscrit sur la liste des invités. Pour
me dissuader de m'y rendre, la secrétaire tenait à préci-

ser que ni Bernard Arnault ni François Pinault ne seraient présents. J'étais heureux de l'apprendre. « Nous, nous y serons ! » conclut Marilyne au téléphone.

A l'entrée du Bar-Bar, des cat-women en guêpières noires et bondage distribuaient des fouets aux arrivants. Le petit groupe de jeunes gens qui me précédait se les arrachait. Ils faisaient mine de se flageller les uns les autres.

Muni de l'ustensile, je pénétrai à mon tour dans le minuscule club. A l'intérieur, un type affable m'accueillit avec un mélange de ravissement et de stupeur. Selon toute vraisemblance, il ne s'attendait pas à me trouver en ce lieu. Je l'avais déjà croisé dans des circonstances festives, mais nous n'avions jamais été présentés.

Le type me secoua la main en se penchant à mon oreille :

— Tino Notti, ravi de vous accueillir. Bienvenue au Bar-Bar. Ici, tout est permis...

Sans lui lâcher la main ni m'éloigner de son visage tout proche, je profitai de l'occasion :

— Puis-je vous poser une question ? Je vous croise souvent dans des soirées, et j'ignore qui vous êtes.

La question ne le chagrinait pas :

— Voici enfin venue l'occasion de vous saluer. Tino Notti. Relations publiques. Spécialité : la nuit et les plaisirs. Ici présent pour satisfaire les désirs... tous les désirs !

Tino Notti me dévisageait avec bonhomie, flatté de me compter parmi les convives.

— Adressez-vous à moi, n'hésitez pas. Amusez-vous.

Le majordome de la nuit savait sonder les âmes. A l'évidence, ma présence en ce lieu l'intriguait. Je le compris lorsqu'au moment de le quitter il m'invita de nouveau à le solliciter. « Pour tout », insistait-il. Qu'imaginait-il de mes envies ?

Je flânai dans les alcôves sombres du Bar-Bar, sans rencontrer un seul visage familier. Le beat de la musique ébranlait les murs de pierre où étaient scellées des chaînes en fer, des croix en bois et des portes à barreaux. Je croisai des chiennasses sévères à talon aiguille. Elles me toisaient en silence, leur fouet virevoltant à la main. Une invitation formelle au plaisir de la souffrance. Je détournai le regard lorsque je tombai nez à nez sur Marilyne. Un soulagement. Je commençais à douter de sa venue. Elle me serra la main, ce qui ne s'était jamais produit auparavant.

Je lui demandai si elle était venue accompagnée. Marilyne fit non de la tête. Elle ajouta : « Surtout pas ce soir. » Je n'osais considérer son accoutrement, que je devinais de circonstance : noir, moulant et haut perché. Une Betty Boop boudinée.

Autour de nous, les noceurs inventaient des chorégraphies punitives. Marilyne se balançait en douceur au rythme de la musique.

Je me penchai vers elle :

— Vous n'avez pas eu le droit à un fouet ?

— On me l'a proposé, mais j'ai refusé. J'ai pensé que vous en auriez pris un. Je n'avais pas tort. Ici comme ailleurs, c'est vous le maître...

Marilyne avisait mon martinet. En toutes circonstances, elle témoignait de sa docilité à mon égard.

L'incongruité de sa présence à mes côtés – notre proximité à la banque s'exportait mal au Bar-Bar – m'incitait à picoler en sa compagnie des vodkas au nectar de pêche. A peine nos verres vides, Marilyne partait au ravitaillement.

Son rythme de consommation suivait scrupuleusement le mien. Je buvais, elle buvait. L'alcool passait

142

comme du petit-lait. Nous regardions sans mot dire l'assistance s'exciter autour de nous.

Après quatre verres avalés à la suite, les ondulations de la masse compacte des danseurs me semblaient s'accélérer. Assise sur un sofa, Marilyne ébranlait son buste dans le tempo. J'accompagnais paresseusement son mouvement. Hugh Grant passait en sueur devant nous. Une cat woman enfermée derrière des barreaux mendiait à genoux la punition d'un bourreau. Dans les recoins sombres, des culs se dénudaient pour accueillir les lanières de cuir. On entravait des suppliciés aux chaînes. Kate Moss tirait par les cheveux un jeune homme soumis. Des gémissements de douleur perçaient entre les beats de la musique. Boum, boum, boum.

J'enfournai une autre vodka au nectar de pêche, que je partageai avec Marilyne. Les chiennasses s'activaient sur des victimes consentantes. Marilyne hésitait à se porter candidate. Sa main caressait le velours noir du sofa.

J'allais empoigner sa chevelure par-derrière quand Tino Notti me tapa sur l'épaule. Il cria à mon oreille pour se faire entendre :

— Nassim voulait vous connaître...

Je me retournai vers sa voisine. Un ange noir me souriait. Ses dents blanches s'illuminaient dans la pénombre. Son visage de déesse ressemblait à un métissage spectaculaire des beautés d'Afrique et d'Inde. Tino se pencha vers elle. Je ne parvins pas à entendre ce qu'il lui disait. Elle continuait de sourire en opinant.

L'entremise accomplie, Tino Notti me laissa en plan face à Nassim. Je connaissais sa réputation scandaleuse. La bougresse faisait triquer les célébrités en chaleur. La presse people peinait à comptabiliser ses amants : Bruce Willis, George Clooney, Steven Tyler, Harrison Ford... « La garce d'Hollywood », la surnommait-on, « la briseuse des couples de stars ». Dans sa dernière livraison, *Voici* rapportait la rumeur d'un journal à sensation de

Miami : Nassim avait levé Gwyneth Paltrow. « Gwyneth gouinette ! » titrait *Voici*. Sur une photo prise dans un club de Floride, les deux filles s'enlaçaient.

Face à moi, les yeux noirs de Nassim bichaient. En me regardant sans parler, elle s'exhibait comme un pur objet de sexe. Sa minuscule robe transparente ne dissimulait pas un seul centimètre carré de son corps. La totalité de sa personne se révélait au premier regard : courbes, plis, raies, poils, nombril, tétons. Aucune limite, aucun tabou, aucune pudeur. De la libido sur pattes. A l'état brut. Toute son apparence clamait cette évidence : « Désirez-moi, je suis bonne. »

Nassim se déhanchait sur place. Je la contemplais. Tant de promesses !

Elle se tourna vers moi :

— Vous m'offrez cette danse ?

Nassim s'avançait jusqu'au dancefloor. Le mouvement de ses reins, de ses fesses, de son buste comblait en quelques secondes mes dernières ignorances sur sa libido. Ce n'était plus de la danse, mais le mime d'un acte sexuel débridé. Cette impression de forniquer en public me désinhibait. J'en oubliais ma gaucherie. Je tâchais d'onduler proprement. Boum, boum, boum.

Je ne saurais dire combien de temps s'était écoulé lorsque Marilyne nous rejoignit. Elle tenait à la main deux verres de vodka au nectar de pêche. L'un pour Nassim, l'autre pour moi. Marilyne était ivre. A peine l'avais-je remerciée d'un signe de tête, que Nassim se saisit à pleine main de sa tignasse. Marilyne ne bougeait plus, la tête basculée en arrière sous la pression. Nassim s'était arrêtée de danser. Je restai interdit : Nassim accomplissait l'impulsion qui m'avait étreint quelques minutes plus tôt. Lisait-elle dans les pensées ?

Marilyne demeurait immobile sans protester, la tête toujours renversée en arrière. Ses yeux se fermaient. Nassim pencha son visage. Tout près. Marilyne devait

144

sentir son souffle. Nassim s'apprêtait à l'embrasser quand elle lâcha prise. La tête de Marilyne rebondit en avant. Ses yeux se rouvrirent. Elle semblait insatisfaite.

Nassim lui souriait. « Ce n'est qu'un jeu », voulait-elle dire. Ses dents s'illuminèrent. Elle prit la main de Marilyne pour l'inviter à danser. Les deux filles se trémoussaient. Dans la même attitude soumise qu'un peu plus tôt, Marilyne basculait sa tête en arrière en fixant Nassim.

C'est alors que Tino s'approcha. Il paraissait embarrassé de nous interrompre. Un vif échange en aparté s'ensuivit avec Nassim. L'affaire était suffisamment urgente pour qu'elle me dise à l'oreille :

— Je dois m'absenter.

Elle s'éloigna avec Tino, puis revint sur ses pas. Elle empoigna de nouveau les cheveux de Marilyne.

— Avez-vous compris comment faire, maintenant ?

Elle m'embrassa sur la bouche. Puis honora Marilyne de la même façon.

— Bitch, l'insulta-t-elle.

Nassim disparut dans la pénombre. Le sismographe de mes pulsions devint aussitôt étale. Que faire de Marilyne à mes côtés ? Etait-il raisonnable de se rendre coupable de violence physique vis-à-vis d'une salariée de la banque ? M'imaginais-je devant les prud'hommes plaidant le consentement de Marilyne pour l'avoir fouettée dans un club sado-maso ? Combien me coûterait cet égarement en indemnités de licenciement ?

Je plantai Marilyne :

— A demain matin. Huit heures trente à la banque. Trouvez-moi les coordonnées de Tino Notti.

## 19

Dès le lendemain, Tino Notti prit l'initiative de m'appeler à la banque. Je me trouvai en tête-à-tête avec Raphaël Sieg. Marilyne, qui ce matin portait une tenue sage pour faire oublier ses égarements de la veille, avait hésité à m'interrompre pendant ma réunion :

— Pardon de vous importuner : Tino Notti au téléphone. C'est lui qui appelle.

— Que veut-il ?

— Vous parler... à vous seul. Il ne souhaite pas laisser de message.

— Passez-le-moi.

— Tout de suite.

J'avais à peine le temps de demander d'un geste de la main deux minutes de patience à Raphaël Sieg, qu'une voix de stentor jaillissait du téléphone :

— Bien remis de la soirée ? Je ne vous dérange pas ?

La fréquentation quotidienne des nuits tapageuses avait altéré les capacités auditives de Tino. Le volume sonore de sa voix perdait le sens de la mesure.

Là où il se trouvait, Raphaël Sieg pouvait entendre notre conversation, alors que je ne souhaitais pas qu'il en soit le témoin. Par délicatesse, il s'était levé de son siège et déambulait à l'écart dans mon vaste bureau. Je veillais néanmoins à ne citer aucun nom de lieu ou de personne.

— Je vous écoute...

— Nassim m'a demandé de vous appeler.

Les vapeurs de la vodka au nectar de pêche m'enivrèrent à nouveau. Les yeux, les dents, le visage, le corps, les ondulations de l'ange noir me revenaient dans un flash. Par chance, Raphaël Sieg me tournait le dos. Il ne voyait pas mon visage extatique.

— Elle est confondue de vous avoir abandonné hier soir. Elle voudrait s'assurer que vous n'êtes pas fâché contre elle...

— Rien de grave, j'espère ? Je me faisais du souci pour elle.

Je mettais sur le compte d'une inquiétude altruiste ce qui devait s'interpréter comme une réclamation en bonne et due forme. La brusquerie du départ de Nassim m'intriguait. Elle requérait deux mots d'explication.

Comme je le craignais, Tino resta évasif :

— Rien de grave, rassurez-vous... Vous savez... Nassim est parfois distraite. Mon devoir est de veiller aux obligations de son emploi du temps.

Tino ne dit rien de plus consistant. Je m'apprêtai à clore la conversation :

— Merci de votre coup de fil. Transmettez-lui mes meilleurs sentiments.

— Je le ferai, comptez sur moi... J'avais un autre message de la part de Nassim... Elle me charge de vous dire... qu'elle était enchantée de faire votre connaissance.

Le ruffian dévoilait enfin ses intentions : établir la connexion entre Nassim et moi. Agissait-il sur mandat ? Cherchait-il à m'impressionner en exposant sous mes yeux un échantillon de ses talents d'entremetteur ? Me trouvait-on du sex-appeal ?

Le trouble que suscitait en moi la perspective de fréquenter une poule de stars me tétanisait. J'en devins aphasique :

— Pareillement...

Ni Tino ni moi ne souhaitant conclure la conversation,

nous restions muets dans l'attente d'un développement. La curiosité me tenaillait. Une excitation plus puissante que l'embarras de congédier l'infortuné Raphaël Sieg.

Car, pour décider de son sort, Raphaël avait tout misé sur la conversation que nous étions en train d'avoir. Que faire de ma vie ? s'interrogeait-il pendant les nuits d'insomnie. Dois-je m'écraser ? Dois-je me rebeller ? Dois-je prendre un risque ? Raphaël détestait l'inconnu sans pour autant parvenir à trancher. Il s'embourbait mois après mois dans un marasme dépressif. Je ne me sentais pas responsable de cette décrue de self-esteem.

Ma nomination à la présidence du Crédit Général avait exhalé les doutes qui le taraudaient sur sa personne. L'épisode de la grande révolution culturelle et bancaire que nous avions vécu ensemble avait provoqué une rechute récente. L'énergie des mouvements de foule le terrorisait. Raphaël avait été secoué. Il en subissait à présent le contrecoup. Il s'était pourtant bien tiré du gros bordel. L'effacement de sa personnalité, qui le désespérait tant en d'autres circonstances, lui avait épargné le lynchage. Barricadé dans son bureau, il échappait à la vindicte des masses. Alfred Hatiliasse et Boris Zorgus avaient tout pris.

Raphaël Sieg ne pouvait plus me sentir. Je ne l'en blâmais pas. J'avais besoin à mes côtés d'un type corvéable, loyal et docile. Capable de tenir la boutique pendant que je batifolais. Pour la deuxième fois en un mois, il était venu solliciter sa nomination à la présidence de notre filiale américaine. Il voulait prendre ses distances, quitte à déchoir dans l'organigramme de la banque. Je me braquai : plutôt le balancer que de consentir à son éloignement.

Quand il les exposait face à moi, les motivations de Raphaël me semblaient suspectes. Son envie proclamée

148

de changer d'air sentait le baratin. Telles que je les comprenais, ses velléités de départ s'expliquaient par la crainte d'échouer.

Depuis le départ d'Alfred Hatiliasse et de Boris Zorgus, j'avais confié à Raphaël la responsabilité de la publication mensuelle des résultats de la banque. Le back office comptable s'avérait incroyablement complexe à mettre en place. Raphaël se convainquait chaque jour un peu plus qu'il n'y parviendrait pas d'ici à la fin de l'année. Il savait qu'un échec entraînerait son limogeage.

Avec Tino au bout du fil, le moment était malvenu de me contrarier. Je me résolus à éconduire Raphaël et ses affres :

— Une urgence, lui dis-je en montrant le combiné. Pardonne-moi. Je t'appelle dès que j'ai fini.

— Je comprends, répondit-il en s'éclipsant tête basse de mon bureau.

Je me doutais que ma fin de non-recevoir le meurtrissait. J'imaginais qu'il avait ruminé cet entretien pendant des nuits et des nuits. Conçu son déroulement dans les moindres détails. Ecrit chaque réplique. Raphaël n'était pas homme à revendiquer sans réfléchir. L'épilogue de l'histoire ne correspondait pas au scénario d'origine. En m'abstenant de lui répondre, j'avais gagné du temps.


Sitôt la porte refermée, je repris ma conversation avec Tino :

— Pardon de vous avoir fait attendre... J'ai une demande à formuler : pouvez-vous, un jour prochain, arranger un rendez-vous avec Nassim ? Il n'y a pas d'urgence...

Tino roucoulait :

— Oh... je vois... Je peux arranger ça, en effet. Elle en serait ravie. Croyez-moi... Faites-moi signe dès que l'envie vous prendra...

— Vraiment ? Merci. Je ferai bon usage de votre proposition...

Puisque Raphaël Sieg avait quitté mon bureau, autant poursuivre la conversation. Une question me trottait dans la tête au sujet de Nassim :

— Vous allez peut-être trouver mon attitude cavalière, mais j'aimerais savoir...

— J'entends tout et ne dis mot, m'interrompit Tino, je vous écoute.

— Si vous m'y invitez... Une interrogation me turlupine : que fait Nassim, au juste, dans la vie ?

Tino s'attendait à tout sauf à décliner un curriculum vitae :

— Je ne suis pas sûr de comprendre la question...

— Son métier, son boulot, sa raison sociale... Est-elle actrice ? Model ? Que sais-je encore : emblème de marque... ambassadrice de produits de beauté... égérie de joaillier... muse de couturier... image d'un parfum... nymphette de calendrier Pirelli... Miss Monde ?...

— Un peu tout ça...

Dans la banque, les fiches de poste ultradétaillées m'avaient habitué à davantage de précisions. Je m'exclamai :

— Mais de quoi vit-elle, enfin ?

Tino resta interloqué au bout du fil :

— Différents moyens...

Etait-il donc inconvenant de poser la question ? Ne pouvait-on connaître les sources de revenus de Nassim ? Où se situait-elle dans la hiérarchie des rémunérations ? Epargnait-elle ? De quoi se composait son patrimoine ? Dépassait-il le mien ?

Je m'agaçai de l'imprécision de Tino :

— Mais comment fait-elle ? Perçoit-elle des cachets ? Des royalties ? Des avantages en nature ? Des bonus ? Des salaires ? Des stock-options ? Et la protection sociale ? A-t-elle une couverture sociale ? Une mutuelle ?

150

A ma grande surprise, Tino s'esclaffa. Un rire retentissant qui dura un long moment. Il savait calmer le courroux par la jovialité :

— Quelle sollicitude ! Merci pour elle... Mais, je tiens à vous rassurer : à ma connaissance, Nassim n'est pas dans le besoin. Une femme comme elle ! Elle ne manque de rien... L'argent ? Elle sait où le trouver, et comment le trouver... Ah, ah, ah !

Tino avait assez de doigté pour qu'une bonne rigolade ne se transforme pas en moquerie. Son rire s'arrêta net. Sa voix se fit prévenante :

— Je vois... que vous vous souciez beaucoup du sort de Nassim... Dois-je lui en faire part ?

Mon irritation s'estompait. J'avais besoin de Tino. Il était maladroit de s'aliéner un intermédiaire aussi serviable.

— Faites au mieux...

Après avoir raccroché, je restai songeur. La perplexité me gagnait. Qu'adviendrait-il de ma relation avec Nassim ? Pourrais-je un jour lui rouler une pelle, lui peloter le cul, lui extirper des cris de plaisir ?

L'inquiétude épicurienne que je ressentais ne me laissait plus assez d'entrain pour écouter les jérémiades de Raphaël Sieg.

J'avisai l'écran de mon ordinateur. Plutôt que de reconvoquer Raphaël dans mon bureau, je passai à l'action. Internet Explorer... Google... Célébrités... Photos volées... Supermodel... Milla Jovovich... Cindy Crawford... Laetitia Casta... Claudia Schiffer... Karen Mulder... Eva Herzigova... Nassim...

## 20

Personne n'avait cru opportun de m'alerter sur l'anarchie qui subsistait à l'intérieur de la banque. Les moments de plaisir que traversait mon existence anesthésiaient ma faculté de raisonnement. Tout nous souriait. La Bourse nous plébiscitait. Les clients affluaient.

Savais-je qu'au lendemain de notre grande révolution culturelle et bancaire des pans entiers de notre institution tournaient en roue libre ? Etais-je conscient d'avoir enfanté le foutoir malgré moi ? A peine savait-on si elles avaient survécu dans la tourmente. Peu de services avaient échappé aux décapitations. Dans les marches reculées du groupe, les cendres des jacqueries locales fumaient encore.

Raphaël Sieg, le chef du chantier de la publication mensuelle des résultats financiers, branlait sur ses bases. Plus stressant encore, les simulations internes sur la perspective de porter la rentabilité de la banque à quinze pour cent se révélaient pessimistes. Les notes que l'on me transmettait de la direction financière sur le sujet contenaient des appels désespérés en faveur de mesures d'urgence. Les termes « cost-cutting » et « crash plan » se lisaient en gras.

La situation me contraignait à agir, au sacrifice des plaisirs nocturnes.

Pour ramener la banque dans les bornes de la gestion rationnelle, je décidai de passer la totalité du système au hachoir de l'audit organisationnel. Discipline militaire, coupe au carré, tout le monde au rapport. Imaginer les organigrammes dictatoriaux qui en sortiraient me réjouissait. Des schémas de procédures, raides comme la justice, seraient inventés au kilomètre et imposés sur-le-champ. Imparables. Dévastateurs. Plus forts que les hommes.

Après la critique, dont tant de collaborateurs de la banque s'étaient bâfrés comme des sauvages, venait l'heure de l'autocritique. Juste retour des choses. Ce qui vaut pour autrui vaut pour soi-même. L'introspection contrôlée succéderait au happening bordélique. La banque ne saurait être plus longtemps un déversoir à névroses. Il fallait enfermer les fous.

Un nouveau bouleversement se dessinait.

Peu l'avaient compris quand j'annonçai la nouvelle aux collaborateurs de la banque. Qui pouvait s'imaginer que l'héroïque empoignade de la prise du Palais d'Hiver ferait place nette aux défilés ordonnés de Nuremberg ?

J'exigeai la plus grande discrétion sur cette opération. Aucun communiqué de presse, aucune interview, aucun commentaire. Affaire strictement interne, black-out absolu.

Pour moi, l'audit complet de la banque signifiait un retour salutaire aux sources. J'avais passé six années au Boston Consulting Group à ausculter les entrailles des plus grandes entreprises. A mon tour de passer sur le billard. J'étais consentant. Le débarquement de brigades d'auditeurs robotisés m'apaiserait. Je me sentirais en famille avec les inhumains. Je reprendrais le pli sous le fer des habitudes du passé. Le désordre n'était pas dans ma nature.

L'appel d'offres lancé auprès des cabinets spécialisés n'avait jamais connu d'ampleur équivalente dans le passé. Pas un recoin de la banque ne devait se soustraire à la moulinette. J'exigeais la mobilisation simultanée de centaines d'auditeurs chevronnés.

Pour manifester mon indépendance, je retins la proposition de PricewaterhouseCoopers, au détriment de celle du Boston Consulting Group. Je ne pouvais tolérer qu'on dise que les jeux étaient faits d'avance.

Le mandat de PricewaterhouseCoopers ne souffrait aucune ambiguïté : tout pointer, tout décortiquer, tout réformer. Fouetter qui bon leur semble, gifler à la volée, torturer si besoin est. Des auditeurs, j'avais requis de la poigne, du caractère et de l'inflexibilité. Simple figure de style à vrai dire : ces gars-là n'étaient dépourvus d'aucun de ces attributs. Pour les avoir fréquentés de près, je savais qu'ils ne s'encombraient pas de sentiments. Pris individuellement, un auditeur n'irradie jamais une présence glamour. En bande, ils terrorisent le monde. Certes, les tordus du milieu prétendent que les auditeuses renfrognées qui sévissent dans la corporation savent provoquer des émotions troublantes. A les écouter, tailleurs, chignons et lunettes dissimulent des tempéraments volcaniques. J'en doutais, tout en reconnaissant n'avoir jamais eu l'opportunité de le vérifier par moi-même. J'attendais néanmoins avec impatience l'arrivée dans nos murs de ces préfètes des mœurs.

En quelques jours, des grappes d'auditeurs ventousaient la banque. Ils s'agrippaient au moindre collaborateur, à la plus microscopique des procédures. La grande lessiveuse tournait à plein régime. Décrivez-moi votre journée. Durée des pauses ? Nombre d'appels téléphoniques ? Région parisienne, province, étranger ? Qui contrôle ? Usage personnel de la messagerie électronique ? Liste des destinataires ? Combien de rendez-vous ? Où ? Qui convoque ? Rédaction des comptes rendus ? Validation des notes de frais ? Combien de minutes passées sur Internet ? Quels sites ? Circuit du courrier ? Visas de la hiérarchie ? Commandes des fournitures de bureau ? Dépenses moyennes par poste de travail ? Mise en concurrence des fournisseurs ? Produits d'hygiène ? Demandes de congés payés ? Des jours de RTT ? Prestations du comité d'entreprise ? Voyages, billets de spectacles, gadgets ? Sécurité du parking ? Mise à jour des antivirus ?

Et ainsi de suite à l'infini. Rien que du factuel, aucune question inquisitoriale ou attentatoire à la sphère privée de l'individu.

J'avais pris soin de revoir moi-même les questionnaires qualitatifs, domaine dans lequel j'excellais au Boston Consulting Group. Les projets que l'on m'avait soumis comportaient des énoncés alambiqués. Il convenait de les préciser, quitte à les durcir. Que faites-vous ? Votre contribution personnelle ? Votre motivation ? Votre formation ? Votre adaptation ? Attribuez-vous une note de 1 à 10. Quelles compétences sont requises ? Réunissez-vous ces compétences ? Si oui, pourquoi ? Comment améliorer votre performance ? Quelles mesures avez-vous prises ? Pourquoi ne pas les avoir prises plus tôt ? Votre service doit-il être démantelé ? Quelle est sa contribution à l'activité ? A la rentabilité ? Votre poste se justifie-t-il ? Faut-il le supprimer ? Si non, pourquoi ? Faut-il sucrer d'autres postes dans votre service ? Si oui, pourquoi ? Idem pour vos collègues. Sont-ils performants ? Adaptés ? Utiles ? Attribuez-leur une note de 1 à 10.

La lecture des réponses aux questionnaires montrait la persistance d'une mentalité frondeuse au sein de la banque. Je notai qu'une petite minorité s'exprimait par bravade : « Oui, je ne sers à rien, je suis incompétent, mon poste doit disparaître, moi avec, ainsi que tous mes collègues. » L'un des salariés, un extrémiste, se targuait

des pires turpitudes : « Je dilapide l'argent de la banque :
appels personnels à l'étranger, Internet quatre heures par
jour sur des sites de cul avec la complicité bienveillante
de mon supérieur, notes de taxi bidonnées, vol des fournitures de bureau... » Il détaillait ses stratagèmes pour
tirer au flanc : « Visite quotidienne au comité d'entreprise, quatre pauses café par jour, cinq pauses pipi, trois
pauses popo avec lecture de la presse, ensevelissement
du courrier urgent... » Le rebelle pensait-il me divertir ?
Je le prendrais au mot puisqu'il confessait lui-même ne
servir à rien.

Hormis ces galéjades d'hurluberlus retardataires, les
réponses s'avéraient plates et mornes. Deux populations
se distinguaient : les conventionnels et les délateurs. Les
premiers plaidaient en faveur du statu quo. « Tout va
bien : efficacité, compétences, procédures, ambiance de
travail. Peut-être un petit coup de formation ici, un petit
coup de réorganisation là. » A l'inverse, aux yeux des
délateurs, rien n'allait, sauf eux-mêmes. « Untel est un
cossard, untel un incompétent, untel un voyou. Tous
nuls. Personne pour reconnaître mon admirable travail. »
Aucune surprise, rien d'utile : j'aurais pu écrire les
réponses moi-même.

D'après Pim Training, le chef de mission de PricewaterhouseCoopers, ce manque de sincérité et de relief
s'expliquait aisément. Nos excès passés tourneboulaient
les esprits, qui se réfugiaient dans le conformisme. J'admettais le raisonnement. Mais pour ne pas perdre mon
argent, j'exigeai de connaître l'identité des personnes
ayant répondu au questionnaire, en dépit des garanties
d'anonymat données aux salariés. Je constituai ainsi une
précieuse base de données répertoriant les sentiments
profonds des principaux cadres de la banque. Au moins
saurais-je ce qu'ils avaient derrière la tête quand je les
aurais face à moi. L'intérêt de disposer d'un tel fichier

m'incitait à l'élargir aux trublions, aux syndicalistes et aux collaboratrices les plus sexy.

Les conclusions définitives de l'audit de PricewaterhouseCoopers sur l'organisation du Crédit Général sentaient la poudre.

Je m'épargnai la lecture du rapport complet. Des dizaines de pages présentant des crobards sur les métiers de la banque et les organigrammes idoines. Des flèches, des bulles, des rectangles, des figurines, des abscisses, des ordonnées. Un festival de formes et de couleurs. Du boulot d'artiste. Les schémas devaient avoir servi pour cinquante missions précédentes. Les avais-je moi-même conçus dix ans plus tôt ? Il me semblait reconnaître certains d'entre eux. Les commentaires écrits meublaient le reste du rapport. Pas plus de trois phrases par page pour faire du volume. Le tout formait un document accessible sans difficulté à toutes les intelligences, même les plus attardées.

Les « recommandations » de PricewaterhouseCoopers tenaient dans un mince rapport de synthèse. J'avais demandé qu'il soit dissocié du rapport complet. Moi seul disposerais de l'exemplaire, dont je tamponnai chaque page d'un « confidentiel » rouge vif.

Le seul chiffre qui m'intéressait concernait le nombre de suppressions d'emplois préconisé. La pépite cachée de l'audit. Le reste n'était que peinture et poésie.

Le rapport de synthèse s'ouvrait sur un bilan de la grande révolution culturelle et bancaire qui avait sévi au sein du Crédit Général. Elle se soldait par le départ de plus de deux mille collaborateurs, soit deux pour cent des effectifs. Pour l'essentiel, des cadres sans tempérament qui n'avaient su faire face aux humiliations orchestrées par mes dévoués gardes rouges. La forte proportion de départs volontaires limitait le coût économique de l'opération.

Le rapport de synthèse préconisait de décimer désormais les rangs du petit personnel. L'objectif de dix pour cent de suppressions de postes sur deux ans paraissait « nécessaire » aux dires des éradicateurs en chambre de PricewaterhouseCoopers.

Dix pour cent. Le chiffre était lancé. A moi de choisir. Combien me coûterait l'acheminement de dix mille lettres recommandées ?

J'avais pourtant parié que PricewaterhouseCoopers proposerait douze pour cent des effectifs. Je m'en étonnai auprès de Pim Training, que je recevais dans mon bureau autour d'un verre pour célébrer la fin de la mission. On aurait pu croire qu'il était albinos tant sa peau, ses cils, ses cheveux étaient blancs.

Je le testai :

— Es-tu sûr de tes dix pour cent ? Que penses-tu de douze pour cent des effectifs ?

Pim Training devait ne pas avoir souri depuis plusieurs décennies tant ses lèvres fines se craquelaient à mesure que le rictus progressait sur son visage.

— Personne n'est irremplaçable, répondit-il. Souhaites-tu que je révise ma recommandation ? Je peux écrire douze pour cent dans le rapport. Dix pour cent, douze pour cent, quelle différence ? J'aimerais t'être agréable.

Pim Training avait la réputation d'être de bonne composition.

— Inutile d'ergoter. Tirons au sort, proposai-je. Pile : dix pour cent. Face : douze pour cent.

— Ça marche.

Son sourire s'était maintenant déployé à l'extrême. L'arcade zygomatique demeurait figée. La peau translucide de la mâchoire, des joues, du nez, des yeux, du front, convergeait en lignes de fuite vers les oreilles.

Je lançai la pièce en l'air.

— Pile : dix pour cent ! Veinard.

J'allais dire « cocu » quand je me ravisai. De notoriété publique, Pim ne partageait ses sentiments qu'avec des putes. Il n'avait jamais réussi à concevoir l'organigramme de sa vie privée.

— J'ai toujours été chanceux...

Beau joueur, je conclus :

— Va pour dix pour cent. N'en parlons plus. Ne change rien à ton rapport. Trinquons.

J'enfermai l'unique exemplaire du rapport de synthèse dans le coffre-fort de mon bureau.

## 21

Avant d'observer les prescriptions sociales de Price-waterhouseCoopers, je demandai la convocation du comité de rémunérations. Le rendez-vous devait se tenir à la banque, et nulle part ailleurs. Je visualisais d'ici le dispositif : campé à distance derrière mon bureau, le cul vissé sur mon fauteuil à bascule, je ferais face aux trois administrateurs.

Richard de Suze « ne voyait pas d'inconvénient » à se déplacer. Son je-m'en-foutisme de seigneur le préservait de déclarer des guerres qu'il était assuré de perdre. J'étais en position de force. Intouchable. Bourse, rentabilité, notoriété : un blindage triple épaisseur. Qu'aurait-on pu me refuser ? Pouvait-on se passer de moi ? Richard de Suze devinait d'expérience que le comité de rémunérations enregistrerait muettement mes exigences tarifaires.

Il se présentait résigné au rendez-vous. Sa princesse iranienne l'épuisait de volupté. Richard n'avait pas la tête aux complications conflictuelles. Imaginait-il que je l'y contraindrais au-delà du concevable à l'issue de notre amicale réunion ?

Quant à Jacques de Mamarre, son corps cadavérique peina à ramper jusqu'à mon bureau. L'ablation récente de la deuxième et dernière couille l'accablait. La vacuité de la palpation, lorsqu'il fourrait sa main dans la poche du pantalon pour se tripoter, annonçait une agonie prochaine.

Dittmar Rigule, en revanche, pétait le feu. Sa convocation à un comité de rémunérations valait promesse de sensations fortes. Le chiffrage des émoluments d'un patron constituait pour lui l'authentique moment de vérité du business. Combien fallait-il allonger de billets pour s'offrir le dévouement d'un être à l'entreprise ? La monétisation de ma personne l'excitait. Partagerait-il l'idée que je me faisais de mon argus ?

J'introduisis la réunion :

— Est-il utile d'égrener les réussites de mon bilan à la présidence de notre établissement depuis deux ans ? Pour mémoire : restauration de notre image, succès commercial, mobilisation de nos équipes, redressement de notre rentabilité, appréciation de notre cours de Bourse. Plus quatre-vingt-dix pour cent. Dois-je poursuivre ? Dois-je m'assoupir ? A vous de me le dire...

— Vous vous doutez de la réponse...

Richard de Suze n'aimait pas ma rhétorique du chantage. Il appréciait en toute chose que l'on mette les formes.

— Il ne s'agissait pas d'une interrogation, repris-je. Juste de poser l'alternative. En effet... j'entends bien tenir le rythme... si je me sens épaulé... Il y a maintenant dix ans, Jacques de Mamarre servait aux actionnaires un rendement sur fonds investis de cinq pour cent. Aujourd'hui, le marché attend quinze pour cent. J'en offre vingt pour cent ! Pour cent euros placés chez nous, je rendrai vingt euros par an.

— Gut, sehr gut ! approuvait Dittmar.

Il sortait déjà de sa serviette des courbes de taux de rentabilité comparés dans le secteur des services.

La main enfouie dans la poche du pantalon, Jacques de Mamarre maugréait dans son coin :

— On occit la banque. Bourreau...

— Continuez, s'interposa Richard de Suze.

La grossièreté gâteuse de Jacques gâchait l'ambiance.

Je repris néanmoins, indifférent à l'homme sans couilles :

— Comment atteindre notre objectif ? Vous le savez, j'ai mené un audit complet de la banque. Ma conclusion est la suivante : nous sommes contraints de supprimer huit pour cent des effectifs. Sans quoi, impossible d'offrir à nos actionnaires une rentabilité de vingt pour cent. Une rude tâche m'attend...

— Vous en déduisez ? intervint Richard, qui réservait les épanchements à la vie privée.

— La prime au licenciement. J'ai de la suite dans les idées, n'est-ce pas ? Vous me l'avez refusée, il y a deux ans. Ne revenons pas sur le passé, quoique je considère que vous ayez commis une erreur. Car le cran m'a fait défaut. J'ai eu scrupule à agir pour ajuster nos effectifs.

— Mille fois d'accord, s'exclama Dittmar. Le comité de rémunérations a fait preuve de couardise, ajouta-t-il en se tournant vers Richard. Au détriment des actionnaires !

Sa bonhomie contrariée, Richard montra les crocs :

— Je ne me suis pas déplacé ici pour recevoir une leçon, ni pour assister à des chamailleries. Marc, exposez-nous votre proposition... ou je m'en vais...

Dittmar écrasait mes plates-bandes. Il me fallait reprendre la main sans attendre.

— Six mille euros par suppression d'emploi. Mon tarif n'a pas varié. Six mille euros.

Je respirai profondément avant de reprendre :

— Mais ce n'est pas tout. Je veux conduire la banque vers une rentabilité de vingt-cinq pour cent. Rendez-vous compte, vingt-cinq pour cent. Qui dit mieux !

Je croyais que Dittmar allait passer de l'autre côté du bureau pour m'embrasser. Les courbes de taux de rentabilité comparés glissaient de ses genoux. Jacques de Mamarre murmurait dans son coin : « Étrangleur, vampire... »

— Comment faire ? s'interrogeait Richard, déstabilisé.

— Simple. Supprimer dix pour cent des effectifs. Pas huit pour cent, mais dix pour cent. Mon prix passe à huit mille euros par poste, pour la tranche comprise entre huit et dix pour cent des effectifs. Plus je virerai, plus j'aurai le mal de vivre. La progressivité de ma commission se justifie.

Richard de Suze plissait les yeux. Mes tarifs excédaient de beaucoup les standards établis. Il n'imaginait pas que je profiterais à ce point de la situation pour le ratiboiser.

A cet instant, tout affectio societatis entre lui et moi se pulvérisa. Dittmar, qui percevait comme moi le bruit de la déflagration intérieure, contemplait avec fascination la haine qui grondait en Richard.

Si j'avais tardé à reprendre la parole, Richard ne serait pas parvenu à se contenir.

— Les modalités de versement, maintenant. Un tiers de la prime dès l'annonce du plan social. Un tiers à cinq pour cent de suppressions d'effectifs. Le solde à dix pour cent.

— Bon, bon... reprit Richard de Suze. Merci de la clarté de vos propos. Les membres du comité de rémunérations ont-ils des questions... des précisions ?

Dittmar n'entendit pas la question, tant l'observation du sang-froid de Richard l'absorbait. Richard marqua un temps de réflexion, les deux mains jointes, en appui contre les lèvres. L'incommensurable détestation qu'il concevait à mon égard ne se dissipait pas. Il se parlait à lui-même :

— Laissez-moi réfléchir... Que penser de votre proposition ?

Je ne l'avais jamais vu aussi peu délié.

— J'en pense... j'en pense... du bien, lâcha-t-il soudain résigné au compromis. Elle me convient après tout... Généreuse... Très généreuse... Trop ? Nous verrons à l'usage...

La mise sous pression de ses sentiments lui avait coûté une gigantesque dose d'énergie. En mettant en appui ses deux mains sur les accoudoirs pour se lever, Richard ajouta :

— Soyez à la hauteur de nos attentes, Marc... Nous comptons sur vous...

Je n'hésitai qu'une fraction de seconde à poursuivre l'offensive. La résignation dont Richard avait témoigné m'encouragea à formuler une dernière requête. Je me sentais invincible. Irrésistible. Immortel.

— Accordez-moi deux minutes supplémentaires...

Richard de Suze se recala dans son fauteuil. Dittmar Rigule, émerveillé comme un enfant aux marionnettes, n'avait pas encore eu le temps de bouger. Jacques de Mamarre sommeillait à demi.

— Deux petites minutes pour vous dire ceci : l'annonce du plan social me placera en grand danger. La résistance des salariés sera terrible. La bagarre impitoyable. On me traînera dans la boue. On me crachera dessus. Et au final, on me détestera. Qu'adviendra-t-il alors ? Nous le savons tous : le conseil d'administration me désavouera. Et me démettra. J'entends d'ici l'injonction : « Va-t'en ! Cache-toi ! » Je partirai comme un pestiféré. Accablé de toutes parts. C'est la loi du genre... Voilà pourquoi je souhaite revoir le montant de mes indemnités de départ. Dans mon contrat de travail, il est prévu trois ans de rémunération, plus quatre mensualités par année de présence. Je demande une indemnité forfaitaire d'éviction de vingt millions d'euros. Plus la garantie de pouvoir conserver la totalité de mes stock-options.

A m'entendre prononcer vingt millions, j'en venais à souhaiter l'échec du plan social, et le bannissement qui s'ensuivrait. Pourtant, je savais d'avance que je n'échouerais pas. J'annoncerais la charrette dans une

164

mise en scène à couper le souffle. J'en ferais le climax de ma carrière. On s'en souviendrait longtemps. Le paiement des vingt millions d'euros attendrait.

Richard notait le chiffre sur un bout de papier pour s'assurer qu'il entendait bien. Dittmar aurait voulu applaudir ce final, dont la rudesse le transportait. Il se fabriquait des souvenirs pour les nuits solitaires.

Comme le montrait le rapide calcul de Richard, l'addition de mes exigences atteignait quatre-vingt-quatre millions d'euros. La somme excédait les limites du mandat de négociation qui lui avait été confié par le conseil d'administration. Richard détestait pareille complication. Les délices prodiguées par sa princesse iranienne ne seraient pas superflues pour purger l'avanie qu'il avait encaissée.

— Parfait... Parfait... répétait-il. Parfait... Parfait...

Richard appuya de nouveau les deux mains sur les accoudoirs du fauteuil pour manifester son intention de quitter les lieux. Il ajouta en se redressant :

— C'est beaucoup d'argent... Enormément d'argent... Je ne sais qu'en penser. Vous comprendrez, Marc, que je sois dans l'obligation de solliciter l'assentiment de nos administrateurs. La décision n'est plus de mon seul ressort. Laissez-moi un petit délai pour me retourner.

Je serrai la main qu'il me tendait :

— Je comprends, Richard. Prenez votre temps. Rien ne presse. J'attendrai votre réponse. Disons... pour ce soir... Oui, ce soir. Signons notre protocole d'accord demain matin. Nous serons débarrassés...

Je ne lui accordais que quelques heures pour signer sa reddition. Etait-il indispensable de garrotter un peu plus Richard ? Pourquoi cette coquetterie de ma part ? Je devenais offensant.

Richard ne put retenir un sourire énigmatique devant tant de muflerie. C'est alors que Dittmar, qui se délectait de la scène, prononçait la phrase de trop. Il balançait une bourrade sur l'épaule de Richard :

— Allons, remettez-vous. Marc aurait pu demander à disposer de votre charmante épouse. Vous n'auriez pu refuser... Ne vous plaignez pas !

C'est précisément ce que Richard se disait lorsqu'il avait esquissé son étrange sourire.

Je m'étais fait un ennemi mortel.

## 22

Le soir même, Richard de Suze me confirmait par téléphone l'accord des administrateurs du Crédit Général. Ils acceptaient mes exigences au centime d'euro près. Sans barguigner sur un seul montant, un seul pourcentage, une seule échéance. « Donnez-lui ce qu'il veut », avaient-ils décidé.

Richard se gardait de me rapporter le verbatim des discussions entre administrateurs. Etaient-ils en rage ? Etaient-ils résignés ? Concevraient-ils bientôt un traquenard pour m'éliminer ? Envisageaient-ils de se séparer de moi à la première incartade ?

Je me doutais que les administrateurs avaient envisagé toutes les hypothèses, jusqu'aux plus expéditives. Pour le moment, j'ignorais l'état des forces en présence. J'avais gagné la bataille. Je pouvais patienter pour en connaître les coulisses. Je ne tarderais pas à recueillir les confidences des administrateurs les unes après les autres.

Puisque Richard demeurait énigmatique, je renonçai à le questionner. Le timbre de sa voix m'indiquait que son flegme légendaire s'était recomposé. Il conclut aimablement notre conversation :

— Je suis heureux de cette issue. Mettez-vous au travail...

Dans sa grande sagesse, Richard estimait qu'une paix des braves s'imposait. L'annonce du plan social et l'octroi d'une prime au licenciement supposaient solidarité et discrétion. Pas de barouf avant un tangage annoncé.

Richard de Suze ne manquait pas d'intuition sur les dangers de la situation. En cas de réponse négative de sa part, j'avais imaginé par vengeance d'alerter la presse. J'aurais appelé mon ami Jean-Marie Colombani pour lui tenir à peu près ce langage : « Cher ami, j'ai un scoop pour vous. Je vous en réserve l'exclusivité. Une fois l'information connue de vous seul, rien ne pourra plus s'opposer à sa publication dans les colonnes du *Monde*. Vous avez un devoir d'information. Je le respecte. Voici de quoi il s'agit : les actionnaires de la banque m'imposent un plan social. Huit pour cent des effectifs. Les plus furieux exigent dix pour cent. Plus de dix mille emplois. Rendez-vous compte. Un génocide. Comble du machiavélisme : ils me proposent un marché. L'extermination contre une prime. Une prime au licenciement ! Un mort égale un paquet de fric ! Un mort, du fric, un mort, du fric, un mort, du fric... Dix mille fois : un mort, du fric. J'ai dit non. De toutes mes forces, je m'y oppose. Il faudra me passer sur le corps. Moi vivant, on ne touchera pas un seul cheveu d'un seul salarié du Crédit Général. Halte à la loi du profit. Halte à la dictature de la rentabilité. Dites à vos lecteurs que des hommes résistent dans l'ombre. Qu'ils se lèvent pour crier : ça suffit. Ya basta ! No pasaran ! »

Peut-être ne me serais-je pas exprimé tout à fait de la sorte, mais l'idée y était. En journaliste soucieux des ravages de la dérégulation économique, Jean-Marie Colombani n'aurait pas failli à son devoir. L'immonde dessein des actionnaires de la première banque européenne se serait étalé en une de l'édition du lendemain.

Dieu soit loué, Richard m'avait rappelé à l'heure dite. J'obtenais satisfaction. Je remisais dans les tiroirs la machination médiatique.

Le lendemain soir, je retrouvai Richard de Suze dans les bureaux de notre avocat pour signer le protocole d'accord.

Je relus le document d'une quinzaine de pages avec beaucoup de soin. La précision des termes et des tournures m'ébahissait. Sous l'influence du droit anglo-saxon, qui a toujours peur de ne pas savoir de quoi il parle, les cinq premières pages du protocole se présentaient comme un lexique. La phrase d'introduction donnait ceci : « Les termes ci-dessous auront aux fins des présentes, la définition figurant ci-après. » S'ensuivaient les définitions promises, torchées dans les règles de l'art. Aucun concept, même le plus abscons, ne résistait au tronçonnage sémantique des juristes : « Personne », « Tiers », « Bénéficiaire », « Affilié », « Conjoint »...

J'en venais à me dire que le gouvernement mondial serait bien inspiré de mettre pareils talents d'écriture au service d'une grande cause. L'assemblée générale des Nations Unies confierait ainsi à un panel de sommités du droit le soin de définir les notions dont la compréhension échappait depuis toujours à l'humanité entière : l'« Autre », l'« Au-delà », la « Morale », l'« Inconscient », la « Richesse », le « Pouvoir », la « Séduction », l'« Orgasme féminin »... Le document s'intitulerait : Déclaration Universelle des Concepts. Au moins saurait-on une bonne fois pour toutes à quoi s'en tenir sur nous-mêmes. La DUC deviendrait la constitution internationale des mots abstraits. Les Nations Unies en assureraient le respect par tous moyens de coercition appropriés. Finies les guerres de religion, finis les étripages ethniques, finis les conflits de générations, finies les belligérances entre sexes. Référez-vous à la DUC ! Les hommes remercieraient les juristes.

Passé le lexique du début, la lecture des dix pages suivantes du protocole d'accord n'autorisait plus les transports de l'imagination. L'indigeste profusion d'adverbes m'ankylosait. Jusqu'à cinq par phrase. Derrière chaque substantif, un adverbe tapi dans l'ombre s'apprêtait à m'assommer. Page après page, mon attention déclinait à force de buter sur les « préalablement » « expressément », « exclusivement », « directement », « généralement », « ultérieurement » « notamment », « limitativement », « consécutivement », « conséquemment », « principalement », « subsidiairement », « conformément », « conjointement »...

Pourquoi une telle enflure ? Pourquoi imposer aux phrases cette surcharge pondérale ? N'y avait-il pas d'autres moyens de s'exprimer ? Les honoraires des hommes de loi se calculaient-ils au poids d'adverbes ? Avant de lancer le projet DUC, je contraindrais les juristes sélectionnés à observer une sévère cure de désintoxication. Chez les Adverb Watchers. Au régime sec : verbes, noms, adjectifs. Interdiction absolue de recourir au suffixe « ment » pendant les travaux d'écriture. Surmonteraient-ils l'addiction ?

Dans le fatras des adverbes, une expression de l'article 11 du protocole attira mon attention. Il était question de « restitution de l'indu ». Je sursautai, persuadé qu'il s'agissait de moi : j'étais l'indu à restituer. A qui ? Pour quoi ? A la relecture, je compris qu'il devait s'agir d'un remboursement de sommes.

L'intitulé des derniers articles du protocole n'annonçait rien de passionnant : « Notifications », « Confidentialité », « Loi applicable », « Litiges », « Délais », « Intégralité des conventions », « Nullité d'une disposition », « Absence de renonciation », « Frais ».

Juste avant les noms des signataires, Richard de Suze et moi-même, était écrit : « Fait en un seul exemplaire. »

Avec Richard de Suze, nous étions convenus que le protocole d'accord serait rédigé par maître Tombière. Il conserverait le document en un exemplaire unique dans son coffre. Aucune autre preuve matérielle ne témoignerait de l'existence d'une prime au licenciement.

Lorsque la confidentialité l'exigeait, la banque et ses actionnaires recouraient aux services de maître Tombière. Une enseigne respectée.

L'homme pesait au moins cent cinquante kilos, inégalement répartis sur une hauteur d'un mètre soixante-cinq. Sa complexion ressemblait à la masse conique d'une toupie. La graisse molle qui se cramponnait sur le haut des cuisses le contraignait à marcher les pieds écartés. Les bourrelets qui envahissaient son buste mamelonné repoussaient ses bras à l'horizontale, loin du corps.

Depuis le début de sa carrière, l'honorable avocat trustait le créneau juteux de la rédaction et de la conservation des documents secrets du business. Violations de la loi et de la morale des affaires constituaient sa spécialité. Ententes illicites, promesses de vengeances, contrats d'assassinats, protocoles de trahisons, retournements d'alliances, lettres d'insultes, mémos de délations sommeillaient derrière les portes blindées de son bureau. Par piles entières. Nous avions baptisé le cabinet de maître Tombière l'« Auberge des intrigues ».

Une effraction des lieux aurait provoqué un cataclysme dans le monde des affaires. Le bras vengeur de la justice se serait abattu sur le patronat turpide. En taule ! Que la maréchaussée perquisitionne à l'heure du laitier ! Qu'une rafle du Vel'd'Hiv' fasse la tournée des sièges sociaux !

Pour se prémunir contre un scandale dévastateur, maître Tombière investissait dans les systèmes de sécurité les plus perfectionnés. Son cabinet s'était transformé en Fort Knox au fil des ans. La paranoïa progressait avec l'âge : aux caméras de surveillance, aux œilletons infrarouges et aux alarmes sensorielles, maître Tombière ajoutait les écoutes téléphoniques, l'interception de messages électroniques et même les filatures de collaborateurs en cas de suspicion légitime.

La discrétion de maître Tombière n'avait jamais été prise en défaut. Pour le réconfort de ses clients, il avait le génie de paraître idiot. En cas de besoin, il enfouissait ses sens dans l'adiposité du visage. On aurait dit une boule de saindoux sans oreilles, sans yeux, sans nez, sans bouche. Il feignait de ne rien comprendre à ce qu'on lui demandait d'écrire. Il s'interdisait de poser des questions ou de solliciter des précisions. Il ne prenait pas position, ne portait pas de jugement, ne contredisait personne. On lui prêtait autant d'émotion qu'à un bahut rustique de salle à manger. Maître Tombière avait le sens du marketing.

Mais dès qu'une affaire tournait au contentieux, l'avocat s'amincissait pour combattre. Il révélait alors une nature extravertie. Agile, mordant, agressif et pervers. Un pitbull sans muselière. Affamé. Prêt à déchiqueter la partie adverse. Il détestait que l'on viole les secrets de son sanctuaire. Il haïssait les parjures aux engagements dont le respect lui incombait.

Au moment de quitter son bureau, je demandai à maître Tombière de m'accorder quelques minutes en aparté. Richard de Suze en profita pour s'éclipser. Il me salua sans effusion.

Dans l'atmosphère de haute sécurité qui nous entourait, m'était revenue en mémoire l'une des conclusions de l'audit organisationnel de PricewaterhouseCoopers. Sur le coup, je n'y avais pas prêté attention. Aujourd'hui, je m'en inquiétais. Un passage entier du rapport pointait les défaillances du Crédit Général concernant la protection des cadres dirigeants.

La sécurisation des activités de la banque n'était pas en cause. « Systèmes et procédures remarquablement efficaces », estimait PricewaterhouseCoopers. La big-brotherisation intégrale de la banque remontait au règne d'Alfred Hatiliasse. Avec son compère Boris Zorgus, il y avait consacré des années de labeur. La mission les divertissait. Elle devenait leur marotte. Je les voyais faire joujou avec les gadgets de la technologie moderne : caméras cachées, badges d'accès, GPS pour les voitures de fonction, backdoors de modem, back-up de messagerie électronique... Ils se targuaient de connaître au millimètre près la distance parcourue par une souris d'ordinateur pendant une période donnée. Je les avais félicités pour le travail accompli. Peu de temps après, la grande révolution culturelle et bancaire les avait éjectés du Crédit Général.

Le rapport d'audit de PricewaterhouseCoopers s'alarmait en revanche des terribles menaces auxquelles le président et les directeurs généraux restaient exposés : interception de la correspondance, séquestration dans les bureaux, agressions physiques, chantage à la vie privée, enlèvement de proches, attentats au colis piégé... Le constat d'incurie concluait à l'impérieuse nécessité de recruter un responsable de la protection rapprochée.

Je m'en ouvris à maître Tombière :

— Je cherche un homme de confiance pour s'occuper de ma sécurité... personnelle... Je connais votre penchant pour la chose. Pouvez-vous m'aider ? Auriez-vous quelqu'un à me suggérer ? Je dois agir dans la discrétion.

Le corps gélatineux de Tombière se redressa d'un coup :

— N'êtes-vous pas protégé ? Vos proches non plus ? Et votre domicile ? Que savez-vous de votre chauffeur ? Connaissez-vous l'identité de tout individu – appariteur,

laveur de carreaux, agent d'entretien, coursier – susceptible de pénétrer dans votre bureau en votre absence ?
Vos conversations téléphoniques sont-elles sécurisées ?
Interdisez-vous l'accès de votre ordinateur par un mot
de passe ? Savez-vous si l'on peut intercepter vos
mails ?

Je n'avais jamais vu maître Tombière s'emporter
ainsi. Je visualisais à présent la poigne dont il faisait
preuve dans les prétoires. J'en restais stupéfié.

Mon incurie sécuritaire l'indignait.

— Ne soyez pas naïf ! Vous êtes président d'une
grande banque. Vous êtes épié de toutes parts. On vous
espionne. On cherche à percer vos pensées. On glose sur
vos propos. Un seul de vos gestes provoque l'émoi. Pour
les uns, vous êtes un dieu vivant que l'on vénère. Pour
les autres, l'incarnation d'un mal à éradiquer. Tous,
bienveillants comme malveillants, colportent des racon-
tars sur votre compte. Vous devez ouvrir les yeux et les
oreilles. Surveiller et punir. Rien ne doit vous échapper !

L'exclamation l'avait essoufflé. Son énorme corpulence ne supportait pas l'agitation. Il haletait dans un
bruit de chaudière à mazout. Des plaques rouges se formaient sur la peau flasque de son cou.

Maître Tombière s'affaissa sur son siège, le ventre en
avant. L'animal était contrarié.

A écouter sa mise en garde, je sentis une appréhension
s'emparer de moi. Je venais de me remémorer la confidence embarrassée que m'avait faite Marilyne quelques
jours auparavant. Autour de la machine à café, elle avait
surpris un ragot qui circulait dans la banque sur mon
compte. Un ingénieur réseau de notre service informatique prétendait avoir repéré les nombreuses connexions
sur des sites de cul en provenance de mon ordinateur.
Par chance, les penchants que l'on me prêtait – zoophilie, sado-masochisme, exhibitionnisme, gérontophilie...

– entamaient le crédit que de nombreux collaborateurs de la banque attribuaient à la rumeur.

J'ignorais si les procédés de sécurité conçus par Alfred Hatiliasse et Boris Zorgus respectaient la consigne expresse que j'avais donnée : exempter le président de tout contrôle sur ses activités. Un doute légitime subsistait en moi.

Tandis que je gambergeais, maître Tombière poursuivait son monologue, l'index boudiné en l'air :

— Agissez au plus vite, croyez-moi. Vous êtes en grand danger... Votre imprévoyance vous pètera un jour à la figure. Paf ! En pleine poire. Pulvérisé, Marc. Sali. Traîné dans la boue.

Maître Tombière devenait familier. J'interrompis son réquisitoire :

— J'ai compris... Inutile d'en rajouter. Je vous réitère ma demande : pouvez-vous m'aider à trouver quelqu'un ?

L'emportement de l'avocat s'arrêta net. Il cala son tas de graisse dans le fauteuil en me dévisageant. Il reprit dans l'instant le ton impénétrable que je lui connaissais :

— Je crois pouvoir vous aider. J'y réfléchirai. Peut-on convenir d'appliquer à mon intervention les honoraires habituels ? Nous trouverons une solution pour le libellé de ma note...

— Vous avez mon accord. Faites vite.

Tandis que je quittais le cabinet de maître Tombière, le protocole d'accord signé un peu plus tôt avec Jacques de Mamarre rejoignait les ténèbres d'un coffre-fort.

## 23

Le grand soir de la révélation publique du plan social du Crédit Général approchait.

J'hésitais à mettre Claude de Mamarre dans la confidence du dispositif que j'avais imaginé. Je la convoquai un jour dans mon bureau pour éprouver sa créativité. Comme s'il s'agissait d'une pure hypothèse d'école, je la questionnai sur l'art d'annoncer un plan social aux victimes.

— Des suppressions massives d'emplois... répéta-t-elle après moi. Comment ferais-je ? Ça tombe bien : je suis intervenue la semaine dernière dans un séminaire sur le sujet. Passionnant comme séminaire... Réservé aux dircoms. Que des grosses pointures. Voici la thèse que j'ai soutenue devant mes confrères. Petit un : cessons de croire qu'un plan social est un enjeu de gestion opérationnelle. C'est has been. Car où réside la difficulté ? Nulle part. On détermine une quantité d'emplois à supprimer, on établit la liste des salariés, on indemnise à un niveau décent pour préserver le climat de travail. Rien de sorcier. La difficulté, la vraie, la seule, consiste à chiader la co-mmu-ni-ca-tion.

Claude détachait chaque syllabe pour me transmettre la conviction qui l'habitait. J'avais failli lui répondre sur le même ton : « Vous-a-vez-rai-son. »

— Petit deux, poursuivit-elle, de plus en plus volubile, la frappe doit être chi-rur-gi-ca-le. Missile par guidage laser ! En plein dans la cible. Pas de dommages collatéraux. Je m'explique. La règle de base du plan social consiste à ne jamais sortir du bois en premier. Attention ! On ne prend pas l'opinion publique à froid, ni à rebrousse-poil. On prépare tout : convocation du comité d'entreprise, lettres recommandées, communiqués de presse, argumentaires... Bref, on blinde le dossier. Et là, que fait-on ? Rien. On ne bouge plus. On attend...

Claude mimait la scène. Elle restait immobile, les yeux grands ouverts, contemplant autour d'elle une invisible agitation. Puis, elle s'anima de nouveau :

— Et qu'attend-on ? Le déluge... Un mauvais indice conjoncturel, par exemple : consommation en berne, commerce extérieur raplapla. Un truc de ce genre. Mais le mieux, le top of the top, c'est... l'annonce d'un plan social par un autre groupe que le nôtre. Un bon gros plan social. Et là : sondage d'opinion grandeur nature. On tâte le pouls. Comment réagissent les médias, les syndicats, les partis politiques, les institutions. Pour ? Contre ? Y a-t-il polémique ? Menace de grève ? Si la controverse s'envenime, on ne bouge plus. Pas d'un cheveu. La contestation nous sauterait à la gorge. A l'inverse, si on se résigne aux licenciements, la voie est libre. Sans faire de vagues, on se faufile dans la brèche ouverte. Publication du communiqué de presse : « regrets », « ajustement des effectifs », « retournement conjoncturel », « obligation de compétitivité », « environnement concurrentiel », « décision vitale », « avenir de l'entreprise », « reclassement des salariés », « formation », « retraites anticipées », « indemnités compensatoires »...

Maintenant Claude grimaçait. Son lipstick rouge s'écartait pour exhiber des dents jaunies. Cette vision me retournait l'estomac.

— Qu'entendra-t-on dans l'opinion publique ? reprit-elle sans considération pour mon dégoût. « C'est pas de la faute du Crédit Général s'ils licencient. Les pauvres, ils n'y sont pour rien. C'est l'économie moderne qui veut ça. Le mouvement perpétuel de création et de destruction d'emplois. Faut être réaliste. Pas croire qu'on peut lutter contre. Y a rien à faire de toute façon. C'est ça ou c'est la boîte qui met la clef sous la porte. Et patati et patata... »

Claude inspira un grand bol d'air pour conclure. Elle prit une posture militaire :

— Récapitulons la démarche à suivre : on prépare le coup, on attend la bonne fenêtre de tir, et on balance le communiqué de presse. Le tour est joué.

Ce que je venais d'entendre témoignait des lacunes de Claude de Mamarre. Je constatais une fois de plus son incapacité à se hisser à la hauteur de mes attentes. Elle me refourguait une roublardise de co-mmu-ni-ca-tion, là où je voulais du grandiose. Pourquoi écouter les détails d'une fourberie de salon de thé quand il convenait d'allumer le feu d'artifice du plan social ?

Il me tardait de foutre Claude de Mamarre à la porte. Si j'avais suivi mon emportement, je l'aurais fait dans la minute. Il me brûlait les lèvres de lui dire : « A propos d'annonce de plan social, faisons un test : vous êtes virée. Oui, vous. Lourdée. Tout de suite. Récupérez vos effets personnels d'ici un quart d'heure. Vous prendrez contact avec la direction des ressources humaines. » J'aurais ausculté sa réaction. Observé le masque du désespoir recouvrir son visage tout proche. Compté les gouttes de sueur perlant sur son front flétri. Suivi la trace de ses larmes s'insinuant dans les rides. Perçu dans ses gestes maladroits l'angoisse du lendemain. Palpé son arythmie cardiaque sous l'effet du stress.

Titubante, Claude de Mamarre aurait quitté mon bureau à tout jamais.

Mais l'ombre émasculée de son père continuait de rôder dans les couloirs de la banque. La vieille carne résistait aux métastases. A croire que la seule finalité de son instinct de vie consistait à m'empêcher de virer sa fille. Jacques gardait des alliés sûrs au sein du conseil d'administration de la banque. Une camarilla du quatrième âge qui exigeait des égards pour les anciens. A leurs yeux, Claude était indéboulonnable. Elle restait l'enfant chérie que l'on faisait jadis sauter sur les genoux.

Comment pouvaient-ils s'aveugler sur son état mental ? Pourquoi ne pas reconnaître que Claude déraillait ? La maladie de son père la tourneboulait. L'idée qu'il avait dû sacrifier ses couilles à sa survie lui était intolérable. Un truc œdipien sans doute. L'organe qui avait permis sa conception s'était éteint. Sa « petite mort », disait-elle. Elle tournait maniaco-dépressive. Tantôt surexcitée, tantôt sombre. Imprévisible toujours. Son travail devenait chaotique. Elle s'absentait de la banque sans raison. Elle oubliait des rendez-vous.

Et puis, il y avait ses lapsus en public, la manifestation la plus incontestable de son dérangement psychique. Rien que la semaine passée, elle avait commis deux bourdes spectaculaires. Deux merveilles de l'inconscient dévoilé.


La première perle du genre était intervenue lors d'une réunion du comité exécutif de la banque. Tandis que Raphaël Sieg exposait ses griefs sur la rédaction d'un communiqué de presse, Claude avait perdu les pédales. Elle l'interrompit brutalement au milieu de sa démonstration en le tutoyant. Sans se démonter, Raphaël poursuivit son raisonnement. Claude le menaça :

— Retire ce que tu viens de dire ! Tu m'entends !

L'assistance resta médusée. La modération naturelle de Raphaël et la retenue de ses propos n'avaient rien pour susciter pareille animosité. Nul n'ignorait autour de la table le penchant secret de Claude envers Raphaël.

Pour son malheur, Claude avait ajouté, les deux doigts de la main pointés vers son propre visage :

— Ne baisse pas les yeux quand je te parle. Regarde-moi ! Regarde-moi bien entre les jambes...

« Entre les jambes », pas « dans les yeux ».

Mais vas-y, Claude, ne te gêne pas pour nous. Soulève la jupe, ouvre les cuisses. On te regarde bien entre les jambes.

Quelle lubrique, cette Claude de Mamarre. Une exhibo. Une vicieuse. Ça gamberge à plein tube là-haut. Ça yoyote du chapeau. Ça carbure à la cochonnerie. Un sacré méli-mélo de déviances. Allez, dis-nous tout, Claude. L'abstinence te pèse ? De quoi as-tu envie ? De te faire prendre ? De te faire mater ? Pas de problème, on te regarde. Personne ne te prendra ici, mais on t'examine. Ça te plaît ? Ça t'excite ? Lâche-toi.

Il avait fallu quelques centièmes de seconde pour que les membres du comité exécutif saisissent le lapsus. Dans sa fougue, Claude enregistra un léger temps de retard avant de comprendre à son tour de quoi il retournait. Sur le coup, elle ne se souvenait pas si elle avait dit « entre les jambes » ou « dans les yeux ». Elle espérait, l'espace d'un instant, n'avoir entendu qu'une dissonance intérieure. Une bévue audible d'elle seule. C'est en percevant le malaise ambiant que ses doutes s'évanouirent. Le trouble qui la submergeait accaparait la disponibilité mentale dont elle avait besoin pour se sortir du piège. Son aphasie entérinait la survenance du lapsus. L'humiliation ressentie n'autorisait plus une pirouette ou un bon mot. Même un sourire n'aurait pu effacer l'énormité du loupé.

Claude se leva d'un bond pour s'enfuir. Elle traversa la salle du comité exécutif jusqu'à la porte en grognant pour elle-même : « Quelle conne, quelle conne... »

Depuis, Claude de Mamarre ne parvenait plus à soutenir le regard de Raphaël Sieg.

Sur sa lancée, Claude commit un deuxième lapsus quelques jours plus tard. Pour mettre au défi son inconscient prolixe de se manifester à nouveau, elle souhaitait organiser une présentation devant une trentaine de cadres dirigeants de la banque. Le thème choisi – les nouvelles obligations d'information du public incombant aux sociétés cotées en Bourse – devait la prémunir d'une bévue à connotation intime. Pour le plaisir de la revoir se démener en public, je lui donnai mon accord sur la présentation de l'exposé. La veille, j'annonçai ma présence à la réunion.

Jusqu'au terme de la première partie, tout s'était bien passé. Claude avait bossé son sujet. La présentation roulait.

Mais les démons de Claude veillaient. Alors qu'elle s'apprêtait à conclure sur le rappel du passé, elle dérapa d'un coup sec :

— Je viens de vous faire l'hystérique... euh... l'historique. Passons maintenant...

Attendez, Claude. Permettez-moi de vous interrompre. Minute papillon. On ne passe à rien du tout. Qu'avons-nous entendu ? Je ne rêve pas, elle a dit : « Je viens de vous faire l'hystérique. » Si, si. Vous avez dit : « Je viens de vous faire l'hystérique. » Pas l'« historique ». Etes-vous hystérique, Claude ? Vous le reconnaissez ? Mais on le savait déjà. Ça se voit comme le nez au milieu de la figure. Une hystérique irrécupérable. Une maboule complète.

Cette fois, Claude prit sans retard la mesure de sa bourde. Nul besoin de vérifier l'embarras de l'assistance. Venait de se produire un flagrant délit de lapsus devant trente témoins attentifs. Il n'avait fallu que le temps d'un éclair pour que Claude appréhende l'étendue des dégâts. Les participants à la réunion qui se marraient en leur for intérieur. Qui brûlaient déjà d'envie d'aller narrer l'anecdote dans les couloirs de la banque : « Elle a dit "hystérique". Si, je te jure. Tout le monde se gondolait. J'ai failli me pisser dessus. » Dans son dos, on surnommerait Claude l'« hystérique ». On dirait : « J'ai rendez-vous avec l'hystérique. Qu'en pense l'hystérique ? Comment va l'hystérique ? » Ça n'arrêterait pas de chambrer. On s'interrogerait sur ma réaction. « A-t-il entendu ? Souriait-il ? » On gloserait sur le diagnostic psychiatrique. Les uns parieraient pour une névrose. Oui, mais de quelle nature au juste ? Névrose d'échec ? Névrose d'abandon ? Névrose phobique ? Névrose narcissique ? Névrose de transfert ? D'autres pencheraient pour une grave maladie de l'âme, du genre psychose paranoïaque ou schizophrénique.

Claude s'était carbonisée. Un crash professionnel en direct. Pourtant, elle refusa de sombrer comme lors du comité exécutif. Elle enchaîna sans nous laisser le temps de goûter notre plaisir :

— Passons maintenant aux obligations de publicité récemment édictées par les autorités boursières...

La suite de la présentation avança au pas de charge. Claude marchait de long en large, agitait les mains, parlait fort, s'essoufflait. Schémas et croquis défilaient sur les slides en un diaporama accéléré. Elle monologuait jusqu'à nous étourdir. Sa loquacité voulait détourner notre attention du lapsus. Elle tentait un lavage de cerveau. Une hypnose amnésique. Elle parlait, parlait, parlait : « Suivez mon doigt, vos paupières sont lourdes, je n'ai pas dit hystérique. »

Claude de Mamarre termina sa présentation à bout de force. Elle quitta la salle dans un dernier élan, après avoir constaté le désintérêt suscité par ses propos. Aucune question, aucun commentaire. Claude se doutait que seul le lapsus nous occupait.

Je me demandais combien de temps il faudrait pour

que ce pitoyable spectacle revienne aux oreilles de Jacques de Mamarre et de ses comparses gâteux du conseil d'administration.

Quant à moi, j'excluais la participation de Claude au dispositif d'annonce des suppressions d'emplois que j'avais concocté.

## 24

La perspective imminente du carnage social me rame-
nait à ma solitude de big boss de la banque. Moi seul
savais ce qui se tramait. Moi seul choisirais le moment
d'appuyer sur le bouton. A qui aurais-je pu me confier
autour de moi quand je dénombrais qu'un interlocuteur
sur dix finirait dans la fosse commune ? La décision
résidait dans un appendice de mon cerveau auquel personne n'avait accès.

Mon idée derrière la tête, je contemplais la fourmi-
lière du Crédit Général s'activer. Courez, petits insectes,
me distrayais-je. Gambadez sur les chemins. Besognez
hardiment. Profitez de ce moment d'insouciance. Si
vous saviez la terrible menace qui pèse sur vous. Votre
vie va s'arrêter. Ecrasés sous ma chaussure. D'un grand
coup de tatane. Quand l'apprendrez-vous ? Demain ?
Après-demain ? Après-après-demain ? J'hésite encore.
Soyez patients, je vous réserve une sacrée surprise. D'ici
là, turbinez. Et que ça saute.

Pour faire monter le suspense, je m'offrais quelques
jours supplémentaires avant de dévoiler mes intentions.
Je controversais avec moi-même. « Non, Marc, ressai-
sis-toi, compatis, ne déclenche pas de plan social. Sois
bon. Sois humain. » « Ne faiblis pas, me répliquais-je.
Massacre-les tous. Bien fait pour leur gueule. Vas-y à
fond les manettes. Supprime quinze mille emplois. Pas
dix mille, quinze mille. Montre-leur que tu as des couilles. » « Calmons-nous, me tempérais-je, cinq mille

emplois devraient suffire. Reste raisonnable. N'en fais pas trop. » « Si c'est comme ça, m'offusquais-je, je lourde vingt mille personnes. Viens pas me contrarier. Retourne dans la fonction publique. Dégonflé. Lavette. J'ai décidé : vingt mille emplois. » Je me faisais de grosses frayeurs avec ces polémiques intestines. Après réflexion, j'en revenais toujours à mon idée de départ : dix mille suppressions d'emplois, pas une de plus, pas une de moins.

Un soir à la maison, j'initiai Diane à mon secret. « Je vis une veillée d'armes, lui confiai-je. Jure-moi de ne rien répéter. Voilà de quoi il s'agit : bientôt, j'annoncerai un plan social sanglant à la banque. » « Ah bon, dix mille emplois ? rétorquait-elle après avoir écouté mes explications. Tant que ça ? » J'aurais pu parler de deux emplois, de cinquante-sept, de cent soixante-dix-neuf mille ou de quatre millions, sa compassion aurait été aussi intense. Diane se préoccupait de mon plan social comme de sa première jupe plissée en tissu écossais. Elle n'avait pas cherché à en savoir davantage. Aucune question, aucun complément d'information. La conversation avait vite capoté.

Plus tard dans la soirée, l'envie de la sauter me vint. J'ignorais pourquoi, mais je me sentais motivé. L'échec d'une première approche m'imposa pourtant de renoncer à ma pulsion érotique. Diane se dérobait. Je n'avais rien sous la main qui puisse enflammer sa libido. Après avoir éteint sa lampe de chevet, elle me tourna le dos et s'endormit.

Dans le lit conjugal, je retournais à ma vie intérieure. D'où provenait cet épanouissement qui me comblait en l'instant présent ? Etait-ce l'exercice du pouvoir que j'expérimentais en moi ? J'allais détourner la ligne de vie de milliers de salariés. La destinée de chacun d'eux suivrait désormais le tracé que j'aurais dessiné. J'imaginais combien la décision que j'avais conçue dans ma petite tête chamboulerait leur état mental. Il y aurait ceux dont l'inactivité soudaine provoquerait un choc dépressif, ceux dont la carrière s'ensablerait à jamais, ceux dont la mâle assurance se débiliterait, ceux dont le couple exploserait sous l'impact de la déchéance professionnelle, ceux qui souffriraient d'impuissance chronique. Quelques-uns sortiraient grandis de l'épreuve. Je me consolais en pensant à ces miraculés de la pointeuse.

Je détenais la formule secrète du bouleversement des vies. Les êtres m'appartenaient en pleine propriété. Emotion, stress, désespoir, sexualité, conjugalité, boulot : un coup de baguette magique et plouf !, les voilà transfigurés. J'énonçais le syllogisme de ma puissance : si ce que je conçois devient décision, et ce que je décide devient réalité, alors mon intellect fabrique l'avenir.

Longtemps dans mon existence, je m'étais mépris sur le pouvoir. A quel plaisir réservé autorisait-il de goûter ? A quel nirvana donnait-il accès ? Quand j'en avais eu l'occasion à l'Inspection des finances, j'avais observé en anthropologue les ministres que je croisais. J'étais frappé par la déférence de leur entourage. Il ne fallait pas y voir de la ruse, de l'ambition ou de la lèche. Les ministres jouissaient d'une considération fonctionnelle. On les adulait pour le prestige de l'uniforme. Je surprenais en moi-même un élan irrépressible d'amour et de béatitude à leur égard. Peu m'importaient les qualités ou les compétences que je leur attribuais. Je voulais de tout mon cœur m'extasier à leur contact.

A mon tour, en devenant président du Crédit Général, j'avais perçu l'émerveillement que mon être suscitait chez autrui. Les témoignages d'adoration affluaient chaque jour. Je provoquais le ravissement autour de moi. Mais très vite, je m'y étais accoutumé. Le plaisir d'ego s'étiolait. Je ne prêtais plus attention aux manifestations spontanées de soumission à ma personne.

Aujourd'hui, se révélait une volupté intérieure beau-

186

coup plus émoustillante. Je commandais les hommes. Je façonnais leur âme. J'infléchissais leur destinée. J'étais démiurge. Moi, Marc Tourneuillerie.

Un beau matin, l'envie d'agir se déclencha en moi. Si mon instinct le décidait ainsi, j'acceptais volontiers de déférer à son injonction. Pour quelle raison me serais-je imposé une contrariété ?

Je décrétai le jour même la mobilisation générale dans la banque. Le branle-bas de combat commença sans préavis.

Je gardais un souvenir grandiose du happening au Stade de France quelques mois plus tôt, lors de l'enterrement de la grande révolution culturelle et bancaire. Je me remémorais ma déclaration d'alors, juste avant de tomber dans les pommes : « J'ai failli. Je ne mérite que l'opprobre. La révocation. Laissez-moi vous abandonner. Continuez votre chemin sans moi. Ne regardez pas derrière vous. Vous êtes forts à présent. Je vous quitte. » Avais-je osé dire « Je vous quitte » à des dizaines de milliers de salariés réunis ? Je me rappelais bien avoir prononcé pareille incongruité. Rétrospectivement, ma propre audace me sidérait.

Je rédigeai de ma main la convocation des collaborateurs du Crédit Général au Stade de France. Le libellé s'imposait à moi : « Il faut que je vous parle. » Lorsque je devais introduire l'annonce d'une mauvaise nouvelle, j'utilisais toujours cette formulation complice. « Il faut que je vous parle. » Les bannis qui l'avaient entendue dans ma bouche n'étaient plus là pour en témoigner. « Présence impérative de tous » devait apparaître en rouge sur le carton. Suivaient le lieu, la date et l'heure du rassemblement.

Claude de Mamarre débaula en trombe dans mon bureau dès que mes instructions lui parvinrent :

— Que se passe-t-il ?

« Quel tour de con mijotez-vous ? Quelle mouche vous a encore piqué ? » aurait-elle voulu dire. Je la sentais anxieuse de connaître ma nouvelle fantaisie.

— Ça ne vous regarde pas. Occupez-vous de réserver le Stade de France pour la première date disponible. Envoyez la convocation à l'ensemble des salariés. Assurez-vous de leur présence. Personne ne doit sécher le rendez-vous.

Claude s'activa en catastrophe. Elle ravala les conseils qu'elle brûlait de me dispenser. Le Stade de France était libre cinq jours plus tard. Je confirmai l'ordre de réservation. La convocation pouvait partir. J'envoyai un message énigmatique et solennel aux cadres dirigeants de la banque, aux cabinets d'avocats, aux conseils en communication, aux spécialistes de la gestion de crise, aux psychologues. « Tenez-vous prêts, annulez vos vacances, repoussez vos engagements. Je réquisitionne votre temps pendant un mois entier. »

Raphaël Sieg assiégea mon bureau pour que je lui confie mes intentions. Derrière ces tentatives d'espionnage, se profilait l'intervention sournoise de Claude de Mamarre. Elle subodorait un coup tordu. Elle espérait que Raphaël parvienne à me faire cracher le morceau. Je restai muet face aux questions. De quel droit cherchait-on à me priver d'un plaisir ?

Dès réception des convocations par les salariés, la rumeur s'empara de la banque. Les fausses nouvelles déferlaient dans les couloirs. Les supputations enfiévraient les esprits. Personne ne pressentait un plan social. A mesure que la date du rassemblement s'approchait, l'atmosphère du Crédit Général tournait à l'épilepsie collective.

En arrivant à la nuit tombante au milieu de la foule nerveuse, je constatai que le Stade de France avait été préparé selon mes prescriptions. Le toit ellipsoïdal s'éclairait de couleurs changeantes : mauve, orange, violet, bleu, lie-de-vin. Le choix de la musique m'avait causé beaucoup de soucis. Après des heures d'hésitations, je retenais *Tubular Bells* de Mike Oldfield, année 1973. Le seul album qui m'ait donné envie de tâter à la défonce dans le passé.

Au moment où la musique démarrait, l'éclairage des gradins s'éteignait. L'ellipse protectrice au-dessus de nous s'illuminait. Les esprits montaient vers le ciel. Je surgissais de la pénombre, sur les marches qui descendaient vers la pelouse. Le faisceau lumineux d'un projecteur cernait mon visage. La foule faisait silence. Les regards me suivaient.

Je marchai vers le rond central la tête basse. Une fois parvenu au milieu du terrain, j'avalai un grand bol d'air. Le micro fixé au revers de ma veste se branchait. Le souffle de ma respiration résonnait de tribune en tribune. Aucune parole ne sortait de ma bouche. J'apparaissais sur les écrans géants. Je passais les mains sur mon visage. Je regardais la masse sombre des gradins, les variations de lumières au-dessus de moi. La musique de Mike Oldfield s'arrêtait en douceur.

Puis, j'éructai dans un cri primal :

— Je suis malheureux !

Je passai de nouveau les mains sur mon visage. Je repris mon exclamation :

— J'ai mal !

J'attendis un instant. Un silence de stupéfaction s'abattit sur le stade.

— J'exècre notre monde... Le monde que nous construisons... Le monde que nous léguerons à nos enfants... Un monde méchant... Un monde dur...

Mes bras se déployaient. Je tournais sur moi-même à trois cent soixante degrés :

— Je vous regarde et je sais que vous partagez mon désarroi. Examinez vos consciences. Fouillez au fond de vous-mêmes. Que ressentez-vous en considérant notre époque lugubre ?

Je passais sous hypnose. Je m'agitais, je haletais :

— Moi, je vais vous le dire, ce que vous ressentez. Je le sais. Vous vous dites : « Oui, j'ai la haine. Je ne supporte plus ce que je vois autour de moi. Et pourtant, qu'ai-je fait ? Me suis-je levé pour dire : stop, ça suffit ? »

Je désignais du doigt les tribunes, les unes après les autres :

— Vous ici, vous là-bas... Qu'avez-vous fait ? Rien ! Et vous ? Rien ! Et vous, tout là-haut ? Rien ! Qui a eu le courage d'agir ? Personne ! Tous complices de l'ignominie ! Tous coupables de lâcheté !

Un close-up de mes yeux hallucinés envahissait les écrans géants du stade.

— Pourquoi notre avachissement ? Parce que les forces du mal nous dépassent en puissance. La malédiction a pris possession de nous. Qui prétendrait ici détenir la solution miracle ? Pas moi. Pas vous. Il n'y a pas de lendemains qui chantent. Il n'y a pas de monde meilleur. Faire du passé table rase ? Sornettes ! Expions plutôt nos fautes. Portons haut notre croix. Le moment est venu... Que la pénitence commence... Que le châtiment s'abatte...

Je regardai un long moment les tribunes une à une. J'accomplis un tour complet sur moi-même en titubant. Je courbai le dos. Dans cette humble posture, je repris à voix basse :

— J'appelle à moi les sacrifiés... Levez-vous et regroupez-vous à mes côtés... Tout près de moi... Venez...

Dans les gradins, la foule recueillie s'ébrouait au ralenti. Des petits groupes se formaient sur les marches. Ils entamaient en silence leur descente vers la pelouse sombre.

— Voilà, comme ça... poursuivais-je dans un murmure. Continuez... Venez... Serrons-nous les uns contre les autres.

Les premiers groupes s'avançaient. Des tribunes entières suivaient le lent mouvement. Les gradins supérieurs nous rejoignaient.

— Oui, mes amis... Ne vous arrêtez pas... Autour de moi... Je veux vous savoir tout proches...

Les tribunes se vidaient. La foule gagnait la pelouse. Une marée humaine se formait. Elle me submergeait. Les corps s'amalgamaient. J'entendais leurs battements. Je sentais leur souffle.

— Voilà, mes chers amis, mes tendres amis, regroupez-vous. Serrons-nous fort. Formons une communauté fraternelle. Je voudrais vous tenir dans mes bras.

Les cent mille salariés du Crédit Général ne formaient plus qu'un bloc.

— J'aime sentir votre chaleur. Communier avec vos émotions. Rapprochez-vous.

La foule compacte ne bougeait plus. Je me taisais, les yeux fermés, la tête penchée vers le sol :

— Maintenant, je vais vous demander de prendre la main de votre voisin... Serrez-la dans la vôtre... Formons une chaîne humaine... Qu'un fluide pénètre nos corps... Communions un instant tous ensemble... Fusionnons...

Un silence de cathédrale régnait dans le Stade de France. Le maraboutage des âmes s'accomplissait.

Le coup de grâce pouvait s'abattre.

— Il faut que je vous parle... C'est ça : il faut que je vous parle. J'exige que vous soyez forts... Dignes... Restez à jamais solidaires... Même dans l'épreuve... dans l'épreuve dramatique qui nous attend. Car nous ne serons plus jamais ensemble. Certains d'entre vous vont nous quitter. Vous ne l'ignoriez pas... Notre survie en dépend. Que dire de ceux qui partiront ?

Je relevai la tête brusquement. Ma voix enfla :

— Gloire à eux ! Gloire éternelle ! Hommage à leur dévouement ! Qu'à tout jamais leur mémoire soit honorée ! Nous voudrions tous être volontaires pour le sacrifice suprême.

J'observai la foule :

— J'en appelle à ce qu'il y a de meilleur en vous... Qui, autour de moi, se porte volontaire ? Levez la main. Je veux la voir. Bien haut. Fière de se tendre vers le ciel. Que les martyrs se lèvent !

Tout à côté de moi, le bras d'un salarié hypnotisé se leva lentement. Je reconnus Christian Craillon.

— Christian ! Le voilà notre héros ! Christian, nous vous regardons avec admiration... Avec envie...

Un peu plus loin, un deuxième bras se tendit en l'air. Puis un troisième. Puis un quatrième. Un cinquième. Dix bras, vingt bras. Trente, cent, mille bras. Je ne voyais pas Raphaël Sieg. Ni Claude de Mamarre. Pas plus Matthew Malburry.

— Oui ! Oui ! Encore ! Prouvez au monde votre force... Levez la main... Soyez vaillants...

Une ola muette, indifférente au danger, parcourait la foule. Elle s'étendait à l'infini jusqu'au salarié le plus éloigné. Pas une main qui ne cherchât à attraper les étoiles. La foule entière se faisait aspirer par l'ellipse colorée au-dessus de nous.

— Oui ! Oui ! Voilà ce que j'attendais de vous. Crions notre victoire. Nous avons gagné !

Les rythmes hallucinogènes de *Tubular Bells* remplirent à nouveau le stade. Mélodie répétitive. Ballade lancinante. Lied obsédant. Etait-ce un songe ? Les salariés en transe devenaient derviches tourneurs autour de moi. Tourbillonnez, tourbillonnez. Tubular, Tubular. Mon corps s'abandonnait. Ma tête tournoyait. Mes nerfs me lâchaient. Tubular, Tubular.

Je m'effondrai sur le gazon.

Du fond de ma syncope, j'entendis le mince filet de voix de Christian Craillon :

— Monsieur le président, revenez à vous. Je vous en supplie. Par pitié. Que ferais-je sans vous...

Je sentais sa main tremblante dans la mienne. Je la serrais. Mes lèvres parvinrent à dire :

— Restez auprès de moi, Christian. J'ai besoin de votre présence. Ne partez pas.

Les larmes de Christian gouttaient sur mon visage.

— Je ne vous délaisserai pas, sanglotait-il. Non, jamais. C'est juré. Que Dieu m'en soit témoin. Comptez sur moi. Je serai toujours là pour vous.

Je pouvais collapser pour de bon. En paix avec moi-même. Serein.

Une bulle hermétique de silence se formait autour de moi.

## 25

Lorsque je pénétrai le lendemain matin dans l'immeuble du Crédit Général, j'ignorais encore que ma journée serait aspirée dans une tornade. Je vivrais l'effervescence des événements que seuls les manitous du genre humain ont le pouvoir d'expérimenter. Mes pulsations s'accéléreraient au fil des heures. J'en sortirais secoué. Et absolument bluffé par mon tempérament d'hyperactif.

Je n'étais pourtant pas bien gaillard en débarquant à la banque ce matin-là. La veille, mon laïus de prédicateur, conclu par une pâmoison théâtrale dans le rond central du Stade de France, m'avait éreinté. Mon corps souffrait de courbatures multiples. Je n'avais pas dormi de la nuit. Cette morue réfrigérante de Diane s'était refusée à accueillir en elle mon trop-plein d'énergie. Dans ma somnolence du matin, je lui en voulais à mort de brider ainsi ma légitime appétence conjugale.

A la banque, un revival de la grande révolution culturelle et bancaire m'attendait. Dès l'aube, des « antennes plan social » s'ouvraient par dizaines dans toutes nos succursales. Des files d'attente se formaient déjà. On se précipitait vers la fosse commune. Dans le hall élyséen du siège de la banque, une meute de salariés se bousculait devant les guichets à licenciements. Au premier rang, Christian Craillon défendait sa place à coups de coude. D'autres balançaient des gnons alentour pour contrecarrer la resquille. En me voyant passer, la foule

m'applaudissait. On chantait, on scandait. Je ne m'arrêtai pas. L'heure de la fraternisation avec la foule était
révolue.

Arrivé dans mon bureau, Marilyne me confirmait que
les « antennes plan social » étaient partout prises d'assaut. L'engouement tournait à l'émeute par endroits. On
s'écharpait pour s'inscrire sur la liste des partants. On
venait en délégation, oriflamme du Crédit Général en
tête de cortège. On formait des brigades de congédiés
volontaires. Quatre demandes de piston pour une révocation immédiate atterrissaient sur mon bureau. Nul ne
voulait être exclu du geste sacrificiel. Quelques planqués
se faisaient cependant repérer ici ou là. La foule les vilipendait aussitôt. Dans la succursale de Marseille, par
tradition l'une des plus militantes de la banque, deux
tire-au-flanc étaient passés à tabac. On les contraignait
à la tournée des bureaux, un bonnet d'âne sur la tête et
une pancarte accrochée autour du cou. « Renégat »,
était-il écrit en gros. Ils déambulaient sous les insultes
des collègues. Je laissais faire la colère des masses.

Mon plan de suppression d'emplois était bien lancé.
Un marketing d'enfer. Au hit-parade de l'ajustement des
effectifs, je tenais le carton de l'année.


La Bourse saluait le miracle social. L'action Crédit
Général bondissait de quarante-deux pour cent dans les
minutes qui suivaient le début des cotations. Les salles
de marchés m'élisaient par acclamation messie du business. On sablait le champagne en mon honneur. On trin-
quait à la victoire par KO de la flexibilité sur les rigidités
structurelles. Les brokers pleuraient d'émotion. D'autres
cuvaient l'ecstasy de la veille en rêvant à des rentabilités
sur fonds propres de trente, quarante, cinquante pour
cent. On invoquait un monde sans salariés, sans contrat
de travail, sans juridiction prud'homale, sans droit ni loi.

A les entendre, j'étais un dieu vivant. J'avais ouvert pour l'humanité les portes du paradis économique. La courbe ascendante du titre Crédit Général sur les écrans d'ordinateur attestait qu'ils ne déliraient pas totalement. L'action flambait. Le vent de la modernité soufflait.

Dans les salles de rédaction, les journalistes éberlués enquêtaient sur notre psychodrame du Stade de France. Les plus sceptiques s'inquiétaient de ne recueillir qu'éloges, admiration et enthousiasme. Claude de Mamarre était saturée de demandes d'interviews. Elle ne savait plus où donner de la tête. Un flip la torturait depuis hier soir : « M'avait-on repéré les bras le long du corps sur la pelouse du Stade de France ? » L'intérêt que la presse manifestait pour notre mouvement fusionnel de la veille n'allait pas jusqu'à lui faire regretter sa poltronnerie.

Les journalistes français se manifestèrent les premiers. Puis, à mesure de la diffusion des dépêches d'agences, la presse européenne tout entière nous assaillit. En début d'après-midi, les journalistes américains prirent le relais. Claude de Mamarre recensa trois cent quinze demandes d'entretien avec moi. Je décidai de faire monter les prix. L'exclusivité de mon interview se dealerait au plus haut. Pour la presse écrite, l'enchère minimale commençait avec une accroche en une du journal. Certains organes offraient d'y ajouter une photographie grand format de ma trombine. D'autres renchérissaient avec un portrait dithyrambique de ma personne. Les troisièmes promettaient en sus un article de fond archi-complaisant sur le Crédit Général et la stratégie de son président. Au bout du compte, en fin de journée, la proposition du *Figaro* se révélait la mieux-disante : le début de mon interview en une du journal sur un quart de page, accompagné d'une photographie sélectionnée par mes soins, un portrait de moi en pleine page à l'intérieur et une enquête sur l'avenir radieux de la banque. *Le Figaro* ajoutait le petit plus qui faisait pencher la balance en sa faveur : la garantie de figurer à deux reprises en une du journal au cours du prochain mois, quelle que soit l'actualité du Crédit Général.

Avant de donner mon accord définitif sur cet arrangement, je vérifiai auprès de Claude et de Marilyne si Jean-Marie Colombani avait tenté de me joindre. Aucune trace de son appel n'était enregistrée. Seul, un journaliste de base du *Monde* s'était manifesté. Son nom ne me disait rien. J'exigeai qu'on me le trouve dans l'instant. Quand je l'obtins au bout du fil, j'eus l'impression de l'importuner.

— Qui êtes-vous ? m'interrogea-t-il.

— Marc Tourneuillerie, président du Crédit Général.

— Ah oui, reprit-il. Pardonnez-moi. Votre secrétaire était tellement stressée que je n'ai pas eu le temps de capter votre nom.

J'entendis le journaliste farfouiller dans ses papiers.

— Attendez, attendez..., répétait-il pour meubler l'attente. J'ai deux ou trois questions à vous poser... Des petites questions... Attendez, attendez... que je récupère ma feuille... Quel bazar ici...

Je l'interrompis :

— M'appelez-vous de la part de Jean-Marie Colombani ?

Le journaliste bafouilla :

— Non... Non... Pourquoi donc ?

— Il ne vous en a pas touché un mot ? Rien sur la position du *Monde* à l'égard du Crédit Général ? Critique ? Favorable ? Jean-Marie vous a-t-il dit que nous nous connaissions ?

La voix du journaliste trahissait l'embarras :

— Non... Non... Je vous appelle de ma propre initiative. La routine... Boulot-boulot... Y a-t-il un problème ? Rassurez-vous, je ne suis pas sûr de faire un papier sur vous demain. Pas sûr du tout... Le journaliste qui suit le secteur bancaire est en RTT. Je le remplace...

Je lui raccrochai au nez. Pas le temps d'expliquer au plumitif que ses collègues se seraient damnés pour une conversation téléphonique avec moi. Je maudissais l'indifférence de Jean-Marie Colombani à mon égard. Pourquoi ne s'était-il pas précipité pour me parler ? Demain peut-être réparerait-il sa faute professionnelle.

J'acceptai le deal avec *Le Figaro*. Les journalistes devaient venir dans une demi-heure. Pour les télés, les termes du marché ressemblaient à ceux de la presse écrite : une interview en direct au journal de vingt heures, encadrée par deux reportages lèche-bottes, l'un sur moi, l'autre sur la banque. TF1 remporta l'adjudication. Je me réjouissais de revoir mon ami Patrick Poivre d'Arvor.

L'affaire médiatique bouclée, je demandai Raphaël Sieg dans mon bureau, puis Dittmar Rigule au téléphone. Le temps que Raphaël me rejoigne, Marilyne retournait les appels reçus.

Elle me passa Steve Jobs :

— Cool, man. Really cool.

— Yeah, cool, répétai-je après lui.

La conversation s'arrêtait là.

Puis, Marilyne me transféra Phil Knight, le patron de Nike :

— Ho my God, man. Ho my God.

— Yeah, ho my God.

Je saluais Phil à l'instant précis où Raphaël pénétrait en se bouchant le nez dans mon bureau. En ce jour de gloire et de bouillonnement, la vision de son visage dévasté par les tranquillisants m'indisposait. Sa distinction naturelle, que j'admirais tant chez lui des années plus tôt, dépérissait. Sa volonté désertait. L'âge le marquait. Il était foutu. Je ne me souvenais pas de l'avoir vu hier au Stade de France. Etait-il parti dissimuler son chagrin dans les toilettes publiques ? Raphaël avait ses pudeurs.

— Où en sommes-nous des inscriptions pour le plan social ? demandai-je.

Raphaël ne me regardait pas :

— Un raz de marée...

— Parviendrions-nous à supprimer quinze mille emplois au lieu des dix mille prévus ?

Avant même d'être sonné dans mon bureau, Raphaël avait anticipé pareille vilenie venant de moi. Mais il avait beau s'être préparé au pire, sa répugnance à se trouver en ma compagnie se lisait sur les rides de son front. Il voulait terminer notre entretien au plus vite. Me contrarier retarderait l'échéance.

— Sans aucun doute, Marc. Nous atteindrons quinze pour cent, je te le confirme... Tu sais qu'ils veulent tous passer à la casserole... Pour le bien commun...

— Alors, vas-y dans les grandes largeurs. Ouvre les vannes. Quinze pour cent.

Du tac au tac, Raphaël largua la perfidie qu'il devait avoir ruminée depuis l'aube :

— Cent pour cent des effectifs si tu le souhaites. Tout le monde à la rue... Plus personne... Zéro masse salariale. Rien que des bureaux vides. Il n'y aura plus que toi.

A l'énoncé du sarcasme, une fulgurance – dont je convenais qu'elles étaient fréquentes chez moi – illumina ma réflexion. J'interpellai Raphaël tandis qu'il s'enfuyait de mon bureau :

— Reviens !

Raphaël revint. Je fis avec lui un peu de dialectique :

— Tu as raison, mon ami. « Tout le monde à la rue », « Rien que des bureaux vides », dis-tu. Lumineuse idée. Tu vois, quand tu y mets du tien... Voici ce que nous allons faire. Tu établis la liste des volontaires du licenciement, à concurrence de quinze pour cent des effectifs.

Prévois un peu de surbooking, on ne sait jamais. Puis, tu clos les inscriptions. Tu attends quelques jours. Et là, tu ouvres une liste d'attente. Nouvelle ruée des salariés. Eux : « Poussez-vous que je m'y mette, égorgez-moi, je vous en supplie. » Nous : « Pas de bousculade, un peu de patience, faites la queue... » On se met sous le coude une armée de réserve pour les plans sociaux ultérieurs... On perdra moins de temps. Tu saisis le topo... Encore bravo pour ton idée. Je te revaudrai ça...

Raphaël restait stupéfié. Il ne bougeait plus. Je le sentais hésiter entre la leçon de morale et la crise de nerfs. Pour m'épargner une scène, j'aboyai à son endroit : « Exécution ! »

Raphaël sursauta, puis sortit de mon bureau sans mot dire. La mécanique de la rupture avec ce pisse-froid venait de s'enclencher. J'étais cette fois résolu à l'éliminer. La morgue envieuse qu'il s'autorisait à mon égard finissait par me mettre en pétard. Avec tous les autres, il devait dégager. Raphaël dans la charrette !

Faute de retrouver la trace de Dittmar, Marilyne me passa Bill Gates :

— Good job, man. Really good job.

— Yeah, good job.

Puis, j'entendis la voix de Silvio Berlusconi :

— Stupendo. Veramente stupendo.

Je voyais le bronzage de Silvio, son sourire.

— Si, stupendo.

Marilyne m'avertit que Dittmar était sur l'autre ligne. Elle en profita pour me prévenir que Richard Branson avait déjà essayé de me joindre à trois reprises, et que les journalistes du *Figaro* m'attendaient. J'avais une bonne raison de planter Silvio.

Ces conversations avec les moguls de la planète finissaient par me saper le moral. Elles me renvoyaient à ma condition d'indigent. Que pesait ma fortune en comparaison de la leur ? Des clopinettes. Que représentait mon revenu par rapport au leur ? Un modeste défraiement. Je me sentais rachitique, fauché, pitoyable.

On me passa Dittmar. Je le prenais à froid :

— J'ai une proposition à vous faire...

— J'attendais votre appel, Marc. Mes petits amis des fonds de pension baignent dans le bonheur. Nous venons de terminer notre conference call. Ils vous embrassent. Bien fort. Quel grand jour ! Vous avez tous les droits sur moi aujourd'hui, même celui de m'arnaquer. Profitez-en. C'est ma tournée. Je vous écoute.

— Vous vous souvenez peut-être de notre accord lors du dernier comité de rémunérations : une prime de huit mille euros par suppression d'emploi pour la partie comprise entre huit et dix pour cent des effectifs. Je suis en mesure de monter jusqu'à quinze pour cent sans trop de grabuge. Je vous le fais à dix mille euros par tête de pipe.

— Pas mal... C'est une bonne base de négociation. Que me rapporte ce saut qualitatif ?

— Une rentabilité de vingt pour cent dès la fin de l'exercice en cours.

— C'est bien. Mais encore... Si je calcule à la louche, votre prime supplémentaire s'élèverait à cinquante millions d'euros. Vous n'avez pas autre chose de plus sexy à m'offrir en contrepartie. Une petite gâterie...

— Si, Dittmar, j'ai quelque chose de torride...

— Vous attisez ma curiosité, Marc... Dites-moi vite.

— Tenez-vous bien : la publication des résultats de la banque tous les mois. Vous m'entendez : tous les mois !

Dittmar gloussait d'excitation. Perspective aussi novatrice méritait cependant, avant qu'il ne laisse éclater sa joie, deux ou trois éclaircissements :

— Avec examen par le comité financier et approbation par le conseil d'administration ? m'interrogeait Dittmar. Comme pour les comptes trimestriels ? Nous sommes d'accord ?

— Si vous le souhaitez...

— A partir de quand, la publication mensuelle ?

— Dès le début du prochain exercice...

Dittmar exultait à l'autre bout du téléphone :

— Ach ! Vous rendez-vous compte, Marc ? Nous bouleversons la corporate governance. Si vous réussissez, tous les groupes cotés seront obligés de suivre. Strip-tease comptable mensuel ! A poil les bilans ! Plus rien n'échappera à la vigilance de l'actionnaire. Nous contrôlerons la destination du plus petit centime. Tous les mois, puis toutes les semaines, tous les jours... Je voudrais vous serrer dans mes bras...

Grâce à moi, l'Abwehr de la finance infiltrait ses taupes au cœur des lignes ennemies. Les espions informeraient les fonds de pension en temps réel. Dittmar s'émerveillait de vivre cet instant historique. Son nom rejoindrait le panthéon du flicage gérontocratique. Les retraités du monde le béatifieraient pour l'éternité.

Ses rêves de grandeur l'incitaient à conclure illico le marché avec moi. Il reprit avec beaucoup d'application :

— Voilà ce que je vous propose : cinq mille euros par licenciement entre dix et quinze pour cent des effectifs. Payables au dernier licenciement. Deux mille euros de plus si vous sortez à vingt pour cent de rentabilité à la fin de l'exercice. Payables à l'annonce des résultats. Et là, grand seigneur, je mets cinq mille de mieux pour la publication mensuelle des résultats. Payables lors de l'adoption des comptes par le conseil d'administration.

Dittmar était trop agile en calcul mental pour ne pas voir que mon bonus supplémentaire passait en quelques secondes de cinquante à soixante millions d'euros.

Je répétai terme à terme les éléments du deal. Dittmar confirma. Nous nous étions bien compris.

— Ça marche, confirmai-je.

Dittmar partageait mon point de vue sur la nécessité

d'agir vite. Pas de temps à perdre sous l'arbre à palabres. Il s'empressa de préciser :

— Inutile de convoquer le comité de rémunérations. J'appelle Richard de Suze, et je reviens vers vous.

Je cabotinai :

— Vous me privez d'un plaisir. J'ai adoré notre petite séance, la dernière fois avec Richard le bel-homme-sur-le-retour-qui-ne-se-prend-pas-pour-la-moitié-d'une-boîte-d'allumettes.

— Faisons simple pour cette fois. Si nous sommes tous d'accord, je demande à maître Tombière de rédiger un avenant à notre protocole.

Dittmar allait raccrocher quand il se ravisa :

— Dites-moi, Jacques de Mamarre est-il toujours en vie ? J'en doutais lors de notre dernier conseil d'administration. Est-ce utile de l'avertir de notre arrangement ?

Dittmar et moi éclatâmes de rire. Nous étions heureux. Nous étions badins.


A peine la conversation terminée, je demandai à Marilyne de me trouver Tino Notti. Il fallait que je songe à me détendre. Je déplorais qu'une fois de plus personne d'autre que moi n'ait eu la délicatesse de se soucier de mon bien-être.

— Ne raccrochez pas, me prévint Marilyne. J'ai Richard Branson qui vous rappelle. Il insiste.

J'étais bien disposé. Que l'on me passe donc Richard.

Comme d'habitude, le Zébulon en faisait des tonnes :

— Marc ! Marc ! Marc ! Comment vous chanter mon admiration... Vous êtes mon maître. Je m'incline. Une bête de scène ! Le meilleur concert jamais donné en public, m'a-t-on dit. Mieux que les Beatles au Madison Square Garden. Mieux que Jimi Hendrix à Woodstock.

Mieux que les Stones à Altamont. Mieux que les Sex Pistols au Winterland de San Fransisco.

Tandis que Richard me passait la pommade, les journalistes du *Figaro* entraient dans mon bureau sur la pointe des pieds.

— A votre place, j'en ferais un CD, délirait Richard. J'entends d'ici le morceau : votre discours visionnaire et, derrière, la musique de Mike Oldfield. Plus punk que les Sex Pistols... Des millions de galettes vendues. Pouvez me croire ! Ça me connaît, la musique.

Je vérifiais, calculette à la main, que le deal conclu avec Dittmar dans la précipitation m'amenait bien à soixante millions d'euros. Je me demandais si, dans le feu de la discussion, j'aurais pu gratter quelques millions supplémentaires.

— Je vous emmène faire un tour en montgolfière, poursuivait Richard. On fumera un cône, là-haut dans les nuages. Cool. Archi-cool. Un teush de folie.

Je n'osai pas demander ce que voulaient dire « cône » et « teush de folie ». Un idiotisme rock and roll, probablement.

Richard continuait de déverser un bon moment des gentillesses à mon égard. Le téléphone dégoulinait de flatteries. A ma grande surprise, la conversation se termina sans que Richard ne sollicite une nouvelle ligne de crédit pour financer sa dernière trouvaille de businessman. Dommage pour lui, j'étais dans un jour de bonté. Peut-être attendra-t-il la prochaine occasion. Nous étions super-potes désormais.

J'expédiai l'interview au *Figaro* en dix minutes. Claude de Mamarre poireautait pendant ce temps-là dans l'antichambre. Comment avais-je pu oublier de la faire venir ?

Au moment où les journalistes quittaient mon bureau, Marilyne m'avertissait que Tino Notti était en ligne. Je refermai ma porte capitonnée pour bondir sur le téléphone :

— Il faut que je voie Nassim. Pouvez-vous m'arranger un rendez-vous ?

L'entremetteur était un pro. Il comprenait les situations d'urgence :

— Quand ?

— Au plus vite...

— Comptez sur moi...

J'avais tout juste le temps de m'entretenir avec Donald Trump :

— Great, man. Really great.

— Yeah, great.

Tino Notti rappela. Je congédiai Claude de Mamarre qui voulait m'infliger un training avant mon interview en direct chez Poivre d'Arvor ce soir. Qu'avais-je besoin de réviser les comptes de la banque ? Je délivrerais un message à la nation, pas des colonnes de chiffres.

— Nassim est à Londres, m'informait Tino. Elle vous attend. Covent Garden Hotel. Demain soir.

— Merci de votre diligence. Je vous suis redevable. Comment puis-je vous être agréable ?

— Nous verrons plus tard...

Je demandai à Marilyne d'annuler mon dîner et d'affréter le Falcon 7X de la banque pour le début de soirée au Bourget. Je justifierais mon séjour à Londres par une tournée dans nos bureaux de la City, demain dans la matinée. Je débarquerais à l'improviste au Crédit Général UK. Rien de tel qu'une visite impromptue pour souder les troupes. On dira de moi que je suis sur le pont. Vigilant. Mobilisé. L'information circulera partout dans la banque : faites gaffe, le boss peut surgir dans vos bureaux à n'importe quel moment, pas de relâchement.

Avant de partir, je convoquai un rapide comité exécutif. Je me tournai vers Raphaël Sieg :

— Voici ta feuille de route : quinze mille suppressions d'emplois. Ne nous limitons plus à dix mille. Trie avec discernement les noms sur la liste des volontaires. Ajoutes-y des non-volontaires. Les toquards. Les inaptes. Garde les meilleurs. Ne touche pas à Marilyne. Ni à Christian Craillon. Pour les autres, y compris toi-même, fais comme bon te semble.

Personne ne broncha dans la pièce. Raphaël Sieg ne s'expliquait pas ma sollicitude à l'égard de Christian Craillon, son subordonné.

— Ensuite, ajoutai-je, tu ouvres une liste d'attente avec... disons... mille noms. Une marge de manœuvre pour l'avenir. Pas de question ? Alors, au boulot ! Et que ça saute !

La réunion du comité exécutif s'acheva ainsi. Tandis que je passais devant Raphaël Sieg pour sortir, je lui pinçai la joue :

— Tu vois, tu t'inquiètes pour un rien. Te fais pas de mouron. Tu réussiras. Crois en toi. Go for it !

La condescendance de mon attitude avait dû mortifier Raphaël. Il se sentait probablement rabaissé au rang d'animal domestique. Je devais reconnaître qu'une pulsion d'agressivité s'était révélée en moi quand je tenais sa peau molle entre mes doigts. L'espace d'un instant, j'avais eu envie de le faire atrocement souffrir.

De la voiture qui m'emmenait vers TF1, j'appelai Christian Craillon. Voilà le type avec lequel j'aurais le plus de plaisir à converser de toute cette journée. Je me montrai enthousiaste avec lui en entendant sa voix :

— Mon tour operator préféré ! Comment va le talentueux monsieur Craillon ? Encore au bureau ?

— Bonsoir, monsieur le président... Trop aimable, monsieur le président... Comme toujours, monsieur le président...

— Soyez gentil : concoctez pour mon argent un deuxième périple. Avec escale dans les îles. Un bel acrostiche. C'est bien ainsi que l'on dit ?

— Je me mets au travail dès ce soir, monsieur le président... Oui, c'est ainsi que l'on dit, monsieur le président...

— Je pars pour Londres. Je vous vois à mon retour.

— Tout sera prêt, monsieur le président... A cette occasion, monsieur le président, oserais-je vous soumettre une demande ? Il s'agit de poésie. J'y tiens plus que tout...

— Nous verrons. Je vous fais signe. Au revoir.

J'arrivai au pied de l'immeuble de TF1. L'endroit respirait la toute-puissance. Patrick Poivre d'Arvor m'accueillit sur le plateau. L'interview se déroulait à merveille.

Sur le tarmac de l'aéroport du Bourget, je réparai un oubli : prévenir Diane de mon départ. La nouvelle ne semblait pas l'attrister. Un soupçon naissait en moi : Diane avait-elle pris un amant ? S'offrait-elle à un autre ? Lui réservait-elle les faveurs qu'elle me refusait ? Devrais-je la faire surveiller ? Jamais auparavant l'hypothèse de la tromperie ne m'avait effleuré. Je n'aurais su dire si elle me rendait jaloux.

Je raccrochai. Diane n'avait pas eu le temps de me donner son sentiment sur mon passage au journal de vingt heures.

Alors que l'avion roulait vers la piste d'envol, Marilyne me transmit un message de Dittmar : « Richard de Suze a donné son accord pour le deal. Rendez-vous chez maître Tombière. »

Marilyne me confirmait que Jean-Marie Colombani n'avait pas cherché à me joindre.

Le Falcon 7X de la banque décollait vers Nassim. Une stewardess bien roulée me servait une flûte de champagne. Ma vie était extraordinairement dense.

## 26

A huit heures trente pétantes le lendemain, je surgis dans l'immeuble de la filiale londonienne du Crédit Général à Cabot Square, East End. Aucun comité d'accueil ne m'attendait. Le secret de ma visite n'avait pas été éventé.

« Surprise ! Voyez qui vient ! Le boss en personne ! » voulais-je m'exclamer en entrant, quand je découvris un hall désert. Un panneau « antenne plan social » branlait, suspendu au bout d'une chaîne. Dessous, des tables s'éparpillaient en désordre. Des papiers jonchaient le sol. Je déduisis du foutoir ambiant que, là comme ailleurs, on s'était battus pour s'inscrire sur les listes de suppressions d'emplois. Les vestiges de la liesse suicidaire étaient encore visibles.

Je me dirigeai vers l'hôtesse d'accueil.

— Que puis-je pour vous ? m'interrogea-t-elle sans lever la tête de ses mots croisés.

— Vous ne me reconnaissez pas ?

L'hôtesse lorgna dans ma direction. Les yeux plissés, elle activait le travail de mémoire. Rien à faire : aucun souvenir à l'horizon. La jeune femme renonça :

— Non... Non... Je ne vous reconnais pas... Devrais-je ?

Je m'obligeai à réagir avec magnanimité :

— Marc Tourneuillerie, président du Crédit Général.

L'hôtesse se sentit soulagée :

— Ah bon... Normal... Je ne connais personne du

Crédit Général. Ici, l'accueil, le standard et la sécurité sont sous-traités. Avec qui avez-vous rendez-vous ?

— Pas besoin de rendez-vous. Je suis chez moi ici. Je rentre, c'est tout.

— Navrée... Il me faut un nom... C'est la consigne.

S'il s'agissait de la consigne en vigueur dans ma propre banque, je m'imposais d'y déférer. Je donnai le nom du patron du Crédit Général UK :

— Stanley Greenball. C'est lui que je viens voir.

L'hôtesse composa trois numéros de téléphone à la suite. Chou blanc.

— Pas encore arrivé, je suppose. Vous pouvez patienter là-bas.

La petite m'indiqua du doigt une rangée de banquettes un peu plus loin. J'aurais pu m'emporter contre elle. La menacer de représailles. La traiter de pisseuse. Lui claquer des baffes. Rentrer en force dans la banque.

Je n'en fis rien. Ce matin, j'avais décrété une journée d'humilité. Je m'assis comme me l'avait demandé l'effrontée. Cool. Quand Stanley Greenball découvrirait l'avilissante situation dans laquelle il me rabaissait, il s'agonirait pendant des siècles. Je me régalais d'avance de contempler son embarras.

Les salariés du Crédit Général UK se pointaient les uns après les autres. Aucun d'entre eux ne daignait me prêter attention. On ne prenait pas soin de moi. On ne se précipitait pas pour me présenter ses respects. A part dans le lit conjugal avec Diane, je ne me souvenais pas d'une aussi longue abstinence de sollicitude. Voilà donc à quoi ressemble une vie anonyme, constatais-je. Je me consolais en profitant de cette quiétude temporaire pour explorer ma vie intérieure.

J'essayais de visualiser le circuit qu'empruntait le premier versement de ma prime au licenciement. Je savais que les trente millions d'euros payables à l'annonce du plan social cheminaient vers moi en ce moment même. L'ordre de virement serait donné du compte central de la banque vers l'un des miens au Crédit Général. Un simple jeu d'écritures interne, sans impact sur le bilan de la banque. Débit et crédit se compensaient. La dématérialisation de mon pactole m'effrayait. Qu'y avait-il dans l'opération de monétairement tangible à quoi me raccrocher ? Seuls les livres informatiques de la banque témoignaient de mon enrichissement. Il me tardait de palper les billets. Je me rassurais en pensant à Christian Craillon, mon dépositaire de la pierre philosophale, capable de transformer en or massif des impulsions électroniques.

Je méditais sur mon sort lorsqu'un claquement de talons aiguilles sur le sol carrelé réveilla mes sens. Le bruit sec annonçait une apparition atomique.

Face au soleil rasant qui pénétrait dans le hall d'entrée, je devinais la silhouette d'une altière donzelle. Dès le premier coup d'œil, je lui trouvai un peps à mourir. Démarche dominatrice. Tailleur-pantalon noir. Tignasse longue et bouclée. Regard tyrannique sur les hommes. Visage basané. Yeux de biche. Elle devait avoir la trentaine. Son eye-liner lui donnait un air de vamp des années soixante. Sacré bout de femme, me dis-je tandis qu'elle avançait dans ma direction. Je flairais la Jewish American Princess, section française.

Quand elle passa à ma hauteur, elle tourna par hasard la tête vers moi. Elle avait cet air « Je te regarde, cloporte, mais je ne te vois pas » qui me donnait envie de la fesser à nu. Mon visage devait évoquer un microscopique souvenir en elle.

Sans ralentir son pas, elle jeta à nouveau un coup d'œil dans ma direction. Elle semblait se dire : « Impossible, ce ne peut être lui. Que ferait-il ici, seul, à glander dans le vestibule ? »

Ma JAP disparut. Ne subsistait de son passage qu'une vaporisation massive de Chanel n° 5. Que reprochait-elle à son odeur naturelle pour se parfumer ainsi ? Quelle inquiétude olfactive concevait-elle pour dissimuler à ce point les relents de ses humeurs ?

La vision féminine n'avait duré qu'un instant. D'autres salariées de la banque entraient dans son sillage. Des blondes, des brunes, des grandes, des petites, des hyper-mammaires, des plates, des minces, des grosses, des moches, des potables. Je n'en voyais aucune dont les attributs puissent rivaliser avec ceux de ma princesse.

Je désespérais de la médiocrité esthétique du personnel de la banque. J'étais à deux doigts de téléphoner à Raphaël Sieg pour exiger qu'il choisisse les licenciés sur critère physique. Les beautés resteraient, les boudins gicleraient. La sélection génétique serait impitoyable. J'inventerais la beauty bank.

Réflexion faite, je me ravisai. Le sort que je lui réservais m'interdisait désormais de confier à Raphaël une mission de haute confiance. De plus, je doutais qu'il ait assez de jugement pour trier les gourgandines.


L'indifférence que ma présence suscitait dans le hall d'entrée commença à me lasser. Qu'est-ce que je branlais ici ? Où était passé ce glandeur de Greenball ? Alors que mon énervement ne cessait de croître, une dame d'une cinquantaine d'années se dirigea vers moi.

Elle serrait son sac à main très fort contre son ventre.

— Monsieur Tourneuillerie ?

— Voilà enfin quelqu'un qui me reconnaît...

La dame était pétrifiée :

— Comment est-ce possible ?... Pardon... Mille fois

pardon... Venez, je vous en prie... Dix mille fois pardon... Entrez, voyons... Cent mille fois pardon... Suivez-moi... Un million de fois pardon...

D'une main, elle m'entraînait par la manche. De l'autre elle repoussait d'invisibles importuns qui m'auraient empêché de franchir les portiques de sécurité. Devant l'ascenseur, elle en était à « Mille millions de fois pardon ». Elle pouvait s'arrêter là. J'avais eu ma dose. En montant dans les étages, sans lâcher son sac à main, ma patronnesse se présenta comme la secrétaire de Stanley Greenball. Elle se confiait à moi :

— Je me suis inscrite pour le plan social, vous savez... Parmi les premières... Y a eu la queue jusqu'à six heures du matin aujourd'hui... Tout le monde ne sera pas pris, je le crains... J'ai pleuré au Stade de France... C'était émouvant. Nous sommes derrière vous ici. God bless the Crédit Général.

Elle m'installa dans le bureau de Stanley Greenball, avec un café léger et une tranche de cake. Toutes les deux minutes, elle passait une tête pour s'assurer que tout allait bien.

Stanley Greenball avait dû être averti de ma présence par sa secrétaire. Il débarqua dans le bureau, le souffle coupé, la main tendue quémandant la mienne :

— Président, mes respects... Acceptez mes excuses... Les embouteillages de Londres...

Stanley Greenball avait la taille d'un lilliputien. Sa petitesse le rendait incroyablement tonique. Ses gestes s'effectuaient au double de la vitesse normale. Sa voix était aussi fine que son corps. Il parlait saccadé et pointu. A qui voulait l'entendre, il prétendait avoir joué comme demi d'ouverture de l'équipe première de rugby d'Oxford. Qui pouvait l'imaginer au cul d'une mêlée de balèzes ?

Le spectacle de la confusion de Stanley à mon égard me consolait d'avoir lanterné dans le hall d'entrée. Un tic nerveux agitait la commissure gauche de ses lèvres. J'aurais pu lui demander de couiner, de se déculotter, de se cracher dessus, qu'il l'aurait fait. Le malaise l'envahissait. Stanley ne tenait pas en place. Il bondissait comme un cabri de-ci de-là dans le bureau. Je l'examinais. Sa vélocité me tournait la tête. Je me levai de ma chaise :

— Allez, au turbin, Stanley. Faisons la tournée des popotes. Je veux tout voir.

Stanley atteignait déjà la porte de son bureau. Sa voix était haut perchée :

— Vous avez raison, monsieur le président. Au boulot ! Pas de temps à perdre. Direction : la salle des marchés. Le saint des saints.

Avant de sortir du bureau, j'enlevai ma veste pour me retrouver en bras de chemise. Stanley revint sur ses pas et m'imita :

— Vous avez raison, monsieur le président... Casual...

Je découvris le buste rachitique de Stanley, que sa veste rembourrée dissimulait.

Dans les couloirs, il me débitait de mémoire la batterie complète des ratios financiers sur le Crédit Général UK. Comparons nos torses, voulais-je lui proposer. Vise la puissance du mien. Déplore l'atrophie du tien.

Stanley me jura qu'il s'était inscrit pour le plan social. Je contrôlerais à Paris.

Nous débarquâmes dans la salle des marchés, le fleuron de la filiale londonienne. Je supposais que la secrétaire de Stanley avait alerté les opérateurs de notre venue. Ils se tenaient au garde-à-vous, l'œil rivé sur la porte d'entrée. La pièce sentait le thé de Ceylan et l'haleine fatiguée du matin.

Le chef économiste du Crédit Général UK finissait

son speech : tendances, rumeurs, tuyaux, indices macroéconomiques, publications de résultats, conférences de presse... Le tout-venant de la journée. La cinquantaine de traders présents faisaient mine d'écouter.

A côté du chef économiste, je découvris ma Jewish American Princess. Elle existait donc bien. Je n'avais pas rêvé. Le cul sur une table, elle regardait vers l'extérieur, du côté des baies vitrées.

A peine avait-il mis un pied dans l'immense pièce, que Stanley lança un suraigu « Messieurs ! » Il ne fallait pas entendre « Bonjour », mais « Vos gueules ! » Personne ne parlait pourtant. Stanley s'avança jusqu'au chef économiste. Il prit la pose d'un aboyeur :

— Marc Tourneuillerie, notre président !

Suivant le mouvement lancé par un Stanley devenu chauffeur de salle, l'assistance m'applaudit. La JAP bandante se mit debout, les fesses en appui contre la table, le bassin en avant. Je remarquai tout de suite les deux bourrelets de son sexe qui ressortaient sous la fine popeline noire. La couture du pantalon lui rentrait dans la fente. De part et d'autre, les lèvres épaisses se mettaient en évidence. Du moulage de chatte haute précision. Tout l'attirail s'exhibait sous mes yeux sagaces.

— Bonjour à tous, lançai-je en introduction de mon topo.

La JAP se tourna légèrement de côté. Avait-elle suivi la trajectoire de mon regard ? Je découvrais ses fesses rebondies. Un bon cul grassouillet. Tout rond. Pas de marques de petite culotte. String ? Rien du tout ? Elle savait préserver la pureté de ses formes.

— Vous le savez, le Crédit Général se trouve à un tournant de son histoire... continuai-je.

Une intuition m'incitait à remonter un peu plus haut sur le corps de ma JAP. Je lui supposais des seins de fermière. Je vérifiai. Son chemisier cintré révélait un buste himalayen. Encore plus gros que prévu. Sous la pression du volume, les deux pans de soie s'écartaient entre chaque bouton. On distinguait les arabesques d'une dentelle noire. Les roploplos s'entrechoquaient juste au-dessus du soutien-gorge pour former un sillon profond. De bas en haut, cette fille avait décidément une prédisposition corporelle aux failles tectoniques. A en juger par la masse, la poitrine devait être flasque. Une pâte épaisse à triturer. Fallait-il l'agripper des deux mains lors des assauts par-derrière pour qu'elle ne ballotte pas en tous sens ? J'imaginais sans difficulté à quoi ressemblait le bout de ses seins. Une aréole granuleuse et brunâtre d'un imposant diamètre. Comme une tache de café sous un bol. Avec, au bout, un mamelon paresseux qui se raidissait à peine quand on le pinçait.

Je n'ignorais plus rien de l'intimité de ma JAP. Absorbé dans mes rêveries de chatte et de nibards, j'oubliai aussi sec le discours que j'avais servi aux traders admiratifs qui me faisaient face. Mes circuits neuronaux s'étaient déconnectés des considérations bancaires. L'assistance m'acclamait. J'entendais des « yeah », des « wooh ». Une vraie ménagerie. Ça n'arrêtait plus. « Yeah-yeah », « wooh-wooh ». Personne n'aurait voulu mettre un terme à l'ovation. Je pris l'initiative de la stopper d'un geste brusque des deux bras. Le silence se fit.

Les traders venaient me serrer la main. On se bousculait. Les congratulations terminées, les virtuoses des indices boursiers regagnaient leur poste de travail. La JAP s'éclipsait de la pièce sans que je m'en aperçoive. Je passais d'écran d'ordinateur en écran d'ordinateur pour un brin de causette avec chacun. Stanley me collait au train. On m'expliquait les arcanes des opérations de marché. Je débranchai à nouveau mes neurones. Je me contentais d'opiner, de sourire, et de temps en temps de maugréer sans raison valable. Les arrière-pensées que l'on me prêtait impressionnaient mes interlocuteurs.

215

En quittant la salle des marchés, je proposai à Stanley de musarder dans les couloirs de la banque. La nouvelle de ma visite s'était diffusée. Les salariés sortaient des bureaux à mon passage. On voulait me parler, m'encourager, me soutenir, me déclarer fidélité éternelle. Je tapotais les têtes, je posais le bras sur les épaules, je passais la main dans le dos, je disais « Hello » à tous, j'embrassais qui voulait. Une jeune femme très laide s'agenouilla devant moi pour me baiser la main.

Ma matinée s'écoulait ainsi en bains de foule. A l'approche du déjeuner, je demandai à Stanley d'organiser un repas informel avec une dizaine de collaborateurs choisis au hasard.

— Au hasard, insistai-je. Cependant... convoquez la brunette qui se trouvait dans la salle des marchés tout à l'heure.

— Catherine Bensimon ? L'adjointe du chef économiste ?

— Ce doit être ça...

Il n'y avait pas d'autre femme présente parmi les traders. La marge d'erreur était faible.

Le nabot décampa pour s'occuper de l'intendance. Enfin seul. Je baguenaudai dans les couloirs m'abreuver de la gratitude des salariés.

Je retrouvai Stanley dans son bureau. Il m'emmena dans la salle à manger de la banque, au dernier étage. Une surprise culinaire m'attendait. Stanley avait fait venir un traiteur indien. Catherine Bensimon, la seule femme à table, se trouvait à ma droite. Stanley respectait les usages.

Catherine dégustait un lassi sucré. Elle me confia qu'elle n'avalerait rien d'autre de tout le repas. Le tandoori ne lui réussissait pas. Lorsqu'elle pencha la tête en arrière, je la dévisageai. La lumière vive de la pièce donnait à sa peau une teinte safranée. Ses sourcils épilés formaient un interminable arc de cercle au-dessus des yeux. Une beauté d'Orient.

Catherine reposa son verre sur la table. Le lassi sucré laissa une trace blanche sur le duvet de sa lèvre supérieure. Le bout de sa langue lécha lentement le liquide laiteux. Je me préparais à une conversation langoureuse. J'allais flirter quand Catherine Bensimon soupira :

— Je suis terriblement préoccupée par la situation du Japon...

— Ah bon, susurrai-je d'une voix de patate douce. Je vous comprends. Le pays s'enfonce. Plus d'une décennie de marasme économique. Quelle déchéance ! Encore êtes-vous trop jeune pour vous souvenir des « dragons d'Asie ». Ils terrifiaient le monde. Leur technologie envahissait nos maisons, nos rues, nos usines. Leur épargne sauvait nos Etats et nos entreprises de la banqueroute. Ils achetaient la Cinquième Avenue, les Champs-Elysées, Hollywood. Nous étions nipponisés. Nous admirions leur modèle industriel, nous importions leurs méthodes de travail. Qu'est devenue cette puissance aujourd'hui ? Un pays moribond. Une grandeur rétamée.

Pourquoi pérorer plus longtemps sur le Japon ? J'avais dit que je draguerais. Je décidai de revenir dans le droit chemin :

— Je vois que vous avez l'air soucieuse... Tendue... Parlez-moi... Qu'y a-t-il ?

— Je m'angoisse, vous savez. Je n'en dors pas de la nuit. Le Japon va imploser. Patatras ! Plus vite qu'on ne croit. Si brutalement que l'économie mondiale sombrera. Les dominos basculeront les uns après les autres. D'abord le reste de l'Asie, puis les Etats-Unis, puis l'Europe, puis l'Amérique latine, puis l'Afrique. Pardon, je dis une bêtise : l'Afrique ne pourra pas déchoir davantage. Bref, un cataclysme planétaire se dessine. Un hiver nucléaire de l'économie nous guette.

Je ne me sentais pas de poursuivre le débat. Je repartis à l'attaque :

— Vous parlez avec conviction, Catherine. J'aime ça en vous...

Elle n'avait pas entendu ma réplique de play-boy du Macumba Club. Elle avalait son lassi sucré. Le bout de la langue essuyait la lèvre supérieure. Catherine continuait, monomaniaque :

— Tout se déglingue au Japon. Récession, chômage, dettes, Bourse, faillites, corruption, conservatisme, paralysie, délinquance, sectes, alcool... Prostitution...

Catherine avait un pubis très poilu. J'en étais convaincu. Le duvet charbonneux des avant-bras témoignait en faveur de cette thèse. Sa toison démarrait au nombril et descendait jusqu'aux cuisses. Une broussaille touffue cachant un ardent canyon. S'épilait-elle ? Sans aucun doute. Catherine n'était pas fille à céder à la pilosité conquérante. Je la voyais dans un spa-hammam embaumé à l'encens, une musique new-age orientaliste, son corps humide allongé, sa poitrine dépassant de la serviette-éponge, les jambes déjà lisses, des mains tatouées au henné épilant poil après poil une fente qui se dévoilait enfin...

— Vous seriez malheureuse à Tokyo, Catherine. Vous plaisez-vous à Londres ?

— Je n'en profite pas. Je ne sors jamais.

La réponse de Catherine restait succincte. Service minimum de confidences. Elle descendit un verre entier de lassi sucré. Elle réfléchissait. Allait-elle s'ouvrir à moi ? Se lâcher enfin ?

— Savez-vous pourquoi le Japon ne s'en sortira pas ? poursuivit-elle. A cause des vieux...

Je débandai dans la seconde.

— Oui, à cause des hordes de vieux qui terrorisent le pays. C'est la population la plus âgée au monde. Ils sont verts de trouille. « Pas de vagues, gémissent-ils. Pas de réformes, tout comme avant, touchez pas à nos économies, vive le Japon impérial. » Ils ne consomment plus. Ils sont tétanisés. Rien ne bouge. Bientôt, ils rapatrieront leur épargne placée en Amérique et en Europe. Pour assurer leur bien-être tandis que la planète agonisera. Que deviendront les forces vives ? Comment financerons-nous les investissements ? A quels emplois la jeune génération aura-t-elle accès ?

Mon attirance pour Catherine me dégringolait dans les chaussettes. J'espérais une coquine épilée. J'héritais d'une austère gérontophobe. S'attaquer à mes protecteurs ! Passe encore la pimbêche asexuée. Mais la révoltée de la City, la démagogue jeuniste, non. Savait-elle qu'elle trahissait les actionnaires du Crédit Général ? Qu'elle mordait la main qui la nourrissait ? Qu'elle conspirait contre mes fonds de pension vénérés ?

— Faites-moi une note sur le sujet, conclus-je. Courte, la note.

Catherine en restait bouche bée :

— Vraiment ? Le sujet vous intéresse ? J'y développerai la thèse selon laquelle le Japon...

Je m'en tamponnais de sa thèse sur le Japon. S'imaginait-elle combien de rapports j'ingurgitais chaque semaine ? Sur l'économie japonaise, coréenne, finlandaise, portugaise, albanaise, uruguayenne, burkinabé...

Je tournai la tête vers mon voisin de gauche, le numéro deux du Crédit Général UK. Je l'avais négligé jusqu'à présent. J'entamai la conversation avec lui. Il était ravi.

Huit minutes plus tard, je me levai de table. Stanley Greenball se mit debout illico. Les convives vinrent me saluer les uns après les autres. Arrivait le tour de Catherine Bensimon.

— Je vous envoie ma note, confirma-t-elle.

Tu viendras me l'apporter en personne, godiche. Tu la déposeras de tes mains sur mon bureau. Je contrôlerai en personne la qualité du travail. Tu promets beaucoup. Mais tu ne donnes rien. A Paris, il faudra te dévoiler. Montrer ce que tu as dans le ventre.

J'avais envie de lui tordre les mamelons. De la traîner par les cheveux jusqu'aux toilettes. De vérifier à la main la qualité de l'épilation-maillot.

— J'attends votre note, Catherine.

Je me tournai vers Stanley Greenball :

— Je veux vous voir...

— A votre disposition, monsieur le président...

Sitôt la porte de son bureau refermée, j'entamai l'interrogatoire :

— Faites-moi la bio de Catherine Bensimon...

— Française, trente-trois ans, adjointe du chef économiste. Depuis neuf ans au Crédit Général UK. Très bon élément. Grosse bûcheuse. Excellente notation de ses supérieures. Bonus de fin d'année élevé.

— Vous ne m'avez pas compris, Stanley...

— Célibataire, reprit-il comme si de rien n'était. Pas d'enfant. Pas de liaison connue. Vie monacale. Une fille straight. Pourtant...

Stanley hésitait. Je l'encourageai :

— Pourtant ?

— Pourtant, c'est une bombe... Vous avez vu comment elle s'habille... Une allumeuse ! Tous les collaborateurs du Crédit Général UK ont voulu la sauter... Moi compris... Bernique !

— Comment l'expliquez-vous ?

Le tic nerveux de Stanley reprenait. Il déformait à présent toute la partie gauche de son visage.

— C'est une angoissée. Une boule de stress. Une dingue ! Psychanalysée jusqu'à la moelle, et toujours rongée par la névrose. Ce doit être un très mauvais coup. Du genre à s'évanouir quand on l'approche, à cracher quand on l'embrasse, à crier quand on la touche, à pleurer quand on la pénètre, à saigner quand...

220

— Stop ! J'ai compris.

— Veuillez me pardonner, monsieur le président...
Catherine vous a-t-elle parlé du Japon ?

— Oui, elle m'a assommé de japoniaiseries pendant
tout le déjeuner...

— Deux ans que ça dure ! Elle me balance une note
sur le sujet chaque semaine. Faillite du BTP par-ci, faillite des banques par-là... Maintenant elle cogite sur le
troisième âge : vieillissement de la population, surcroît
d'épargne, gouffre des retraites, insuffisance de la
consommation intérieure, explosion des dépenses de
santé... Une obsessionnelle. Elle doit cauchemarder la
nuit. Avoir des visions de monstres aux yeux bridés.
Ferait mieux de se taper un mec...

Stanley Greenball devenait familier. Son tic facial
s'agitait. Je me levai pour prendre congé. Je préférais
m'oxygéner dans les rues de Londres avant mon dîner
avec Nassim.

Stanley me raccompagna jusqu'à la sortie de l'immeuble. L'hôtesse d'accueil terminait ses mots croisés.
Je demandai que l'on me dépose à Covent Garden. Dans
la boutique Paul Smith, j'essayai des costumes à pantalon moulant sans pinces. Le miroir me renvoyait l'image
de ma virilité.

Je repartis de la boutique avec cinq costumes à doublure de soie brillante et colorée : vert pomme, bleu
pétrole, orange, pourpre et lilas. Des fringues immet-
tables dans les milieux bancaires.


A dix-huit heures précises, je regagnai ma suite prési-
dentielle de l'hôtel Marriott. Un groom me suivait. Il
entreposa dans le salon les paquets du shopping à
Covent Garden. Je regardais dehors par les imposantes
fenêtres. La Tamise coulait à mes pieds, l'horloge de
Big Ben carillonnait face à moi. Pour neuf cent cin-

quante livres la nuit, sans les taxes, je me payais le plus beau panorama de la ville. Merci, Margaret Thatcher. Merci du privilège que vous m'accordez. Grâce à vous, le Marriott s'était approprié l'immeuble majestueux du County Hall. Vous en avez expulsé le Greater London Council, le conseil municipal travailliste. Sous votre règne, il s'était érigé en bastion de la fronde anticonservatrice. Il narguait votre autorité. Vous l'avez dissous. Sans ménagement. Pas de quartier pour les rouges. Dehors ! Place à l'hôtellerie de luxe. L'une des grandes réformes du thatchérisme me permettait de jouir d'une vue imprenable sur Londres.

Je me coulai dans le jacuzzi de la salle de bains. Je commençais tout juste à me délasser lorsqu'une terreur vint m'étreindre. De quoi parlerais-je avec Nassim ? Aurions-nous des sujets de conversation à partager ? Quel personnage devrais-je jouer ? Comment faudrait-il procéder avec elle ?

Je plongeai la tête sous l'eau. Des angoisses adolescentes me revinrent. Je revoyais mes échecs répétés avec les filles. J'avais si souvent merdé dans mon jeune âge ! Veste sur veste. La sémiotique de la drague restait pour moi une science incompréhensible. A quoi reconnaissait-on l'attirance ? Quels étaient les indices du consentement ? Comment savait-on si l'autorisation d'embrasser était délivrée ? A quel moment se déclarer sans être à contretemps ? Je n'avais jamais su. Une certitude s'imposait à moi : je me prendrais un râteau avec Nassim.

L'eau du jacuzzi me bouchait les oreilles. Le son devenait sourd. J'attendais. Le questionnement existentiel persistait. Sauterais-je Nassim ? Dès le premier soir ? Faudrait-il que je patiente ? La désirerais-je ? Comme Catherine Bensimon ?

Je bloquai ma respiration sous l'eau. Ma JAP passait en songe.

J'enfilai le costume Paul Smith à doublure orange. Je

me regardai dans le miroir en pied. J'hésitai. Trop tendance pour moi. J'optai pour la doublure lilas.

A vingt heures exactement, je quittai mon hôtel. L'âme requinquée. La volonté reconstituée. L'envie regonflée. Oui, je bavarderais agréablement avec Nassim. Oui, j'étalerais mon brio. Oui, je la désirerais. Oui, je verrais son corps nu. Oui, je la caresserais. Oui, je connaîtrais l'extase.

A nous deux, swinging London !

## 27

Je me retrouvai devant le 10 Monmouth Street. Je levai le nez. L'immeuble XIXe siècle du Covent Garden Hotel avait conservé son épigraphe d'origine : « Nouvel hôpital et dispensaire français », lisait-on sur toute la largeur du frontispice de briques rouges. J'étais en terrain conquis. L'établissement me traiterait bien.

J'entrai dans le luxueux lobby de l'hôtel. Une équipe de tournage de MTV en sortait. Un girls band de rappeuses américaines chahutait dans les escaliers victoriens. Elles parlaient fort et nasillard.

Le réceptionniste prévenait Nassim. Elle n'était pas prête. On m'installa dans la Tiffany's Library, tout en boiseries. Deux beaux jeunes gens en pantalon taille basse, la mèche de cheveux dans les yeux, lisaient *Time Out*. Je les trouvai efféminés. L'un d'eux exhibait le portrait de Che Guevara sur son tee-shirt moulant. Le béret noir, l'étoile rouge et le regard tourné vers l'avenir radieux. Kate Winslet rejoignit les deux garçons. Elle les embrassa sur la bouche pour dire bonsoir. Je regrettais de ne pas avoir osé le costume à doublure orange. Le reliquat de stress du jacuzzi s'évaporait. Je me sentais cool.

Un groom vint me prévenir que Nassim m'attendait dans sa chambre. Je laissai Kate Winslet à ses deux pages.

La porte de la Loft Suite, au dernier étage de l'hôtel,

était entrouverte. Je sonnai. Au loin, la voix de Nassim m'invita à entrer. « Come in. »

Je découvris une immense chambre sur deux niveaux. La déco branchouille était faite de juxtapositions chaotiques : tapis persans à dominante rouge, moquette bleue à vaguelettes, toile de Jouy à rayures beiges, sofa à larges bandes multicolores, rideaux à fleurs jaunes, cheminée en marbre blanc, lustre en fer forgé, tableaux figuratifs à l'huile... De l'ultra-chic baroque. Un lit à baldaquin trônait là-haut dans la mezzanine.

Combien coûtait la nuitée ? Pas loin de mille livres tout compris. Autant que la mienne, certainement. Comment Nassim pouvait-elle s'offrir une suite pareille ? La payait-elle de ses propres deniers ? Etait-elle en déplacement professionnel ? Quel était son train de vie ?

— Assieds-toi, j'arrive.

La voix de Nassim venait de la salle de bains, au bout du couloir. Nous étions-nous tutoyés lors de notre première rencontre au Bar-Bar ? Je ne m'en souvenais plus tant j'avais picolé ce soir-là. Cette camaraderie me paraissait de bon présage.

A peine m'étais-je assis que les genoux dénudés de Nassim apparurent devant moi. Deux rotules, fines et bombées. Une forme arrondie surmontée d'un pli. De part et d'autre, un creux asymétrique dessinait l'articulation. En bas, le genou se terminait par un mince bourrelet de chair. La peau, à peine plissée, était un peu plus sombre que sur le reste de la jambe. Les genoux se trouvaient dans l'alignement parfait des cuisses et des mollets. Nassim n'avait pas les jambes en X comme Diane.

Je voulais approcher mon visage. Sortir ma langue. Attraper le cul de Nassim des deux mains. L'amener à moi. Lécher la peau rembrunie des genoux. Escalader le long de la jambe. Parvenir jusqu'aux cuisses. Avaler son sexe.

Mais je baissai les yeux. Suivis le galbe des mollets.

Découvris un entrelacs d'étroites lanières de cuir. Cloutées tout du long. Un petit cadenas noir pendait à la cheville. Le décolleté des escarpins pointus laissait deviner la naissance des doigts de pied. Quatre minuscules fentes. Le talon pointu s'enfonçait dans la moquette bleue.

Nassim portait une robe mini. D'où j'étais, j'aurais pu voir ce qu'il y avait en dessous. Je n'osais pas. Mon regard bascula d'un coup vers le haut du corps. Sans escale sur les seins.

J'eus un choc. Nassim s'était intégralement rasé la tête. Son crâne noir luisait à la lumière du lustre. Nassim finissait de se visser dans le nez un bijou blanc de trois centimètres de long. Lorsqu'elle écarta les mains, je découvris un os en miniature, de la forme d'un tibia, qui lui transperçait le cartilage entre les deux narines. Nassim ressemblait à une sauvage.

J'étais perturbé. J'avais envisagé un érotisme plus consensuel. Avec l'os dans le nez, Nassim faisait cannibale en pleine cérémonie macabre. Ne manquait plus que la marmite bouillante.

Pourquoi s'enlaidissait-elle ? Aurais-je encore du désir pour elle ? Le crâne chauve m'inquiétait. Je craignais de découvrir en moi une pulsion militaro-homosexuelle.

— C'est de l'ivoire, précisait Nassim en désignant le bijou. Cadeau d'un jeune créateur ethnique. Pour aller avec, je me suis fait la boule à zéro...

Elle se passa la main sur la tête. Je remarquai que les sourcils étaient épilés. Plus un poil. Qu'en était-il du reste du corps ?

Nassim mimait une révérence de soubrette :

— Je suis ta docile négresse... Fais de moi ce que tu voudras...

L'envie revenait. Mes sens s'émoustillaient. J'oubliais

226

le crâne rasé et le tibia dans la cloison nasale. Ma libido reprenait le dessus.

Je me levai pour sortir au bras de mon indigène. Elle me dépassait en taille.

Nassim s'était chargée de réserver une table au restaurant The Ivy, un peu plus bas au coin de West Street. Tandis que nous marchions, je me demandais ce qu'un homme était en droit d'exiger d'une « docile négresse ». J'avais mon idée. Y consentirait-elle ?

A ma demande, Nassim me déclina sa bio. Née à Antseranana, au nord de Madagascar, il y avait vingt-six ans. De mère indienne et de père nigérian, un musicien réfugié politique, à ce qu'elle prétendait. Il était revenu d'exil avant d'être bêtement assassiné en 1996 à Lagos dans la maison de son vieil ami, Fela Anikulapo Kuti. Je n'avais jamais entendu parler de ce Fela. Une star de la cause noire, semblait-il, mort du sida. Il laissait derrière lui vingt-sept épouses contaminées.

Nassim me parlait d'afro-beat, de black suffering, de movement of the people, de second slavery, d'african legend, de beast of no nation... Je ne comprenais rien à cette mixture idéologique africanisante qui amalgamait négritude, rébellion, musique, sexe et drogue.

Je ne lui posai aucune question. J'en savais assez pour ma gouverne : Nassim était callipyge et délurée par l'Afrique, fine et dévouée par l'Asie.

## 28

Nous arrivions au restaurant. A peine assise, Nassim se fit servir une coupe de champagne. Elle saluait des connaissances aux tables voisines d'un petit geste de la main. Je regardais le bout sombre de ses seins sous l'étoffe transparente.

Sans même consulter le menu, Nassim commanda au maître d'hôtel une Belgium Endive Salad, suivie d'un Thai-baked Sea Bass. Je ne parvenais pas à faire mon choix. Je me perdais dans la carte world cuisine du Ivy. Quelle rubrique correspondait au premier plat ? « Hors-d'œuvre », « Salads », « Soups », « Seafood » ou « Entrées » ? J'hésitais entre un Mixed Sashimi, une Shelled Lobster Salad et une Chilled Beetroot Soup. J'optai au petit hasard pour la salade. Restait le plat principal. Le maître d'hôtel s'impatientait. Mes yeux parcouraient la carte à toute allure : Roast Poulet des Landes, Herb-crusted Cod, Magret of Barbary Duck, Poached Organic Salmon, Deep-fried Haddock...

J'annonçai à l'aveuglette :

— Loin of Blue-fin Tuna.

Je n'avais pas eu le temps de remarquer que le Tuna était accompagné de spiced lentils et de wild rocket. Je mettrais de côté les lentilles.

Nassim demanda une deuxième coupe de champagne. Je fis de même. Alors que le maître d'hôtel s'éloignait de notre table, Nassim se ravisa. Elle le fit revenir. Plutôt qu'une Belgium Endive Salad, elle prendrait un Sevruga Caviar.

Je replongeai dans la carte. Il y en avait pour quarante-huit livres virgule cinquante pennies. J'hésitai un instant avant de me décider :

— Deux Sevruga Caviar. A la place de la Shelled Lobster Salad...

Le maître d'hôtel notait. Quarante-huit livres virgule cinquante pennies multipliées par deux, rien que pour l'entrée. Sans compter le plat, le dessert, le service, le vin et le champagne que Nassim avalait comme de l'eau du robinet.

J'émettais l'hypothèse de faire passer l'addition en note de frais. Quoi de plus légitime : j'étais à Londres pour motif professionnel. L'enquiquinant tenait en l'obligation de mentionner le nom des convives sur la note. Même moi, président du Crédit Général, je devais m'y plier. Je pourrais inscrire Stanley Greenball ou Catherine Bensimon. Qu'adviendrait-il toutefois en cas de contrôle ? Le risque me préoccupait. J'en voulais à Nassim d'avoir pris du caviar aussi onéreux.

J'allais brancher la conversation sur le sexe pour éviter de penser à l'addition quand je remarquai que Nassim reluquait le manège indécent d'un couple assis à la table voisine de la nôtre. Ils avaient au mieux soixante-dix ans et se roulaient des pelles. Deux belles gueules bronzées et liftées. Des cheveux gris argent. Des vêtements beiges. Un total look cachemire et lin. Ils ressemblaient à une pub pour croisière en amoureux. Ne manquait plus que le soleil couchant en arrière-plan. L'ambiance était chaude entre eux. Ils trinquaient les yeux dans les yeux. Ils devaient se susurrer des salaceries dans l'oreille.

Au moment où j'avais trouvé quoi dire sur le cul, Nassim me devançait.

— Ils font envie, se réjouissait-elle à propos des septuagénaires. J'aimerais être déjà vieille et connaître l'amour...

Je voulais liquider au plus vite la conversation sur les vertus aphrodisiaques du grand âge pour évoquer sujet plus glamour :

— N'y compte pas...

Ma réplique mit Nassim en rogne. Ses narines se retroussèrent d'un air mauvais. L'os dans le nez se souleva d'un cran.

— Si je veux m'extasier, je m'extasie... Je ne t'ai pas demandé ton avis.

Je ne savais pas Nassim autoritaire. Je tentai la pacification :

— Tu ne m'as pas compris...

— Ne te fais pas juge de ce que je comprends.

Nassim avait de la repartie. Elle devenait limite insolente. Ne se disait-elle pas docile ? Je haussai le ton :

— Je t'explique : n'espère pas leur ressembler au même âge. Des vieux comme eux, il n'y en aura bientôt plus. A se bécoter comme des ados. A ripailler dans un restau à cent livres sterling par tête. A s'offrir trente années de vacances de rêve à la fin de leur vie. Quand nous serons vieux, qui paiera pour nous ? Personne.

Je me laissais porter par ma rhétorique. Il fallait remettre Nassim à sa place. Obtenir sa reddition.

— Nous serons tous vieux. Des vieux partout. Que ça ! Plus assez de jeunes pour bosser. Pour prendre soin de nos retraites. Pour payer les dîners en amoureux, le champagne, les croisières, les fringues en cachemire... Terminé ! Ceinture ! Ne sois pas naïve.

Je pensais avoir cloué le bec de Nassim. Elle se redressa sur sa chaise, teigneuse :

— Je ne te parlais pas d'argent. De retraites. De courbes démographiques. De...

Nassim s'arrêta net. A l'entrée du restaurant, Rupert Murdoch, le patron de News Corp., venait d'apparaître au bras de Wendi, sa toute jeune épouse. Rupert contemplait l'assistance circulairement comme en terrain conquis. Avait-il racheté The Ivy ?

Il s'avança vers nous. J'étais surpris qu'il me reconnaisse. Je ne l'avais rencontré qu'une fois ou deux dans des conférences aux Etats-Unis.

Il me tendit la main sans me regarder. Nassim se jeta dans ses bras. Rupert la serrait fort contre lui. « Gooood to seeee yoooouuuu. » On était ravi de se revoir. On se claquait des bises. On se caressait le dos. « Gooood to seeee yoooouuuu. »

Wendi s'approcha à son tour. Je surveillai sa réaction. Allait-elle gifler Rupert ? Le tirer par la manche pour qu'il se décolle du corps à demi dénudé ? Nassim lâcha Rupert et attrapa Wendi par la taille. Elle l'étreignit. Poitrine contre poitrine. Wendi ne portait pas de soutien-gorge. J'entendais des « my love », des « kiss me », des « hug me tight ». Wendi était plus grande que moi. Un bon mètre quatre-vingts. Bien foutue. En toute chose, Rupert ne se refusait jamais rien.

Wendi retenait la main de Nassim dans la sienne. On se promettait de se téléphoner très vite. De faire du shopping ensemble. D'aller danser en club.

Les Murdoch rejoignaient leur table, où les attendait le maître d'hôtel. Wendi ne m'avait pas salué.

— Comment les connais-tu ?

Je craignais un instant qu'elle ne me dise : « Nous couchons ensemble, des parties fines à trois. » La réponse de Nassim était plus désobligeante encore :

— Ça ne te regarde pas.


L'interlude murdochien n'avait pas apaisé son courroux. Elle sortit de son sac à main une minuscule boîte en argent et avala un cachet bleu avec une gorgée de champagne.

Un éclat de rire nous parvenait de la table des septua-génaires. A la vue de tous, l'homme infiltrait ses doigts sous la jupe de la dame. La main baladeuse la faisait s'esclaffer. Ils échangeaient des œillades coquines. Les regards bienveillants de la salle se tournaient vers eux.

Que les vieux excursionnent, qu'ils gambadent, qu'ils bourlinguent, qu'ils bronzent, qu'ils golfent, passe encore. Qu'ils s'envoient en l'air devant témoins : niet ! Etais-je, moi, accrédité pour peloter ma convive sous la robe mini ? La vision de ces cochonneries me dégoûtait.

— Dégueulasse...

Nassim avait décidé de me contrarier :

— Très excitant, au contraire...

— Qu'entends-je ? Dépravée ! Gérontophile ! Qu'y a-t-il d'excitant à titiller la chair flétrie ? A câliner la peau fanée ? Se donner de la sorte en spectacle... à leur âge... Ils devraient avoir honte. Nous ne sommes pas dans un cabaret de Pigalle. N'ont-ils pas mieux à faire que de nous infliger leur décrépitude ? Ne sont-ils pas repus des plaisirs de la vie ? Cachez-vous, sagouins. Tirez votre révérence. Embastillez-vous dans des institu-tions spécialisées.

— Jaloux...

Le septuagénaire dévisageait Nassim pendant que sa main s'activait sous la jupe de sa maîtresse. Nassim soute-nait son regard. Elle souriait. J'enrageais.

— Bravo ! Amusez-vous... Faites les jolis cœurs... Au diable la pudeur... Vive le dévergondage !

Nassim envoyait un clin d'œil au couple d'excités. L'envie de polémiquer me montait au nez. Je pointai mon doigt en direction de la table voisine :

— Regarde-les, tes acolytes de débauche. Que vois-tu ? Des grands-parents gâteau ? Qui jouissent avec tem-pérance de leurs derniers instants sur cette terre ? Les charentaises aux pieds, un plaid sur les genoux ? Des amateurs de point de croix et de bricolage ? Des joueurs de Scrabble et de rami ? Non ! Ce que tu vois, ce sont des exploiteurs en pleine bourre. Des négriers, devrais-je dire. Qui s'engraissent par la traite des jeunes. Ils les enferment à fond de cale. Ils les font trimer nuit et jour pour un salaire de misère. Que le profit s'accumule dans les caisses des fonds de pension : voilà l'unique souci qui anime nos tourtereaux décatis. Et toi, fille de l'oppression, héritière de l'exploitation, tu ne trouves qu'à sourire ? Suppôt des nantis et de la luxure...

Nassim m'écoutait à peine. Mes propos lui glissaient sur la peau. Elle dodelinait de la tête. Ses yeux brillaient. Elle inspirait et expirait avec application, comme si un plaisir comprimait sa poitrine. Qu'avait-elle avalé pour la mettre dans cet état ? Je vidai d'une seule gorgée ma coupe de champagne :

— Des négriers ? Pire encore : des nazis. Ils construisent des camps de travail. Arbeit macht frei. C'est leur devise. Le labeur des valides pour l'oisiveté des retraités parasites...

Nassim commandait deux autres coupes de champagne. Sa respiration devenait de plus en plus profonde. La paume de ses mains caressait ses cuisses nues. Elle approchait son visage tout près du mien. Ses seins butaient contre la table.

— Chauffe-toi... Vas-y... Polémique avec moi...

Nassim parlait d'une voix devenue grave. Je ne comprenais pas si elle se moquait de moi. Dans le doute, je continuai :

— Moi, madame, je sais de quoi je parle. Le troisième âge a pris le contrôle de la banque que je dirige. Ils sont dans la place. Je suis le témoin de leurs exactions. Ils me martyrisent. Ils m'imposent de licencier. De saigner ma banque.

Nassim balança le bras sans énergie :

— Il fallait claquer la porte, mon petit canard. Mutine-toi... Juste une fois dans ta vie...

Je bondis en travers de la table.

— Mais quoi ! Aurais-je dû déserter ? Abandonner les miens ? J'ai fait don de ma personne au Crédit Général. Ma conscience m'ordonnait de pactiser. De sauver les meubles. Je fais rempart de mon corps. Moi parti, l'ennemi nous envahirait. Il imposerait sa terrible loi. As-tu jamais entendu parler des diktats de la corporate governance ?

En moi-même, je convenais que je faisais fausse route. Qui s'intéressait à ma conversation ? Nassim se barbait. Elle roulait des yeux. A quoi songeait-elle ? Que pensait-elle de moi en cet instant ?

— Continue, mon chou... A genoux, je te le demande : initie-moi à la corporate governance... Ta moricaude boit tes paroles...

Je ralentissais mon débit. Le délire de Nassim me troublait. Une forme de résignation me gagnait :

— Le *Mein Kampf* de la finance. La doctrine des paranoïaques séniles. C'est dans la nature des vieux d'être méfiants. Ils angoissent qu'on pique dans la caisse de leurs précieuses économies. Ils recrutent une Gestapo à leur solde pour nous fliquer. Nous vivons sous la botte de gâteux phobiques. En es-tu consciente ?


Dans le dos de Nassim, un beau gosse s'avançait sur la pointe des pieds. Le genre mannequin italien. Mal rasé. Cheveux bruns en désordre permanenté. Bouche pulpeuse. Lèvres humides. Pans de chemise sortis du pantalon. Les yeux en forme de mandoline. L'éphèbe devait avoir une cote élevée sur le marché érotique.

Voyant que je le regardais, il mit l'index sur sa bouche pour dire « chut ». Il progressait sans faire de bruit. Il plaqua ses mains sur les yeux de Nassim. Elle sursauta à peine :

— Qui est-ce ?

— Devine...

Les mains du latin lover remontaient vers le crâne rasé de Nassim. Le jeu l'amusait. Elle gardait les yeux fermés pour ne pas tricher.

— Mike ?

— Non...

Le garçon caressait la tête lisse de Nassim. Elle soupirait.

— Ian ?

— Non...

Les mains descendaient dans le cou de Nassim, après avoir chatouillé l'os qui lui traversait le nez.

— Albert ?

— Non...

Nassim se laissait masser les épaules.

— Malek ?

— Non...

Les mains descendaient vers le buste.

— Shlomo ?

— Non...

— Shit ! Franz ?

— Nein...

— Sheize !

Le couple de septuagénaires guettait la scène. Les mains du minos passaient sous le tissu transparent de la robe mini. Je n'en croyais pas mes yeux. Je voyais les doigts fureter vers la pointe des seins. Nassim gardait les yeux fermés. Elle pencha la tête en arrière.

— Fabien ?

— Non...

— Merde !

Combien de prénoms énumérerait-elle avant d'identifier celui qui s'autorisait à toucher les parties intimes de son corps ? Combien étaient-ils sur terre à détenir un droit de cuissage sur Nassim ?

Les doigts pinçaient la pointe des seins. Nassim reçut

une décharge. Elle inspira un grand bol d'air. Son buste se gonflait.

— Suleiman ? Goran ?

— Non... Non...

— Fuck !

Les mains malaxaient la poitrine de Nassim. Les septuagénaires ne perdaient pas une miette du spectacle.

— William ?

— Non...

— God !

Les mains lâchèrent les seins. Elles descendirent vers le ventre. Nassim se redressa sur sa chaise. Son buste était bien droit. Je restai tétanisé.

— Tarek ? Dag ? Jesus ?

Le beau gosse ne prenait plus la peine de la contredire. A chaque mauvaise réponse, ses mains s'abaissaient d'un cran. Nassim prenait plaisir à recevoir des gages.

— Reinhold ? Owen ? Eugenio ? Augustin ?

Les mains disparurent sous la table. Je ne contrôlais plus leur position. Nassim ouvrait grande la bouche pour respirer.

— Miguel ?

Le play-boy de la Riviera s'écria :

— Non !

Sa main imprima un mouvement sec. Le bassin de Nassim recula d'un coup. Elle fit : « Ha ! »

— Manuel ? Guido ? Farid ? Mel ?

— Non ! Non ! Non ! Non !

La main s'activait. Nassim remuait les hanches.

— Claudio ?

— Gagné ! Yeah-yeah ! Woo-woo !

Nassim ouvrit les yeux. Elle se retourna. Se leva d'un bond. Embrassa Claudio sur la bouche. Avec la langue.

Claudio mit ses doigts sous son nez. Il les sentit :

« Nassim, Nassim... » Elle attrapa les doigts de Claudio. Les fourra dans sa bouche à elle. Les lécha.

Rupert Murdoch et Wendi Deng nous épiaient de loin. J'avais honte.

— J'espérais que c'était toi.

Nassim « espérait ». Sans avoir de certitude. Et cependant, elle se laissait toucher. Elle autorisait qu'on inflige à son corps des gages humiliants. Elle consentait au jeu pervers des yeux bandés. Etait-ce donc ainsi qu'il fallait agir pour posséder Nassim ? Venir par-derrière, ne pas décliner son identité et la couvrir de papouilles anonymes ? Que n'en avais-je fait autant ? Rien n'aurait été plus simple. Au lieu de quoi, je digressais sur la corporate governance. Je maudissais les détours de la séduction que m'imposait mon éducation.

Nassim passa commande au maître d'hôtel :

— Trois coupes de champagne.

Claudio attrapa une chaise à la table des septuagénaires. Il plongea une cuiller dans le caviar de Nassim. Il l'avala d'un coup, sans blinis ni crème fraîche. Claudio avait la gourmandise light.

Nassim rappela le maître d'hôtel :

— Deux autres Sevruga.

L'addition s'alourdit de quarante-huit livres sterling et cinquante pennies, multipliées par deux. Je pris définitivement la résolution de faire passer le dîner en note de frais.

Claudio engloutit une deuxième cuillerée de caviar. Il parlait la bouche pleine. Ses dents noircies s'exposaient à ma vue.

— Tu nous as tellement manqué au pince-fesses de Tom Ford la semaine dernière. Tout Bel Air te suppliait d'apparaître... « Nassim ! Nassim ! », scandait la foule.

Nassim rigolait. Elle sortit à nouveau son pilulier en argent. Claudio ne posa pas de question. Il fouilla de l'index les comprimés de couleur. Il hésitait. Il en choisit un blanc.

Nassim se tourna vers moi. Elle me tendit d'autorité un cachet bleu :

— Prends ça. Oublie la corporate governance...

Claudio me regardait. Je n'osai pas refuser.

— Trinquons !

Nous avalions nos coupes de champagne avec les Smarties fourgués par Nassim. Claudio narrait la nouba de Bel Air. Il était question d'ecstasy liquide, de préservatifs au goût de nicotine, de piscine en forme d'avion furtif, de chirurgie plastique du pénis, de snuff movies avec des nains hispaniques...

Le caviar et le champagne arrivaient. Entre deux cuillerées de Sevruga, Claudio poursuivait son récit de la party hollywoodienne. Il parlait de réincarnation de Ben Laden en lévrier afghan, des sous-vêtements du Dalaï-Lama, de produits bio cancérigènes...

Un galimatias pour initiés. Les private jokes m'échappaient. Je ne parvenais pas à me concentrer. La confusion mentale s'insinuait en moi. J'essayais de ne pas décrocher de la conversation.

On servait le plat principal. Thai-baked Sea Bass pour Nassim. Loin of Blue-fin Tuna pour moi. Claudio rapportait les potins de la côte Ouest : le procès de Michael Jackson contre son psychothérapeute comportementaliste, les seins nus de Kylie Minogue sur la plage de Malibu, l'implication de John Travolta dans les ballets bleus de l'Eglise de scientologie, le dépucelage de Britney Spears par trois rappeurs de South Central...

Un flux de chaleur se propageait de mon bas-ventre jusqu'à ma poitrine. Des frémissements parcouraient mes membres. Je suivais leur va-et-vient à l'intérieur de mon corps. La conversation se continuait sans moi.

Claudio se leva. Un grain de caviar restait collé à sa lèvre inférieure. Il embrassa Nassim sur la bouche en y mettant encore la langue. « I love you. » Le grain de caviar avait disparu. Je serrai la main de Claudio. « Take care. » Il rejoignit la tablée de jeunes gens qui l'attendait. Au passage, il alla saluer les Murdoch.

Je me retrouvai seul face à Nassim. Elle rêvassait les yeux au ciel. Un sourire d'ange aux lèvres. Mon index s'approcha de sa main posée sur la table. J'effleurai la nappe blanche juste à côté. Nassim n'avait rien senti. Mon doigt s'éloigna.

Je revenais à moi :

— Un bon camarade, ce Claudio ?

— Un type cool... Un très bon coup, disent ses maîtresses. Je l'ai croisé deux ou trois fois. Je n'avais jamais vraiment parlé avec lui.

Juste croisé ? Jamais parlé avec lui ? Et ses mains qui furetaient partout sur le corps de Nassim. Les épaules, les seins, le ventre, la chatte. Dedans, peut-être. Quelles mœurs ! A qui avais-je à faire ? Quelle était cette secte licencieuse ?

Je frottais mes dents les unes contre les autres. La douleur dans les gencives me faisait du bien. Nassim commandait deux autres coupes de champagne. A côté de nous, les septuagénaires quittaient leur table. Ils nous disaient au revoir.

Je regrettais mes injures. J'aurais voulu être gentil avec eux. Les tenir dans mes bras. Leur dire : « Vous êtes envahissants. Vous nous étouffez. Vous nous spoliez. Mais je ne vous en veux pas. Je suis votre allié. Votre indéfectible féal. Faites-le savoir autour de vous. Allez, sans rancune. Et amusez-vous bien pendant qu'il en est encore temps. »

A mon tour, je voulais prendre l'air du soir. Je demandai l'addition au maître d'hôtel. Note de frais ou pas ? Je

239

ne pouvais plus différer l'instant de la décision. Nassim m'empêchait de me concentrer :

— Je t'emmène dans un lieu féerique, m'annonça-t-elle.

L'addition s'élevait à trois cent quatre-vingt-cinq livres et soixante-quinze pennies. Sans compter le service. J'arrondissais à quatre cent quarante livres tout compris. Beaucoup plus que mon estimation initiale. Je m'apprêtais à sortir la carte de crédit de la banque. Comment justifierais-je les quatre Sevruga Caviar et les quatorze coupes de champagne ? Pour un dîner de travail à deux. Je rengainai ma carte professionnelle. J'extirpai la mienne. J'en étais de ma poche.

Sur le pas de la porte du Ivy, Nassim envoyait des baisers aux Murdoch, à Claudio et à sa petite bande.

## 29

Je me sentais d'attaque. La rafale de vent qui nous attrapait de côté en débouchant sur Charing Cross Road agissait sur moi comme une dose d'amphétamine. J'avais chaud à l'intérieur, du ventre jusqu'à la poitrine.

Nous avancions bras dessus bras dessous dans les rues de Soho. J'oubliais de faire la conversation à Nassim. Mes pensées se concentraient sur les troubles de la perception que je ressentais. Passants, voitures, devantures de magasins, enseignes de restaurants, trottoirs humides : je considérais avec une bienveillance inédite le monde environnant. Je lui trouvais de la beauté et du charme. Tout ce que je voyais m'enchantait.

Je sentais le corps de Nassim frotter contre mes côtes. Une pulsion me poussait à la prendre dans mes bras. J'avais soudain envie de vivre un moment de tendresse. Pas de frénésie sexuelle. Juste de l'affection. Je réfléchissais à la façon de procéder. Entamer une première approche tactile avec la main ? Formuler une demande expresse par les mots ? Tenter un putsch par la force ? La présence de la foule alentour perturbait mon raisonnement sur les options envisageables.

Je ne m'étais pas encore décidé à agir quand je me retrouvai nez à nez avec un Pakistanais joufflu. Une moustache amazonienne divisait en deux son visage dans le sens de la largeur. Le cerbère bâillait, bien au chaud dans sa guérite. Il parlait dans l'Hygiaphone :

— Une livre sterling par personne, sans les boissons.

Des ampoules multicolores clignotaient. Leur rythme désordonné m'aveuglait. Impossible de lire les lettres de néon. Je me reculai d'un mètre. Je déchiffrai : « strip-tease », « adults only », « erotic lounge », « live stage show ». Il était trop tard pour déguerpir. Nassim me piégeait dans un lieu de débauche. « Féerique », disait-elle.

Je tendis les billets au Pakistanais. Nassim écarta la tenture bordeaux qui barrait l'entrée. Je descendis les marches abruptes derrière elle.


Sous la voûte en pierre, la salle paraissait vide. Nassim choisit une table en plein milieu. A la vue de tous. Je m'assis sur un tabouret bas recouvert d'un velours bleu pétrole. Il faisait chaud.

Nassim avait beau tirer sur sa robe, sa culotte s'offrait à mon regard. Elle écartait les jambes et les refermait aussi vite. En faisant un « hop ! » taquin. Que voulait-elle signifier par ce geste furtif ? La réprobation de mon reluquage ? Une invitation à poursuivre ?

Des rires rocailleux nous parvenaient d'un angle de la salle. Un groupe de sept gaillards avachis sur une banquette se poilaient entre eux. Ils nous désignaient du doigt. Ecartaient les jambes. Les resserraient. Plusieurs fois de suite. Ils singeaient Nassim. Ça les faisait marrer. Ils se tapaient sur les cuisses. Ils se balançaient des coups de coude. « Une pute », devaient-ils s'imaginer.

Une incroyable ressemblance unissait les sept malabars. Tous grands. Tous gros. Tous blonds. Tous le visage luisant. Tous la peau rougie. On aurait cru des septuplés. Aucun d'entre eux n'avait fermé le dernier bouton de la chemise. L'encolure n'était pas assez large. Les types faisaient des blagues sur Nassim. Leur diction était râpeuse. Ils parlaient hollandais.

Nassim les regardait droit dans les yeux. Elle écartait les cuisses. Les refermait. Ouvertes, fermées. Ouvertes, fermées. Les sept géants répondaient à l'invitation lancée par Nassim. Alignés en rang d'oignons sur la banquette, ils imitaient son geste dans une synchronisation parfaite. Ouvertes, fermées. Ouvertes, fermées. Leurs jambes épaisses comme des troncs d'arbres bougeaient en cadence. Nassim s'arrêtait. Eux continuaient. Ouvertes, fermées. Ouvertes, fermées. Ils se bidonnaient à faire les marioles ensemble. Les ventres gélatineux rebondissaient sur les cuisses.

Nassim donnait le rythme en tapant des mains. Ouvertes, fermées. Ouvertes, fermées. Les colosses ressemblaient à des éléphants de mer en représentation dans un parc d'attraction aquatique. Ils obéissaient à la baguette. Ouvertes, fermées. Ouvertes, fermées. Nassim pouvait leur jeter des harengs en récompense de leur docilité.

J'avais peur d'un incident. Je détournai la tête. Je repérai alors le couple des septuagénaires du Ivy. Sitôt sortis du restaurant, ils étaient venus se finir dans le peep-show. Ils s'étaient installés dans un coin sombre, à l'écart. Ils me saluèrent en levant leur chope de Guinness.

Nassim délaissait le spectacle des déconneurs du plat pays. Elle fit un petit coucou de la main aux septuagénaires. Puis elle se retourna vers moi. Elle ne disait rien. Lentement, ses paupières descendaient jusqu'à la moitié de l'iris. Nassim avait le regard comateux. Je craignais qu'elle ne s'endorme.

Elle inspira un grand coup. Rouvrit les yeux. Se pencha en avant vers moi. Si proche que j'aurais pu arracher avec les dents le bijou en forme d'os qui lui transperçait le nez.

— Je pensais à un truc tout à l'heure...

L'élocution de Nassim déraillait. Elle ne semblait plus avoir toute sa tête.

D'un mouvement du menton, elle désigna le couple de septuagénaires derrière nous :

— A t'entendre, ils ont asservi le monde. Ils exploitent à leur profit le labeur de la jeunesse...

Je n'avais pas tout à fait saisi ce que Nassim me disait. A cause du boucan des sept géants qui beuglaient « Ho ! Ho ! » à chaque fois qu'ils écartaient et refermaient les cuisses. D'un geste du doigt, je demandai à Nassim de venir encore plus près. Elle s'exécuta. Puis reprit son raisonnement :

— Si tu soutiens que les vieux sont les nazis de l'économie moderne... toi, tu es un collabo... Tu reconnais avoir fait allégeance... T'être inféodé comme un lâche... Je dois te raser la tête... Tu comprends... Obligé... Fallait pas coucher avec l'ennemi...

Cette fois, j'avais capté le propos. Je ne m'offusquais pas. Je me surprenais à rester zen. Que Nassim me rudoie m'était agréable. J'y trouvais du plaisir. Si l'envie lui prenait, elle pouvait me brutaliser. Me tirer les cheveux. M'attacher les mains dans le dos. Pourquoi pas ? J'expérimenterais une sensation nouvelle.

Nassim se redressa sur son tabouret, puis rebascula en avant vers moi.

— Tu as livré tes semblables contre des tickets de rationnement. Comment dit-on de nos jours ? Des « stock-options » ? Oui c'est ça... Tu copines avec l'occupant. Tu prélèves ton pourcentage sur les biens confisqués aux déportés. Tu fais ton beurre par la rapine.

Je m'enivrais du traitement que Nassim m'infligeait. Mes inhibitions m'avaient déserté. La température de mon corps grimpait.

— Continue, Nassim...

— Mais un jour viendra où tu devras rendre des comptes. Nous convoquerons un nouveau tribunal de

Nuremberg. Le procès de l'économie moderne. Tu y comparaîtras. Toi et tous les feld-maréchaux de la finance...

— Encore, Nassim...

— Voici l'acte d'accusation. Crime contre la paix entre les générations, c'est-à-dire avoir décidé, préparé et organisé l'assujettissement des jeunes par les vieux. Crime de guerre économique, c'est-à-dire avoir violé les règles de la guerre en exterminant les improductifs. Crime contre l'humanité laborieuse, c'est-à-dire avoir organisé la déportation et le massacre systématique des populations au travail.

— Accable-moi, Nassim...

Elle attrapa son sac à main.

— Crimes imprescriptibles ! Tu seras condamné à la peine de mort.

Ma langue humectait mes lèvres blanches.

— N'arrête pas, Nassim...

Elle fouilla dans son sac à main.

— Je te conduirai à la potence. J'ouvrirai moi-même la trappe.

La sueur de mon front dégoulinait dans les yeux.

— Fais-le, Nassim...

Elle sortit sa petite boîte en argent du sac à main.

— Ton corps s'affaissera. Il gigotera au bout d'une corde...

Mes mains tremblaient.

— Oui, je gigoterai, Nassim...

Elle examinait les Smarties qui lui restaient.

— Tu éjaculeras pour la dernière fois...

Ma bouche grimaçait.

— Oui, j'éjaculerai, Nassim...

Elle sélectionnait un cachet bleu.

— Comme le pendu qui agonise...

Nassim brandissait le comprimé devant mes yeux.

— Non, Nassim !

Une terrible angoisse venait de m'étreindre. Je reculai d'un coup. Une image atroce m'était passée devant les yeux. J'avais vu mon corps inerte. Mon cou tordu. La tache humide sous mes pieds.

— Pitié, non !

Je ne me raisonnais plus. Une émotion archaïque me dominait. Impossible de la contenir. Je transpirais.

D'un geste brusque, je saisis le poignet de Nassim.

— Pas la pendaison, Nassim... J'ai trop peur...

Je serrais son bras de toutes mes forces.

— Je t'en supplie, Nassim... Pas le gibet ! Je n'ai pas le courage...

Mes yeux s'écarquillaient.

— J'ai une autre idée, Nassim. Ecoute-moi.

Je me penchai à son oreille :

— Je ferai comme Göring à Nuremberg. Je me suiciderai. Deux heures avant de monter à l'échafaud... D'accord ? Ne dis rien à personne... C'est un secret...

Nassim hésitait. Ses yeux se promenaient ailleurs. Puis revenaient vers moi.

— D'accord, mon petit Göring... Pas la pendaison... Avale-moi ça...

Elle libéra son avant-bras de mon emprise. Approcha le cachet bleu de ma bouche.

— Merci de ta mansuétude, ma Nassim... Oui, je serai ton Hermann Göring chéri.

Nassim enfonça deux doigts dans ma bouche.

— Et toi, Nassim, tu seras mon Emmy Sonnemann. Je t'épouserai en grande pompe. Avec Hitler pour témoin. Nous gueuletonnerons en sa compagnie. Tu deviendras la first lady du Reich.

Je gardai le comprimé sur ma langue.

— Nous mènerons des vies de satrapes. Nous nous adonnerons à la débauche.

Un goût amer se répandait dans ma bouche.

— Je trousserai ton cul wagnérien. Nous copulerons

246

comme des furieux dans notre palais de Karinhall pendant que nos armées extermineront l'humanité.

J'essayai d'ingurgiter le cachet.

— Je m'abrutirai de morphine, tout comme le grand Göring. Piquouse sur piquouse. On me forcera à suivre une cure de désintoxication. Pour ne pas comparaître défoncé devant le tribunal de Nuremberg.

Le cachet restait collé contre mon palais.

— Et juste avant d'aller à la potence, ha ! ha !, j'avalerai une capsule de cyanure. A l'insu de mes geôliers. Dans la bouche, le cyanure. Ni vu, ni connu... Et j'agoniserai...

Nassim me donnait une tape dans le dos. Je gobai le comprimé bleu.

A ce moment-là, trois strip-teaseuses déboulaient dans la salle voûtée.

Je sentais le cachet descendre dans ma gorge.

Les filles se dirigeaient en file indienne vers la scène.

Je perdis l'équilibre.

Les sept géants se levaient de leur banquette. Ils sifflaient les minettes.

Je me retins à la table basse pour ne pas chuter du tabouret.

Le couple de septuagénaires applaudit les préparatifs du spectacle.

Je fermai les yeux.

La musique démarrait. Boum, boum, boum. Nassim m'agrippait les cheveux à pleine main. Elle me forçait à tourner la tête vers la scène.

— Rince-toi l'œil...

J'ouvrais les yeux. Je voyais trouble. Un gogo dancer en culotte de peau rejoignait les filles à côté de la scène. Ses pectoraux glabres et ses cheveux mi-longs lui donnaient un air de Johnny Weissmüller dans *Tarzan et la femme léopard*. Il attrapait la main de l'une des effeuilleuses pour l'entraîner sur scène. Les lumières de la salle s'éteignaient. Le volume de la musique montait.

Tarzan se tenait debout face au public. Les jambes écartées. Les mains dans le dos. La fille se trémoussait autour de lui. Une version olé olé de la danse du scalp. Nassim se redressait sur son tabouret pour mieux voir. Elle ondulait au rythme de la musique. Sa petite poitrine s'agitait. Les septuplés braillaient des insanités. A qui s'adressaient-elles ?

La strip-teaseuse allumait Tarzan à fond. Elle roulait du cul sous son nez. Le giflait avec les seins. Le pelotait sous sa culotte de peau. Tarzan faisait mine de regarder au loin. Leur petite mise en scène m'intriguait. Comment Tarzan pouvait-il résister à la tentation de Jane ? A sa place, j'aurais déjà bondi sur la proie offerte.


Le show porno m'apaisait. Petit à petit, une sensation bienfaitrice colonisait mes pensées. Les images de potence, de cou brisé par la corde, de corps à l'agonie s'estompaient. Je me délivrais de la bouffée morbide qui m'avait secoué un peu plus tôt.

Le visage de Jane descendait lentement le long du torse de Tarzan. Elle s'accroupissait à hauteur de sexe. Sa main s'activait. Un mouvement brouillon pour commencer. Puis un va-et-vient appliqué. Parfois lent, parfois rapide. La fille nous tournait le dos. Impossible de vérifier, d'où nous étions, si elle astiquait Tarzan pour de vrai.

La main cessa son mouvement. A présent, Jane penchait la tête. Sa tignasse de tigresse masquait l'action. Fellation ? Simulacre ? Peu m'importait. Je voyais une masse de cheveux aller et venir. J'en avais assez pour bander. Il suffisait de me convaincre que j'assistais à la première turlute live de toute mon existence. Je me concentrais pour ne rien en perdre.

248

Nassim m'observait. Je devais avoir la tête du satyre à la sortie de l'école municipale.

— Tu penses à ton épouse ?

La question de Nassim me cueillit à froid. Je la prenais en pleine poire. Le surgissement de Diane en cette circonstance me déstabilisait. Je débandai à la verticale.

— Quel est le rapport avec... ce que nous voyons ?

Nassim jouait l'évidence :

— Le rapport ? Musique, peep-show, ecstasy, donc... ta femme... Logique...

Je ne comprenais toujours pas. Nassim continua :

— Oui... ton épouse légitime... La mère de ton enfant... Non ? Aucun problème ? C'est pas grave... N'en parlons plus...

Je restais dubitatif. Nassim apposait ses mains sur mes cuisses. Elle rapprochait son tabouret du mien.

Sur la scène, Jane usinait Tarzan à toute blinde.

— Tout va bien ? Le spectacle te plaît ? On dit que les businessmen sont des branchés du cul...

Tarzan se mordait les lèvres de plaisir.

— Qu'ils sont rongés de pulsions bestiales...

Les sept Hollandais encourageaient Jane en frappant des mains.

— Qu'ils ont une bite dans le cerveau...

Tarzan poussait un cri de délivrance. Je sursautai. Nassim m'attrapa les couilles.

— Allez, raconte-moi ce que tu lui fais... à ta femme...

Ce que je faisais à Diane ? Sur le plan sexuel ? Il n'y avait rien à dire. Pouvais-je évoquer les jupes-culottes ? Les shorts larges ? Le tissu écossais en toutes circonstances ? Etait-il utile de décrire la disgrâce de son corps ? La banalité de sa chevelure ? L'épaisseur de son visage ? J'avais beau chercher, rien ne reliait Diane au plaisir. Au sexe, encore moins.

Ou alors faudrait-il révéler à Nassim l'attirance de

249

Diane pour la pornographie télévisée ? Le film de cul qu'elle se tape le samedi soir ? En famille, tranquillement assise dans le canapé du grand salon. La chambre à coucher pas loin. Quand elle mate les autres filles. En gros plan. Bien éclairé par les projecteurs. Quand elle s'imagine à leur place. Quand elle s'approprie les situations tordues inventées par d'autres. Quand elle s'incarne dans les scénarios les plus extrêmes.

Pourquoi ne pas tout balancer à Nassim ? L'instruire du vice de Diane. En donnant les détails scabreux. Qu'y avait-il d'impudique à exposer notre intimité conjugale ? Nassim croyait-elle peut-être que Diane était une sainte-nitouche ? Une atrophiée de la libido ?

Nassim insistait :

— Raconte-moi... ton épouse... au lit... Elle est comment ?

Tarzan et Jane quittaient la scène. Deux strip-teaseuses les remplaçaient. Les septuplés applaudissaient fort.

— Allez, dis-moi... Sois mignon...

Nassim ouvrait un à un les boutons de ma braguette.

— Juste une petite anecdote... une situation... une position... un détail...

Nassim me caressait gentiment avec deux doigts.

— Je ne le raconterai à personne, Marc... Promis...

Je me détendais. Des images hard de Diane me venaient. Mon érection gagnait en vigueur. J'avais envie de tout déballer à Nassim :

— Diane est une canaille sous ses airs de pécore... Si tu savais... Je ne t'en dirai pas plus... Sache tout de même qu'elle n'a pas froid aux yeux...

Nassim accélérait la branlette entre le pouce et l'index.

— Vraiment ? Raconte...

— Non, je ne peux pas... C'est beaucoup trop... osé...

— Si, vas-y... Juste un exemple, un seul...

250

Je sentais monter la température de mon corps. L'invitation à l'exhibitionnisme verbal m'excitait. Je me lâchai d'un coup :

— Un seul exemple, alors. Pas plus. Voilà, Diane adore voir... des filles qui se font sodomiser...

— « Diane ? » « Voir des filles qui se font sodomiser ? »

— Oui, à la télé... Pas dans la réalité, ça va de soi...

— « A la télé »... C'est bien... Mais toi, que lui fais-tu à ton épouse ? « Dans la réalité »...

— Rien de spécial...

— Tu devrais... Pourquoi n'y aurait-elle pas droit ?

Sodomiser Diane ? Je ne m'y étais jamais essayé. Je n'y avais même pas songé une seule fois.

Sur scène, les deux filles se déshabillaient. D'autres visions salaces de Diane défilaient dans ma tête. L'idée de les raconter à Nassim m'exaltait.

— Il y a la double pénétration aussi, poursuivais-je. Ça lui plaît beaucoup de regarder... à Diane.

La main de Nassim fourrageait dans mon pantalon Paul Smith. Je voyais apparaître la doublure lilas.

— Ton épouse fidèle, une double pénétration...

Je bandais dur.

— Oui, une fille avec plusieurs mecs...

Nassim crachait dans ses doigts. Derrière nous, la dame du couple de septuagénaires se caressait. Son mari la regardait faire.

— Intéressant, Marc... c'est une chaude donc... Ton épouse...

— Chaudissime...

Nassim m'enduisait le sexe de sa bave. Elle me chuchotait à l'oreille :

— Tu devrais... satisfaire son fantasme... un jour...

Nassim me donnait du plaisir. J'oubliais les éructations des sept malabars déchaînés.

— Oui, Nassim, je le ferai...

251

— Des inconnus qui la prendraient...

— Oui, Nassim...

Nassim me branlait fort maintenant. Les septuplés insultaient les filles qui s'enlaçaient sur scène.

— Des inconnus qui la souilleraient...

— Oui, Nassim, tu as raison...

Elle crachait dans les doigts de l'autre main. L'un des septuplés se détachait du groupe en rut. Il venait vers nous.

— Oui, Nassim... J'offrirai à Diane une séance de débauche collective...

Nassim me lustrait le gland de ses doigts baveux.

— Diane, ton épouse docile, comme dans les pires films X...

Le géant se tenait devant nous.

— Tu en feras une chienne...

— Oui, Nassim...

Le géant ouvrit sa braguette.

— Une traînée...

— Oui, Nassim.

J'étais sur le point de jouir lorsque le géant s'approcha à quelques centimètres du visage de Nassim. Elle se tourna vers lui. Le géant sortit de sa poche une liasse de biffetons. « Une pute », devait-il se dire. Nassim réfléchissait. Je craignais qu'elle ne prenne le sexe dans sa bouche. De quoi aurais-je eu l'air ainsi délaissé ? Qu'adviendrait-il de ma jouissance imminente ?

Nassim expertisait des yeux la bite toute proche. Le géant s'impatientait. Nassim leva les yeux et prononça la sentence :

— Too small...

Le géant ne s'y attendait pas. Il resta devant nous, la nouille à la main. Il remit ses billets de banque dans la poche. Et son sexe dans le pantalon. Ses potes s'esclaffaient. Ils le chambraient à distance.

Le géant rejoignit les siens. Il jura en néerlandais en s'avachissant sur la banquette.

Le spectacle érotique s'achevait. Les strip-teaseuses ramassaient leurs affaires éparpillées sur la scène. Elles repartaient vers les coulisses en compagnie de Tarzan et Jane. La lumière revint dans la salle voûtée. La musique s'arrêta.

Nassim se leva du tabouret. Tira sur sa robe mini. Respira un grand coup.

En trois enjambées, elle atteignit la banquette des septuplés. Elle m'abandonnait dépenaillé.

Nassim se planta devant le premier des géants :

— Fuck off !

Puis devant le deuxième :

— Fuck off !

Les types s'écrasaient.

— Fuck off ! Fuck off ! Fuck off ! Fuck off !

Les septuplés se laissaient insulter. Chacun leur tour. Jusqu'au dernier, celui qui voulait se faire sucer par Nassim.

— Fuck off !

Blanche-Neige et les sept nains devenait Noire-Ebène et les sept géants.

La distribution d'injures terminée, Nassim revint vers moi. Elle attrapa son sac à main et se dirigea vers la sortie. Je la suivis. Je n'avais pas eu le temps de fermer ma braguette.

Tapi dans un coin de la salle, le couple de septuagénaires interpella Nassim d'un geste de la main. Elle s'approcha d'eux. La femme parla à l'oreille de Nassim. J'étais trop loin pour entendre.

Le couple parlementait. Nassim souriait en faisant non de la tête. Elle embrassa la femme sur la joue, puis l'homme.

Au moment de remonter les marches vers la sortie, je crus apercevoir les Murdoch alanguis dans un angle de la salle. « J'ai la berlue, me dis-je, que feraient-ils dans les bas-fonds de Londres ? » Je m'interdis de tourner à nouveau mon regard dans leur direction. Il était inutile de démentir une vision hallucinatoire. Je me contentai de repenser à la poitrine de Wendi aperçue au Ivy.

Nassim siffla un taxi qui passait devant le peep-show. « Marriott Hotel », annonça-t-elle au chauffeur. Nous finirions la nuit ensemble. J'étais rassuré que Nassim en ait pris l'initiative. Je n'aurais pas su comment lui proposer cette issue naturelle à notre virée nocturne.

Tandis que nous roulions, je me tournai vers elle :

— Que voulait le couple de septuagénaires ?

— Partouzer avec nous...

J'étais scié. Quel toupet quand même ! Le troisième âge se croyait tout permis. Comme en terrain conquis. Non content de s'avilir lui-même dans la fornication plurielle, il tentait maintenant de corrompre la jeune génération. Pour l'associer à sa perdition. Et croquer la chair fraîche.

J'allais crier mon indignation quand le portable de Nassim sonna.

— Wendi ?

Nassim refit surface. Elle souriait.

— Un clubbing ce soir ? Où ? D'accord. Je passe te prendre...

Le taxi poursuivait sa route. Je présumais que Nassim me proposerait de l'accompagner en club. Si Rupert était rentré se coucher, je me déhancherais entre Nassim et Wendi. Deux jolies filles pour moi tout seul.

Le taxi se gara dans la cour monumentale de l'hôtel Marriott. Nassim me tapota la cuisse :

— Va dormir. Be a good boy...

Je ne savais comment réagir. J'étais surpris par la soudaineté de la séparation. J'ouvris la portière. Je sortis. Le taxi repartit. Nassim disparaissait.

Debout devant le perron de l'hôtel, je me demandai s'il était loyal à l'égard de Diane de révéler ses perversions secrètes à une maîtresse de passage.

## 30

Je ne fermai pas l'œil de la nuit.

J'avais beau me doucher d'eau glacée, la température de mon corps explosait. Je dévalisai la totalité des bouteilles d'eau du mini-bar tant j'avais soif. Pendant des heures, mon activité se résuma à boire et à pisser.

Je n'avais pas sommeil. La télévision restait allumée. Affalé sur mon lit king-size, je zappais de chaîne en chaîne. J'allais jusqu'à la numéro quatre-vingts. Et je revenais en arrière. Un aller et retour sans fin. Il n'y avait rien que des programmes déprimants : documentaires animaliers, télé-achat, films muets, soaps brésiliens, compétition de curling, *Dallas*...

Je m'attardai sur Viva, une chaîne musicale allemande. Dans un coin de l'écran était inséré « Special R & B ». Je ne comprenais pas de quoi il s'agissait. Un dénommé Mola, bonnet rasta et dreadlocks, annonçait les clips. Des petites Blacks sexy défilaient les unes après les autres. Doigts dans la bouche, culs en exposition, shorts moule-fentes, soutiens-gorge de pouffiasses, platform-shoes à paillettes, regards d'affamées, maquillage de travelo. Les filles se trémoussaient entre copines dans les rues de Los Angeles. Les garçons les regardaient de loin. Vers la fin de la chanson, filles et garçons se retrouvaient pour danser ensemble. Puis, ils s'éloignaient en voiture décapotable. Pourquoi ne les voyait-on pas coucher ensemble ? Viva nous montrait les préliminaires mais nous privait de l'aboutissement.

Une appréhension subite s'insinua en moi. J'imaginais que ma prime de trente millions d'euros, pourtant dûment virée sur mon compte dès l'annonce du plan social du Crédit Général, avait disparu des ordinateurs de la banque. Les listings de transactions en avaient perdu la trace. Plus aucune preuve ne subsistait. Mauvaise manœuvre ? Malveillance ? On l'ignorait. Il était pour sûr impossible de recréditer mon compte bancaire. J'avais tout perdu.

J'attrapai la zappette. Il fallait chasser les pensées morbides de mes divagations nocturnes. Je reprenais mon périple : quatre-vingts chaînes, aller et retour. Il me tardait d'étudier avec Christian Craillon les moyens d'exfiltrer ma prime de l'informatique du Crédit Général. Je m'arrêtai sur la chaîne soixante-neuf. Trois blondes topless bronzaient sur une plage d'Ibiza. Elles s'enduisaient le corps d'huile solaire. Les seins surtout. On les sentait très excitées. Rentrées à la villa en Austin Mini Mocke blanche, elles se caressaient derrière une moustiquaire éventée par la brise du soir.

Je ne parvins à m'endormir qu'une fois installé dans les sièges en cuir crème du Falcon 7X de la banque qui m'attendait à London City. En descendant de la passerelle à l'aéroport du Bourget, je me sentais en pleine forme. Je n'avais pourtant dormi qu'une petite heure.

Dans la berline qui me conduisait vers Paris, j'écoutais le journal de France Info. Les nouvelles étaient plus ou moins bonnes. Les inégalités dans la répartition des revenus et des patrimoines se sont accrues au détriment des moins de trente-cinq ans. Une octogénaire victime de tournantes dans le parking d'une maison de retraite à Brive-la-Gaillarde. Un adulte sur trois pratique régulièrement l'échangisme selon une grande enquête de l'Institut national d'études démographiques. Les Français consomment deux fois plus d'anxiolytiques que la moyenne des pays européens. A l'étranger, Rupert Murdoch, candidat le mieux placé pour la privatisation de la BBC, la télévision publique anglaise. A la Bourse de Paris, l'action du Crédit Général en hausse de neuf pour cent dès l'ouverture de la séance. Une correspondance du Japon : nouvelle dévaluation du yen, échec du dernier plan de rigueur budgétaire, déficits publics à seize pour cent du produit intérieur brut, chômage à quatorze pour cent de la population active, cinquième démission d'un Premier ministre en un an, Berezina boursière à Tokyo...

« C'est le moment d'investir là-bas, en déduisais-je. Ne dit-on pas que les bonnes affaires se font en achetant à la baisse ? Du good business s'offre à nous. Allons donc faire des emplettes au pays du Soleil Levant. Rachetons pour un bol de riz les actifs dépréciés. Raflons la mise. A l'attaque ! Banzaï ! » J'inventais une mélodie asiatique que je fredonnais.

Le journal de France Info passait en boucle. Je zappai au hasard sur la bande FM. Une radio diffusait la même musique que dans le peep-show de Soho. Je poussai le son. Boum, boum, boum. Les souvenirs de la veille me revenaient d'un coup. Nassim, la robe mini, l'os dans le nez, The Ivy, Wendi, Claudio, le couple de septuagénaires, les sept géants, Tarzan et Jane, les coquines Blacks de Viva... Ma lucidité s'altérait. La chaleur de mon corps remontait. J'avais soif.


Je déboulai au siège du Crédit Général en état d'excitation. Dans le hall d'entrée, je constatai que l'« antenne plan social » avait fermé. Les inscriptions au programme des licenciements salvateurs étaient closes. Comme prévu, les listes regorgeaient de volontaires fanatisés. J'avais fait carton plein. En quarante-huit heures, la deuxième révolution culturelle et bancaire du Crédit

Général triomphait des archaïsmes qui nous étouffaient. Nous avions brisé nos chaînes. L'ordre était rétabli. L'horizon de la rentabilité brillait de mille feux. J'avais une pensée pour Dittmar Rigule.

Marilyne alignait avec maniaquerie les parapheurs sur la desserte de mon bureau. Je l'observais s'activer. Son cul robuste. Son soutien-gorge apparent. Sa chevelure luxuriante. A quoi ressemblait Marilyne à poil ? Avait-elle le ventre plat ? Les seins gants de toilette ? Les cuisses peau d'orange ? Je regrettais de ne pas l'avoir fouettée lors de la fête Gucci au Bar-Bar. J'avais loupé une bonne occasion de lui mettre une trempe.

Je me contentai de la frôler en passant derrière elle. Marilyne se laissa faire.

— Il vous va très bien, président.

Marilyne s'était retournée vers moi. Elle considérait mon costume Paul Smith. Je portais celui de la veille, à doublure lilas. En m'habillant ce matin, je n'avais pas osé choisir un autre Paul Smith avec une doublure plus excentrique. J'en avais conclu pour toujours que je n'avais pas le cran des audaces vestimentaires.

Je fermai la porte capitonnée de mon bureau. J'étais bourré d'énergie pour avaler les parapheurs les uns après les autres. Mon intellect allait tourner à plein régime. Je serais hyper-vif. Je serais ultra-performant.

Pour me dégourdir les neurones, j'attaquai le boulot par le plan social de la banque. D'abord les épais volumes de la revue de presse. Des dizaines et des dizaines d'articles, qu'embellissait la photographie souriante de ma personne. Je faisais l'unanimité en ma faveur jusqu'à ce que j'arrive aux pages du *Monde*. Je me précipitai pour lire. Je relevai que Jean-Marie Colombani ne s'était fendu d'aucun éditorial sur moi. Quant aux articles, ils citaient les propos désobligeants d'un syndicaliste extérieur à la banque, d'un professeur de droit social et de la présidente d'une association de petits porteurs. *Le Monde* ouvrait ses colonnes à mes ennemis. Une citation du syndicaliste me fit bondir : « *Marc Tourneuillerie détourne à son profit les rites révolutionnaires : assemblées générales, mobilisation collective, liesse populaire...* » Je jetai la revue de presse à terre.

La simplicité des messages de soutien des salariés de la banque me réchauffait le cœur : « Guidez-nous », « Faites-nous rêver », « Tenez bon », « On vous aime ». Le ministre de l'Economie et des Finances me félicitait « au nom du gouvernement de la France ». La lettre sentait la flagornerie à plein nez : « dialogue social rénové », « sens des responsabilités des salariés », « voie nouvelle en faveur du renforcement de la compétitivité de notre secteur bancaire », « économie moderne et vigoureuse, ouverte sur l'extérieur ». Et ainsi de suite.

Marilyne m'avait imprimé les mails de congratulations en provenance des fonds de pension et des mutual funds, actionnaires du Crédit Général : Meiji Life Insurance, Morgan Grenfell, Janus Capital, Fidelity, DWS Deutsche Gesellschaft Wertpapiersparen, Fortis Investments, UBS Brinson, Standard Life, Calpers, Northern Cross Investments... Les petits copains de Dittmar Rigule écrivaient dans un style télégraphique à l'anglo-saxonne. Je ne me souvenais plus très bien de leurs visages. Je les confondais. Ressemblaient-ils tous à leur chef de bande ?

Claude de Mamarre passa une tête :

— Pourrais-je vous voir ?

— Plus tard...

Je n'étais pas à la disposition de Claude de Mamarre.

Je survolai les notes envoyées par les directions de la banque. L'évolution défavorable de l'indice des constructions neuves dans le Michigan. Les produits dérivés dans le secteur des métaux non ferreux. Le classement du Crédit Général dans les opérations de fusionsacquistions en Europe. Les provisions pour créances douteuses en Hongrie. Mon énergie faiblissait.

Je découvris un mémo intitulé : « Le désastre japonais : une menace pour le Crédit Général ». Rien que ça. Je vérifiai : le document était bien signé de Catherine Bensimon. Je revoyais le corps de la femme à fentes.

Dès l'introduction, la prose de l'avaleuse de lassi sucré respirait le désespoir. Elle démarrait par l'annonce d'un plan en trois parties : « Le Japon connaît sa plus grave crise économique et financière depuis la fin de la guerre (I). Cette crise a des causes structurelles, principalement liées au vieillissement de la population, qui ne permettent pas d'envisager un retournement favorable dans un avenir proche (II). Le scénario le plus probable est celui d'un cataclysme imminent qui déprimerait durablement la deuxième puissance économique mondiale (III). »

Je soupirai. La lecture complète de la note serait un supplice que je voulais m'épargner. J'avançai tout droit vers la conclusion, par curiosité : « Je préconise donc que le Crédit Général se désengage totalement de ses positions au Japon dans les meilleurs délais. »

J'écrasai mon poing sur la table. J'étais excédé par tant d'arrogance. Catherine Bensimon « préconisait ». Elle disait « je ». Elle ordonnait un « désengagement » parce que ça tournait au vinaigre. « Dans les meilleurs délais » parce que ça urgeait. Croyait-elle m'illuminer de ses conseils avertis ? Lui avait-on confié la mission de définir la stratégie de la banque ? Revendiquait-elle de prendre ma place ? Catherine Bensimon, présidente du Crédit Général ! Ma JAP n'avait-elle pas compris que j'avais juste voulu flirter ? Je m'en tapais de sa note. Seules ses fentes m'intéressaient.

Je ne parvenais pas à contenir l'agressivité qui montait en moi. Cette Catherine Bensimon allait me coller. Je ne saurais plus comment m'en dépêtrer. Stanley

Greenball avait raison : elle n'était compétente que pour l'angoisse.

Je relus la conclusion de la note. J'inscrivis dans la marge un « NON » de ma plume.

Raphaël Sieg passa une tête :

— Pourrais-je te voir ?

— Plus tard...

Je n'étais pas à la disposition de Raphaël Sieg. J'avais les nerfs à vif.

A l'heure du déjeuner, maître Tombière m'attendait chez lui, à l'« Auberge des intrigues ». Je devais y retrouver Richard de Suze pour la signature de l'avenant au protocole d'accord concernant ma prime au licenciement.

A peine arrivé, l'avocat me prit à part :

— Restez cinq minutes à l'issue de notre rendez-vous. J'ai quelque chose d'intéressant pour vous... De très intéressant... Vous comprendrez tout à l'heure...

Maître Tombière avait la mine d'un receleur de photos pédophiles. On le sentait impatient de montrer son trésor.

Dans son bureau, une surprise m'attendait. Richard de Suze était accompagné de Jacques de Mamarre. Pourquoi avait-il fait le déplacement ? Il n'était pas signataire de l'avenant. Sa présence était superflue.

Le délabrement de Jacques faisait peine à voir. Après les couilles, le cancer rongeait les viscères. Il ne pesait plus qu'une cinquantaine de kilos, le tiers du poids de maître Tombière. Assis dans un coin sur une chaise droite, il me regardait. Sa bouche restait grande ouverte. La couleur de ses dents tournait jaune pisseux. Il respirait par bouffées saccadées. Ses yeux suintaient. Il les épongeait avec un mouchoir blanc. J'avais eu l'impression d'attraper la patte d'un poulet en lui serrant la main.

Maître Tombière rappelait à voix haute les termes de l'avenant. Je m'engageais à licencier quinze pour cent, et non plus dix pour cent, des effectifs du Crédit Général. La rentabilité de la banque devrait atteindre vingt pour cent des fonds propres à la fin de l'exercice. Les comptes seraient publiés mensuellement, après approbation par le conseil d'administration.

En contrepartie, je percevrais un bonus global de soixante millions d'euros, s'ajoutant à une prime pour licenciement de soixante-quatre millions d'euros acquise antérieurement. Le total s'élevait à cent vingt-quatre millions d'euros. Un gros jackpot. En cas d'échec, une indemnité de départ de vingt millions d'euros m'attendait à la sortie.

A chaque énoncé d'une disposition de l'avenant, Jacques de Mamarre aspirait d'un coup sec la salive qui coulait de sa bouche. Les montants évoqués par maître Tombière le faisaient baver de rage. Voilà pourquoi il était venu : abonder la haine que je lui inspirais.

Richard de Suze n'écoutait que d'une oreille les explications de maître Tombière. Il lustrait sa chevelure poivre et sel du plat de la main. Un épi résistait au gel. Richard se préoccupait de rétablir l'ordre capillaire. Des pellicules maculaient son costume noir à rayures tennis. Il les époussetait méticuleusement.

Richard de Suze n'était plus du tout concerné par les affaires du Crédit Général. Son détachement remontait à la conversation téléphonique que j'avais eue, le lendemain de l'annonce flamboyante du plan social, avec Dittmar Rigule pour négocier une rallonge à ma prime au licenciement. Un tel arrangement dérogeait aux règles protocolaires. On ne parlait pas d'argent au téléphone. On ne négociait pas dans le dos du président du comité de rémunérations. C'était voler à Richard de Suze la dernière prérogative du business qui le divertissait : annoncer à l'un de ses pairs le montant de ses émoluments.

Depuis, Richard ne se sentait plus à demeure au Crédit Général. Il se foutait de mon sort. Des intérêts étrangers m'avaient harponné. J'étais à leur merci. Richard ne reconnaissait plus sa chose. Il comprenait que la prise de participation majoritaire des fonds de pension se transformait en annexion du Crédit Général. La banque était déchue de sa nationalité. Elle perdait sa souveraineté. En fixant mon salaire, les troupes d'occupation paradaient place de l'Etoile sous le commandement de Dittmar Rigule.

Richard de Suze paraphait l'avenant au protocole d'accord sans le relire. Il s'approcha de Jacques de Mamarre, se pencha vers lui et l'attrapa sous les aisselles :

— C'est fini... Viens, je te ramène...

Jacques se dépliait. Richard l'aidait. Ils se dirigeaient vers la sortie sans me saluer. Le vieux monde s'éclipsait à petits pas.

Maître Tombière se lança derrière eux pour verrouiller la porte de son bureau. Il s'affaissa dans son fauteuil dans un bruit de ressorts. Enfin, il pouvait parler :

— Je vous ai trouvé quelqu'un...

Je ne saisissais pas.

— L'oiseau rare...

Maître Tombière attendait que je le relance. Je n'étais pas dans le coup : mes réflexions s'attardaient sur la prime de cent vingt-quatre millions d'euros prévue dans le protocole que j'avais signé quelques secondes plus tôt. Je ne savais quoi dire.

— Je vous écoute...

Maître Tombière n'en demandait pas plus pour démarrer son exposé :

264

— J'ai d'abord pensé à un profil distingué. Un ancien commissaire de police devenu golden boy de la sécurité.

Je venais de comprendre de quoi maître Tombière m'entretenait.

— Un type qui a réussi. Il a fondé avec son frère une agence spécialisée : « Handcuffs and Handcuffs ». Paris-Genève-Monaco-Marbella. Protection du gratin : Victoria et David Beckham, Al Fayed, Aga Khan, Sharon Stone... Il truste les joailliers de la place Vendôme : Cartier, Chaumet, Piaget, Van Cleef & Arpels... Les Etats du tiers-monde ne jurent que par lui pour déjouer les putschs, réprimer les guérillas, espionner les fondamentalistes, placer les fortunes en lieu sûr... Du boulot clean. Des références people. Il vous ferait un « Audit sécurité » sur papier glacé. Facturé très cher. Rien ne serait laissé au hasard. Vous seriez bien protégé.

Je me laissais séduire par l'article.

— Ce n'est pas ce qu'il vous faut, trancha maître Tombière. Pas du tout...

J'étais un peu surpris. Un « Audit sécurité » me semblait pourtant une bonne idée. La transposition des méthodes du Boston Consulting Group au domaine du mouchardage éveillait déjà ma curiosité.

— Pourquoi donc ? Permettez-moi de penser le contraire...

Maître Tombière attendait mon objection de pied ferme. Je le comprenais au ton de sa réplique :

— Mon cher Marc, j'ai l'impression que vous n'avez pas mesuré la gravité de l'enjeu. Lors de notre dernière entrevue, j'ai pourtant été clair...

Les joues flasques de maître Tombière se raffermirent. Je sentais qu'un emportement allait bientôt malmener sa corpulence.

— Je me vois donc contraint de sonner le tocsin à nouveau. Ce sera la dernière fois. Si vous ne comprenez pas, je renoncerai.

Le corps de maître Tombière déployait l'activité d'une chaudière. L'énorme machine se mettait en route.

— On se fout de la sécurité du Crédit Général ! De ses coffres-forts, de ses transactions électroniques, de ses transports de fonds... Il y a une faiblesse dans le dispositif, une seule : vous ! On vous surveille. Vos rendez-vous, vos déjeuners, vos déplacements, vos collaborateurs, votre courrier, vos conversations téléphoniques, vos mails... Mais surtout... oui surtout... votre vie privée. Vos mœurs, vos écarts, votre femme, vos maîtresses... Que sais-je ?

Je repensais aux films X avec Diane, au peep-show avec Nassim, aux fentes de Catherine Bensimon, aux sites de cul sur Internet... Les propos de maître Tombière me perturbaient.

— Ne cachez-vous pas quelque secret intime ? N'aurait-on aucun moyen de chantage contre vous ? Ne pourrait-on pas vous attaquer en dessous de la ceinture ? Réfléchissez...

J'y réfléchissais. Une rapide introspection me dissuadait de me rengorger. Etait-il opportun de protester de ma bonne moralité ? Je n'allais pas prétendre que maître Tombière s'égarait sur mon compte en conjectures offensantes. Je le laissais avancer sur sa lancée.

— Un bon conseil : prenez un indic. Quelqu'un qui écoute aux portes et regarde dans les trous de serrures. Un paranoïaque qui voit le vice partout. Un type sans bégueulerie. Que rien n'effarouche. Corvéable et muet. Pas une star de la flicaille de chez « Handcuffs and Handcuffs » qui vous brandira sa déontologie pour se défiler quand il faudra foncer dans le tas.

Maître Tombière me dévisageait. Il tamponnait son front en sueur avec le dos de la main. Ses narines sifflaient quand elles expulsaient l'air des poumons. Un mal de crâne me venait.

266

Comme je ne réagissais pas, maître Tombière déduisit qu'il pouvait poursuivre son monologue :

— Voilà, je vous ai trouvé une perle. Ne croyez pas que c'est chose facile. Des comme lui, il n'y en a pas beaucoup. Il vient de finir une mission pour un autre patron. Une affaire de... Enfin, passons...

A la troisième tentative, maître Tombière parvint à extirper sa masse corporelle du fauteuil. Il s'agrippait au bureau pour tenir debout. L'homme de loi avait besoin de se bouger l'embonpoint.

— Laissez-moi vous raconter l'histoire de ce garçon, elle est extravagante. Il se nomme Jean Rameur. Pas « rumeur », ni « rimeur ». Rameur. Il vit un épouvantable drame personnel : l'Etat l'a trahi. Oui, l'Etat français qu'il vénérait l'a abusé. Il se sent humilié. Il est frappé de déréliction. Plus rien ne compte. Ni morale, ni justice, ni institution. Jean Rameur est tombé dans les égouts. Il en est sorti traumatisé. On peut tout lui demander. Il ne refusera rien.

Maître Tombière déambulait de long en large dans le bureau. Il avait la démarche d'un palmipède gavé aux farines animales. Un peu d'exercice physique apaisait ses tourments.

Je suivais des yeux ses allers-retours. Le mal de tête troublait ma vue. Je ressentais un coup de fatigue.

— Voici comment les événements sont advenus. Vous n'en reviendrez pas. Jean Rameur est un pupille de la nation. Elevé sous la protection de l'Etat. L'assistance sociale est sa seule famille. A l'âge adulte, il accomplit son serment : se mettre au service de la puissance publique pour payer sa dette. Jean Rameur devient lieutenant de police. Il est heureux. Fonde un foyer. Une femme, deux enfants. Dans ce décor paisible, survient l'impondérable. Nous sommes un samedi soir. Descente de flics au bois de Boulogne. Cinquante travestis interpellés. Pas assez de cellules dans le commissariat. Un travelo est menotté dans le bureau de Jean Rameur. Le travelo s'appelle Ernesto. Argentin de nationalité, il se fait passer pour Cubain auprès de ses clients. Que se passe-t-il dans le bureau ? Je l'ignore. Toujours est-il qu'Ernesto émoustille Jean Rameur. Sans dommage immédiat. Le travelo est relâché. Il retourne au tapin. Rameur lui rend visite au Bois. Une fois, deux fois, trois fois... Puis tous les jours. Il lui prête un peu de sous à l'occasion. Le protège des barjots et des macs. Ernesto a de la gratitude. Et beaucoup de charme. Rameur succombe. Se fait tailler des pipes dans les fourrés. Rameur s'attache. Sur un coup de tête, il abandonne femme, enfants, veaux, vaches, cochons. Et s'installe chez Ernesto dans son studio de la porte d'Asnières. L'épouse outragée cafte son mari. Enquête, perquisition, interrogatoire, garde à vue. La mécanique implacable de la déchéance ne s'arrêtera plus. Jean Rameur est mis en examen pour proxénétisme. On l'accuse de vivre aux crochets d'Ernesto. C'est alors que l'injuste, l'effrayante sanction s'abat ! Jean Rameur est révoqué de la police nationale !

Maître Tombière déclamait. Ses bras, courts et lourds, moulinaient l'air. Sa voix portait. Il se croyait devant une cour d'assises.

Le récit commençait à me captiver. Je me laissais embarquer, comme toujours quand j'entendais la narration d'une catastrophe. Rien ne me rendait plus heureux que les malheurs d'autrui. Peu m'importait ma propre félicité, encore fallait-il que les autres souffrent. Ce Rameur me comblait de ses déboires.

Maître Tombière poursuivait, le doigt pointé vers la porte du bureau :

— Dehors, Jean Rameur ! Sans un sou. Banni des siens. Avec la honte pour seul balluchon.

Maître Tombière s'arrêta de marcher. Son visage se renfrognait dans le gras du menton. Il était ému.

— Jean Rameur n'est plus rien, reprenait-il avec pénétration. Il sombre dans le désespoir. Ernesto le console. Jean Rameur redresse la tête. Il se rebiffe. Non, il n'est pas un proxo ! Oui, des sentiments l'unissent à Ernesto ! L'Etat s'est trompé ! Il y a excès de pouvoir. Révocation abusive. Jean Rameur recrute un jeune avocat au Conseil d'Etat. Un recours est déposé. Un mémoire est rédigé. L'avocat se passionne pour la cause. Il auditionne Ernesto. Et là, nouvelle infortune pour Jean Rameur : l'avocat succombe à la tentation. Il se fait pomper sous le bureau. Le lendemain, il se précipite au bois de Boulogne. Ernesto lui taille derechef une flûte. Du coup, l'avocat revient le lendemain. Puis le surlendemain. Puis à intervalles réguliers. Un soir, Jean Rameur surprend l'avocat qui sort d'un bosquet. Il a la braguette ouverte. Ernesto surgit derrière lui, un Kleenex à la main. Consternation et commotion. Injures et raclée. La police intervient. L'avocat est amoché. Aucune plainte n'est pourtant déposée.

Maître Tombière se dirigea vers son fauteuil. Il allait se rasseoir. Mais le récit de la descente aux enfers de Jean Rameur lui donnait des fourmis dans les jambes. Il reprit ses déambulations dans le bureau.

— Ernesto se fait pardonner. Jean Rameur passe l'éponge. Le contentieux devant le Conseil d'Etat s'enlise. Personne ne s'y colle. Pensez donc : une affaire de travelo, de flic et de prostitution dans les bois. Aucun avocat pour activer le dossier. Trois ans plus tard, miracle : un rapporteur est désigné. C'est un jeune auditeur au Conseil d'Etat tout juste sorti de l'ENA. Je tairai son nom. Consciencieux, curieux de tout. Le cas Rameur contre police nationale le captive. Au mépris des règles de procédure de la juridiction administrative, l'auditeur enquête sur le terrain. Comment a-t-il fait la connaissance d'Ernesto ? Nul ne le sait. Une nuit, l'auditeur est transporté aux urgences de l'Hôpital américain de

Neuilly. Le diagnostic est terrible : le sexe est sectionné. Ernesto est coffré le soir même. Il a émasculé un membre du Conseil d'Etat. Ernesto plaide la légitime défense : l'auditeur a joui dans sa bouche. Ce n'était pas prévu dans la prestation à trente euros. Ernesto a mordu de toutes ses dents. Le sexe encore dur a cédé. Crac !

Les dents de maître Tombière avaient claqué. Il restait la mâchoire fermée.

Je grimaçai. Mon mal de tête convergeait vers les tempes. J'imaginais que l'auditeur avait dû ressentir une douleur insoutenable au moment de la castration. Sans compter les séquelles et le qu'en-dira-t-on.

J'invitai maître Tombière à compléter son récit. Le sort de l'auditeur m'intéressait.

— La chirurgie réparatrice n'a fait aucun miracle, continuait maître Tombière. L'auditeur demeure abâtardi. Son gland repose dans un flacon de formol. L'eunuque est exilé comme conseiller juridique du gouvernement togolais.

J'espérais pire sanction. Je me disais que les grands corps de l'administration française savaient toujours aussi bien protéger les leurs.

— Et Jean Rameur, que devient-il ?

Maître Tombière semblait reconnaissant que je me préoccupe du calvaire de son protégé.

— La dépravation de l'Etat le mortifie. Jean Rameur ne voit plus de son idole que la face inique et débauchée. Il se sent cocufié par l'institution. Ses repères moraux s'effondrent. Il est seul. Il déprime. Le coup de grâce survient lorsque Ernesto est expulsé vers l'Argentine, après cinq semaines de détention préventive. Jean Rameur sombre corps et âme. Il picole. Tente de se suicider. Devient quasi-clochard. Et là – où a-t-il été puiser cet ultime élan de vie ? –, Rameur se révolte. Il menace le Conseil d'Etat de révéler la méconduite de l'auditeur dévergondé. La haute juridiction craint le scandale. Un arrangement est trouvé : la révocation sera rapportée si Jean Rameur garde le silence. Les deux parties tiennent parole. Un an plus tard, le Conseil d'Etat ordonne la réintégration de Jean Rameur dans la police nationale. Le dénouement, enfin, après six longues années de contentieux. Jean Rameur rejoint sa nouvelle affectation. Vingt-quatre heures plus tard, il démissionne. Il quitte la fonction publique de son plein gré, la tête haute, l'honneur restauré.

Je me massais les tempes. Mon mal de crâne s'amplifiait à chaque pulsation dans mes veines. Je ne comprenais plus rien à l'histoire chaotique de ce Jean Rameur, tantôt moribond, tantôt ressuscité. Les rebondissements à répétition finissaient par m'étourdir. Maître Tombière avait aspiré toutes les facultés vaillantes de mon entendement. Je bâillai. Quel était le lien entre ma propre sécurité et la biographie de Jean Rameur ?

— Vous ne saisissez pas ? C'est pourtant lumineux : seules de telles épreuves ont pu façonner la trempe de l'homme qu'il vous faut. Je vous offre un flic compétent. Un polytraumatisé de l'âme. Un trépané du jugement de valeur. La forfaiture de l'Etat a provoqué chez lui l'ablation de toute conscience morale. Il n'a plus aucun scrupule, ni aucune retenue. Et vous ne voyez pas le bénéfice personnel à en tirer ? Juste un exemple : n'aimeriez-vous pas connaître les sentiments de Richard de Suze à votre égard ? Savoir ce qu'il complote avec Jacques de Mamarre pour vous détruire ? N'avez-vous pas perçu leur détestation tout à l'heure ? Vous avez des ennemis. Ils ne vous rateront pas. Prenez les devants avant qu'ils ne vous torpillent. Sachez que Jean Rameur fera le boulot requis. Il ne reculera devant aucune mission. Vous n'aurez pas à rougir face à lui. Vous passerez votre commande. Il agira. Et jamais ne pensera !

La tirade de maître Tombière m'avait dessillé les yeux. Je convenais de l'intérêt de la proposition. Jean

Rameur me donnerait-il accès au bien le plus précieux : les jugements d'autrui sur ma personne ? Je m'imaginais en possession des secrets de confessionnal de Richard de Suze et de Jacques de Mamarre. De ceux de Raphaël Sieg, de Matthew Malburry, de Dittmar Rigule, de Claude de Mamarre, de Stanley Greenball, de Christian Craillon. De Diane aussi. De Nassim. De Tino Notti. De Marilyne. De Catherine Bensimon. Et de tous les autres : Murdoch, Berlusconi, Branson, Gates, Knight, Trump, Colombani. De maître Tombière lui-même. Tous sous surveillance. Je n'ignorerais plus rien des calomnies qui se disent dans mon dos. Je deviendrais invincible.

Je me levai. Je tendis la main à maître Tombière :

— Dites à Jean Rameur de m'appeler. Je le recevrai. Que fait-il en ce moment ?

— Il attend toujours des nouvelles d'Ernesto. Rien d'autre. C'est loin l'Argentine...

— Qu'il vienne me voir. Inutile d'envoyer un curriculum vitae.

— Vous verrez, le personnage vous plaira. Il ne paye pas de mine. Tout rachitique...

Maître Tombière avait les yeux rivés sur la doublure lilas de mon costume Paul Smith. Il ne s'autorisait aucune remarque.

Sur le palier de l'« Auberge des intrigues », une interrogation surgit en moi : comment maître Tombière connaissait-il Jean Rameur ? Quelle faute devait-il expier pour promouvoir ainsi la carrière du flic déchu ? Se pouvait-il que l'avocat ait goûté lui aussi aux gâteries d'Ernesto ? Je me promettais d'en savoir un jour davantage.

## 31

« Réunion du comité exécutif ». Quelle chiotte ! Je repoussai l'agenda du coude. L'après-midi s'emmanchait mal. Mon horizon de vie s'obscurcissait. Une incommensurable flemme me gagnait. Je soupirais. Pourquoi me coltiner pendant des heures les tergiversations des rescapés du comité exécutif ? Ça ergoterait. Ça pontifierait. Je gâcherais mon temps.

Le comité exécutif de la banque ne ressemblait plus à rien. Alfred Hatiliasse et Boris Zorgus nous avaient quittés. Les renégats n'avaient pas réchappé aux purges de la première révolution culturelle et bancaire du Crédit Général. L'organe de direction de la banque formait depuis une triplette bancale. Moi d'un côté. Raphaël Sieg et Matthew Malburry de l'autre. En proportion, la présence de Claude de Mamarre au bout de la table n'en était que plus envahissante.

N'étais-je pas assez compétent pour prendre les décisions seul ? Les avis d'autrui m'éclairaient-ils ? Mes actionnaires exigeaient-ils la collégialité ? Je n'étais plus un novice dans mes fonctions présidentielles. J'avais fait mes preuves. Dittmar et sa bande m'adulaient. Je me débrouillais très bien. J'étais le meilleur. Il suffisait de me laisser faire.

La perspective d'une ultime rencontre avec Raphaël Sieg me glaçait. Je connaissais le fourbe par cœur. Je l'avais trop vu à l'œuvre. Ses arrière-pensées, ses sous-entendus, ses lâchetés, ses petitesses. Je me défiais de lui. Son élimination était écrite. Je n'avais pas long-temps à attendre. Il avait encore un gros chantier à mener : achèvement du plan social, publication men-suelle des résultats de la banque et rentabilité de vingt pour cent sur fonds propres à la fin de l'exercice. Scru-puleux comme il était, je ne doutais pas que Raphaël Sieg remplirait la mission. Une fois accomplie, je le dégommerais. L'échéance approchait. Bye-bye, Raphaël.

Ensuite, je façonnerais le nouvel organigramme de la banque. A ma main. Je ne supportais plus les baronnies qui confisquaient ma magnificence. Un seul vestige des féodalités d'antan survivrait : Matthew Malburry. Il res-terait directeur général adjoint, chargé de la banque de financement et d'investissement. Si je confirmais mon envie d'investir au Japon, la mission lui serait confiée. J'en ferais mon Croisé d'Asie. Ma décision n'était pas encore prise à ce sujet. Elle mûrissait.

Pour le reste, je pulvériserais l'état-major du Crédit Général en fragments opérationnels : banque de détail, grande clientèle, gestion d'actifs, banque privée, assu-rance, immobilier, matières premières, énergie, commerce international, actions, titres, financements structurés, changes, taux, corporate, finances, risques, fiscalité, res-sources humaines, informatique, services généraux... A chaque secteur d'activité, un nouveau directeur. Aucun ne serait « général ». Pas même « adjoint ». Juste « direc-teur ». Ils ne rapporteraient qu'à moi. En prise directe. Je leur donnerais la becquée de stock-options. Un à un, dans la bouche. Ils me seraient infiniment reconnaissants. J'en-fanterais la génération nouvelle des petits marquis du Cré-dit Général. Extirpés du rang par ma seule grâce. Génétiquement modifiés à la « culture » d'entreprise. Clonés aux gènes de la performance. Ils se boufferaient la rate comme des bêtes. La meute avide se chamaille-rait. Je garantirais ma quiétude. Tout irait bien.

274

J'y mettrais aussi un cubage de bonnes femmes, dans mon état-major. Des Catherine Bensimon. Appartenant à l'abondante catégorie des trentenaires à la dérive. Des professionnelles aliénées et corvéables. Besogneuses et bonnes gagneuses. Eduquées, intelligentes, autonomes, urbaines, élégantes et débordées. Qui voudrait d'elles pour fonder un foyer et les ramener à la vie ? Trop occupées pour un homme. Trop vieilles pour un enfant. Trop speedées pour un répit. Trop déprimées pour s'en rendre compte. Combien étaient-elles, les Catherine Bensimon, à Londres, New York, Paris, Tokyo, Milan ou Francfort ? A croupir des heures au travail. A se nourrir de plats cuisinés non carnés. A se réjouir d'un week-end entre célibataires. A rouler en cabriolets sans sièges arrière. A mourir de solitude après le bureau.

Le cheptel des working girls déglinguées était inépuisable. Il suffisait de se baisser pour attraper les plus beaux spécimens. J'en saupoudrerais une pincée sur le Crédit Général. Leur présence électriserait les jeunes hommes ambitieux. Entre les fous et les folles, la compétition serait sanglante.

J'avais un peu de temps devant moi avant de commencer mon casting de dévoués collaborateurs. Tant que Raphaël Sieg turbinait, rien ne pressait. Il faisait tourner la boutique. Ne devais-je pas hiérarchiser les priorités ? Dans l'immédiat, une urgence impérieuse s'imposait à moi : placer ma prime au licenciement en lieu sûr. Les atermoiements risquaient de me coûter cher.

Je sonnai Marilyne. Elle devait annuler la réunion du comité exécutif de cet après-midi. Et convoquer Christian Craillon dans mon bureau. Vite fait.

— Raphaël va être furieux... me répondait Marilyne.
— « Furieux » ? Pour quelle raison ?

— Il voulait vous voir. Il insistait.

— Il patientera...

La suppression du comité exécutif transfigurait mon état psychique. Je passais de la contrariété à l'apaisement. L'après-midi se présentait mieux. J'étais soulagé. Disponible pour écouter Christian Craillon avec toute la concentration requise.

En l'attendant, j'éclusais les dizaines de mails qui m'étaient parvenus. Je me contentais de lire les titres. Tous rébarbatifs. Voulait-on me dissuader d'ouvrir les messages ? Dans le défilé des mails, un libellé attirait mon regard : « How to enlarge your penis ». Je ne me sentais pas visé. Je continuais à avancer. Un peu plus loin, je tombais sur un « Increase your penis size ». Encore. S'agissait-il d'une coïncidence ? Un stress m'étreignait en découvrant trois mails plus bas l'intitulé suivant : « Instant erection formula ». M'envoyait-on ces messages à dessein ? Cherchait-on à m'humilier ? La première mission de Jean Rameur serait d'enquêter sur un possible complot visant ma personne. Il confondrait les colporteurs de ragots. Il rétablirait la vérité sur mes facultés. J'étais un homme véritable. Le monde entier devait le savoir.

Telle était ma certitude lorsque me revinrent en mémoire les ratés de ma virilité à Londres. La vie me réservait-elle des désagréments prochains ? Devais-je m'en préoccuper dès à présent ? Il fallait toutefois que je reste discret sur mes doutes. Les éventuels dysfonctionnements qui m'affectaient relevaient du secret bancaire. Personne ne devait le savoir. Confidentialité absolue. Dans le pire des cas, Jean Rameur saurait me protéger.

Je cliquai discrètement sur « Increase your penis size ». On m'enjoignait de visiter un site web qui proposait des « pompes » à érection. J'allai voir les photos. L'instrument ressemblait à un tube transparent. Il suffisait d'y embouteiller la verge et d'aspirer le sang. Le sexe gonflait. Résultat garanti, c'était mécanique. Certaines « pompes » étaient actionnées à la main, d'autres par un petit moteur électrique. Je m'émerveillais de l'ingéniosité des modèles présentés : « Big Bazooka Pump », « CyberSkin Cyclone Pump », « Grand Prix Stroker Pump », « Professional Titan Enlarger Pump »... L'abondance de biens me tourneboulait. Je ne parvenais pas à faire mon choix.

Marilyne entra dans mon bureau sans frapper. Christian Craillon la suivait. Je pointai le curseur sur l'icône « Fermer », en haut à droite. Il fallait effacer l'étalage des « pompes » aspirantes sur l'écran d'ordinateur. Je cliquai. La « Professional Titan Enlarger Pump » disparut.

Christian Craillon marchait vers moi.

En une fraction de seconde, la page d'accueil d'un site de cul apparut. Deux filles bien roulées se mettaient la main dans la culotte. Je cliquai en vitesse sur « Fermer ». Une deuxième home-page X surgit de nulle part. Avec en gros plan la photo d'une teen-ager à quatre pattes. Je l'éliminai. Un troisième site porno débaula sans prévenir. Je cliquai « Fermer ». Je perdis alors le contrôle de mon ordinateur. Des dizaines de pages web se succédaient. Elles s'empilaient à une cadence infernale.

Christian Craillon me tendait la main.

Je cliquais à toute allure sur « Fermer ». Les home-pages allaient plus vite que moi. Les démons du sexe prenaient possession de mon informatique. Je paniquais.

Christian Craillon était maintenant tout près de moi. Il allait voir mon écran.

Je cliquais, je cliquais. La luxure contaminait mon ordinateur. Je cliquais, je cliquais. L'image d'une brunette câlinant un âne se figea. Impossible de s'enfuir. La pornographie m'avait piégé.

Christian Craillon penchait la tête dans ma direction. Il allait découvrir la photo de la fille avec l'âne.

Je cliquais, je cliquais. Aucune commande ne répondait plus.

— Stop ! Ne bougez plus !

J'avais hurlé en direction de Christian Craillon, pourtant tout proche. Il s'immobilisa aussitôt. Comme vitrifié par mon commandement. Ma souris traversa l'écran de part en part à la recherche d'une porte de sortie. J'étais incarcéré pour de bon. Comment m'enfuir ? Je ne voyais qu'une seule solution : enfoncer le bouton « off » de l'ordinateur.

L'écran s'éteignit enfin. J'étais sauf. La machine expirait en laissant échapper un soupir de soulagement.

Christian Craillon me saisit la main et la secoua.

— Bonjour, monsieur le président.

Je ne l'entendais pas s'excuser de m'avoir importuné. Il avait l'air à l'aise. Pas de sudation comme la première fois. Pas de bégaiements, pas de pile de dossiers comme rempart. Je ne me formalisai pas. Pour être aussi détendu, il devait m'avoir préparé quelque chose de bien.

Christian Craillon prit l'initiative de parler :

— Conformément à vos souhaits, monsieur le président, j'ai imaginé une tournée mondiale des paradis bancaires. Pour perdre la trace de vos avoirs personnels, la technique n'a pas varié. Mais en raison de l'importance des sommes en cause, il me paraît indispensable de prévoir un périple différent de « Brunissage ». La sagesse commande en effet de diversifier les circuits de placement.

J'acquiesçai en silence. Je guettais mon ordinateur. N'y avait-il pas à redouter une résurrection démoniaque ? Un affichage compulsif de photos cochonnes sur l'écran pouvait-il encore se déclencher ?

Je me baissai pour débrancher la prise électrique.

L'exorcisme préventif se justifiait. Car là où il était placé, Christian Craillon aurait pu découvrir mon attirance pour les « pompes ».

— A votre intention, monsieur le président, j'ai voulu un acrostiche original. Un terme que vous n'oublieriez jamais pour retrouver la destination de votre argent. J'y ai réfléchi toute la nuit. Je me disais que les bouleversements révolutionnaires qu'a connus le Crédit Général nous offraient une opportunité intéressante à saisir.

Les préliminaires de Christian Craillon tiraient en longueur. J'intervins :

— Faites court.

Mon interpellation ne le fit pas trembler.

— Un peu de patience, monsieur le président. En ces temps de chamboulements révolutionnaires dans la banque, disais-je, une piste mnémotechnique s'impose. Vous allez être très surpris. Il s'agit de la... glorieuse histoire du mouvement communiste.

Je fixai Christian Craillon. Il en était tout réjoui.

— Je le savais ! Je vous avais prévenu. Vous seriez bluffé. C'est que mon idée est la bonne. Le mouvement communiste. Génial ! Voilà comment nous allons procéder.

Christian Craillon ne tenait plus en place sur sa chaise.

— Vous connaissez, monsieur le président, l'amour que je porte aux mots de notre langue. Vous me savez poète. Pour la première fois de ma carrière, je vais commettre une infidélité à l'égard des substantifs. Là, devant vous.

L'excitation de Christian Craillon se communiquait à moi peu à peu. Je me disais qu'il devait avoir une idée incongrue derrière la tête. Je me concentrais sur son raisonnement.

— Nous n'allons pas retenir un nom commun. Non, non. Ce serait quelconque. Nous allons piocher un patronyme dans la liste des grands leaders du... mouvement communiste international.

Christian Craillon sortait une feuille de son porte-documents.

— Je vous lis les noms : Marx, Engels, Lénine, Trotski, Staline, Mao. Pour parvenir à mes fins, je dois vous informer que je ne me suis pas limité aux seuls paradis classés « non coopératifs » par les organisations internationales de lutte contre le blanchiment d'argent. A la différence de « brunissage », j'ai dû élargir aux paradis à « faible niveau », à « niveau moyen » et à « bon niveau » de régulation. Pas d'inquiétude : dans tous les cas, la discrétion est garantie.

Christian Craillon rangeait sa feuille. Il connaissait la suite par cœur.

— Trotski doit être éliminé. Je suis navré. Aucun paradis bancaire ne commence par les lettres O et K. De même, l'absence de X disqualifie Marx. Les paradis de la finance ne sont pas accueillants pour le théoricien du communisme. Ça se comprend. Ils sont rancuniers. Pour faire Mao, comme je l'ai dit, la lettre O fait défaut. Dommage pour le marxisme asiatique, qui méritait mieux. Quoi qu'il en soit, un acrostiche réduit à trois lettres n'offrait pas une sécurité suffisante pour le placement de votre prime. Il était trop facile de remonter la filière. « Président Mao » pouvait s'envisager, mais je n'ai toujours pas de O à ma disposition.

La pénurie de paradis financiers sur terre stimulait la créativité de Christian Craillon. Il avait appris à se débrouiller avec les initiales d'une soixantaine d'Etats. Soit quinze lettres de l'alphabet disponibles. Pas plus. A force de recherches, il pouvait réciter de tête la totalité des mots de la langue française ne comprenant pas de F, de J, de K, de O, de P, de Q, de W, de X, de Y et de Z.

— Restent Engels, Lénine et Staline. Une bonne base

pour travailler. Avec Engels, je vous propose le trajet suivant : Egypte, Niue, Grenade, Egypte de nouveau, Luxembourg et Suisse. Notons au passage le rôle irremplaçable de l'Egypte dans mon système mnémotechnique : c'est le seul paradis débutant par la lettre E. J'exhorte la terre des pharaons à conserver son statut de...

Je craignais que Christian Craillon ne s'aventure dans une digression sur l'avenir de la législation bancaire de l'Egypte. Je lui coupai la parole :

— Pour Lénine ?

— Oui, Lénine. Nous pourrions faire ceci : Liechtenstein, Egypte, Nauru, Israël, Nigeria, Egypte encore.

Christian Craillon n'avait pas l'air emballé par l'itinéraire. Il ne s'attardait pas sur le héros de la révolution d'Octobre. Le Petit Père des peuples l'inspirait davantage :

— Au tour de Staline. L'immense Staline. Seychelles, Tonga, Andorre, Liberia, Indonésie, Nigeria, Egypte. Pas mal du tout. J'aime beaucoup, personnellement. Mais le choix final vous appartient. Un conseil cependant : laissez parler vos affinités électives. Ecoutez votre cœur. Sentez-vous confortable avec votre nouveau patronyme. Un peu comme dans un costume coupé sur mesure. Qui épouserait vos formes, vous voyez...

Christian Craillon s'arrêtait maintenant de parler. Il avait donné son meilleur. A moi de me décider. Je réfléchissais. J'étais à deux doigts de prendre l'option Staline quand Marilyne m'appela au téléphone. Elle m'avertissait que Tino Notti était en ligne. Il voulait me parler. Je pris l'appel.

— Comment va ?

Le prince de la nuit tonnait encore plus que d'habitude. J'éloignai le combiné de mes tympans.

— Nassim était ra-vie de votre passage à Londres.

Sacrée virée, semble-t-il. Je ne vous imaginais pas aussi funky. Nassim m'a un peu raconté...

« Raconté » quoi, au juste ? Une inquiétude me venait. Que savait Tino ? Tous les détails ? Le pelotage de Nassim par Claudio sous mes yeux. L'ecstasy au Ivy. La branlette dans le peep-show. Le désaccouplement brutal devant l'hôtel Marriott.

L'insinuation de Tino me déstabilisait. Je me sentais pris en faute. Tino eut la délicatesse de changer de sujet :

— Merci ! Un grand merci. Voilà le message que Nassim me charge de vous transmettre. Elle aurait voulu vous le dire de vive voix...

Christian Craillon me dévisageait. Sa présence m'embarrassait. Je ne comprenais pas s'il se concentrait sur ma conversation ou sur Staline. Dans le doute, je fis pivoter mon fauteuil pour lui tourner le dos. J'oubliai de demander à Tino ce qui empêchait Nassim de me remercier sans passer par un intermédiaire.

Je ne tenais pas à m'éterniser avec Tino. Au moment où j'allais prendre congé, il chuchota :

— Nassim me charge d'une mission urgente...

Tino éveillait ma curiosité. Qu'avait-il à me révéler au sujet de Nassim ? Me transmettrait-il une déclaration ?

— Vous l'aurez compris, embraya Tino, Nassim est tête en l'air. Elle n'entend rien aux contingences...

Je ne voyais pas le rapport avec les sentiments de Nassim à mon égard.

— C'est stupide... Nassim a perdu toutes ses cartes de crédit...

Je ne m'attendais pas à entendre une histoire de guichet de banque.

— Je le regrette. Mais en quoi puis-je lui être utile ?

— Pourriez-vous... effectuer... le paiement de sa suite au Covent Garden Hotel ?

Je trouvais méprisable de demander le montant de la facture à payer. Tino poursuivit :

— Sa reconnaissance éternelle vous sera acquise...

A quel taux de change se monnayait la reconnaissance de Nassim ? Un achat spéculatif me tentait. Pouvais-je refuser une opportunité de culbute ? Nassim se tournerait vers Murdoch si je me défilais. Grand seigneur, il aurait payé. Je ferais plouc à côté. Murdoch me mépriserait. Nassim aussi.

Je donnai mon accord à Tino :

— Je fais le nécessaire dans la journée. Rassurez Nassim.

Tino me remercia en deux courtes phrases. Il raccrocha.

Je n'avais pas encore posé le combiné que Christian Craillon reprit notre conversation là où elle s'était interrompue :

— Je comprends votre hésitation, monsieur le président. Staline, c'est un peu old school. Prenons Baader ! Baader de la « bande à Baader ». La Fraction Armée Rouge, les années soixante-dix, l'Allemagne terrorisée, les meurtres de patrons... Baader : Bahreïn, Anguilla, Aruba, Dominique, Egypte, Russie.

Choisir le nom d'un assassin de chefs d'entreprise me troublait moins qu'une question pressante : à combien s'élevait l'ardoise de Nassim au Covent Garden Hotel ? Tout dépendait de la durée du séjour. Je me rappelais le luxe des lieux. Les dimensions versaillaises de la suite. Je faisais une estimation rapide. Il y en avait pour un paquet de fric. Cinq mille livres peut-être. Je me tuais à la tâche pour gagner trois francs six sous. Je me creusais la tête pour les mettre de côté. Et Nassim allait tout me prendre. Quand me laissera-t-on sentir l'odeur de mon argent ?

Je me levai de mon siège. Je me dirigeai vers le bureau de Marilyne. Mes aventures avec Nassim ne regardaient pas Christian Craillon. Je demandai à Marilyne d'appeler en vitesse le Covent Garden Hotel et d'envoyer un virement.

Je revins dans mon bureau. Christian Craillon n'attendit pas que je sois à nouveau assis pour redémarrer son boniment :

— Pourquoi pas Negri ? Le condottiere rouge, les Autonomes, l'Italie sens dessus dessous. Plus rock and roll que Staline, non ? Negri : Nigeria, Egypte, Gibraltar, Russie, Indonésie. Un peu court peut-être, mais très original. Impossible à détecter...

Je faisais le bilan des propositions de Christian Craillon. Les noms de Baader et de Negri m'étaient quasiment inconnus. J'aurais été incapable de m'en souvenir. Je les jetai dans les poubelles de l'histoire. Idem pour Engels : un second couteau du marxisme sortirait très vite de ma mémoire. Lénine m'imposait deux passages en Egypte. C'était commettre une imprudence : des troubles agitaient la région. Je revenais à la solution Staline.

Le téléphone sonna. Marilyne avait du mal à s'exprimer :

— Je viens d'avoir l'hôtel... concernant le virement... Avant de l'envoyer, j'ai cru bon de vous prévenir... Comment vous dire... Il y en a pour un peu plus de... de... quinze mille livres. Vingt-trois mille euros... environ... Un peu moins, disons...

Je restai muet. Mon Dieu. Vingt-trois mille euros. A ponctionner sur mes économies. Désastre. On me dépouillait.

Je ne voulais pas que Marilyne perçoive mon embarras. J'essayai d'articuler :

— C'est... ce que j'avais en tête... Oui, c'est ça... Faites le virement...

Je raccrochai. Christian Craillon se foutait de mes soucis. Il avait encore des articles en magasin à me vendre :

— Vous hésitez à nouveau, monsieur le président. Vous avez raison d'y réfléchir à deux fois. On ne prend pas une décision pareille à la légère. Staline vous attire, j'en suis persuadé. Mais permettez-moi de plaider une ultime cause. Celle d'un glorieux communiste. Une figure légendaire.

Tino avait-il mentionné, dans le cours de notre conversation téléphonique, le remboursement ultérieur de mon virement ? Je ne me le rappelais plus. Tout s'était passé très vite.

— Che Guevara ! C'est de lui dont il s'agit. Mon chouchou. Un être admirable, un grand penseur. Un poète à ses heures. Pourriez-vous lui rendre plus bel hommage posthume que d'en faire votre élu ?

J'en étais presque certain désormais, Tino n'avait à aucun moment utilisé les termes de « prêt » ou d'« avance ».

— Che Guevara. Belle gueule. Routard de la révolution. Asthmatique et néanmoins rugbyman. Un Jack Kerouac d'Amérique latine. Pétaradant du nord au sud en Norton 500. Déclamant les poèmes de Pablo Neruda au sommet du Machu Picchu. Rédigeant son journal de Bolivie jusqu'au dernier souffle quand, affamé et saigné dans l'inhospitalière gorge de Yuro, pourchassé par les Rangers et les agents de la CIA, Che Guevara croisa la mort. Il s'abattit, le livre à la main. C'était beau comme l'antique. Honorez la mémoire du magnifique Che Guevara, monsieur le président. Offrez-lui le voyage post mortem dont il rêvait : Chypre, Hongrie, Egypte, Gibraltar, Ukraine, Egypte, Vanuatu, Andorre, Russie, Aruba. Partout, le Che sèmera un message d'espoir. Votre prime l'accompagnera et prospérera.

J'aurais dû préciser la donne avec Tino. Il m'incombait de lever toute ambiguïté sur le remboursement de la note d'hôtel. Je me ridiculiserais si je le rappelais maintenant pour clarifier les choses. L'occasion était passée. Je me détestais d'être parfois aussi couillon.

J'avais commis assez d'enfantillages pour la journée. L'heure n'était plus au romantisme prépubère. Che Guevara ne m'inspirait aucune confiance. Trop star. Trop paillettes. Trop turbulent. Je voulais du costaud pour réaliser un placement sûr. Un chef d'Etat à poigne s'imposait.

— J'ai choisi Staline.

— Vraiment ?

Christian Craillon était dépité. Il pensait m'avoir enrôlé sous la bannière de Che Guevara. Je persistai :

— Oui, Staline. Merci, monsieur Craillon.

« Merci » voulait dire au revoir. Christian Craillon ne bougeait pas. Je levai les yeux vers lui :

— Qu'y a-t-il ?

— Ma sollicitation... Avez-vous oublié ? Je vous en ai touché un mot au téléphone la dernière fois. Lorsque vous partiez pour Londres. Je vous ai dit : « Oserai-je vous soumettre une demande ? » Vous m'avez répondu : « Nous verrons. » Pouvons-nous voir maintenant ?

Je ne me souvenais plus de cet échange.

— Allez-y...

Une appréhension recouvrit le visage de Christian Craillon. Il renouait avec l'anxiété. D'un geste mal contrôlé, il tendit sous mon nez une brochure imprimée. Je lus le titre : « Les poètes prennent le maquis ». En dessous : « Premier festival international de poésie – Massif du Vercors ». Un slogan barrait le bas de la page : « La Résistance des mots contre l'appauvrissement du langage ». A l'intérieur, figurait la liste des poètes-organisateurs. A part Christian Craillon, je ne connaissais aucun nom.

Il bredouillait :

— Nous recherchons des sponsors... Pour soutenir

notre courageuse démarche... A contre-courant des modes...

Qu'irait faire le Crédit Général dans le froid polaire du Vercors ? Pourquoi parachuterait-il des vivres pour secourir des versificateurs inconnus ? Je ne voyais pas l'intérêt de la banque dans cette opération humanitaire. Les Jean Moulin de la rime n'avaient qu'à se débrouiller tout seuls.

Je me retenais pourtant de le dire à Christian Craillon. Sa revendication saugrenue me préoccupait. Je soupçonnais de sa part une tentative d'extorsion de fonds : la protection de ma prime moyennant le versement d'une subvention à la poésie. N'y avait-il pas un risque à l'envoyer se faire foutre ? Ne serait-il pas tenté de se venger ? Mes avoirs seraient menacés d'un enlèvement. Le brigandage du gang Tino-Nassim le démontrait : il fallait vite planquer le magot. Il attirait trop les convoitises.

Je devais trouver une solution. Faute de quoi je ne répondais plus de la loyauté de Christian Craillon. Je me disais qu'un partenariat avec *Le Monde* pouvait me sortir de l'impasse. Au journal, la promotion de l'événement ; à la banque, l'attribution d'un don. Chacun dans son rôle. En échange, on lirait sur la brochure : « *Le Monde* et le Crédit Général soutiennent le festival international de poésie du Vercors. » Une signature plus people était tout aussi bien envisageable : « Jean-Marie Colombani et Marc Tourneuillerie soutiennent le festival international de poésie du Vercors. »

Je soumis mon projet à Christian Craillon. Je lui promis d'appeler moi-même Jean-Marie Colombani, qui verrait à cette occasion quel homme de culture j'étais. Un bienfaiteur des lettres, pas un méprisable boutiquier, le crayon derrière l'oreille. Jean-Marie Colombani cesserait de me mégoter sa considération.

Christian Craillon exultait. Il se jeta sur moi :

— Comment exprimer ma gratitude ? Je me prosterne

devant vous. Je vous baise les pieds. Je vous lèche les semelles. La poésie est mon oxygène. Les vers coulent dans mes veines...

Ses mains moites m'agrippaient.

— Je dépérirais sans le festival du Vercors. Mon existence ne vaudrait plus d'être vécue. Alors, merci de ce que vous faites pour moi. Vous êtes mon sauveur.

Christian Craillon me lâcha. Les yeux en larmes, il se dirigea vers la porte. Au moment de sortir, il se retourna vers moi, renifla bruyamment et se mit au garde-à-vous :

— Opération Staline ! En avant, marche !

Qui prétendrait que le communisme était mort ? Le placement de ma prime attestait au contraire de sa vitalité éternelle. Je reconnaissais en cet instant ma dette envers lui. Il me rendait un précieux service. Au moins n'avais-je pas trahi le dogme : mon tour du monde des paradis financiers respectait la vocation internationaliste du marxisme. Secrets bancaires de tous les pays, protégez-vous.

## 32

— J'adooooore !

Diane prenait des intonations efféminées. C'était nouveau chez elle. Je ne lui connaissais pas cette aptitude maniérée à monter dans les aigus. Elle m'avait accoutumé à davantage de rudesse dans l'expression.

— Subliiiime !

Diane s'extasiait avec beaucoup de sincérité. Elle palpait les doublures en soie de mes costumes Paul Smith achetés à Londres. Elle les avait alignés les uns à côté des autres sur notre lit conjugal.

— Mon Dieu ! Le vert pomme ! Que c'est beau ! Et le bleu pétrole ! Adorable... Quel facétieux, ce Paul Smith. La doublure lilas ? Je m'interroge. Trop coquette à mon goût. Mais chouette...

Diane voulait me convaincre que les couleurs vives convenaient à mes fonctions de président de banque. « Un peu de fun, chéri, montre la voie à tes employés. » Je ne cherchais pas à la convaincre du contraire. Elle insistait. « Sois glamour, abroge la grisaille bancaire. » Depuis quand Diane était-elle devenue une experte en look ? Que savait-elle des convenances d'accoutrement en vigueur dans la haute finance ? Je quittai la chambre à coucher.

A l'écouter parler, je mesurais le chemin parcouru par Diane depuis mon accession à la présidence du Crédit Général. Elle s'était sophistiquée au fil du temps. Je n'avais pas eu le loisir de suivre sa progression au jour le jour. J'étais trop occupé ailleurs. A présent, la branchitude nouvelle de Diane me sautait aux yeux.

A l'origine pourtant, la revalorisation vestimentaire de notre couple avait été entreprise à mon initiative. J'avais provoqué une reprise en main brutale, et imposé de nouveaux standards à Diane.

Nous étions ce jour-là invités à la soirée d'un joaillier genevois dans les salons de l'hôtel de Crillon, place de la Concorde. Pour s'assurer de ma présence, les intendants de la réception précisaient à Marilyne que nous serions assis à la table d'honneur. On me promettait Milla Jovovich à ma gauche, Andie McDowell à ma droite et Ivana Trump en face. Marilyne apprenait également que Diane récupérait Sting d'un côté et Antonio Banderas de l'autre. Personne en revanche ne pouvait m'indiquer les cachets que les stars braquaient pour apparaître dans une occasion pareille. Quant à moi, je présumais que mon invitation me vaudrait deux ou trois demandes de facilités de caisse pendant la soirée. J'espérais qu'une jet-seteuse vienne m'exposer ses soucis d'argent.

Au moment de partir, je découvris l'attifement de Diane. Sous son manteau, se dissimulait une jupe mi-longue en tissu écossais. J'enrageai :

— Où vas-tu dans cette tenue ? A la chorale de l'évêché ? A la tombola du foyer chrétien ? Aux journées portes ouvertes d'Emmaüs ? Enlève-moi ces oripeaux tout de suite ! Tu ne vas quand même pas sortir comme ça. On dirait Cosette échappée du mitard des Thénardier.

Diane examina sa toilette sans comprendre.

Je l'engueulai :

— Là-bas, il y aura des gens du monde, des stars, des patrons... Et donc toute la presse, les photographes, les caméras de télévision. Plein de filles sublimes. Grandes.

Belles. A moitié nues. Tu feras souillon à côté. Veux-tu que l'on te prenne pour la dame-pipi ? Que l'on se moque de toi ? Que l'on médise dans mon dos ?

Diane se mit à pleurer en silence. Je la massacrai :

— Cache-toi. Tu me fais honte. Tu me rabaisses. Gare à toi, Diane de La Rochefoucard !

Diane courut s'enfermer dans le dressing. Elle en ressortit les yeux bouffis. Elle avait enfilé une longue robe noire informe. Au moins le sac à patates attirerait-il moins les sarcasmes que la jupe écossaise.

L'inélégance de Diane ruinait ma soirée. Je la voyais bégayer lorsqu'elle s'adressait à Antonio Banderas. Elle se tassait sur sa chaise quand paradaient au milieu des tables les sex bombs de la jet-set. J'avais honte pour Diane.

Dès le lendemain, je lui imposai un ultimatum. Soit elle changeait d'allure, soit elle serait bannie des mondanités. Diane s'abstint de polémiquer : elle savait que je pouvais me passer d'elle sans dommage.

Elle accepta de se soumettre à un ravalement vestimentaire. Avec mon accord, elle sollicita John Galliano et Alexander McQueen. L'extravagance anglaise de leurs créations ne convenait pas au physique vieille France de Diane. Seul Jean-Paul Gaultier trouva la bonne inspiration. Il ajouta au motif écossais des images pieuses de Christ crucifiés et de pietà ensanglantées. Les références à la chrétienté servaient à customiser les vestes, les jupes, les jupes-culottes, les pantalons, les shorts et même les bermudas. Le couturier inventait pour Diane le style calotin-punk. Elle s'enthousiasmait de tant d'inventions qui réconciliaient haute couture, foi catholique et lointain souci de désirabilité à mon égard.

L'un des modèles de Jean-Paul Gaultier – référence involontaire à notre passé érotique – valut à Diane une courte apparition dans *Elle*. Une photographie, prise lors d'un vernissage, la montrait en jupe queue-de-pie.

Longue derrière et courte devant. Les deux pans tenaient ensemble par un Jésus cloué sur une croix de trente centimètres de long. Le vêtement s'ouvrait, depuis l'aine, sur les solides cuisses de Diane. Le bref commentaire de la journaliste de *Elle*, à l'arrière-goût moqueur, s'amusait des exhibitions de gambettes dans les beaux quartiers. Blessée, Diane rangea définitivement le modèle. Je mis à l'amende les perfides arbitres des élégances, en suspendant toute insertion publicitaire de la banque dans les publications du groupe Lagardère pendant six mois.

Diane ne se découragea pas. Elle s'informait des tendances de la mode. Elle bûchait sur les codes vestimentaires en vogue. L'expérimentation ne lui faisait pas peur. De tâtonnement en tâtonnement, ses goûts s'affinaient. Au terme d'une laborieuse quête esthétique, elle se forgeait une conviction définitive : il fallait s'en remettre au talent des « jeunes créateurs ». Diane érigeait le dogme nouveau en idéologie de vie. Le concept de « jeune créateur » nourrissait ses conversations. L'expression résumait, pour elle, le meilleur de l'humanité d'avant-garde : audace, impertinence et insouciance. Les modèles originaux qu'elle commandait aux « jeunes créateurs » devaient toutefois respecter un impératif : incorporer une référence au tissu écossais. Un styliste bulgare sans le sou, mais proclamé star montante du prêt-à-porter parisien, avait conçu en hommage à Diane une collection entière autour du thème écossais. Il l'avait baptisée « The Scottish Mood ».

Diane adoptait une nouvelle famille. Elle tutoyait les relations publiques, embrassait sur la bouche des post-adolescents fashion, et se précipitait dans les coulisses pour congratuler les créateurs.

Etait-elle dupe ? Croyait-elle être accueillie avec désintéressement ? Les marlous du ciseau la rançonnaient. Une cliente solvable. Beaucoup de fric à dépenser. Devant l'hémorragie financière, j'avais plafonné les subventions aux « jeunes créateurs » à quinze mille euros par mois. Je ne voulais pas piocher dans mes placements « Brunissage » et « Staline » pour renflouer notre compte courant. Diane n'avait pas protesté.

Par son intermédiaire, des demandes de prêts bancaires me parvenaient. Puis des propositions d'investissement au capital des start-up. On prenait le Crédit Général pour le gogo de la haute couture. « C'est un futur Yves Saint Laurent », plaidait à chaque fois Diane. J'enterrais les dossiers. Pas un sou ne sortait de la banque. L'aura de Diane dans les cercles de la mode en prenait un coup.

Si l'apparence de Diane en public m'indisposait moins que par le passé, je me préoccupais des régressions de sa vie intellectuelle. Elle s'absentait un jour sur deux de son laboratoire « Collisions, agrégats, réactivité », UMR 5589 du Collège de France. La spectrométrie d'électrons devenait incompatible avec les noubas nocturnes. Le patron de Diane la réprimanda. Elle l'envoya se faire voir. Elle entreprit alors de débiner la recherche, et plus généralement l'Université. Un ramassis de « mal fagotés », de « traîne-savates », de « malodorants », disait Diane. Ses collègues étaient exclus un à un de son cercle d'amis. Pas assez trendy à ses yeux.

Sa demande de mise en disponibilité pour convenance personnelle fut acceptée dans les quinze jours. Diane quitta le CNRS. Elle se consacrerait sérieusement à la futilité. Mon sketch habituel sur les mérites de mon épouse, son abnégation au travail, sa contribution aux progrès de la connaissance, devenait obsolète. Je n'avais plus rien de flatteur à dire à son propos. Qu'aurais-je pu inventer sur une fashion victim disgracieuse de quarante-cinq ans ?

Notre fils Gabriel ne profitait pas de l'oisiveté nouvelle de sa mère. Diane courait de défilés en show-rooms. Son amour maternel ne réussissait pas à s'épancher. Par compensation, elle gâtait Gabriel, dont la garde-robe était renouvelée de pied en cap. Au rebut, les bermudas de flanelle grise, les polos vert bouteille et les mocassins en cuir. Elle déguisait Gabriel en mannequin de mode. Les dernières nouveautés lui passaient sur le corps. Il se transformait en homme-sandwich.

Le garçon ne semblait pas souffrir de pénurie affective. Il était trop occupé ailleurs. Sa nouvelle passion s'appelait PolPot, le héros de DeathKid, un jeu vidéo tout récent. Comme les enfants du monde entier, Gabriel en avait fait son compagnon de vie. Il ne pouvait plus s'en détacher.

DeathKid était devenu en deux semaines le « shoot'em up » du moment. Gabriel m'avait montré le principe du jeu. PolPot campait le rôle d'un vieillard souffreteux, avec le cœur fragile. Pour sauver sa peau, il n'avait plus qu'une seule solution : prendre en otage toute une école et massacrer les adolescents présents. Au centième assassinat, il gagnait la vie éternelle. S'il échouait, il trépassait d'un infarctus foudroyant.

PolPot faisait ainsi irruption dans la cour de l'école, à l'heure de la récré, armé jusqu'aux dents. Il balançait la purée à la mitrailleuse lourde sans crier gare. Des enfants s'effondraient. D'autres paniquaient et déguerpissaient. La chasse à l'homme commençait. PolPot nettoyait les salles de classe, les réfectoires, les gymnases, les vestiaires. Une extermination en masse. Le combat était inégal. Les collégiens ne disposaient que de moyens de défense dérisoires : boulettes de papier mâché, bombes à eau et boules puantes. Un seul lance-pierres pour eux tous. Mais le nombre jouait en faveur des ados. PolPot s'épuisait à les déloger de leurs cachettes. Il courait dans les couloirs, montait et descen-

dait les escaliers, perquisitionnait dans les chiottes, véri-
fiait sous les tables. Une lutte au couteau. Un qui-vive
angoissant. PolPot frisait l'arrêt cardiaque. Mais quand
il liquidait un môme, il avait le droit d'avaler une gorgée
d'élixir de jouvence. Ça lui redonnait des forces, comme
un pontage coronarien express. PolPot pouvait aussi
choisir de se ravitailler en munitions : balles doum-
doum, grenades à fragmentation, mitraillettes Uzi, flash-
ball. A lui de voir selon ses besoins du moment. Il fallait
faire de la stratégie.

DeathKid s'était vendu à soixante-dix millions
d'exemplaires. En quinze jours seulement. Un hit historique. On se battait pour se le procurer. Des copies
pirates circulaient sur Internet. Des imitations aussi.
Dans Angel of Death, PolPot devenait Mengele. Et dans
Loubianka's Secret, il se nommait Beria. A Hollywood,
les studios Paramount remportaient les enchères des
droits d'adaptation cinématographique. Quarante millions de dollars cash. La Fox s'était fait doubler. Rupert
Murdoch avait piqué une grosse colère.

Le concepteur du jeu était vite devenu une légende
chez les jeunes. Le type s'appelait Morosado. Un Japonais à la retraite. Bidouilleur de logiciels. Ruiné par la
faillite de son fonds d'épargne. Il avait conçu DeathKid
pour divertir les autres pensionnaires du foyer qui l'hé-
bergeait. Les vieux cassaient du jeune ; le jeu faisait un
malheur. Morosado décidait de créer sa start-up avec les
dernières économies de ses copains retraités. Le raz de
marée DeathKid déferlait sur l'univers du divertissement. La plus belle success story de la décennie.

Gabriel ne décollait plus de ses consoles de jeu. Il
était sous hypnose. Rien d'autre ne l'attirait. En dix
années d'existence, il s'était accoutumé à la frugalité
sentimentale. La solitude des jeux vidéo lui convenait.
Savait-il qu'il aurait pu avoir un petit frère ou une petite
sœur ? Quatre ans après la naissance de Gabriel, Diane

était tombée enceinte par accident. Je préconisai l'avortement, mais les convictions catholiques de Diane s'y opposèrent. Le conflit entre nous menaçait de dégénérer lorsqu'un acte manqué nous rabibocha : Diane fit une fausse couche. Un gros coup de bol. Le problème se régla de lui-même. La morale chrétienne était sauve. Depuis, Diane prenait ses précautions.

De sa fréquentation des milieux de la mode, Diane revint avec une nouvelle lubie deux ans après l'interruption involontaire de grossesse. Elle décréta qu'elle désirait adopter un enfant tibétain. Sa passion pour le Free Tibet se révéla lors d'une rencontre furtive avec Richard Gere. De passage à Paris, la star enflammait son auditoire féminin. Diane était transportée. Elle découvrit le bouddhisme et la méditation. Elle honnit l'occupant chinois. Il fallait sauver les enfants martyrs du Tibet qui étaient menacés d'anéantissement.

Mais les démarches d'adoption s'enlisèrent. Le pays se fermait aux étrangers. Diane alerta Richard Gere. Il ne répondit pas. Diane se vexa. Elle abandonna la cause tibétaine et ses orphelins. Gabriel restait finalement fils unique.

En le regardant un jour faire ses devoirs, je me demandais comment je réagirais si des kidnappeurs enlevaient Gabriel. Paierais-je la rançon ? Méritait-il davantage de sollicitude que l'un quelconque de ses camarades de classe moins fortunés ? Fallait-il lui réserver l'argent que je gagnais ?

Je pris conscience d'une injustice : seul mon fils jouirait de mon patrimoine. Il n'aurait pas à le constituer. J'avais trimé pour lui. Je suais au service de son opulence. Il lui suffirait de piocher dans la caisse pour satisfaire tous ses désirs. Il croquerait mon bien entre jeunes gens de sa condition. Des flambeurs sans cervelle, des petits merdeux bourrés aux as. Ou alors, il traînerait avec les PolPot, les Mengele, les Beria des jeux électroniques.

Je bossais, il profiterait. Les privilèges indus de Gabriel me révoltaient. Il y avait enrichissement sans cause. Un délit sanctionné par le Code pénal.

Mon fils unique me donnait envie d'abolir l'héritage.

## 33

Je ne partageais plus grand-chose avec Diane. Nos préoccupations respectives nous tenaient éloignés l'un de l'autre. J'avais renoncé à la tenir informée de mes affaires. Elle ne comprenait toujours rien au mécanisme des stock-options. Ni aux modalités de calcul de ma rémunération variable. Elle ignorait l'existence de « Brunissage » et de « Staline ». Elle croyait que Richard de Suze était une marque d'apéritif liquoreux. Que Jacques de Mamarre était déjà mort. Que Raphaël Sieg était déjà viré. Qu'Alfred Hatiliasse était encore directeur général de la banque. Que Dittmar Rigule était un pilote de Formule 1. Que les fonds de pension relevaient de l'administration pénitentiaire. Que mes tourments sur le vieillissement de la population étaient une obsession œdipienne. Elle m'accusait d'en faire un enjeu personnel.

— Cesse de régler des comptes avec tes parents, me rembarra-t-elle un soir tandis que je lui parlais d'un article du *Monde* sur le financement des retraites.

Je m'emportai contre Diane :

— Mes parents ? Quel contentieux ? Tout va bien. Merci. Ouvre les yeux, bon sang. Je t'explique un phénomène démographique. Objectif. Scientifique. Chiffrable. Une évolution inéluctable... Tragique...

Diane alluma la télévision :

— Je ne vois pas de quoi tu parles.

— Tu ne comprends donc pas que le monde n'a

jamais été aussi décrépit qu'aujourd'hui ? Qu'il devient un peu plus sénile chaque jour ? Tous les pays développés s'encroûtent. Ils raisonnent vieux. Gouvernent vieux. Répriment vieux. Se divertissent vieux. Fantasment vieux. Font tout vieux.

— Tu exagères...

— Mais bien sûr... Aveugle-toi. Fais comme si de rien n'était. Tu devrais quand même te demander à quel camp tu es affiliée. Es-tu vieille ? Es-tu jeune ? Un peu des deux ? Te rattachera-t-on à la génération des nantis ? Ou à celle des sacrifiés ? Personnellement, je pencherais pour la deuxième hypothèse. Tu n'es plus toute jeune, Diane. Mais pas assez vieille, non plus. La pyramide des âges te jouera des tours. Les gros bataillons de retraités vont te passer devant. A eux l'aisance matérielle. A eux la belle vie. Il ne te restera que les rogatons. Je ne serai peut-être pas toujours là pour assurer tes arrières. Et comme tu ne travailles plus pour gagner ta vie... Attention, Diane...

J'éteignis la télévision. Diane se leva du canapé. Elle mit sous le bras ses revues de mode.

— Va voir un psy, conclut-elle.

Resté seul dans le salon, je me disais que mon épouse n'avait jamais été à ma convenance. Avant mon accession à la présidence du Crédit Général, Diane était ingrate mais réfléchie. Depuis, elle était devenue présentable mais inconsistante. L'intellect et le physique suivaient des trajectoires croisées. Diane évoluait dans le no man's land des qualités humaines. Ni bien, ni mal. Tout juste la moyenne.

Je méritais mieux que ça. Beaucoup, beaucoup mieux. Ma rencontre avec Nassim le démontrait. La voilà, la femme d'exception, la femme mention très bien. Des attributs hors du commun. Une beauté mondialement réputée. Un corps universellement désiré. Des jambes, des seins, un cul d'élite. Des milliers d'hommes se branlaient sur sa photo. Moi, je la fréquentais en personne. Moi, je la voyais dans sa chambre d'hôtel. Moi, je dînais avec elle dans les restaurants. Moi, je me murgeais dans les peep-shows. Moi, je lui parlais en langage cru.

L'opportunité de vivre enfin une existence enivrante se présentait à moi. J'avais l'intention d'en profiter au maximum.

Encore fallait-il au préalable me débarrasser de Diane. Il suffisait qu'une bonne occasion se présente. J'étais désormais certain de disposer de moyens suffisants pour m'offrir une grosse cylindrée en remplacement. Rupert Murdoch me montrait l'exemple. Son accouplement avec Wendi Deng attestait de la valeur marchande du statut social.

Les tractations avec Nassim en vue d'un rapprochement de nos deux personnes s'engageaient plutôt bien. En m'emmenant au strip-tease, elle avait fait un geste de bienvenue. Je découvrais grâce à elle les terres de missions érotiques que j'allais conquérir. En retour, il me revenait d'entrer dans la négociation. Je n'avais d'autre choix que de payer la note du Covent Garden Hotel. Je manifestais ma volonté d'avancer, quel qu'en fût le prix. Il n'y avait pas de regrets à avoir, la dépense se justifiait. En principe, la prochaine concession incombait à Nassim. C'était à elle de m'allécher par de nouvelles promesses. Elle découvrirait ses atouts. Je renchérirais. De proche en proche, un arrangement équitable émergerait entre nous. Le Nasdaq du cul me promettait le jackpot.

Une fois acquise la compétence du deal affectif, pourquoi ne recommencerais-je pas l'opération ultérieurement ? Dans dix ans, je répudierais Nassim, comme Diane auparavant. Je proposerais un nouveau protocole de fusion à une autre. Une plus fraîche, une plus belle, une plus célèbre que Nassim. D'énormes actifs personnels seraient engagés dans la transaction. Après dix ans d'extase, je déclencherais un troisième raid sur une cible rajeunie. A chaque décennie, je rechargerais les accus de ma libido. Mes envies se régénéreraient. Mon lit ne désemplirait pas. Je deviendrais éternel.

Je me remémorais souvent la soirée passée avec Nassim. Depuis des semaines, le souvenir de ces moments intenses venait à l'improviste me rendre visite. La nuit, le jour, le week-end, au bureau, en réunion, en avion...

Je mesurais combien mon séjour londonien m'avait perturbé le ciboulot. J'étais profondément marqué. Mon existence avait-elle été à ce point fadasse en émois que la réminiscence d'une scène de peep-show réussissait à me faire bander dans la seconde ? A quarante-cinq ans, j'en étais encore à me palucher sur des chimères. Il fallait que ça change.

En attendant, Diane faisait les frais de mon vice. Elle se pliait à mes cadences infernales. Je n'avais plus qu'à penser à Nassim. Londres. Le peep-show. Les paroles de mon ange noir. « Chienne », « traînée », avait-elle dit. Je les répétais à Diane. Les mots orduriers étaient lancés. Diane ne se rebiffait pas. Je l'outrageais : « Chienne ! » J'entendais les ordres de Nassim : « Tu satisferas le fantasme de Diane. » J'obéissais, j'avais donné ma parole. « Traînée ! » éructais-je à ses oreilles quand j'étais en sueur.

Diane soutenait la surenchère. Un samedi soir récent, elle m'avait même proposé de nous taper un film porno à la télévision. Diane y trouvait son compte dès la première scène. Un rabatteur attirait une touriste tchèque un peu perdue dans un cabaret du boulevard de Clichy. La fille à la peau blanche ignorait ce qui l'attendait à l'intérieur. Elle découvrait stupéfaite un couple nu qui se tortillait sur la scène. La Tchèque s'asseyait au premier rang. Des hommes surgis de nulle part la rejoignaient. S'installaient dans les fauteuils alentour. La pelotaient sous la jupe. On se dégrafait en vitesse. Les hommes, la touriste. Elle suçait un type, puis un deuxième, puis un troisième. Le spectacle descendait dans la salle.

Diane se leva. Je pensai qu'elle allait partir. Elle souleva sa robe écossaise, enleva sa culotte en coton et se rassit. Elle serra les jambes, ne voulant pas que je la touche.

Pouvait-elle s'imaginer que j'avais déjà vécu la scène du film que nous regardions ? En personne. Pour de vrai. Dans une boîte de strip-tease. Pas à la télévision. Pas avec une actrice des pays de l'Est payée une misère. Mais avec Nassim. Une fille consentante. Qui prenait l'initiative. Une vedette internationale. Hors de prix. Qui n'exhiberait pas un bout de sein contre un million de dollars.

J'allais m'apitoyer sur le sort de Diane quand elle se mit à me raconter une histoire du passé :

— Marc, il y a quelque chose que je ne t'ai jamais avoué. Souviens-toi, le jour où nous avons fait connaissance. A la surprise-partie de Babeth à Versailles...

Diane ne quittait pas des yeux la touriste tchèque.

— La veille, avec trois copines, nous nous étions enfuies de Versailles pour voir un spectacle des Chippendales à Paris. Une virée entre filles. Sans rien dire à personne. Je n'avais jamais connu un trouble pareil...

A la télé, un sagouin jouissait déjà dans l'œil de l'actrice. Diane enleva son soutien-gorge.

— Nous étions toutes les quatre assises au premier rang, juste devant la scène. Exactement comme la fille du film. L'un des danseurs s'est approché de moi. A un centimètre de mon visage. Il ressemblait au Richard Gere d'avant le Tibet. Le sosie parfait. Un spot light illuminait son mini-slip. Il donnait des coups de reins. Sa bite a heurté ma joue par accident. Mes copines hurlaient d'hystérie...

Le sperme irritait l'œil de la Tchèque du porno. Des filaments pendaient au bout des faux cils.

— J'aurais voulu qu'il recommence. Qu'il baisse son mini-slip. Qu'il sorte son engin. Et qu'il me gifle avec... Chlac ! Chlac !

Diane se caressait. Ses seins dénudés ballottaient. Elle les frottait l'un contre l'autre.

— J'ai avancé mon visage vers le Chippendale.

— Devant tout le monde ?

— Oui, devant tout le monde... Devant mes copines qui s'arrachaient les cheveux sous l'empire du désir. Pour montrer aux petites bigotes de Versailles comment ces choses se pratiquent... A la sortie du spectacle, le diable fornicateur avait pris possession de nos corps de jeunes filles. Sur le chemin du retour, nous n'avions plus qu'un seul sujet de conversation à la bouche : la fellation. Je lançai un pari : sucer le premier venu. Un inconnu. Rencontré au hasard. Sans les préliminaires. « Bonjour monsieur, une petite pipe ? Oui ? Maintenant ? C'est parti... » Et tout raconter aux copines. Les détails. Les dimensions. Les grimaces. Je voulais gagner le pari. A la fête de Babeth, tu avais la tête du bon client. Du type qui ne raterait pas l'occasion. Je t'ai sauté dessus. Je t'ai provoqué. Tu m'as emmenée dans ta voiture d'étudiant. J'avais bu pour me donner du cœur à l'ouvrage. Tu comprends maintenant ma motivation... Ne m'en veux pas... Mes copines étaient estomaquées...

— Tu leur as tout rapporté ?

Diane hésita :

— Oui, à peu près... J'ai enjolivé à la fin. J'ai prétendu que tu avais joui. Partout dans l'auto... Sur le volant, sur les sièges... Jusqu'au pare-brise...

Diane se tourna vers la télévision. Elle souriait.

Dans mon souvenir, j'avais bien éjaculé. Peut-être pas

jusqu'au pare-brise. Mais sur les sièges, sur mon pantalon, oui. Et sur Diane aussi. Tout autour de moi. Pourquoi « enjoliver à la fin » ?

Je me rappelais très précisément le déroulement de cette soirée. Diane m'avait mis la main au panier dès les premières notes de *Do You Wanna Touch Me ?* de Gary Glitter. Je n'en revenais pas. On ne m'avait jamais proposé la botte si vite.

Je croyais alors avoir harponné une vraie débauchée. C'était rare à Versailles. J'en redemandais. Je ne voulais plus la lâcher. Pendant deux semaines, Diane me gâtait tous les soirs dans la voiture. Je m'attachai à elle. Nous nous découvrions des affinités. Nous faisions des serments pour l'éternité. Je décidai que Diane deviendrait ma femme.

Je comprenais aujourd'hui l'origine de la maldonne. Un pari entre fans de Richard Gere en slip m'avait abusé ! La fièvre des débuts était vite retombée, sitôt oubliés les déhanchements du Chippendale. La routine conjugale s'installait. J'attendais un sursaut. Rien ne venait. Il était cependant trop tard pour se dédire. J'avais donc épousé Diane.

A présent, elle observait l'actrice du film X en plein labeur. La fille continuait gentiment à enfourner tout ce qui se présentait à elle. Son œil enfoutré restait clos.

Entre les jambes de Diane, les mouvements de la main s'accéléraient.

En la regardant s'activer seule, je me disais que Diane m'avait perverti. J'étais encore innocent au moment de notre première rencontre. Je n'avais jamais couché dans des délais aussi courts. Je ne m'étais jamais fait pomper en voiture. C'était elle qui avait éveillé la tentation en moi. Par imposture de truqueuse. Par vanité de pisseuse.

A mon tour de la jeter dans le caniveau du stupre. J'allais la traîner dedans. Lui rendre la monnaie de sa pièce. Elle serait souillée. Rassasiée de dévergondage.

Elle implorerait ma clémence : « Arrête, pitié, je n'en peux plus, délivre-moi de mes penchants... »

J'attrapai le sein gauche de Diane. Je désignai l'actrice tchèque :

— Tu aimerais être à sa place ? Assaillie de toutes parts. Imagine une meute de Chippendales autour de toi...

Diane imaginait. Je pinçai son téton entre deux doigts :

— Je veux t'entendre... Parle...

Diane n'attendait que mon invitation pour se lancer. Elle ouvrit les vannes du défoulement verbal :

— Oui ! Oui ! Venez à moi, désirables danseurs... Exhibez vos corps athlétiques... Tendez vos muscles saillants...

La main de Diane frétillait entre ses cuisses. Elle ne s'occupait plus de moi. Elle proférait ses insanités les yeux fermés :

— Prouvez-moi que vous êtes vigoureux... Baissez ces slips superflus... Abusez de moi... Vous avez tous les droits... A l'attaque !

Je regardais Diane. Elle s'emballait.

— Oui ! Par-devant ! Par-derrière ! Outragez-moi...

Je bandais indécis.

Soudain, Diane jura :

— Richard Gere !

Je restai stupéfié.

— Richard ! Mon Richard !

Une épilepsie s'empara de la main de Diane. Elle se martyrisait.

A la télévision, l'actrice tchèque se prenait éjaculation sur éjaculation en plein visage. Diane écarquillait les yeux.

— Fais de moi ce que tu voudras, Richard...

La Tchèque s'épongeait les lèvres, les joues, le nez, le front. Une dernière giclée, venue d'on ne sait où, la

305

frappait par surprise au menton. L'actrice croyait en avoir terminé. Elle sursautait.

— Vas-y, Richard ! Free Tibet !

La main de Diane se raidit. Les muscles de ses jambes se durcirent. Elle expira un ultime « Richard ».

Puis tout son corps se relâcha. Elle se leva et tituba vers notre chambre à coucher.

Elle ne m'embrassa pas pour me souhaiter bonne nuit.

## 34

Raphaël Sieg entra au moment où Jean Rameur sortait. Ils se croisèrent devant la porte capitonnée de mon bureau. Raphaël s'écarta poliment pour laisser passer l'ex-flic. Jean Rameur ne le remercia pas. Ne le considéra pas. Ne le salua pas. Il s'en allait remplir la mission de mouchardage top secret que je lui avais confiée. Raphaël Sieg le regarda s'éloigner dans le couloir.

Jean Rameur devait désormais se fondre dans le paysage de la banque. Il commençait mal. Sa dégaine pouilleuse détonnait à l'étage de la présidence du Crédit Général. Le regard était immédiatement attiré par sa banalité crade. Je me demandais si j'avais fait le bon choix. La fin de l'entretien me laissait un doute.

Entre le rendez-vous avec Jean Rameur et celui avec Raphaël Sieg, j'espérais disposer de quelques instants pour téléphoner une énième fois à Jean-Marie Colombani. Le cardinal de la presse écrite n'avait pas daigné retourner mes appels. Il n'était jamais disponible. En rendez-vous, en réunion, en ligne, en déplacement. Toujours ailleurs. Je n'avais pas encore eu l'occasion de lui proposer le parrainage du « Festival international de poésie du Vercors ». N'avait-il pas cinq minutes à me consacrer ? Prétendrait-il que son emploi du temps était davantage encombré que le mien ? Y avait-il plus urgent à ses yeux que de s'entretenir avec moi ?

Je m'étais fourré dans un joli merdier avec ce festival. Christian Craillon harcelait Marilyne : « Avez-vous des

nouvelles ? Que se passe-t-il ? » Marilyne répondait :
« Colombani est injoignable. » Christian Craillon s'énervait. Il devenait même agressif.

Hier, il avait surgi à mon secrétariat : « Que me
cache-t-on ? Dites-moi la vérité... » Marilyne tâcha de le
tranquilliser. Non, je n'avais pas parlé à Colombani.
Oui, je continuais d'essayer. Marilyne m'avouait que
Christian Craillon la terrorisait. Elle lui trouvait une tête
d'aliéné. Elle pensait qu'un jour il deviendrait violent.

J'en voulais à Jean-Marie Colombani. Il me snobait.
Par malveillance ? Par calcul ? Par mépris ? Par indifférence ? Par goujaterie ? Par incompétence ? J'égrenais
les hypothèses. Je me torturais les méninges pour tenter
de comprendre. N'avais-je pas droit ès qualités à la sollicitude universelle ? Existait-il encore une seule personne
sur terre qui ne se précipiterait pas pour s'entretenir avec
moi ?

L'offense de Jean-Marie Colombani à mon égard
méritait trois claques. Il allait me le payer cher. Quand
je l'aurais au bout du fil, je n'en laisserais rien paraître.
J'accepterais les excuses qu'il me présenterait : « Je
vous absous, Jean-Marie, il n'y avait rien d'urgent, ne
vous faites pas de mouron pour moi. » Je compatirais de
son surmenage : « Mon pauvre Jean-Marie, quelle vie
de forçat vous menez. » Il se sentirait piteux. Il n'oserait
pas me refuser son soutien à la poésie. Il dirait oui. On
terminerait la conversation en se jurant de déjeuner
ensemble. « Dans un resto sympa. » Sitôt raccroché, ma
vengeance s'abattrait. Je couperais les vivres au *Monde*.
Plus une pub de la banque pendant un an. Ouallou. Je
lui rabattrais son caquet, au préfet de l'actualité. Ma
sournoiserie le perdrait. Qu'il ne s'avise pas de quémander un crédit à la banque. Je m'en tapais du pluralisme
de la presse. Je voulais juste que Christian Craillon soit
content.

Lorsque Jean Rameur était apparu devant moi, je m'étais rappelé les mots de maître Tombière à son sujet. « Tout rachitique... »

Maître Tombière avait le compas dans l'œil. Jean Rameur ne pesait pas lourd. J'avais beau être prévenu, les menues proportions de ma barbouze me surprirent au premier coup d'œil. Il avait à peu près la complexion de Stanley Greenball, le patron du Crédit Général UK. La différence entre eux tenait à l'allure. Jean Rameur s'habillait total look avachi. Veste molle, pantalon gondolé aux genoux, chaussettes sans élastique, chaussures à semelles de crêpe. Rien ne tenait droit sur lui.

Sa chemise marronnasse s'ouvrait sur un torse glabre. Les os ressortaient. Sa peau devait avoir été badigeonnée à la nicotine. Elle en avait la couleur. Jean Rameur sentait le bistrot parisien. Un mélange de piquette et de tabac brun.

Il avait l'air d'un junk en attente de sa dose. Front luisant, cheveux collés, yeux bouffis, pores dilatés, dents grises. Les doigts étaient tremblants et les ongles rongés. Jean Rameur n'avait rien d'un James Bond. Je me demandais par quel miracle il était parvenu à séduire Ernesto. Le travesti argentin aurait pu lever plus folichon au bois de Boulogne.

A peine assis devant moi, il s'autorisa à fumer une Camel sans filtre. Je laissai faire. Marilyne apporta vite un cendrier. Jamais une cigarette n'avait été consumée dans ce bureau depuis que je l'occupais. Même Alfred Hatiliasse, qui grillait trois paquets par jour, ne se le serait pas permis.

Je dévisageai Jean Rameur un long moment. La répugnance initiale qu'il m'avait inspirée se dissipait peu à peu. Sa décrépitude me désénervait. J'oubliais Jean-Marie Colombani et Christian Craillon. N'étais-je pas en présence d'un sous-homme ? Ne ressemblait-il pas à un détritus doué d'entendement ? On avait envie de le molester. De le bousculer, de le chiffonner, de le cogner. Pour bien vérifier qu'il ne réagissait pas en être humain.

Jean Rameur me libérait des conventions de la bonne conduite en société. J'aurais pu le caser dans un coin, sa compagnie ne m'aurait pas gêné. Quoi que je puisse dire ou faire de méprisable, je ne déchoirais jamais aussi bas. Je décidai de m'adresser à lui comme s'il s'agissait d'un rouleau de PQ, d'un chewing-gum usagé ou d'une corbeille à papiers. J'avais trouvé un confident.

Jean Rameur avalait la fumée de sa Camel. Il tenait la cigarette entre le pouce et l'index, comme un vieil aristocrate russe oublié dans les geôles du Goulag.

— Que puis-je pour vous, monsieur Tourneuillerie ? demanda-t-il.

Je lui renvoyai la question :

— C'est à vous de me le dire...

Il tira une taffe :

— Tout ce que vous voulez... A votre service. Je m'occupe exclusivement des affaires personnelles. Je fais de l'artisanat, pas du corporate. Ne sont pas dans mes cordes les manœuvres anti-OPA, les divulgations d'informations financières, les rumeurs boursières, les gestions de crise, la veille Internet, la surveillance des concurrents, les enlèvements de dirigeants, les enquêtes de pré-embauche... Pareil pour les attentats, dénigrements, fraudes, extorsions, corruptions, déprédations, piratages, abus, contrefaçons, falsifications... S'il s'agit d'un gros coup, voyez plutôt une « world's leading risk consulting company ». Du genre Kroll ou Control Risks Group.

— Oui, je connais...

Jean Rameur ne m'entendit pas. Il poursuivit :

— Le chic du chic de l'espionnage économique. « Solutions for risks at every stage of business », comme ils disent. Des men in black à plusieurs milliers de dol-

lars par jour. Des anciens des services secrets en costumes Calvin Klein...

— Je vous dis que je les connais. Ils ne conviennent
pas aux circonstances... Pas du tout...

Jean Rameur écrasa le mégot de sa Camel dans le
cendrier siglé Crédit Général :

— Parfait, monsieur Tourneuillerie. Je tenais à lever
tout malentendu. Ne nous racontons pas la bonne aventure. J'imagine que maître Tombière vous a instruit de
mon cas. Il a dû vous dire que j'étais un boueux. Que
j'évoluais entre poubelles et caniveaux. Il a raison...

Je ne démentis pas.

Jean Rameur sortit une autre cigarette sans filtre, et la
tassa sur un coin de la table.

— Qu'est-ce qui vous ferait plaisir ? Passez votre
commande. N'hésitez pas.

Il parlait sans prétention. Sa clairvoyance sur lui-
même m'inspirait confiance.

— Je veux tout savoir, annonçai-je. Ce que pensent,
ce que disent, ce qu'écrivent mes actionnaires et mes
collaborateurs...

— Légitime aspiration...

— Interceptez leurs conversations et leur correspondance... Faites-en-moi le compte rendu au mot le mot...

Jean Rameur sortit un calepin écorné et un stylo pro-
motionnel Manix Endurance.

— Les noms ?

J'énumérai :

— Richard de Suze, Jacques de Mamarre, Dittmar
Rigule...

Le stylo de Jean Rameur était à sec. Il attrapa un
Mont-Blanc plaqué or sur mon bureau. Il nota les noms.

— Raphaël Sieg, Matthew Malburry, Claude de
Mamarre, Stanley Greenball, Christian Craillon, Catherine Bensimon...

— Tant de monde ?

Je continuai :

— Jean-Marie Colombani, Rupert Murdoch, Richard Branson,...

— Stop !

— Bill Gates, maître Tombière, Marilyne...

— Oh ! On s'arrête ! Stop !

Il y avait longtemps que l'on ne m'avait ainsi donné l'ordre de me taire. L'injonction du gnome me laissa baba. Elle révélait la résolution qui se dissimulait dans le tréfonds de sa personnalité, là où il était venu puiser la force morale de combattre et de vaincre les institutions de l'Etat. Maître Tombière ne s'était pas trompé : Jean Rameur savait se surpasser.

— On se calme... reprit-il un ton en dessous.

Il rangea mon stylo Mont-Blanc dans sa poche-revolver.

— Il faut que je vous explique la procédure, monsieur Tourneuillerie. Je présume que vous avez des systèmes de sécurité dans votre établissement...

— La banque en est truffée. Ici, tout est capté, reniflé, filtré, stocké et analysé. Les lettres, les conversations téléphoniques, les disques durs, les mails, les connexions Internet, les fax, les photocopies, les véhicules, les parkings, les couloirs, les bureaux... Nos grandes oreilles peuvent déceler le moindre battement de cils. Un mot malheureux d'un collaborateur, et j'en suis informé dans les dix minutes. Il va de soi que tout est légal. Les salariés sont prévenus. La vie privée et les droits syndicaux sont protégés.

— Je n'en doutais pas, monsieur Tourneuillerie. C'est précisément ce qui limite mes possibilités d'intervention. Pour ce que vous me demandez de faire, je ne peux pas utiliser les moyens légaux de la banque. Ce serait trop risqué pour vous. Je suis contraint de bricoler.

Le nabot alluma sa Camel bien tassée :

— Voici comment procéder. J'installe une bretelle un

peu grossière sur un téléphone et une messagerie électronique. Sur une seule ligne, et uniquement à l'intérieur de la banque.

— Pourquoi une seule ?

— Vous allez comprendre. Une fois mon équipement d'amateur branché, je teste la réaction. Suis-je repéré par vos « grandes oreilles » ? Non ? Alors, j'élargis le dispositif. Je flique qui vous voulez... Ce n'est pas de mon ressort, mais j'estime que le responsable du fiasco sécuritaire mériterait d'être viré...

Je revoyais les visages d'Alfred Hatiliasse et de Boris Zorgus, les défunts concepteurs des dispositifs de protection de la banque.

— C'est fait... Que se passe-t-il si vous êtes attrapé ?

— Vous vous faites victime. Vous criez au scandale. Vous accusez vos concurrents de manquement grave à la morale des affaires. « Voyous ! Brigands ! Crédit Généralgate ! » En ce qui me concerne, je ne vous cafterai pas. Mon silence est compris dans les honoraires.

Jean Rameur gomma avec la main les luisances de sébum qui brillaient sur son nez et alentour. Il regardait ses doigts et les essuyait sur le pantalon.

— Par qui dois-je commencer dans votre liste de noms à mettre sur écoutes ?

Je réfléchis. Les contraintes techniques de Jean Rameur m'imposaient de biffer les ennemis de l'extérieur : Richard de Suze, Dittmar Rigule, Jean-Marie Colombani, Rupert Murdoch et tutti quanti. Quelle déconvenue ! Je jubilais d'avance de pouvoir lire la retranscription de leurs secrètes vilenies. Elle m'aurait tellement consolé, moi qui me désolais d'entendre le vice constant de mes pensées. Les autres ne valaient pas mieux que moi. J'en avais la conviction. Ne me manquait plus que la preuve. J'attendrais un peu.

Je passai en revue les collaborateurs de la banque. J'éliminai sans hésiter Raphaël Sieg, Matthew Malburry

313

et Stanley Greenball. Nous étions presque du même moule. Ils raisonnaient comme moi. Mais en moins bien. Ils ne m'apprendraient rien d'utile. Quant au pre mortem Jacques de Mamarre, il avait déjà neuf doigts de pieds dans la tombe. Sa prochaine agonie ne justifiait pas l'intervention prioritaire de Jean Rameur.

Ma short list ne comprenait plus que deux finalistes : Christian Craillon et Catherine Bensimon. A mes yeux, Christian Craillon appartenait à une galaxie mentale méconnue. J'avais du mal à le saisir. S'agissant du gardien de ma fortune, il était d'autant plus utile de sonder les recoins éloignés de son cerveau. L'enjeu se chiffrait en millions d'euros.

Mon raisonnement ne me convainquait qu'à moitié cependant. Pour être étrange, Christian Craillon restait prévisible. Un employé de banque vieille école, comme il en existait tant. Respectueux, pointilleux et dévoué. Jamais d'excès. Un hobby obsessionnel pour seule récréation. Lui, c'était la poésie. Pour d'autres de son espèce, c'était la numismatique romaine, les chants grégoriens, l'observation des étoiles ou la gravure sur cuivre. Cafard garanti. Que me révéleraient les écoutes de Christian Craillon ? Rien que la vacuité de son existence et la loufoquerie de son cercle de troubadours du Vercors.

Catherine Bensimon me laissait espérer bien davantage. N'incarnait-elle pas l'énigme de la féminité, l'autre moitié de l'humanité ? Celle de l'incompréhensible altérité. Jean Rameur m'offrait l'occasion inédite de découvrir le cheminement de la psychologie de ma JAP. De remonter le cours de ses raisonnements. D'atteindre le noyau de ses sensations. Je n'allais pas rater l'occasion. La captation clandestine des conversations de Catherine Bensimon me livrerait enfin les réponses aux questions fondamentales. Pensait-elle à moi ? Que ressentait-elle en me voyant ? Pourquoi montrait-elle les fentes et les rondeurs de son corps ? A qui s'adressait son indécence publique ? Ignorait-elle l'effet produit autour d'elle ? Que Stanley Greenball reluquait sa chatte ? Que le chef économiste du Crédit Général UK bandait pour ses seins ? Que tous les brokers de la salle des marchés à Londres rêvaient de son cul ?

Je voyais clair dans le stratagème de Catherine Bensimon. Elle bavassait péril nippon mais pensait sexe. Sa prolixité sur le naufrage imminent du Japon n'était qu'un leurre. Elle cherchait à m'attirer dans ses filets. Mais je n'étais pas dupe. Sa mise ultra-sexy ne mentait pas, elle. L'incontrôlable libido jaillissait de partout. Du chemisier échancré, du pantalon moulant, du string gracile. La lecture des confessions de Catherine Bensimon confirmerait la justesse de mon intuition. Je l'entendrais avouer : « Oui, je provoque les hommes à dessein. Oui, mon impudeur allume leurs désirs. Marc Tourneuillerie veut me sauter. Pas étonnant. J'ai tout fait pour. Qu'il y vienne. J'accéderai à la requête de mon patron. Je suis à ses ordres. Pieds et poings liés. »

Muni de mon sauf-conduit secret, je partirais à l'assaut de Catherine Bensimon. J'irais la débaucher pour de bon. J'attacherais la chienne au bout d'une laisse. Puisqu'elle le demandait.

— Catherine Bensimon !

Je m'étais exclamé.

— Crédit Général UK ! Londres !

Jean Rameur nota dans son petit carnet :

— Catherine B.E.N.S.I.M.O.N... Parfait...

Je me levai de mon siège. Je cherchai un moyen de saluer Jean Rameur sans lui serrer la main.

L'ex-flic restait assis.

— Et votre femme, monsieur Tourneuillerie ?

— Ma femme ? Qu'y a-t-il ?

Jean Rameur paraissait surpris :

— Je pensais... Maître Tombière m'avait dit... Ou peut-être sous-entendu... Que vous seriez intéressé...

Il s'alluma une Camel sans filtre. Son embarras ne lui avait pas laissé le temps de tasser sa cigarette.

Jean Rameur se mit debout d'un bond. Il ne me tendit pas la main.

— J'ai dû mal comprendre... Au revoir, monsieur Tourneuillerie...

Il traversa mon bureau. Je n'eus pas le réflexe de le retenir. Il ouvrit la porte. Raphaël Sieg surgit juste derrière. Il était trop tard pour faire revenir Jean Rameur.

35

Raphaël Sieg prit place sur un canapé design, dans le coin salon de mon bureau. Je le rejoignis. Il reniflait l'air. L'odeur de Jean Rameur imprégnait la pièce.

Depuis combien de temps Raphaël attendait-il le moment de me parler en face ? Notre dernier tête-à-tête remontait à plusieurs mois. Au lendemain de l'annonce du plan social au Stade de France. J'avais expédié Raphaël en trois minutes. Sa présence m'était devenue intolérable. Il me snobait. A me regarder de haut. A porter des jugements sur ma conduite. Je voulais qu'il souffre le martyre. Qu'il ravale ses réprimandes de chochotte.

Le temps travaillait pour moi. Raphaël s'épuisait en travaux herculéens au service de ma fortune. La bête commencerait un jour ou l'autre à fatiguer. Je m'y connaissais en chevaux de labour. L'exécution pourrait bientôt s'envisager. Raphaël viendrait de lui-même s'agenouiller devant moi. Il me demanderait de lui tirer une balle dans la nuque. Je le ferais. Il ne se rebifferait pas. Il serait content d'en finir.


J'avais longtemps refusé de recevoir Raphaël Sieg. C'était le supplice que j'avais choisi de lui infliger. Je ne le convoquais jamais dans mon bureau. Je ne sollicitais jamais son avis. Je ne réunissais jamais plus le comité exécutif.

317

Raphaël Sieg quémandait des rendez-vous auprès de Marilyne. De temps en temps, je lui concédais une petite demi-heure loin dans mon agenda. A la dernière minute, je me décommandais. Sans donner de justification. Puis j'attendais un long moment avant de lui accorder une autre entrevue. Je posais un nouveau lapin. Et ainsi de suite.

Raphaël Sieg continuait de m'appeler. Il me courait après. J'entendais Marilyne dans le bureau d'à côté : « Marc est navré, un empêchement... » Elle se débrouillait pour que je puisse écouter son boniment. C'était devenu une coutume entre nous. A chaque fois que Raphaël Sieg demandait un rendez-vous. A chaque fois que Marilyne le rappelait pour annuler. Elle savait que le petit manège m'amusait. Lorsqu'elle venait ouvrir la porte de mon bureau d'un air vicelard, je comprenais que Raphaël était en ligne. Je me levais. Je m'approchais. J'écoutais Marilyne jouer la comédie. Elle parlait mielleux : « Vous devez être tellement déçu, vous attendiez ce rendez-vous depuis si longtemps, mon pauvre Raphaël, j'aimerais vous aider de tout mon cœur, j'essaierai de vous trouver cinq minutes entre deux engagements, allez, consolez-vous, mon pauvre Raphaël... » On aurait dit une prostituée consolant un jeune client victime d'une impuissance intempestive.

Le baratin terminé, Marilyne refermait la porte de son bureau. La main sur la poignée, elle me regardait un moment. En silence. Parfois elle rajustait sa jupe. Elle remettait ses cheveux en ordre. Elle s'essuyait la bouche. Comme si nous venions de tirer un coup. En nous excitant à écouter la complainte de Raphaël Sieg. Le haut-parleur du téléphone à fond : « Pourquoi Marc me fuit-il, qu'ai-je fait, que me reproche-t-on, comment expliquer ma disgrâce ? » Marilyne devenait une exhibo du mensonge. Dans ces moments-là, elle faisait la tête d'une actrice de porno amateur. Moyennement jolie. Les yeux hors de la tête. Face caméra. « Oui, oui, je compatis, Raphaël, je transmets le message, je ne vous oublie pas, oui, oui, continuez, continuez, oui, oui, continuez à appeler, encore, encore. »

Raphaël confessait souvent à Marilyne son désespoir d'être ignoré. Elle me rejoignait alors dans mon bureau. Nous causions du cas Sieg. Gobait-il nos excuses ? Etait-il dupe de nos bobards répétitifs ? Marilyne assurait que oui. Elle prétendait être convaincante. Les prétextes inventés tenaient la route d'après elle.

Je pariais le contraire. Raphaël Sieg comprenait qu'il était placé en quarantaine. Il savait que je refusais intentionnellement de m'adresser à lui. Je me demandais combien de temps il tiendrait avant l'internement.

La persévérance de Raphaël semblait donner raison à Marilyne. Il ne lâchait pas prise. Il ne se lassait pas de me relancer. Des appels de détresse sans écho. Voulait-il se convaincre que mon indifférence à son égard n'était qu'un oubli ? « Je suis ici, Marc, regarde-moi, parle-moi, s'il te plaît, j'existe », geignait-il. Mon mutisme répondait à ses exhortations. Je lui imposais une disparition sans cadavre. Je lui interdisais le travail de deuil. Raphaël Sieg ne savait que faire. Il étouffait dans le confinement de la banque.

Pendant toute cette période, Raphaël ne communiquait avec moi que par l'intermédiaire de mémos. Je ne pouvais lui interdire de me les envoyer. Il me décrivait par écrit l'état d'avancement de ses missions. Les progrès constatés. Les obstacles rencontrés. Les décisions repoussées. Je n'intervenais pas dans son travail. Je ne commentais pas. Je ne tranchais pas. Je le laissais se dépêtrer. Tout au plus lui balançais-je des coups de pied dans les tibias de temps en temps. Par personnes interposées. Histoire de le stresser. A Matthew Malburry, je disais : « Je doute que Raphaël Sieg parvienne à atteindre les objectifs de rentabilité que nous nous

sommes fixés. » Je daubais devant Claude de Mamarre :
« Que fout Sieg, bon Dieu, pourquoi le plan social
prend-il du retard, où en est la publication mensuelle des
résultats ? Il ne me tient pas au courant. » Mes vacheries
étaient colportées aussitôt. Elles parvenaient jusqu'aux
oreilles de Raphaël Sieg. Elles s'insinuaient en lui. La
rumeur d'une disgrâce courait les couloirs de la banque.
On savait que je ne le voyais plus. On supputait une
trahison de sa part. Il avait comploté contre l'élan populaire du Stade de France, disait-on. Il avait saboté la
grande révolution culturelle et bancaire. On ne donnait
pas cher de la peau du reclus.


La dernière note que je reçus de Raphaël Sieg ressemblait à un communiqué de victoire. Elle était tamponnée
« Très important ». Elle m'avertissait de l'achèvement
définitif des travaux dont il avait la charge. Un succès
sur toute la ligne, prétendait-il. Le Crédit Général était
enfin en ordre de marche. Deux ou trois incertitudes
mineures subsistaient cependant. Elles supposaient des
arbitrages du président. Aussi, Raphaël souhaitait-il
s'entretenir avec moi.
    Cette fois, je décidai de le recevoir. De toute urgence
même. Je demandai à Marilyne de le convoquer fissa
dans mon bureau. Il devait rappliquer dès la fin de mon
rendez-vous avec Jean Rameur. Je pensais que cette
accélération impromptue des événements contribuerait à
déstabiliser un peu plus Raphaël.
    Lorsqu'il apparut face à moi, je découvris sa sale tête
de dépressif. Il me faisait de la peine. Avec son air cold
wave à la David Byrne en descente d'acide. Plus rien à
voir avec le Jean-Claude Killy médaillé olympique que
j'avais connu. L'allure de Raphaël Sieg ne valait pas
beaucoup mieux que celle de Jean Rameur. Cette jour-

née était celle du défilé des débris humains dans mon bureau.

Je me préparais à un entretien rasoir. Je devrais écouter une à une les lamentations de Raphaël. Comprendrait-il qu'il formulerait ses dernières volontés ? Après quoi, je l'enverrais au diable.

— Nous avons beaucoup de choses à nous dire... l'un et l'autre... L'un sur l'autre...

Raphaël Sieg devait avoir répété devant un miroir sa phrase d'introduction. Je la trouvai déplacée. Elle mettait une touche d'impudeur dans une réunion de travail. « L'un et l'autre ? » « L'un sur l'autre ? » Pourquoi pas « l'un avec l'autre » ? Ou « l'un pour l'autre » ? Etions-nous à ce point intimes ? Fallait-il s'épancher comme un vieux couple qui se revoit pour la première fois depuis sa séparation ?

— Je t'écoute...

Raphaël établit l'ordre du jour de notre discussion :

— Nous parlerons d'abord des affaires de la banque. Ensuite, je souhaiterais que nous ayons une discussion plus privée.

— Je t'écoute...

Le préambule de Raphaël n'était pas terminé :

— Prévoyons une bonne heure d'entretien. Je voudrais avoir le temps de m'expliquer avec toi. Car, sur le plan personnel, j'aurais à formuler premièrement une inquiétude grave, deuxièmement une exigence forte.

Quel programme ! Je n'avais jamais entendu Raphaël Sieg employer un ton si directif. Surtout pas avec moi. Je trouvais que le rôle de l'homme décidé n'était pas taillé pour lui. Ses répliques sonnaient bidon. Raphaël prétendrait-il avoir pris une résolution ? L'imposture ne m'abusait pas. Raphaël Sieg était une lopette. Il le resterait à vie.

— Je t'écoute...

Il fallait bien que Raphaël démarre cette fois. La retenue de mes propos le dérangeait.

— Commençons par le plan social. Toutes les procédures sont prêtes. Tu n'as plus qu'à appuyer sur le bouton pour la mise à feu.

Raphaël Sieg me tendit un épais document broché. Un « Confidentiel » rouge vif barrait la page de garde.

— Voici la liste complète des collaborateurs licenciés. Classés par ordre alphabétique. Quinze pour cent des effectifs. Un peu plus de quinze mille personnes. Suivant tes instructions, j'ai sélectionné tous les mauvais. Je n'ai tenu aucun compte de l'ordre d'inscription dans les « antennes plan social ».

J'attrapai le listing. Raphaël Sieg m'en précisa le contenu :

— Attention, la deuxième partie du rapport comporte la liste complémentaire que tu m'as demandé d'établir. A peu près dix mille salariés en plus. Dix pour cent des effectifs virables du jour au lendemain. D'un claquement de doigts. Au total, vingt-cinq pour cent des effectifs. Leur sort est entre tes mains.

Raphaël tenait à mettre les choses au point :

— Il me faut un accord formel de ta part sur les deux listes. Tu peux y porter tes modifications à la main, si tu le veux. Je n'engagerai aucune procédure sans ton visa définitif.

Je feuilletai le document. Quinze mille noms. Suivis de dix mille autres. Des pages et des pages de colonnes : nom, prénom, sexe, âge, fonction, rémunération. Date d'entrée au Crédit Général. Date de licenciement.

Une image morbide me venait :

— En regardant le produit de ton travail, Raphaël, j'ai la sensation d'entrer dans un cimetière militaire. Du côté des plages du débarquement, en Normandie. Des petites croix blanches à perte de vue. Bien alignées sur l'herbe verte. Une croix, un mort. Une croix, un mort.

Comment un si bel ordonnancement de sépultures peut-il rendre hommage à une telle boucherie ?

J'ouvris au hasard une page du listing :

— Pareil ici : une ligne, un licencié, une ligne, un licencié... C'est soigné. C'est impeccable. Un immense cimetière sur papier blanc. Du boulot de serial killer. Tu m'impressionnes, Raphaël. Je t'admire...

Raphaël Sieg se torturait les méninges. Il ne s'imaginait pas en fossoyeur d'un charnier collectif. L'analogie le choquait. Qu'y avait-il de commun entre un plan de licenciement et le carnage d'un conflit mondial ? Entre un ajustement d'effectifs et un crime de guerre ? Pouvait-on le tenir pour responsable quand il s'était contenté d'exécuter les ordres venus d'en haut ?

Je laissai Raphaël à ses tourments existentiels pendant que je parcourais les deux listes de noms. Je vérifiai : Marilyne, Matthew Malburry, Christian Craillon n'y figuraient pas. Mes instructions avaient été respectées. Je déposai le volumineux document sur la table basse devant moi. Je me taisais.

Raphaël parvint à expulser les mauvaises pensées qui le taraudaient. Il se ressaisit. Le temps pressait. Raphaël voulait solder à toute vitesse les sujets relatifs à la banque pour engager la conversation sur ses affaires personnelles. Craignait-il déjà l'épuisement de sa volonté au moment où nous les aborderions ?

— Pas de question à propos du plan social ? Venons-en donc à la publication mensuelle des résultats du Crédit Général. Un chantier babylonien. J'ai cru plusieurs fois que la complexité de la tâche serait insurmontable. Et pourtant, nous y sommes parvenus !

Raphaël Sieg avait-il inscrit son nom sur l'une des deux listes du plan social ? Je ne m'étais pas encore posé la question. Je n'en revenais pas d'un tel oubli de ma part. N'était-ce pas la seule inconnue intéressante du rendez-vous avec Raphaël ? La seule attraction qui me serait offerte ?

J'attrapai le listing sur la table basse. Je le feuilletai pendant que Raphaël se lançait des fleurs sur les comptes mensuels.

— Les premiers au monde !

Je pointai la lettre « S » de la première liste. Je lus : « Samuelson », « Siegel ». Pas de « Sieg ».

— C'est sans précédent !

Je passai à la liste complémentaire. « Shamis », « Smertyn ». Pas de « Sieg » non plus.

— Par sécurité, je ferai une ultime simulation la semaine prochaine. Si rien ne bogue, nous serons au bout de nos peines. Prêts pour la publication, dès le début du prochain exercice. Selon tes volontés.

Je vérifiai à nouveau dans la première liste. Le nom de « Sieg » n'y était pas. Je reposai le gros document sur la table basse.

Raphaël s'était arrêté de parler. Il me souriait. Attendait-il que je le félicite ? Fallait-il que je lui caresse le dos ? Ou que je lui roule un palot ?

Je n'étais pas d'humeur. Je restai muet.

Raphaël Sieg ne se chagrina pas. Il avait d'autres préoccupations en tête que les témoignages de gratitude venant de moi. Il enchaîna sur une autre bonne nouvelle :

— Si tu n'as pas d'observation sur la publication mensuelle des résultats, évoquons le dernier sujet relatif à la banque : notre objectif de rentabilité. Je suis aujourd'hui en mesure de te confirmer que nous atteindrons les vingt pour cent sur fonds propres à la fin de l'exercice. De justesse. J'ai habillé un peu les comptes. Nous sommes à la limite de l'orthodoxie financière. Mais nous atteignons vingt pour cent. Mission accomplie.

Voilà, c'était fait. Raphaël avait déballé devant moi toutes ses prouesses. Pas de retard. Pas de plantage. Un sans-faute. Raphaël triomphait. Il était fier de lui. Comme peut-être jamais auparavant.

Le contentement de Raphaël se communiquait à moi. J'avais soudain envie de le faire partager à mon actionnaire, Dittmar Rigule. Je n'avais plus beaucoup de ses nouvelles, ces derniers temps. Il ne se manifestait plus. Il se faisait souvent représenter aux réunions du conseil d'administration. Dévorait-il de nouvelles proies à l'autre bout de la planète ? Je ne m'inquiétais pas de ses absences. Une preuve de confiance à mes yeux. Nous avions un arrangement tous les deux. Dittmar Rigule n'avait pas de souci à se faire. Il suffisait d'attendre l'échéance. Le jour de gloire était maintenant arrivé. Les performances du Crédit Général combleraient Dittmar. Je pouvais l'appeler pour me payer une bonne séance d'autocongratulation.

Raphaël souriait toujours. Il se sentait bien. Il se sentait fort. Je ne pourrais plus rien lui refuser.

— Pas de remarques, Marc ?

La question de Raphaël me sortait de mes cogitations :

— Je t'écoute... Continue...

Raphaël continuait. Les affaires sérieuses commençaient :

— J'ai deux choses de la plus haute importance à te dire. La première...

Le téléphone sonna. Raphaël sursauta. Je décrochai. J'entendis la voix de Marilyne :

— Jean-Marie Colombani en ligne. Je vous le passe...

Enfin, il me rappelait. Enfin, je pourrais lui proposer le parrainage du « Festival international de poésie du Vercors ». Enfin, Christian Craillon obtiendrait satisfaction. Enfin, je n'aurais plus rien à craindre pour mes avoirs logés dans « Brunissage » et « Staline ». Quelle délivrance !

— Un instant, Marilyne...

Je me tournai vers Raphaël Sieg :

— Une urgence... Il faut que tu me laisses.

J'allais dire : « Passez-le-moi » à Marilyne, quand j'entendis Raphaël me répondre :

— Non. Je refuse de partir. Si je sors maintenant, je ne reviens plus jamais. Je sabote le plan social, la publication mensuelle des résultats et les comptes de fin d'exercice. Le Crédit Général explose. Toi avec.

Mutinerie ! Je n'en croyais pas mes oreilles. Raphaël se rebellait ? Il refusait d'obtempérer ? Il m'interdisait de parler avec Jean-Marie Colombani ? Il me menaçait ?

— Plus tard, Marilyne. Dites à Colombani que je ne suis pas disponible.

Marilyne ne comprenait pas.

— Vraiment ?

Etais-je encore sain d'esprit ? Raphaël me retenait-il en otage par la force ? Marilyne avait un doute. Elle chuchota au téléphone :

— Un problème, président ?

Je raccrochai sans répondre. J'hésitais sur l'attitude à adopter.

Raphaël reprit :

— En premier lieu donc, mon devoir est de t'alerter sur nos perspectives d'avenir à court terme. Ce sera le testament que je te lègue. Comme tu le sais, notre activité s'est ralentie au cours du trimestre écoulé. C'est pourquoi il a été si difficile d'extérioriser une rentabilité de vingt pour cent à la fin de l'exercice.

On frappait à la porte de mon bureau. Marilyne passa une tête. Elle s'assura que j'étais toujours en bonne santé. Elle referma la porte.

Si Raphaël voulait bien accélérer le rythme de son topo, peut-être pourrais-je rappeler Jean-Marie Colombani à temps ? J'invitai Raphaël Sieg à faire synthétique :

— Conclusion ?

326

— Je suis convaincu que le cycle de croissance forte s'achève. L'économie américaine stagne depuis plusieurs mois. Le ralentissement contamine l'Europe. Nos principaux marchés sont touchés. Seule l'Asie pourrait redémarrer. Mais nous sommes trop faibles là-bas pour en profiter.

J'aurais dû m'y attendre. Raphaël criait au loup. Il prédisait des grands malheurs. Dans le seul but de me contrarier. Alors que tout allait bien désormais. Le Crédit Général devenait ultra-performant. Une banque de compétition. La victoire totale nous était acquise. Raphaël voulait m'empêcher d'en jouir. Pourquoi détestait-il à ce point le succès ?

— La banque se trouve très exposée à la conjoncture. Nos performances vont chuter dès le début du prochain exercice. Une rentabilité à vingt-cinq pour cent est irréaliste. La publication mensuelle des résultats est suicidaire. La Bourse réagira mal. Ce sera un massacre. Ta stratégie nous perdra.

— Conclusion ?

— Renonce à la publication mensuelle. N'annonce aucune prévision de rentabilité. Les marchés n'attendent rien de nous en la matière. Ils ne seront pas déçus.

Se déballonner. Se rabaisser. Se flageller. Je retrouvais mon Sieg éternel. Un mental de techno-pleutre. Tout le contraire du tempérament de patron. Je désespérais de lui.

Je n'avais pas l'intention de discuter stratégie avec Raphaël Sieg. Il n'était plus concerné.

— Quoi d'autre ?

— Une dernière chose. Ensuite, je te laisse. Je veux quitter le siège de la banque. Nomme-moi à la présidence du Crédit Général US. En cas de refus, je démissionnerai sans attendre.

Raphaël Sieg avait craché le morceau. Sans balbutier. Sans flancher. La détermination avait tenu bon. Pendant au moins deux secondes d'affilée. Assez longtemps pour commettre l'irréparable.

Raphaël restait interdit. « Je l'ai fait, I am the best », s'ébahissait-il. Peut-être au fond de lui-même n'y avait-il pas cru.

J'attrapai le listing du plan social sur la table basse. Je me levai. L'entretien était terminé.

— J'y réfléchirai.

Raphaël se leva à son tour.

— Fais-moi part de ta décision dans les meilleurs délais.

Il n'avait pas exigé de réponse immédiate. Il se sentait soulagé de ne pas l'avoir obtenue. Ses dernières réserves de résolution étaient épuisées. Raphaël n'aurait pas été en mesure de faire face à une déconvenue inopinée. Un moment de répit lui convenait.

Il se dirigea vers la porte. Il regrettait déjà les menaces qu'il avait proférées au moment du coup de téléphone de Jean-Marie Colombani. Il aurait voulu que je le retienne par la manche. « Non, je ne t'en veux pas, je te pardonne, ne pars pas, reste auprès de moi, ne m'abandonne pas, j'ai besoin de toi, je t'aime », aurait-il adoré que je l'implore. Raphaël ne supportait pas le déchirement entre les êtres. Aucune détestation ne justifiait un divorce. Il continuait de croire qu'une réconciliation entre nous restait possible.

La main dans ma poche, je faisais un doigt d'honneur à Raphaël.

Il quitta mon bureau.

Je replongeai dans les listes de licenciements. Catherine Bensimon et Stanley Greenball étaient inscrits. Je rayai leurs noms.

A la lettre « S », j'écrivis de ma main : « Raphaël Sieg ». « Sieg » en majuscules.

J'inscrivis sur la première page du document : « Accord pour mise en œuvre immédiate ». Je datai et signai.

Je renvoyai l'original sous enveloppe cachetée à Raphaël.

Je gardai une copie dans le coffre-fort de mon bureau.

Marilyne m'informait qu'elle ne parvenait plus à joindre Jean-Marie Colombani.

## 36

Dittmar Rigule puait la bière. Des relents amers m'arrivaient aux narines à peine avait-il ouvert la porte. « Bienvenue ! » clama-t-il en me voyant. Je me demandais un moment s'il n'allait pas m'embrasser. Il se contenta de me prendre par les épaules : « Entrez. » Il avait une tête de décavé.

Dittmar titubait dans le couloir. On entendait des éclats de voix devant nous. Dans le salon de la suite Penthouse, je découvris une dizaine de jeunes gens affalés sur de longs canapés blancs. Ils me saluèrent d'un « Hi ! » collectif. Je répondis « Hi ! » à la cantonade. Je reconnaissais la plupart des visages. Je les croisais lors des road-shows du Crédit Général, quand j'allais tapiner devant les fonds de pension pour qu'ils investissent leur argent chez nous.

Combien de milliers de milliards de dollars US s'entassaient dans la pièce ? Les colosses de la finance mondiale avaient tous délégué leur représentant à la réunion.

Un rouquin se leva pour me laisser le seul fauteuil du salon. J'avançai entre les verres abandonnés sur la moquette. Je m'assis dos à la terrasse qui surplombait la rivière Liffey et le pont Ha'Penny. Il faisait nuit dehors. J'avais l'impression de débarquer en pleine beuverie.

Dittmar Rigule s'effondra sur le sofa face à moi. Il leva son verre dans ma direction :

— Un Black Velvet ? Guinness et champagne mélangé. Spécialité locale. Imbuvable...

— Je vais essayer...

Le rouquin qui m'avait cédé la place dans le fauteuil appela la réception. « Douze Black Velvet. »

Dittmar m'interpella :

— Savez-vous à qui appartient le Clarence Hotel où nous sommes ?

— Aucune idée...

— A Bono et The Edge !

Je ne saisissais pas.

— Chanteur et guitariste de U2. S'emmerdent pas, les beatniks ! Une grosse gueulante dans le micro... Un petit coup de danse de Saint-Guy sur scène... Et hop, par ici les thunes ! Ça fructifie, le rock de stadium. Rendement max. Beaucoup plus de fric qu'un guet-apens des fonds spéculatifs contre la devise d'un grand pays...

Dittmar Rigule se mettait à parler fort :

— Toute l'Irlande appartient à U2 ! Les rois du pays !

Dittmar énumérait sur les doigts de la main :

— Un : ils ont composé l'hymne national avec *Bloody Sunday*. Deux : ils ont acheté leur Maison-Blanche en plein centre de Dublin avec le Clarence Hotel. Trois : ils ont accumulé les plus grosses fortunes du bled. Bientôt, ils monteront sur le trône !

Les jeunes gens se marraient à écouter la diatribe.

Dittmar calma aussitôt l'ambiance :

— Mais nous ne sommes pas ici pour comploter contre la république d'Irlande. Ni pour y instaurer une monarchie rock. Let's talk about business...

Je n'étais pas bien sûr que les circonstances de cette sauterie nocturne convenaient à nos sujets de conversation. J'envisageais un séminaire informel de réflexion avec des gérants de fonds de pension. Une soirée intense à échanger des idées sérieuses sur le futur. Lorsque j'avais accepté de rejoindre Dittmar Rigule à Dublin, je ne pensais pas m'encanailler dans une bière-party.

Je l'avais appelé trois jours plus tôt sur son portable. Juste après ma conversation avec Raphaël Sieg. Dittmar Rigule se trouvait en Allemagne. Je lui annonçai par vantardise les bonnes nouvelles du Crédit Général : plan social, rentabilité sur fonds propres et publication mensuelle des résultats. Les objectifs étaient tenus. J'avais droit à un satisfecit. Dittmar contenait sa joie. « Pas mal... » se contenta-t-il de dire. J'espérais congratulations plus enthousiastes.

Dittmar Rigule n'avait pas le cœur aux effusions. Il était tourmenté :

— Je viens de me taper conseil d'administration sur conseil d'administration depuis quinze jours. Nous sommes dans la panade. L'activité pique du nez aux Etats-Unis. Idem en Europe, avec un temps de retard. Chute verticale. Plus que prévu. L'avenir se brouille. Je ne sais pas où l'on va...

J'étais soulagé que Dittmar aborde le sujet en premier. Les propos pessimistes que m'avait tenus Raphaël Sieg cheminaient en moi. Quelles étaient chez lui la part de rancœur personnelle et la part de vista financière ? On constatait bien un fléchissement de la conjoncture. Serait-ce éphémère ? Serait-ce durable ? Je testais les hypothèses auprès d'autres patrons. J'interrogeais les prévisionnistes du Crédit Général. Personne ne croyait au ralentissement. Au pire, nous connaissions un faux plat. L'économie mondiale tournait à deux cents à l'heure depuis une décennie. Rien n'entraverait plus sa triomphale progression. L'euphorie régnait. « Un coup de mou passager », estimait le consensus.

— Bullshit ! s'indigna Dittmar au téléphone. Comment ne pas voir le retournement qui vient ? Moi, j'ai le nez dans les comptes des entreprises. Je les dissèque au microscope. Je les tambouille avec mes logiciels. Il va y avoir de gros gadins dès le début de l'année prochaine. Je vous le signe. Les avertissements sur les profits vont valser.

Dittmar Rigule reprit sa respiration :

— Il est vital d'inverser la tendance. De rassurer les marchés. Sinon, patatras : doute, morosité, angoisse, panique, marasme. L'enchaînement fatal. Jusqu'au suicide collectif en Bourse. Remuez-vous les fesses, Marc. Proclamez : « Tout va bien, l'avenir sera prospère, le président de la plus grande banque européenne vous le garantit. » Le Crédit Général doit contribuer à l'effort de guerre psychologique. Nous comptons sur vous.

Le diktat de mon plus gros investisseur ne me surprenait pas. Il me paraissait même fondé. J'étais par nature disposé à m'y soumettre :

— J'ai deux trois idées sur la question. Voyons-nous...

— J'allais vous le proposer, embraya Dittmar. Rendez-vous vendredi soir à Dublin. Nous avons d'énormes intérêts là-bas. Après notre tournée d'inspection sur place, nous organisons une réunion entre collègues. Ordre du jour : contre-mesures à la déprime. Vos principaux actionnaires seront des nôtres. Venez avec nous. Tenue casual de rigueur.

Dittmar Rigule m'offrait un prétexte en or. Je pouvais déserter le foyer familial en toute légitimité pendant le week-end. Mon actionnaire exigeait ma présence loin de la maison. Impossible de me défiler. Je serais dispensé du goûter d'anniversaire qu'organisait Gabriel pour ses neuf ans. Céline Dion passerait en boucle. Les quelques enfants présents chanteraient à tue-tête. Les conversations de Dublin me réserveraient davantage de quiétude.

J'acceptai la proposition de Dittmar Rigule. Ayant à peine raccroché, j'appelai Tino Notti pour qu'il me concocte un Dublin-sexe-tour avec Nassim. Je tombai de haut quand il m'annonça l'indisponibilité de mon ange noir. Nassim se trouvait à Los Angeles. Tino ne savait dire pour quelle raison ni pour combien de temps. J'étais accablé.

Dans la suite Penthouse du Clarence Hotel, les cocktails circulaient de main en main. Le Black Velvet me cognait sur la tête. Le goût âpre de la Guinness se cramponnait au fond de ma gorge. Je me serais bien purgé avec un verre d'eau.

— Envoyez des signaux positifs aux marchés, m'ordonnait Dittmar. Bombardez-les massivement de Prozac. Napalmez-les à la confiance durable. Faites-leur guiliguili sous les bras, si ça peut leur rendre le sourire...

Les collègues de Dittmar Rigule approuvaient le plan de bataille. « Ouais, bien dit... » Dittmar parlait en leader. Il me regardait dans les yeux :

— Des idées, Marc... Ayez des idées... Des bonnes. Nous avons investi des milliards sur votre tête. Montrez-nous que ça en valait la peine...

L'assemblée enivrée se tourna vers moi. Elle me demandait des comptes. Elle exigeait des preuves de sujétion. La réunion amicale allait tourner au procès de Moscou. Il était temps que je prenne la parole :

— Je partage votre inquiétude, mes amis. Ainsi que votre souci d'agir rapidement. Selon moi, il faut aller chercher de nouveaux relais de croissance. Ailleurs dans le monde. En substitution des Etats-Unis et de l'Europe, qui mollissent. Je ne vois qu'une seule possibilité crédible : l'Asie, et en particulier le Japon. Le pays finira par redémarrer un jour ou l'autre. Les actifs sont bradés là-bas. Un gigantesque marché aux puces. J'envisage d'imiter les constructeurs automobiles. Ils ont tout raflé à vil prix. Renault avec Nissan, Daimler-Chrysler avec Mitsubishi, Ford avec Mazda, General Motors avec Suzuki. Quand la croissance ralentit à l'Ouest, l'activité asiatique doit assurer une compensation. Orient et Occident se serrent les coudes. Belle leçon d'entraide. Le business planétaire se protège des aléas régionaux.

Ma longue intervention me semblait convaincante. Pas très originale, mais convaincante. Les jeunes gens des fonds de pension acquiesçaient, le nez dans le Black Velvet. Je poursuivis mon idée :

— J'envisage d'élaborer un plan stratégique à trois ans pour les investissements du Crédit Général au Japon. Matthew Malburry, notre directeur général adjoint, sera chargé de le mettre en œuvre.

Dittmar Rigule me coupa la parole :

— Dans combien de temps ?

J'estimai au pif :

— Trois mois...

Toutes les têtes faisaient non. Mes délais ne convenaient pas. Dittmar Rigule exprima le sentiment général :

— Hors de question. Trop long. Nous n'avons pas l'éternité devant nous.

Le rouquin qui m'avait cédé sa place dans le fauteuil regardait le bout de ses chaussures. Il n'écoutait pas la conversation.

— On ne pourrait pas se faire monter des putes ?

Dittmar Rigule n'entendit pas la suggestion du rouquin. Il continuait :

— Nous avons des actionnaires sur le dos, nous aussi. Des féroces. Des teigneux. Ils sont accoutumés à des performances en progression de vingt-cinq pour cent par an. Ils ne comprendraient pas que ça cesse. Ils nous fusilleraient.

Le voisin du rouquin trouvait qu'une livraison de quelques putes était une bonne idée.

— Passe la commande à la réception, lui soufflait-il. Demande en même temps une autre tournée de Black Velvet.

Dittmar reprit :

— Nos retraités sont exigeants. Pas faciles à duper. Un plan stratégique à trois ans ? Ils seront crevés d'ici là. Trois ans ? Rien à foutre ! Il faut les entendre clabauder : « On veut du blé, tout de suite, de plus en plus chaque mois, on n'en a plus pour longtemps à vivre, on veut en profiter, on veut flamber. » Voilà ce qu'ils réclament. Et ils ajoutent : « Sinon, vous dégagez, on vous retire nos économies, on les confiera à d'autres, à des plus audacieux que vous, à des plus agressifs, qui n'ont pas de scrupules à faire de l'argent. »

Le rouquin se dirigea vers le téléphone.

Je résistai aux exigences de Dittmar Rigule :

— Les délais sont trop courts. On ne peut pas improviser en si peu de temps...

Ma réticence le fit bondir :

— C'est dans le génie de l'improvisation que se révèlent les surhommes. Votre heure est venue, Marc. Montrez ce que vous avez dans le ventre. Annoncez des investissements massifs. Proclamez votre foi en la croissance future. Et dans tout ce que vous ferez, mettez-y la conviction d'un patron de grande banque.

Je réfléchissais à voix haute :

— Je joue ma crédibilité personnelle dans l'affaire... De quoi aurais-je l'air si les faits me donnent tort ? Je me ridiculiserais pour toujours... J'accepte volontiers de vous rendre service, mais à quel prix...

Le rouquin obtint la réception de l'hôtel. « Auriez-vous une dizaine de filles disponibles ? »

Dittmar Rigule jetait un coup d'œil circulaire sur ses petits camarades. Il sondait les cœurs.

— Je reconnais que vous courez un risque. Un stimulus se justifierait...

Les jeunes gens des fonds de pension approuvaient en silence. Ils vidaient leurs Black Velvet. Dittmar s'estimait mandaté pour me proposer un deal :

— Une prime indexée sur vos prochains investisse-

336

ments au Japon... Qu'en pensez-vous ? Par exemple, un bonus calculé en pourcentage des sommes investies...

La créativité financière de Dittmar Rigule étincelait une fois de plus. Les situations de blocage ne résistaient pas longtemps à son art du compromis chiffré. Il parvenait toujours à monétiser les intérêts opposés. Avec lui, l'argent réconciliait les hommes.

Au téléphone, le rouquin s'emportait :

— Que dites-vous ? Le room service n'a pas prévu les call-girls ? A deux mille euros la piaule, on n'a pas le droit à un câlin ?

Dittmar savait d'avance que son offre m'appâterait. J'étais orphelin de prime pour l'année à venir. Je n'avais encore rien marchandé avec le comité de rémunérations. Mes bonus de l'année en cours s'élevaient à cent vingt-quatre millions d'euros, incluant le plan social, la publication mensuelle des résultats et la rentabilité à vingt pour cent. Il était indécent de régresser. La nouvelle équation de ma rétribution variable devait garantir les avantages acquis.

L'idée d'une prime à l'investissement m'enchantait. Plus je dépenserais, plus je me goinfrerais. C'était mieux que de ramer à contre-courant d'une conjoncture déprimée. Avec l'argent du Crédit Général, je deviendrais le nabab d'Asie. Des billets plein les poches à distribuer aux nécessiteux.

Il n'y avait pas beaucoup à réfléchir avant d'accepter la proposition de Dittmar. Je mis pourtant un long moment avant de me dévoiler :

— Pas idiot, votre mécanisme... Tout dépend du pourcentage...

— Un pour cent...

Les jeunes gens s'étaient retournés vers Dittmar Rigule en cadence. Ils suivaient nos discussions comme une partie de tennis. Têtes à gauche, têtes à droite, têtes à gauche, têtes à droite.

Le rouquin claquait le téléphone au nez du réceptionniste. Il avait tout juste eu le temps de réclamer les Black Velvet.

Je fis mentalement une petite règle de trois. La capacité d'investissement de la banque atteignait dix milliards d'euros par an en moyenne. A un pour cent, je récupérais donc cent millions. Moins que ma prime actuelle. Me prenait-on pour un demeuré ? Il était exclu de me coucher.

J'avançai une contre-proposition :

— Deux pour cent...

— D'accord pour deux pour cent. Mais dégressif de zéro virgule vingt-cinq pour cent par trimestre. A compter du mois de janvier prochain... Dans un an, les deux pour cent ne feront plus qu'un. Plus vous tarderez à investir, moins vous gagnerez...

Le rouquin revenait se poser dans le canapé :

— Pays catholique de merde ! Barrons-nous d'ici ! Adieu pudibonde Irlande !

L'offre de Dittmar me convenait. Je levai mon verre dans sa direction :

— Vendu !

Les jeunes gens des fonds de pension se sentaient soulagés. Ils trinquaient entre eux.

— Qu'en est-il de ma prime de départ ? ajoutai-je à l'intention de Dittmar.

Les regards convergeaient vers lui. Le silence se fit à nouveau.

— Vous exagérez, Marc... A combien se monte-t-elle ? Je ne me souviens plus...

— Vingt millions d'euros.

— Je la double. Quarante millions. Pas un centime de plus...

— Vendu !

Un moment de flottement se prolongeait. Les tractations étaient-elles terminées ? Avais-je d'autres revendications à présenter ? Dittmar Rigule attendait. Je restais silencieux.

Le rouquin se tourna vers son voisin :

— Pas de putes, pas de business ! C'est la loi de la compétition économique. Les Etats doivent s'y plier. Basta !

Les jeunes gens s'esclaffaient. Le rouquin se laissait embarquer par son indignation :

— A quoi bon les exonérations fiscales, les paradis bancaires, la flexibilité du travail, les aides à l'investissement, si le pays n'est pas foutu d'amener une gentille petite dame de compagnie à un honnête homme d'affaires de passage... Ingrats d'Irlandais ! Avec tout le fric qu'on est venus placer chez eux... Sans nous, ils boufferaient encore des épluchures de pommes de terre.

L'assistance approuvait. « T'as raison, pourriture d'Irlandais ! » On plaisantait gaiement. La tension retombait.

Dittmar Rigule se dirigea vers moi au milieu du brouhaha. Il se pencha à mon oreille. J'éloignai mon nez de son haleine senteur Guinness.

— Procédons comme d'habitude. J'en parle à Richard de Suze pour accord. Puis je vous rappelle. Maître Tombière s'occupera des détails...

Le rouquin se leva pour prononcer une déclaration solennelle. Il avait du mal à tenir droit sur ses jambes.

— Mes amis, écoutez-moi. Finie l'Irlande ! Plus un sou ! Cap à l'est ! A nous les Slaves ! Russie, Pologne, Bulgarie, Slovaquie, Tchéquie, Serbie, Slovénie... Les pays de l'avenir. Armés pour affronter la concurrence internationale. Meilleure qualité de service en Europe. Des gueuses compétitives au service d'une économie qui gagne !

Les jeunes gens se tapaient les cuisses.

— A la poubelle, l'Irlande. Attractivité zéro. Il aurait fallu instituer un ministère de la Prostitution. Trop tard.

L'Etat irlandais a failli dans l'exercice de ses missions régaliennes. Délocalisons nos affaires hors du pays !

Les jeunes gens applaudissaient. Le rouquin sortait sa bite. Il faisait semblant de se branler. « A nous les putains slaves ! » Les autres hurlaient en écho : « A nous les putains slaves ! »

Dittmar s'approcha encore plus près de mon oreille :

— Une dernière chose : ne pourriez-vous pas annoncer dès maintenant des prévisions de résultats volontaristes pour le prochain exercice ? Du genre vingt-cinq pour cent de rentabilité sur fonds propres... Faites un coup d'éclat. Allumez un feu d'artifice. La Bourse veut du spectacle. Soyez grandiose. Nous vous serions éternellement reconnaissants...

Je tiquai. Tabler sur une rentabilité de vingt-cinq pour cent ? C'était casse-gueule dans une conjoncture morose. Je prenais le risque de me planter de tout mon long.

Dittmar Rigule sentait mon hésitation. Il précisa sa pensée :

— Un pourboire de cinq... non, disons dix millions d'euros pour vous. Payable dès l'annonce de la prévision de résultat...

Le rouquin attrapait son voisin par-derrière. Il le tenait ferme des deux mains. « Je t'encule ! » Il mimait le mouvement. L'autre se laissait faire. « Vas-y ! Vas-y ! »

Dittmar n'attendit pas ma réponse pour augmenter les tarifs :

— Plus un million de stock-options...

La proposition était généreuse. Elle faisait envie. En une fraction de seconde, je me convainquis de l'accepter. Sans chipoter sur les détails. Je me mettais au défi d'essorer les finances du Crédit Général pendant un an. A court terme, la banque avait assez de ressources pour que j'en fasse dégorger un jus à haute teneur en rentabilité. Les vingt-cinq pour cent me paraissaient jouables. La prime de Dittmar me donnait de l'énergie.

Je tapai dans sa main : « Vendu ». Il conclut :

— Même circuit : Richard de Suze, maître Tombière...

En moi-même, je complétai : Christian Craillon, « Brunissage », « Staline ».

Les jeunes gens déconnaient tant et plus. Ils essayaient d'attraper la bite du rouquin pour la tordre.

Dittmar Rigule se leva. Il frappa dans ses mains :

— Silence ! Descendons à l'Octagon Bar. Un peu d'amusement nous fera du bien...

Les jeunes gens approuvèrent. « Ouais ! Ouais ! Allons-y ! » Le rouquin remballa sa bite. La petite troupe chahuta jusqu'à la porte de la suite Penthouse.

J'informai Dittmar que j'allais me coucher. En passant devant nous, le rouquin demanda à son voisin :

— Elles sont comment, les putes en Somalie ?

Le type faisait une tête pour dire : « Je n'en sais rien. » Le rouquin continuait :

— Et en Ethiopie ?

« Je n'en sais rien. »

— Et au Yémen ?

« Je n'en sais rien. »

— Et au Soudan ?

« Je n'en sais rien. »

Le rouquin désespérait :

— Mais comment savoir où l'on met les pieds ?

## 37

Un week-end de la mort se tramait. Comment aurais-je pu m'en douter ? Je n'étais pas devin.

Le Falcon 7X du Crédit Général atterrit au Bourget en provenance de Dublin. Nous étions samedi, en fin de matinée.

Une berline m'attendait. Elle m'emmena vers l'Assemblée nationale, en plein cœur de Paris. Je rejoignais le pince-fesses célébrant la fin du sommet de l'Organisation mondiale du commerce. Pour donner au lunch-cocktail officiel une touche société civile, des personnalités de tous horizons étaient conviées. J'appartenais au contingent des patrons du business international.

Marilyne m'avait laissé la liste des appels reçus au cours de la journée d'hier. Raphaël Sieg avait essayé de me joindre à trente-deux reprises. Il me suppliait de lui accorder une audience. Qu'y avait-il de plus à dire au sujet du rajout de son nom sur la liste du plan social de la banque ? Une ultime explication entre nous n'y aurait rien changé. Je ne voulais pas le voir chialer.

Je vérifiai par deux fois : Jean-Marie Colombani n'avait pas rappelé.


A la réunion de l'OMC, les chefs d'Etat et de gouvernement en personne conduisaient les délégations. Au moment où ma voiture entrait enfin dans la cour d'honneur de l'Assemblée nationale, je vis le président des

Etats-Unis escalader quatre à quatre les marches du perron. Je le reconnaissais de loin. Il levait à bout de bras la bannière américaine. La scène me rappelait ces images en noir et blanc tournées lors de la chute de Berlin à la fin de la guerre. Un soldat russe s'engouffrait dans le Reichstag. Il brandissait le drapeau rouge de la victoire. Quelques instants plus tard, on le voyait accrocher l'étendard soviétique en haut du bâtiment en ruine.

Lorsque je sortirais, il faudrait que je m'assure que le pavillon US ne flottait pas sur l'Assemblée nationale.

La presse était unanime. Le sommet de l'OMC s'achevait sur une victoire par KO des Américains. Les Yankees ne mégotaient pas sur les manifestations d'euphorie. Les bienheureux étaient à la fête. Le libre-échangisme triomphait. Inapplicabilité du droit de la concurrence européen aux entreprises américaines. Abandon des procès intentés par Bruxelles contre Microsoft. Dissolution des organismes internationaux de moralisation des circuits financiers. Démantèlement sur cinq ans des aides nationales aux activités culturelles. Une victoire par capitulation. « Bon pour nos entreprises, disaient les Américains, bon pour les consommateurs. »

L'arrivée jusqu'à l'Assemblée nationale m'avait pris plus d'une heure. Tout le périmètre alentour était en état de siège. Des milliers de flics sur les dents. Plusieurs barrages à passer. Les engins blindés qui s'écartaient. Les hélicoptères qui surveillaient. Les gaz asphyxiants qui empestaient.

La tête de la manifestation antimondialisation envahissait l'esplanade des Invalides. Cinq cent mille personnes convergeaient à proximité de l'Assemblée nationale.

Les radios racontaient les incidents survenus depuis la veille au soir. « Jets de cocktails Molotov », « voitures renversées », « barricades incendiées », « banques saccagées », rapportaient sur le vif les reporters. « Un cortège en ébullition ». Une information non confirmée par les autorités donnait une manifestante pour mourante. Une grenade lacrymogène reçue en pleine poire lors d'une charge policière. Tir tendu à dix mètres de distance. Le visage démantibulé. « Archi-gore », rapportait un secouriste. Ça venait de se passer boulevard du Montparnasse. Les protestataires se préparaient au pire. Certains criaient vengeance. L'ambiance sentait le grabuge.

Sitôt dans l'enceinte de l'Assemblée nationale, j'attaquai les civilités au pas de charge. Saluer le maximum de convives en un minimum de temps. N'oublier personne. Se faire remarquer. Montrer qu'on est là. « Working the room », comme disent les Américains.

Le chancelier de l'Echiquier britannique m'enfarinait sur l'inversion de la courbe des taux à court terme et à long terme lorsque le tumulte des échauffourées me parvint de l'extérieur. Je tendis l'oreille. Explosions, clameurs, sirènes. Je plantai le ministre et me précipitai du côté de la buvette de l'Assemblée nationale, bien loin du lieu de la réception.

J'avais connu cet endroit isolé quand j'étais à l'Inspection des Finances et que j'accompagnais mon ministre boire un coup avec les députés. La magnifique terrasse de la buvette surplombait les quais, le pont sur la Seine et l'immense place de la Concorde devant moi. J'étais seul à jouir de cette vue impayable.

Ce qui advenait sous mes yeux me stupéfiait. Des manifestants enragés avaient contourné le dispositif policier par la Rive droite. Du pont de la Concorde, ils marchaient vers l'Assemblée nationale. Ils se préparaient à l'attaque. La colère grondait de la meute agressive. Un 6 février 1934 de gauche se tramait-il devant moi ? Je verrais tout d'où j'étais.

Des cars de police déboulaient à tombeau ouvert du

boulevard Saint-Germain. Les journalistes, les photo-graphes, les cameramen suivaient à moto. Les flics jaillissaient presto des cars. Ils empoignaient les matraques et les boucliers, les mousquetons et les gre-nades. Ils sanglaient leurs casques. Ils cavalaient se mettre en position. Ils étaient fébriles.

Des rangées bordéliques d'uniformes sombres fer-maient l'entrée du pont de la Concorde. Les reporters se regroupaient derrière eux. Le face-à-face commençait.

Les émeutiers ne reculaient pas. Ils conspuaient les forces de l'ordre. Ils sifflaient. Ils faisaient des gestes obscènes. Les plus casse-cou venaient au contact. Ils jetaient des pierres, des pavés, des gravats. D'abord à une dizaine de manifestants. Puis à une centaine. Puis à un millier. De plus en plus proches. De plus en plus durs.

Un petit groupe d'encagoulés se détacha de la foule. Des bouteilles incendiaires volaient. Elles s'écrasaient sur le sol. Les godillots d'un flic prirent feu. Il s'enfuit. Derrière lui, un véhicule blindé s'enflamma à son tour. L'essence brûlante s'insinua à l'intérieur. Les journa-listes se mirent à l'abri. La foule acclamait, exultait, s'avançait encore. L'assaut final n'allait pas tarder.

Mais, en face, les flics tenaient bon. Ils canardaient les émeutiers. Ils balançaient à tout va des gaz lacrymo-gènes. Les grenades assourdissantes explosaient dans un vacarme terrible. Bang ! Bang ! J'apercevais les éclairs. Bang ! Bang ! Un brouillard irrespirable encerclait le pont de la Concorde. On n'y distinguait plus rien de part et d'autre. Mes yeux pleuraient. Je me collai un mou-choir sur le nez.

Une clameur guerrière s'éleva du camp des assail-lants. Cette fois, ils déclenchaient l'attaque.

Je ne voyais rien du corps à corps. Seulement la lueur des flammes. J'entendais les déflagrations. Je discernais les gueulements. Je reconnaissais le pin-pon des sirènes.

Je devinais le bruit des coups sur les boucliers de Plexiglas. La bagarre se déchaînait. Le barouf devenait apocalyptique. Les reporters restaient à l'écart.

L'épaisse fumée engloutissait le théâtre des combats. L'enveloppe blanche des gaz amortissait le tapage.

Peu à peu, l'affrontement s'épuisa. Des combattants exténués s'extirpaient de la mêlée. Les explosions, les cris, les coups, les sirènes s'estompaient. Le silence revenait.

Le vent s'engouffrait le long de la Seine. Il éloignait le nuage toxique. La vue se dégageait. Le pont de la Concorde réapparaissait enfin. Plusieurs corps restaient sur le carreau. Du sang coulait. Un fatras jonchait le sol. Des chaussures, des lunettes, des casques, des bâtons, des planches, des poubelles, des cailloux.

Les adversaires s'éloignaient les uns des autres. Ils se regroupaient vers l'arrière. A bout de force. Amochés. Groggy. On contemplait le chaos. On reprenait son souffle. Les photographes changeaient les rouleaux de pellicule. Il n'y avait eu ni vainqueur ni vaincu.

Plus rien ne bougeait. Le calme régnait.

Soudain, j'aperçus un bus s'engager sur le pont, de l'autre côté de la Seine. Il venait de la place de la Concorde. Il s'élançait vers l'Assemblée nationale. Le conducteur poussait le moteur en surrégime. Le bus accélérait.

A mesure qu'il approchait, je découvrais à l'intérieur un petit groupe d'insurgés. Ils klaxonnaient à tout va.

Les manifestants s'écartaient pour les laisser passer. Ils regardaient le bus poursuivre sa course vers les CRS. Aucun d'entre eux ne bougeait. Ils tenaient leur position. Ils ne comprenaient pas ce qui allait se passer.

Le bus roulait vite maintenant. Les reporters filmaient le rodéo.

Le cordon compact de policiers ne se fendit en deux

qu'au dernier moment. Le bus éventra le rempart humain.

Bang ! Le choc fut violent. L'avant du bus heurta un flic. Il n'avait pas eu le temps de s'écarter.

Le policier s'agrippait aux essuie-glaces. Par réflexe de survie. Il se maintenait à la force des bras. Ses jambes pendaient dans le vide. Les photographes shootaient.

Les essuie-glaces cédèrent sous le poids. Le flic glissa sous les roues du bus. Les éructations de douleur me transpercèrent les oreilles.

Le bus ne s'arrêtait pas. Il bifurqua à gauche vers le boulevard Saint-Germain et traîna le flic avec lui.

Le conducteur s'affola, perdit le contrôle du bus, louvoya, dérapa et s'écrasa finalement contre un feu rouge. Le moteur cala. Les occupants prirent la fuite par les petites rues. Des policiers les coursaient. Je ne les voyais plus.

Juste sous mes yeux, une demi-douzaine de flics en civil bondirent dans un fourgon grillagé. Ils filaient déjà en direction des émeutiers.

Dans le sens inverse du bus, ils franchissaient la brèche ouverte dans le dispositif policier. Les reporters les suivaient.

La porte latérale du fourgon s'ouvrit. Je perçus d'ici les grognements de la harde vengeresse. Des coups de feu partirent en l'air.

La chevauchée hurlante arriva à hauteur de la foule, au milieu du pont. Les flics défouraillaient dans le tas. Les balles sifflaient.

Les manifestants paniquaient. Les uns s'enfuyaient. Les autres se couchaient. Les journalistes observaient à distance.

Le fourgon cibla un émeutier esseulé. Ils le pourchassèrent. Le jeune homme se carapatait. Il courait en zig-zag. Un large foulard masquait son visage.

Bang ! L'impact de la balle le stoppa net. Il se figea, se retourna, s'affaissa.

Le fourgon pila juste devant lui. Puis il redémarra lentement. Il passa sur le corps inerte. S'arrêta. Repassa à reculons. Puis une nouvelle fois en marche avant sur le corps. Les cameramen filmaient le va-et-vient macabre.

Les manifestants fixaient la scène. Ils comprenaient le supplice de leur camarade. Ils s'égosillaient. « Non ! Non ! Stop ! Arrêtez ! Non ! »

Mon téléphone sonnait. Je vis « D. Rigule » s'inscrire sur l'écran. Je pris l'appel.

— Victoire ! Nous avons gagné. Quelle bonne journée !

— Merci de me prévenir si vite... Vous me faites tellement plaisir... Aucune difficulté ?

— Aucune ! Peau de balle. Richard de Suze a tout accepté. Votre pourcentage sur les investissements au Japon. Votre indemnité de départ. Votre gratification à l'annonce d'une rentabilité de vingt-cinq pour cent.

Dittmar ajouta :

— Je préviens maître Tombière... as usual.

Je raccrochai.

Les manifestants vociféraient. « Pitié ! Pas ça ! Il va mourir ! C'est atroce ! » Une dizaine d'entre eux tentaient d'approcher. « Nazis ! SS ! »

Les policiers en civil tirèrent au-dessus de leurs têtes. Les manifestants s'immobilisèrent.

Le fourgon grillagé fit demi-tour, revint vers l'Assemblée nationale, traversa le barrage des forces de l'ordre et s'éclipsa plus loin par une rue latérale.

Le cadavre du manifestant gisait sur le macadam. Allongé sur le dos. Abandonné dans le no man's land du pont. Une mare de sang se formait.

Des journalistes s'avançaient lentement vers le corps sans vie. Des émeutiers les imitaient. Ils se penchaient en avant. L'effroi les saisissait. « Il est mort ! Une balle dans la tête ! »

Sur l'ordre d'un gradé, les bataillons de policiers se mirent en marche. A pas lents. Epaule contre épaule. La masse noire envahissait le pont.

Les manifestants, accablés, reculaient. Ils ne résistaient plus. Ils abandonnaient le terrain. Les affrontements s'achevaient.

Les policiers remontaient le pont jusqu'au cadavre. Ils se rassemblaient autour de lui. Ils le cernaient de près. Le corps disparut derrière une haie d'uniformes.

Les manifestants se dispersaient. « Assassins ! Assassins ! Assassins ! » Ils quittaient la place de la Concorde. La Rive droite se vidait.

L'Assemblée nationale avait tenu bon. Elle était intacte, trônant face à la Seine. Le drapeau bleu-blanc-rouge battait au vent d'ouest. Rien n'avait changé.


Je quittai mon poste d'observation. Je marchai un long moment dans le labyrinthe de l'Assemblée nationale.

Les hautes personnalités étaient évacuées de la cour d'honneur par hélicoptère. Le président des Etats-Unis saluait rapidement les officiels avant de s'envoler.

J'errai au milieu des limousines. Dans le foutoir, je tombai nez à nez avec Jean-Marie Colombani. Il avait la nausée et les yeux rouges. « Désolé, Marc, je ne peux rien faire pour votre festival de poésie. » Ni bonjour, ni au revoir. Ni question, ni réponse. Je n'avais pas le temps d'argumenter. Jean-Marie Colombani marchait à toutes jambes. Il était pressé de partir de là.

Je finis par récupérer mon chauffeur. Une demi-heure plus tard, je sortis de l'Assemblée nationale entre deux rangées de flics anti-émeutes.

Je me fis déposer au siège du Crédit Général. Je m'assis devant les trois téléviseurs alignés face à mon bureau. Je zappai compulsivement. Je ne voulais rien rater des reportages sur la manif.

Les télévisions du monde entier consacraient des éditions spéciales aux événements de l'après-midi. Elles diffusaient déjà les images du pont de la Concorde. De près. De loin. De face. De dos. A vitesse normale. Au ralenti. Toute la scène dont j'avais été le témoin oculaire. Un film de baston en vrai. J'étais content du spectacle.

L'identité du gavroche demeurait inconnue. On le baptisait « casseur » dans les salles de rédaction. Les organisateurs de la manifestation confirmaient cette dénomination. « Un irresponsable, un provocateur, un manipulé », répétaient-ils dans les interviews données tout au long de l'après-midi.

Le lâchage m'indignait. Imaginerait-on les patrons bavasser les uns contre les autres ? Ç'aurait été contraire à l'éthique du gentleman. Nous avons une déontologie, tout de même.

Le « casseur » ne se voyait restituer son identité et sa biographie qu'aux journaux télévisés du soir. Il avait un nom et un prénom. Vingt ans aujourd'hui même, étudiant, fils de syndicaliste. Plutôt beau gosse. D'un coup, la perception changeait. « C'est un des nôtres, se rembrunissaient les dirigeants du mouvement. Un gars sympa que nous connaissions », s'apitoyaient-ils.

Après le dénigrement, le reniement. J'étais ulcéré pour de bon. Moi qui avais tout vu. L'après-midi « casseur », le soir « un des nôtres ». Avec un nom, un visage, un âge, une raison sociale, un engagement. Alors quoi ? Vu de loin, courant dans les vapeurs de l'émeute, le visage enturbanné dans des chiffons en lambeaux, n'était-il qu'une momie pestiférée ? Un alien malfaisant, dépourvu d'identité ? Un « casseur manipulé », mi-flic mi-bête ? Fallait-il donc finir écrabouillé sur un pont, baignant dans le sang chaud, le crâne percé d'une balle, pour rejoindre l'humanité ? Pour abolir une réification dégradante et retrouver la communauté des révoltés légitimes ?

Voyez comme vous avez traité ce pauvre jeune homme. Votre frère pourtant. Je lui donnerais bien des stock-options si je pouvais. A titre posthume.

J'étais fatigué de revoir et revoir et revoir encore les mêmes images. Le pont de la Concorde. Le fourgon grillagé. Le corps aplati. L'effarement de la foule.

J'éteignis la télévision. Que faire maintenant ? Comment oublier le festival de poésie de Christian Craillon ?

Internet Explorer... Je n'avais pas vagabondé depuis si longtemps. Google... Femmes nues en képi... Policières à poil... Aucun document ne correspond aux termes de recherche spécifiés... Salopes en uniforme... Total de deux mille six cent cinquante résultats environ... Recherche effectuée en zéro virgule zéro neuf seconde... Infirmières... Secrétaires... Soubrettes... Militaires... Fliquettes...

Je ne parvenais pas à bander sur les photos « fliquettes ». Idem pour les « militaires ». Je renonçai.

J'abandonnai l'ordinateur. Je rentrai à la maison.

## 38

Le mouvement contestataire prenait dès le lendemain matin sa revanche sur la mort de l'un des siens. Ce dimanche-là, un notable du grand capital disparut à son tour. Un homme puissant. Un parrain redouté. Un père vénéré. Une canaille, à mes yeux.

J'avais bien dormi pendant la nuit. Les atrocités du pont de la Concorde m'avaient lessivé. Tant de remue-ménage. Tant de pétarades. J'avais plongé d'un coup dans le sommeil. Même pas eu l'envie d'asticoter la libido de Diane. Elle aussi pensait à autre chose. Nous n'étions pas le samedi du porno à la télé.

Le coup de téléphone de Marilyne me réveilla en milieu de matinée. Elle m'informa de la mort de Jacques de Mamarre. Un agent de sécurité venait de découvrir le corps rétamé face contre terre dans son bureau du Crédit Général. Jacques ne respirait plus. Aucun doute possible sur le diagnostic vital, Marilyne me le garantissait. Elle attendait maintenant mes consignes avant d'agir.

La nouvelle me réjouissait. Je désespérais de l'entendre un jour, tant je l'avais attendue en vain. Je finissais par douter de la mortalité de Jacques, l'éternel miraculé. A présent, c'en était fini de lui. Emporté par la métastase de trop. Je revoyais sa maigreur, son regard, sa bouche, sa bave. Sa rage à mon égard. Ce n'était plus qu'un souvenir maintenant. Je souriais. Je respirais. Enfin seul. Enfin libre. Débarrassé de la nuisance tuté-laire du chnoque maléfique. La banque n'appartenait plus qu'à moi. A moi seul. A personne d'autre. J'en devenais le maître tout-puissant. L'incarnation exclusive. Le Crédit Général, c'était moi.

Et Claude de Mamarre, dans tout ça ? J'y pensais, à la fille de Jacques. Qu'allait-il lui arriver, à celle-là ? Je me faisais du mouron à propos de son avenir. Les affaires se présentaient plutôt mal pour elle. Pas facile de survivre dans un environnement hostile. Sans garde du corps, sans gilet pare-balles, sans service de renseignement. Peut-être n'aurait-elle pas autant de veine que son père avec le cancer. Quel sort réserver à Claude ? C'était désormais à moi d'en décider.

Une seule chose m'échappait cependant. Qu'était venu faire Jacques de Mamarre à la banque un dimanche matin ? Sentait-il la mort approcher ? Fallait-il attribuer à ce trimbalement mortuaire une signification quelconque ? Je m'interrogeais.

Au téléphone, je donnai mes instructions à Marilyne :

— Ne prévenez ni police, ni médecin. Personne d'extérieur. Venez à la banque dès que possible. Que Jean Rameur nous rejoigne. Matthew Malburry aussi. Mais surtout pas Raphaël Sieg.

Cette dernière précision amusa Marilyne.

— Que fait-on avec Claude ? demanda-t-elle. Vous l'appelez ?

Marilyne y pensait aussi, au chagrin de Claude de Mamarre. Tout le monde s'inquiétait. A juste titre d'ailleurs. Pour ma part, une envie sadique m'asticotait. Annoncer moi-même la mort de Jacques à Claude. Le trépas du père révélé à la fille. Une occasion rare. J'étais tenté par l'expérience. Comment lui aurais-je présenté la situation ?

Claude, ne m'en voulez pas, il fallait que quelqu'un se dévoue, j'en suis accablé autant que vous l'êtes, j'ai tellement espéré un sursaut, prié pour Jacques, jusqu'à son dernier souffle, j'y croyais, car c'était un homme infatigable, indestructible, à qui je dois tout, que j'adule, que j'aime plus encore que les miens, un père spirituel pour moi, et c'est à ce titre, celui d'héritier dévoué, que m'incombent la douloureuse charge, l'atroce mission de vous informer, j'ai du mal à m'exprimer, c'est l'émotion, l'atroce mission disais-je, de vous informer de l'inconcevable, de l'injuste disparition de votre père, Jacques de Mamarre, oui, Jacques, mon Jacques, notre Jacques, cet homme délicieux, cet homme exquis, cet homme gangrené par l'insidieuse maladie, par le pervers cancer, avec les testicules qui pourrissent sur pied, qu'on doit ablater d'urgence, et pourtant ce n'est pas suffisant car la contamination survient, on ne s'en sort plus, ça se répand partout, le mal grignote le reste du corps, la zézette, les viscères, les os, la peau, Jacques souffre, il n'en peut plus, nous nous persuadons qu'il va survivre, comme toujours, mais non, la chimio échoue, le bistouri rate la cible, Jacques flanche, il est au bout du rouleau, juste assez de force pour se traîner jusqu'au bureau, le théâtre de sa magnificence, sa dernière demeure, le refuge où il attend désormais la mort, d'ailleurs la voilà qui entre, Jacques la considère sans trembler, il a un gros deal à lui proposer, un plan de stock-options maousse, elle l'accepte, personne n'a jamais refusé des stock-options du Crédit Général, mais ça ne lui suffit pas, à la mort, elle est insatiable, elle ordonne à Jacques de le suivre, non !, pas la mort, Jacques la supplie de repartir sans lui, mais elle insiste, viens avec moi, non !, Jacques résiste, il veut s'enfuir, il tente une sortie, paf !, la mort le frappe, il s'écroule à terre, pitié, épargnez-moi, un petit sursis, paf ! une deuxième fois, Jacques étouffe, le cœur faiblit, le cœur lâche, Jacques succombe, il est mort... Claude, je tenais à ce que vous l'appreniez de ma bouche, votre père a clamsé ce matin à la banque, c'est monstrueux. Voilà, je devais vous l'annoncer de vive voix. C'est chose faite maintenant. Qu'en dites-vous, Claude ? Comment réagissez-vous ?

C'était ainsi que j'imaginais la scène. Claude de Mamarre face à moi. Tombée du lit un dimanche matin. Nature. Sans maquillage. Sans brushing. Sans pschitts de parfum. Sans étole de soie. Détruite par le deuil. Humiliée par mes condoléances. Je n'allais pas la louper. Des grands coups de tatane dans le bide. Je lui ferais très mal. J'y prendrais beaucoup de plaisir.

Mais il était encore trop tôt. Je devais d'abord me rendre à la banque. Inspecter le bureau de Jacques. Lire sa correspondance, fouiller dans ses poches, ouvrir son coffre-fort. Y avait-il un testament ? Une lettre d'accusation ? Des calomnies fabriquées pour me nuire ? Jean Rameur m'aiderait à le découvrir.

Je terminai ma conversation téléphonique avec Marilyne :

— Demandez à Claude de venir me retrouver à la banque. Ne lui donnez aucune explication. Qu'elle vienne dans une heure ; je l'attendrai dans mon bureau.

Je raccrochai et me levai du lit. Je passai un costume Paul Smith de Londres à doublure chatoyante. Cravate ? Pas cravate ? Finalement, cravate. L'occasion méritait bien ça.


Marilyne m'accueillit dans le hall désert du Crédit Général. Janine, l'assistante antédiluvienne de Jacques, était présente. Elle pleurait dans son coin. Personne ne la consolait.

Matthew Malburry et Jean Rameur se trouvaient déjà à l'étage. Ils déambulaient devant la porte close du bureau de Jacques. Je les présentai l'un l'autre. Ils ne se connaissaient pas.

Matthew Malburry examinait le loquedu malodorant. Jean Rameur n'avait pas eu le temps de prendre une douche. Il était habillé de la veille. Je remarquai le volumineux dossier qu'il se coinçait sous le bras pour allumer une cigarette sans filtre.

J'ouvris la porte du bureau. Jean Rameur me suivait. Matthew Malburry, Marilyne et Janine restaient dans le couloir. La porte se referma derrière nous. Le corps de Jacques de Mamarre formait un petit tas d'os sur le sol. Il n'était plus qu'un squelette emballé sous une Cellophane de peau translucide. Je n'avais pas mesuré à quel point il s'était émacié au cours des dernières semaines.

Jean Rameur déposa son gros dossier sur un siège. Il s'agenouilla près du corps. Une cendre de cigarette tomba sur le visage de Jacques. Jean Rameur prit le pouls. Il confirma le verdict :

— Archi-mort...

Jean Rameur fit les poches de Jacques. Des clés, du cash, des cartes de crédit haut de gamme, une paire de lunettes et un portefeuille avec la photographie de Claude à l'intérieur. Pas de lettre, pas d'enveloppe, pas de testament, pas de déclaration posthume.

Jean Rameur se releva, s'éloigna du cadavre, inspecta les lieux. Le bureau, les tiroirs, les étagères. Je l'imitai.

Tout était en ordre. Rangé à sa place. Aucun document de travail n'était visible dans la pièce. Il n'y avait que des journaux anglo-saxons, des revues financières, des livres d'art et le guide des *Leading Hotels of the World*. On voyait que Jacques n'avait pas trimé depuis longtemps.

J'appelai Janine dans le couloir pour qu'elle me donne la clé du coffre-fort. Elle s'exécuta sans barguigner. La loyauté à l'égard de Jacques de Mamarre ne valait que de son vivant. Janine espérait-elle par son attitude coopérative éviter le licenciement ? Je vérifierais si son nom figurait sur les listes de Raphaël Sieg.

Jean Rameur avança la main dans le coffre. Il n'y avait rien d'autre qu'un fascicule broché qu'il me ten-

dait. Je lisais : « Machinoo.com – Dossier d'investissement ». Un énorme « Confidentiel » barrait chacune des
pages. La vie de Jacques de Mamarre s'était figée sur
Machinoo.com, le jour de ma nomination à la présidence
du Crédit Général. Depuis, il ne consacrait sa retraite
qu'à me détester. Avec pour témoin le dossier Machi-
noo.com, seul vestige encore présent sur cette terre de
la géniale idée d'un commerce en ligne de la machine-
outil d'occasion. La révolution Internet reposait dans le
coffre-fort d'un business angel désormais déchu.

Jean Rameur avait terminé son inspection. Il s'assit.
Il considéra le corps de Jacques :

— Je ne comprends pas. Pourquoi ici ?

Jean Rameur avait raison. C'était grotesque de la part
de Jacques de Mamarre. Venir claboter au bureau.
S'adonner à des mômeries pareilles. A son âge. A un
moment aussi décisif de son existence. Entendait-il donner à sa mort valeur de symbole ? Que l'on dise de lui
qu'il avait livré son dernier combat au Crédit Général ?
Que sa vie s'identifiait pour toujours au destin de la banque ? Ou était-ce un acte d'accusation dirigé contre
moi ? Une façon de m'attribuer la responsabilité de sa
disparition ? « Marc Tourneuillerie m'a tué, comme il
tuera le Crédit Général. » Quel enfantillage ! La fatuité
l'étouffait. Seul le vieux monde se préoccupait encore
du sort de Jacques de Mamarre et des circonstances de
son décès.

Je n'allais pas pourrir mon dimanche à méditer sur les
allégories de Jacques. Je pris place dans son fauteuil,
face à Jean Rameur. Le cadavre nous séparait.


Jean Rameur tassait une clope sans filtre. Puis l'allumait. Il attrapa l'épais dossier avec lequel il était venu.

— Pendant que nous sommes seuls, voici la retranscription des conversations téléphoniques de Catherine

Bensimon. Ainsi que la copie de tous ses mails des dernières semaines.

Mes réflexions s'éloignaient de la carcasse de Jacques allongée à mes pieds. Je ne voyais plus que ma JAP. Son corps gavé à la volupté naturelle. Engraissé à la libido bio. Ses seins massifs de fille de la campagne, son cul arrondi, sa fente conviviale. Tout ce qu'elle étalait sur la place publique, à la disposition des regards concupiscents.

Grâce à l'espionnage de Jean Rameur, j'allais m'infiltrer dans l'intimité de Catherine Bensimon. Passer la main sous ses vêtements. La peloter sans qu'elle le sache. Je descendrais par la faille du décolleté. J'explorerais les nichons. J'escaladerais les mamelons. Je suivrais la dentelle du soutien-gorge jusqu'au dos. J'effleurerais la scarification laissée sur la peau par l'armature trop serrée. Je me laisserais couler le long de la colonne vertébrale jusqu'aux fesses. Là, j'enjamberais l'élastique tendu du string. Je plongerais dans l'obscurité de la raie courbée. Je suivrais son tracé par le fond. Je continuerais ma spéléologie jusqu'à l'entrée du sexe. Je palperais les bourrelets de bonne chair. Je gambaderais sur la toison aplatie comme les blés après la tempête. J'atteindrais enfin les vastes étendues épilées. Je caresserais la peau lisse avec le bout des doigts. Catherine Bensimon serait aussi ardente que je l'avais imaginé. Mon expédition secrète sur son corps confirmerait la sensualité de mes intuitions.

J'étais impatient de prendre connaissance des informations recueillies par Jean Rameur sur Catherine Bensimon.

— Qu'avez-vous trouvé ? Faites-moi une synthèse.

Jean Rameur se grattait la cuisse :

— Rien. Le néant existentiel. Elle n'a pas de chéris. Elle n'a pas d'amis. Zéro vice. Zéro passion. A une exception près, toutefois.

Je tendis l'oreille. Jean Rameur poursuivait :

— Le boulot. Cette fille est une malade de travail. Elle ne pense qu'à ça. Le Japon lui trotte dans la tête. Nuit et jour. Crise économique au Japon, finances publiques au Japon, Bourse anémique au Japon, instabilité politique au Japon. Mais surtout, oui surtout, vieillissement démographique au Japon. Les vieux, les vieux, les vieux. Le Japon, le Japon, le Japon. Le même disque à longueur de temps.

Jean Rameur se grattait le mollet à présent.

— J'ai cru un moment que « vieux » et « Japon » étaient des noms de code ou des pseudonymes. J'ai vite déchanté. Je ne vois pas pourquoi vous m'avez demandé de surveiller mademoiselle Bensimon. Jamais vu quelqu'un d'aussi chiant.

Les considérations de Jean Rameur sur ma JAP sortaient du mandat que je lui avais confié. J'en vins à la question essentielle :

— Rien sur moi ?

— Pas grand-chose. Il est surtout question d'un mémo que vous lui avez commandé sur l'imminence d'un collapsus nippon. Une affaire vitale apparemment. Je vous signale qu'elle est catastrophée par votre réponse. Si je comprends bien, vous n'êtes pas favorable au repli des activités du Crédit Général au Japon. D'après elle, vous commettez une « tragique erreur ». Elle espérait pourtant vous avoir convaincu.

Jean Rameur avait-il saisi les paroles de Catherine Bensimon ? Etait-il en mesure de suivre les débats stratégiques concernant le Crédit Général ? J'en doutais. J'attendrai d'être seul pour lire moi-même les réflexions de Catherine Bensimon à ce sujet.

Le corps de Jacques de Mamarre n'avait pas bougé depuis tout à l'heure. Je posai une dernière question à Jean Rameur :

— Que pense-t-elle des hommes ? Parle-t-elle de leur comportement à son égard ?

— C'est-à-dire ?

— Sait-elle que les hommes la zieutent dès qu'elle a le dos tourné ? Qu'ils veulent tous coucher avec elle ? Parce qu'elle les allume ? Parce qu'elle les provoque ? Parce qu'elle s'accoutre comme une grue ?

Jean Rameur était sidéré par ma description de Catherine Bensimon. Il ne se la représentait pas en fille légère. Il voyait plutôt un laideron hors d'usage. Avec les « vieux » et le « Japon » pour seules fantaisies.

Jean Rameur cherchait loin dans sa mémoire pour retrouver la trace de propos de Catherine Bensimon sur les hommes.

— Difficile à dire. Elle ne se répand pas en confidences. Sauf avec sa mère de temps en temps... Je me rappelle que, dans l'une de ses conversations, elle mentionne les regards portés sur elle par un dénommé Stanley Greenball. Son patron, je crois. Mais, d'après elle, il ne fixait que ses yeux. Sa mère était rassurée.

« Ses yeux » ? Catherine Bensimon était-elle gourde au point de croire que Stanley Greenball ne matait que ses yeux ? N'avait-elle pas noté qu'il en avait après son cul et ses gros nibards ? J'espérais que Jean Rameur avait mal lu les retranscriptions de ma JAP. Une deuxième vérification s'imposerait ultérieurement.

— Comment réagit-elle à ces regards ?

— Elle se demande si Stanley Greenball ne lui ferait pas un peu la cour. Elle dit que ça l'amuse. Mais elle ne s'étend pas sur la question.

Je restai interdit. Catherine Bensimon était-elle donc réellement couillonne ? « Faire la cour », s'en « amuser ». Si elle savait avec quelle sauvagerie Stanley Greenball voulait l'asservir à ses immondes penchants. La réduire à l'état de bête soumise. J'étais atterré. Il fallait alerter maman Bensimon. Sa fille se trouvait en grand danger.

J'abandonnai le fauteuil de Jacques de Mamarre. Je me dégourdis les jambes dans le bureau, en prenant garde de ne pas piétiner le cadavre.

— Continuez à veiller sur Catherine Bensimon. J'espère que vous n'avez pas été repéré par nos systèmes de sécurité.

Jean Rameur se leva à son tour.

— Non, je ne le pense pas. Je pourrais fliquer quelqu'un d'autre, si vous le souhaitez.

Le nom de Christian Craillon me vint tout de suite en tête. J'avais déjà envisagé de le mettre sur écoutes avant de privilégier Catherine Bensimon. Maintenant, il y avait urgence. Jean-Marie Colombani m'avait annoncé la veille son refus de parrainer le « Festival international de poésie du Vercors ». Comment le faire savoir à Christian Craillon ? Quelles formules réconfortantes utiliser ? Je craignais les dégâts de sa déception. « Une tête d'aliéné », disait de lui Marilyne. « Un jour, il deviendra violent. » Le mieux était peut-être de le placer sous contrôle policier.

— Occupez-vous de Christian Craillon. Un salarié du siège. Ne vous limitez pas à intercepter ses conversations et sa correspondance. Faites-moi une enquête complète. Sa vie dans les moindres détails. Famille, fréquentations, hobbies, passé, moralité, cachotteries. Entrez en contact avec lui, vous trouverez un prétexte. Voyez-le. Passez du temps ensemble. Devenez son ami. Ce type me cause de sérieux soucis.

Jean Rameur taquinait le corps de Jacques de Mamarre avec le bout de la chaussure. Il notait le nom de Christian Craillon.

— Je commence dès demain. Vu le travail demandé, mes honoraires seront plus élevés que pour Catherine Bensimon.

Je donnai mon accord à Jean Rameur. Je lui dis au revoir sur le pas de la porte. Matthew Malburry, Marilyne et Janine m'attendaient dans le couloir. Jean Rameur s'en allait accomplir sa nouvelle mission. Il ne salua personne.

J'attrapai Matthew Malburry par le bras. Je l'emmenai jusqu'à mon bureau. A peine étions-nous assis qu'il me présenta ses condoléances. Le temps m'était compté. Je le remerciai quand même, avant d'en venir au business :

— Matthew, je m'interroge à ton sujet. De quoi es-tu capable ? Quel rôle dois-tu tenir au sein de la banque ? Bref, que faire de toi ? Je ne sais pas...

Mon entrée en matière cueillit Matthew Malburry à froid. Réfléchissais-je à voix haute ou lui posais-je une question ? Etait-il viré ou promu ? Matthew ne savait pas à quoi s'en tenir. Il était perdu.

Je me taisais. Je regardais Matthew se démener avec son stress. Il allait proférer une funeste énormité au moment où je repris la parole :

— J'ai hésité à ton sujet. Pendant longtemps. En définitive, j'ai décidé... de t'accorder une chance. La dernière. En cas de succès, tu seras destiné aux plus hautes fonctions. Dans l'hypothèse contraire... Non, je préfère ne pas y songer...

Matthew Malburry venait tout juste de comprendre qu'il avait sauvé sa peau. Son soulagement était si intense que sa bouche tremblante s'emplissait de déclarations solennelles. Désir de bien faire, volonté de servir, résolution à se battre. Il récitait sa leçon sur la motivation professionnelle. Sans oublier une longue tirade sur la fidélité absolue à ma personne.

Au bout d'un moment, j'estimai en avoir entendu

assez. D'un geste de la main, je stoppai les proclamations de Matthew. C'était à mon tour de parler :

— Je veux te confier une exaltante mission. Tu vas partir à la conquête de l'Est. L'Asie sera la nouvelle frontière du Crédit Général. Rends-toi sur place. Entoure-toi de nos meilleures équipes. Déclenche un raid foudroyant.

Matthew Malburry approuvait sans réserve. Il ponctuait chacune de mes injonctions d'un « d'accord ». D'avoir frôlé la mort le rendait positif sur l'existence.

— Développe tous les métiers de la banque là-bas. Rachète ce qui est à vendre. Prête de l'argent à qui en demande.

« D'accord », « d'accord ».

— Tu disposes d'un crédit illimité. Dépense sans compter. Tous les secteurs feront l'affaire : banque, services, industrie, électronique, nouvelles technologies...

« D'accord », « d'accord ».

On frappait à la porte du bureau. Marilyne m'informait que Claude de Mamarre était arrivée. Elle attendait pour me voir.

— Fais vite, Matthew. Le plus vite possible. Ne perds pas une seule seconde. Je suis très pressé.

« D'accord », « d'accord ».

— Tu pars dès ce soir pour Tokyo. Je t'ai réservé l'avion de la banque. File à l'aéroport.

« D'accord », « d'accord ».

Je me levai. Matthew Malburry fit de même. Je le raccompagnai jusqu'à la porte de mon bureau.

— Tu recevras une grosse prime, si tu travailles bien. Un joli pourcentage sur tes investissements au Japon. Très incitatif, tu verras.

« D'accord », « d'accord ».

— Tu dépenses, tu gagnes, tu dépenses, tu gagnes...

« D'accord », « d'accord ».

Matthew Malburry ne me demanda pas à combien se

chiffrerait sa prime. Il me serra fort la main. Deux fois de suite. Je le sentais gonflé à bloc. Avide de bouffer les dragons d'Asie. De montrer aux Japonais qui étaient les plus cruels.

Matthew remarqua à peine Claude de Mamarre qui lanternait dans le couloir. Il passa devant elle sans lui faire la bise. Claude était choquée par tant de goujaterie. On la faisait venir un dimanche midi à la banque. On la privait de yoga avec son personal trainer. On ne lui fournissait aucune explication. On ne lui disait pas bonjour. Les bonnes manières se perdaient au Crédit Général. Elle se jurait de tout raconter à son père.

J'invitai Claude à me suivre dans le bureau. Son courroux se lisait sur sa bouche. Elle soupirait à chaque respiration.

Je demandai à Claude de s'asseoir. Elle refusa. « Je suis très bien debout. » Je ne lui en voulais pas d'être rebelle : elle allait incessamment ramper par terre. Pouvait-elle se douter de la tragédie qui l'attendait ? Je la laissais profiter encore un peu de ce moment d'innocence. Je la dévisageais. Moi seul savais quand le malheur la frapperait.

Je pris finalement la parole. Comme j'avais prévu de le faire. Je connaissais mon texte par cœur :

— Claude, ne m'en voulez pas, il fallait que quelqu'un se dévoue, j'en suis accablé autant que vous l'êtes...

Au début, Claude de Mamarre ne comprit pas de quoi il retournait. Elle se décomposa à mesure que j'avançais :

— L'atroce mission de vous informer de l'inconcevable, de l'injuste disparition de votre père, Jacques de Mamarre, oui, Jacques, mon Jacques, notre Jacques...

A ces mots, Claude s'évanouit. Elle gisait inconsciente, comme son père dans le bureau d'à côté. La famille de Mamarre était au tapis.

Je m'approchai de Claude. Je l'appelais. « Claude, hou-hou, Claude, hou-hou... » Je lui tapotais la main. Je lui giflais le visage. Je l'embrassais sur la bouche. Claude ne réagissait plus. Je finis tout de même mon speech :

— ... la mort ordonne à Jacques de le suivre, non !, pas la mort, Jacques la supplie de repartir sans lui, mais elle insiste, viens avec moi...

Claude ne se réveillait toujours pas. Elle n'était pas en état de répondre à ma dernière question : « Comment réagissez-vous ? »

J'appelai Marilyne et Janine. Elles venaient à la rescousse. Elles soulevaient Claude de Mamarre. La transportaient dans une petite salle de réunion à l'écart. Il me paraissait peu probable de revoir Claude vivante un jour.


Je m'enfermai au calme dans mon bureau. Dimanche studieux, missions accomplies, tranches de vie formidables : je me sentais gaillard. Pourquoi rentrer si tôt à la maison ? Avec pour distractions les monologues de Diane sur la haute couture tibétaine et les glapissements épileptiques de Gabriel devant DeathKid.

J'ouvris le dossier que m'avait laissé Jean Rameur. Je lus page après page les paroles volées à Catherine Bensimon. Il était question de besogne. Uniquement de besogne. Elle empilait les lieux communs sur le Japon : décadence, gâtisme et croupissement. L'expression « tragique erreur » revenait des dizaines de fois à propos de mes choix en Asie. Voilà ce que j'étais pour elle : une « tragique erreur ».

Mon humeur tournait. Le cafard finissait par me submerger. Comment la vie de cette fille pouvait-elle être aussi insignifiante, elle qui promettait tant ? Je retrouvai le seul passage où il était question de la « cour » entreprise par Stanley Greenball. Catherine parlait bien de regards « dans les yeux ». Nulle part ailleurs sur son corps. Jean Rameur avait vu juste. Il n'y avait rien à tirer de Catherine Bensimon. Elle était une pure professionnelle.

Au bout d'une heure d'ennui, je sortis de mon bureau. Les hommes en noir des pompes funèbres emmenaient la dépouille de Jacques de Mamarre dans un cercueil en fer. J'entendis au loin les supplications désespérées de Claude. « Laissez-le-moi, s'il vous plaît, je ne veux pas qu'il s'en aille. »

Le corps de Jacques partait pour la morgue. Peut-être y rejoindrait-il le casseur du pont de la Concorde. Le vieux grigou côtoierait le jeune insoumis jusqu'à la fin du week-end.

C'était injuste pour le casseur. Il méritait meilleures fréquentations dans l'au-delà.

## 39

Après Jacques de Mamarre, venait le tour de Raphaël Sieg. La période des liquidations saisonnières au Crédit Général se prolongeait.

Le parapheur qu'avait préparé Marilyne à mon attention contenait les documents relatifs au licenciement de Raphaël Sieg. Une fois le protocole transactionnel signé, Raphaël toucherait ses indemnités de départ. Je serais débarrassé de lui.

Les atermoiements sur son sort duraient depuis plusieurs mois. Lors de notre ultime entretien dans mon bureau, Raphaël Sieg faisait encore le fier. « Je veux quitter le siège de la banque, m'avait-il déclaré. Nomme-moi à la présidence du Crédit Général US. En cas de refus, je démissionnerai sans attendre. » Une heure plus tard, il découvrait son nom sur la liste du plan social de la banque. Il m'avait aussitôt appelé. Dix fois, vingt fois, trente fois de suite. Un harcèlement téléphonique chaque jour plus désespéré. Il s'engouffrait, tête baissée, dans l'horrible chemin de croix que j'avais tracé pour lui. « Marilyne, implorait-il, passez-moi Marc. Convainquez-le. Je n'en ai que pour quelques secondes. Je ne me plaindrai pas. Je n'accuserai pas. Mais on ne peut pas se séparer ainsi. Sans discuter une dernière fois. » « Qu'il démissionne ! » répondais-je à Marilyne quand je la sentais compatir. « Sans attendre ! »

D'après Marilyne, qui l'avait souvent au téléphone,

Raphaël Sieg coulait à pic. En pleine crise de nerfs. Obligé de se schnouffer aux calmants. Il n'était pas beau à voir, me rapportait-on. Le cheveu pelliculeux. Le menton mal rasé. Le costume chiffonné. Marilyne prenait pitié. Un si bel homme. Par humanité, elle avait mis un terme à notre petit rituel cochon de la porte ouverte. Marilyne ne m'avertissait plus quand Raphaël Sieg était en ligne. Elle gardait secrètes ses conversations. J'en étais exclu à regret. Marilyne était tellement excitante dans ces moments de perversion de bureau.

Raphaël Sieg n'avait pas démissionné. Il attendait. Moi aussi. Le supplice continuait. Au bout de quelques semaines, Marilyne me confiait qu'elle n'en pouvait plus de consoler Raphaël. Il tenait des propos de plus en plus incohérents au téléphone. Des propos qui sentaient parfois l'abus d'alcool. Ça durait des heures. Elle me demanda de la libérer du fardeau. J'appelai maître Tombière, puis j'informai Raphaël Sieg de s'adresser à lui désormais. L'avocat le convoqua dans son « Auberge des intrigues ». « Rien ne presse, avait conclu maître Tombière à l'issue de l'entretien. Sieg dispose d'une marge de progression dans la déchéance. » Nous partagions la même option tactique.

Le temps passait. Raphaël Sieg s'imposait de venir tous les jours à la banque. A huit heures trente précises. Il partait déjeuner à douze heures trente. Toujours seul. A quatorze heures, il revenait au bureau. A dix-huit heures, il rentrait à la maison. Pendant tout ce temps, il était resté oisif. Aucune réunion, aucun rendez-vous, aucun courrier, aucune conversation téléphonique, aucune lecture de note. Raphaël croupissait dans la cellule d'isolement que je lui avais construite.

Maître Tombière le recevait de temps à autre. Il établissait son diagnostic psychiatrique. « Pas encore assez dingue, estimait-il. Patientons un peu. » Ainsi s'écoulaient les semaines. Jusqu'au jour où, après un nouvel examen, maître Tombière m'avertit que le client était mûr. « Faisons vite. Sieg est prêt à se bouffer les couilles. Je le sens aussi amoché qu'un Jean Rameur apprenant sa révocation de la police nationale. » La comparaison amusait maître Tombière. Je lui donnai mon accord pour conclure l'affaire avec Raphaël.

Les tractations débutèrent. Leur dénouement prit cinq minutes. Raphaël Sieg avait peu de revendications à formuler. Il acceptait ce qu'on lui donnait, pourvu qu'il en finisse avec cette sale histoire.

Maître Tombière devait me raconter par la suite qu'il avait attaqué la discussion bille en tête :

— Il n'y a rien à négocier. De fait, vous êtes démissionnaire. Vous êtes payé à vous tourner les pouces. S'il vous passait par la tête d'engager un contentieux contre votre employeur, les tribunaux ne seraient pas tendres avec vous. A la porte sans un sou ! C'est tout juste s'ils ne vous demanderaient pas de rembourser vos derniers salaires.

Raphaël Sieg n'avait pas bougé d'un cerne. Il déposait les armes sans chercher à résister :

— J'en conviens...

Maître Tombière s'épargnait de rouer de coups un Raphaël Sieg déjà à terre. Il passait tout de suite à la proposition de compromis :

— Toutefois, en considération des services rendus au Crédit Général et des liens d'amitié qui vous unissent, Marc m'a demandé de vous consentir une transac.

Maître Tombière disait « transac » au lieu de « transaction ». Pour montrer que ça l'écœurait de dire le mot en entier. A ses yeux, Raphaël Sieg ne méritait pas une « transaction » digne de ce nom.

— Il vous accorde un million d'euros. C'est cadeau. En plus de votre solde de tout compte. Pas question en revanche de conserver votre voiture de fonction, votre téléphone portable ou votre ordinateur personnel. Vous devez les rendre.

— Je comprends... Pourrais-je néanmoins garder un petit bureau à la banque... En attendant...

— Pendant combien de temps ?

— Je ne sais pas... Six mois peut-être...

— Impossible.

— Trois mois...

— Impossible.

— Je comprends... Et mes plans de stock-options...

— Vous connaissez la procédure. Ecrivez une belle lettre à Marc.

— Je comprends... Je lui écrirai une... belle lettre... Au revoir, maître Tombière... Je vous remercie de m'avoir reçu...

— Au revoir, monsieur Sieg. N'oubliez pas d'envoyer la lettre. Soyez poli avec Marc...

La possibilité discrétionnaire que je m'étais attribuée de maintenir les stock-options d'un collaborateur licencié constituait l'un de mes vices les plus jouissifs. Dès mon accession à la présidence du Crédit Général, j'avais fait rajouter au règlement des plans d'options une clause appelée « suçage du président » par les salariés. Elle était ainsi rédigée : « En cas de départ du Crédit Général, le bénéficiaire perd tout droit à option à compter de la date à laquelle il est rayé des effectifs. Toutefois, par dérogation à ce principe, le bénéficiaire pourra continuer à bénéficier des options, même après l'expiration de son contrat de travail, à condition d'avoir obtenu l'accord du Président du Conseil d'Administration du Crédit Général. »

Un coup de génie, ce dernier membre de phrase : « *à condition d'avoir obtenu l'accord du Président du Conseil d'Administration du Crédit Général* ». Au pouvoir de virer un sbire, j'ajoutais le droit de me faire cajoler par lui. Une dernière fois. Avant de se quitter. En guise de cadeau d'adieu. Parce qu'il faut se cramponner à ses stocks quand on se fait congédier. C'est pas toujours facile de retrouver un bon job. Il y a la peur du lendemain. Le train de vie du ménage. Les études des gosses. Les traites de la maison. Toutes ces charges à payer. Que nous réserve l'avenir ? On ne sait jamais. Vaut mieux se constituer un pécule avant de dégager. Au prix d'un modeste sacrifice de dignité. « *Monsieur le Président, j'ai l'honneur de solliciter de votre haute bienveillance...* » Rien de répréhensible. Il s'agit juste de flagorner le patron. Pourquoi se formaliser ? Personne n'en saura rien. On réglera l'affaire en privé. Dans mon bureau quand je remettrai la feuille ASSEDIC. Ce qu'en pensent les autres ? Les collègues ? On s'en fiche. Ils peuvent faire les marioles tant qu'ils gardent leur place. Facile de charrier les copains en continuant à toucher sa paye à la fin du mois. Mais le jour venu, le jour où je les pousserai dans le vide, ils feront pareil. Tout pareil. « *Monsieur le Président, j'ai l'honneur de solliciter de votre haute bienveillance...* ». Ils montreront leurs miches, croyez-moi. Ils le font tous. A poil, les stock-optionneurs licenciés ! Sans quoi, je leur refuserai « *l'accord du Président du Conseil d'Administration du Crédit Général* ».

Comme les autres avant lui, Raphaël Sieg avait écrit sa lettre. Marilyne me l'avait laissée dans le parapheur avec l'original de l'accord transactionnel. « *Monsieur le Président, j'ai l'honneur de solliciter de votre haute bienveillance...* » La lettre contenait les manifestations de déférence requises grâce à la vigilance de maître Tombière. La première version de la lettre n'avait pas été à son goût. Dans la formule de politesse à la fin, Raphaël Sieg me priait de croire en sa « *considération* ». Maître Tombière l'avait incendié au téléphone :

— Marc n'a que faire de votre considération, ce qu'il

exige c'est votre respect ! Ayez à son égard des sentiments « dévoués » ! Sinon, tintin les stock-options.

Raphaël s'exécuta. Dans la deuxième version de la lettre, ses sentiments devenaient « *dévoués* ». Venant de lui, mon camarade d'école, mon chaperon de l'Inspection des Finances, mon recruteur au Crédit Général, mon modèle de réussite, la délicatesse me faisait bien plaisir.

Combien de stock-options lui laisser ? Je m'interrogeais. La totalité ? Les deux tiers ? La moitié ? Le quart, décidais-je finalement. Pour prix de sa contrition. En marge de la lettre de Raphaël Sieg, j'écrivis : « *OK sur 25 % des options.* » Maître Tombière me trouverait certainement trop généreux.


Je rangeai la lettre de Raphaël dans le parapheur et j'attrapai l'original de l'accord transactionnel. La rédaction du document d'une dizaine de pages avait donné lieu à un pari avec maître Tombière. Je l'avais mis au défi de n'utiliser aucun adverbe. « Rien que des mots normaux. » En cas de succès, je doublais le montant de ses honoraires. « Saurez-vous m'apporter la preuve définitive que vous êtes un avocat d'exception ? » le provoquai-je. Maître Tombière relevait le gant. « Faites partir le chèque. »

J'attaquai la lecture de l'accord. Il ressemblait au procès-verbal d'une scène de ménage. Dès le préambule, le Crédit Général tirait la première salve des griefs. Il était reproché à « *Monsieur Sieg* » d'avoir émis des doutes sérieux sur la stratégie de développement du Crédit Général, ainsi que sur ses perspectives financières. « *Monsieur Sieg* », était-il rapporté, avait tenté d'imposer un chantage à son président en le menaçant de démissionner s'il n'obtenait pas un changement d'affectation. La « *Société* » avait été « *choquée* » par son comportement, qui constituait un « *manquement inac-*

ceptable aux obligations de loyauté ». Raphaël Sieg « perturbait le bon fonctionnement de la banque », de sorte que le Crédit Général se voyait « dans l'obligation d'envisager de mettre un terme à la relation contractuelle », et d'adresser une « convocation à un entretien préalable à un licenciement pour perte de confiance ».

C'était ensuite au tour de « Monsieur Sieg » de donner sa version du différend. Il accusait le Crédit Général de « ne lui fournir aucune activité depuis plusieurs mois ». La « Société l'avait écarté de ses fonctions de directeur général adjoint dans des conditions vexatoires ». Le Crédit Général « aurait dû mettre un terme à son contrat de travail ». « Or, poursuivait le compte rendu de la dispute, loin de satisfaire à ses obligations légales, la Société l'avait laissé sans emploi, le mettant ainsi "au placard". Une telle mesure était lourde de conséquences quant à l'avenir professionnel de Monsieur Sieg. » Dès lors, l'intéressé estimait « subir un préjudice moral et professionnel incontestable dont il entendait obtenir réparation ».

Le Crédit Général récusait des bobards aussi grossiers. La Société s'était en effet « toujours comportée de façon exemplaire vis-à-vis de Monsieur Sieg et avait mis tous les moyens en œuvre pour éviter une dégradation de la situation de travail ». Les demandes de « Monsieur Sieg » étaient de ce fait « fantaisistes et exagérées ».

On frisait la violence conjugale. La vaisselle volait de tous les côtés. Il était temps de se désénerver et de trouver un terrain d'entente. « Confrontées à une contestation sérieuse, et conscientes qu'il est de l'intérêt de chacune des parties d'éviter les coûts et les aléas de procédures judiciaires, celles-ci ont décidé d'engager des négociations afin de clore de manière définitive la situation conflictuelle qui les oppose et de conclure à cette fin une transaction. » Voilà une déclaration consensuelle susceptible de calmer les belligérants. Il était convenu que le Crédit Général licencierait « *Monsieur Sieg* », ce dernier s'engageant « *à ne pas contester son licenciement* ». Il recevrait son solde de tout compte, comprenant l'indemnité compensatrice de préavis, l'indemnité compensatrice de congés payés, le prorata des 13e et 14e mois, l'indemnité conventionnelle de licenciement. En addition, « *Monsieur Sieg* » percevrait une « *indemnité transactionnelle de 1 (un) million d'euros à titre de dommages-intérêts destinée à compenser des préjudices moraux et professionnels, mais en aucun cas une reconnaissance du bien-fondé de sa position* ».

Chacun campait sur ses certitudes. Mais le couple parvenait malgré tout à se séparer dans la dignité. Encore fallait-il s'assurer que les secrets de famille seraient protégés. Les voisins ne devaient rien connaître des déchirements conjugaux. Dans les clauses de confidentialité, le Crédit Général s'engageait à « *garder la plus grande discrétion sur les conditions du départ de Monsieur Sieg et sur les modalités du présent accord* ». La banque s'interdisait en outre « *de nuire à la réputation professionnelle et personnelle de Monsieur Sieg* ». Ce dernier s'empêchait pour sa part « *d'agir d'une manière déloyale ou qui pourrait nuire à la réputation ou à la situation financière, économique, commerciale ou administrative de la Société ou à celle de ses dirigeants, en particulier et à titre non exhaustif par voie de presse ou tout autre média* ». L'accord transactionnel se terminait par une clause de renonciation aux « *prétention, réclamation, action ou instance de quelque nature que ce soit* ».

Aucun adverbe sur les dix pages. Incroyable. Je relisais le document en diagonale pour m'en assurer. Non, pas un seul adverbe. Il ne me semblait pourtant pas que la précision juridique du texte en avait souffert. Maître Tombière remportait son pari. Chapeau bas. Il était donc possible de faire du droit sans adverbe. Ça valait bien un doublement des honoraires.

Raphaël Sieg avait fait précéder sa signature d'une longue mention manuscrite que lui avait dictée maître Tombière. « *Lu et approuvé. Bon pour transaction irrévocable et désistements de tous droits, instances et actions. Bon pour quittance des sommes visées dans le corps des présentes. Bon pour renonciation à tout recours contre la Société ou toute autre société du groupe Crédit Général.* »

Je signai à mon tour l'accord transactionnel. Une bonne chose de faite. Je balançai le parapheur sur mon bureau.

Ciao mon petit Sieg.


Qu'allait-il devenir ? Cinquante-six ans déjà. Disparu après un échec. Exténué par la torture psychologique. Humilié jusqu'au dernier jour. Comment espérait-il se recaser ainsi déglingué ?

Il me faisait penser à Claude de Mamarre, la compagne d'infortune de Raphaël. Il devrait courir pleurnicher dans ses jupons. Entre écorchés de la vie, on pouvait s'offrir un peu de réconfort.

Claude aussi avait connu un effroyable revers. Comme Raphaël Sieg maintenant, elle avait rejoint le cimetière du Crédit Général. Vingt-cinq mille tombes, celles des licenciés du plan social. Avec, dans le carré VIP, les sépultures d'Alfred Hatiliasse, de Boris Zorgus, de Jacques de Mamarre et de Raphaël Sieg. Claude de Mamarre y était inhumée parmi l'élite du comité exécutif.

Je n'avais plus jamais eu de contacts avec elle depuis ce dimanche matin où je lui avais annoncé le décès de son père. Je me souvenais très bien de la scène :
« Claude, je tenais à ce que vous l'appreniez de ma bou-

che... » J'entendais encore ses supplications quand on emmenait le cadavre de son père. Elle n'avait plus remis les pieds à la banque. Sans prévenir. Sans s'excuser. Sans fournir de certificat de maladie. Croyait-elle que le Crédit Général avait succombé lui aussi ? Qu'il n'y avait plus rien à faire ?

J'avais attendu une quinzaine de jours avant d'adresser à Claude de Mamarre une lettre recommandée pour absence non justifiée. Pas de réponse. J'envoyai un deuxième recommandé. Pas de réponse non plus. Je recommençai la semaine d'après. Toujours rien. Au bout de deux mois, maître Tombière me conseilla d'engager une procédure de licenciement pour abandon de poste. Claude de Mamarre ne répondit pas à la convocation. Je la virai d'office. Elle ne toucha pas un sou d'indemnités, en dépit des garanties qu'avait extorquées son père au moment de lâcher la présidence de la banque. Aucun des gérontes du conseil d'administration ne vint me rappeler les promesses généreuses faites à l'époque. La fidélité vis-à-vis de Jacques de Mamarre s'arrêtait aux portes du mausolée.

D'après ce que me rapporta Marilyne, Claude de Mamarre était restée prostrée pendant des semaines après l'enterrement. Avachie sur le lit de son père, à se lamenter derrière les volets clos de l'immense appartement. Elle ne sortait pas. Elle ne parlait pas. Elle ne travaillait pas. Elle se vidait de ses larmes. C'était un renoncement absolu à la vie. Au brushing, au lifting, au bronzing. Et même aux épilations demi-jambes-aisselles-maillot de chez Carita, rue du Faubourg-Saint-Honoré. Claude se laissait envahir par le chiendent du malheur. Elle se fichait pas mal d'avoir encore de l'« allure ».

Au bout de trois mois de réclusion, elle partit en grand secret rejoindre un monastère bouddhiste de la haute vallée du Bumthang, au Royaume du Bhoutan. Dans son refuge himalayen, pas très loin de la frontière du Tibet, les étoles en cachemire étaient autorisées. Claude de Mamarre ne conservait plus de son passé d'élégance que cet attribut vestimentaire. Au milieu des bonzes indifférents à son sort, elle entamait une reconquête spirituelle. Canaliser la souffrance. Se libérer des choses matérielles. Donner un sens à sa vie. Accéder à la sagesse. S'élever vers le cosmos. Claude espérait y parvenir en prenant ses distances avec le Crédit Général.

Son expédition tibétaine impressionna beaucoup Diane. Quelle intrépidité, pensait-elle. Aller manifester sur le terrain son soutien au Free Tibet. A quatre mille mètres d'altitude. N'était-ce pas le premier détachement des nouvelles Brigades internationales, pacifistes celles-là ? Ne fallait-il pas accepter de payer de sa personne pour la Cause ? Diane s'interrogeait. Elle était surtout curieuse de savoir si Claude de Mamarre avait eu l'opportunité de rencontrer Richard Gere là-bas. Peut-être s'habillait-il en total look bonze ? Tout nu sous la toge orange.

Diane fantasmait au lieu de réfléchir. L'inaction lui fit perdre beaucoup de temps. La saison des défilés haute couture approchait. Diane renonça finalement au grand départ.

Mon yéti me restait sur les bras.

# 40

Derrière moi, la foule immense brandissait bien haut les flambeaux dans l'obscurité. Une lueur couleur sang grimpait jusqu'au sommet des montagnes. La neige s'embrasait de rouge. Combien étaient-ils présents ? Dix mille ? Vingt mille ? Vingt-cinq mille, plutôt. Qui marchaient dans la nuit noire des Grisons. Le nez gelé face au vent d'hiver.

La procession silencieuse venait de Promenade, l'artère principale. Elle avançait au milieu du bourg comme une coulée de lave en fusion. Elle passait devant les chalets, l'église, les palaces et la patinoire. Elle arrivait enfin à la hauteur du Kongresszentrum. Sur une estrade en bois, s'alignaient en bon ordre les caméras de télévision.

La tête du cortège stoppa. Je me détachai de la multitude. Elle m'observait gravir les marches.

Je parvins en haut du perron, juste en dessous d'une immense banderole « Global Reconciliation ». Je me retournai d'un mouvement brusque. Je levai à bout de bras ma torche en flammes. Une clameur virile emplit Davos. Elle partait des premiers rangs et déferlait tout du long par vagues enthousiastes. On l'entendait au loin descendre dans la vallée, là où s'étirait l'arrière du défilé.

Venant de l'intérieur du Kongresszentrum, Jessye Norman apparut en haut du grand escalier. Un murmure de vénération succéda à la clameur. J'accueillis la statue d'ébène par une bise sur la joue. Elle approcha le micro de sa bouche. Elle lut le premier nom inscrit sur la liste des salariés licenciés du Crédit Général. L'élocution était limpide et puissante. L'écho de sa voix traversait Davos de part en part.

A l'appel du premier nom, la foule répondit : « Présent ! » Jessye Norman scanda un deuxième nom. La foule cria : « Présent ! » Puis un troisième nom. « Présent ! » Les caméras de télévision filmaient la scène.

Le cortège reprit tout doucement sa progression sur Promenade. Jessye Norman poursuivait l'énumération. Un nom, « Présent ! » Un nom, « Présent ! » Une intense communion de sentiment se formait sous mes yeux.


Les organisateurs du World Economic Forum m'accueillaient sur le perron du Kongresszentrum. Personne ne parlait. La cérémonie imposait le recueillement.

Un nom, « Présent ! » Un nom, « Présent ! »

Les invités sortaient à leur tour du centre de conférences. Silvio Berlusconi le premier. Il découvrait l'interminable traînée rouge. « Stupendo, veramente stupendo. » Rupert Murdoch m'attirait à lui. Il me pinçait la joue. Je cherchais du regard Wendi Deng. Je ne la trouvais pas. Je tombais à la place sur Hillary Clinton. Elle m'adressait un clin d'œil.

A côté d'elle, je repérais Rania de Jordanie qui se pelotonnait dans un vison. La lumière des torches se reflétait sur son visage. Elle avait un air de Catherine Bensimon, genre Levantine sexy. Mais en moins gironde. J'allais la rejoindre quand Phil Knight et Steve Jobs m'abordèrent. Ils me congratulaient.

Dittmar Rigule se pointait à son tour. Il papotait à voix basse avec Pim Training de PricewaterhouseCoopers, le chef de mission de l'audit organisationnel du Crédit Général. Je lui fis signe de venir aux premières loges. Pim n'était-il pas le père spirituel du plan social de la banque ? Il en avait le premier exposé la nécessité dans son rapport d'audit. La féerie nuremberguienne de ce soir lui était en partie dédiée.

Bill Gates s'approcha de moi. Il tirait par la manche un vieux Japonais rabougri qui était accompagné d'une adolescente à couettes, socquettes blanches et petite jupe plissée. Elle devait avoir les cuisses glacées.

Bill se pencha à mon oreille :

— Je te présente monsieur Morosado, l'inventeur de DeathKid, le père de PolPot.

Je saluai le Japonais. Je lui demandai de me signer un autographe pour mon fils Gabriel. Pendant que monsieur Morasodo s'exécutait, Bill Gates m'annonça la grande nouvelle :

— La version 2 de DeathKid est prête. Elle va inonder le marché. Un lancement de blockbuster. Ça s'appelle « Brutality DeathKid ». Un DeathKid, tendance hard. Avec de vrais actes de barbarie dedans. Imagine le truc : PolPot a maintenant le pouvoir de torturer les mômes à la gégène. « Dis-moi où sont planqués tes petits camarades d'école. Avoue, sinon tu vas dérouiller. » Et paf !, un coup de jus. On a réussi à reproduire la sensation avec les manettes de jeu... Une bonne décharge électrique dans les mains, en plus du vibreur... Très réaliste...

Monsieur Morosado me tendit l'autographe. Puis s'éloigna avec Bill et l'adolescente.

Le froid de l'altitude s'insinuait en nous. Nous qui restions immobiles à l'entrée du Kongresszentrum. Je me tournai vers les VIP. « Rentrons ! » m'exclamai-je à leur intention. Ils étaient contents d'aller se mettre au chaud. En quelques instants, le perron se vida. Nous laissions derrière nous le défilé avancer dans la nuit montagnarde. Je me préparais à prononcer mon allocution dans le grand auditorium.

La conférence de Davos n'avait jamais connu pareil succès depuis sa création. En choisissant pour thème des débats la « Global Reconciliation », les organisateurs suscitaient un engouement inattendu. Les demandes spontanées de « Reconciliation » leur parvenaient de toutes parts. « Finies les querelles d'antan, on ne veut plus s'engueuler, on se rabiboche », entendait-on dire sur les cinq continents.

A l'origine, seuls quatre ateliers de discussions avaient été envisagés : « Reconciliation » entre actifs et retraités, entre salariés et employeurs, entre développement et sous-développement, entre religion et laïcité. Mais le programme s'enrichissait jour après jour de nouvelles tables rondes. « Reconciliation » entre riches et pauvres, salaires et profits, emploi et flexibilité, Noirs et Blancs, hommes et femmes, érotisme et pornographie, communisme et capitalisme...

Mon discours devait constituer le climax des quatre jours du Forum. On attendait beaucoup de moi. La chorégraphie de mon arrivée au Kongresszentrum avec mes troupes témoignait de mon ambition. Quelle meilleure illustration aurait pu attester in vivo d'une harmonie humaine enfin possible ?

J'avais mis des semaines à concevoir mon speech, et autant de temps pour le rédiger. L'affaire était complexe. J'avais un message d'optimisme à vendre. Mirobolante rentabilité du Crédit Général, vaillante croissance économique, boumesques perspectives à la Bourse. Sur ces trois points, Dittmar Rigule s'était montré exigeant vis-à-vis de moi au Clarence Hotel de Dublin.

Pour exécuter le contrat, Davos m'offrait la plus belle des tribunes. Une tribune qualité suisse.

Assis dans le grand auditorium du Kongresszentrum, je me trouvais en pleine possession de mes moyens. Sûr de ma classe lorsque l'on m'invita à venir sur scène. Je me levai. Ma respiration se bloqua d'un coup. Etait-ce le trac ? Je montai les marches. Je regardai maintenant l'assistance de haut. Elle avait les yeux levés vers moi. Les bouches ouvertes attendaient la becquée. Les oreilles tendues imploraient mon verbe. Hillary Clinton était au premier rang. Rania de Jordanie juste à côté d'elle. Yeux levés. Bouche ouverte. « Global Reconciliation ! » L'éclair brûlant des projecteurs de télévision m'irradiait le visage. Les flashes des photographes me trouaient la rétine. J'étais aveuglé. L'auditoire disparaissait de ma vue. Mes sens se détraquaient totalement. Que m'arrivait-il ? Un sentiment de grandeur me dévorait de l'intérieur. J'étais submergé par la volonté de puissance. « Global Power ! » Je m'agrippais aux micros devant moi. La clameur de la rue envahissait l'auditorium. Elle m'assourdissait. Un nom, « Présent ! » Un nom, « Présent ! » Mes oreilles bourdonnaient. Je perdais le contrôle de mes nerfs. Je ne percevais plus que l'énergie de la foule. L'admiration à mon égard du parterre des personnalités. « Global Magnificence ! » Je me sentais soulevé du sol. Emmené par les forces célestes. J'étais divin. Mon discours ferait date. Un nom, « Présent ! » Un nom, « Présent ! » J'allais, moi, changer le cours de l'histoire. Avec Rania au premier rang. Yeux levés. Bouche ouverte. « Global Blow Job ! »

Je me penchai vers les micros. J'inspirai. J'attaquai :

— Le monde renaît !

J'avais crié. Beaucoup trop fort. Je m'en rendis compte tout de suite.

Rania sursauta. Un grand bond de côté. Elle s'affala sur les genoux de Hillary. Elle tâchait de ne pas chuter par terre. Sa voisine l'aidait à se remettre droit. Les deux femmes se dévisageaient. Un ricanement les saisissait. Hi, hi, hi...

Je me demandais comment réagir. Moi, tout là-haut

sur l'estrade. Pétrifié derrière mes micros. La lumière perçante des projecteurs dans les yeux. Les oreilles saturées par les « Présent ! » du dehors. La raison intoxiquée par les émanations psychotropes d'un feu intérieur.

Je ne trouvai rien d'autre à faire que de me répéter :

— Oui aujourd'hui, le monde renaît.

J'avais parlé à voix basse. De façon quasi inaudible. Rania fit mine de sursauter encore. « Le monde renaît », et hop ! un grand bond sur le côté. Ha, ha, ha... Rania hilare. Hillary hilare. Les autres autour s'y mettaient aussi. Rupert Murdoch, Silvio Berlusconi, monsieur Morosado. Même Bill Gates s'esclaffait. La salle entière chavirait.

Plus personne ne prêtait attention à moi. La dictature du fun imposait sa terrible loi martiale. Prohibition de toute gravité. Liquidation de mon heure de gloire. Bannissement de ma personne. J'étais contraint de pactiser avec les putschistes. Je me forçais à leur sourire. Ha, ha, ha...

Rania vint finalement à mon secours. Je la vis se moucher un grand coup dans son coin. Puis s'éponger le contour des yeux. Son visage remis en état, elle se leva face à l'assistance. « Please, sit down ! » exigea-t-elle en faisant le geste des bras. Hillary l'imitait. « Quiet, please ! » Les personnalités du World Economic Forum se pliaient à la consigne. Les éclats de rire cessaient. Comment ne pas se soumettre aux deux maîtresses femmes ? Tout le monde se rasseyait.

Ha, ha, ha, entendit-on encore au fond de la salle. Les regards se tournaient vers Silvio Berlusconi. « Stupendo, veramente stupendo. » Silvio se pissait dessus. Ha, ha, ha... Il n'avait pas entendu l'appel au calme de Rania. Soudain, il comprit sa bourde. « Mi dispiace », s'excusa-t-il.

Le silence s'établissait enfin. D'un signe de la tête, je remerciai Rania d'être intervenue en ma faveur. J'allais

pouvoir reprendre mon discours à présent. Sur quel ton ?
Grandiloquent ou complice ? Avec quel volume sonore ? Puissant ou fluet ? Je l'ignorais. Je me rappelais
mon texte mot pour mot, mais je ne le sentais plus. Il
m'échappait. Je me contentai de le débiter sans prendre
de risque.

L'horloge de l'auditorium du Kongresszentrum m'indiquait que j'avais parlé pendant trois quarts d'heure.
Exactement la durée convenue avec les organisateurs du
Forum. S'ils espéraient de l'éloquence, c'était raté. Ma
diction suisse plomba l'auditoire dès les premières
minutes. Au moins Rania n'avait-elle plus sursauté.

Y avait-il une seule personne présente qui m'ait
écouté de bout en bout ? Se souvenait-on au moins de
mon introduction ? Quand j'affirmais que la retraite aux
flambeaux de Promenade montrait le chemin de la « Reconciliation ». Avec ces milliers de salariés du Crédit
Général, « marcheurs de l'espoir dans la nuit helvète,
venus déposer les armes de la contestation aux pieds des
nouveaux maîtres de l'entente globale ». Avec en haut
du perron Jessye Norman, « fier emblème de la négritude, voix rebelle de tous les opprimés de la terre ».
« Compréhension mutuelle », « esprit de sacrifice »,
« bien commun », développais-je ensuite. Puis, il était
longuement question d'« ère nouvelle », de « monde
radieux ». J'en inférais ma « foi inébranlable en l'avenir ».

A ce point de mon discours, je refourguais en rafale
toutes les annonces que Dittmar Rigule avait exigées de
moi. Au détour d'une phrase, je m'étais un peu égaré en
promettant pour bientôt la publication quotidienne des
résultats du Crédit Général. Pas un seul auditeur ne
l'avait relevé.

Mon calvaire terminé, je ne m'occupais pas de savoir
si la salle m'ovationnait. Je fixais les projecteurs des
télévisions pour m'abrutir. La lumière blafarde lessivait

mes sinistres pensées. Il fallait que je parte. Me détacher du pupitre. Me libérer des micros. Me cacher des caméras. M'éloigner de Rania. De Hillary. Des VIP. Ne plus entendre leurs rires. Eviter leurs regards. Bâillonner Jessye Norman. Génocider une fois pour toutes les salariés du Crédit Général. Oublier le discours de Davos. Oublier Davos. Oublier la Suisse.

J'entrai dans le hall du Steigenberger Hotel Belvédère. L'air chaud du feu de cheminée m'asséchait les yeux. Au bistro Voilà, j'engloutis un double génépi au comptoir.

Je me barricadai dans ma suite, au dernier étage. A mille quatre cent cinquante CHF la nuit, j'avais bien le droit de mettre la télé à fond. Je commençai à zapper. Sur le canal 17, apparaissait le logo de Viva dans un coin de l'écran. Toujours le présentateur Mola et les petites Blacks super-bien roulées. Toujours à se trémousser sous le soleil de Californie. Toujours le cul en ventilateur. Toujours les cheveux défrisés au fer. Toujours la sueur dégoulinant entre les seins. Un interminable teasing pour film porno.

Je passais de chaîne en chaîne. J'arrivai par hasard sur E ! TV. Le programme diffusé s'intitulait *News Live*. La journaliste Kristin Malia, une sacrée belle poule de la côte Ouest, hurlait dans son micro. Elle avait l'air survolté. De ce que je comprenais, elle couvrait l'avant-première d'un film sur Hollywood Boulevard. Je croyais voir un reportage de guerre au milieu des bombes. On s'emboutissait les limousines devant la salle de cinéma, on se bousculait sur le tapis rouge, on se démolissait les brushings, on se tamponnait les implants mammaires, on se déchirait les smokings. Kristin Malia parvenait tout juste à survivre dans la bagarre.

Les *News Live* sur la ligne de front du showbiz me

cassaient les oreilles. Toutes ces voix nasillardes. Tous ces sourires au collagène. J'allais passer sur une autre chaîne quand une image me fit bondir hors du lit. Le visage de Nassim venait d'apparaître en gros plan sur l'écran. Elle était en nage à cause de la bousculade. Mon ange noir vociférait dans le micro que lui tendait Kristin Malia. Puis elle tirait la langue à la caméra. Pour faire une blague. Un petit bout de langue rose et humide avait surgi entre deux grosses lèvres d'un violet foncé. Nassim rigolait aux éclats. On ne voyait plus que ses dents blanches. C'est lorsqu'elle s'éloigna de la caméra que je découvris son chevalier servant. Je ne mis qu'une fraction de seconde à le reconnaître. Claudio était pendu au bras de Nassim. Claudio le latin lover du Ivy à Londres. Claudio le tripoteur anonyme de jeunes filles. Il embrassait Nassim sur la bouche.

Je saisis mon téléphone. J'appelai Marilyne. Elle avait la voix endormie. Je lui intimai l'ordre de me retrouver Tino Notti dès ce soir. C'était de la plus haute importance. Marilyne me rassura : « Je vous rappelle immédiatement. »

Je me précipitai à la première sonnerie. Marilyne semblait totalement réveillée :

— Je vous passe Tino Notti.

Le boum-boum assourdissant d'une musique de nightclub grésillait dans mon oreille. Tino poussa un cri : « Allô ! » Pourquoi si fort ? Ne comprenait-il pas que le micro du téléphone était tout près de sa bouche ?

— Où est Nassim ?

— Heureux de vous entendre, monsieur Tourneuillerie...

— Où est Nassim ?

— En train d'atterrir à l'aéroport de Tokyo. En provenance de Los Angeles.

Tino ne me mentait pas.

— Je sais que Nassim se trouvait à Hollywood. Prévenez-la que je serai à Tokyo demain soir, heure suisse.

— Parfait. Elle sera ravie.

Je joignis à nouveau Marilyne. Le Falcon 7X de la banque devait se tenir prêt sur le petit aéroport Bad Ragaz de Davos. Demain matin à la première heure. Destination : le Japon. Je demandai à Marilyne de ne prévenir Matthew Malburry de mon arrivée là-bas qu'au dernier moment.

## 41

Je devais en convenir le lendemain à mon réveil : ma vie était une immense réussite.

Comment avais-je pu en douter la veille au soir ? Le ratage du Krongresszentrum n'était pas bien méchant. Une petite overdose de suffisance. Quelques troubles hallucinatoires bénins provoqués par la puissance des projecteurs de télévision. Pas le « Global Flop » que j'avais redouté juste après être redescendu de la tribune.

La nuit m'avait requinqué. J'étais plein de vigueur ce matin. Dans le salon de ma suite du Steigenberger Hotel Belvédère, je beurrais mes biscottes. Tranquillement assis face à la télévision. Nu sous un épais peignoir en éponge. Je passais d'une chaîne d'information continue à une autre. Mon « Discours de Davos » faisait l'ouverture des journaux télévisés. LCI titrait sur le « Discours de la Renaissance ». Les chaînes de langue anglaise divergeaient sur la traduction. « The Speech of Rebirth » pour CNN. « The Revival Speech » pour Sky News. « The Speech of Renewal » pour BBC World.

Le reportage de CNN était le plus vendeur. Sur un fond noir, grondait d'abord une musique symphonique. Le trémolo des violons prenait le dessus. Puis on entendait ma voix off : « Le monde renaît. » « Le monde renaît » dans la version première, celle qui avait fait sursauter Rania tellement j'avais braillé. Les mots incandescents « The Speech of Rebirth » venaient s'incruster sur l'écran sombre dans un boucan de coups de cymbales. Un montage rapide montrait ensuite des images du cortège des licenciés de la banque. Un nom, « Présent ! » Un nom, « Présent ! » Le visage de Jessye Norman surgissait par intermittence. La caméra se tournait vers les personnalités qui sortaient une à une sur le perron du Kongresszentrum. On me voyait alors apparaître à la tribune de l'auditorium. De très courts extraits de mon intervention se succédaient en fondu enchaîné : « nouveaux maîtres de l'entente globale », « monde radieux », « publication quotidienne des comptes ». Mes citations étaient entrecoupées d'images des salariés du Crédit Général et de Jessye Norman. Le montage revenait sur moi, debout derrière mon pupitre : « Japon industrieux », « trente milliards d'investissements », « renaissance nippone », « mille ans de prospérité ». Les huiles du World Economic Forum m'ovationnaient. Cinq cents personnes se mettaient debout. La caméra prenait de la hauteur. Elle basculait vers les sommets enneigés des Alpes. Les violons de l'orchestre symphonique attaquaient le trémolo final. La montagne immaculée des Grisons autour de moi. Le ciel étoilé de Davos au-dessus de moi. Mon visage dans un halo de lumière. Un éclair aveuglant. Un bruit de tonnerre. Je disparaissais. « The End. »

C'était aussi impressionnant que la bande-annonce d'un film à grand spectacle. Je restai scotché sur ma chaise, la biscotte beurrée à la main. Je priai pour que Nassim et Catherine Bensimon regardent CNN en ce moment même. L'une à Tokyo, l'autre à Londres. Qu'elles comprennent la star planétaire que j'étais. Ce que je représentais sur la scène internationale. De quoi on me disait capable. Que ma notoriété valait plus cher que leur vénusté.

Ni CNN, ni aucune autre chaîne ne mentionna une quelconque interruption de mon discours pour cause de fou rire dans la salle. Les VIP interviewées à la sortie de l'auditorium me couvraient au contraire de louanges : « Gorgeous », « Fantastic », « Huge », « Marvellous ».

Rania disait : « So good ! » A côté d'elle, Hillary suren-chérissait : « What a man ! »

La journaliste choucroutée de CNN se tournait vers un commentateur politique. Le type était en duplex de Washington. Elle le présentait comme le patron d'un think tank très influent dans les milieux de la présidence américaine. Le gourou de la Maison-Blanche portait un catogan et des costards à deux mille dollars. Il avait une tête à nous expliquer la vie, pour peu qu'on y mette le prix en honoraires de conseil.

Je n'avais pas à me plaindre de ses doctes analyses. Il estimait que mon « Speech of Rebirth » s'inscrivait dans la lignée des grands discours de l'histoire récente. L'égal du « Ich bin ein Berliner » de Kennedy, du « I have a dream » de Luther King, du « Je vous ai compris » de De Gaulle. Le grand manitou de l'actualité ne devait pas connaître le « Entre ici, Jean Moulin » de Malraux devant le Panthéon. Dommage, la comparaison m'aurait plu. Je me contentais du reste.

Pour finir, le télépathe du Capitole me prédisait un grand destin. Il me voyait déjà en président de la Répu-blique. Avec moi à sa tête, la France deviendrait une nation compétitive. Le phare du capitalisme du XXIe siècle. L'Alexandrie de l'économie moderne. « Gandhi du business », me surnommait l'expert, sous prétexte que j'avais disserté sur la « Global Reconcilia-tion ». Sacrée trouvaille, le « Gandhi du business ». L'homme au catogan était ravi de sa formule. Ignorait-il que Gandhi n'avait jamais pu lever une seule stock-option de toute sa vie ?

J'éteignis la télévision. Je me demandais si Jean-Marie Colombani avait vu le reportage de CNN et le commentaire qui allait avec. Il fallait que je pense à lui en envoyer un enregistrement. Qu'il prenne une bonne leçon de journalisme. La presse américaine n'était-elle pas la meilleure du monde ? On verra si, la prochaine fois, Jean-Marie Colombani saura caser un « Gandhi du business » dans son éditorial.


Je m'habillai en costume chic puisque ce soir j'allais revoir Nassim. Sur la route vers l'aéroport de Davos, j'écoutai le répondeur de mon téléphone. Dittmar Rigule m'avait laissé un message la nuit précédente. A quatre heures trente-deux précisément. Il avait la voix du noceur qui s'efforce à parler clair et précis. « En application de notre accord de Dublin, j'ai donné instruction de virer votre prime. » Toujours réglo, Dittmar. Toujours ponctuel. Un Rigule rigoureux, même ivre mort. L'exact opposé du filandreux Richard de Suze. Lui, aurait tergiversé : « Qu'étions-nous convenus à propos de la prime ? Je ne m'en souviens plus, rafraîchissez-moi la mémoire... » Richard de Suze m'aurait obligé à quémander mon dû. Ça ne se produisait jamais avec Dittmar. Je me réjouissais d'avoir choisi mon camp.

Sur son message, Dittmar ajoutait un post-scriptum : « Merci pour l'annonce de la publication quotidienne des résultats du Crédit Général. Je n'en demandais pas tant. Souvenez-vous qu'aucune prime ne vous a été promise à ce sujet. Désolé. » Le message se terminait ainsi. Je savais que j'avais fait une fleur à Dittmar. Il sera toujours temps de négocier plus tard un bon pourboire.

Combien avais-je en caisse après le virement de Dittmar ? Je savais le dire de tête : cent trente-quatre millions d'euros. Mes petits cochons « Staline » et « Brunissage » engraissaient. J'étais plein aux as. Avec mon pourcentage sur les investissements du Crédit Général au Japon, il était raisonnable de tabler sur un complément de deux cents millions d'euros. A la condition que Matthew Malburry se magne un peu le cul. Je devais le motiver. Mon débarquement impromptu à Tokyo s'imposait.

## 42

Je sentais que l'on me secouait. A hauteur des épaules. « Monsieur Tourneuillerie, réveillez-vous, s'il vous plaît. » Cette voix ne m'évoquait rien. Je replongeai dans le sommeil.

La bourrade reprit. « S'il vous plaît, réveillez-vous. » Qui se permettait de me maltraiter ainsi ?

J'entrouvris un œil. L'hôtesse de l'air se penchait vers moi. « Réveillez-vous, monsieur. »

La première sensation à se manifester en moi fut un terrible mal de tête. Il s'amplifiait à mesure que je sortais de ma léthargie. La migraine envahissait toute ma calebasse. Ça me tenaillait derrière, le long des cervicales.

L'hôtesse de l'air me fourra un téléphone dans la main, et s'enfuit à l'autre bout du Falcon 7X. Il était trop tard pour l'engueuler.

C'était Marilyne qui me parlait :

— Je sais, vous dormiez. Mille excuses. Mais j'ai Dittmar Rigule en ligne. Il a déjà appelé dix fois. « Je vais faire péter la banque », a-t-il menacé s'il ne s'entretenait pas avec vous au plus vite. Il a été grossier. Je présume qu'il va vous parler de la Bourse. Qu'est-ce que je fais ?

A cause de la migraine, je n'eus pas le réflexe de demander à Marilyne ce qu'était cette histoire de Bourse.

— Passez-le-moi !

Dittmar vociféra :

— Qu'est-ce que vous foutez !

L'interpellation me trépana la boîte crânienne.

— De quoi...

— Les marchés, merde ! Nikkei : moins trente-neuf pour cent. Eurostoxx : moins vingt-six pour cent. Dow Jones : moins vingt-neuf pour cent en milieu de séance. Crédit Général : moins neuf pour cent. Vous n'êtes pas au courant !

— Non... Mais je vous en supplie, Dittmar, ne criez pas comme ça. J'ai la tête dans un parpaing...

La révélation de mon supplice encéphalique n'attendrissait pas Dittmar. Il persiflait :

— Vous voulez que je vous masse le cuir chevelu peut-être ? Ou que je vous frictionne les tempes avec du baume mentholé ? Arrêtez de geindre. Moi aussi, j'ai un mal de tête pas possible. Une horreur. Vous ne m'entendez pas pleurnicher...

Dittmar Rigule avait la voix rauque. Comme voilée par le tabac, l'alcool et le manque de sommeil.

— Que vous arrive-t-il, mon pauvre Dittmar ?

— J'ai commis des abus hier soir. Après votre discours du Kongresszentrum. On avait besoin de faire la bringue avec Pim Training. Vous connaissez son appétence pour les catins... C'est plus fort que lui...

Je sentais que Dittmar n'avait pas envie de me raconter les détails de sa soirée. Il me fallait pourtant obtenir un répit. La conversation s'éloignerait des sujets pénibles.

Je poursuivais dans le registre amical :

— Oui, je suis au courant des penchants de Pim. Que s'est-il passé ?

J'entendais les déglutitions de Dittmar. La salive pâteuse avait du mal à passer.

— Il fallait lui trouver une pute. Toutes affaires cessantes. A minuit ! A Davos ! On a fait tous les palaces.

On a bu des verres dans tous les rades. Rien. Pas une seule tapineuse. Global Frustration...

— Comment vous êtes-vous débrouillés ?

— Pim a sauté dans la voiture en emmenant trois bouteilles de vodka. On s'est tapé cent soixante kilomètres jusqu'à Zurich. En pleine nuit. On a fait le tour de la ville. Zéro pute à l'horizon. Finalement, derrière la gare, on est tombés sur deux poules qui se gelaient les fesses autour d'un brasero. Pim les a branchées. Les a fait monter dans la voiture. Leur a donné trois cents francs suisses chacune. Elles n'en croyaient pas leurs yeux. Trois cents francs suisses par tête ! Elles étaient le cul au chaud sur la banquette arrière de la bagnole. On a sifflé la vodka au goulot.

— Suisses, les putes ?

— Ça va pas ! Vous imaginez une Suissesse de souche faire le trottoir ? N'importe quoi... Il y avait une Sierra-Léonaise et une Irakienne. Bien foutues. Très jeunes. Pas majeures, à mon avis.

J'entendais Dittmar Rigule soupirer tristement. Des soupirs spasmodiques de pochard.

— Que deviendrions-nous sans les guerres meurtrières ? dissertait-il. Les exportations de chair fraîche chuteraient. Le commerce international du sexe péricliterait. Une catastrophe psycho-affective pour les pays industrialisés...

L'austère cogitation de Dittmar risquait de clore notre brin de causette. J'embrayai immédiatement :

— La suite ? Avec les putes ?

— Pim est passé derrière. Il a baisé les deux filles. L'une après l'autre. Il rugissait comme une bête. Ça faisait un de ces boucans. Moi, je conduisais pendant ce temps-là. Je regardais dans le rétroviseur. Après, on a inversé les rôles... Lui devant, moi derrière...

L'hôtesse de l'air revint vers moi. Je ne prêtais pas

attention à elle. J'écoutais toujours Dittmar Rigule raconter sa bamboche. Il s'animait un peu :

— Ensuite, on a largué les deux réfugiées en mini-jupes. Sur un parking, à la sortie de Zurich. Loin de la gare. Elles étaient pas contentes. Elles ont gueulé. Chacune dans le dialecte de sa tribu. Une cacophonie sur le parking ! Pim leur a balancé deux cents francs suisses par la fenêtre, et on s'est barrés. Deux heures plus tard, on était au dodo à Davos. Impossible de trouver le sommeil. J'ai vidé le mini-bar. J'ai allumé la télé. Sur la chaîne Viva. Un festival ! La preuve vivante que la ségrégation raciale a disparu aux Etats-Unis : les petites Blacks ont maintenant le droit de faire bander les petits Blancs. Vous ne regardez jamais Viva ?

J'allais répondre « non », quand l'hôtesse de l'air commença à me faire des grands signes. Je m'excusai auprès de Dittmar. Il grogna.

Je demandai à l'hôtesse de quoi il retournait. Elle était rouge de confusion :

— Votre secrétaire est sur l'autre ligne. Elle dit que c'est très urgent. Que c'est monsieur Notti. Au sujet de votre rendez-vous à Tokyo. Il y a un problème.

Je pressentis une catastrophe. Si Marilyne pensait devoir interrompre ma conversation avec Dittmar Rigule, c'était que la péripétie avait un caractère d'urgence. Voire d'extrême gravité.

Je pris congé de Dittmar. « Je vous rappelle plus tard. »

J'entendis un beuglement aviné à l'autre bout du fil :

— Foutez de moi ?

Dittmar s'explosa les cordes vocales :

— Vous me raccrochez au nez ! Vous m'envoyez me faire voir ! Comment osez-vous ? Je n'appelais pas pour vous raconter mes parties fines avec Pim. Mais parce que la Bourse se rétame en ce moment même. Mes petits vieux sont au bord de la ruine, et vous n'avez pas cinq minutes de compassion à me consacrer ?

L'hôtesse comprit qu'il y avait du grabuge. Elle s'éloigna à reculons.

Dittmar Rigule ne décolérait pas :

— Trente pour cent de baisse en moyenne ! Le tiers d'une vie de labeur parti en fumée. Pfuitt ! En quelques heures. Vous croyez peut-être qu'ils sont contents, mes retraités ? Un tiers de pensions en moins... Egale un tiers de bonheur en moins... Egale un tiers de mortalité en plus. Quand je pense que vous n'êtes même pas au courant du désastre en cours. Vaurien !

La migraine convergeait maintenant vers mon front, juste au-dessus des yeux. Je ne voyais plus rien.

Pouvais-je accepter d'être brutalisé par un gestionnaire de fonds de pension en dégrisement ? Moi, le « Gandhi du business ». Moi, l'auteur du « Speech of Rebirth ». Moi, la star des médias. De la banque. De la Bourse. Du business planétaire. Se rendait-il compte, le petit merdeux, à qui il avait affaire ? Me taper sur la caboche alors que Tino Notti essayait de me joindre. Alors qu'une tragique nouvelle m'attendait peut-être sur l'autre ligne. N'avais-je pas le droit, comme Pim, de me soucier de mon épanouissement personnel ?

Dittmar Rigule m'exaspérait. Il méritait une déculottée. Je criai encore plus fort que lui :

— Ça suffit ! La ferme ! Est-ce ma faute si la Bourse se gaufre ? J'ai tout fait pour l'empêcher. Les discours messianiques. Les messages de confiance. Les déclarations optimistes. Sans parler des investissements au Japon. Je prends d'énormes risques, moi. On ne peut rien me reprocher. Vous tronchez vos putes ; je gère ma banque. Chacun ses oignons.

Alerté par les éclats de voix, le pilote de l'avion sortit en trombe du cockpit. Je l'envoyai chier. « Barrez-vous ! »

Ma fureur redoublait :

— Pleutre ! Voilà ce que vous êtes, Dittmar. Un gros trouillard qui panique à la première secousse. Vous m'annonciez vous-même que le titre Crédit Général ne baissait que de neuf pour cent. Ce n'est pas une banque-route ! Le cours peut rebondir dès demain matin. Comme le reste de la Bourse, d'ailleurs. Un jour ça baisse, un jour ça monte. C'est la loi du genre. Vous ne le saviez pas ?

Dittmar toussait gras. Il avait du mal à reprendre sa respiration. Je pensais l'avoir achevé. « Rappelons-nous quand vous aurez dessaoulé », lançai-je en conclusion.

— Pauvre connard ! éructa Dittmar entre deux spasmes.

Je l'entendis cracher. J'écartai le téléphone.

— Dégénéré ! reprit-il, presque aphone. Vous croyez que vous allez vous en tirer ? Erreur. Je vous le signe : l'action Crédit Général va dévisser. Et toute la Bourse avec. Il n'y a plus de croissance. Nulle part. Ça fait des semaines que je vous mets en garde contre la récession. Vous et vos copains patrons. Je vous ai demandé d'agir. Je vous ai payé une fortune pour vous secouer les puces. Et que s'est-il passé ? Rien ! Vous pérorez devant Rania de Jordanie. Vous faites le mickey sur CNN. Mais où sont les actes ? Où en êtes-vous avec le Japon ?

La réponse était toute trouvée :

— J'y atterris dans deux heures...

— Mettez les gaz ! Parce que, sur terre, c'est un Black Thursday que nous vivons. Investissez. Croyez en l'ave-nir. Et publiez vos comptes tous les jours. Exécution !

Dittmar Rigule ne devait pas se souvenir que la publi-cation quotidienne des résultats du Crédit Général n'avait pas été négociée entre nous. Si l'annonce était gratuite, la mise en œuvre méritait rétribution. Je le fis remarquer à Dittmar.

Sa réaction me cloua au fauteuil :

— Pas un kopeck ! J'en ai ma claque du hold-up permanent. Un bonus par-ci, un bonus par-là. Terminé ! Vous me ferez ce que je vous demande gracieusement. Sinon, je me barre du Crédit Général. Je bazarde toutes mes actions. Moi et mes amis. Mais auparavant, je vous aurai fait la peau.

Je ne saisissais pas clairement le sens de la menace.

— A la porte ! précisa Dittmar sans tortiller. Viré !

Je ne m'attendais pas à ça. J'eus un haut-le-cœur. L'image de Raphaël Sieg m'apparut. Etait-il possible que je finisse ainsi ? J'avais tant donné. Tant reçu. C'était absurde. Injuste. Atroce.

— Vous ne le ferez pas, Dittmar...

— Et comment ! Je le fais maintenant si vous ne me croyez pas. Le moment est mal choisi de me lancer un défi.

Je frémissais. Les choses allaient-elles se dégrader aussi vite ? Alors que cinq minutes plus tôt je devisais agréablement avec Dittmar sur les putes de Zurich. Alors que ce matin encore la presse internationale me portait aux nues. Alors qu'hier soir Hillary Clinton buvait mes paroles, les yeux levés, la bouche ouverte.

Dittmar Rigule m'annonçait aussi sec que la conversation était terminée. Il avait d'autres coups de téléphone à passer.

J'essayai de le retenir :

— Ne raccrochez pas ! Attendez un peu... Nous ne sommes pas dans notre assiette. Croyez-moi, je partage votre inquiétude sur le krach boursier... Je ferai tout mon possible pour favoriser un rebond. Comptez sur moi. Mais, de votre côté, gardez votre sang-froid. Le risque n'est-il pas inhérent à la Bourse ? Vous le savez mieux que...

Je n'eus pas le temps de terminer ma phrase. Dittmar me coupa la parole :

— Le risque ? Qu'entends-je ? Les retraités devraient prendre des risques ? Vous rigolez, j'espère. Ou vous ne connaissez rien à la nature humaine. Le troisième âge exècre l'incertitude. Surtout s'il s'agit d'argent. On ne joue pas avec son bas de laine. Sauf au casino. Là, c'est différent. Parce que ça leur fait une occupation, aux vieux, de charger les pièces dans les machines à sous. Des bassines entières de pièces qu'on glisse dans la petite fente. A force, ça fait une journée bien remplie.

Dittmar Rigule ne me laissait pas l'interrompre. J'avais beau répéter « Ecoutez-moi, écoutez-moi », il poursuivait ses élucubrations sur les bandits manchots :

— On s'hypnotise à regarder les figurines qui tournent. On espère le jackpot. On ne pense plus à autre chose. Le temps passe vite. C'est moins déprimant. Respectez ces moments de bonheur, Marc. Continuez à livrer les bassines de pièces de monnaie à mes pensionnés. Ne jouez pas le pognon à leur place.

La toux de Dittmar reprit. Ses poumons sifflaient quand il respirait. Sa voix n'était plus qu'un râle :

— Bon, on ne va pas épiloguer. Récapitulons : à la prochaine incartade, je vous saque et je vends le Crédit Général. J'en ai ras la casquette des divas de votre espèce. Ras la casquette de la banque. Ras la casquette de la Bourse. Ça me fatigue à la longue de me faire bringuebaler sur les montagnes russes des marchés et de la conjoncture. J'ai envie de quiétude. D'investir dans du robuste. Dans l'immobilier ou la dette des Etats. Posséder les logements, contrôler les pouvoirs publics. Enfin l'horizon paisible !

Dittmar Rigule avait terminé son monologue. Il toussa une dernière fois, me dit « bye » et raccrocha.

Il avait réussi à me ratatiner. Mettrait-il ses menaces à exécution ? Mon état de faiblesse ne me permettait plus de savoir où j'en étais.

Je sonnai l'hôtesse de l'air. Elle accourut. Je passai ma commande d'aspirine et de champagne. Elle se penchait en avant pour attraper une bouteille dans le frigo. Je ne repérais pas de marques de culotte. Encore un string.

J'appelai Marilyne :

— Vous ne pouviez pas m'avertir du krach boursier ?

Marilyne resta d'abord sans voix. Puis elle bredouilla :

— L'hôtesse refusait de vous réveiller... J'ai dû insister...

— Vous avez commis une faute professionnelle. L'hôtesse aussi.

La fille approchait avec son plateau. Elle installa l'aspirine et le champagne sur la table devant moi. Les larmes coulaient sur ses joues. Son mascara bavait. Elle ressemblait à une sataniste.

Je n'écoutai pas les justifications de Marilyne.

— Retrouvez-moi Tino Notti ! aboyai-je.

Marilyne me répondit : « Tout de suite. » Elle sanglotait.

Je me servis deux ou trois flûtes de champagne à la suite. J'ingurgitai l'aspirine. L'hôtesse de l'air était repartie se mettre aux abris dans le cockpit. Le pilote de l'avion la serrait-il dans ses bras pour un câlin de réconfort ?

Marilyne me rappelait pour m'informer que la ligne de Tino Notti était occupée en permanence. Elle réessayait, me jurait-elle. Je raccrochai. Je vidai la bouteille de champagne. L'aspirine n'avait plus aucun effet sur ma migraine. Je me serais guillotiné si j'avais pu.

Le téléphone sonna à nouveau. C'était Marilyne. Elle avait l'air soulagé. « Monsieur Notti », m'annonça-t-elle. Je pris une intonation cordiale :

— Allô... Allô...

Personne ne répondit. J'entendais un brouhaha assourdissant. Les boum-boum de la musique techno. Les cliquetis des verres. Les hennissements des fêtards en sueur. Les hilarités des filles légères. « Allô ! Allô !

Allô ! » répétais-je vainement. Je reconnaissais au loin la voix forte de Tino Notti. Il terminait sa conversation. Il faisait la bise : « Au revoir, chou. » Son interlocuteur lui faisait la bise aussi : « Au revoir, chat. »

Un « Allô ! » tonitruant s'échappa du téléphone. J'étais surpris. Tino avait-il oublié qui était en ligne ? J'allais dire mon nom quand un deuxième « Allô ! », encore plus sonore que le premier, me précéda. Le temps de reprendre ma respiration, Tino Notti s'agaçait déjà. « Fait chier, ce téléphone ! » Il coupa la ligne.

J'enrageai. Je frappai le hublot avec le combiné. J'envoyai valdinguer d'un grand coup de pied le plateau avec la bouteille de champagne. La porte du cockpit s'entrouvrit. Les yeux épouvantés du pilote m'espionnaient. « Tu veux ma photo ? » l'interpellai-je. La porte se referma.

Le téléphone ne s'était pas brisé. Je rappelai Marilyne. Elle était en ligne. Je tombai sur sa messagerie. Je raccrochai. Je rappelai. La messagerie encore. Je recommençai. Touche « bis ». La messagerie de nouveau. Je cognai sur le hublot avec le téléphone. De toutes mes forces. Paf ! Paf ! Prends ça dans la tronche. Paf ! Paf ! Je poussai un cri d'égorgé. La porte du cockpit s'entrebâilla tout doucement. Je gueulai dans sa direction. « Elle te plaît pas, ma photo ? » La porte claqua. Marilyne, « bis ». Marilyne, « bis ».

Des dizaines de tentatives plus tard, j'entendis la voix de Marilyne au bout du fil. Elle se mouchait. A cause des larmes de tout à l'heure.

Marilyne ne parvenait pas à élucider les circonstances du ratage téléphonique avec Tino Notti. Elle m'abreuvait de questions inquiètes : « Je ne vous l'ai pas passé ? Il n'était pas en ligne ? Ce n'était pas lui ? Il n'a pas compris que c'était vous ? Il ne vous a pas parlé ? Vous ne lui avez pas répondu ? Vous avez raccroché ? Il a cru que la ligne était coupée ? Je ne comprends rien.

Reprenons depuis le début... » On ne s'en sortait plus. Je stoppai l'enquête. « Retrouvez-moi Tino Notti, un point c'est tout. »

Marilyne me tenait au courant de ses recherches minute par minute. « La ligne est occupée... Il nous rappelle... Il est sur messagerie... » Mon enfer dura près de trois quarts d'heure. Marilyne n'arrêtait pas de pleurer. Ma migraine repassait derrière la tête pour me torturer les cervicales.

J'avais vieilli de dix ans lorsque j'obtins enfin Tino Notti. Je lui bondis dessus :

— Que se passe-t-il ?

Le bruit de la techno était effroyable. Tino Notti ne m'entendait pas :

— Comment ?

— Que se passe-t-il ? répétai-je.

— Parlez plus fort !

— Que se passe-t-il avec Nassim ?

— Qui est à l'appareil ?

— Nassim est-elle à Tokyo ?

— C'est Nassim ?

Je craignis un nouveau quiproquo. Je m'affolai :

— Non ! C'est Marc Tourneuillerie ! Je dois rencontrer Nassim à Tokyo !

— Ah... C'est vous... J'espère que vous n'êtes pas encore parti...

— Si !

— Faites demi-tour...

— Vous dites ?

— Nassim n'aura pas le temps de vous voir à Tokyo...

— C'est impossible ! J'y atterris dans moins d'une heure. Je viens de Davos.

— D'où ?

— De Davos !

— De Lagos ?

402

— Non ! DAVOS !

— Connais pas...

— Peu importe d'où je viens !

— C'est vous qui m'en parlez...

— Mais on s'en tape ! Pourquoi Nassim est-elle indisponible ?

— Un empêchement... Une contrariété plutôt... Elle doit rentrer d'urgence à Los Angeles...

— Quel genre de contrariété ?

— Posez-lui la question...

— Renseignez-moi. Peut-être pourrais-je lui venir en aide.

— Ça se pourrait... Je préfère que vous en discutiez avec elle... Son avion part à six heures trente de Tokyo-Narita. Quand atterrissez-vous ?

— Aux environs de cinq heures...

— Vous avez le temps de boire un café ensemble à l'aéroport...

— Un café ? Partir à l'autre bout du monde pour déguster un espresso japonais... Effarant...

— C'est vous qui avez décidé de rejoindre Nassim. Elle ne vous a rien demandé.

— J'en conviens...

— J'organise le rendez-vous avec Nassim, et je vous rappelle.

Tino Notti raccrocha. J'allais fracasser pour de bon le téléphone contre le hublot. Je levai le bras.

Au dernier moment, je me ravisai. Mon abattement triomphait de mes pulsions destructrices. Je me sentais épuisé. La conversation avec Tino Notti avait pompé ma dernière substance vitale. J'étais aspiré de l'intérieur. Ne restait plus que ma migraine dans une enveloppe corporelle vide. Voilà ce que je devenais : un être de pure migraine. Sans chair, sans âme, sans entendement.

Je reposai le téléphone calmement.

Qu'avais-je vécu tout au long de cette journée ? Le pire de l'existence. Les disputes. Les insultes. Les menaces. Les humiliations. Les trahisons. Les pleurs. Aucune consolation ne m'était promise dans un avenir prévisible. Je n'aurais droit qu'à des retrouvailles furtives avec Nassim dans le recoin d'un hall d'aérogare. Je contemplais l'infinie frustration qui m'attendait.

Je me levai en direction du frigo. J'attrapai une bouteille de champagne. Je l'ouvris. Je bus au goulot. Les bulles giclaient. Elles me remontaient dans les narines. J'éternuais. Je m'aspergeais la chemise. J'étais trempé. Tout foirait aujourd'hui.

Mes pensées dérivaient dangereusement vers les terres arides de la désolation psychologique. Il était temps de ramener mon intellect à la raison positive. Je réfléchis un moment. Peut-être devrais-je m'adonner au calcul mental. C'était une bonne idée, le calcul mental. Ça occupait toutes les facultés. C'était rationnel. C'était objectif. Combien coûtait, par exemple, mon escapade au Japon ? Aller et retour. Tout compris. Je me forçais à compter. Amortissement de l'avion prorata temporis, kérosène, personnel navigant, y inclus les jours de récupération, restauration à bord, taxes et redevances d'aéroport, appels téléphoniques longues distances. J'arrivais à trois cent mille euros environ. A supposer maintenant que j'avais le temps de sauter une seule fois Nassim à l'aéroport de Tokyo-Narita, quel était le coût unitaire du rapport sexuel ? Par commodité, j'intitulai mon nouvel indicateur de comptabilité analytique le « Coût Unitaire du Coït ». Le CUC. « Coût Unitaire de la Crampette », si on voulait. Dans le cas de Nassim, le calcul était simple : trois cent mille euros, l'équivalent du coût complet de mon déplacement au Japon. C'était cher payé en valeur absolue. Une approche comparative confirmait-elle cette appréciation ? Il suffisait de calculer les CUC. de Dittmar et de Pim à Zurich. Les deux putes avaient perçu chacune trois cents francs suisses. Ce qui faisait six cents francs. A quoi s'ajoutaient les deux cents francs qu'avait balancés Pim par la fenêtre de la voiture. Soit un total de huit cents francs suisses. Dittmar et Pim avaient baisé les deux filles une fois chacun. On en inférait qu'il y avait eu quatre coïts. Ou crampettes. Huit cents francs divisés par quatre coïts, égal un CUC. de deux cents francs suisses. J'arrondissais à cent quarante euros. A comparer avec mes trois cent mille euros. Dittmar et Pim auraient pu baiser deux mille cent quarante-deux putes, virgule quatre-vingt-six pour le prix d'une Nassim.

La tentative de surmonter ma mélancolie par des calculs de contrôleur de gestion échouait. Je me sentais encore plus nul qu'avant.

Le téléphone sonna. Tino Notti m'informa qu'il avait pu joindre Nassim. Elle m'attendait à cinq heures au bar Date Line, aéroport de Narita, terminal 2, quatrième étage. L'adresse fleurait bon le petit coin romantique. Tino me précisait que Nassim n'aurait qu'un quart d'heure à me consacrer. Pas une minute de plus. Je devrais faire vite pour ne pas dégrader davantage mon CUC.

Une question se posait à moi. Que ferais-je au terme du quart d'heure d'extase avec mon ange noir ? Moisir à Tokyo ? Il n'en était pas question. Je détestais cette ville. A chaque fois que j'y séjournais, elle me déclenchait une poussée de nipponophobie. Je n'étais pas en état de supporter un rab de désagrément.

J'appelai Marilyne. Elle avait une petite voix. Probablement parce qu'elle n'avait cessé de pleurer depuis ma remontrance. Je lui annonçai que je ne resterais pas à Tokyo. Matthew Malburry rentrerait avec moi à Paris.

Nous ferions notre réunion pendant le vol du retour. Marilyne devait l'en avertir.

Je convoquai auprès de moi le pilote de l'avion. Par la porte ouverte du cockpit, l'hôtesse de l'air et le copilote l'observaient s'éloigner.

Le pilote se pointa. Il n'était pas rassuré. Il avait raison.

Je tenais à être clair avec lui :

— Vous serez démis de vos fonctions si nous ne sommes pas arrivés à cinq heures tapantes au terminal 2 de Narita.

— Bien, monsieur, obtempérait-il avant de cavaler à son poste.

Je me retrouvais seul. Le genre humain me fuyait. Le pilote, l'hôtesse, Dittmar, Nassim, Tino, Marilyne. C'était manifeste : on ne voulait plus de ma compagnie. Une bouffée d'angoisse me saisissait. Pourquoi ne pas en finir une fois pour toutes ? Pourquoi ne pas commettre l'irréparable ? Prendre d'assaut le cockpit. Les zigouiller tous là-dedans. Pilote, copilote, hôtesse de l'air en string. Me mettre aux commandes de l'appareil. Abaisser le manche. Précipiter l'avion contre le sol.

Après la chute de la Bourse, la chute de l'avion. Ça ferait une sacrée partie de krach-crash pour clore la journée en beauté. Une scène d'apocalypse spectaculaire. L'explosion. La boule de feu. Les débris éparpillés. La fumée. Les victimes ensanglantées. La foule sous le choc. Les télés sur le qui-vive. CNN en direct par satellite. Une autre déflagration. Les marchés dans la tourmente. Les ordres de vente par milliers de milliards. Les cours de Bourse à l'agonie. Les traders hystériques. La panique des boursicoteurs. Les sanglots des petites gens ruinées.

Toutes les images de fin du monde se mélangeaient dans ma tête.

## 43

Il était cinq heures cinq lorsque le Falcon 7X du Crédit Général vint se garer à côté d'un Tupolev de la compagnie Uzbekistan Airways.

Je filai en direction de la passerelle. Le pilote me poursuivit. Il m'assurait que le train d'atterrissage avait touché le tarmac de Tokyo-Narita à cinq heures pile. Le contrat était rempli, prétendait-il. Je ne pouvais pas le licencier.

— A ma montre, il est cinq heures cinq, lui répondis-je sans me retourner. Nous examinerons votre situation à Paris.

Le terminal 2 était presque vide. Des passagers dormaient sur les sièges en métal. Je montais les escaliers à tout berzingue. Je parvenais au quatrième niveau hors d'haleine. Où aller ? Couloir de gauche, vers l'aile nord. Je courais. Je cherchais. Pas de Date Line. Je revenais sur mes pas. Couloir de droite, vers l'aile sud. Des toilettes, des magasins, des fast foods en enfilade. J'avais un point de côté.

Tout au bout de l'aérogare, je repérai enfin l'enseigne du Date Line. Je me passai la main dans les cheveux. Mon front était en nage. J'ouvris la porte du bar.

Nassim ne me vit pas rentrer. Elle était assise de dos à une table isolée, un verre posé devant elle. Je marchai dans sa direction. Lentement pour me laisser le temps de reprendre ma respiration. La musique jazzy du Date Line couvrait mes pas. Nassim se pencha en avant vers la table. Elle fouinait dans quelque chose que je ne voyais pas. Sa tête n'était plus rasée. Les cheveux avaient eu le temps de repousser depuis Londres. S'était-elle débarrassée du bijou en forme de tibia qui lui transperçait les narines ? Mon ange noir aurait-il renoncé à l'accoutrement cannibale ?

Au moment où je m'apprêtais à le découvrir, Nassim se leva brusquement, se tourna vers moi, se fourra un cachet bleu dans la bouche, colla ses lèvres contre les miennes. Sa langue força le passage. J'ouvris la mâchoire. L'haleine de Nassim empestait le gin-tonic. Je sentis le cachet sur le bout de sa langue. Nassim le poussa le plus loin possible au fond de ma gorge. Elle le déposa à côté des amygdales. Je suffoquai. Nassim recula. Elle me maintenait la bouche ouverte d'une main. De l'autre, elle attrapa son verre sur la table, avala une lampée de gin-tonic, le cracha dans ma bouche. J'ingurgitai tout d'un coup. Le gin-tonic. Le cachet. Je toussai. Je postillonnai. Nassim me tapa dans le dos. « Respire, mon pépère. » Elle me prit par la main. Me tira vers la sortie. Je m'épongeai le menton. Nous étions déjà dehors. A détaler dans les couloirs déserts. Je trébuchais. Nassim me récupérait. Je ne voyais pas où nous allions. Les talons aiguilles de Nassim claquaient sur le sol. Elle grommelait : « Trouve-moi vite du fric. » Avais-je bien entendu ? Nassim s'arrêta tout à coup de courir. Je levai la tête. Devant nous, les toilettes. A droite, les hommes. A gauche, les femmes. Nassim m'entraîna vers la droite. Je résistai. « Non, allons chez les femmes. » Nassim ne me répondit pas. Elle me poussait vers la droite. Elle enfonça la porte avec le pied. J'étais projeté dans une grande pièce blanche tout en longueur. Avec d'un côté, la rangée des pissotières. En face, l'alignement des portes. Ça puait l'urine croupie. Nassim avançait vers le fond, où se trouvaient les lavabos. Elle répétait : « Trouve-moi du fric, trouve-moi du fric. » Je remarquai trois types qui glandaient dans les parages. Ils n'étaient pas tout jeunes. Au bas mot, soixante-dix ans. Des sales têtes de crapules. Ils portaient des pantalons en cuir noir et des santiags. Que faisaient-ils ici ? J'épiai leur manège. L'un d'eux était torse nu. Il s'aspergeait sous les aisselles. A grande eau avec la main. L'autre se rasait la barbe. Le troisième septuagénaire portait un perfecto. Il recoiffait sa banane en arrière avec un peigne en fer. J'avais l'impression de débarquer sur le tournage d'un remake glauque de *La Fureur de vivre*. Version troisième âge nippon. Le trio de bad boys nous regardait. Nassim les saluait. « Hi ! » Ils ne répondirent pas. Elle ouvrit la porte d'un chiotte. Me força à entrer avec elle. Me plaqua contre le mur. M'attrapa la nuque. « Prête-moi du fric. » Nassim me roula un patin. J'avais du mal à parler. « Quoi ? » Elle me passa la langue sur les dents. « Prête-moi du fric. » Elle me mordit les lèvres. « Combien de fric ? » Nassim exhalait des effluves de gin-tonic. « Ce que tu peux. » Elle remonta son genou jusqu'à mes couilles. « Dis-moi combien de fric. » Nassim appuya avec son genou. « Un million, c'est possible ? » Elle m'empoigna une fesse. « Un million ? Oui, c'est possible... » Elle m'attira à elle. « Je te rembourserai... » Je sentais son corps contre le mien. « Tu le veux quand, le fric ? » Nassim était plus grande que moi. « Aujourd'hui, à Los Angeles. » J'entendais les pas des trois rockers derrière la porte des chiottes. « Il faudrait que j'appelle tout de suite. » Nassim me tendit son téléphone. « Vas-y... » Elle s'écarta de moi. « Sur quel compte ? » Je composai le numéro de téléphone de Marilyne. Nassim griffonna sur un bout de papier avec un crayon de maquillage. Marilyne décrocha. Je lui donnai mes instructions. « Transférez de mon compte personnel vers... » Nassim me mit sous le nez son bout de papier. Je lus : « ... vers la Chemical Bank, Los Angeles, compte au nom de monsieur Tino

Notti... » Suivait un numéro à neuf chiffres. « Un million d'euros... » Nassim me chuchota à l'oreille : « Deux millions, sois gentil... » Je revins à Marilyne : « Deux millions, plutôt... » Marilyne répétait en articulant chaque syllabe : « Deux millions d'euros, Chemical Bank, Los Angeles, au nom de... » Il n'y avait pas d'erreur. Marilyne avait tout compris. Je confirmai : « C'est ça... virement immédiat... » « Vous allez bien ? » se tracassait-elle. Je ne répondis pas. Je raccrochai. Nassim me prit le téléphone des mains. La porte des chiottes s'entrouvrit. Elle n'était pas verrouillée. Ça ne troublait pas Nassim. Elle m'agrippa la cravate. La tira vers le bas. M'obligea à m'asseoir sur la lunette des chiottes. Je me soumis, levant la tête vers Nassim. Elle s'adossa contre la paroi. Son bassin bascula en avant. Ses mains m'attrapèrent les cheveux. Nassim me secouait la tête dans tous les sens. Sur les côtés, en avant, en arrière. Je ne reconnaissais plus ma « docile bamboula » du Covent Garden Hotel. D'une pression violente, elle plaqua mon visage contre sa jupe. J'avais du mal à respirer. Je ne voyais plus rien. Elle remontait sa jupe. Le tissu râpait ma joue. Le sexe de Nassim se découvrait petit à petit. Je sentais une épaisse toison me chatouiller le menton. Ma bouche s'enfonçait dedans. Puis mes narines, mes yeux, mon front. Mon visage entier baignait maintenant dans les poils. J'en avais partout. Jusqu'aux oreilles. Un doute surgit. S'agissait-il de la touffe de Nassim ? Je l'avais imaginée à la façon d'une petite brosse à ongles. Découpée en rectangle. Taillée rasibus. J'étais surpris. Je me reculai un peu. J'eus alors l'impression de me retrouver nez à nez avec un combattant tchétchène. Je ne voyais qu'une broussaille noire et dense. Impénétrable. Mystérieuse. Inquiétante. Vers le bas, les poils descendaient en forme de barbichette mal peignée. Sur les côtés, ils enjambaient les plis de l'aine et se propageaient sur les cuisses. En haut, ils grimpaient en pointe

jusqu'à la hauteur du nombril. Au-delà, un duvet noi-
râtre se prolongeait. Je restais stupéfié. Moi qui croyais
que les pubis non épilés avaient été éradiqués de la surface de la terre. A force de défoliants et d'herbicides.
Même Diane s'épilait. Pas seulement les actrices porno
ou Catherine Bensimon. Quelle femme d'aujourd'hui
oserait encore se montrer au naturel devant un homme ?
Ou bien avais-je loupé un revirement historique de la
mode corporelle ? Le glabre était-il devenu vieux jeu ?
Fallait-il désormais considérer qu'une pilosité atavique
pouvait procurer des sensations supérieures ? Pourquoi
ne pas tenter l'expérience ? Nassim m'en donnait l'occasion. Je me décidai à approcher les doigts. Nassim me
retint la main. « Branle-toi, c'est mieux. » Elle se pencha
vers moi. Déboutonna ma braguette. « Fais-le. » Je
m'cxécutai. Nassim se reculait contre la paroi des
chiottes. Elle maintenait sa jupe retroussée et se caressait
avec l'autre main. J'approchai mon visage. Je sortis ma
langue. Nassim me repoussa. « Pas touche. Pas lèche.
Regarde. » Je rentrai ma langue. J'éloignai mon visage.
Nassim se tortillait devant moi. Elle se tripotait. Levait
les yeux au ciel. D'en bas, je ne voyais que son menton.
Son bassin se balançait. Souple. Lubrique. Je m'activais.
J'avais chaud. Je me sentais bien. Nassim m'excitait. Je
ne ressentais maintenant plus aucune gêne devant elle.
Je me laissais aller. Nassim se retourna. Elle se mit face
au mur. Les fesses cambrées en arrière. Juste à hauteur
de mon visage. Son cul s'exhibait. Bien rond. Bien appé-
tissant. Je suivais des yeux la courbure de la raie sombre.
Tout en bas, j'aperçus le majeur de Nassim se faufiler.
Une phalange, deux phalanges, trois phalanges. Le doigt
en entier. J'étais fasciné. Un si beau spectacle. Rien que
pour moi. J'allais jouir. Ce n'était plus qu'une question
de secondes. J'aspergerais partout. Une giclée de tous
les diables. Comme dans les films. Jlouk ! Jlouk ! Une
vraie fin de vraie scène de vraie baise. Dans la grande

tradition cinématographique. J'eus alors l'impression que la porte des chiottes avait bougé. Je tournai la tête. Je ne m'étais pas trompé. La porte s'entrouvrait. L'un des blousons noirs du troisième âge nous observait. Je voulais le chasser. « Go away ! » Le vieux pervers ne bougeait pas. Je me demandais s'il ne se branlait pas lui aussi. Il gigotait derrière la porte. « Go away ! » Nassim se retourna face à moi. Elle s'agaçait. « Laisse-les. » Elle ouvrit les cuisses, le dos appuyé contre la paroi. Elle me força à me rasseoir sur les chiottes. « Finis-toi. » J'essayai de me concentrer. Nassim me dévisageait. Elle ressemblait à une camée qui se dévergonde dans un porno amateur pour se payer un fix. Elle n'avait plus toute sa tête. Elle divaguait. « Imagine Diane. Dans des chiottes publiques. Comme moi, maintenant. Il y a des gros vicieux qui la matent. » Nassim allongeait le bras vers la porte des toilettes. Elle l'entrebâillait un peu plus. « Diane les provoque. » Les trois septuagénaires se penchaient à l'intérieur des chiottes. Leurs pantalons en cuir noir tirebouchonnaient sur leurs santiags. « Les gros vicieux se rapprochent de Diane. Ça l'excite. Elle tend la main au hasard. Il y a des sexes partout autour. Ils quémandent un peu de sollicitude. Diane ne sait plus où donner de la tête. » Les trois rockers poussaient la porte. Elle était grande ouverte maintenant. Ils envahissaient les chiottes à petits pas. Ils avançaient les mains vers Nassim. Ils la pelotaient. Les cheveux, le visage, les épaules, le cou, les seins, le ventre. Elle se laissait faire. Juste sous mes yeux, je voyais une main toute ridée. Les ongles du septuagénaire étaient noirs. Ils s'insinuaient. Un effroi me saisit. Cette vision des ongles sales me révulsait. Je criai. « Go away ! » Je balançais des coups de pied, des coups de poing. Nassim se redressa. Fumasse. Puis bascula en avant vers moi. Son visage était à un centimètre du mien. Je reniflai l'odeur du gin-tonic. « Tu m'emmerdes ! T'occupe pas des autres ! »

Nassim me tourna le dos. Elle s'échappa des chiottes. Les trois pervers se reculèrent pour la laisser passer. Nassim disparut. Je bousculai les septuagénaires. Nassim atteignait déjà la sortie des toilettes. Sa jupe était encore à moitié relevée. On voyait ses fesses. Je lui courus après. J'entendis derrière moi des railleries en japonais. Les rires gras des trois vétérans. On se moquait de ma débâcle. L'ennemi triomphait. Tout était perdu.

Je débouchai dans le couloir du terminal 2. Nassim détalait dix mètres devant moi. Des voyageurs avisaient son petit cul nu. Ils le montraient du doigt. Ils sifflaient. Nassim tirait sur sa jupe. Ça la ralentissait. En quelques enjambées, je revins à sa hauteur. Juste devant l'entrée du Nike Storc. J'interceptai Nassim par le bras. Je la retournai vers moi. Elle se libéra aussitôt de mon emprise :

— Lâche-moi !

Je la lâchai. Les vendeuses du Nike Store nous guettaient derrière la vitrine du magasin. Nassim avait l'air de me détester.

— Excuse-toi.

Je lui présentai mes excuses. Toutes les vendeuses du Nike Store s'agglutinaient maintenant derrière la vitrine. Elles faisaient des commentaires entre elles.

Nassim m'accorda son pardon. Elle m'embrassa sur la bouche :

— Un prêt d'argent ne te donne pas tous les droits... Laisse-moi faire la prochaine fois... Sois obéissant...

La prochaine fois ? Fallait-il comprendre qu'il y aurait une prochaine fois ? Nassim ne m'avait-elle pas trouvé goujat au point de m'abandonner à jamais ? Je lui jurai que je serais obéissant dorénavant.

Nassim s'éloigna dans le couloir de l'aéroport. Je

repensais à elle dans les chiottes. Elle me faisait bander à mort.

Derrière la vitrine du Nike Store, les vendeuses ricanaient en me regardant. J'étais furieux. Je m'engouffrai dans le magasin et gueulai un grand coup :

— Traînées !

Terrorisées, les vendeuses se mirent au garde-à-vous. Bien alignées. Les bras tendus le long du corps. Elles me saluaient. Des petits mouvements secs de la tête. Les yeux baissés vers le sol.

Je sortis du Nike Store. Je revins finalement sur mes pas. Les vendeuses étaient restées figées au garde-à-vous.

— J'en parlerai à Phil Knight ! C'est un de mes amis, Phil Knight.

Je partis rejoindre Matthew Malburry dans le Falcon 7X du Crédit Général.

44

Je me sentais un peu paumé dans le dédale de l'aéroport. Les couloirs se ressemblaient tous. Je ne savais plus où aller. J'avais chaud. J'avais soif. Ma raison divaguait. Etait-ce à cause de mon désir inassouvi pour Nassim ? De l'intrusion des trois vieux marlous dans les chiottes ? De l'altercation avec les vendeuses du Nike Store ? A cause de la fatigue et du décalage horaire, peut-être. Ou du petit cachet bleu que j'avais été contraint d'avaler avec le gin-tonic du Date Line ?

On annonça dans les haut-parleurs la fin de l'enregistrement du vol Continental Airlines pour Los Angeles. Porte D, niveau 3. Nassim allait partir. Vers l'est, au-dessus du Pacifique. Tandis que moi, j'irais à l'ouest, de l'autre côté de la terre. Nous serions bientôt loin l'un de l'autre. Ne devrais-je pas m'excuser auprès d'elle une dernière fois ? Reverrais-je Nassim un jour si nous nous quittions sur une fâcherie ? Je m'angoissai soudain. Je retrouvai par chance les escaliers, les dévalai jusqu'à l'étage d'en dessous et surgis devant la porte D. L'embarquement était terminé. Une stewardess de Continental Airlines m'empêcha de passer. Je tentai de la bousculer. Un vigile en uniforme de milicien m'attrapa par le col. Je hurlai : « Nassim ! Nassim ! » Le vigile me repoussa en arrière.

Derrière moi, une voix appela mon prénom. Je fis volte-face. Matthew Malburry me tendait la main. « Bonjour, président. » Matthew n'avait pas souri en me

415

disant « Bonjour, président ». Sa mine paraissait tourmentée. J'enrageais de devoir le saluer en cette circonstance. Il me tendit un gros dossier.

— Les dépêches d'agence sur ton « Speech of Rebirth » de Davos, précisa-t-il. Est-ce vrai tout ce que tu as déclaré là-bas ? La publication quotidienne des résultats de la banque ? Une rentabilité de vingt-cinq pour cent ? Je n'étais pas au courant. Pourrions-nous en parler ?

Je n'écoutais pas Matthew Malburry. Il poursuivait :

— J'aurais un autre sujet brûlant à évoquer avec toi. Un scoop énorme...

Dix mètres derrière lui, je remarquai une petite troupe d'une demi-douzaine de jeunes gens qui nous scrutaient. Ils étaient endimanchés comme des banquiers en visite chez un gros client. Ils faisaient des têtes d'enterrement. Je les désignai à Matthew :

— C'est quoi, ces croque-morts ?

— Les collaborateurs de la banque que j'ai fait venir avec moi au Japon. Les meilleurs du Crédit Général. Ils travaillent sur nos acquisitions ici. Il serait utile qu'ils participent à notre réunion pendant le vol.

Je n'étais pas convaincu. Matthew tâchait de se justifier :

— Ils connaissent les dossiers... La valorisation des boîtes... La structuration des deals... Les conditions fiscales... Les modalités juridiques... J'ai donc pensé...

J'espionnais la petite bande par-dessus l'épaule de Matthew Malburry. Nos cadres sup avaient des touches de péteux. « Trop bien payés », pensais-je.

— Dis-leur de se barrer. Ils restent à Tokyo. Je ne vais pas leur offrir une promenade en avion.

Matthew Malburry se tut. J'eus le temps de détailler un à un nos banquiers de choc. Tous d'authentiques têtes à claques.

Matthew était catastrophé par mon veto :

— Je vais leur dire de partir...

Au milieu du groupe, mon regard repéra une courbe sensuelle. J'élargis mon champ de vision. Le tailleur-pantalon noir. La tignasse brune. Les formes arrondies. Les fentes profondes. C'était elle. Catherine Bensimon. Ma JAP sexy.

Je me tournai vers Matthew :

— J'ai changé d'avis. Fais-les embarquer avec nous. Tu me les présenteras dans l'avion.

Défoncé comme j'étais, il me semblait déraisonnable d'aller tout de suite à la rencontre de Catherine Bensimon. C'était prendre un risque inconsidéré. Une parole ordurière, un geste polisson, un baiser goulu. Je ne contrôlais plus mes pulsions après tout ce que j'avais absorbé.

Je me dirigeai vers la porte d'embarquement du Falcon 7X. Matthew Malburry et ses sbircs me suivirent.


L'équipage qui m'accueillit à l'entrée de l'avion avait changé. Les autres, ceux du vol aller, s'étaient-ils enfuis ? Avaient-ils pris peur ? Sollicitaient-ils en ce moment même l'asile humanitaire au Japon ? Je me promettais de penser à rajouter leurs noms sur la liste du plan social de la banque.

Je m'installai à l'avant de l'appareil. La nouvelle hôtesse de l'air portait une culotte. On voyait les marques sous la jupe. Ça lui faisait deux balafres en travers des fesses.

Les taches de champagne avaient disparu de la moquette. L'avion sentait le propre. Les quotidiens de la presse internationale étaient disposés sur la table de travail devant moi. Je ne trouvai pas *Le Monde*. Pas encore acheminé depuis Paris. Aucune importance. Aujourd'hui, je me cognais des sentences tarabiscotées

417

de Jean-Marie Colombani. J'étais persuadé qu'il magouillerait encore pour m'ignorer ou me nuire.

Le « Speech of Rebirth » faisait la une du *Wall Street Journal*. Je me plongeai dans la lecture.

Les membres du commando d'élite de Matthew Malburry passaient dans la travée centrale à côté de moi. Ils partaient s'entasser tout au fond. Je restais la tête enfouie dans le journal. Chacun leur tour, les jeunes banquiers me disaient : « Bonjour, monsieur le président. » Un lèche-bottes me présentait ses « devoirs, monsieur le président ».

Des effluves de Chanel n° 5 m'arrivèrent aux narines. Catherine Bensimon approchait. Je le sentais. Elle passait. Le pan de sa veste me frôlait l'épaule. Etait-ce un appel ?

Elle s'éloigna. Elle m'avait souhaité le bonjour. Juste « bonjour ». Sans ajouter « monsieur le président ». L'insolence des stars. Je m'étais interdit de me retourner sur son passage.

A côté de nous, un 747 de Continental Airlines avait pris la place du Tupolev d'Uzbekistan Airways. Je regardai dans sa direction. Le visage de Nassim s'encadra dans un hublot du pont supérieur. Je lui fis des grands signes de la main. Nassim ne me voyait pas. Je tapais contre le carreau. Sans plus de résultat. Je recommençais à taper. Nassim me snobait. Je désespérais.

Je braquai la tête vers le fond de la cabine. M'avait-on vu m'agiter au hublot ? Vraisemblablement pas. Les jeunes banquiers s'occupaient à sortir des tonnes de dossiers de leurs attachés-cases tout cuir. Seule Catherine Bensimon demeurait immobile sur son siège. Elle fixait le pont supérieur du 747 d'à côté. Avait-elle repéré Nassim ? Les deux jeunes femmes échangeaient-elles des regards complices ? Se connaissaient-elles sans que je le sache ? Une effroyable suspicion me gagnait. Un lien secret unissait-il Catherine Bensimon et Nassim ? Se transmettaient-elles des informations par télépathie ? Médisaient-elles sur mon compte en langage codé ? Je tournais parano. Car une coïncidence troublante venait de m'apparaître. Comment expliquer que je croisais toujours Catherine Bensimon quand je rendais visite à Nassim ? La dernière fois à Londres. Ce matin à Tokyo. Etait-ce le fruit du hasard ? J'avais du mal à le croire. Il fallait plutôt redouter une conjuration destinée à me nuire. Comment n'y avais-je pas songé auparavant ? J'y voyais clair à présent. Une ligue clandestine des femmes inaccessibles s'ingéniait à saboter mon existence. Elles entravaient la satisfaction de mes désirs les plus légitimes. Catherine Bensimon et Nassim étaient les agents de ma frustration. Je les avais démasquées à l'instant même.

L'arrivée de Matthew Malburry me ramena opportunément à la raison. Il fallait que j'arrête de délirer à pleins tubes : Catherine Bensimon et Nassim étaient innocentes. Non, elles ne se connaissaient pas. Non, elles ne complotaient pas.

Matthew s'installa face à moi sans même me demander l'autorisation. Je m'abstins de lui en faire la remarque.

Je regardais une dernière fois Nassim, tout là-haut sur le pont supérieur du 747 de Continental Airlines. Je me maudissais de l'avoir soupçonnée à tort.


Matthew Malburry s'assoupit tandis que le Falcon 7X prenait son envol au-dessus de la mer du Japon. J'avais tout le loisir d'examiner celui que les salariés du Crédit Général surnommaient « Mama ». Je me disais que je n'avais jamais rien su de lui. Sa vie et son œuvre. Ses peines et ses joies. Son pire et son meilleur. Il demeurait un inconnu à mes yeux. Avais-je un jour souhaité qu'il devienne le numéro deux du Crédit Général ? Il s'était hissé à cette dignité par élimination. Parce que tous les autres avant lui avaient péri. Jacques de Mamarre, Alfred Hatiliasse, Boris Zorgus, Raphaël Sieg. Je n'avais pas choisi Matthew Malburry comme directeur général. Les événements me l'avaient imposé. Il devait son ascension à des coups de bol à répétition. Sa bonne fortune ne me créait toutefois pas l'obligation de m'intéresser à sa personne. Il m'avait indifféré dès notre première rencontre. Je me contentais aujourd'hui de l'observer roupiller. La peau molle de ses joues s'affaissait sur le côté droit suivant l'inclinaison de la tête. Sa bouche relâchée restait entrouverte. Un mince filet de bave dégoulinait à la commissure de ses lèvres.

L'avachissement du visage de Matthew Malburry jurait avec la rigidité de sa mise. Plus il grimpait dans la hiérarchie du Crédit Général, plus il se corsetait dans un uniforme de haut dignitaire de la finance. Costume cintré à larges rayures tennis. Chemise bleue à col blanc amidonné. Cravate maintenue par une barrette. Chaussures noires légèrement vernies. Mama incarnait l'opulence banquière. Le gros argent. Le vieil argent. Le noble argent. Il voulait ressembler à un gouverneur de banque centrale. Ou peut-être singer ces argentiers de la City, conseillers officiels de la Couronne, fructificateurs de pognon royal de père en fils.

Matthew Malburry avait le chic de ne jamais contredire personne. Ni moi, ni ses subordonnés, ni ses clients, ni ses collègues. Il était impossible de savoir ce qu'il avait derrière la tête. Pas un propos, pas une mimique, pas un geste ne trahissait le contenu de ses pensées. C'était à peine si une interrogation formulée à voix haute révélait parfois sa désapprobation. Dès que son interlocuteur lui tenait tête, Matthew Malburry se refermait. Les conflits de personnes lui foutaient la trouille. Il détestait les convictions et tous ceux qui en exprimaient. Mama y voyait la manifestation d'une bestialité incontrôlée. D'un manque de tact et d'éducation. De façon générale, la présence physique d'un tiers l'indisposait. Il aurait aimé que l'on s'adresse à lui derrière un Hygiaphone. Matthew Malburry regrettait d'appartenir à l'espèce humaine.

Il fallait stopper le dégoulinement du filet de bave à la commissure de ses lèvres. Je secouai Matthew du bout du pied. Il se réveilla.

— Pardonne-moi, bafouillait-il. J'ai dû m'endormir...

— En effet, tu ronflais... Tu as de la bave qui coule au coin de la lèvre...

Matthew Malburry était horrifié d'apprendre qu'à son insu un peu de son intimité s'était échappé de sa personne. Il s'essuya la bouche en vitesse avec le plat de la main. Il se leva d'un bond. Je le voyais partir en direction des toilettes.

Il en sortait les mains récurées à fond. Il s'était décrotté de ses humeurs. Sa dignité recouvrée, Matthew se rassit face à moi.

— Marc, pouvons-nous discuter un instant de la publication quotidienne des résultats de la banque ? Est-ce bien ce que tu as annoncé dans ton discours de Davos ? Je suppose que les dépêches des agences de presse ont repris tes propos sans les déformer...

— Je t'en parlerai plus tard...

— Comme tu le souhaites... Pouvons-nous au moins regarder ensemble les premiers résultats mensuels du Crédit Général ? Nous devons prochainement les rendre publics.

— Pas maintenant.

— C'est que je suis soucieux...

— Pas maintenant, t'ai-je dit. Raconte-moi plutôt nos investissements au Japon. Où en sommes-nous ?

Mama ne protestait pas de se voir imposer l'ordre du

421

jour de notre discussion. Il attrapa un dossier dans son attaché-case. Il me tendit un document :

— Voici le tableau synthétique des opportunités que nous avons recensées. Elles sont classées par secteur d'activité : immobilier, télécoms, assurances, nouvelles technologies, banque... Commençons par la banque. J'ai été contacté dans la nuit pour...

J'interrompis Matthew en refusant de prendre son tableau :

— Donne-moi d'abord le montant total des sommes investies à ce jour.

— Trois milliards environ...

— Quoi ! C'est tout ! Mais qu'est-ce que tu branles ! Ça fait des semaines que je t'ai envoyé au Japon. Tu avais une mission simple à accomplir. Tu l'avais acceptée. J'apprends seulement ce matin l'ampleur du fiasco.

J'étais atterré. Trois milliards d'euros ? Je me doutais que Matthew Malburry ne flamberait pas avec l'argent du Crédit Général. Il était trop prudent pour se lâcher. Mais je ne l'imaginais pas aussi radin. Trois malheureux milliards. Trois rachitiques milliards. Pitoyable Malburry ! Il me désespérait. Combien atteignait ma prime à l'investissement dans ces conditions ? Une misère. Quarante millions d'euros. Cinquante millions dans le meilleur des cas. Pauvre « Brunissage », pauvre « Staline ». Le mécanisme du pourcentage dégressif que j'avais accepté de Dittmar Rigule au Clarence Hotel de Dublin s'avérait désastreux pour mes intérêts. Chaque trimestre, je perdais zéro virgule vingt-cinq pour cent de commission. Le glandouillage de Mama me coûtait une fortune, moi qui croyais avoir fait l'affaire du siècle.

Et puis maintenant, il y avait cet ultimatum qui m'était tombé dessus. Dittmar Rigule avait été brutal hier au téléphone. « Investissez vite au Japon sinon je vous lourde et je me débarrasse du Crédit Général. » Il ne s'était jamais permis de me menacer ainsi depuis qu'il avait pris le contrôle de la banque. Un grand péril se profilait. Je risquais de perdre ma place. Adieu salaires, bonus et stock-options. Adieu considération, célébrité et opulence. Adieu Rania, Catherine et Nassim.

Le stress du limogeage me reprit. La même sensation étouffante que lors de ma conversation téléphonique avec Dittmar quelques heures plus tôt. Matthew Malburry ne mesurait cependant pas l'urgence de la situation. Il préférait s'apitoyer sur son sort :

— Sois indulgent. Le business est tellement difficile en Asie. J'en bave, tu sais. Tout est long et compliqué. Une épreuve pour les nerfs. On ne peut pas se contenter de signer les chèques. Il faut respecter les usages. Sourire, palabrer, flatter, se prosterner... Endurer les soirées de beuverie dans les bars à filles...

Combien de fois m'avait-on chanté le refrain de l'Orient impénétrable ? De la patience asiatique ? De la torture chinoise ? Voulait-on me faire croire qu'il n'y avait aucun moyen d'accélérer les échéances ?

Je m'emportai contre Matthew :

— Les affaires supposent audace, ténacité et dévouement. Tous les moyens sont bons. S'il faut passer des nuits entières à boire de la bière de riz avec des patrons lubriques dans les host clubs de Kabukicho, fais-le ! L'intérêt supérieur de la banque l'exige !

A l'arrière de l'appareil, les jeunes banquiers d'élite ne perdaient pas une miette de nos échanges. Ils penchaient la tête pour mieux nous écouter. Matthew Malburry se sentait humilié d'être maltraité de la sorte devant ses équipes.

— Mais je le fais, protestait-il. Presque tous les soirs... Dans d'infâmes cabarets topless... J'ai même dû...

— Ça suffit ! le coupai-je. Je me fiche de tes écarts de conduite. Libre à toi de te faire turluter par une geisha peinturlurée. Je constate une chose : le Nikkei a chuté

423

de trente-neuf pour cent dans la seule journée d'hier. Ce qui revient à dire que les grandes entreprises japonaises valent en moyenne trente-neuf pour cent moins cher que la veille. Et à t'écouter, il n'y aurait aucune opportunité d'investissement à saisir ?

J'arrachai des mains de Matthew Malburry le tableau synthétique des opportunités d'investissements qu'il m'avait soumis un peu plus tôt.

— Je vais te montrer comment on fait. Commençons par... l'immobilier.

— Pas par le secteur bancaire ? J'ai une info à te...

— Non, par l'immobilier.

Mama se résigna. Il faisait signe à l'un des jeunes banquiers de venir. Le type enfila sa veste et accourut. On me le présenta comme le grand spécialiste de l'immobilier japonais. Il resta debout dans l'allée centrale de l'avion.

Le tableau synthétique de Matthew était incompréhensible. Ecrit en tout petit. Bourré de colonnes de chiffres : volume d'activité, EBITDA, free cash flow, bénéfice net, fonds propres, capitalisation boursière, PER, actif net réévalué... Je demandai une rapide présentation des sociétés répertoriées dans le document. Mama s'en remettait à son subordonné. Le type débitait sa science à toute allure. L'affaire était bouclée en dix minutes : il n'y avait rien d'intéressant dans la liste de Matthew. Des opérations qui se comptaient en dizaines de millions de dollars. Qui supposaient des semaines de travail jusqu'au closing. Tant d'agitation pour des investissements de pacotille.

Je passai aux télécoms. Le spécialiste du secteur nous rejoignit. Je ne lui accordai pas non plus l'autorisation de s'asseoir. Il égrena les opportunités d'investissements mentionnées dans la liste. Que du minuscule fretin. Je lui dis de partir. Nous en venions aux assurances. Le scénario se répétait : l'arrivée du spécialiste, les explications données debout, le constat de vacuité.

Suivaient les entreprises de nouvelles technologies. Le spécialiste du secteur était convoqué à mes côtés. Je balayais en vitesse la liste des cibles potentielles. Mon regard accrocha un nom familier : « Morosado Games Inc. » J'exigeai une explication.

Le jeune banquier paraissait embarrassé. Il se tournait vers Matthew Malburry qui se dévouait pour m'apporter une réponse :

— Je le confesse, c'est ma faute... Nous... n'aurions pas dû inscrire... cette société sur notre liste... Elle a une réputation trop... sulfureuse. Elle édite un jeu vidéo horriblement violent. Des ados qui se font massacrer dans leur collège par un cacochyme cruel dénommé Pol-Pot. Une immondice. Il faut être sacrément dérangé pour jouer à des trucs pareils.

« Sacrément dérangé ? » Un subalterne se permettait de salir de la sorte mon fils Gabriel, la chair de ma chair, le virtuose du carnage ludovirtuel, le tueur au joystick, le crack de DeathKid ? J'étais indigné ! Mon jugement sur Matthew Malburry venait à l'instant de se forger pour l'éternité :

— Tu es nul. Ignare. Incompétent. DeathKid s'est vendu à cent vingt millions d'exemplaires. Près du tiers du marché mondial. Brutality DeathKid va déferler sur toutes les consoles. Une énorme production. « Géniale », m'a dit Bill Gates en personne à Davos.

Le jeune banquier profita de l'aubaine pour faire diversion. Il s'exclama :

— J'ai un exemplaire de Brutality DeathKid avec moi ! Offert par Morosado Games Inc. en avant-première. Je vais vous le chercher.

Le type s'enfuyait. J'achevai Matthew Malburry :

— Bill Gates se prostituerait pour se marier avec

425

Morosado. Et toi, tu laisserais passer une occasion pareille ? Bêtement. Sans même t'en apercevoir.

Le jeune banquier revint avec Brutality DeathKid.

— Le voilà !

Je rangeai le jeu dans mes affaires. Confisqué. Je le donnerais à Gabriel. Il saurait en faire bon usage, lui. Il s'émerveillerait du privilège qui lui serait accordé. Pouvoir s'entraîner à Brutality DeathKid avant tout le monde. Expérimenter les coups tordus, manier les armes exterminatrices, repérer les ados vulnérables, leur infliger des tortures insoutenables. C'était prodigieux pour Gabriel. Il prendrait une avance décisive sur les enfants de son âge. Il me vénérerait. Je rattraperais en une seule fois tous les cadeaux que j'avais rechigné à lui offrir auparavant. Je deviendrais un bon père.

Mama n'osait plus rien dire. Il baissa les yeux. Je m'adressai à son sbire :

— Une chose m'échappe : pour quelle raison Morosado accepterait-il une prise de participation du Crédit Général ? Je présume que les investisseurs se bousculent à sa porte.

Le jeune banquier s'était déjà posé la question. Il connaissait la réponse par cœur :

— La société a d'énormes besoins de financement pour la sortie de DeathKid 2 et le développement de la version 3. Mais elle refuse toute alliance avec l'un des fabricants de consoles de jeu : Sony, Nintendo ou Microsoft. La société serait alors contrainte d'accorder une exclusivité. Elle ne pourrait plus vendre son jeu aux deux autres. Restent les financements extérieurs au secteur. Il se trouve que l'actuel actionnariat de Morosado Games Inc. est très fermé. Il regroupe une vingtaine de retraités. Des copains d'hospice de monsieur Morosado qui lui ont donné un coup de main à ses débuts. Tous ces actionnaires de la première heure ont la particularité d'être d'anciens combattants de la guerre du Pacifique.

Des ultra-nationalistes nippons qui haïssent les Américains. Ils ne veulent pas de leur argent. Et comme au Japon plus personne n'a les moyens d'investir, Morosado Games Inc. s'est adressée à nous.

L'explication était limpide. Il n'y avait rien à rajouter. Je me tournai vers Matthew :

— Que te faut-il de plus pour te convaincre ? Fonçons !

Mama se taisait. Tétanisé par la résolution impulsive que je manifestais à tout juste quelques centimètres de son visage.

La circonspection aphasique dans laquelle il trouvait refuge me tapait sur le système. J'avais envie de le brusquer un bon coup. De le confronter à l'animalité d'un être humain :

— Réponds-moi. Livre-toi. Et arrête de faire cette tête de puceau que l'on vient de surprendre sous la douche en train de se branler.

Matthew Malburry grimaça. On aurait dit qu'il se détournait de la vision d'un cadavre atrocement mutilé qu'il était venu reconnaître à la morgue. Il essaya pendant un long moment de rassembler assez de bravoure pour exprimer son sentiment personnel. Il parlait lentement, en évitant de croiser mon regard :

— Je suis réservé sur cet investissement... Morosado Games Inc. est une entreprise mono-produit... Qu'adviendra-t-il si la sortie mondiale de Brutality DeathKid se transforme en flop commercial ? Les pertes seront abyssales. La société ne vaudra plus un clou. C'est trop risqué... De plus, il faut que tu saches que Brutality DeathKid déclenche un début de polémique dans la presse japonaise. D'éminents scientifiques s'inquiètent. A cause des décharges d'électricité dans les manettes de jeu. Elles provoqueraient des lésions neurologiques. Avec des conséquences dramatiques à terme pour les sujets exposés. C'est affreux...

Je me tournai vers le spécialiste ès jeux vidéo. Il hésitait à confirmer les propos de Matthew Malburry par crainte de prendre parti. J'attendis. Rien ne venait. Je décidai de balayer les objections pusillanimes que l'on me présentait :

— Il est impossible que la sortie de Brutality Death-Kid soit un four. Quand on vend cent vingt millions d'exemplaires de la version 1, on en vend au moins autant pour la version 2. Les ados sont des accros. S'agissant du risque médical, ne mettez pas le principe de précaution à toutes les sauces. On a prétendu pendant des années que les jeux vidéo provoquaient des crises d'épilepsie. Du pipeau ! Je le sais : mon fils est en parfaite santé.

Je regardais alternativement le jeune banquier et Matthew Malburry. Ils la bouclaient.

— Conclusion, messieurs ?

Tous deux devinaient la conclusion qu'il convenait de tirer.

— Nous montons à l'assaut de Morosado Games Inc. Je veux une note d'étape dans quinze jours. Exécution !

Le spécialiste des nouvelles technologies acquiesça. Puis s'éclipsa vers le fond de l'appareil, content d'en avoir fini. Matthew et moi restions seuls face à face. Muets l'un et l'autre. Le silence s'établissait enfin.

La fatigue en profitait pour se manifester en moi. Je me sentais tout à coup épuisé. J'avais trop chargé la mule. Avec les décalages horaires, le travail harassant, les tableaux de chiffres, les décisions à prendre, les engueulades à supporter, les gin-tonics et les petits comprimés bleus à ingurgiter, la Nassim à traquer, la Bensimon à dompter. Tout se mélangeait dans mon estomac.

Tassé sur son siège, Matthew Malburry gambergeait. N'avait-il pas commis une boulette fatale ? La question le rongeait. « Sacrément dérangés ? » Etait-ce ainsi qu'il avait qualifié les fans de DeathKid ? Il n'en était plus certain mais il le craignait. Mon fils y jouait-il ? Je l'avais laissé entendre. Mama se disait qu'il avait signé son arrêt de mort. Pour une fois qu'il exprimait un point de vue personnel.

Je l'abandonnai à ses affres, fermai les yeux et m'endormis sur-le-champ.

## 45

Je me réveillai en sursaut. Ebranlé par les turbulences du Falcon 7X.

Combien de temps m'étais-je assoupi ? Trente secondes ? Vingt minutes ? Une heure ? Je n'étais pas en état de le dire. J'avais l'impression d'être encore plus camé maintenant qu'avant ma sieste. Le crâne migraineux. La raison embuée. La vue brouillée. La bouche aride. Le corps flétri.

Je vérifiai avec la main que je n'avais pas salivé sur mon menton pendant le sommeil. Appréhension infondée : j'étais sec.

Matthew Malburry n'avait pas bougé d'un cil. Il demeurait pensif. S'anathématisant encore d'avoir déblatéré à propos des joueurs de DeathKid.

J'appelai l'hôtesse de l'air pour lui passer une commande d'eau glacée. Elle plongca la tête dans le frigo, le cul en arrière. Les élastiques de la culotte lui tailladaient le gras des fesses.

J'attrapai devant moi le tableau synthétique des opportunités d'investissement qu'avait élaboré Matthew Malburry :

— Au boulot, grommelai-je. Venons-en au secteur bancaire. Le gros morceau.

Mama sortit de sa méditation flippée. Le secteur bancaire ? C'était une aubaine pour lui. Sa planche de salut, espérait-il. Il devint soudain enjoué :

— Oui ! Le gros morceau. J'ai un scoop inouï à t'annoncer. Tu seras stupéfié.

Matthew se délectait d'avance. Pour faire durer le suspense, il avisait à l'arrière l'un de ses collaborateurs qui était invité à nous rejoindre. Je bus un litre d'eau d'une seule traite.

Quand je levai les yeux de mon verre, j'avais devant moi les hanches de Catherine Bensimon. De face. Toutes proches. Larges. Je les contemplai un long moment. Je me demandais si ma JAP n'avait pas pris un peu de poids. Ou bien était-ce le pantalon qui était plus étriqué ? La bonne chair comprimée par le stretch se boudinait à hauteur du bassin. On devinait des bourrelets onctueux. Des rondeurs moelleuses. J'aurais voulu enfouir mon visage dans l'édredon charnu. Frotter ma joue. Avancer ma main. Appuyer mon doigt.

Ma concupiscence s'ébrouait d'un coup. Je ne pouvais retenir mon regard lorsqu'il descendit centimètre par centimètre de la taille vers la chatte. Ce que je découvrais me calcinait l'entendement. Je fermai aussitôt les yeux. Il était trop tard. Des images de pubis saillant, de lèvres rebondies, de fente pélagique jaillissaient en moi. Elles défilaient à toute allure. Pubis, lèvres, fente. Le diaporama porno s'emballait. La tête me tournait. Explicit pictures. La température de mon corps montait en flèche. Chatte, chatte, chatte ! Catherine Bensimon était une chatte. Il suffisait de la voir engoncée dans son pantalon moulant pour comprendre. Un sexe sous emballage. Une libido en barquette. Un désir sous vide. Jean Rameur se leurrait au sujet de Catherine Bensimon. J'en avais la certitude. Pas d'amants, prétendait-elle ? Pas de coucheries ? Pas de déviances ? Jamais ? Aucune confidence croustillante dans les mails ? Aucun récit circonstancié au téléphone ? Jean Rameur n'avait-il pu découvrir une seule preuve de la débauche bensonnienne ? Allons ! Comment croire que Stanley Greenball regardait ma JAP dans les yeux ? Qu'il se privait d'observer son beau cul ample ? Qu'il ne rêvait pas de la trousser à même le sol ? Foutaise ! Jean Rameur se faisait couillonner par Catherine Bensimon. Comme un débutant. Elle mentait, il gobait. Elle dissimulait, il couvrait. Un maître espion, Jean Rameur ? Un aveugle plutôt. Un fainéant. Ou un complice. Il était à côté de la plaque. Catherine Bensimon sentait le sexe à cent lieues. J'ouvrais grandes les narines. Chatte, chatte, chatte !

J'allais défaillir. J'écarquillai les yeux.

Catherine Bensimon était toujours là, dans l'allée centrale de l'avion. Elle avait croisé les mains devant son entrejambe. Le pubis, les lèvres, la fente étaient désormais masqués. Je ne voyais plus rien. Avait-elle deviné mes pensées ? Elle paraissait gênée d'être ainsi exhibée. Les hanches à hauteur du coup d'œil, comme sur un podium de strip-tease. Elle me dévisageait. Je devais avoir une tête de détraqué. Mes paupières clignaient. Mon buste chancelait. Je ne parvenais pas à retrouver la raison.

Matthew Malburry me regardait, puis se tournait vers Catherine, puis revenait vers moi. Un trouble s'instaurait dans notre triangle. Nous nous taisions. Je ne savais quoi faire. Les autres non plus. Je me levai d'un bond, sans réfléchir. J'allais me débarrasser de ma veste. Catherine Bensimon se méprit sur mes intentions. Elle crut que, par galanterie, je lui offrais de s'installer avec nous. Elle plia les jambes. Posa une fesse sur le bord du siège. J'étais maintenant debout, et elle assise. C'était le monde à l'envers. Je la considérai de haut. En silence. Le doute la taraudait. Elle se redressa. Toute confuse. J'ôtai ma veste. Matthew Malburry hésitait sur le comportement à adopter. Il décida de se lever au moment précis où je me baissais. Il redescendit alors sur son siège. Catherine Bensimon aussi. Nous étions désormais tous assis.

Notre petit jeu de chaises musicales avait déboussolé Matthew. Il ne trouva rien de plus original à faire que de m'imiter. Il ôta sa veste en s'exclamant : « Tenue relax ! » Il était maintenant comme moi en bras de chemise. Nos regards convergèrent vers Catherine Bensimon. Elle soupira : « Oui, relax... » Elle ouvrit son spencer. Elle passa les bras derrière. Elle se cambra. Son énorme poitrine surgit au-dehors. Le chemisier menaça d'exploser sous la pression de la masse. La soie noire se plaquait contre la dentelle du soutien-gorge. On devinait en dessous les arabesques de la broderie. Les mamelons durcissaient avec le frottement du tissu. Deux petits cônes arrondis poussaient sur les nichons bombés. Catherine Bensimon restait bloquée dans cette position. La veste grande ouverte. La gorge en présentoir. Le bout des seins en saillie. Les mains entravées. Elle trifouillait dans son dos. Elle tirait. Elle forçait. Elle s'agitait. Elle s'énervait. Matthew Malburry se précipita. Que se passe-t-il ? « Votre manche s'est accrochée à votre bracelet, ne bougez plus, j'interviens. » Il s'activa. La manche du spencer résistait. « C'est complètement emmêlé. » Catherine Bensimon se levait pour faciliter les opérations. Elle se mettait de dos. Matthew se penchait vers les poignets menottés. « C'est un fil de la doublure... » Il essayait de l'arracher. « Mince, c'est solide... ». Il approchait son visage. Il sortait les dents. Sa bouche frôlait les fesses de Catherine Bensimon. Cette désinvolture me choquait. J'allais bondir sur Matthew pour le refouler. « Ça y est ! » annonça-t-il. Le fil avait cédé. La manche glissait. Catherine Bensimon se libérait de ses chaînes. Elle remisait ses protubérances mammaires. Matthew Malburry se redressait. Il était fier de lui. Une secousse violente ébranla la carlingue. Le Falcon 7X dégringola dans un trou d'air. Catherine Bensimon perdit l'équilibre. Elle tangua à gauche. Elle tangua à droite. Elle chuta dans ma direction. Son cul vint s'écraser sur mes cuisses. Mama valdingua à son tour. Il s'écroula en travers sur les genoux de Catherine Bensimon. Elle poussa un cri. Le poids de leurs corps m'écrabouillait. Matthew se laissa glisser par terre. Il rampa vers son siège. A quatre pattes sur la moquette. Catherine essaya de se soulever. Je remuai du bassin sous elle. Une turbulence la fit choir de nouveau sur moi. Elle hurla. Elle prit appui sur les accoudoirs. Je soulevai mes hanches pour l'aider. Elle parvint enfin à s'éjecter sur le siège d'à côté. Elle boucla sa ceinture. Matthew en fit autant. Le Falcon 7X se stabilisa. Le rodéo se terminait. Nous échangions des excuses.

Matthew haletait. La bousculade l'avait stressé. Elle lui avait imposé une pénible intimité des corps. Il souhaitait oublier l'incident au plus vite. Il leva le menton vers Catherine Bensimon.

— Parlez-nous du secteur bancaire japonais, mademoiselle. Nous vous écoutons...

Catherine Bensimon n'avait pas eu le temps de remettre en ordre sa chevelure plantureuse. La demande de Mama l'interloquait :

— Mais... vous m'avez dit que vous étiez seul habilité à révéler le...

Matthew se redressa sur son siège :

— C'est vrai ! Suis-je bête. Pardonnez-moi, nous avons été un peu secoués... Le scoop, donc.

Il se penchait à mon oreille.

— Marc, chuchotait-il, ce que je vais te dire maintenant est ultra-ultra-ultra confidentiel. Je compte sur toi : motus et bouche cousue. Une fuite, et c'est la catastrophe.

Je fis un geste d'impatience. « Crache-la, ta Valda. » Matthew se rapprochait un peu plus de moi. Il était encore un peu essoufflé.

— Voici de quoi il s'agit. Monsieur Terunobu Maeda, le patron de la Mizuho Holdings, a pris contact avec moi la nuit dernière. En grand secret. Le type est aux abois. Comme tu le sais, le cours de son action a plongé en Bourse hier. De cent sept mille à dix-neuf mille yens en une seule séance. Record mondial. Moins quatre-vingt-deux pour cent, te rends-tu compte ! La plus grande banque du Japon. La plus grande banque du monde, devrais-je dire. Elle ne vaut plus que la moitié du Crédit Général. C'est une rumeur d'origine inconnue sur l'éventuelle insolvabilité de la banque qui a déclenché la déroute. Maeda est tombé si bas qu'il est disposé à discuter avec nous d'une prise de participation. Voire d'une prise de contrôle...

Je reçus une décharge d'adrénaline. En un éclair, je compris que la chance me souriait. Mizuho. La faramineuse Mizuho. La richissime Mizuho. La voilà massacrée en Bourse. Réduite à la mendicité à la porte du Crédit Général.

A côté de moi, Catherine Bensimon ne pipait pas. J'ordonnai à Matthew Malburry de me raconter les détails de sa conversation avec Maeda.

— Il sanglotait au téléphone. Comme une Madeleine. « J'ai failli, gémissait-il. Je suis un vil sacripant. Prenez ma banque. Je vous la cède. Elle est à vous. Pour une bouchée de pain. » Sur ce ton-là pendant une bonne heure. Déprimé, Maeda. C'était humainement insoutenable pour moi. A la fin, il a même fallu que je le dissuade de présenter des excuses publiques à ses petits actionnaires. Il voulait prononcer une déclaration solennelle ce matin à la télévision. Pleurer devant les caméras. S'agenouiller sous les sunlights. S'agonir de métaphores ignominieuses : « Vermine mazoutée, vipère clonée, rat contaminé, crapaud toxique, putois Seveso... » Pour conclure le show, il envisageait de s'éventrer en direct avec un sabre de samouraï. Du nombril jusque-là. Je l'ai convaincu de différer son suicide... et de négocier avec nous. Il m'a donné raison...

Les propos de Mama me survolaient. Je la tenais enfin, mon acquisition majeure ! J'allais me payer Mizuho Holdings. Cash. Moi, Marc Tourneuillerie. Tourneuillerie-le-killer. Tourneuillerie-la-gâchette. Tourneuillerie-le-banquier-le-plus-puissant-de-la-planète. Je n'allais pas louper l'occasion de me mettre en valeur. Ça, non ! A dix-neuf mille yens l'action, pourquoi se priver ? Je ne tremblerais pas devant la cible. Je défouraillerais le premier. J'abattrais ma proie entre les deux yeux. Gloire me serait rendue. « La France gobe le Japon », serait bien obligé d'écrire Jean-Marie Colombani. « L'Europe coule l'Archipel », titrerait son journal à sensation. On m'acclamerait. On m'admirerait. Je ferais les headlines de CNN. « La Revanche de Pearl Harbor » scintillerait en travers des écrans de télévision. « Les niacoués, dans le saké », badineraient des Yankees anonymes interviewés dans les rues d'Atlanta. « Remember Hiroshima », s'émerveilleraient les pétulants vétérans de Dittmar Rigule. Ils feraient une grande nouba à Miami. Tous sur le pont du Carnival Paradise ! Crazy signs : « Mizu, Mizu, Mizuho ! Youpi, Youpi, Youpi Yo ! Hiro, Hiro, Hiroshima ! Youpi, Youpi, Youpi Ya ! » Je deviendrais le sauveur de la Floride. L'idole des paradis tropicaux. Le bienfaiteur des fonds de pension. Dittmar ferait amende honorable. Il me présenterait des excuses. Il ravalerait ses menaces. Il m'octroierait des bonus pharaoniques. Jackpot en perspective. Des dizaines et des dizaines de millions d'euros. « Staline » reconnaissant. « Brunissage » reconnaissant. Tout le monde serait heureux.

J'agrippai Matthew Malburry par la manche de sa chemise. Je la serrai de toutes mes forces. Mama était contraint de s'incliner vers moi. Je lui parlai entre les dents :

— J'achète ! Je préviens d'abord Dittmar Rigule. Tu

436

rappelleras Terunobu Maeda juste après. Dis-lui qu'on achète.

— Tout ? Mizuho Bank ? Mizuho Corporate Bank ? Mizuho Securities ? Mizuho Trust & Banking ? Le lot en entier ?

— Tout ! J'achète tout. Au cours de Bourse d'hier majoré d'une prime de vingt pour cent. Non, vingt-cinq pour cent. Ou trente pour cent plutôt. Oui, trente pour cent, c'est mieux. Trente pour cent même si la cotation de Mizuho dévisse à nouveau dans les jours qui viennent. Je maintiendrai mon offre. Trente pour cent de plus, quoi qu'il advienne. Compris ? Tu rappelleras Maeda quand je te le dirai.

Matthew cherchait à se libérer de mes griffes. Il tirait son bras en arrière.

— Si vite ? bégayait-il. Si cher ? Une offre ferme ? Sur la totalité du capital ?

Mama paniquait. Il mesurait, horrifié, la toute-puissance de l'incendie qu'il avait allumé en moi. La peur des flammes se lisait sur son visage. Déclencher au débotté une OPA sur Mizuho ? Grand Dieu ! C'était délirant. Matthew s'abominait d'avoir été aussi fervent en me racontant sa conversation avec Maeda. Il tentait de rétablir la situation :

— Ne faudrait-il pas au préalable dépiauter le bilan du groupe ? A quels risques est-il exposé ? Quelle est la valeur réelle de ses actifs ? Il y a des précautions à prendre... quand même. Des pourparlers à mener... non ?

Je le rembarrai :

— On achète. A plus trente pour cent par rapport à la dernière cotation. Offre ferme. Dix-neuf mille yens par titre majorés de trente pour cent. Propose-le à Maeda...

Matthew suffoquait. Il était perdu. Comment gagner du temps ? Comment calmer mon impétuosité ? Il ne savait plus. En désespoir de cause, il se tourna vers Catherine Bensimon :

— Réagissez... Dites quelque chose...

Ma JAP se cloîtrait dans le mutisme. Elle courba le buste. Planta les coudes sur ses genoux. Plaqua les mains contre son visage. Elle ne voulait plus rien voir. Plus rien entendre. J'en profitais pour reluquer son dos. La houle noire des cheveux bouclés. Le dodu des épaules. La soie tendue du chemisier. L'agrafe du soutien-gorge en dessous. Les marques de l'armature sur les omoplates. Le bosselage de la colonne vertébrale dont je suivais le tracé jusqu'à la taille. Un bout de peau. Je venais de voir un bout de peau. De la peau basanée. De la peau douillette. Quand Catherine Bensimon s'était penchée en avant, le chemisier étriqué était remonté sur ses hanches dénudées. Le pantalon bâillait un peu plus bas. Un décolleté s'ouvrait à la ceinture. Le décolleté de derrière. Mon regard s'engouffrait dans l'échancrure. Encore de la peau. Un fin duvet charbonneux. Et puis soudain, un arrondi grassouillet. Naissance d'une fesse. Une fossette sombre. Naissance d'une raie. Je scrutais. J'étais fasciné. De la dentelle noire. Etait-ce de la dentelle noire que j'avais aperçu ? Naissance d'un string ? Non ! Stop ! J'en avais assez des tentations. Je ne voulais plus désirer. Ne plus m'étourdir. Ne plus prendre le risque de tomber dans les pommes comme tout à l'heure. Pubis, lèvres, fente : terminé. Fesse, raie, string : terminé aussi.

Mon regard s'extirpa de l'échancrure. Il bascula d'un coup vers la tignasse brune. Ma JAP ne mouftait pas. Matthew Malburry la pressait :

— Mais si, dites-lui ce que vous pensez de Mizuho... Je vous en prie...

Elle fit non de la tête. Il insistait :

— Voyons... Vous connaissez le dossier par cœur... C'est dommage...

Rien. Aucune réaction. Matthew sortit de ses gonds :

— Parlez ! Je vous l'ordonne. Ayez le courage de répéter vos propos devant notre président. Que Mizuho Holdings est à l'agonie. Au bord de la cessation de paiement. Avec un bilan faisandé par des montagnes de créances pourries. Voilà ce que vous m'avez expliqué en aparté ce matin.

La dentelle noire. J'y repensais à la dentelle noire du string. C'était bien ce que j'avais vu dans l'échancrure du pantalon. Je m'en souvenais maintenant. De la dentelle fine. Transparente sans aucun doute. Catherine Bensimon m'avait tout montré. La peau, la fesse, la raie, le string. Elle s'était penchée en avant exprès. Ignorait-elle que son pantalon s'ouvrait dans le bas du dos ? A d'autres ! Elle le savait pertinemment. C'était un appât. Elle avait piégé mon regard. Celui de Matthew Malburry aussi. Je n'étais pas dupe. Elle faisait pareil avec tous les hommes. Attirer l'œil sur son corps disponible. En se mettant des décolletés partout. Devant sur les seins. Derrière sur les fesses. La chienne.

Le courroux de Matthew Malburry contre Catherine Bensimon ne s'apaisait pas :

— Que Maeda a l'intention de nous truander. Qu'il en a contacté dix autres pour racheter son taudis. Que le Crédit Général risque d'y laisser sa peau en s'acoquinant avec un type comme lui. Oseriez-vous réitérer vos accusations devant témoin ?

Catherine Bensimon releva brusquement la tête. Elle avait la rage au ventre et le feu aux joues :

— Pourquoi me torturer ? Vous connaissez mes réticences. Je croyais d'ailleurs que vous les partagiez. Peu m'importe que vous ayez changé d'avis entre-temps. Mais ne m'obligez pas à exprimer mon désaccord. Ce n'est pas le lieu. Pas devant monsieur Tourneuillerie.

— Mais si, au contraire, intervins-je. Je vous écoute, mademoiselle.

Ma JAP était sciée. Elle ne s'y attendait pas.

— Moi ?

— Oui, vous...

Elle se frictionna le visage avec les mains.

— Allons-y, si vous le souhaitez. Je pense en effet que Mizuho est en grand péril. Au même titre que toutes les mégabanques nippones. C'est un cercle vicieux : croissance molle, faillites d'entreprises, défaillances des remboursements de prêts, provisions pour créances douteuses, pertes comptables, plans de redressement, baisse des effectifs, diminution des salaires, ralentissement de la croissance ; et ainsi de suite. Sans compter l'effondrement de la Bourse, les actifs qui ne valent plus rien dans les bilans, les dépréciations de survaleurs qui en découlent. Le système bancaire japonais est devenu une énorme machine à fabriquer et à lessiver de la sale dette. Je ne vois pas comment il pourrait s'en sortir.

Catherine Bensimon s'interrompit. Je lui fis signe de poursuivre.

— Le titre Mizuho n'en finit pas de dépérir en Bourse. Au plus haut, l'action valait un million de yens. Cent sept mille yens avant-hier. Dix-neuf mille yens hier. Combien ce soir ? Mizuho Holdings est lâché par les fonds de pension. Ils prennent la fuite. Maeda le sait. Il cherche une grosse cagnotte à plumer. Toutes les banques européennes et américaines ont été démarchées. Pas seulement le Crédit Général.

Catherine Bensimon s'arrêta net de parler. Une pensée comique lui traversait l'esprit. Elle en riait toute seule.

— Savez-vous à quoi s'occupent les équipes de Mizuho en pleine tempête boursière ? A étudier l'influence du signe astral sur les chances de gains aux jeux d'argent. L'histoire est authentique. Le département loterie de la banque a pondu une étude statistique sur le sujet. Il en ressort que les Capricorne sont les plus chanceux et les Gémeaux les plus malchanceux. Est-ce le genre d'actifs que nous voulons acquérir avec Mizuho ? Quelle belle pépite... Injustement sous-valorisée...

Le maniement de l'ironie horripilait Matthew Malburry. Presque autant que l'expression d'une conviction. Il se mit en rogne :

— Comme toujours, vous persiflez. Vous dénigrez. C'est une manie. Savez-vous faire autre chose, mademoiselle ? Non ! Vraiment, je vous plains. Vous ne devez pas vous faire beaucoup d'amis. Seriez-vous capable une seule fois dans votre lugubre existence de trouver une solution à un problème ? J'aimerais savoir par exemple comment il faudrait procéder pour sauver le système bancaire japonais de la banqueroute ? Nous vous écoutons...

La charge de Matthew Malburry meurtrissait Catherine Bensimon. Elle était déstabilisée.

— Je n'en sais rien...

Mama me prenait à témoin :

— Qu'est-ce que je te disais ? Jamais rien de positif... Que de la vitupération...

Catherine Bensimon voulait dire quelque chose. Nous la regardions. Elle hésitait. Nous attendions. Elle se lança :

— Nationaliser ! Il faudrait nationaliser. Mizuho et les autres conglomérats bancaires. C'est la seule solution. D'ailleurs la Banque du Japon a elle-même envisagé de...

Matthew se força à éclater de rire :

— Bah voyons ! Vive l'économie planifiée. Des soviets nippons partout. Proclamation de la République démocratique et populaire du Japon. « Debout les damnés de la terre, debout les forçats de la faim. »

Mama levait le poing en chantant. La chamaillerie dégénérait. Il était temps que j'intervienne :

— Suffit ! Bouclez-la. Tous les deux. Ecoutez-moi,

maintenant. Mademoiselle Bensimon a d'excellents arguments. Mais ce sont toujours les mêmes. Le Japon ne lui réussit pas, voilà ce que j'en conclus. Quant à toi, Matthew, il faut te décider. Pour ou contre le rachat de Mizuho ? Je n'ai toujours pas compris ta position. Et je m'en fous, pour te dire la vérité. Car ma résolution est prise. Je veux Mizuho Holdings. A dix-neuf mille yens par action, c'est une affaire en or. Je ne la laisserai pas filer. Si Maeda est pris à la gorge, tant mieux. Il ne pourra pas refuser mon offre.

Personne ne bronchait. Il ne me restait plus qu'à conclure :

— Dans la bataille qui s'annonce, je ne veux autour de moi que des collaborateurs hardis. Des guerriers.

Je me tournai vers Mama :

— Tu y crois au rachat de Mizuho ?

— Oui...

— Sûr ?

— Oui...

— Alors, dis-le.

— Oui, j'y crois...

— Plus d'ardeur !

— J'y crois...

— Plus fort !

— J'y crois.

— Encore !

— J'y crois !

— Très bien...

Matthew tremblait. Je le laissais se ragaillardir dans son coin. J'attaquais Catherine Bensimon :

— Vous la voulez, cette banque ?

— Je...

— Vous la voulez ?

— En fait...

— Dites : « Je la veux ! »

— Je ne...

442

— « Je la veux ! »

— C'est-à-dire que...

— Cessez de tournicoter. « Je la veux ! » Proclamez : « Je la veux ! »

Catherine Bensimon se leva de son siège. Elle allait décamper. Je la retins par le bras :

— Je vous démets de vos fonctions. Vous resterez à Londres. Ne vous occupez plus du Japon. Pour autant, je vous interdis de quitter le Crédit Général. Vous connaissez nos secrets d'affaires. Nos projets sur Mizuho. Je ne tiens pas à ce que vous soyez délivrée de vos obligations de confidentialité. Si vous tentez de partir, je vous pourchasserai. Vous ne pourrez plus jamais travailler dans la finance.

— Une Berufsverbot ?

— Exactement.

Je toisai Catherine Bensimon des pieds à la tête en faisant une halte à la taille.

— Evitez à l'avenir les tenues indécentes.

Elle disparut vers le fond de l'appareil. Les jeunes banquiers d'élite qui la voyaient revenir lui réservèrent un accueil compatissant.

Matthew Malburry restait hébété dans son fauteuil. Les yeux grands ouverts. L'intellect dérapant dans une mauvaise descente d'acide. Il n'était plus en état de poursuivre notre réunion de travail. Je renonçai à le ramener à la surface.

Par le hublot de l'avion, je contemplais l'horizon. De la brume d'altitude nous encerclait. Je ne savais plus où nous étions, ni dans quelle direction nous allions. J'étouffais dans cette carlingue où l'on m'avait séquestré depuis deux jours.

Matthew Malburry se rétablissait petit à petit de sa crise de tétanie.

— De quel signe astral es-tu ? marmonna-t-il.

— Gémeaux... Et toi ?

— Gémeaux aussi...

— Ah...

Malgré les interrogations superstitieuses de Matthew Malburry, je me laissai chavirer dans un sommeil profond.

Je n'en sortis qu'une fois arrivé à l'aéroport du Bourget. La porte de l'avion était grande ouverte. Il n'y avait plus personne à l'intérieur. Je descendis la passerelle. Les jeunes banquiers se dégourdissaient les jambes sur le tarmac avant de redécoller vers Tokyo. Catherine Bensimon avait déjà disparu.

Matthew Malburry s'approcha de moi :

— Le Nikkei a clôturé en baisse de seize pour cent tout à l'heure. Une hécatombe...

— Et Mizuho ?

— Le vrai bouillon : moins vingt-six pour cent à quatorze mille yens.

— Rappelle Maeda dès que je t'aurai donné le feu vert. Propose-lui dix-neuf mille yens, plus trente pour cent. Comme convenu.

— Ce sera fait... Promis.

Je le saluai. J'avançai vers la limousine qui m'attendait un peu plus loin. Mama me courut derrière :

— Marc ! Marc ! Nous n'avons pas parlé de la publication quotidienne des résultats de la banque. Ni de la rentabilité à vingt-cinq pour cent. Que dois-je faire ?

— Je te l'ai dit. Ce sont désormais tes missions. Tu en as l'entière responsabilité. Tiens-moi au courant...

Matthew était pris d'une bouffée d'angoisse. Encore une. Ce n'était pas son jour.

Je lui tapotai la joue :

— Tu y arriveras...

Il n'avait pas eu le temps de reculer son visage. Un attouchement s'était produit entre deux parties de nos

444

corps. Depuis combien de temps n'avait-il pas partagé une telle intimité avec un être humain ?

Je m'engouffrai dans la limousine et Matthew dans le Falcon 7X. Direction : la maison pour moi, le Japon pour lui. Chacun chez soi.

## 46

Tandis que je survolais le monde de la finance, Diane s'abîmait dans celui de la mode. Aucune occupation ne parvenait à la divertir en dehors des défilés, des top-models, des créateurs, des paillettes et des magazines qui leur étaient consacrés. Tout le reste devenait insignifiant à ses yeux. Y compris moi, son époux. Gabriel, son fils unique. La science, sa vocation. Le bouddhisme, sa cause. Famille, travail et spiritualité sortaient de son univers. Elle n'en avait plus que pour la haute couture.

La décadence morale de Diane se mesurait à l'amaigrissement de son corps. La femme costaude d'antan avait dégonflé d'une bonne vingtaine de kilos en quelques mois. Les robustes rondeurs des jambes, des fesses et de la poitrine s'étaient aplaties. Sa peau flasque pendait désormais sur les os comme les rideaux en velours d'un théâtre à l'abandon. Au touché, Diane était mollasse et poussiéreuse. La fonte des graisses révélait une anatomie épuisée. L'intérieur des cuisses en pâte de guimauve. Le cul en marmelade. Le ventre en gélatine. Les seins en chute libre. A poil, Diane avait l'air d'un épouvantail recouvert de lambeaux de chair.

Quel péché devait-elle expier pour s'enlaidir ainsi ? La détérioration physique de Diane coïncidait avec l'aveu de son immoralité de jeunesse. Lorsqu'elle m'avait confessé que notre rencontre résultait d'un pari idiot entre quatre petites suceuses excitées par la bite virevoltante d'un Chippendale en représentation. Seule la préservation de ce secret honteux avait rendu possible notre mariage. Sa divulgation ultérieure ne pouvait que provoquer notre divorce.

Le destin rattrapait Diane. Il ne faisait désormais plus aucun doute qu'elle allait périr par où elle avait fauté. Le moment approchait. Nassim m'aiderait à tout faire péter.

Pour occuper son désœuvrement, Diane s'était enrôlée dans une curieuse armée des ombres. On les appelait les « Duchesses de Windsor » parce qu'elles en avaient adopté la devise : « A woman can never be too rich or too thin. » Le clan des « Duchesses » ou des « Windsor », comme disaient les initiées, se composait d'une vingtaine de matriarches méchantes et ultra-sectaires. Les conditions d'adhésion qu'elles avaient édictées résumaient la ligne du groupe. Etre âgée de plus de soixante-dix ans. Etre mince. Etre oisive. Avoir été répudiée par son mari. Avoir récupéré la moitié de son immense fortune. Haïr sa seconde épouse. Ne jamais s'être remariée. Exercer une influence dans les milieux de la mode.

C'est dire si les candidates au ralliement étaient nombreuses.

Bien que Diane ne remplisse encore aucune des conditions requises, à part la dernière, personne ne doutait qu'elle y parviendrait bientôt avec panache. Par anticipation sur sa condition future, elle avait d'abord été admise chez les Duchesses en tant que sympathisante. Un peu plus tard, elle était devenue membre de plein exercice à titre dérogatoire. En contrepartie, Diane devait recevoir la troupe tous les jours, samedis et dimanches compris. C'était la tradition pour les nouvelles adhérentes. Ainsi les Windsor avaient-elles pris l'habitude de se retrouver à notre domicile dès dix-sept heures ; ce qui correspondait pour elles au début de la matinée. Il y avait là des acheteuses fidèles de maisons de haute couture, des rabatteuses de clientes jet-set, d'anciennes rédactrices en chef de *Vogue*, des mannequins d'après-guerre, des ex-relations publiques de couturiers, des stylistes à la retraite, des vieilles gloires de la photographie fashion. Une fois au complet, les Duchesses se barricadaient dans nos salons de réception. Elles verrouillaient les portes. Tiraient les rideaux. Débouchaient les bouteilles de vodka, de schnaps et d'aquavit. On ne buvait que des tord-boyaux dans la bande. Les liqueurs de femme étaient mal vues.

Les réunions des Windsor se tenaient en secret. Personne n'avait l'autorisation de les déranger, même en cas de force majeure. A quoi s'occupaient-elles ? Je l'ignorais. Certains week-ends, je les croisais à la sortie de leur tanière. Aucune d'entre elles ne venait me saluer. Elles s'échappaient comme les mortes-vivantes d'un cimetière hanté. Hagardes, les rides creusées, les yeux injectés de sang, les cernes en dessous, les vêtements débraillés, les mises en plis hérissées. Le passe-temps mystérieux des vieilles dingos m'intriguait.

Comme Diane refusait de me renseigner sur les activités du groupe, j'avais interrogé Gabriel, le témoin quotidien de ces réunions bizarres. Il était incapable de me répondre. Cloîtré dans sa chambre des heures durant, c'était à peine s'il avait remarqué les allées et venues d'alcooliques décrépites dans l'appartement. Depuis que je lui avais ramené du Japon un exemplaire exclusif de Brutality DeathKid, Gabriel se foutait bien de sa famille et du reste du monde. Un holocauste bactériologique antigéronte aurait pu se produire dans le salon d'à côté qu'il ne s'en serait pas aperçu. Seul comptait le nombre d'adolescents torturés, puis exterminés par PolPot en fin de journée. Gabriel liquidait en moyenne cinq collèges au complet. Jamais moins. Le soir, ses mains tremblaient tellement elles avaient reçu de décharges électriques.

Les manettes de jeu lui brûlaient les doigts. Il était contraint à l'abandon. Les massacres ludovirtuels s'arrêtaient enfin.

Gabriel grandissait ainsi à l'isolement derrière ses écrans de télévision. S'électrocutant le cerveau des dizaines de fois par jour. Quand je prêtais attention à son existence, je découvrais sa rapide métamorphose. Il mûrissait vite. C'était presque un adulte maintenant. Avec un visage déjà marqué par l'âge. Comme vieilli d'avance.

La seule confession que j'avais pu arracher de Diane sur ses nouvelles fréquentations concernait l'identité de la gourou des Windsor. La vioque en question s'appelait Rosa de Luxembourg. Luxembourg avec une particule ; elle y tenait beaucoup. Quiconque l'oubliait se voyait traîné devant les tribunaux pour dénigrement.

Diane me parlait avec une immense admiration de cette femme de quatre-vingt-six ans qui était intervenue en sa faveur pour qu'elle devienne membre de la confrérie des Duchesses. Rosa de Luxembourg dédiait sa vie à la noce et à la mode depuis qu'elle avait divorcé, un demi-siècle plus tôt, de l'héritier par primogéniture de la famille des Luxembourg. D'après les rares témoignages de l'époque, le jeune ménage s'était désagrégé du jour au lendemain. Personne n'avait jamais su les raisons véritables de la séparation des Luxembourg. Rosa se taisait sur ce chapitre noir de son passé. Elle vivait avec son secret et la moitié de la considérable fortune de son ex-mari, un prince du secret bancaire.

Au fil du temps, Rosa de Luxembourg s'était érigée en papesse de la haute couture parisienne. Elle consacrait beaucoup d'argent à sa garde-robe grâce à des placements lucratifs dans des fonds de pension luxembourgeois défiscalisés. Son goût vestimentaire était réputé infaillible. Les clientes solvables prenaient l'habitude de s'y fier. Rosa devenait ainsi une prescriptrice influente de la place. On la consultait dans les ateliers, on la conviait dans les show-rooms, on l'interviewait dans les journaux. Une petite cour de divorcées pleines aux as se formait autour d'elle. Leurs réunions se tenaient d'abord une fois par semaine. Puis tous les jours parce que les Duchesses n'avaient rien d'autre à faire. Elles picolaient de l'eau-de-vie, elles délibéraient sur les collections, elles ragotaient sur les mannequins, elles médisaient sur la terre entière.

Parce qu'elles représentaient la moitié du chiffre d'affaires de la haute couture et qu'elles influençaient l'autre moitié, les Windsor faisaient régner la terreur sur le secteur. Il était défendu de les contrarier ou de les mécontenter. Un modèle, une coupe, une tendance n'avait aucune chance de percer sans leur assentiment. Les couturiers dissidents étaient chassés de la scène parisienne. Les récidivistes de la désobéissance étaient fusillés au petit matin. Il ne fallait pas plaisanter avec les oukases du Politburo de la mode.

Le magistère des gérontes n'était jamais aussi tyrannique qu'au moment des collections. Il n'y avait que deux saisons dans la vie des Windsor : printemps-été et automne-hiver. Rosa de Luxembourg conduisait alors ses fidèles aux défilés. Elles raboulaient en cortège majestueux, toujours avec une heure de retard. Des jeunes gens ébouriffés les accompagnaient. Ils parlaient italien et portaient des costumes plus moulants que mes Paul Smith. La foule s'écartait sur leur passage. Comme l'exigeait l'étiquette, on installait les Duchesses au premier rang, et leur escorte juste derrière elles. L'assistance se bousculait pour venir les saluer. Les embrassades duraient une bonne demi-heure. Le show ne commençait qu'après.

Pour ces grandes occasions biannuelles, les Windsor

sortaient le gros matos. Elles accrochaient à leurs vieilles carcasses des rivières de diamants, des broches en or, des boucles d'oreilles en perle, des boas en plumes, des étoles dorées, des toques multicolores. Ça scintillait comme à Broadway. Car il fallait s'afficher excentrique en terre people. C'était une obligation sociale. Les Duchesses avaient un rang à tenir, celui d'effrontées qui pouvaient se permettre toutes les fantaisies. Elles entendaient ainsi affirmer le droit inaliénable au fun que leur conféraient l'âge et la richesse. Il était interdit aux jeunes générations de leur faire de l'ombre ; elles n'avaient qu'à attendre leur tour.

Cette année, Rosa de Luxembourg semblait au premier abord avoir opté pour la sobriété. Elle s'était contentée de se coller sur le nez d'immenses lunettes de soleil en forme arrondie qui lui couvraient le front et une partie des joues. « Ne trouvez-vous pas que je ressemble à la mère de Yoko Ono en vacances à la neige ? » demandait-elle à la cantonade. Un sens de l'autodérision aussi rock and roll bluffait Diane. Mais pour apprécier l'étendue de son génie provocateur, il fallait s'approcher tout près de Rosa. On remarquait alors qu'elle s'était fait tatouer de minuscules codes-barres, surmontés du prix en dollars des opérations de chirurgie plastique qu'elle avait toujours refusé de pratiquer. Elle méprisait les artifices de la liposuccion, des implants, des liftings et des injections de Botox. Si elle exécrait la jeunesse, ce n'était pas pour chercher à lui ressembler. Rosa de Luxembourg voulait témoigner dans sa chair de son engagement militant en faveur du vieillissement naturel. Des dizaines de tatouages mouchetaient son visage et son corps. Les yeux, les joues, la bouche, le cou, les seins, les bras, le ventre, les fesses, les cuisses, et même les genoux. Elle soulevait sa jupe ou son chemisier à qui voulait vérifier qu'aucun emplacement n'avait été oublié. Les femmes retapées n'osaient plus se montrer.

De son côté, Diane avait tenté un coup d'éclat pour sa première sortie de la saison en tant que membre des Windsor. Elle avait demandé à Jean-Paul Gaultier de lui créer un long manteau de fourrure en motif écossais. A dominante rouge vif. Le résultat était stupéfiant. Une prouesse technique. Du jamais-vu à Paris. Le motif écossais atteignait des sommets d'impertinence. Diane accomplissait l'œuvre d'une vie. En la voyant apparaître dans cet accoutrement, Rosa de Luxembourg avait été fière de sa nouvelle recrue.

Lorsque le défilé démarrait, les Duchesses cessaient de s'intéresser à la haute couture. Les modèles leur importaient peu puisqu'elles auraient droit, pendant six mois, à des présentations privées dans les salons des couturiers. Ce qu'elles venaient voir, c'était la chair tendre des mannequins. Elles examinaient les mollets de coq, les culs microscopiques, les ventres creux, les seins pointés vers le ciel. Ces corps d'adolescentes, qui ne seraient plus jamais les leurs, les faisaient vomir. Comment tant de fraîcheur avait-il le toupet de s'exposer en public ? L'impudence de la belle jeunesse méritait châtiment. Les Windsor s'y employaient en repérant les tares physiques des top-models. Acné à la joue, bleu à la cuisse, cellulite à la fesse. Elles les montraient du doigt. Elles s'en plaignaient à voix haute. Mais le plus vengeur, c'était quand une fille manquait de se vautrer sur le podium à cause des talons aiguilles. Quelle consolation pour les vieilles chouettes de voir un joli flamant rose se casser la patte !

Lorsque le show s'achevait, les Duchesses se regroupaient derrière Rosa de Luxembourg et partaient en procession vers les coulisses. Leur arrivée était théâtrale.

Tous les regards se tournaient vers elles. L'agitation de fin de défilé s'interrompait. Mannequins, habilleuses, couturières, maquilleuses, coiffeuses cessaient leurs conversations. Rosa toisait l'assistance. Puis elle s'exclamait : « Il y a de la chatte ici ! » Tout le monde se mettait à rigoler. Aussi fort que possible. Ah, ah, ah ! « De la chatte ! Elle a dit : de la chatte ! » « C'est dingue. » Ah, ah, ah ! « Elle nous fera mourir de rire. » Tandis que l'on se boyautait, Rosa s'avançait au milieu des portants. Elle glissait quelques billets dans les strings des filles qui se changeaient. Elle leur tapotait les fesses. « Surveille ta peau, mon petit. Surveille ton poids. » Les filles encaissaient sans rien dire.

Alerté par un assistant zélé, le couturier-vedette accourait. Il était anxieux. Son sort allait se jouer maintenant. Rosa avait-elle aimé la nouvelle collection ? On ne savait pas encore. La tension montait. Puis le prononcé de la sentence rendu par la Haute Cour des Windsor tombait : « Un peu mieux que l'an dernier. » Le couturier laissait éclater sa joie. C'était un triomphe. La Luxembourg avait a-do-ré. On applaudissait, on criait, on se congratulait. Le créateur prenait Rosa dans ses bras. La soulevait du sol. La faisait tournoyer en l'air. L'embrassait sur la bouche. La vieille carne se laissait faire. A sa suite, toutes les Duchesses y passaient. Félicitations, accolades, baisers. La rumeur se répandait dans Paris. « Karl au top ! » « Tom au top ! » « John au top ! » « Azzedine au top ! » « Emmanuel au top ! » « Christian au top ! »

C'était ce que Diane adorait dans le milieu de la mode : on n'y côtoyait que des gens au top.

## 47

La saison des défilés se terminait. La fièvre redescendait. L'oisiveté gouvernait à nouveau la vie des Windsor.

Elles étaient de retour à la maison. Tous les jours à dix-sept heures pile. Elles débarquaient en groupe. Se séquestraient. S'enivraient. Le rituel énigmatique n'avait pas varié. En début de soirée, les Duchesses s'échappaient de leur boxon. C'était l'heure de rejoindre les vernissages, les cocktails, les avant-premières, les dîners. Puis les surprises-parties et les boîtes de nuit. La nouba finissait au petit matin. Diane avait du mal à retrouver le chemin du lit conjugal.

Elle croisait parfois Gabriel de bonne heure. Mon fils se réveillait tôt. Il ne concevait pas de démarrer la journée sans se griller les neurones avec Brutality DeathKid. Quelques meurtres d'adolescents avant de se rendre au collège. Au moins Gabriel ne s'attardait-il pas sur les titubations de sa mère dans les couloirs de l'appartement familial. De même, Diane n'avait-elle pas assez de lucidité pour remarquer que l'adoration de son fils à l'égard de PolPot finissait par déteindre sur son visage. Une curieuse ressemblance physique s'esquissait. Gabriel avait de plus en plus la tête d'un persécuteur sénile.

Si mon fils parvenait à s'accommoder des absences de sa mère, je me laissais envahir petit à petit par l'exaspération. Que fabriquait Diane ? Où ses virées la menaient-elles ? Ne passait-elle ses nuits qu'avec des douairières ? Au bénéfice de quels intérêts maigrissait-elle autant ? Quelque chose clochait. J'étais d'autant plus furax que Diane ne me faisait jamais profiter de son ivresse. Elle se refusait à moi malgré mes tentatives répétées lors de ses retours matinaux. Elle me repoussait systématiquement avant de chavirer dans un coma éthylique.

Un dimanche aux aurores, peu de temps après mon retour du Japon, j'avais tenté une nouvelle approche. Diane s'était écroulée sur notre lit. Il devait être cinq heures du matin. Elle sentait l'alcool. C'était le moment d'en profiter. Elle consentirait à tout. Ne se rendrait compte de rien. J'avançai la main. Diane était nue. Elle me tournait le dos. J'attrapai une hanche. Je poursuivis jusqu'au nombril. Je descendis vers l'entrecuisse. Le bras de Diane me barra l'accès. Je forçai le passage. Je butai contre sa main. Elle occupait toute la place. Elle se caressait. Ça m'excitait. J'essayai de glisser deux ou trois doigts. « A quoi tu penses ? » Diane ne répondit pas. « A quoi tu penses ? » Diane se démenait. Elle prenait du plaisir. « A quoi tu penses ? » Je sentais les poils du pubis sous mes doigts. « Je pense à... » Des tremblements agitaient la main de Diane. J'insistais : « A quoi tu penses ? » Les doigts de Diane étaient trempés. Les ongles ruisselants. « Raconte-moi... » Les tremblements se propageaient de la main au bras, et du bras au reste du corps. « J'imagine que... » La volupté s'amplifiait. « Vas-y, dis-moi. » Elle se triturait. « Richard... » « Qui ? » Diane s'approchait du bonheur. « Prends-moi, Richard. » « Richard ? Encore lui ? » Elle se cabrait. « Mon bonze ! » « Mon quoi ? » Elle suffoquait. « Défonce-moi ! » Elle ruait. « Mets-moi des grands coups de gong ! » L'orgasme se déclenchait. « Gong ! Gong ! » Un cri. « Dalaï ! » Un autre cri. « Nirvana ! »

Un râle. Puis plus rien. La frénésie s'arrêta net. Le corps de Diane se relâchait. C'était fini pour elle. « Tu as joui ? » Diane peinait à reprendre son souffle. « C'était bien ? » Diane gémissait. « Cochon de bouddha... » Elle grelottait. « Mon karma t'appartient... » Je prenais Diane dans mes bras. Elle soupirait. Je me collais contre elle. Je me sentais vaillant. La libido prête à en découdre. Je pelotais Diane. Partout sur le corps. Diane me laissait opérer. « Ça te plaît ? » Silence. Je m'animais. « Encore ? » Elle ne réagissait pas. « Tu veux ? » Calme plat. Je m'interrompis. Que se passait-il ? « Diane ? » Je la bousculai. « Diane ? » Je la retournai. « Tu dors ? » Je la dévisageai. Diane dormait. La bouche ouverte. Je reniflai son haleine. J'entendis son ronflement. « Réveille-toi. » Je lui attrapai un sein, je ne sentais que ses côtes. « Fais un petit effort. » Je lui attrapai une fesse, je ne sentais que son coccyx. « Debout. » Pas de réaction. Diane avait perdu connaissance. Je la relâchai. Elle gisait désarticulée sur le matelas.

Voilà avec quoi je partageais désormais ma vie : un corps osseux et inerte. Sans plus aucune valeur d'usage.

La nuit se prolongeait. Cinq heures dix. Je ne trouvais pas le sommeil. Cinq heures trente. J'étais toujours éveillé. Six heures. Diane avait dit « Richard » juste avant de jouir. Six heures trente. Elle l'avait même appelé « mon bonze » quand elle atteignait le climax du plaisir. Sept heures. Elle osait convoquer l'amant de ses fantasmes. Son « cochon de bouddha ». Sept heures trente. Et pourquoi pas une troupe de Chippendales, tant qu'elle y était ? Femme dépravée.

Huit heures du matin. Ma fureur m'empêchait de dormir. J'étais exténué. Diane me cocufiait avec un gigolo. Dans notre lit conjugal. Quelle abjection ! Ne comprenait-elle pas qu'elle n'était plus qu'une épouse sursitaire ? Qu'il valait mieux pour elle demeurer irréprochable tant que ma décision de la chasser n'était pas prise ?

J'écartai les draps. Je m'extirpai du lit. Diane roupillait toujours. Paisible. Je la bousculai un peu. La cadence du ronflement s'était à peine déréglée. Je me penchai tout près de son oreille. J'allais hurler : « Immondice ! » J'inspirai un grand coup. Des bruits de pas me parvinrent alors du couloir. Je levai la tête. J'écoutai. Gabriel déambulait dans l'appartement. Il m'obligeait à différer ma vengeance contre Diane. Elle avait de la chance.

Les contrariétés de la nuit m'avaient mis en rage. Il fallait que j'agisse. Je sortis de la chambre. J'appelai Jean Rameur. « Venez tout de suite à mon bureau. » Je m'habillai. Je claquai la porte en partant.

Au siège du Crédit Général, les cadres sup turbinaient déjà. Depuis l'hécatombe du plan social de la banque, il était bien vu de travailler le dimanche. Dès huit heures trente. Pour témoigner de son ardeur. Les salariés que je croisais essayaient de se faire remarquer. Ils songeaient aux bonus de fin d'année.

Jean Rameur arriva peu de temps après moi. Quand il entra dans mon bureau, je vis apparaître une serpillière humaine. Jean Rameur était en charpie. La poche de veste déchirée. La chemise boutonnée jeudi avec vendredi. La braguette ouverte. Les cheveux huilés à la crasse. Les paupières collées par des sécrétions séchées. Les lèvres noircies par le goudron des Camel. Une croûte de croissant au beurre pendouillait aux poils de la barbe.

Je regrettai de l'avoir fait venir. M'infliger pareil trauma sensoriel un dimanche matin. Après une nuit de tourments.

Jean Rameur s'assit. Il attrapa une cigarette coincée derrière son oreille. J'ouvris grande la fenêtre du bureau. En finir avec lui le plus vite possible, me dis-je.

— Mettez-vous sur ma femme...

Jean Rameur n'avait pas saisi.

— Oui, enquêtez sur elle... Fréquentations, occupations...

— Un amant ?

— Possible...

— Un nom ?

— Oui... Enfin, non... Je ne suis pas sûr...

— Oui ou non ?

— Non.

Jean Rameur se leva :

— Tout sur la vie privée de votre dame... Parfait... Rien d'autre ? Vous ne voulez plus que je flique...

Il sortit le vieux calepin où il consignait ses notes. Il retrouva la bonne page :

— Ceux dont vous m'aviez parlé : Richard de Suze, Dittmar Rigule, Matthew Malburry, Jean-Marie Colombani, Rupert Murdoch, Bill Gates... Parce que je pourrais...

— Non. Ma femme. C'est prioritaire.

— Comme vous voudrez...

Jean Rameur me tendit la main. Pour m'éviter de la serrer, je lui posai une question :

— Qu'en est-il de Christian Craillon ? Vous n'avez pas ramené grand-chose sur son compte... Vous le voyez comme je vous l'avais demandé ?

— Oui, oui... De temps en temps. RAS.

— Pas de propos hostiles à mon égard ?

— Je n'en ai jamais entendu dans sa bouche.

— A-t-il évoqué le parrainage d'un festival international de poésie dans le Vercors ? Une affaire qui aurait capoté à cause de moi...

— Le Vercors ? Non. En revanche, il s'est entiché de la Papouasie-Nouvelle-Guinée. Les hauts plateaux, les forêts marécageuses, les volcans en activité, les querelles tribales, les langues vernaculaires... Il est intarissable sur le sujet. Aucune raison de s'inquiéter...

458

J'étais apaisé. Je pouvais me débarrasser de Jean Rameur.

Il quitta mon bureau. Il n'avait pas eu le temps d'allumer sa cigarette. Ni de me serrer la main.


Un peu après dix-sept heures, je rentrai à la maison. Bien décidé à placer Diane en résidence surveillée. Par mesure conservatoire. Le temps que Jean Rameur boucle son enquête de moralité.

En arrivant, j'eus la surprise de constater que les Duchesses de Windsor étaient absentes. Diane aussi. Pourquoi la réunion quotidienne des vieilles chèvres ne se tenait-elle pas ? Je fis le tour de l'appartement. Il n'y avait personne à part Gabriel, qui n'était au courant de rien.

Sur ma table de travail, je finis par trouver un petit mot de Diane. « Je pars quelques jours pour Milan », m'écrivait-elle. « Voir les défilés. » La nouvelle me sidérait. Une fugue entre copines. Dans la festive Lombardie. S'enfuir ainsi sans prévenir. Déserter le domicile conjugal après l'adultère de la nuit précédente. Quelle outrecuidance !

Je déchirai le mot manuscrit en mille morceaux. Diane me baratinait. Plus aucun doute possible. Elle me cachait quelque chose. Comment le découvrir ? Je tournais en rond. Le dressing de Diane. Je ne voyais que cette hypothèse. Diane savait que je n'y mettais jamais les pieds. C'était la cachette idéale.

Je me ruai au bout du couloir. J'entrai dans la pièce en trombe. J'ouvris les placards. Des kilomètres de penderies. Des montagnes de paires de chaussures. Des culottes, des soutiens-gorge, des porte-jarretelles à motif écossais. Que du luxe. Pour combien y en avait-il ? Un million d'euros ? Deux millions ? Trois, plus probablement. Je balançai les cintres à terre. J'évacuai les chaussures et la lingerie écossaise. Soudain, au fond d'un placard, je repérai des dizaines de petites boîtes empilées les unes sur les autres. Je les attrapai. « Aides-minceurs », « antikilos », « inhibiteurs de la faim », « brûle-graisses », « modérateurs d'appétit », « substituts de repas », « compléments alimentaires », « sachets protéinés », « suppléments nutritifs », « éliminateurs de calories »...

J'avais mis la main sur l'arsenal complet d'une anorexique. J'ouvrais les boîtes. Je lisais les notices. « Milk-shake aux fibres de carapace de crustacés », « poudre aux extraits de cactus », « cocktail au jus de pruneaux », « lotion à la noix de kola », « capsules aux bactéries lactiques »... Il y avait aussi des pilules à la benzocaïne pour geler l'estomac, des ampoules au glucomannan pour le faire gonfler, des gélules à la Garcinia Cambogia pour « courber l'appétit », des comprimés de subitramine pour limiter la digestion des graisses...

J'arrêtai là ma perquisition. La planque recelait assez de preuves pour établir la dépendance de Diane aux drogues amaigrissantes. Je comprenais enfin par quels artifices elle s'était à ce point décharnée. Dans un laps de temps aussi court. A cause de toute cette pharmacie d'attrape-nigaud, je devais endurer le rabougrissement de ma femme. Je n'avais plus de chair à palper. Il fallait que ça cesse. Ce n'était pas en résidence surveillée que j'allais envoyer Diane. Mais en cure de désintoxication.

Je remis la camelote en place à l'intérieur du placard. D'ici à la fin de la semaine, Diane serait de retour d'Italie. Un sevrage radical débuterait aussitôt.


En fait de « quelques jours », l'absence de Diane dura plus d'un mois et demi. Elle m'avait informé de la prolongation de son séjour par une simple carte postale. Une photo de l'équipe de foot du Milan AC. Onze ragazzi ravissants. Bâtis comme des gladiateurs. Le muscle tonique. Le regard tourné vers le but. On aurait cru un flyer pour une représentation des Chippendales à San Siro.

Mon ressentiment à l'égard de Diane s'amplifiait jour après jour depuis que j'avais reçu sa carte postale obscène. Je téléphonais en permanence à Jean Rameur. « Qu'avez-vous trouvé ? » « Je progresse, laissez-moi encore un peu de temps. »

Six semaines s'écoulèrent ainsi. L'impatience me rongeait le moral. J'étais à bout de nerfs quand Jean Rameur m'appela enfin. Nous étions la veille du retour annoncé de Diane, aux alentours de dix-neuf heures. « J'ai beaucoup de choses à vous révéler », m'avertit-il. Comme je devais repasser par la maison avant de sortir, je lui demandai de m'y retrouver au plus vite.

Jean Rameur débarqua avec un gros sac en toile floqué Manix Extra Pleasure. Je le priai d'aller s'asseoir dans le grand salon de l'appartement, là où se déroulaient en temps normal les raouts des Duchesses de Windsor. Je l'avertis : « Ne fumez pas ici. » Il me répondit : « J'ai arrêté. » Jean Rameur aurait-il décidé de prendre soin de sa personne ? Je l'inspectai. Son visage, ses cheveux, ses vêtements. Je le trouvai changé. Moins crapoteux que d'habitude. Pour ainsi dire présentable. Etait-il sur le chemin de la rédemption ?

Jean Rameur s'affala sur un canapé. Il posa à ses pieds son gros sac en toile.

— J'en ai appris de belles...

Il sortit son calepin écorné :

— Premièrement : Rosa Luxembourg...

— Rosa DE Luxembourg.

Jean Rameur corrigea son erreur au stylo-bille dans le petit carnet.

— Rosa DE Luxembourg... C'est rectifié... Connaissiez-vous ses antécédents ?

— M'intéressent pas. Parlez-moi de ma femme plutôt...

Jean Rameur insista :

— Cette Luxembourg exerce une immense influence sur la plus jeune des Duchesses de Windsor. Elle l'a envoûtée. Le comportement de votre épouse est désormais indissociable de l'histoire personnelle de Rosa de Luxembourg. Vous devriez écouter.

— Soit. Allez-y...

Jean Rameur m'était reconnaissant de pouvoir raconter ses découvertes sur la biographie de la Windsor en chef. Il semblait y avoir pris davantage d'intérêt qu'à celle de Diane.

— Voilà : la Luxembourg cache un secret. Parce qu'elle a commis une faute dans le passé. Une faute lourde dont on ne se relève pas. Tout avait bien commencé pourtant. Rosa avait épousé l'un des meilleurs partis d'Europe : l'héritier de Luxembourg. Un nom, une fortune, une position. Beau mariage pour une roturière originaire du Havre. Le couple est heureux et beau. Il fréquente la bonne société. Il festoie. Il voyage. C'est la dolce vita. Mais Rosa ne peut s'empêcher d'épier son monde d'adoption. Elle découvre les tares de l'élite. Constate la décadence des puissants. S'initie aux combines d'argent des nantis. Déplore les trahisons entre compères. Dans son journal intime, les anecdotes vécues s'accumulent. Elle se met à imaginer des saynètes de la vie parisienne. Puis des personnages. Puis une intrigue. Rosa s'invente une vocation littéraire. Se persuade de son talent. Et se lance dans l'écriture d'un roman. Monsieur de Luxembourg n'est pas mis au courant. Rosa s'isole pendant quatre ans. Un travail de galérien. Le couple bat de l'aile. Rosa s'en moque. Seul compte son pavé de six cents pages, qu'elle intitule *La Capitale*. Rosa n'y va pas avec le dos de la cuiller. Business, sexe, drogue et musique décadente dans le Paris jet-set de l'après-guerre. Elle balance tout. Les saloperies, les lâchetés, les dépravations, les orgies, les arnaques. On frise la diffamation à chaque page. D'autant que l'on y croise d'authentiques personnages de l'époque : les Wendel, les Peugeot, les Schlumberger, les Hermès, les Rothschild, les Bettencourt, les Dassault, les Bich, Coco Chanel, Hubert Beuve-Méry. Et toute une smala cosmopolite : John Davidson Rockefeller, Howard Hughes, Alfred Krupp, Johannes Thurn und Taxis, Gianni Agnelli, Lady Mountbatten, Gloria Guinness, le Maharadjah de Patiala, la Bégum, le roi Farouk d'Egypte... Et, bien sûr, la duchesse de Windsor, une bonne amie de Rosa.

Je stoppai Jean Rameur. Il me faisait perdre mon temps à énumérer le Bottin mondain des années cinquante. Quel était le rapport avec Diane ?

Jean Rameur me pria de l'excuser d'emprunter un si long détour. Il me garantissait que j'en verrais bientôt le bout.

Je l'autorisai à poursuivre. De toute façon, je n'écoutais plus que d'une oreille.

— Les maisons d'édition sollicitées détestent le manuscrit. « Barbant », « mal torché », « excessif », « caricatural », « vulgaire », « pornographique ». Bref, « à chier ». Personne n'en veut. Rosa s'acharne. Mais rien n'y fait. On la jette de partout. Elle désespère. Ce roman était devenu pour elle une aspiration vitale. La première étape, fantasmait-elle, d'une carrière littéraire. Découragée, elle sollicite un agent très puissant dans l'édition. Par amitié pour monsieur de Luxembourg, il accepte de parrainer le livre. Il rançonne Grasset qui, pour ne pas désobliger ledit agent, n'a d'autre choix que de publier *La Capitale*. Mais le jour de la signature du contrat, Rosa est prise d'un repentir. Peut-elle mêler le nom des Luxembourg à un roman nul et indécent ? Elle a entendu tellement de vacheries sur son manuscrit. Elle craint maintenant le courroux de son mari et les représailles de son milieu. Elle décide alors de prendre un pseudonyme. C'est dans un annuaire téléphonique d'Allemagne de l'Ouest que Rosa de Luxembourg trouvera par hasard le nom de Karl Liebknecht. Elle se l'approprie.

Je me curais les oreilles. Où m'emmenait Jean Rameur ? La banalité de la situation me crispait : se prendre pour un romancier et écrire un navet, c'était fréquent. Pas de quoi en faire des tartines. Pouvait-on revenir à Diane, le seul sujet qui me tracassait ?

Jean Rameur percevait mon agacement. Il prit les devants :

— J'accélère. J'ai presque fini. La sortie de *La Capitale* tourne à la déconfiture. Zéro critique, zéro vente. Le néant. Il ne se passe rien. Jusqu'au jour où un échotier de *France-Soir* apprend que derrière Karl Liebknecht se cache Rosa de Luxembourg. Il consacre un entrefilet à l'info. La phrase de conclusion est blessante : « *Le couple Rosa de Luxembourg-Karl Liebknecht ne restera pas dans l'histoire.* » La nouvelle passe inaperçue. Un seul la relève : le mari de Rosa. Il est sous le choc. Son épouse ? Ecrire une daube obscène. Cracher dans la soupe. Calomnier ses fréquentations. Pétocher du qu'en-dira-t-on. C'est tout ce que monsieur de Luxembourg méprise dans la vie : le ratage, l'ingratitude, la grossièreté, l'impudeur, la fourberie. La coupe est pleine, s'emporte-t-il. Rosa doit quitter le domicile conjugal sans tarder. Elle gardera son nom et son train de vie. Mais le mariage est rompu. Honteuse, Rosa ne proteste pas. Elle sait désormais à quoi s'en tenir. Elle ne sera plus une épouse ; elle ne sera jamais une romancière.

— Et donc ?

Ma question bousculait Jean Rameur. Mais cette fois, j'en avais plus que ras le bol. *France-Soir*, Karl Liebknecht, monsieur de Luxembourg. Quel défilé. Et Diane ? Que devenait-elle dans l'histoire ? Avais-je enfin le droit d'être renseigné sur ses secrets ?

J'avais cassé l'inspiration de Jean Rameur. Il avait du mal à se relancer.

— Et donc ? Où en étais-je... Ah, oui... Et donc, Rosa succombe à la...

— Ne prononcez plus ce nom ! J'en ai ma dose. Vous ai-je payé pour barboter dans les poubelles de Rosa de Luxembourg ? Non. Avouez plutôt que vous n'avez rien trouvé sur ma femme. Et partez d'ici.

Jean Rameur supportait toutes les offenses sauf le mépris pour ses compétences professionnelles. Il se rebiffa :

— Je connais mon métier, monsieur Tourneuillerie. Votre épouse s'est muée en une Rosa-bis. Percer le mystère de l'une, c'est accéder aux cachotteries de l'autre. Laissez-moi exposer les résultats de mon investigation. Car c'est beaucoup de boulot. Pour lequel vous ne m'avez pas encore versé un seul centime. Je termine mon topo. Si vous n'avez rien appris sur votre femme, je ne vous facturerai aucun honoraire. D'accord ?

J'acceptai le deal de Jean Rameur. Il reprit :

— Rosa succombe à la chnouf. Amphétamine, mescaline, et tous les dérivés de synthèse. Quatre ans de démence sous psychotropes. Exactement le temps nécessaire à l'écriture de *La Capitale*. Le voyage en enfer s'achève par la grâce d'une révélation inopinée. Ce jour-là, Rosa expérimente pour la première fois du LSD. Une ration de cheval sur un morceau de sucre. Les hallucinations se déclenchent aussitôt. Les pulsations cardiaques s'emballent. La température du corps grimpe. Des images embrouillées surgissent. Ce sont des visages. Rosa les reconnaît. Il y a là Beuve-Méry, Rockefeller, Krupp, Hermès. Ils arrivent. Par vagues hostiles. Thurn und Taxis, Farouk, Dassault, Hughes. Ils assiègent Rosa.

Elle suffoque. Agnelli, Bettencourt, le Maharadjah, Coco. Ils sont partout. C'est une invasion. Mountbatten, Peugeot, la Bégum, Rothschild. Les fantômes de *La Capitale* sont de retour. Ils attaquent. Ils braillent. Ils cognent. Rosa s'effondre. Bad trip. Elle ferme les yeux. Se bouche les oreilles. Implore le pardon des offenses. La fin est proche, s'effraye-t-elle. C'est alors qu'un tonnerre éclate. Rosa écarquille les yeux. Le flamboiement d'un éclair. La duchesse de Windsor jaillit. Les fantômes de *La Capitale* se récrient d'épouvante. « Pitié ! Pas elle ! » Ils reculent. Ils prennent peur. Ils s'enfuient. Les vociférations cessent. Les coups aussi. Le silence revient. Le calvaire aurait-il pris fin ? Rosa se redresse. La Windsor est éblouissante dans sa parure d'or. Elle pointe son index vers Rosa. « J'ai un message pour toi, déclare-t-elle. Ecoute. » Rosa tremble. Rosa sue. Mais Rosa écoute. « Ta pénitence s'achève aujourd'hui. Renonce à ton malheur. Si tu veux désormais survivre dans cet univers d'hommes, sache qu'une femme ne sera jamais assez riche, ni jamais assez mince. Jamais assez dépensière. Jamais assez divorcée. Assez méchante. Assez oisive. Assez noceuse. Assez futile. Assez dévergondée. Assez onaniste. » Rosa est émerveillée. Ses pupilles se dilatent. Good trip. La Windsor poursuit : « Tels sont les dix commandements de la femme du monde. Observe-les à la lettre. Et tu ressusciteras. » La Windsor sourit. Rosa avance la main vers elle. La Windsor recule. « Maintenant, jure-moi que tu délivreras ce message à nos sœurs. » Rosa hoche la tête. « Oui, je le jure. » La Windsor lui caresse les cheveux. Un tonnerre. Un éclair. Rosa est aveuglée. La Windsor n'est plus là. Où est-elle ? Elle a disparu. Rosa se retrouve à nouveau seule. Elle est désemparée. Elle perd la tête.

Je devais reconnaître que le récit de Jean Rameur m'avait embarqué. J'en oubliais Diane.

— Et ensuite ? demandai-je.

— Rosa se réveille après un long coma. C'est un zombie. Les quatre années de détresse l'ont vieillie et rapetissée. Mais le deuil de son couple et de sa vocation littéraire s'est enfin accompli. Rosa est métamorphosée. Une nouvelle vie commence. Avec, pour guide, les dix commandements de la duchesse. Et une mission à remplir : l'édification de ses semblables. Rosa choisit les milieux de la mode comme terre de prosélytisme. Elle investit la place en force. Son autorité s'y impose très vite. Elle recrute des fidèles et fonde le...

— Ne vous fatiguez pas. Je connais la suite... Le gang des Duchesses de Windsor, les réunions quotidiennes, les descentes dans les défilés de haute couture, le droit de vie ou de mort sur les créateurs... Diane m'a déjà tout raconté.

— Vous a-t-elle confié que Rosa l'avait intronisée comme successeur à la tête des Duchesses de Windsor ? La Luxembourg fonde de grands espoirs en votre épouse. C'est pour cette raison qu'elle lui a accordé un passe-droit lors de son adhésion... Seulement, il y a un hic...

— Diane n'a pas divorcé, c'est ça ?

— En partie. Rosa estime que votre femme est... comment dire... inaboutie. Pas assez de souffrances. Pas assez de déchirements. Une existence encore trop douce. Rosa travaille au malheur de votre épouse. Elle la pousse à la faute. Pour qu'un drame intime se produise... En attendant ce jour, Rosa la gave de coupe-faim. Parce que votre dame ne paraît pas assez famélique à son goût.

— Je suis au courant. J'ai découvert la cachette de Diane. Au fond d'un placard.

— Oh, non. Ça m'étonnerait. Je ne vous parle pas des produits bio qu'elle achète chez des charlatans et qu'elle stocke ici. Elle se charge aux drogues dures maintenant. Des anorexigènes... Très dangereux...

Jean Rameur sortit de sa poche une coupure de presse. Il la lut :

— « Les anorexigènes présentent des risques d'hémorragie cérébrale, d'attaque d'apoplexie, de toxicomanie, d'anxiété, de dépression, de tendances suicidaires, de paranoïa, et de psychose avec état délirant. » Ils sont aujourd'hui interdits presque partout.

Jean Rameur replia la coupure de presse.

— Rosa a trouvé une filière sur Internet pour se ravitailler en pilules amaigrissantes. C'est elle qui refile chaque jour sa dose à votre épouse. De la main à la main. Rosa lui a ordonné de ne plus peser que quarante kilos...

Diane, en miniature de quarante kilos ? A quelle monstruosité allait-elle ressembler ? Une Somalienne des beaux quartiers ? Un macchabée en tissu écossais ? Un santon des podiums ? Pourquoi se rendre à dessein aussi repoussante ? C'était indigne. Tout espoir de rédemption s'envolait. Il ne me resterait plus qu'à exécuter le châtiment dernier.


Jean Rameur attrapa le grand sac en toile floqué Manix Extra Pleasure qui était posé à ses pieds.

— Ce n'est pas fini...

Il ouvrit le sac. Il en sortit des cassettes vidéo.

— Voici ce qui me turlupine le plus. Il s'agit de films pornos... Pour se distraire, les Duchesses de Windsor se sont lancées dans la production de films X. Pas n'importe lesquels... Tournés exclusivement avec des amateurs dans des lieux insolites ou dangereux. Les titres sont plutôt loufoques.

Jean Rameur lisait les jaquettes :

— *Maxihard chez Microsoft*, qui se passe dans la chambre forte où le code source de Windows est protégé. *Lupanar à Kandahar* : des touristes scandinaves en goguette chez les mollahs d'Afghanistan. *L'Hymen place Tien Anmen* : les ébats de soldats chinois sous le portrait du Grand Timonier. *Les Mecs à La Mecque* : une orgie gay pendant le pèlerinage. *Les Cancans du Vatican*, en pleine curie. Et enfin, *L'Austère Monastère*, une histoire SM chez les bouddhistes du Tibet. Avec un sosie de Richard Gere. Saisissant. Une idée de votre femme, m'a-t-on dit.

Les calembours de collégiennes ne me faisaient pas rire. J'avais honte pour Diane. Une naufragée dans les marécages de la souillure morale. Elle déshonorait le nom qu'elle portait. Comme Rosa de Luxembourg un demi-siècle plus tôt.

Les vidéos s'étalaient maintenant sur le tapis du salon. Je les désignai :

— Qu'y a-t-il de répréhensible ?

— La plupart des acteurs ont été arrêtés. Torturés. Et exécutés.

Jean Rameur s'attendait à ce que je réagisse. Ce ne fut pas le cas. Il continua :

— Une dernière chose. Désormais, les Duchesses de Windsor se mettent elles-mêmes en scène. Pour une collection spéciale qui s'intitule *La Bourse*. Des pornos filmés en caméra DV dans le parking souterrain de la place de la Bourse. Le nouveau lieu de rendez-vous de toute la débauche parisienne, semble-t-il. Chaque sous-sol a sa spécialité.

Jean Rameur brandit trois cassettes vidéo.

— *Sévères Corrections à la Bourse*, au troisième sous-sol, celui des sado-masos. *Grosses Secousses à la Bourse*, au deuxième sous-sol, celui des partouzards. *Séance d'observation à la Bourse*, au premier sous-sol, celui des mateurs. Votre épouse joue dans le film. On la voit approcher en voiture décapotable avec Rosa. Plein de types viennent se masser autour d'elles pour...

— Stop ! gueulai-je. Je ne veux pas le savoir ! Rien

de tout ceci ne me regarde. Je ne suis pas responsable du vice des vieilles toquées.

Jean Rameur remballa les cassettes vidéo dans son grand sac en toile. Il leva la tête vers moi :

— Vous devriez vous méfier. Un personnage public comme vous. Un big boss de la finance. S'il arrive quoi que ce soit, on vous incriminera.

— Et pourquoi ? Ce serait injuste. Je suis innocent.

Jean Rameur regarda autour de lui. Il fit le tour complet du grand salon.

— Mais parce que... les films sont projetés ici même. Dans la pièce où nous sommes. Tous les jours à partir de dix-sept heures. Pourriez-vous prétendre que vous ne saviez pas ce qui se tramait chez vous ? Personne ne vous croira.

Je restai interdit. Les égarements de ma propre épouse mettraient-ils en péril ma carrière ? A écouter Jean Rameur, le risque existait. Raison de plus pour bazarder Diane. Je commençais à me faire une idée assez précise des circonstances. La pauvre, elle souffrirait. Elle ne s'en remettrait jamais. Si Rosa de Luxembourg escomptait que sa protégée subisse un jour prochain des dommages psychologiques irréversibles, elle allait être servie.

Jean Rameur plongea la main dans son sac Manix Extra Pleasure. Il en extirpa un épais dossier.

— Les écoutes de Catherine Bensimon. Elle est rasoir, la petite.

Je pris le dossier. Une seule information m'importait.

— A-t-elle évoqué les raisons de son éviction du Japon ?

— Elle a raconté à sa mère qu'on l'avait virée de l'équipe de choc de Matthew Malburry à Tokyo. Sans préciser les motifs.

— Elle n'a pas mentionné un raid sur la banque Mizuho ?

470

— Une seule fois. Le lendemain de son retour à Londres, il y a maintenant trois mois. Dans un mail adressé à Matthew Malburry, elle explique en long et en large que l'aventure Mizuho est une énorme connerie. Depuis, que dalle. Cette fille est une tombe. J'ai l'impression qu'elle n'est plus du tout motivée par son travail.

Je soupesais le dossier que m'avait remis Jean Rameur.

— Rien de croustillant dans tout ça ?

— Si. Une grande nouvelle. Catherine Bensimon a accepté un happy hour avec son patron, Stanley Greenball. Dans le pub qui se trouve juste à côté du Crédit Général UK. La date n'est pas encore fixée.

Le nain Greenball n'avait donc pas renoncé. J'aurai Catherine Bensimon à l'arraché, devait-il se dire.

— Continuez à la surveiller. Je veux savoir comment s'est passé l'apéro avec Greenball. Quant à ma femme, ne la lâchez pas d'une semelle. Idem pour Christian Craillon.

— C'est tout ? m'interrogea Jean Rameur.

— Envoyez-moi votre note d'honoraires.

## 48

J'entrais dans le bar de l'Hôtel Plaza Athénée, avenue Montaigne à Paris. Si tout se passait comme prévu, je devais en ressortir immensément riche. J'attendais ce moment depuis si longtemps.

Les regards se tournaient vers moi. Les conversations s'interrompaient. Deux ou trois clients me désignaient du doigt. M'avait-on reconnu dans l'assistance ? C'était probable. « Il y aura plein de petites minettes de la finance, m'avait prévenu Dittmar Rigule. Des célibataires dans la trentaine qui viennent ici dilapider leur premier plan de stock-options. Vous serez la star au milieu de ses groupies. » L'argument m'avait convaincu. J'acceptai de retrouver Dittmar en bas plutôt que dans sa Suite Prestige, au dernier étage du palace.

Le bar du Plaza était un boui-boui d'élite. Eclairages bleus et orange fluo. Fauteuils couleur taupe. Musique ultra-sophistiquée. J'avais l'impression d'entrer dans une compil des lieux groovy de New York, Los Angeles, Londres et Ibiza. Un syncrétisme global du bon goût universel. On se sentait entre nous. Je regrettais seulement de ne pas avoir mis l'un de mes costumes Paul Smith.

Une serveuse black en veste Mao vint à ma rencontre. La dégaine aussi accueillante qu'une Khmer rouge à l'entrée d'un camp de rééducation. Elle se déhancha sur la droite avant de me poser une question. Je n'avais pas entendu à cause du volume sonore de la musique.

« Etes-vous à l'hôtel ? » répéta-t-elle plus fort. « Non. » « Installez-vous au fond. Les tables de devant sont réservées. » La serveuse n'avait pas reconnu en moi le Gatsby du Crédit Général. Elle me traitait comme un trader de base.

J'obtempérai pourtant. Je m'exilai au fond de la salle. A la table voisine de la mienne, deux jeunes femmes en tailleur près du corps sirotaient du Martini Bianco avec des olives. Je les épiai. Elles potassaient *Les Inrockuptibles*, Stabilo Boss en main. Les disques, les films, les livres, les conceptions du monde. Ce qu'il fallait encenser et ce qu'il fallait honnir. Les deux jeunes femmes apprenaient tout par cœur comme dans un polycopié de finance. Histoire de se préparer aux confrontations idéologiques qui agiteraient leur dîner entre camarades d'école de commerce dans un restaurant fusion-food du huitième arrondissement.

Dittmar Rigule avait un quart d'heure de retard à notre rendez-vous. Marilyne venait de m'en informer à l'instant précis où ma voiture me déposait devant le Plaza Athénée. J'avais laissé éclater ma colère. Depuis trois mois que je poireautais. Sans aucune nouvelle de Dittmar. Pas même une seule conversation téléphonique avec lui. Ce quart d'heure d'attente supplémentaire serait une torture. Les deux cents millions d'euros qui m'étaient promis pouvaient-ils encore m'échapper ? Il fallait rester vigilant. On avait déjà vu des meccanos financiers s'écrouler au dernier moment.

Pour m'occuper, j'avais gardé avec moi la copie du mail adressé par Catherine Bensimon à Matthew Malburry sur l'affaire Mizuho Holdings. Trois jours plus tôt à la maison, Jean Rameur m'avait signalé ce document dans le gros dossier sur les écoutes de ma JAP.

La serveuse black se pointa. Je levai la tête. L'espace d'un fulgurant instant, je crus voir Nassim.

La musique était tellement forte que la serveuse devait m'aboyer dans les oreilles pour se faire entendre :

— Que désirez-vous boire ?

— Un pastis... Dites-moi, c'est quoi cette musique ?

— Je ne sais pas, monsieur. Je suis nouvelle ici. Je vais me renseigner.

L'obscurité du bar compliquait ma lecture. J'étais contraint de me pencher en arrière à la recherche d'un peu de lumière. Le mail avait été posté depuis le Crédit Général UK. Dans ce qu'elle présentait comme son « *testament* », Catherine Bensimon voulait adresser à sa direction une « *ultime mise en garde* » sur la stratégie de la banque au Japon. L'opération Mizuho suscitait toujours « *ses plus vives réserves* ». Elle regrettait que son éviction « *brutale* » ne lui ait pas permis de les « *exposer plus sereinement* ».

Toujours aussi illuminée, ma JAP. Si elle savait à quel point on s'en tapait de ses « *réserves* ».

Je scrutai l'entrée du bar. Nul Dittmar. Je repris la lecture du mail de Catherine Bensimon. Des pages et des pages d'arguments réchauffés pour la quinzième fois. Croissance molle, faillites d'entreprises, créances douteuses, fragilité du système bancaire, retards d'ajustements structurels, vieillissement de la population, tentation du repli nationaliste. Rien de neuf sous le soleil du Levant. Je devais me pincer pour continuer la lecture.

La serveuse khmer rouge revint avec mon pastis. Elle s'égosillait :

— Massive Attack, la musique.

— Massive Attack ? Connais pas. C'est un groupe ou un genre musical ?

— Je ne sais pas, monsieur. Je vais me renseigner.

Que fabriquait Dittmar Rigule ? Le délai d'un quart d'heure touchait à sa fin. J'inspectais les recoins du bar.

Pas de Dittmar. A la table d'à côté, les deux lectrices des *Inrockuptibles* se faisaient un quizz sur une nouvelle doctrine de vie qu'elles avaient découverte à la lecture du journal.

Je revins au mail de Catherine Bensimon. Un long chapitre sur l'« *inévitable nationalisation des grandes banques japonaises* ». J'avançai d'une traite jusqu'à la conclusion. Catherine Bensimon suppliait Matthew Malburry de me transmettre son « *testament* ». Elle l'implorait d'« *user de toute son influence* » pour me faire renoncer à mon « *projet suicidaire* ». Le mail s'arrêtait là. Ouf. Matthew Malburry s'était bien gardé de me le transmettre. Sage décision. Quant à son influence sur moi, il avait eu le discernement de ne pas trop l'« user ».

Je vérifiai la date d'envoi du mémo. Le lendemain de notre retour du Japon.

Je me souvenais très précisément de cette journée à rebondissements. A l'aéroport du Bourget, Catherine Bensimon s'était enfuie du Falcon 7X avant mon réveil.

Dès mon retour au siège du Crédit Général, je téléphonai à Dittmar Rigule. Il se trouvait à Madrid. Nos échanges avaient été mouvementés. « Je reviens du Japon avec deux splendides opportunités d'investissement, fanfaronnai-je. Morosado Games Inc. Et surtout Mizuho Holdings. » Je lui proposai de réunir un conseil d'administration du Crédit Général dans les quarante-huit heures.

Dittmar n'avait pas sauté de joie. Loin de là. Il tergiversait. « D'accord pour Morosado. Vous pouvez foncer. En revanche, je dois réfléchir à propos de Mizuho. Je vous contacterai un peu plus tard. »

Il m'avait rappelé en début de soirée. « Ne bougez plus sur Mizuho. Pas un geste, pas un mot. Le black-out total. Considérez même que nous n'avons jamais évoqué cette affaire. » J'étais atterré. Dittmar m'avait tanné pendant des semaines pour lancer un raid d'envergure au Japon. Il m'accusait d'indolence. Jusqu'à me menacer d'une destitution prochaine, suivie d'une revente en bloc du Crédit Général. Et maintenant, il fallait renoncer. Il n'en était pas question.

Je le dis à Dittmar. Il s'emporta contre moi. « Le Crédit Général m'appartient. Obéissez. » Mais j'avais tenu bon. En pensant à ma prime à l'investissement. Qu'adviendrait-il si nous abandonnions nos acquisitions au Japon ? Je ne toucherais plus un sou. « Vous êtes en train de me rouler », tempêtai-je.

L'argument avait porté. Dittmar réfléchit un instant. « Il ne s'agit pas d'un changement de stratégie, se défendit-il sur un ton devenu las. Je ne peux pas vous en dire davantage dans l'immédiat. Pour vous prouver ma bonne foi, voici ce que je vous propose. Une prime forfaitaire de cent cinquante... non... deux cents millions d'euros sur l'investissement Mizuho Holdings. Si nous décidions finalement de ne pas faire l'opération, vous toucheriez quand même votre argent. Etes-vous satisfait ? » Dittmar ajouta à voix basse : « Vous êtes un gredin, Marc. »

J'acceptai le marché. Sans chercher à comprendre. A deux cents millions d'euros, on ne se soucie plus des motifs d'une largesse. Je demandai néanmoins une date butoir pour le paiement du pactole. Dittmar évoqua un délai de six mois. J'en exigeai trois au maximum. Il me les accorda. Maître Tombière devait rédiger le protocole d'accord. « Pas la peine de convoquer le comité de rémunérations, me précisa Dittmar. Jacques de Mamarre n'a pas été remplacé depuis son décès, et Richard de Suze m'a confié une délégation de signature permanente. »

J'appelai aussitôt Matthew Malburry à Tokyo pour lui intimer l'ordre de ne plus jamais s'entretenir avec Terunobu Maeda, le patron de Mizuho Holdings. Mama ne me posa aucune question sur les raisons de mon revirement. Il était tellement soulagé.


Ce soir, au bar du Plaza, la période des trois mois s'achevait.

Mais Dittmar n'arrivait toujours pas. Il avait maintenant une demi-heure de retard. Une catastrophe de dernière minute allait-elle se produire ? Que valait un protocole d'accord qui n'avait pas été formellement entériné par le comité de rémunérations ? Pourquoi était-il devenu impossible de joindre Dittmar depuis l'offre mirifique qu'il m'avait faite trois mois plus tôt ?

Une appréhension me submergeait. Je priais pour que Dittmar apparaisse enfin. Qu'il me confirme le versement de mon bonus. Qu'il m'annonce le déclenchement de l'attaque sur Mizuho. De l'argent et de l'action. Voilà ce qu'il me fallait. J'en avais tellement marre de l'oisiveté. Un trimestre entier à me tourner les pouces. A espionner Diane. Ses réunions louches avec les Duchesses de Windsor. Ses coupe-faim. Ses films de cul amateurs. Ses défilés de mode. Sans parler de la biographie en zigzag de Rosa de Luxembourg. Il était temps pour moi de changer d'air. Alors, je t'en supplie, Dittmar. Montre-toi. Là, tout de suite. Ne me laisse plus croupir dans l'incertitude. Ordonne-moi d'assaillir Mizuho. Verse-moi les sous que tu m'as promis.

La serveuse à veste Mao s'approchait :

— Massive Attack, c'est un groupe, monsieur.

— Un groupe ? Mais c'est quoi comme style de musique ?

— Je ne sais pas, monsieur. Je vais me renseigner.

Tout à coup, je vis Dittmar Rigule à l'entrée du bar. Quelle délivrance ! J'agitai les bras. « Ici ! Ici ! » Dittmar me repéra. Il marcha dans ma direction. Je repliai en vitesse le mail de Catherine Bensimon. Ma JAP croyait-elle que ses « vives réserves » au sujet de Mizuho avaient été entendues ? Qu'elles expliquaient l'inaction du Crédit Général depuis trois mois ?

Les clients observaient Dittmar traverser le bar jusqu'à ma table. On pouffait sur son passage. Je n'en compris la raison qu'au moment où Dittmar s'assit face à moi. Il portait à ses pieds des grosses pantoufles blanches en tissu-éponge. Sur le dessus, était brodé en lettres d'or : « Hôtel Plaza Athénée ».

A côté de nous, les deux lectrices des *Inrockuptibles* s'en allaient. Leur catéchisme en tête. Le jugement armé pour affronter les complexités de la vie moderne.

Dittmar avait l'air crevé. Les yeux enfoncés. Les joues tirées sur les mâchoires. Les cheveux dressés à la verticale. Sa chemise froissée dépassait à moitié du pantalon. Il ressemblait à Sid Vicious découvrant le corps poignardé de Nancy Spungen dans une chambre du Chelsea Hotel.

Dittmar Rigule sortit un pied de sa pantoufle. Il n'avait pas de chaussette.

— Nous allons bouffer Mizuho. La décision est prise. Tous les fonds de pension actionnaires du Crédit Général sont d'accord. Je les ai appelés un à un ce soir. D'où mon retard. Maintenant, il faut faire vite.

Pas d'arnaque. Il n'y avait donc pas d'arnaque. Mes frayeurs se dissipaient d'un coup. On me paierait ma prime. On m'apporterait Mizuho sur un plateau. C'était certain. J'avais envie de me jeter aux pieds de Dittmar.

Je me contentai d'écouter la suite de son topo.

— Une opération sur la totalité du capital de Mizuho Holdings. Uniquement par échange d'actions du Crédit Général. Aucune sortie de cash.

La serveuse black rappliquait.

— Massive Attack, c'est du trip hop, monsieur.

— Du trip hop ? Jamais entendu parler. Ça vient d'où ?

— Je ne sais pas, monsieur. Je vais me renseigner.

Dittmar commanda un Picon-bière.

— Je ne sais pas si nous en avons, monsieur. Je vais me renseigner.

La serveuse s'éloigna. Dittmar Rigule poursuivit :

— Avec une prime de trente pour cent par rapport à la moyenne des cours des trois derniers mois. Convoquez un conseil d'administration extraordinaire du Crédit Général. Demain ou après-demain. Je dois repartir pour Miami juste après.

Je ne mouftai pas. Dittmar se caressait les doigts de pied.

— Demandez à Matthew Malburry d'aller présenter le deal à Terunobu Maeda. Il faut le rallier à notre cause. Je suis convaincu qu'il nous suivra.

Je restais silencieux. Dittmar finit par le remarquer :

— Qu'y a-t-il ? Quelque chose vous chagrine ? Dites-le si c'est le cas...

C'était pour moi le bon moment de faire des manières :

— Votre stop-and-go me donne le tournis, Dittmar. Je ne sais plus où j'en suis. D'abord, il faut prendre Mizuho. Puis tout suspendre. Puis tout reprendre. Où est l'embrouille ? Pourriez-vous me déniaiser...

Dittmar passait sa main entre ses doigts de pied :

— Vous n'avez pas une petite idée...

— Non.

— Ne faites pas le couillon...

— Je vous jure...

Dittmar rangea son pied nu dans sa grosse pantoufle blanche. Il rapprocha son siège.

— Je vais vous faire un dessin. Le jour où vous m'avez appelé à votre retour du Japon, nous avions déjà commencé à ramasser des paquets d'actions Mizuho en

Bourse. Avec d'autres fonds de pension amis. Toujours la même petite bande. C'était une bonne affaire après la baisse du cours. Quand j'ai su que le Crédit Général rachèterait nos titres trente pour cent plus cher, nous avons raflé tous les titres Mizuho disponibles sur le marché. Mais sans risquer d'être accusés de délit d'initiés. Il fallait que quelques semaines s'écoulent entre le renforcement de notre position dans Mizuho et le déclenchement du raid par le Crédit Général. Désormais, nous détenons vingt-huit pour cent du capital de Mizuho, acquis au prix moyen de quinze mille yens. Soyez mignon de nous les racheter à dix-neuf mille cinq cents yens. Je compte sur vous...

— Vous avez donc besoin de moi...

Dittmar n'avait pas la force de s'offusquer de mes chichis. Ni même de faire semblant.

— J'allais y venir, soupira-t-il.

La serveuse à veste Mao se pointait.

— Le trip hop vient de Bristol, monsieur.

— Bristol ? En Angleterre ? Mais c'est un bled...

— En Angleterre ? Je ne sais pas, monsieur. Je vais me renseigner.

Elle se pencha vers Dittmar :

— Nous n'avons pas de Picon-bière, monsieur. Que désirez-vous d'autre ?

— Rien.

— Une Rose Royale ? Spécialité maison. Champagne et coulis de framboises frais.

— Non.

— Une coupe de champagne ?

— Non plus. Laissez-nous tranquilles, mademoiselle.

La serveuse tourna les talons.

— Revenez ! hurla Dittmar.

La serveuse revint.

— Un verre d'eau du robinet.

— Oui, monsieur.

Dittmar bâillait. L'irruption de la serveuse lui avait fait perdre le fil de la conversation.

— Où en étions-nous... Ah oui. Nous avons besoin de vous, j'en conviens. C'est pourquoi, en plus de votre prime forfaitaire de deux cents millions, vous aurez un intéressement sur nos plus-values lors de l'apport au Crédit Général de nos titres Mizuho. Disons, un pour cent. La réussite de l'affaire vous importera autant qu'à nous. Mais attention, vous ne serez payé qu'un an après la fin de l'opération. Je veux m'assurer que vous tiendrez votre langue. Vous avez jusqu'à demain matin pour réfléchir.

Dittmar se frottait la plante des pieds dans ses pantoufles en éponge. Il restait les yeux dans le vague. Semblant se foutre de ce qu'il venait de me dire. A quoi songeait-il ? Peu m'importait. J'avais plus urgent à faire. Un calcul mental express. La plus-value de Dittmar et de ses copains devait avoisiner les huit milliards d'euros. Un pour cent faisait quatre-vingts millions. S'ajoutant aux deux cents millions forfaitaires. Au total, deux cent quatre-vingts millions d'euros. Une montagne d'or pour bibi. J'exultais. Je bénissais l'instant présent. Je bénissais Dittmar Rigule. Je bénissais ses pantoufles. Je bénissais le bar du Plaza. Que pouvais-je bénir encore ? Je me sentais tellement bien. J'avais été ballot de me tracasser. C'était fini maintenant. Je bénissais la serveuse black. Massive Attack. Le trip hop. Bristol. *Les Inrockuptibles*. J'aimais tout le monde. J'avais de la bienveillance à revendre. Car j'étais riche à présent. Mais riche de combien ? Vite, il fallait que je récapitule mon pécule. Cent trente-quatre millions amassés antérieurement. Plus une cinquantaine de millions de prime à l'investissement au Japon, déjà acquise. Plus le bonus forfaitaire de deux cents millions sur Mizuho. Plus quatre-vingts millions sur les plus-values des fonds de pension. Total : quatre cent soixante-quatre millions. Et des poussières. Sans compter les stock-options du Crédit Général. Tout ce grisbi ! A moi ! A moi seul ! Et alors ? Alors, je ne serai plus le crève-la-faim de Bill Gates. De Richard Branson. De Rupert Murdoch. De Phil Knight. De Silvio Berlusconi. Je devenais un nabab. Comme eux. J'allais me payer douze Nassim. Dix-huit Catherine Bensimon. Trente-cinq Diane. Soixante-douze Marilyne. Et combien de serveuses black ?

Celle du bar du Plaza se pointait avec le verre d'eau du robinet. Elle s'adressa à moi :

— C'est bien Bristol en Angleterre.

De quoi me parlait-elle ? Je ne voyais pas. J'étais ailleurs. Mais je fis mine d'avoir compris.

La serveuse posait le verre sur la table. Dittmar l'alpaguait :

— Pouvez-vous mettre la musique moins fort... J'ai mal à la tête avec ce tintouin...

— Je ne sais pas, monsieur. Je vais voir.

Je souris à Dittmar :

— Inutile d'attendre demain matin. J'accepte votre proposition.

Dittmar leva mollement son verre.

— Vendu.

Tout était dit. Nous trinquions.

Dittmar claqua la langue après avoir bu. Il reposa son verre. Bâilla à nouveau.

— Où en êtes-vous concernant Morosado Games Inc. ?

— C'est bouclé. Nous prenons quarante-neuf pour cent du capital pour trois milliards d'euros. Plus un complément de prix calculé sur le nombre d'exemplaires vendus de Brutality DeathKid. Je signe le deal après-demain, le jour de la sortie mondiale du jeu.

Dittmar restait songeur. Il se massait le crâne. Je me demandais s'il m'avait entendu.

Tandis que Dittmar dormait éveillé, une idée me vint. Je la lui soumis :

— Réunissons le conseil d'administration du Crédit Général après-demain matin. Nous publierons dans la foulée un communiqué de victoire totale : la prise de participation dans Morosado Games Inc., la sortie mondiale de Brutality DeathKid et l'offre de rachat sur Mizuho. Une annonce groupée de nos exploits. Ça s'intitulera : « Le rouleau compresseur du Crédit Général écrase tout sur son passage. » Qu'en pensez-vous ?

— Excellent... La Bourse sera éblouie...

Dittmar se levait. Il calait ses pieds au fond des grosses pantoufles blanches pour ne pas les perdre en route.

— Je vais me coucher. Je vous laisse régler l'addition.

La serveuse accourut vers lui :

— C'est possible, monsieur. Nous allons baisser la musique.

— Trop tard. Je me casse.

J'étais maintenant seul. A goûter ce moment d'extase. Je voulais rester ici quelques minutes de plus. Le temps de compter, recompter et recompter encore ma fortune colossale. Avec toute l'application requise. Pour ne pas oublier un centime en chemin. Quatre cent soixante-quatre millions d'euros. Je ne m'étais pas trompé. Gloire éternelle à « Brunissage ». Gloire éternelle au grand « Staline ».

Je regardais les anonymes autour de moi. Se doutaient-ils à quel point j'étais plein aux as ?

Le volume sonore de la musique diminuait. Je partis.

49

« Business, reviens ! Business pas mort ! psalmo-
diaient les prédicateurs de la finance. Bénissez le Crédit
Général, ordonnaient-ils. Admirez son audace. Voyez
comme il investit. Voyez comme il croit au rebond de
l'économie. Il nous montre le chemin de la croissance.
Suivons-le. Marchons vers les lendemains prospères.
Alléluia ! »

Le communiqué de presse publié à l'issue du conseil
d'administration du Crédit Général vaporisait un gaz
hilarant sur le monde déprimé des affaires. Les esprits
rationnels s'exaltaient. Les spectres de la récession s'enfuyaient. La morosité boursière se dissipait. Confiance
dans la reprise, confiance dans le consommateur,
confiance dans la banque, confiance dans le Japon. Le
Crédit Général fabriquait un avenir radieux. On se
congratulait dans les salles des marchés. On priait pour
notre victoire. On brûlait des cierges en notre hommage.
La machine allait redémarrer maintenant. A pleine
bourre.

Un coup de génie, ce communiqué de presse. Il donnait du Crédit Général une impression de puissance phé-
noménale. D'un sens de la manœuvre hors du commun.
Engloutir Mizuho Holdings d'une bouchée. Bâtir le plus
grand groupe bancaire au monde. Ravir Morosado
Games Inc. à la barbe des géants du secteur. Editer le
plus gros hit de l'histoire des jeux vidéo. Le tout en une
seule journée. Je méritais bien quelques grand-messes

484

médiatiques. Sur CNN, sur Sky News, sur BBC World, sur Euronews. On ne voyait que moi. Mon image, mon évangile, mes prodiges. Le culte de ma personne était célébré avec une ferveur décuplée. Plus fort qu'après le plan social de la banque ou mon « Speech of Rebirth » de Davos. La Bourse se prosternait à mes pieds. Les actions du Crédit Général s'arrachaient comme des ex-voto de grande valeur. Le cours s'envolait vers les cieux.

Le baromètre de ma popularité s'affolait. Je le voyais au nombre d'appels téléphoniques que Marilyne recevait. Elle croulait sous les sollicitations. Recordman toutes catégories de la brosse à reluire : Richard Branson. Dix minutes à peine s'étaient écoulées depuis la publication de notre communiqué de presse. Je refusai de lui parler. Bill Gates suivit un peu plus tard. Lui, je le pris. A sa voix, je le sentais anxieux. Qu'adviendra-t-il de Morosado Games Inc. ? s'inquiétait-il. Signerais-je pour Brutality DeathKid un accord d'exclusivité au profit de Sony ou de Nintendo ? Ç'aurait été une calamité pour la XBox de Microsoft. Mais comme Bill Gates ne me proposait aucune contrepartie, je restai flou sur mes intentions. A vrai dire, je ne les connaissais pas encore moi-même.

Rupert Murdoch venait juste après. Il n'avait que louanges à la bouche. Aucune requête particulière. Peut-être plus tard. « Mon meilleur souvenir à votre épouse », terminai-je notre conversation éclair. « Wendi est à côté de moi, elle vous embrasse. » A peine avais-je raccroché, Marilyne me passa Silvio Berlusconi. « Allucinante, veramente allucinante. » Quelque chose avait changé en lui. Mais quoi ? Je n'avais pas le temps de m'en soucier. Car Marilyne me transférait aussitôt Phil Knight. « Just do it ! » « I will, Phil. » Puis Marilyne me proposa une petite devinette : « Qui est en ligne ? » Je donnai ma langue au chat. « Jean-Marie Colombani ! » « Dites-lui que je suis en réunion... Non, au golf... Non, en week-end à Marrakech... Non, en vacances aux Maldives... Je ne sais pas... Baratinez-lui un bobard qui ressemble à un énorme bobard. » Marilyne plaisantait. « Ne vous en faites pas, je trouverai quelque chose d'invraisemblable à lui raconter. » Qu'en avais-je à faire maintenant, de Jean-Marie Colombani ? Que me restait-il à marchander avec lui ?

De toutes mes relations, seul Dittmar Rigule ne s'était pas manifesté. Je le vérifiai à trois reprises auprès de Marilyne. Avait-il des soucis ailleurs ?

Le Japon ne goûtait pas la nouvelle béatitude ambiante. L'attaque du Crédit Général provoquait à l'inverse un traumatisme national. Deux des plus beaux fleurons du pays allaient passer sous pavillon étranger. A la botte de Français malodorants. Des croqueurs d'ail. Quelle humiliation !

Une déplorable nippo-sinistrose se propageait. « Nous sommes des nouilles. Incapables de préserver notre patrimoine économique. Nous allons dépérir. » On ne savait plus à qui s'en prendre. La traîtrise des patrons, l'immobilisme des autorités, l'incompétence des élites, l'inadaptation du système scolaire, la désorganisation des services publics, le conservatisme de la société... On s'entre-déchirait. Plus rien ne fonctionnait. Tout foirait. Catherine Bensimon avait vu juste. Le Japon sombrait dans le chaos.

Matthew Malburry m'avait supplié de me montrer davantage à Tokyo. « Sinon les choses n'avanceront pas. Votre absence sera interprétée comme une marque de mépris. Les Japonais s'offenseront. Ils ont tellement besoin d'égards en ce moment. »

J'entendis le raisonnement de Mama. Une fois par semaine, je me farcissais l'aller-retour entre la France et le Japon. Le Falcon 7X devenait ma résidence secondaire. Sitôt atterri à Tokyo-Narita, je commençais ma tournée. Terunobu Maeda. Les principaux actionnaires de Mizuho Holdings. Les banquiers concurrents. Les grands patrons. Le Premier ministre. Le ministre des Finances. Les vice-ministres. Les secrétaires d'Etat. Les sous-secrétaires d'Etat. Ils défilaient devant moi. Je finissais par les confondre. Je ne me souvenais plus de leur tête. Ni de leur nom. Ni de leurs fonctions. Je leur fredonnais à tous la même rengaine. L'amitié franco-japonaise. Le respect des traditions. L'admiration pour le modèle économique nippon. La relance de Mizuho Holdings. On m'écoutait. On hochait la tête. On me saluait. Mais on ne me disait jamais rien. On ne me posait non plus aucune question. Que fallait-il en déduire ? Je l'ignorais.

Ces entretiens à répétition me sortaient par les trous de nez. Matthew Malburry me certifiait pourtant qu'ils étaient indispensables. Qu'il fallait les poursuivre par respect pour les coutumes locales. Je les poursuivais donc. Semaine après semaine. Aller et retour Paris-Tokyo. Je me donnais du cœur à l'ouvrage en me disant que la logique des affaires était en marche. Elle finirait par triompher de la tergiversation des Japonais. Il suffisait de faire preuve d'un peu de patience.

Car le temps travaillait en ma faveur. La Bourse continuait à bouder Mizuho Holdings. L'action végétait aux alentours de dix-sept mille yens, malgré notre offre de reprise à un niveau plus avantageux. La situation n'était pas tenable longtemps. Sauf à risquer une OPA hostile, il n'y avait aucune alternative à la proposition amicale du Crédit Général. D'autant que, de son côté, notre cours de Bourse surperformait. Il résistait à l'éboulement des valeurs bancaires sur toutes les places. Comment pouvait-on rester collé avec des actions Mizuho pourries tandis que nous offrions de les échanger contre des actions Crédit Général en or massif ?

Au succès boursier, s'ajoutait l'incroyable engouement pour Brutality DeathKid. La mise en vente du jeu déclenchait une hystérie collective. On totalisait des dizaines de kilomètres de file d'attente devant les magasins. A Sydney, des bagarres opposaient bandes de jeunes et bandes de vieux pour le contrôle de la distribution. A Paris, la rumeur d'une rupture de stock provoquait une bousculade sur les Champs-Elysées. Dix-neuf adolescents hospitalisés. En Allemagne, on rapportait que les prix sur le marché noir atteignaient dix fois le prix public. Au Cambodge, un réseau de fabrication de copies pirates était démantelé.

La polpotomania déferlait. En six semaines, Morosado Games Inc. écoulait cent millions d'exemplaires de Brutality DeathKid. Sans compter les licences vendues sur Internet. Le record de DeathKid était enfoncé. De très loin. Comme actionnaire important de Morosado, le Crédit Général était pleinement associé à ce best-seller. Qui aurait pu soutenir que nos affaires ne marchaient pas ?

La folie Brutality DeathKid propulsait mon fils Gabriel à la dignité de star de la jeunesse. Avec trois mois d'entraînement intensif dans les mains, il connaissait toutes les astuces du métier de tortionnaire d'enfants. Un virtuose de la gégène virtuelle. On le consultait comme expert ès sciences polpotiennes. On l'interviewait dans la presse. On le soudoyait pour de bons tuyaux. Jusqu'à lui proposer d'animer un show quotidien spécial Brutality DeathKid sur une chaîne de télévision pour ados.

J'avais regardé la première émission. L'apparition de Gabriel en gros plan provoqua chez moi une commotion. Quelle sale gueule il avait maintenant ! C'était pire de jour en jour. Pouvais-je avoir engendré un garçon aussi vilain ? Avec sa tête de vieillard. Ses petites mâchoires de rongeur. Ses énormes oreilles taillées en pointe. Ses lèvres extra-fines. Sa peau translucide de méduse échouée sur une plage.

L'accident génétique devait provenir de Diane. J'examinai Gabriel de plus près. A la recherche d'une ressemblance avec sa mère. Mais je ne la trouvai pas. Mon fils ne ressemblait qu'à lui-même. Un corps malingre. En retard de plusieurs tailles comparé aux enfants de son âge.

J'étais contraint de l'admettre : le physique de mon fils se détériorait. Peut-être fallait-il l'envoyer d'urgence respirer le grand air. La campagne, la mer, la montagne. Loin des consoles de jeu et des décharges électriques de Brutality DeathKid. Il n'y avait pas mieux pour se refaire une bonne mine. C'était à sa mère de s'occuper de l'intendance. Elle n'avait rien d'autre à glander. A part traîner sa débauche dans les sous-sols du parking de la place de la Bourse.

Car moi, je m'épuisais en déplacements à Tokyo. Je n'avais pas le temps d'organiser les colonies de vacances de Gabriel. J'étais embarqué dans le grand chambardement du business. En réunion, en avion, en décalage horaire. Un jour l'Europe, le lendemain l'Asie. J'avais la charge du planétaire, pas du quotidien. Gabriel restait une affaire locale qui relevait des autorités locales : Diane. Il fallait savoir déléguer. A la maison comme à la banque. Le tout-venant pour Matthew Malburry. La stratégie pour moi. A chacun sa croix.

C'était en appliquant cette théorie du partage des tâches que je passai à côté du premier mail d'alerte rouge envoyé par Dittmar Rigule. Je n'avais plus entendu parler de lui depuis le dernier conseil d'administration du Crédit Général. Presque deux mois auparavant. Le message de Dittmar ne comprenait qu'une seule question : « Comment les résultats mensuels du Crédit Général seront-ils orientés lors du trimestre à venir ? »

Ce jour-là, j'organisais mon énième périple au Japon. J'estimais qu'il incombait à Matthew Malburry de répondre aux demandes d'informations de l'un de nos actionnaires. Je lui transférai le mail de Dittmar.

Mama me téléphona aussitôt. Il était catastrophé. Il demandait à me voir dans la minute. Je refrénai son empressement :

— Pourquoi maintenant ?

— On vient de m'apporter la première esquisse de nos comptes à la fin du mois. Tragique...

— C'est-à-dire ?

La voix de Matthew bêlait. Il prenait les intonations du maréchal Pétain après l'armistice de juin 40 :

— Le Crédit Général va enregistrer une lourde... très lourde... perte...

— Combien ?

— Deux milliards...

Avec la mauvaise conjoncture, je m'attendais à des résultats en baisse. Mais pas à un déficit d'une telle ampleur ! Perdre de l'argent, le Crédit Général ? La banque que je présidais ? Je n'en revenais pas. Ça ne s'était jamais produit auparavant. Je me rappelais qu'à peine deux mois plus tôt le monde entier célébrait encore ma science des affaires. Et la réussite financière qui en découlait. Voulait-on maintenant me faire passer pour le patron ordinaire d'une banque ordinaire victime d'une récession ordinaire ? On ne pouvait m'imposer de basculer si brutalement du ravissement dans l'affliction.

— Deux milliards... répétai-je. C'est beaucoup. Et les prévisions pour les prochains mois ?

— Pareil. En déficit. Tout se détraque. Défaillances en cascade des emprunteurs. Ralentissement de la consommation et du crédit. Chute verticale de la

Bourse. Arrêt des fusions-acquisitions et des opérations de financement. Plus rien ne marche. Nous engloutissons des milliards dans les provisions pour risques et les amortissements de survaleurs... Il faut que je te parle, Marc. Vite. Nous n'avons plus que dix jours avant la publication de nos résultats.

Je réfléchis. Eplucher les comptes de la banque ligne à ligne ? Localiser chacun des foyers de pertes ? Imaginer de mesures de redressement au cas par cas ? Il y en aurait pour des heures. Un exercice déprimant. De quoi me bousiller le moral alors que je repartais négocier avec les Japonais. Je risquais de perdre tout mon influx.

— Cesse de paniquer, intimai-je à Matthew. Je ne peux pas te recevoir maintenant. Les comptes mensuels de la banque sont de ta responsabilité. Débrouille-toi pour les enjoliver. Nous en parlerons à mon retour.

Mama resta muet un long moment.

— Que dois-je répondre à Dittmar ? finit-il par marmonner.

— Fais au mieux.

Matthew Malburry n'osa pas solliciter d'instructions plus précises. Il devait s'accommoder de la procuration que je lui laissais.

A peine avais-je raccroché qu'un doute me gagna sur la conduite à tenir. Comment faisait-on pour annoncer un trou de deux milliards ? L'expérience me manquait. J'ouvris à nouveau ma messagerie électronique. Je relus le mail de Dittmar. Ne valait-il pas mieux lui envoyer tout de suite un petit mot ? J'hésitais. Devrais-je le tranquilliser ? Devrais-je le préparer à une mauvaise surprise ? Devrais-je le laisser lanterner ? Je me dis que le mieux était de ne rien faire à chaud.

J'allais refermer ma messagerie quand je vis arriver deux nouveaux mails. L'un de Jean-Marie Colombani qui souhaitait me parler. Je le supprimai. L'autre de Jean Rameur. Je l'ouvris. « Catherine Bensimon a accepté l'invitation de Stanley Greenball. L'apéritif est prévu en fin de semaine prochaine. A dix-huit heures trente. » Elle avait donc consenti. La garce. Flirter dans le pub du coin avec Stanley Greenball. Un nain à peine plus haut qu'une pinte. Se faire des mamours dans les vapeurs de houblon. Se dire des mots doux sur des tabourets de comptoir. Ma JAP allait s'avilir dans une histoire scabreuse.

Un sentiment d'exaspération grandissait en moi. N'avais-je pas eu ma dose d'emmerdements aujourd'hui ? Crédit Général. Mizuho. Rigule. Et maintenant Bensimon. Pourquoi tant de fléaux s'acharnaient-ils contre ma personne ? Je balançai un coup de poing sur l'écran de mon ordinateur. Voilà ce qu'aurait mérité Catherine Bensimon, la bisnesseuse de la City. Plutôt que d'aller se siffler un apéro dès dix-huit heures trente. En plein milieu de l'après-midi. Ne bossait-on plus au Crédit Général UK ? N'y avait-il pas des performances à améliorer ? Je comprenais maintenant pourquoi la banque perdait autant d'argent. Je tenais la coupable : Catherine Bensimon. Toujours elle. A corrompre mes cadres supérieurs en Angleterre. A prédire des drames au Japon. A noircir le tableau de la situation économique. A démotiver mes troupes par son défaitisme. J'aurais dû la saquer plus tôt. Dehors. Sans goodbye bonus. Cette fille portait la poisse. Jusqu'à faire plonger le Crédit Général dans le rouge. Et l'acculer au dépôt de bilan.

Ma JAP était le diable. Oui, un Satan arrangé en pin-up. Elle prétendait à la chasteté pour mieux se jeter dans les bras du premier nabot venu. Duplicité et lubricité. Canaillerie et malédiction. Telles étaient les quatre vertus cardinales de Catherine Bensimon. J'avais reconnu le Mal en elle. Je n'étais plus dupe. J'allais la débusquer avant de lui régler son compte. Vade retro, Catherine Bensimon !

J'entrai en transe. Je quittai Outlook. Mes mains tremblaient. Je passai sur Internet Explorer... Google... Où se cachait-elle, la créature tentatrice ? Elle ne devait pas être bien loin. Je tapai Exotic Sex... Total de quatre cent quarante-neuf mille résultats environ... Recherche effectuée en zéro virgule dix-huit seconde... Une prouesse de la technologie moderne... Je débarquai en trombe sur les sites web. Je regardai les photos des filles. Une par une. Pas de Catherine Bensimon. Nulle part. J'essayai Middle Eastern... Je cliquai. J'examinai les photos. Rien. Metiss... Rien. Ebony... Rien. Latina... Rien. La Maligne se terrait. Peut-être la trouverais-je dans Ethnic Sex... Total de neuf cent quatre-vingt-six mille résultats environ... Recherche effectuée en zéro virgule zéro sept seconde... Imbattable. Je cliquais au hasard des sites. Pas de Catherine Bensimon. J'étais frénétique. Armenian Honeys... Jamaican Slut... Brazil Bikini Babes... Latin Hotties... Naughty Natasha... Des tas de filles dans des positions pas croyables. J'observais attentivement. Je farfouillais partout. En vain. Naked Native Americans... Pussy Melting Pot... Tribal Girls... Siberian Women... J'en voyais de toutes les couleurs. Des pas bégueules devant l'objectif du photographe. Mais toujours pas ma JAP.

Trois ou quatre heures s'écoulaient ainsi. En va-et-vient sur l'incommensurable planète sexe. Je me sentais épuisé. L'écran d'ordinateur me brûlait les yeux. J'étais contraint de suspendre mes investigations. La rage au ventre.

J'abandonnai le web. Je m'envolai pour Tokyo. Quelle perte de temps !

## 50

Dès mon retour, à peine deux jours plus tard, je me précipitai sur l'ordinateur. Ma messagerie regorgeait de mails comminatoires envoyés par Dittmar Rigule. Sur les résultats mensuels. Sur Mizuho Holdings. Sur l'avenir du Crédit Général. Sur la conjoncture. « Que se passe-t-il ? » « Où en êtes-vous ? » « Convoquez un conseil d'administration. » Les acolytes de Dittmar s'y mettaient eux aussi. Tous les fonds de pension actionnaires de la banque m'écrivaient. On me soumettait au harcèlement électronique.

Qu'aurais-je pu répondre ? Malgré mon séjour au Japon, la négociation Mizuho s'enlisait. Quant aux résultats mensuels, je n'avais pas encore eu le temps de les examiner avec Matthew Malburry. Pourquoi me martyriser dès maintenant ? Il n'y avait pas le feu. J'en avais déjà beaucoup fait pour Dittmar et consorts. Prendre une participation au capital de Morosado Games Inc. Contribuer au succès de Brutality Death-Kid. Lancer un raid sur Mizuho. Rançonner le Crédit Général pour y parvenir. M'associer à des combines douteuses. Qu'exigeait-on encore de moi ? Ne pouvait-on pas me laisser poursuivre ma traque contre la démoniaque Bensimon ? Je n'avais cessé de penser à elle durant mon séjour à Tokyo. Elle me hantait.

Je transférai les mails vers Matthew Malburry. Qu'il s'en occupe, lui. C'était sa prérogative. Pas la mienne. Moi, je devais reprendre sans tarder mes fouilles sur la

Toile. Internet Explorer... Google... Je tapai à nouveau Ethnic Sex. Total de neuf cent quatre-vingt-six mille résultats environ... Le plus vaste bordel bigarré du monde. L'infinité du vice me tourneboulait la raison. Je calculais que, si chaque site répertorié sur Google exposait en moyenne cent filles, alors quatre-vingt-dix-huit millions et six cent mille Catherine Bensimon s'exhibaient sur le Net. Soit probablement la totalité de la population féminine en âge et condition physique de poser nue. Me ferait-on croire que l'authentique Catherine Bensimon n'était pas du nombre ? Impossible. Elle était là, comme toutes les autres. Je le sentais. Tapie quelque part derrière mon écran d'ordinateur. A portée de souris. Je cliquais ici. Je cliquais là. Pendant des heures. Pendant des jours. Mais ma JAP continuait à m'échapper.

Je me claustrais dans mon bureau. Sans plus aucun contact avec l'extérieur. Je devenais comme mon fils Gabriel : un autiste errant dans l'univers numérique.

Marilyne passait une tête de temps en temps. « Vous allez bien ? » « Oui. » « Matthew Malburry veut vous voir. » « Non. » « Dittmar Rigule exige que vous le rappeliez. » « Non. » « Terunobu Maeda est en ligne. » « Non. » « Jean-Marie Colombani vous demande. » « Non. » « Etes-vous sûr que vous allez bien ? » « Oui. » Rien ne pouvait me détourner de ma mission sacrée. Je persévérais sans relâche. Au rythme de plusieurs milliers de photos porno par jour.

A force de se faire rembarrer, Marilyne cessait de m'importuner. Elle me laissait enfin libre d'explorer les nouvelles terres de luxure que j'avais découvertes. Sexe-Annuaire, Sexetraceur, Référence Sexe, Quedusexegratuit, Femmeonline, Donnemoidusexe, Lestigressesdunet... Des centaines de moteurs de recherche francophones me renvoyant vers des centaines de milliers de sites spécialisés. Filles du Sud... Filles typées...

Filles de là-bas... Les petites cornes de Catherine Bensimon demeuraient invisibles. Je ne perdais pourtant pas courage. Levantines... Orientales... Sémites... Mon ordinateur boguait de plus en plus souvent. Beurettes... Moukères... Chaldéennes... Toutes les diablesses impudiques de la terre défilaient devant moi. Toutes, à l'exception de ma JAP.

Le temps passait ainsi en d'épuisantes prospections. Jusqu'à ce que nous arrivions la veille de la publication des résultats mensuels du Crédit Général. Elle devait intervenir le même jour que le rendez-vous entre Catherine Bensimon et Stanley Greenball à Londres. Il ne me restait plus que quelques heures pour dévoiler le maléfice jeté par ma JAP sur le Crédit Général et son président. Je repris ma recherche compulsive.

En fin de journée, Matthew Malburry pénétra dans mon bureau par la force. Marilyne essayait de le retenir. Elle était bousculée. Je quittai Internet précipitamment.

Mama frémissait. D'un geste mal contrôlé, il me mit d'autorité une feuille de papier sous le nez.

— Voilà ce que nous allons être obligés de publier demain. Un milliard six cents millions de déficit. En un seul mois. Impossible de limiter davantage la casse.

Je levai les yeux vers lui. La luminosité de l'écran d'ordinateur m'éblouissait encore. Je n'y voyais plus clair.

— Ah bon...

— Mais oui, voyons. Tu le savais. Je t'avais prévenu. C'est une catastrophe...

Des hallucinations me poursuivaient. Seins, sexes et culs tournoyaient devant moi. Je ne réussissais pas à me concentrer. Je restais hagard. Enfermé dans un silence halluciné.

Matthew guettait ma réaction. Colère ? Injures ? Maltraitance ? Il s'attendait au pire avec moi.

Mais rien ne venait. Mama reprenait confiance. S'asseyait tout près de moi. Les accents chevrotants du maréchal Pétain le reprenaient :

— Je suis navré, Marc. Tu es le président du Crédit Général. Tu dois t'adresser aux actionnaires et au marché. Les informer de la dégradation de nos résultats. Alerter la Bourse sur nos perspectives. C'est ton rôle, pas le mien...

Les yeux écarquillés, je regardais Mama. Sans réagir. Il continua :

— Reconnaître publiquement que nous rencontrons de sérieux obstacles dans l'affaire Mizuho Holdings. Que les négociations que tu mènes personnellement risquent d'échouer...

D'un geste de la main, je fis signe à Matthew de se taire. Je commençai à retenir de ses propos qu'il n'avait rien fait depuis plus de dix jours. Pas de réponse aux mails de Dittmar Rigule. Pas d'avertissement sur les profits. Pas de communiqué au sujet de Mizuho. Mama me refilait le bébé à la dernière seconde. Après avoir joué la montre. Le pleutre. J'allais devoir me taper tout le sale boulot maintenant.

— Laisse-moi, lui ordonnai-je.

Il était sidéré. Pouvait-il rêver d'un dénouement aussi pacifique à notre entretien ? Sans admonestations, ni griefs à son encontre. Mama se savait pourtant fautif ; j'aurais pu le déchiqueter.

Matthew se leva. Marcha à reculons vers la sortie. « Je suis désolé, répétait-il, c'est à toi de monter au front, il s'agit de stratégie, pas de gestion courante, je n'y suis pour rien... » Il se cogna au chambranle de la porte. Sursauta. Puis se carapata à toutes jambes.

Je me retrouvai seul. Englué dans une sinistre apathie. Je repensais à Catherine Bensimon. Devais-je renoncer à la capturer ? Je refusais de m'y résoudre. Je me tournais vers l'ordinateur. Internet Explorer... Une ultime tentative... Google... Peut-être qu'avec un peu de chance... Annuaireporno, Sexe-Français, Altavislar, Jepompe, Yadusexe, Culgratos, Avidesdesexe... Je repartais pour une longue expédition dans la jungle des perversions.

Le téléphone sonnait. J'étais encore contraint de m'interrompre.

— Je sais que je ne devrais pas vous déranger, s'excusait Marilyne. Mais j'ai Dittmar en ligne.

— Non.

— Je me permets d'insister. Vous devriez lui parler. Parce que sinon, vous serez destitué demain. « A l'aube », a-t-il précisé.

Encore une menace proférée par Dittmar. Combien en avais-je déjà entendu venant de lui ? Pourquoi m'en inquiéterais-je aujourd'hui ?

— Je ne l'ai jamais senti aussi placide, ajoutait Marilyne. Ça n'a pas l'air d'être un coup de sang.

Ce détail me troublait. Dittmar, maître de lui ? C'était de très mauvais augure. J'acceptai que Marilyne me le passe.

Il terminait un long bâillement.

— Vous jouez à cache-cache ? me demanda-t-il.

— Pas du tout. Je travaille d'arrache-pied sur nos résultats mensuels. Nous les publions demain.

— Vous sortez à combien ?

— Une perte d'un milliard. Un milliard et demi peut-être...

— J'aurais parié plus. Aux alentours de deux milliards.

La révélation d'un déficit abyssal n'avait pas soulevé de tempête. J'étais rasséréné.

— Bon. Et Mizuho ? m'interrogea Dittmar.

— Il y a encore des incertitudes. Je repars bientôt pour le Japon.

— Venez d'abord nous voir à New York. Nous sommes en réunion de crise avec les autres fonds de pension. Ceux que vous avez rencontrés à Dublin, au Clarence Hotel. Nous devons causer avec vous...

La perspective de comparaître comme accusé devant le tribunal des retraités prospères me rebutait.

— Je serais plus utile à Tokyo...

Dittmar soupira à nouveau :

— Je crois que vous ne vous rendez pas compte de la gravité de la situation. Je ne sais pas ce que vous faites de vos journées pour vous aveugler à ce point. N'êtes-vous pas au courant de l'étude de la banque Goldman Sachs sur le Crédit Général ? Elle sera publiée après-demain. Nous nous la sommes procurée en avant-première.

— Que dit-elle ?

— Elle vous démolit... Ce sera un grand choc pour la Bourse. Vous êtes accusé de ne pas pouvoir tenir l'objectif de vingt-cinq pour cent de rentabilité sur fonds propres à la fin de l'exercice. De le savoir depuis longtemps. De n'avoir rien dit au marché. D'être un menteur.

J'allais m'indigner. Dittmar m'empêcha d'ouvrir la bouche. Il poursuivit d'une traite :

— De devoir raquer trois milliards d'euros supplémentaires pour la participation dans Morosado Games Inc. A cause de la clause de complément de prix que vous avez été assez con pour signer. Le succès de Brutality DeathKid va vous coûter une fortune. Le double du prix initial...

J'essayai de me défendre :

— Nos investissements au Japon ne se limitent pas à Morosado, tout de même. Il y a Mizuho Holdings. Une extraordinaire opportunité...

— J'y viens. L'étude de Goldman Sachs estime que

votre proposition sur Mizuho n'est pas assez attractive pour les actionnaires japonais. Elle n'a aucune chance d'aboutir. Ça nous inquiète beaucoup. Pour les raisons que vous imaginez.

— D'où la nécessité de me rendre au Japon, rétorquai-je. Je dois convaincre les plus hésitants.

— Avec la même offre ?

— Oui... Pourquoi ?

— Vous déraillez complètement. Il va falloir vous recadrer. Venez vite à New York. Je ne tiens pas à me retrouver collé avec mes vingt-huit pour cent de Mizuho Holdings...

Avant de raccrocher, Dittmar m'avait dit « à demain ». Je n'avais pas eu le temps de me récuser. La conversation était terminée. Je ne bougeais plus. Abandonné dans mon bureau majestueux. Le silence écrasant tout autour de moi.

Je me repassais les propos de Dittmar Rigule. Il m'avait traité pire qu'un chien. En me sifflant avec les doigts. Au pied ! Couché le toutou ! Je n'avais pas aboyé. Même pas tiré sur la laisse. J'accourais langue pendante. Sans que Dittmar ait eu besoin d'élever la voix. Aurait-on imaginé qu'une idole du business puisse être houspillée de la sorte ?

Je regardais l'écran de mon ordinateur. Il ne me restait plus qu'une nuit pour attraper Catherine Bensimon.

## 51

Je ne tenais plus debout le lendemain aux aurores lorsque je me présentai devant la passerelle du Falcon 7X pour partir vers New York. J'avais passé des heures entières aux trousses de Catherine Bensimon. A trotter de site web en site web. A contrôler l'anthropométrie intime de milliers de jeunes filles. En pure perte. Ma JAP échappait aux souricières que je lui tendais. Mon impuissance à la capturer me désespérait.

Au milieu de la nuit, entre deux contemplations de photos de cul, j'avais interrompu mes recherches pour téléphoner à Tino Notti. Je pensais tomber sur sa messagerie. Il avait lui-même répondu. J'entendais une musique d'opéra assourdissante en arrière-fond. Je ne le dérangeais pas, m'assurait-il. A trois heures du matin, il rentrait tout juste d'une soirée en club.

Je l'informai de mon départ imminent pour New York. Je souhaitais que Nassim puisse m'accompagner.

— Veinard ! s'écria-t-il. Elle y est en ce moment même. Une gigantesque bringue a lieu demain soir. Je ne sais plus de quoi il s'agit. Un truc olé olé, je crois...

— Pouvez-vous l'avertir de mon arrivée ?

— Avec plaisir. Vous la trouverez au Mercer Hotel, dans SoHo. Elle sera ravie de vous enrôler comme chevalier servant pour la nouba...

J'allais prendre congé de Tino Notti quand il se mit à brailler :

— Au fait ! Nassim vous a-t-elle remercié pour le

prêt que vous lui avez consenti à l'aéroport de Tokyo-Narita ?

— Non, je ne crois pas. Je n'ai pas eu de ses nouvelles depuis.

— Elle est chiante celle-là !

— Ça n'a aucune importance.

— Si, quand même... En plus, je suis persuadé qu'elle a tout croqué... Comment fera-t-elle à New York... Seule...

Je réfléchis un instant.

— Aurait-elle besoin d'un autre prêt ? murmurai-je.

— C'est assez probable... Mais elle n'osera jamais vous en parler. Vous avez déjà été si généreux avec elle. A vous de voir...

— Le même montant conviendrait-il ? Combien était-ce ? Un million d'euros, me semble-t-il...

— Deux...

— Deux ?

— Oui, deux...

— Alors, disons deux...

— D'accord, deux... C'est très généreux de votre part. N'oubliez pas : Mercer Hotel. A SoHo. Vous connaîtrez la furia des sens.

La « furia des sens » ? En compagnie de mon ange noir, une sommité du dévergondage ? J'étais émoustillé. Ma déportation vers New York dans les wagons plombés de Dittmar Rigule prenait une tournure moins effrayante. J'aurais le droit de me payer encore un peu de bon temps avant mon internement dans les stalags des fonds de pension. La présence de Nassim outre-Atlantique était une bénédiction. Elle valait bien deux millions d'euros. En prêt remboursable.

Avant de retourner fouiner sur Internet, je trouvai en moi assez de ressort pour organiser la journée du lendemain. J'adressai un mail à Matthew Malburry. Je lui déléguais la pleine responsabilité de publier les résultats mensuels du Crédit Général. Y compris de fournir toutes les explications nécessaires au marché et à la presse. Bon débarras.

Aussitôt après, je laissai un message sur le répondeur de Jean Rameur. Il devait se rendre sans tarder en Angleterre pour espionner in situ les amants de Londres, Catherine Bensimon et Stanley Greenball. J'exigeais de connaître minute par minute le déroulement de leur rencontre. Rigoleraient-ils ? S'échangeraient-ils des galanteries ? Dîneraient-ils ensemble ? Parleraient-ils de moi ? Rien ne devait m'échapper. A toutes fins utiles, je demandai à Jean Rameur s'il n'avait toujours aucune nouvelle de l'insaisissable Christian Craillon.

Après quoi, j'étais reparti à la poursuite de Catherine Bensimon. Une errance épuisante et vaine.

A sept heures du matin au Bourget, je m'écroulai sur le siège du Falcon 7X. Les soucis qui m'attendaient à New York ne parvenaient pas à me tenir éveillé. La fatigue triomphait du stress. Je dormis du décollage jusqu'à l'atterrissage. Même pas la force d'examiner la lingerie de l'hôtesse de l'air. String ou culotte ? Je m'en tapais.

A l'aéroport LaGuardia, je me traînai du Falcon 7X à la limousine. Une Lincoln Town noire, version allongée. On me donna la liste des appels téléphoniques reçus par Marilyne à Paris. Jean Rameur me confirmait son départ pour Londres. Matthew Malburry avait essayé de me joindre des dizaines de fois. Il paniquait à l'idée de rendre publics les comptes déficitaires du Crédit Général. Qu'il se démerde. Moi, je continuai à roupiller pendant le trajet vers Manhattan, affalé en travers sur la banquette quatre places de la limo.

Je ne recouvrai mes esprits qu'au pied du Regent Wall Street Hotel. Le palace occupait l'ancien bâtiment à colonnades de la National City Bank. On s'y sentait en sécurité.

Plutôt que d'aller tout de suite retrouver Dittmar Rigule, je me dirigeai vers le bar en traversant le hall Renaissance. J'avais besoin de me préparer à l'interrogatoire musclé qui suivrait. Qui trahir ? Quoi avouer ? Quelle compromission accepter ? Il me fallait y réfléchir quelques instants.

Je commandai un café serré-serré. On m'apporta un jus de chaussette bouillant dans un mug de cantine scolaire. Je le renvoyai. A la troisième tentative, j'obtins un espresso convenable. J'essayai enfin de me concentrer sur la réunion avec Dittmar et ses auxiliaires.

Je commençais tout juste à élaborer une solide stratégie de défense lorsqu'une angoisse subite vint parasiter ma réflexion : j'avais oublié à Paris mes costumes Paul Smith. Ceux avec la doublure chatoyante. Achetés dans la boutique de Covent Garden à Londres. De quoi aurais-je l'air à côté de Nassim dans la java new-yorkaise ? On me prendra pour un employé du Crédit Agricole avec mon uniforme de banquier de province. On m'exclura de la « furia des sens ».

J'étais tellement enragé contre moi-même que je décidai d'écourter ma séance d'entraînement. Tant pis, j'improviserais devant Dittmar.

J'allai me présenter à la réception de l'hôtel. « J'ai rendez-vous avec monsieur Rigule. » « Troisième sous-sol, me répondit-on. Salon Money Maker. » Un sous-sol ? Pas un penthouse inondé de soleil ? Avec une vue panoramique sur les docks de l'East River ? Dittmar recevait désormais sous terre. Dans une salle de coffres-forts.

Je descendis. Un dédale de couloirs. Des murs en béton armé. Des portes blindées. Un éclairage d'agence bancaire. Une odeur de cave à fric. Pas un bruit. Je me voyais en Jean Moulin claudiquant vers son bourreau dans les oubliettes du fort de Montluc. Un Jean Moulin de la banque, incarcéré dans une prison cinq étoiles luxe. Avec des mandataires de fonds de pension pour Klaus Barbie. Transférera-t-on mes cendres au Panthéon de la finance si je réussissais à ne balancer personne ? Impensable.

Je passai devant le grand salon The Vault. Une ancienne chambre forte protégée par une immense porte ronde en acier trempé avec serrure à combinaison. Un peu plus loin, je découvris une plaque en cuivre gravée « Salon Money Maker ». Je sonnai à l'interphone. « Ja ? » Je donnai mon nom. « C'est ici. » La porte se déverrouilla. J'entrai dans la pièce. « Approchez », m'ordonnait la voix lasse de Dittmar Rigule. Où était-il ? Je devinais une douzaine de types assis autour d'une grande table ovale. Tous en chemises blanches et cravates sombres. Une ambiance de surmenage régnait dans la pièce. Les visages vasouillards se dissimulaient derrière des remparts d'ordinateurs en activité. Un entrelacs bordélique de câbles de connexion se déversait sur le sol. Modems et microprocesseurs moulinaient à pleine puissance. Cours de Bourse, reportings d'activité, publications de résultats, études d'analystes financiers... Le réseau mondial de l'information en temps réel convergeait ici. Salon Money Maker. Troisième sous-sol du Regent Wall Street Hotel. Devenu centre névralgique du business international par le rassemblement en ce lieu des fonds de pension les plus puissants de la planète. Voilà où se terrait le QG de l'état-major clandestin de la guerre économique.

« Asseyez-vous. » Il y avait une place inoccupée. Je m'y installai. A ma droite, se trouvait le rouquin qui s'était chargé du ravitaillement en putes au Clarence Hotel de Dublin. Je lui dis bonjour. Il ne me répondit pas.

« Parlez. » L'injonction molle venait de l'autre bout

de la table. Je reconnus le front et les cheveux de Dittmar Rigule. Son écran d'ordinateur renvoyait une lumière livide sur sa chemise blanche. « Nous avons quinze minutes à vous consacrer », précisa Dittmar.

Quinze minutes seulement. Pas une journée entière comme je le redoutais. C'était une excellente nouvelle. Mon martyre ne serait qu'éphémère. J'aurais ensuite tout le loisir d'aller faire une razzia dans la boutique Paul Smith de la Cinquième Avenue.

Je me sentis plus à l'aise pour baratiner un laïus devant mes censeurs. Plan en deux parties comme il convenait. Je démarrai :

— La situation actuelle du Crédit Général m'amène à prendre deux mesures urgentes. Premièrement, améliorer la réactivité de la banque à l'environnement économique.

Aucune réaction autour de la table. Je continuai :

— J'ai donc décidé de lancer le « Programme d'Ajustement Permanent d'Activité ». Il s'agit d'un système de gestion entièrement intégré. Tous les soirs, nos performances de la journée seront traitées par une batterie d'indicateurs hypersophistiquée. Elle décortiquera le produit net bancaire, les risques, les provisions, les résultats. Pour chaque métier, chaque service, chaque succursale, chaque salarié. Bref, nous disposerons d'une radiographie quotidienne de la banque. Dans ses moindres recoins.

Mon intervention sonnait-elle assez résolue ? J'en doutais. Le ton juste n'y était pas. Je me voulais fervent, je demeurais terne. Il fallait que je me ressaisisse.

— Mon Programme d'Ajustement Permanent d'Activité déclenchera automatiquement les mesures de redressement idoines. Du jour pour le lendemain. Effectifs salariés. Niveau des rémunérations. Politique commerciale. Frais de structure. Toute notre gestion sera réactualisée par cycles de vingt-quatre heures. Jusqu'au

506

nombre de trombones nécessaires au bon fonctionnement des services de back office.

Mon sens du détail authentique n'émouvait pas un
auditoire toujours amorphe. J'enchaînai pour ne pas
perdre le rythme :

— Rendez-vous compte, messieurs. S'ouvre aujour-
d'hui l'ère de la cybernétique financière. Information-
décision-action. Paf-paf, à la vitesse de l'éclair. Chaque
jour, le périmètre de la banque changera. Car tout seg-
ment d'activité descendant sous le seuil de rentabilité
voulu sera aussitôt restructuré, cédé ou supprimé. Pas de
cérémonies !

On bâillait autour de la table. On se grattait le dos.
A ma droite, le rouquin pianotait sur le clavier de son
ordinateur. Pourquoi un tel je-m'en-foutisme ? Les
dogmes de l'Eglise avaient-ils changé ? Ne recherchait-
on plus la profitabilité optimale ? Ou bien était-ce ma
force de conviction qui déclinait ?

L'attitude de mes interlocuteurs me perturbait. Je
commençais à patauger.

— Oubliées, les pesanteurs... Grâce à la gestion
scientifique de l'entreprise... Flexibilité permanente...
Retour sur investissement... N'est-ce pas ce dont rêvent
vos retraités ?

J'avais parlé pour les murs. Mon intervention tournait
au fiasco. Mes phrases s'effilochaient de plus en plus.

— Publication quotidienne des résultats... Comme
promis dans mon « Speech of Rebirth » de Davos...
Stade suprême de la corporate governance... Bourse
émerveillée... Actionnaires comblés... Confiance res-
taurée...

Patati, patata. On ne m'écoutait plus du tout. Je m'en-
lisais dans les sables de l'indifférence.

Je pris la décision de me taire. Personne ne le remarqua. Le silence se fit.

— Que se passe-t-il ?

507

Je n'obtins aucune réponse.

— Dites-moi, merde ! Qu'ai-je donc fait ?

A l'autre bout de la table, Dittmar Rigule pencha la tête sur le côté de son ordinateur.

— Rien. Vous n'avez rien fait. C'est justement pourquoi vous êtes blâmable.

— Je ne comprends pas...

— Combien de temps vous faudrait-il pour mettre en place votre machin ? Le... P.A.P.A...

J'y allai au bluff :

— Trois mois.

Des sourires goguenards accueillirent ma réponse. Je pensais pourtant avoir visé court.

— Trois mois... reprit Dittmar. Où serons-nous dans trois mois ? Encore vivants ? Pas sûr... Ne perdons pas de temps avec cette trouducuterie de Programme d'Ajustement. Parlez-nous plutôt de votre deuxième mesure d'urgence.

Je compris que la bataille était perdue. A plate couture. Inutile de s'acharner. Le déséquilibre des forces jouait contre moi. Il était préférable de redéployer au plus vite mon dispositif de défense. Je sautai d'une tranchée à une autre.

— Deuxième mesure, donc : l'amélioration de notre offre sur Mizuho Holdings.

Un murmure de soulagement parcourut la table ovale. Les visages se tournaient vers moi. On m'observait maintenant.

— C'est ce que nous attendions de vous, confirmait Dittmar.

Je me sentis soutenu. Je fonçai :

— La prime proposée aux actionnaires passerait de trente à quarante pour cent par rapport à la moyenne des cours de Bourse. Vingt et un mille yens pour une action. Moitié en cash, moitié en titres du Crédit Général.

Les gestionnaires des fonds de pension ne semblaient pas satisfaits. Dittmar intervint :

— C'est insuffisant. Proposez une prime de... disons... cinquante pour cent. A vingt-deux mille cinq cents yens.

On approuvait autour de la table. Dittmar continua :

— Faites-en l'annonce publique dès demain. Si, dans une semaine, l'offre n'est pas acceptée, augmentez-la de dix pour cent. Et ainsi de suite chaque semaine. Jusqu'à cent pour cent s'il le faut. Le Crédit Général doit nous délester des titres Mizuho que nous avons achetés. Coûte que coûte.

Je n'avais pas encore eu le temps de réagir que Dittmar me prenait déjà à partie :

— N'allez pas me demander un bonus pour prix de votre complicité. Je vous enverrais vous faire cuire un œuf.

Je m'offusquai :

— Ce n'était pas du tout dans mes intentions.

— Mon œil, rétorqua Dittmar. Puis, il se mit debout :

— Pause. Nous reprenons dans dix minutes.

Les tortionnaires à chemises blanches et cravates sombres en avaient-ils terminé avec moi ? Si vite ? A ma droite, le rouquin se leva de sa chaise. Les autres l'imitaient. Moi aussi. J'étais libre de partir. Toujours en vie.


Dittmar s'étirait les bras. Maintenant que je le voyais en entier, je lui trouvais une mine terrifiante. Sa physionomie s'était encore détériorée depuis notre rendez-vous au bar de l'hôtel Plaza Athénée à Paris. Il faisait peur avec sa tête de macaque famélique. Les embardées de la Bourse lui bousillaient la santé.

Dittmar vint jusqu'à moi.

— Je vais pisser. Accompagnez-moi.

La porte blindée du Salon Money Maker s'ouvrit. Nous marchions dans les couloirs souterrains du Regent Wall Street Hotel en traînant les pieds. Je n'avais salué aucun des gestionnaires des fonds de pension en partant.

— Je suis cuit, ronchonna Dittmar. Emmuré depuis une semaine dans le cachot Money Maker. A auditionner des dizaines de patrons comme vous. Ils y passent tous en ce moment. Un quart d'heure chacun pour les remettre d'équerre. Il y a le feu au business, vous savez...

Dittmar entra dans les toilettes. Je le suivis.

— C'est la fin... s'affligeait-il.

— La fin de quoi ?

Dittmar s'approcha d'un urinoir. Il ouvrit sa braguette.

— La fin de l'âge d'or... L'enrichissement constant des actionnaires. La création alchimique de valeur. La Bourse maboule.

Plutôt que de rester planté à côté de Dittmar, je me dirigeai vers le lavabo. J'ouvris le robinet d'eau. Je me penchai pour boire.

— Mes retraités ne veulent plus prendre de risques comme avant, continuait Dittmar. Ils ont la trouille maintenant que la Bourse dévisse. Ils nous forcent à vendre toutes nos positions. A ne plus spéculer sur les marchés.

Je coupai l'eau du robinet.

— Non, laissez-la couler, me demanda Dittmar. Je n'y arriverai pas sinon...

J'obéis. Dittmar se concentra un long moment. Les yeux fermés. Les narines dilatées. Il parvint à faire pipi. Tout en monologuant :

— Le troisième âge joueur et jouisseur s'éteint. Adieu les seniors d'élite. Adieu les milords du bas de laine. Maintenant, c'est la retraite des masses qui commence. Des dizaines et des dizaines de millions de

pensionnés qui se cramponnent à leurs petites économies. Ils ne peuvent plus tolérer que les aléas du business servent à payer des grosses allocs. La multitude
rend grégaire...

Dittmar finissait de pisser. S'écartait de l'urinoir. Se
reculottait.

— Bienvenue à la génération rente perpétuelle. Une
bande de boutiquiers qui refuse d'investir son fric en
actions. Uniquement en prêts aux entreprises et aux
Etats. C'est moins périlleux. La garantie de toucher trois
pour cent d'intérêt devient préférable à l'espérance
d'une rentabilité de quinze pour cent. Quel ennui... Va
falloir que je change de métier...

Dittmar Rigule sortit des toilettes. « Je vous raccom-
pagne jusqu'à l'ascenseur. » Il avait oublié de se laver
les mains.

— Plus rien à foutre de la corporate governance, de
la création de valeur, des investissements d'esbroufe au
Japon, du « Programme d'Ajustement Permanent d'Activité ». La gestion des entreprises ne nous regarde plus.
Du moment qu'elles payent leurs dettes...

Les portes de l'ascenseur s'ouvrirent. Dittmar me tendit la main. J'étais contraint de la serrer.

— Il faut nous débarrasser de Mizuho Holdings,
Marc. Je compte sur vous. Nous vous laisserons tran-
quille après.

Dittmar me souhaita quand même bonne chance pour
la publication des résultats mensuels du Crédit Général.
Il me semble qu'il ajouta : « Je ne sais pas si nous nous
reverrons un jour. » Mais les portes de l'ascenseur
s'étaient refermées.

Je remontai à la surface.

## 52

C'était un rush ininterrompu sur le tapis rouge. Les limousines déversaient les personnalités à la chaîne. Une livraison toutes les cinq secondes selon un ordonnancement métronomique. Arrivée de la voiture, ouverture des portières, extraction des VIP, vivats de la foule, intervention des gardes du corps, claquements des portières, départ de la voiture. Et ainsi de suite. Les cadences infernales des soirées de gala.

A peine avais-je posé un pied à terre que je m'éloignai de Nassim. Elle avançait seule. Les journalistes l'assiégeaient aussitôt. Au premier rang, je reconnaissais Kristin Malia, la reporter de l'émission News Live sur E ! TV. Micros, caméras et projecteurs : un maelström pour célébrités.

Nassim marchait maintenant en direction des photographes. Elle s'immobilisait devant eux. Tournoyait sur elle-même. De face, de dos, de profil. Sa robe était partout transparente. Elle souriait. Montrant son corps presque nu. Les photographes hurlaient « Nassim ! Nassim ! » Elle pirouettait à nouveau. Dos-face-profil. « Nassim ! Nassim ! » Fesses-seins-cuisses.

Je ne me formalisais pas d'avoir été séparé d'elle sur le sentier de la gloire en velours rouge. Nassim m'avait prévenu dans la limousine. « Ne reste pas à côté de moi. Il y aura toute la presse. » Pour me consoler, elle m'avait fourré dans la bouche une petite pilule d'extase. J'avais accepté son deal. Je m'étais écarté.

Tout de suite derrière Nassim, une autre vedette surgissait. Il fallait débarrasser le plancher. Les règles du protocole l'exigeaient. Mon ange noir abandonnait les photographes. Ils réclamaient déjà « Kylie ! Kylie ! »

Je retrouvai Nassim un peu plus loin, devant deux immenses portes protégées par des gorilles à oreillettes. Nassim me tendait les cartons d'invitation. « OrgyLand Park – Grand Opening », était-il écrit en rose fuchsia. Deux préservatifs étaient agrafés au bristol.

Je venais de comprendre où nous étions arrivés. La « furia des sens », c'était ici.


Je n'ignorais rien de la sulfureuse affaire de l'Orgy-Land de New York. La construction d'un parc de loisirs pour adultes à proximité du World Trade Center avait été réclamée par l'industrie américaine du divertissement. Il s'agissait pour elle d'adapter son offre au vieillissement de la population mondiale. Comme le démontraient toutes les analyses marketing, le sexe était devenu le hobby préféré des 45-84 ans. Or la compétitivité des groupes américains reculait dangereusement sur le créneau prometteur de la dépravation. Grâce à leurs traditions locales, seules les vieilles nations du plaisir comme la France, l'Italie ou l'Espagne profitaient de l'explosion du business coquin. Sans parler de la concurrence agressive des pays émergents : Brésil, Maroc, Inde, Thaïlande ou Vietnam. Le manque d'infrastructures spécialisées pénalisait les Etats-Unis. Leur leadership mondial était menacé.

Faute d'une politique industrielle volontariste, plaidaient les opérateurs américains, l'écart technologique se creuserait pour toujours. La balance des paiements trinquerait dur. Il devenait vital de s'attaquer aux rigidités structurelles. De démanteler un puritanisme sclérosant. « Favorisons la flexibilité des principes moraux, exigeaient-ils. Encourageons l'initiative sexuelle. Libérons les énergies libidineuses. » L'Amérique devait renouer avec le génie pionnier. La construction du plus grand parc partouzard du monde donnerait le signal de la reconquête. Ce serait la Nouvelle Frontière Orgasmique.

L'implantation du premier OrgyLand Park au sud de Manhattan ne s'était pas faite au hasard. L'endroit se trouvait à proximité du quartier des affaires. Au cœur d'une métropole dynamique. De tradition libérale. Disposant d'un pouvoir d'achat élevé. Et dont la population comprenait une majorité d'adultes célibataires infoutus de trouver chaussure à leur pied. Un OrgyLand n'était-il pas à New York dans son environnement de prédilection ? Ne venait-il pas satisfaire la demande d'une clientèle captive ? Son succès était garanti, juraient ses sectateurs. Il marquerait pour la ville le début d'une nouvelle ère de prospérité. De joie de vivre. De communion entre les êtres. La Grosse Pomme, sanctuaire de l'amour. Rêverait-on d'un plus beau destin ?

La cause de l'OrgyLand reçut très vite un soutien inattendu, mais décisif. On venait en effet de découvrir le vaccin contre le sida. Il avait été testé avec succès en Afrique sur des milliers de cobayes non consentants. La commercialisation à grande échelle allait démarrer dans les pays développés. C'était pour tous un immense soulagement. La fin programmée du virus assassin. Après tant d'années de souffrances.

Il était encore difficile d'imaginer l'incidence qu'aurait sur les mœurs l'éradication de la pandémie. Mais on pressentait qu'un bouleversement allait se produire. L'insouciance, la volupté et la liberté chasseraient la peur, la culpabilité et la frustration. On prédisait un nouveau printemps de l'humanité. La résurrection d'une sexualité joyeuse. Les ligues de vertu en étaient terrifiées d'avance. Elles s'affligeaient en secret de l'extinction prochaine de la maladie.

514

Dans un éditorial devenu fameux dès sa publication, Jean-Marie Colombani avait le premier annoncé les évolutions qui surviendraient bientôt. S'inspirant d'un vers de *L'Affiche rouge* d'Aragon : « Amoureux de vivre à en mourir », il titrait son article : « Amoureux de vivre à en jouir. » C'était prémonitoire.

Le climat d'allégresse profitait aux promoteurs de l'Orgyland Park. La municipalité de New York annonçait officiellement le lancement du projet. Elle souhaitait toutefois lui trouver une appellation plus respectable. Après réflexion, elle opta pour « New York Sex Exchange ». Mais le président du New York Stock Exchange avait failli s'étrangler en apprenant la nouvelle. Son NYSE de la vertu risquait d'être confondu avec l'autre, le NYSE du vice. L'excellente réputation de la Bourse n'y survivrait pas. Il menaça d'intenter un procès à la ville. Le maire était contraint de céder au chantage. A court d'idées, il organisa un concours ouvert à toutes les imaginations. La trouvaille d'un team de créatifs d'une grande agence de pub recueillit la majorité des suffrages. « New Sex Delire for Attractive People », avait-il proposé. Une association d'enfants de Déportés releva alors que les initiales de « New Sex Delire for Attractive People » donnaient NSDAP. Comme le Parti nazi de sinistre mémoire. L'agence de pub présenta des excuses publiques pour cette bévue impardonnable. Elle prit l'engagement d'imposer à ses créatifs des cycles de formation sur l'histoire du nazisme. La polémique s'arrêta là. Le NSDAP passa à la trappe. Par souci de simplicité, le maire de New York se rabattit sur le label d'origine.

L'affaire de l'appellation enfin réglée, le programme OrgyLand entra dans la phase opérationnelle. La municipalité lança une procédure d'appel d'offres en vue de sélectionner l'opérateur du parc. Après dépouillement des dossiers, la proposition de Disney l'avait emporté grâce à la précision de ses engagements qualitatifs. Nondiscrimination à l'égard des minorités ethniques et sexuelles. Signalétique particulière pour les « personnes à mobilité réduite ou à capacités sensorielles réduites ». Présence permanente d'équipes de finisseurs. Tarifs préférentiels pour les mères de familles nombreuses et les vétérans de l'armée. Rien n'avait été oublié, jusqu'à la traçabilité de l'ecstasy.

Mais le point fort du dossier de Disney concernait le traitement réservé à la clientèle islamique. De nombreuses féministes s'inquiétaient en effet du sort réservé aux musulmanes de retour à la maison après une virée à OrgyLand. Ne s'exposaient-elles pas aux châtiments de la charia ? A la lapidation, la répudiation ou la relégation ? Pour éviter les drames conjugaux, les uns préconisaient de restreindre l'accès au parc, les autres criaient à l'arbitraire ségrégationniste. Disney parvint à concilier les points de vue en imaginant une procédure particulière. Les couples musulmans, a fortiori s'ils étaient légitimes, seraient invités à se faire connaître dès leur arrivée à OrgyLand. On ferait signer aux hommes une Déclaration Irrévocable de Renonciation à la Charia, dont un double serait remis à l'accompagnatrice. Sans Déclaration paraphée, interdit de pénétrer dans le parc. En outre, un Bureau de l'Islam Tolérant serait créé pour dispenser des conseils à tous ceux qui s'interrogeraient sur la compatibilité entre la luxure et les enseignements du Prophète. Des oulémas partisans d'une lecture libérale du Coran consulteraient 24 heures sur 24. Ils seraient habilités à délivrer un Certificat de Bonne Débauche aux femmes qui en feraient la demande.

« Religieusement correct », avait estimé le maire de New York à propos de cette procédure. C'était suffisant pour désigner Disney comme le grand vainqueur de l'appel d'offres du Parc. Sa construction démarra aussitôt. Il fallut plusieurs années de labeur à marche forcée pour en venir à bout.

Aujourd'hui le parc était achevé. La grande fête d'inauguration pouvait commencer. A nous la « furia des sens ».

Nous venions de franchir les immenses portes d'entrée du parc. J'agrippais le bras de Nassim. J'avais peur de la perdre. Dans le hall sombre, la foule des invités s'excitait. On se poussait. On se comprimait. Difficile d'avancer. J'avais chaud. Je m'éventais avec les cartons roses « OrgyLand Park – Grand Opening ». Un préservatif se décrochait du bristol et tombait par terre. Je n'osai pas le ramasser.

Un bellâtre se jeta sur nous. « Nassiiiim ! » couinat-il. Je le reconnus tout de suite. Claudio, le latin lover du Ivy à Londres. Bronzé. Cheveux au vent. Cool. Il attrapa Nassim à pleines fesses. L'étreignit contre son torse. Lui roula une galoche. « Hi, starsucker. » Nassim se laissait outrager. Elle se mettait sur la pointe des pieds pour mieux se frotter contre la poitrine de Claudio. Je tâchais de sourire même si personne ne me regardait.

Claudio présenta à Nassim les deux blondasses qui l'accompagnaient. Des Californiennes pleines de vitalité. Tout le monde s'embrassait sur la bouche. Sauf moi. Car on ne m'avait pas présenté.

Claudio et ses nymphettes disparurent. Emportés par le flot des invités. La soirée promettait d'être chaude.

Des cast members en bikini nous abordaient. « Musulmans ? » « Non. » « Allez-y. Vestiaire de droite pour madame. Vestiaire de gauche pour monsieur. » Je levai la tête. Deux files d'attente se formaient devant nous. Les femmes d'un côté, les hommes de l'autre. J'allais être séparé de Nassim. Pourquoi fallait-il entrer dans des vestiaires ? J'étais saisi de panique. M'obligerait-on à me dévêtir ? Devrais-je exhiber mon corps mal foutu aux regards de la foule ? Me comparerait-on à la plastique de Claudio ? Et Nassim, se mettrait-elle entièrement à poil ? N'aurais-je plus l'exclusivité sur sa nudité ? J'imaginais le pire.

Je serrais Nassim contre moi. De toutes mes forces. Je refusais de la lâcher. Je transpirais. Avec tous ces gens autour de moi. Cette effervescence. Cette pulsion collective. Nassim me repoussait. Je la retenais. J'avais des éclaircissements à lui demander sur le modus operandi des boîtes à partouzes. Peut-on rester habillé ? Peut-on se tenir à l'écart des réjouissances ? Peut-on décliner une proposition ? Peut-on se contenter de regarder les autres ? Les vraies questions en somme.

J'exaspérais Nassim à l'empêcher de rejoindre le vestiaire des femmes. Elle ouvrit son sac à main. Attrapa son pilulier. Me tendit un petit cachet bleu. Le deuxième de la soirée. « Have fun. » J'avalai en fermant les yeux. Etait-ce nécessaire de me charger encore ? J'avais déjà la tête qui tournait. Je n'y voyais plus très clair. C'était à chaque fois pareil avec Nassim. Je ne restais jamais longtemps dans mon assiette.

Quand je rouvris les yeux, Nassim avait disparu. Il n'y avait plus que des hommes autour de moi. La multitude me poussa vers l'intérieur des vestiaires. J'entrai. Le décor s'obscurcit. Presque le noir complet. Un couloir bas de plafond. Des murs étroits. Des faisceaux fluorescents. Des ombres qui avancent. Je me laissais porter par le mouvement. Des panonceaux éclairés : « Bains », « Sauna », « Massage », « Relaxation ». Du carrelage de douche. De l'eau qui coule. Des piles de serviettes-éponges. Des odeurs de parfum pour homme. Je marchais sans savoir où j'allais. Des cabines fermées. Des rires. Des râles. Enfin un filet d'air frais. Un rai de lumière. La rythmique d'une musique. De plus en plus forte. Bientôt le bout du couloir ? Oui. Encore quelques pas et j'y serais.

Puis soudain, devant mes yeux, OrgyLand Park. Immense. Féerique.

M'étais-je déshabillé dans les vestiaires ? Je ne me souvenais pas de l'avoir fait. Je m'en assurai quand même. Pas d'erreur. Je portais toujours mon costume Paul Smith. Celui que j'étais parti m'acheter dans la boutique de la Cinquième Avenue, du côté de Union Square. Tout de suite après le rendez-vous avec Dittmar Rigule au Regent Wall Street Hotel.

Et les autres autour de moi ? Dans quelle tenue étaient-ils ? Je vérifiai. La plupart des invités avaient gardé leurs vêtements. Comme moi. Je me réjouissais de ne pas avoir l'air du plouc de service. Merci Paul Smith.

Il fallait vite que je retrouve Nassim. Sans elle, comment aurais-je le cran de baguenauder dans Orgy-Land ? Je scrutais la foule autour de moi. Pas de Nassim. Je me dirigeai vers le vestiaire des femmes. Mon ange noir n'y était pas. Je me mis sur le côté, regardant les invitées sortir. Les copines de Claudio passèrent sans me voir.

Nassim n'arrivait pas. J'attendais. Un sosie entièrement nu de Pamela Anderson s'approcha de moi. « Welcome ! » Elle me tendit un plan d'OrgyLand, puis disparut sur ses hauts talons.

Je dépliai le prospectus. En plein milieu du parc, Sex Street, la rue principale. Avec distributeur automatique de billets, boutique d'articles X, location de gadgets, restauration rapide, bar montant, guichet des habits trouvés, antenne gynécologique, pharmacie aphrodisiaque, Bureau de l'Islam Tolérant, point de rendez-vous des conjoints perdus, développement express de photos... Sex Street se terminait par un vaste dance-floor. Là où défilerait, à deux heures du matin, la « Burqa Parade ». « Les Mille et Une Nuits libertines. Quand l'Orient enlève le voile. Unique en Amérique », fanfaronnait la brochure d'OrgyLand.

Nassim demeurait invisible. Je poursuivais l'exploration des lieux. Aux quatre points cardinaux de Sex Street se trouvaient les « Univers de volupté à découvrir ». MixerLand : « Initiation à la promiscuité des corps. Idéal pour les débutants. Pas de rapports sexuels en dehors du couple. » SwingerLand : « Les barrières au libre-échange enfin abolies. Découvrez le monde luxuriant de la concurrence pure et parfaite. Réservé aux couples. » GangBangLand : « L'éden des amatrices de pluralité masculine. Pour celles qui en redemandent. Hommes seuls bienvenus. » SadoLand : « Là où supplice rime avec délice. Fais-moi mal, Johnny. Public averti uniquement. »

Je levai les yeux de mon plan. Depuis combien de temps étais-je rivé dessus ? Dix minutes ? Une demi-heure ? Pas la moindre idée. Les petits cachets bleus de Nassim altéraient ma perception du temps. Je commençais à en avoir marre de poireauter. Il fallait que je bouge.

Une dernière vérification en direction de la sortie du vestiaire des femmes. Mon ange noir s'était volatilisé. Je me tournai vers Sex Street. Nassim m'y attendait peut-être. Je rassemblai assez d'intrépidité pour attaquer seul la visite du parc. Go !

La sono diffusait une musique électro. Des soupirs lascifs accompagnaient le beat. En rythme. Un beat, un soupir. Un beat, un soupir. Et ainsi de suite dans un paroxysme répétitif. Sur le trottoir de Sex Street, des clones dénudés de Jennifer Lopez, Salma Hayek, Halle Berry ou Angelina Jolie tapinaient en talons aiguilles. On pouvait se faire photographier en leur compagnie. Leur demander des autographes. Les peloter un peu.

Mais pas coucher avec. Le règlement du parc était très strict à cet égard.

Sur le trottoir d'en face, des répliques de Richard Gere, Tom Cruise, Ben Affleck ou Matt Damon racolaient les passantes. Photographies et autographes. Mais mollo sur les caresses. Et copulation interdite. Un peu à l'écart des autres, un Bill Gates en plus baraqué se dandinait sous le nez des touristes. Il ne parvenait pas à attirer l'attention sur lui.

Je me présentai devant MixerLand. « Idéal pour les débutants », avais-je lu dans le dépliant du parc. C'était ce qu'il me fallait. J'entrai. J'eus la stupéfaction de découvrir un décor de Paris en carton-pâte. Des pavés luisants, des réverbères à gaz, des immeubles en pierre de taille, des toits en ardoise. Sur les murs, des inscriptions étaient peintes en lettres d'or : « Sorbonne », « Quartier Latin », « Saint-Germain-des-Prés », « Café de Flore ». Au centre du décor clignotait une enseigne lumineuse « Atelier d'écriture ». Je consultai le descriptif de l'attraction. « Vivez les émois de la rédaction d'une scène pornographique. Les meilleurs auteurs français vous enseigneront les secrets du hard bien torché. » Je me souvins avoir entendu parler de la controverse suscitée par l'Atelier d'écriture. A l'origine, Disney entendait réserver l'attraction à la seule composition des scènes de roman. Des écrivains français, considérés comme les pointures mondiales de la narration de partouzes, avaient été sollicités pour animer les travaux. Mais par la voix de Jack Valenti, le représentant de la Motion Picture Association, les grands studios de cinéma américains avaient dénoncé une mesure discriminatoire. « L'échangisme n'est pas l'apanage de la littérature, déclarait-il. Nous exigeons notre quota de vice. Car sans bacchanales, le cinéma mourra. » Disney cédait à la pression du lobby hollywoodien. L'Atelier d'écriture s'ouvrait aux scénaristes en herbe.

Je poussai la porte d'entrée. La pièce ressemblait à un amphithéâtre de l'Ecole des beaux-arts à Paris. Avec partout des boiseries anciennes. Sur l'estrade, une dizaine de modèles enchevêtrés forniquaient au ralenti. Les apprentis auteurs, installés sur des gradins en demi-cercle, bûchaient le stylo plume à la main. Description des corps, des gestes, des bruits, des odeurs. Par souci du vécu, plusieurs spectateurs se joignaient aux ébats. Au centre, une femme aux cheveux courts commentait la scène. « L'émotion ! lançait-elle. Pensez à l'émotion ! » L'assistance prenait note. Je commençais à croire que j'étais en proie à des hallucinations.

Je quittai l'Atelier d'écriture. Je marchais sans but dans MixerLand. Un peu plus loin, j'aperçus les néons multicolores de l'EgoBooster. « Des filles offertes se prosternent à vos pieds et implorent votre virilité, était-il écrit à propos de l'attraction. Un bon coup de fouet au narcissisme. Pour vous messieurs. » L'EgoBooster attirait du monde. La file d'attente serpentait sur des dizaines de mètres. Je m'apprêtais à la rejoindre lorsque je crus reconnaître Jean-Marie Colombani. Etait-ce lui sous le panneau « 45 minutes d'attente » ? Difficile à dire. Le type se dissimulait derrière un journal. Je ne voyais pas son visage. Dans le doute, je préférai m'éloigner.

Je regagnai Sex Street. Toujours la musiquette électro. Toujours les râles de plaisir. Boum-boum, ah-ah. C'en devenait obsédant. Un tempo à me détraquer la raison. Comme si je n'étais pas assez paf avec les psychotropes que j'avais enfournés. Dans l'incapacité de récupérer Nassim au milieu de toute cette cohue. Où se planquait-elle ? Avec qui ? Pour quoi faire ? Il y avait ici tellement de recoins où elle pouvait me cocufier.

Je titubai jusqu'à SwingerLand. Des couples impatients s'engouffraient à l'intérieur. J'allais leur emboîter le pas lorsqu'un double de Silvio Berlusconi me barra le chemin. Il ne souriait pas, celui-là. « Interdit aux hommes seuls. » J'insistai. « Interdit », me répétait-il. Y avait-il un mot de passe à donner ? J'essayai « Stupendo, veramente stupendo ». Berlusconi bis me regarda sans comprendre. « N'insistez pas. » Il me poussa sur le côté. « Allez voir GangBangLand, me conseilla-t-il. Vous serez bien accueilli là-bas. » Je renonçai à passer en force.

Sex Street derechef. Beats et soupirs. Boum-boum, ah-ah. Je sentais que j'étais de plus en plus défoncé.

On reconnaissait l'entrée de GangBangLand aux hommes esseulés qui s'y engouffraient. Ils empruntaient en silence un long couloir crépusculaire. Le regard absent. Le visage caché. Comme honteux d'être là. Je les suivais. Il n'y avait aucune femme dans la cohorte des soutiers du plaisir. Que des hommes partant commettre leur forfait. Petit à petit, la musique électro de Sex Street s'atténuait. Les beats et les soupirs se taisaient. A la place, j'entendis des respirations rauques. Des raclements de gorge. Des toux viriles. J'avais le sentiment de déraper vers les bas-fonds du sexe.

Je continuais pourtant à progresser dans le corridor obscur en compagnie de mes semblables. Un éclat de voix nous parvint. « A la douche ! » Juste après, un rire de femme. Venant face à moi, un type me bouscula. Claudio. C'était lui. Tirant par la main l'une de ses amies californiennes. Les seins à l'air. Elle rigolait d'être traînée dehors par la poigne de Claudio. « A la douche ! » ordonna-t-il à nouveau. J'eus tout juste le temps de tourner la tête pour qu'il ne me reconnaisse pas.

J'arrivai au fond du tunnel. Un embouteillage se formait. Devant nous, des galeries étroites partaient dans toutes les directions. Un vrai labyrinthe. Où aller ? On hésitait à s'enfoncer sans repères dans les entrailles du stupre. Je me frayai un chemin parmi les maraudeurs indécis. Je découvrais des alcôves en enfilade. Pour recréer l'ambiance, chacune d'entre elles avait été décorée par thème. Square public, chambrée de militaires, vespasiennes, atelier de réparation de motos. Mais toutes les alcôves offraient le même spectacle. Des hommes attroupés. Le pantalon sur les chaussettes. Au milieu, une femme à la manœuvre. Un peu à l'écart, le populo des mateurs vadrouillait.

Le confinement des lieux m'étouffait. J'avais du mal à respirer. Je voulais m'échapper de ce foutoir oppressant. Au lieu de quoi, j'étais pris au piège dans une salle rectangulaire aménagée en parking cracra. Sol en ciment. Salissures d'huile de vidange. Pneus crevés. Grillages de protection rouillés. Au plafond, un tube de néon grésillait. Juste au-dessous, une douzaine d'hommes s'étaient rassemblés. Je m'approchai d'eux. Je n'osais pas regarder leurs visages. Il y avait une fille au centre du groupe. A quatre pattes sur un siège de voiture éventré. Derrière elle, un stentor lui balançait des grands coups de reins. Il vociférait. La fille se cabra d'un coup. Je reconnus la deuxième Californienne venue avec Claudio. J'étais éberlué de la trouver dans cette position. Une fille si saine. Si blonde. J'en flageolais sur mes jambes. Il fallait que je m'adosse contre la paroi. Les voyeurs ne remarquaient pas ma présence. Soudain, une impression de déjà-vu. N'avais-je pas été témoin de cette scène dans le passé ? Un parking souterrain, une femme pervertie, des hommes dans l'ombre. Je fouillais dans ma mémoire. Je ne trouvais pas. Ou alors peut-être... Oui, c'était ça. Diane. Telle que je me la représentais d'après le récit de Jean Rameur. Diane dans le parking de la Bourse à Paris. Premier sous-sol. En train de tourner son film porno amateur avec Rosa de Luxembourg. *Séance d'observation à la Bourse*. Je me souvenais du titre. Jean Rameur m'avait montré la cassette vidéo à la maison. Il m'avait raconté le scénario. Diane arrivait en voiture décapotable avec Rosa. Les mateurs se rassemblaient autour d'elles. Après... Après, j'avais demandé à Jean Rameur de se taire. Je ne voulais pas savoir ce qui se passait entre Diane et les Chippendales vicelards du parking de la Bourse. Je me contentais de l'imaginer. A force, je finissais par croire que j'avais assisté à la scène.

La chaleur était étouffante dans le box de voiture. Impossible de reprendre mon souffle. Je restais paralysé. Le dos collé contre le mur. Tout se mélangeait. Les ruades du stentor. Les bascules de la Californienne. La branlette des voyeurs. « A quoi tu penses ? » Venait-on de me parler ? Non, une hallucination auditive probablement. « Tu penses à elle ? » J'avais entendu une voix cette fois. Ce n'était plus une hallucination. « Avoue ! » Je sursautai. « Tu penses à Diane jetée en pâture dans un parking public. » Etait-ce la voix de Nassim ? « Tu sais qu'elle en rêve, Diane. » C'était bien Nassim. Comment avait-elle deviné mes pensées secrètes ? « Tu m'avais promis de lui organiser une séance trash. » Nassim était diabolique. Elle me faisait peur. « Tu me l'avais juré dans le peep-show à Londres. » Je voulus me retourner. Nassim m'en empêcha. Elle me tirait les cheveux. « Tu me l'avais de nouveau juré dans les chiottes de l'aéroport de Tokyo. » Je ne pouvais plus bouger. « Mais tu n'as rien fait ! » Je reçus une gifle. « Regarde devant toi ! » Je me soumis. Le stentor s'acharnait sur la Californienne. La fille hurlait. Je sentais le souffle de Nassim dans mon cou. « Ça te plaît ? » J'acquiesçai. Une main se saisissait de mes couilles. « Tu t'es dégonflé avec Diane. » La main me serrait. « Pétochard ! » Je grimaçais. « Pardonne-moi, Nassim. » J'avais mal. « Je m'occuperai de Diane dès mon retour à Paris. » Je glissais mes doigts sous la jupe de Nassim. « Je te le jure, Nassim. » J'effleurais la peau de ses fesses. « J'attirerai Diane dans un parking. » Nassim me

tordit les doigts. « Occupe-toi de madame Tourneuillerie. Pas de moi. » Elle me força à retirer ma main. Nassim introduisit un cachet dans ma bouche. « Bandit ! »
Je reconnus le goût amer sur ma langue. « Collabo ! »
J'avalai le comprimé. « Exploiteur ! » Le stentor se
déchaînait devant nous. « Ennemi du peuple ! » Le stentor secouait la Californienne dans tous les sens. Elle perdait l'équilibre. Les voyeurs l'immobilisaient sur le
siège de voiture. « Tu le feras ! » m'ordonna Nassim.
Tout à coup, un beuglement monstrueux. Comme un
dinosaure écrabouillé par un astéroïde. « Ich komme ! »
Dittmar ? Je regardai le visage du stentor. Dittmar
Rigule. Lui-même. Il rugissait. « Ich komme ! » Il
rudoyait la Californienne. « Tu le feras ! » me répétait
Nassim à l'oreille. Ça m'effrayait. J'observais les types
à côté de Dittmar. Je les reconnaissais. Il y avait le rouquin. Et les autres avec lui. Les caïds des fonds de pension. La mafia du Clarence Hotel. Le gang du Regent
Wall Street Hotel. Tous là. « Tu le feras ! » insistait Nassim. Elle me pressurait de nouveau les couilles. Encore
plus fort que tout à l'heure. Je voulus crier. « C'est juré,
Nassim. Dès mon retour à Paris. » La douleur devenait
insupportable. « Tu le feras ? » La volonté m'abandonnait. « Oui, je le ferai... » Je sentais que j'allais m'évanouir. « Répète ! » Mes muscles se ramollissaient. « Je
le ferai... » Mon corps se relâchait. « Je te le jure, Nassim... » Je fermai les yeux.

Je succombai.

## 53

Je ne sais plus par quel miracle je m'étais retrouvé assis sur le siège tout cuir du Falcon 7X. A dix mille mètres d'altitude. En route pour Paris.

Je gardais le vague souvenir de m'être écroulé dans l'alcôve de GangBangLand. Tandis que je gisais à terre, Nassim m'avait forcé à gober un autre cachet bleu. Elle ne cessait de m'injurier. « Vendu ! » « Buveur de sang ! » Des accusations gratuites. Sans aucun rapport avec ma situation personnelle. Pour me venger, j'avais recraché le petit comprimé à l'insu de Nassim. En quittant l'alcôve, elle m'avait donné un coup de genou dans le visage. « Tu le feras ! » m'avait-elle redit. « Diane dans le parking public ! » Je faisais oui avec la tête. Puis Nassim avait quitté les lieux en compagnie de la bande à Dittmar. S'étaient-ils rendus tous ensemble dans une autre alcôve de GangBangLand ?

Au bout d'un moment, j'étais parvenu à me relever du sol en ciment. D'autres dépravés se ramenaient avec une fille. Ils se mettaient en place autour du siège de voiture éventré. Je n'avais plus rien à faire ici. Je m'en allai.

Sex Street de nouveau, où la Burqa Parade démarrait. Le vestiaire des hommes que je traversais en sens inverse. Enfin les immenses portes d'OrgyLand Park. Le tapis rouge, les photographes, les limousines, les badauds. Un taxi m'embarquait. Il me déposait à l'aéroport LaGuardia. Je me réfugiais dans mon beau jet.

« Partons d'ici ! » Les membres d'équipage s'affairaient aussitôt. L'hôtesse de l'air me servait une coupe de champagne.

Le Falcon 7X venait de décoller. Il était trois heures du matin à New York. Le début de la journée à Paris. Je ne ressentais aucune fatigue. J'étais même dans un état de surexcitation depuis mon départ d'OrgyLand. Les yeux exorbités. Les mâchoires serrées. Les mains fiévreuses. Le cerveau en ébullition. Je ne cessais de ressasser l'injonction de Nassim : « Tu le feras ! Tu le feras ! »

J'attrapai la liste de messages que m'avait envoyée Marilyne. A chaque ligne, le nom de l'interlocuteur et le motif de son appel. « Matthew Malburry » revenait un nombre de fois incalculable. A côté, Marilyne avait écrit : « Urgent », « Très urgent », « Extrêmement urgent », « Question de vie ou de mort ». De plus en plus alarmiste à mesure que la nuit s'était écoulée.

Avant de rappeler Mama, je parcourus le reste de la liste. Mon regard s'arrêta sur « Tino Notti ». « Confirmation du virement de deux millions d'euros au crédit de son compte bancaire. » Je bénissais le ciel. Au moins Nassim ne pourra-t-elle pas prétendre que je manquais toujours à mes promesses. Il m'en restait une dernière à exécuter. « Tu le feras ! Tu le feras ! » J'étais cette fois résolu à régler le cas Diane dès mon retour en France. Il n'y aurait plus aucune raison de soupçonner une lâcheté de ma part.

Beaucoup plus loin dans la liste de messages, je finis par trouver le nom que je cherchais : « Jean Rameur ». « Rapport sur le rendez-vous Bensimon-Greenball à Londres. » Je me précipitai sur le téléphone pour réclamer un récit circonstancié du happy hour. Au lieu de quoi, je fus accueilli par des insultes.

— Plein le cul de vos conneries, attaquait Jean Rameur. J'arrête tout. Vous me faites perdre mon temps avec Bensimon et Greenball. Il ne s'est rien passé entre eux. Et il ne se passera jamais rien.

Je me préparais à trucider Jean Rameur pour son insolence. Mais c'était lui qui me tenait tête :

— Pendant trois quarts d'heure, j'ai tendu l'oreille à la recherche d'une preuve de culpabilité. Peau de zob ! Ils n'ont eu qu'un seul sujet de conversation : la maman de Catherine Bensimon. Affligeant. Moi, je ne suis pas chargé de faire du baby-sitting. Mais des enquêtes de mœurs. Sordides, si possible !

La maman de Catherine ? Une suspicion surgissait en moi. Ma JAP s'était-elle sentie à ce point intime avec le gnome du Crédit Général UK qu'elle lui avait ouvert son jardin secret ? Je commençais à redouter ce qui s'était réellement passé dans le pub de Londres.

J'interrogeai Jean Rameur sur l'attitude de Stanley Greenball pendant les monologues de Catherine à propos de sa maman. « Il écoutait », rapportait mon espion sans se soucier du sens de la question.

Je réfléchissais à toute allure. Le témoignage de Jean Rameur stimulait ma sagacité. Les petits cachets bleus de Nassim devaient contribuer à mettre mon intellect en état d'alerte.

— Vous êtes formel : Greenball ne faisait aucun commentaires lors des confidences de Bensimon...

— Non, il disait juste : « C'est passionnant, continuez, ça ne m'ennuie pas du tout. » Le boniment habituel du vendeur de porte-chaussettes...

Mes craintes se précisaient. Ma JAP était tombée dans un traquenard. Je voulais en avoir le cœur net :

— Greenball a-t-il parlé de lui ? demandai-je. Son salaire... Ses stock-options... Sa voiture de fonction...

— Non, à aucun moment.

Cette fois, la thèse de la manipulation mentale se

confirmait. Et Jean Rameur n'avait rien vu du guet-apens contre ma JAP. J'explosai :

— Etes-vous donc stupide ! Greenball se fout de maman Bensimon. Il prétend pourtant le contraire. Pourquoi d'après vous ?

Jean Rameur se taisait. J'étais contraint de donner la réponse moi-même :

— Parce qu'il veut la sauter, nom d'un chien ! Sachez que vous avez été le témoin du stratagème de séduction le plus pervers qui soit : feindre de s'intéresser à autrui.

Ma clairvoyance n'avait plus de limite. Tout devenait limpide. Greenball finirait un jour ou l'autre par vamper Bensimon. A force de lui raconter des bobards pour midinettes.

Jean Rameur demeurait silencieux. Probablement estomaqué par l'acuité de mon raisonnement. Venait-il de me dire : « Vous délirez » ? Il n'aurait jamais osé. Car je l'avais surpris à l'instant même en flagrant délit de faute professionnelle.

Un élément capital me manquait encore pour mesurer la gravité des événements qui s'étaient déroulés dans le pub de Londres.

— Y a-t-il eu contact physique entre Catherine Bensimon et Stanley Greenball ? Soyez très précis.

Jean Rameur semblait réfléchir.

— Non... Enfin si... Vers la fin du rendez-vous, Greenball a caressé l'auriculaire de Bensimon. Ou plutôt l'ongle de l'auriculaire. Il l'a caressé avec son index. « C'est la partie la plus désirable de votre corps », lui a-t-il déclaré.

J'étais soufflé. Mes pressentiments les plus pessimistes se confirmaient.

— L'ongle de l'auriculaire avec l'index... répétais-je.

— Oui... C'est resté soft.

— De quelle main ?

— La main de l'auriculaire ou la main de l'index ?

— Les deux...

Jean Rameur hésitait :

— Je crois qu'il s'agissait de l'index gauche chevauchant l'auriculaire... gauche. J'ai un doute à propos de l'auriculaire gauche. En revanche, je suis formel sur un point : Greenball n'a touché que l'ongle de l'auriculaire.

Je visualisais précisément la scène à présent. Bensimon et Greenball presque accouplés dans le pub de Londres. Peau contre ongle. Dans une posture indécente qui me révulsait. Toute l'exaspération accumulée en moi depuis le début de la conversation avec Jean Rameur se déchargeait d'un coup :

— Ce que vous me racontez est abject. J'ai envie de vomir. Une fille comme Catherine Bensimon, se vautrer ainsi dans la pornographie ? En public. Dès le premier rendez-vous. Songez, monsieur Rameur, à la quantité de microbes que leurs corps ont échangés à l'occasion de cet attouchement infâme. C'est considérable !

Je ne pouvais plus contenir mon emportement. Avais-je pourtant jamais douté de la perversité de Catherine Bensimon ? Même si je n'en avais pas trouvé les preuves photographiques sur Internet, je savais que ma JAP était prête à tous les outrages. Jusqu'à se faire tripoter l'ongle de l'auriculaire gauche. Quelle pute !

— Vous débloquez.

Je ne relevai pas la pique de Jean Rameur. Je lui intimai l'ordre de poursuivre ses investigations. Il devait repartir pour Londres dès aujourd'hui.

Jean Rameur me coupa la parole :

— Vous êtes un détraqué. Allez en enfer.

Il raccrocha aussitôt. Je restai le téléphone à la main. Une nouvelle pulsion agressive allait-elle se déclencher en moi ? Je patientais. Mais rien ne se manifestait. Comme seul désagrément intérieur, je n'entendais que la rengaine autoritaire de Nassim : « Tu le feras ! Tu le feras ! »

Je tentais à plusieurs reprises de rappeler Jean Rameur. Il ne répondait plus. Je me rabattis sur Matthew Malburry. Si d'aventure mes nerfs venaient à lâcher, j'aurais un exutoire disponible au bout du fil.


Quand Marilyne me transféra Mama, j'entendis d'abord un mouchage, puis un reniflement. Les ablutions de l'homme stressé.

— C'est un cataclysme à Paris.

La voix de Matthew chevrotait. Toujours cette intonation à la maréchal Pétain. Mais le maréchal Pétain du procès de 1945 en Haute Cour de justice, quand il avait dû payer pour ses trahisons. Que se reprochait Mama ?

— Hier, continuait-il, j'ai attendu la clôture de la Bourse avant de révéler les pertes du Crédit Général. J'espérais que tu réapparaîtrais dans la journée. C'était à toi de monter au front. Pas à moi. Et maintenant...

— Quoi maintenant ?

— Les marchés nous massacrent ce matin. Moins trente pour cent à la Bourse de Paris depuis l'ouverture des cotations. On nous débine : enlisement au Japon, résultats déficitaires, manque de transparence et... désertion du président de la banque...

Matthew Malburry s'imaginait-il qu'il ferait de moi son bouc émissaire ? Alors que c'était lui qui par son incurie faisait plonger le Crédit Général dans un marasme boursier. Mama avait méprisé mes instructions. Arnaqué ma confiance. Sa forfaiture allait lui coûter son poste. Comme à tous ceux qui dans l'état-major de la banque avaient cru pouvoir me berner. Ma vengeance s'abattrait bientôt. Pas tout de suite. Car dans l'immédiat j'avais encore besoin d'un sous-fifre. Pour une journée tout au plus.

— Voici mes nouvelles directives, indiquai-je à Matthew. Dépose dans l'heure qui vient une nouvelle offre sur Mizuho Holdings auprès des autorités boursières japonaises. La prime proposée par le Crédit Général passe à, disons, soixante-dix pour cent. Vingt-cinq mille cinq cents yens par action. Moitié en cash, moitié en titres du Crédit Général.

— Tant que ça...

— Chut ! Pas de commentaires. Précise bien qu'il s'agit d'une offre irrévocable. Valable à compter d'aujourd'hui midi, heure française.

« D'accord, d'accord », répétait Mama.

— Une dernière chose. J'atterris ce soir à Paris. Annonce la nouvelle au monde de la finance : « Marc Tourneuillerie is back ! »

Je raccrochai. La conversation avec Matthew Malburry m'avait dopé. Tout autant que la perspective de sa décapitation imminente. Je me sentais aussi énergique qu'au moment du décollage du Falcon 7X de l'aéroport LaGuardia. Etait-ce dû à la composition des petits cachets bleus de Nassim ? Aucune idée. Mais il y en avait assez pour réveiller les morts. « Tu le feras ! Tu le feras ! »

Je demandai à Marilyne de joindre au Japon tous mes contacts habituels sur l'opération Mizuho. Le Premier ministre. La hiérarchie gouvernementale de haut en bas. Le ban et l'arrière-ban des institutions boursières et bancaires. Les principaux actionnaires de Mizuho Holdings. A tous, je présentais la nouvelle offre du Crédit Général. J'argumentais. J'amadouais. Je convainquais. Des heures de palabres pendant lesquelles mon hyperactivité ne s'était jamais relâchée.

Nassim pouvait être fière de moi. J'avais fait honneur à ses remontants. « Tu le feras ! Tu le feras ! »

## 54

Parvenu à la verticale de Paris, j'avais acquis la certitude de remporter la victoire totale. La plupart de mes interlocuteurs s'étaient ralliés à la proposition du Crédit Général. La prise de contrôle de Mizuho Holdings allait aboutir, cette fois. A quel prix ? Peu m'importait, ce n'était pas avec mon argent. Moi, j'étais en passe de réussir le plus gros coup de ma carrière. La gloire m'attendait. « Marc Tourneuillerie is back ! » avais-je prévenu.

De l'aéroport du Bourget, une voiture me conduisit jusqu'à mon domicile parisien. Lorsque j'ouvris la porte d'entrée de l'appartement, la voix de Gabriel me parvint aussitôt de sa chambre. « Papa ? » Quelle plaie ! Mon fils ne pouvait-il pas patienter cinq minutes avant de me solliciter ? Surtout s'il s'agissait de me montrer ses dernières trouvailles pour exterminer plus vite les mômes de Brutality DeathKid. Qu'en avais-je à secouer de son jeu vidéo ?

Je ne répondis pas à Gabriel. J'avançai sur la pointe des pieds vers le grand salon de l'appartement.

« Papa... » Je m'immobilisai pour ne plus faire de bruit. « Papa, viens... » Mon fils avait une voix plaintive. Celle d'un PolPot à bout de souffle. C'en était crispant. Je murmurai dans sa direction : « Plus tard. Tais-toi. »

J'arrivai devant les portes closes du grand salon. Je me figeai un instant. « Tu le feras ! Tu le feras ! » Brusquement, je m'engouffrai à l'intérieur. Par effraction.

Rompant avec l'engagement de ne jamais venir troubler les réunions secrètes des Duchesses de Windsor.

Ce que je découvris dans la pièce m'arracha un cri de stupeur. Toute la déco avait changé en mon absence. Il n'y avait plus que des motifs écossais. Sur les murs, les plafonds, les sofas, les lampes, les cheminées, les bibelots. Même sur le parquet et les tapis. La démence de Diane avait tout ravagé.

Les Duchesses de Windsor me regardaient. Elles devaient être une vingtaine. Trop soûles pour s'offusquer de mon intrusion.

Rosa de Luxembourg trônait au milieu de la confrérie des vieilles folles. Diane était avachie à côté d'elle. La clope aux lèvres. Un verre d'alcool blanc à la main. Sur l'écran géant, la projection du film X *Séance d'observation à la Bourse*. Le parking souterrain. La voiture décapotable. Diane et Rosa dedans. Les voyeurs autour.

« Comment tu trouves ? » Je ne savais pas si Diane me parlait du film porno ou de la déco écossaise. Elle essayait de se lever du canapé. « Il faut que je te parle de Gabriel. » J'avais déjà décidé d'une autre activité. « Non, allons là-bas. » Diane ne comprenait pas. « Où ? » Je désignai l'écran géant. « Dans le parking. » Diane s'effondra en arrière sur les coussins. « Pas envie. » Elle avait l'élocution pâteuse. « D'abord Gabriel. C'est très grave. » Rosa de Luxembourg parvint à se mettre debout. « Il faut obéir à son mari ! » Elle empoigna Diane. « Lève-toi, grosse vache. » Elle la tira. « Au parking ! » Diane résistait. « Pas ce soir. » Elle dégringola du canapé. Rosa la traînait par le bras. « Avance ! » Diane se cogna le menton contre une table basse. « Je ne veux pas. » Rosa se pencha vers elle. « Pimbêche ! » Diane se mit à sangloter. Rosa la força à ramper jusqu'au seuil du grand salon. Puis elle l'aida à se redresser sur ses jambes.

Toutes les deux titubèrent jusqu'à la porte de l'appartement. Gabriel entendit nos pas. Il appela de sa chambre d'une voix geignarde. « Maman. » « Papa. » Aucun de nous deux ne lui répondit.

La décapotable de Rosa de Luxembourg était une Bugatti grand sport 1927. Je pris le volant. Diane s'assit à ma droite. Elle ne cessait de se lamenter. « Mon pauvre Gabriel... Que vas-tu devenir... » Rosa s'installa sur la minuscule banquette arrière. Une écharpe de soie rouge autour du cou. Quand je l'épiais dans le rétroviseur, je croyais voir le spectre d'Isadora Duncan.

Place de la Bourse, Rosa m'indiqua l'entrée du parking public. Je descendis la rampe d'accès jusqu'au premier sous-sol. Diane séchait ses larmes. « Après, je te dirai ce qui arrive à notre Gabriel. » Ignorait-elle de quoi serait fait l'après ?

Je roulai tout doucement dans l'allée centrale. Plus loin contre un pilier en béton, un groupe d'hommes nous guettait. Rosa me tapa sur l'épaule. « C'est ici. » Je ralentis et me garai dans un renfoncement obscur. J'éteignis les phares. Les types s'avançaient vers nous. « Soulève ta jupe. » L'ordre venait de Rosa. Diane obtempéra. Elle était nue en dessous.

La mise à mort, c'était pour maintenant.

Je me tournai vers Diane. « Je te quitte. » Elle se statufia.

D'autres voyeurs surgissaient de la pénombre.

Diane ferma les yeux. Les rouvrit. Les referma. A quelle vitesse se propageait sa dévastation intérieure ?

Les mateurs s'agglutinaient autour de la Bugatti.

Diane parvenait à articuler : « Tu ne peux pas me faire ça. » Je me penchai à son oreille : « Bien sûr que si. » Diane répétait : « Non, tu ne peux pas. »

De la banquette arrière, Rosa de Luxembourg s'exclama : « Quelle idiote ! J'ai oublié la caméra ! »

536

Diane insistait : « Non, tu ne peux pas. Parce que Gabriel est malade. Il va mourir. » Venant de Diane, j'avais imaginé la plus méprisable des réactions. Pas une ignominie pareille.

Maintenant, les voyeurs nous encerclaient entièrement.

Diane me regardait : « Gabriel est atteint de progeria. La maladie du vieillissement accéléré. Il n'y survivra pas. »

Les mateurs se débraguettaient.

Un chantage affectif pouvait-il entamer ma résolution à bazarder Diane ? Je sortis de la voiture. Je claquai la portière.

En me retournant une dernière fois vers la décapotable, je ne vis plus qu'une mêlée humaine. Diane était déjà ensevelie.

## 55

Ce matin-là, le Japon s'apprêtait à célébrer le Keiro-no-Hi, le Jour du Respect aux Personnes Agées. Une fois par an, m'expliqua plus tard Matthew Malburry, les Japonais souhaitaient longue vie au troisième âge et le remerciaient pour son inestimable contribution à l'épanouissement de la société.

L'appel funeste de Matthew m'avait réveillé aux alentours de minuit. Je m'étais tout juste endormi après avoir regardé la télévision la soirée entière. J'étais tombé par hasard sur l'émission News Live de E ! TV. Kristin Malia consacrait un long reportage à la fête d'inauguration de l'OrgyLand Park. Elle interviewait Nassim sur le tapis rouge. J'avais assisté en personne à la scène hier. Sauf qu'à la télé la robe de Nassim paraissait encore plus transparente. On voyait tout.

Le show de Kristin Malia m'avait aidé à oublier l'épisode du parking public de la place de la Bourse. Sitôt la rupture notifiée à Diane, j'étais parti me retaper dans une suite de l'hôtel Raphaël. Au dernier étage. Avec vue sur l'Arc de Triomphe tout proche. Jacuzzi, peignoir en éponge et room service. Des heures passées au lit à zapper sur toutes les chaînes de télé.

Quand mon téléphone avait sonné dans la chambre éteinte, je dormais à poings fermés. Il m'avait fallu un long moment avant de revenir à moi. Dans ma léthargie, j'imaginais que Diane m'appelait. Elle allait me supplier de revenir sur ma décision. Il y aurait des larmes et des gémissements. Une conversation pénible.

Mais c'est la voix de Matthew Malburry que j'entendis. Il tenait des propos chaotiques :

— Pardonne-moi... A cause du Japon... Je devais te réveiller... Un séisme...

— Encore...

— The big one, cette fois... Une rumeur circule là-bas à Tokyo. Ignoble... Les jeux vidéo provoqueraient une terrible maladie génétique. Il faudrait interdire les consoles. Envoyer au dépotoir les PlayStation et les GameCube...

— Qui te l'a dit...

— Les collaborateurs du Crédit Général sur place. Ils viennent de me prévenir. La Bourse va paraît-il dégommer Sony et Nintendo.

Je ne savais pas si Mama disait vrai ou si je cauchemardais.

— Toutes les sociétés du secteur vont déguster, poursuivait Matthew. Mais le plus grave, c'est le risque de contagion... Comme tu le sais, Mizuho Holdings est engagée jusqu'au cou avec l'industrie ludovirtuelle...

Mes yeux restaient clos. Ma tête, inclinée. Je ne savais que dire. Pouvait-on discuter avec des esprits malfaisants ? Je préférais me taire. Seuls des soupirs s'échappaient de ma bouche.

— Je file au bureau, conclut Matthew. Dès que j'ai une confirmation, je t'appelle.

Je coupai le téléphone. La somnolence chloroformait mes pensées. Un bourdonnement grondait dans mes oreilles. J'étais contraint de m'allonger sur le lit. Les images de la soirée défilaient. Le grand salon de mon appartement bariolé de motifs écossais. Le fantôme d'Isadora Duncan dans le rétroviseur de la Bugatti décapotable. Les ténèbres du parking de la place de la

Bourse. L'anéantissement de Diane en entendant « Je te quitte ».

Puis c'était au tour de Nassim de m'apparaître en songe. Je criais dans sa direction : « Je l'ai fait ! » Mon ange noir me fixait sans répondre.


Je me réveillai en sursaut. Une demi-heure s'était écoulée depuis le coup de téléphone de Mama. Pourquoi ne m'avait-il pas rappelé ?

J'allumai à nouveau la télévision. Zapping effréné. CNN, RAI, RTM, ESC, CCTV, BBC, ZDF, TVE... Jusqu'au canal 355 : la chaîne musicale Viva. Je retrouvais Mola, le présentateur avec son bonnet rasta. Du vert, du jaune, du rouge. Suivait un clip qui se passait dans les rues de Bombay. Un Sikh à barbe et turban breakait sur une musique rap. Boum, boum, boum. Je ne savais plus où j'étais. A la fin de la chanson, Mola revenait à l'antenne. Trois phrases en allemand pour annoncer une nouvelle vidéo. Tournée à Los Angeles celle-là. Des gonzesses blacks dansaient sur la plage de Venice. Les fesses bombées bien en vue. Qu'avait-on inventé de nouveau depuis la ceinture de bananes qu'exhibait Joséphine Baker dans la Revue nègre ?

J'éteignis la télé. Pour penser à moi. A ma bravoure. A mon opiniâtreté. Au soulagement d'avoir éjecté Diane. L'affaire avait été menée à la perfection. Sans accroc. Il n'y avait eu qu'un seul contretemps jusqu'à présent : l'impossibilité de joindre maître Tombière. Je lui avais pourtant laissé deux messages après mon arrivée à l'hôtel Raphaël. Il allait devoir s'occuper de la procédure de divorce. Pour ratatiner les prétentions de Diane. Qu'elle ne s'avise pas de revendiquer la moitié de ma fortune. Un minimum vital lui suffirait. Elle n'avait qu'à rebosser. Au laboratoire collisions, agrégats, réactivité. UMR 5589 du CNRS.

De toute façon, il ne fallait pas que je m'inquiète pour l'argent. J'avais enterré mon magot au fond de « Brunissage » et de « Staline ». Personne ne connaissait mes cachettes. Je ne remercierai jamais assez Christian Craillon d'avoir assuré par avance la protection de mes intérêts.

Le téléphone sonna. J'abandonnai mes réflexions.

Matthew Malburry était survolté :

— Ça y est ! Le ministère japonais de la Santé vient de publier un communiqué de presse. Il affirme qu'une pathologie mortelle appelée progeria a été diagnostiquée chez près de cent cinquante individus de moins de quinze ans. C'est plus que le nombre total de malades recensés jusqu'à présent dans le monde entier. Au rythme actuel, plusieurs dizaines de milliers de cas de progeria vont rapidement se déclarer. Apocalyptique !

— Quel est le rapport avec les jeux vidéo ?

Mama hurla d'émotion :

— Mais si ! D'après le ministère de la Santé, c'est Brutality DeathKid le coupable ! A cause des décharges électriques dans les manettes de jeu ! Ça carbonise les gènes. Les ados deviennent des mutants. Ils vieillissent à toute allure. L'agonie certaine au bout de quelques mois. Nous avons engendré des monstres !

J'étais en état de choc. Tout s'embrouilla d'un coup. La prétendue maladie de Gabriel. Le chantage de Diane dans le parking public. Et maintenant, les prémices d'une dégénérescence de la jeunesse nippone. L'écroulement probable de la Bourse. La banqueroute subséquente de Mizuho Holdings. Y avait-il un lien occulte entre les calamités d'aujourd'hui et les événements du passé ? Ma rencontre avec Morosado à Davos. La première copie de Brutality DeathKid. La prise de participation dans Morosado Games Inc. La fascination morbide de Gabriel pour PolPot. Sa détérioration physique accélérée.

541

Dans la confusion mentale qui me gagnait, je pressentais qu'une vaste machination était en train de se tramer contre moi. Mes affaires, ma femme, mon fils. On cherchait à me détruire. Je comptais me battre contre l'adversité.

Je décidai de rejoindre Matthew Malburry à la banque. Je lui demandai d'appeler Marilyne pour qu'elle nous y retrouve.


Au siège du Crédit Général, Mama attendait dans mon bureau. Il n'était pas parvenu à contacter Marilyne. A la place, il avait fait venir Janine, l'ancienne assistante de Jacques de Mamarre. Ma dernière rencontre avec elle datait du jour de la disparition de son patron. Je croyais que le plan social de la banque l'avait chassée peu de temps après. Ce n'était pas le cas. Elle était toujours là. En pleine forme. Comme je la remerciais de s'être déplacée au milieu de la nuit, elle me répondit qu'elle n'aurait « manqué le spectacle pour rien au monde ». Je laissai dire. Janine n'était pas secrétaire à manquer de déférence.

La Bourse de Tokyo venait d'ouvrir. Le communiqué du ministère de la Santé provoquait le désastre redouté. Sony, Nintendo et les autres sociétés de l'électronique grand public perdaient deux à trois fois leur valeur en quelques minutes. L'interdiction de la vente des consoles et des jeux vidéo entraînerait une chute brutale d'activité que les investisseurs anticipaient dès à présent.

Les autorités boursières suspendaient la cotation des sociétés attaquées. Dérisoire tentative d'endiguer un raz de marée. Car le mouvement baissier se reportait instantanément sur le secteur bancaire. Les opérateurs estimaient que l'insolvabilité future des entreprises high-tech allait ruiner les grandes banques créancières.

Dès lors, les traders se laissaient submerger par la

panique. Sur l'écran de mon ordinateur, je voyais les ordres de vente s'allumer en rouge. De gigantesques paquets d'actions passaient de main en main. Les records de baisse explosaient. Moins cent pour cent dans l'automobile, moins deux cents pour cent dans la distribution, moins trois cents pour cent dans la chimie. J'assistais impuissant à une débandade historique.

Seul le titre Mizuho Holdings résistait au reflux. Notre offre de rachat garantissait aux actionnaires une porte de sortie. Ils pouvaient désormais nous refiler leur papier dans des conditions ultra-avantageuses. Mais pour le Crédit Général, que vaudrait à l'avenir la première banque japonaise si tous ses débiteurs étaient à la rue ? L'acquisition d'un tas de cendres risquait de nous coûter des fortunes.

Il fallait de toute urgence trouver une solution. J'appelai Matthew Malburry à mes côtés. Il avait l'air décomposé. Je lui demandai où en était la procédure concernant Mizuho.

— Quoi ! s'emporta-t-il. Prétendrais-tu ne pas être au courant ? Alors que tu m'as forcé à déposer une nouvelle proposition hier. Quand tu rentrais de New York. Tu m'as dit texto : « Une prime de soixante-dix pour cent, à vingt-cinq mille cinq cents yens par action. » Tu as bien précisé : « Offre irrévocable. »

Mama suffoquait. Il s'écarta de moi, les yeux pleins d'effroi à la manière d'un acteur de film muet.

— J'ai compris, maugréait-il, l'index pointé dans ma direction, tu cherches à me faire porter le chapeau...

Je stoppai sa divagation paranoïaque :

— Pas de scène de ménage ! Nous départagerons les torts plus tard. Dans l'immédiat, il faut me trouver un prétexte pour sortir le Crédit Général de ce merdier. Je veux un mémo sur le sujet. Mobilise nos équipes à Tokyo. Nos cabinets d'avocats. Vite !

Matthew Malburry s'enfuit de mon bureau. Je restai

seul. A observer les cotations en perdition s'illuminer sur l'écran de mon ordinateur. Rouge, rouge, rouge. Les flammes de l'enfer.

Plus que six heures avant l'ouverture de la Bourse de Paris.

Le compte à rebours était enclenché. Si je ne trouvais pas une échappatoire d'ici là, Mizuho Holdings précipiterait le Crédit Général vers l'abîme. Le prince des démons viendrait danser sous mes fenêtres. Prêt à me rôtir vivant.

Dans mon désarroi, j'essayai à nouveau de joindre maître Tombière. Sa malignité d'homme de loi m'aiderait peut-être à sortir du guêpier japonais. Mais il était toujours sur messagerie. Je l'implorai de me rappeler.

Janine s'approcha de moi. Elle me tendit une chemise cartonnée :

— Voici la documentation que j'ai trouvée sur Internet au sujet de la progeria.

J'ouvris le dossier. Il y avait des photographies d'enfants malades. Leur ressemblance avec Gabriel me pétrifiait. L'étroitesse du visage. La flétrissure de la peau. La petitesse des mâchoires. La finesse des lèvres. La proéminence des oreilles. La rondeur des yeux. Pourquoi n'avais-je jamais remarqué chez Gabriel la détresse que je percevais dans le regard de ces gamins ?

De ma lecture des documents rassemblés par Janine, je retenais que la progeria, ou syndrome de Hutchinson-Gilford, était une pathologie rarissime. A peine une centaine de cas répertoriés dans le monde. Uniquement des enfants. De toutes origines et de toutes cultures. Les causes de la maladie restaient mystérieuses. On n'en connaissait que les conséquences : une mutation génétique provoquant un vieillissement de l'organisme sept fois plus rapide que la normale. Comme les chiens. Une âme de dix ans dans un corps de soixante-dix ans. La mort inéluctable au plus tard à la fin de l'adolescence. Aucun traitement curatif pour espérer s'en sortir.

Je refermai le dossier. Posai mes mains dessus. Puis ma joue. Le visage à plat, je contemplais l'écran de mon ordinateur. Rouge, rouge, rouge. L'incendie ravageait la Bourse de Tokyo. L'indice Nikkei avait fondu de moitié. Nous vivions un Keiro-no-Hi noir.

A la télévision, CNN diffusait en direct du Japon les images de rassemblements d'épargnants lessivés. Les plus âgés s'en prenaient à des écoliers dans la rue. Ils les molestaient. Ils les injuriaient. « Vermisseaux ! Vos jeux vidéo ont gangrené notre économie. Par votre faute, notre glorieux pays se trouve anéanti. Disparaissez, minables tarés ! » En représailles, des bandes d'adolescents incontrôlées se vengeaient sur des vieillards isolés. « Fumier de PolPot ! Vous avez inventé Brutality Death-Kid pour nous exterminer. Torturons Morosado à la gégène ! » La guerre des générations était déclarée. La crise boursière tournait à la crise sociale.

La presse internationale enjoignait aux autorités sanitaires des autres pays de révéler les informations qu'elles détenaient sur les dégâts de la progeria. On apprenait ainsi que l'Allemagne dénombrait une centaine de cas. Pareil en Italie et en France. Près du double en Grande-Bretagne. Aux Etats-Unis, le communiqué de la Food and Drug Administration publié en pleine nuit faisait froid dans le dos. Au moins cinq cents victimes étaient atteintes du syndrome de Hutchinson-Gilford. La pathologie de l'abâtardissement avait envahi la planète. Les soupçons sur la responsabilité de Brutality DeathKid se confirmaient partout. L'interdiction de la vente et de l'utilisation des consoles de jeux était étendue à la Xbox de Microsoft. A Francfort, Milan, Londres ou New York, il fallait s'attendre à la même débâcle financière qu'à Tokyo. Le krach entreprenait de boucler un tour du monde par l'ouest.

Plus que quatre heures avant l'ouverture de la Bourse de Paris.

Je fixai à nouveau mon ordinateur. La déroute des entreprises nippones continuait. Les clignotants rouges du fiasco m'aveuglaient. Je les effaçai de mon écran. Où aller maintenant pour respirer un autre air ? Internet Explorer... Pourquoi pas ? Google... Partir à la recherche de Catherine Bensimon ? Non, pas elle. Je n'ignorais plus rien de ses perversions. Grâce au compte rendu de Jean Rameur sur l'apéritif de Londres. L'ongle de l'auriculaire titillé par l'index de Stanley Greenball au beau milieu du pub. Le récit de cette scène orgiaque m'avait beaucoup choqué. Je m'abandonnais depuis au désordre de mes penchants. Dans Google, je tapai Sexe perturbé. Total de vingt et un mille six cents réponses environ. Recherche effectuée en zéro virgule zéro huit seconde. Filles tatouées... Lesbianisme sororal... Eros dans les transports en commun... Je cliquai. Batifolage sur les sièges de bus, de métros, de trains, d'avions. Je poursuivis mon errance. Pétasses ivres mortes... Drunk party girls... J'allai voir. La déconne des copines, la musique à fond, les visages en sueur, la bibine à la main. A trois, on soulève les t-shirts pour montrer nos seins ! Un, deux... Je quittai le bastringue. Filles de la ferme... Wild Texas girls... A poil sur une moissonneuse-batteuse, sous les pis d'une vache, dans un potager à ramasser les fraises des bois... N'y avait-il rien de plus aphrodisiaque sur le web ? Gros nénés... Enormes melons... Pas la peine de faire un dessin. J'arrivai jusqu'au site Kung Fu Insanity. Le détraquement des mœurs aurait-il osé profaner les arts martiaux ? C'était à craindre. Je me sentais décidément de plus en plus paumé dans l'univers du sexe. La libido était devenue pour moi une énigme.

Janine apparut dans mon champ de vision. Je quittai Internet à toute allure. On déposa devant moi une feuille de papier. Il s'agissait de la note que j'avais demandée à Matthew Malburry sur un éventuel retrait de l'offre du Crédit Général sur Mizuho Holdings. Je lus. La conclusion de nos avocats était accablante. Ils estimaient qu'aucun argument juridique ne permettait de faire annuler la proposition « irrévocable » de rachat. On ne pouvait espérer qu'un simple report des échéances.

J'appelai Mama. Pas de réponse. Janine m'informait qu'il était parti se reposer quelques instants. J'écrivis en marge de la note : « Utiliser tous les moyens possibles pour repousser les délais. » Je demandai à Janine d'aller porter mes instructions à Matthew.


Plus que deux heures avant l'ouverture de la Bourse de Paris.

CNN annonça la retransmission imminente d'une conférence de presse capitale du Premier ministre japonais. Je montai le son de la télévision.

Ce que j'entendis m'ahurissait. Avait été décidée l'instauration d'un couvre-feu sur l'ensemble du territoire. La suspension jusqu'à nouvel ordre des cotations boursières. La nationalisation de Sony, de Nintendo et des principales banques du pays, à l'exception de Mizuho Holdings. La diminution uniforme de vingt pour cent des salaires. A quoi s'ajoutaient l'interdiction des séjours privés à l'étranger et le rétablissement du contrôle des changes.

Fallait-il prendre des mesures aussi insensées pour éviter le pire ? Le reste du monde pouvait-il encore se prémunir contre la damnation économique ? Je n'avais pas le temps de réfléchir à la question. Car sitôt la conférence de presse terminée, Janine me transférait un appel. Je n'avais pas le réflexe de me méfier.

— Que comptez-vous faire ? me questionnait-on à brûle-pourpoint.

Je reconnus tout de suite la voix. Celle d'un revenant. Depuis quand ne m'avait-il plus adressé la parole ? Si je me souvenais bien, notre dernière conversation datait de la signature, chez maître Tombière, du protocole d'accord sur ma prime au licenciement.

Richard de Suze n'avait rien perdu de sa morgue. Je refusai de répondre à sa sommation. Il poursuivit quand même :

— Je vous tiens pour personnellement responsable de l'affaire Mizuho Holdings. Votre crétinerie a été sans bornes. Elle met en danger la survie du Crédit Général.

J'allais lui raccrocher au nez. Mais Richard de Suze reprit aussitôt :

— Convoquez pour aujourd'hui même un conseil d'administration. Il acceptera la démission que vous lui présenterez. Votre successeur sera désigné dans la foulée. Je viens avec lui au siège de la banque dès ce matin. Accompagné de la nouvelle équipe de direction. Elle prendra immédiatement ses fonctions.

J'étais désemparé. Je braillai : « Va te faire voir ! » Puis je balançai le téléphone.

Dittmar Rigule. Il fallait que je l'avertisse du putsch en préparation. Les fonds de pension n'étaient-ils pas les actionnaires majoritaires du Crédit Général ? N'avais-je pas agi au Japon à leur demande expresse ? Seul Dittmar pouvait écraser la sédition des revanchards. C'était à lui de me sauver la peau.

J'appelai le Regent Wall Street Hotel de New York. On me répondit que « monsieur Rigule » n'y était plus. Où le trouver ? On ne savait pas. J'essayai sur le portable. Message d'absence. J'attendis un peu avant une deuxième tentative. Touche « bis » du téléphone. Encore le répondeur. Nouvel essai. Nouvel échec. Dittmar demeurait injoignable alors que Richard de Suze risquait d'apparaître d'un moment à l'autre avec mon remplaçant sous le bras.

Combien de fois avais-je appuyé sur la touche « bis » lorsque s'ouvrit la séance à la Bourse de Paris ? Je ne tenais plus le décompte de ce qui était devenu un geste machinal. Mon occupation monomaniaque absorbait tout l'acharnement dont j'étais encore capable.

La cotation de l'action Crédit Général durait moins d'une minute avant d'être suspendue. J'avais à peine eu le temps d'apercevoir sur mon ordinateur les clignotants rouges de la déconfiture. Je continuais sans relâche à traquer Dittmar. Touche « bis ». Messagerie. Touche « bis ». Messagerie. Il fallait se dépêcher. Richard de Suze et son commando de mutins ne devaient plus être très loin du Crédit Général.

Touche « bis ». Messagerie. Touche « bis ». Messagerie. Tandis que d'une main je m'activais sur le téléphone, de l'autre je tripatouillais le clavier de mon ordinateur. Kung Fu Insanity n'avait cessé de m'intriguer. De quelle déviance était-il question ? L'intrusion de Janine dans le bureau ne m'avait pas permis de mener à bien mon expédition. Internet Explorer... Google... Où se cachait le site web ? Je furetais dans les moindres recoins. Impossible de le récupérer. Kung Fu Insanity avait disparu. Tout se dérobait à moi aujourd'hui.

A force de presser la touche « bis » du téléphone, une voix finit par me répondre. « Allô ! Allô ! » Dittmar Rigule était en ligne. Je mis un certain temps avant de m'en rendre compte.

Il semblait embarrassé :

— Ah... c'est vous... Je ne peux pas vous parler... Mon avion vient d'atterrir à Londres. J'ai un rendez-vous très important dans les bureaux de Templeton à la City... Il faut que je file.

Je lui annonçai la nouvelle :

— Richard de Suze veut me débarquer du Crédit Général. A cause de Mizuho Holdings.

Je m'attendais à une exclamation de colère. Mais il n'y eut que de l'indifférence à l'autre bout du fil.

— Voyons ça plus tard...

Dittmar ne devait pas avoir saisi. J'entrepris de lui raconter l'histoire en entier. Le coup de téléphone de Richard de Suze. La convocation d'un conseil d'administration. Ma destitution suivie de la nomination d'un nouveau président.

Dittmar me coupa la parole :

— Ecoutez, Marc, je ne peux plus rien pour vous. Je vais raccrocher...

C'était incompréhensible. Dittmar se désintéressait-il de mon sort ? Et de celui du Crédit Général ? Une frayeur m'ébranla. Je ne me maîtrisais plus.

— Non, Dittmar ! Ne faites pas ça !

— Je raccroche... répéta-t-il.

— Dites-moi ce qui se passe... Je vous en supplie...

— Je raccroche...

Je m'agenouillai.

— Attendez ! Pitié... Ne m'abandonnez pas... Je viens à Londres. Aujourd'hui. Voyons-nous dans les bureaux de Templeton.

Dittmar ne répondait plus. La ligne était coupée. Je restais à genoux. Janine entra dans le bureau. Elle me découvrit dans cette position. Je me redressai d'un coup.

— Prévenez l'équipage du Falcon 7X. Nous décollons pour Londres dans une demi-heure.

— Impossible... marmonna Janine.

J'enfilai ma veste. Vite, partir d'ici. S'échapper du couloir de la mort. Ne pas prendre le risque d'y croiser Richard de Suze. Mon bourreau sanguinaire.

— Réservez-moi un billet d'avion... ou même de train...

— Impossible...

Je sortis du bureau en courant. Je me ruai vers le grand escalier. J'allais implorer ma grâce auprès de Dittmar Rigule. La journée n'était pas finie pour moi. Un espoir subsistait. Pas comme à Tokyo. C'était la nuit noire là-bas. La fin d'une époque.

On se souviendrait longtemps de ce Keiro-no-Hi.

## 56

Je dévalai les escaliers en marbre qui surplombaient le hall imposant du Crédit Général. Je m'agrippais à la main courante de peur de me fracasser dans la pente.

Je ne remarquai pas tout de suite la petite troupe qui montait en file indienne dans ma direction. Ce n'est qu'arrivé presque en bas que je tombai nez à nez avec Richard de Suze. Il était là. Trônant dans mon fief. Radieux comme un astre. Arborant une cravate rose pâle assortie à une pochette rose pâle qui dégoulinait du veston. Avec son visage hâlé et ses cheveux poivre et sel, il faisait yachtman en escale à Portofino.

Une marche derrière Richard de Suze, se tenait Raphaël Sieg. Costume neuf, chemise neuve, chaussures neuves, cartable neuf. L'homme neuf semblait guéri de la dépression consécutive à son licenciement. Une marche en dessous, Alfred Hatiliasse et Boris Zorgus, les ex-bannis de la grande révolution culturelle et bancaire du Crédit Général. Puis venait Claude de Mamarre. Une étole orangée sur les épaules. Les chakras gonflés à bloc après sa longue retraite spirituelle dans un monastère du Royaume du Bhoutan. Apparaissaient enfin les transfuges de la dernière heure. Matthew Malburry, qui avait déserté pendant la nuit. Et Marilyne, en grande tenue de Betty Boop, celle qu'elle portait à la fête Gucci au Bar-Bar, le soir où j'avais fait la connaissance de Nassim.

Personne ne manquait à l'appel dans la clique des

revenants enrôlés par Richard de Suze. Ils avaient tous un air de rentrée des classes. Bourrés de bonnes résolutions pour l'année à venir. Impatients d'exercer contre ma personne une vengeance féroce. Voilà à quoi ressemblait la relève du Crédit Général : d'anciens laquais redevenus laquais le temps d'une vendetta.

Richard me contourna pour accéder à l'étage. Il ne me salua pas. Les autres non plus. Ils passaient devant moi. Un peu à l'écart afin d'éviter tout contact physique. Seule Marilyne ne m'avait pas toisé en me croisant. Etait-elle en bisbille avec sa conscience ?

— Attendez-moi !

Les têtes se tournèrent vers l'entrée du hall d'où provenait l'interpellation autoritaire. Le corps sphérique de maître Tombière dodelinait au loin. Coulant de sueur. Haletant aussi fort qu'un bœuf de labour. Nous l'observions gravir les escaliers sur ses pattes boudinées. Allait-il réussir à nous atteindre avant d'être victime d'un arrêt cardiaque ? Oui. Maître Tombière se hissa jusqu'à moi. Richard de Suze redescendit quelques marches pour l'accueillir. Nous nous retrouvions tous les trois à la même hauteur.

— Maître Tombière s'occupera de négocier les conditions de votre départ, m'informa Richard.

L'avocat me dévisagea comme s'il me croisait pour la première fois. Il me tendit sa carte de visite. « Appelez-moi... Rien ne presse... » Puis il reprit son ascension en compagnie de Richard de Suze. Les deux compères partaient squatter les bureaux de la présidence du Crédit Général.

Je poursuivis ma cavalcade vers la sortie. Sans jamais me retourner. Dehors, j'alpaguai un taxi. « Gare du Nord ! » La voiture sentait le désodorisant à la pomme verte. Je respirais un peu mieux.

Le téléphone de Dittmar Rigule ne répondait toujours pas. Je lui laissai un message. « Rendez-vous cet après-midi dans les bureaux de Templeton à Londres. Nous organiserons la résistance à l'envahisseur. » Je raccrochai. Je rappelai à peine une minute plus tard. « Vive le Crédit Général libre ! » Le chauffeur de taxi me guettait du coin de l'œil.

J'appelai ensuite Tino Notti. Je lui demandai si, par chance, Nassim ne se trouvait pas déjà à Londres.

— Non ! me hurla-t-il dans l'oreille. Elle est à Paris. Aucun déplacement de prévu avant la semaine prochaine.

— Ne voudrait-elle pas me rejoindre là-bas pour la soirée ?

— Faut voir...

— Faites-moi une proposition...

Tino Notti n'hésita pas une seconde :

— Cinq millions d'euros. Payables d'avance. Hors défraiements pour deux personnes. Je viens avec elle...

Etais-je en position de mégoter sur les tarifs d'une folle nuit avec mon ange noir ? J'en doutais. Tout au plus pouvais-je exiger que les petits cachets bleus soient compris dans la prestation.

— Il y en aura à volonté... m'assura Tino.

— Je vous envoie le virement. Rendez-vous au restaurant The Ivy à vingt heures trente.

Le taxi arriva gare du Nord. Je me précipitai aux guichets de l'Eurostar. Il ne me restait plus que dix minutes avant le départ du prochain train.


Je m'installai à ma place. Comment envoyer d'urgence cinq millions d'euros à Tino Notti ? Marilyne avait rallié le parti de la félonie. Impossible, désormais, de lui faire confiance. Me restait la piste Christian Craillon. S'il n'avait pas été informé de la tentative de coup d'Etat de Richard de Suze contre moi, je pouvais encore compter sur sa loyauté.

A la banque, la secrétaire prétendait que Christian Craillon était absent. L'anxiété que je percevais chez mon interlocutrice m'inquiétait. Elle proposa de me passer l'adjoint du service de gestion de fortune, un dénommé Paul Nickelson. S'en remettre à un inconnu pour traiter d'une affaire privée, c'était imprudent. Je n'avais pourtant pas le choix. Le virement devait partir dans l'heure. Sinon, Nassim refuserait de se déplacer jusqu'à Londres. Ç'aurait été un choc émotionnel pour moi. J'espérais tellement me changer les idées. Ripailler au Ivy. Me bâfrer de Sevruga Caviar. M'asperger de champagne en magnum. M'enfourner des tonnes de petits comprimés bleus. Finir la soirée dans un peepshow crado de Soho. Revivre les heures grandioses de ma splendeur.

J'acceptai de prendre Paul Nickelson en ligne. Il me présenta ses respects. Me donna du « monsieur le président ». J'étais rasséréné. Mais pas plus de quelques secondes. Car il m'avoua, des hoquets dans la gorge, que Christian Craillon avait disparu depuis trois jours. Absent au bureau. Introuvable à la maison. Paul Nickelson avait alerté la police hier. Jusqu'à présent, les recherches étaient restées vaines.

Je lui donnai instruction de virer cinq millions d'euros de mon compte courant. « Votre solde créditeur est de quatre millions deux cent mille euros », m'indiqua Nickelson d'un ton redevenu aussi flegmatique que possible. J'étais contraint de lui demander d'aller puiser huit cent mille euros dans « Brunissage » et « Staline ».

— Je dois d'abord effectuer une petite recherche, me prévint-il. Vos comptes spéciaux étaient gérés par monsieur Craillon en personne.

Quand je l'informai qu'une petite partie des cinq millions lui parviendrait avec retard, Tino Notti tiqua. Après un moment d'hésitation, il me confirma néanmoins sa venue à Londres en compagnie de Nassim. Dieu soit loué.

L'Eurostar s'enfonça dans le tunnel. Nous allions passer sous la Manche. J'étais pris d'une crise d'hydrophobie. Tous ces mètres cubes de flotte qui faisaient pression au-dessus de nous ! Qui menaçaient à chaque instant de nous inonder par les deux bouts !

Je me crispai sur mon siège. Je ne bougeai plus. La traversée me parut interminable.

Le train ressortit enfin de l'eau. Nous étions sauvés. Mon angoisse se calmait.

Sitôt débarqué en terre britannique, je reçus un appel anxieux de Paul Nickelson.

— C'est bizarre, bizarre-bizarre, répétait-il. Vous m'avez bien dit « Staline » et « Brunissage » tout à l'heure.

Il épelait. « S » comme Seychelles, « T » comme Tonga, « A » comme Andorre... Pas d'erreur, Nickelson avait convenablement noté les noms. Il bredouilla :

— Je ne comprends pas ce qui s'est passé. Je vais faire une ultime vérification.

Paul Nickelson me planta aussi sec. Les secousses du train me malmenaient. Ma tête cognait contre la fenêtre.

A Waterloo Station, je sautai dans un taxi en direction de Pall Mall, du côté de Saint James's Park. Je me retrouvai au pied d'un grand immeuble victorien. J'appuyai sur le bouton « Templeton » de l'interphone, un vieux modèle en cuivre noirci. La standardiste me demanda mon nom. Je le lui donnai en ajoutant : « J'ai rendez-vous avec Dittmar Rigule. »

On me fit patienter. Puis la voix de la standardiste revint dans le haut-parleur grillagé :

— Je suis désolée, monsieur Rigule ne peut pas vous

recevoir. Mais il a laissé un petit mot à votre intention. Je vous le lis.

L'interphone grésillait. Je demandai que l'on me parle plus fort.

— Le message dit ceci : « Tous les fonds de pension ont vendu leurs participations dans le Crédit Général à un pool d'investisseurs dirigé par monsieur... ».

La standardiste s'interrompait :

— Je n'arrive pas à lire ce qui est écrit : « Dirigé par monsieur de »...

Un camion à ordures passait en trombe dans la rue. A cause du vrombissement, je n'avais pas entendu la fin de la phrase. Je fis répéter à la standardiste. Elle s'égosillait :

— « Dirigé par monsieur de Suze » ! C'est tout. Au revoir.

L'interphone cessait de crachoter. Plus un bruit.

Le coup de massue me laissa groggy. C'était irréel. Richard de Suze : nouveau propriétaire du Crédit Général. Dittmar Rigule et ses zigotos : plus une seule action de la banque en leur possession. Ils avaient tout largué. Et moi avec. Sans me mettre dans la confidence. J'étais monté au front tandis que dans mon dos les actionnaires pactisaient avec l'ennemi. A présent, j'étais seul face au peloton d'exécution. Suze, Sieg, Hatiliasse, Zorgus et Mamarre me mettaient en joue. Même Malburry, Marilyne et Tombière souhaitaient participer à la tuerie. Eux qui hier encore mangeaient dans ma main.

J'expulsai un cri de fureur. Sur le trottoir, les passants s'écartèrent de moi.

Je titubai jusqu'à Saint James's Park. Je m'aplatis contre le gazon. Les bras en croix. Le nez dans la terre humide.

J'allais m'abandonner au dépérissement lorsque la sonnerie de mon téléphone retentit. J'entendis d'abord

un long sanglot, puis la voix bouleversée de Paul Nickelson :

— Vides ! « Brunissage » et « Staline » sont vides !
La totalité de vos avoirs a été transférée il y a trois jours
vers une destination inconnue. C'est affreux.

Nickelson reniflait avant de reprendre :

— Il y a autre chose, monsieur le président. Plusieurs
dizaines de comptes bancaires ont été ponctionnés. Ceux
des clients les plus fortunés du Crédit Général. Or une
seule personne connaissait les codes d'accès...

— Qui !

— Christian Craillon...

Je me relevai d'un bond. Je gueulai dans le téléphone :

— Chopez-le ! Qu'il me rende mon fric !

Je trépignais de rage sur le gazon de Saint James's
Park. Qui pouvais-je lancer aux trousses de Christian
Craillon ? Qui, à part Jean Rameur ? L'insolent détec-
tive. Je ne voyais aucune autre solution dans l'immédiat.
Il ne refusera pas d'accomplir une mission aussi capitale. Cette fois, il s'agissait de déjouer une escroquerie
bancaire de grande envergure. On était loin des amou-
rettes entre l'auriculaire de Catherine Bensimon et l'index de Stanley Greenball.

Ma main tremblait si fort que je dus m'y prendre à
plusieurs reprises pour composer le numéro de Jean
Rameur. Son téléphone n'était pas branché. Je lui laissai
un message. Horripilé de me casser les dents une fois
de plus sur un répondeur. Combien de revers avais-je
subis depuis deux jours ? Je ne savais plus. Je me
demandais si l'on ne cherchait pas à me couper du
monde.

Je quittai Saint James's Park. Bien décidé à me rebif-
fer contre les détrousseurs de patrimoine et les ravisseurs
de présidence. Je n'admettais pas de me faire entuber à
ce point. Pendant que Jean Rameur s'occuperait de

Christian Craillon, moi j'allais me farcir Dittmar Rigule. Obliger le Judas du business à m'avouer son infamie. Quand avait-il cédé le contrôle du Crédit Général à Richard de Suze ? Pour quelle raison ? A quelles conditions ? J'exigeais des réponses.

Je revins sur Pall Mall. Je pressai le bouton « Templeton » de l'interphone. Je réclamai Dittmar Rigule. On m'éconduisit. Je sonnai à nouveau. On me rembarra.

Il en fallait davantage pour me décourager. Je m'assis sur le trottoir, pile devant l'entrée de l'immeuble. La grève sur le tas avec occupation des locaux était déclenchée.

J'attendis. Une heure passa. Puis deux. Puis trois. A intervalles réguliers, je tentai de joindre Jean Rameur. Touche « bis ». Messagerie. Touche « bis ». Messagerie.

La journée de travail s'achevait pour les employés de Templeton. Je les observais sortir de l'immeuble à la queue leu leu. L'un d'entre eux, qui ne m'avait pas reconnu, m'ordonna d'aller m'asseoir un peu plus loin afin de ne pas gêner le passage. Il me glissa une pièce de cinquante pennies dans la poche. Croyait-il acheter la docilité d'un va-nu-pieds ?

Bientôt vingt heures trente, le moment de retrouver Nassim et Tino Notti au Ivy. Mais Dittmar Rigule refusait toujours de se présenter devant moi. La nuit était tombée. Un vent marin s'infiltrait dans Londres par la Tamise. Je relevai le col de ma veste. L'interminable attente avait émoussé ma volonté. Chez moi, le sentiment de révolte s'accommodait difficilement de la clochardisation qu'il m'imposait.

Une paire de mocassins noirs apparut sous mon nez. Je levai les yeux.

— Barrez-vous d'ici !

C'est ce que Dittmar me dit avant de tourner les

talons. J'eus le réflexe de m'agripper au pan de sa veste pour le retenir. Il me traîna par terre sur un mètre ou deux. Je m'écorchai le revers de la main.

Dittmar s'immobilisa. Rajusta sa veste. Me toisa.

— Bon, je vais vous expliquer. Après, vous déguerpissez. Pour toujours. D'accord ?

J'étais d'accord. Dittmar m'expliqua :

— Souvenez-vous du jour où nous avons pris un drink au bar du Plaza Athénée. Je vous ai donné mon feu vert pour le raid sur Mizuho Holdings. Une entourloupette très lucrative. Avec d'énormes risques aussi, qui s'accumulaient sur une seule tête : la vôtre. Je me suis demandé comment récupérer une partie de ma mise. En remontant dans ma chambre au Plaza, j'ai sondé Richard de Suze sur le Crédit Général. Il était prêt à me racheter l'ensemble, même s'il n'ignorait rien du péril Mizuho. L'envie de se payer une revanche, je suppose.

Dittmar me tendit la main. Il m'aida à me remettre debout.

— J'ai accéléré les négociations, continuait-il, quand vous m'avez informé des premières pertes trimestrielles de la banque. Lors de cet épisode, votre attitude ne m'a pas fait bonne impression. N'y revenons pas. Le deal s'est finalement conclu hier. A un bon prix. Ensuite, l'opération n'a duré que trois minutes : apport de mes titres Mizuho Holdings au Crédit Général, puis cession du lot à Richard de Suze. C'était juste avant le krach boursier de cette nuit à Tokyo. Un coup de pot. J'espère que le nouvel actionnaire saura se défausser de votre offre « irrévocable » sur Mizuho.

Dittmar Rigule humait l'air de la ville. Il me donna une petite tape sur l'épaule.

— Il va falloir vous débrouiller avec Suze pour sauver votre peau. Je suis pessimiste...

Dittmar prit congé.

— Allez, je vous laisse. Un avion à prendre pour

Miami. J'emporte plein de jolis cadeaux dans mes valises. Les retraités de Floride vont faire la fête. Ils auront de quoi s'offrir pendant une éternité des croisières de luxe sur le *Carnival Paradise*.

Dittmar s'éloigna sur le trottoir de Pall Mall. Je ne cherchai plus à l'empêcher de partir.


Un taxi noir passait dans la rue. Je l'interceptai. « Restaurant The Ivy. West Street. » Le dos de ma main saignait. Je passai ma langue sur la plaie. Le sang revint aussitôt, sourdant en abondance de la chair à vif.

Au moment où je descendais du taxi devant le Ivy, mon téléphone sonna. « Jean Rameur à l'appareil. » Puis l'écho d'un rire sonore. La communication semblait lointaine.

J'exigeais qu'il me dise où il se trouvait.

— A l'aéroport de Singapour. En transit pour Port Moresby, la capitale de la Papouasie-Nouvelle-Guinée. Après quoi, je dois me taper une semaine de route jusqu'à Mount Hagen. Et encore autant de marche à pied jusqu'au lac Kutubu, sur les hauts plateaux.

Je le coupai :

— Vous me relaterez vos prouesses de bourlingueur plus tard. Rentrez à Paris par le prochain vol. Vous devez me capturer Christian Craillon.

Nouvelle rigolade dans le téléphone :

— C'est comme si c'était fait. Christian m'attend à Port Moresby demain. Il est là-bas depuis trois jours.

— Je ne comprends pas...

— Ce serait trop long à vous raconter.

Je voulais savoir. Puisque nous étions le jour des révélations chocs, autant en finir avec le grand déballage.

Jean Rameur était d'humeur joyeuse. Il se laissa convaincre sans difficulté.

— Vous vous rappelez la consigne : surveiller Christian Craillon au plus près, s'introduire dans son cercle intime. J'ai fait ce que vous m'aviez ordonné. Au-delà de vos espérances. Car Christian est devenu un ami. Je lui dois mon initiation à la poésie. Les mots, les sonorités, les images, les rythmes. J'essaie désormais d'élever mon âme à la beauté. Je fais attention à moi. J'ai arrêté de fumer. Je m'habille proprement. C'est nouveau dans mon existence. Le monde me paraissait si moche avant. Je vous ai haï d'avoir baladé Christian pendant des semaines à propos du parrainage de son festival international de poésie du Vercors. Une désillusion atroce pour lui. Il ne vous demandait pas grand-chose pourtant... Ensuite... Vous êtes sûr que je ne vous ennuie pas avec mes histoires ?

— Du tout. Continuez.

— M'est venue l'idée de piocher dans les caisses du Crédit Général. En douce. Juste de quoi subventionner le festival du Vercors. J'en ai parlé à Christian. Il m'a expliqué le fonctionnement du système. Les comptes bancaires des clients fortunés. Les planques dans les paradis de la finance. Les formules mnémotechniques pour remonter la filière. « Brunissage », « Staline »... Je l'ai aidé à commettre ses premiers larcins. Quelques milliers d'euros par-ci par-là. Il suffisait ensuite de bidouiller les relevés de comptes envoyés aux détenteurs. Ils n'y voyaient que du feu. Une arnaque génialissime. Christian m'a alors confié son vieux rêve...

Jean Rameur suspendit à nouveau son récit. Il craignait de me lasser. Je l'assurai du contraire. J'étais presque devenu aimable avec lui.

— Christian voulait fonder une communauté de poètes. Loin de tout. Une sorte de phalanstère des lettres accueillant la trentaine de réprouvés du Vercors. Sans contrainte, ni privation. La rime et le vers pour seul labeur. J'ai encouragé Christian à chercher une terre d'asile. La plus reculée possible. Il s'est documenté sur la Papouasie. Il a fait des repérages. Un peu avant notre départ, il a proposé à une trentaine de prostituées en perdition de nous suivre. Des éclopées de toutes origines. Les deux dernières sont sierra-léonaise et irakienne. Elles avaient échoué à Zurich autour d'un maigre brasero. L'opération Papouasie a été déclenchée il y a trois jours. Le hold-up du siècle. Nous avons siphonné au moins deux milliards d'euros dans une centaine de comptes bancaires. Christian a transféré aussitôt notre trésor en lieu sûr. La communauté des poètes et des putes s'est envolée pour Singapour une heure plus tard. Direction finale, le lac Kutubu.

Etais-je en train d'envier le sort de Jean Rameur ? Si sa combine n'avait provoqué ma ruine, elle aurait peut-être suscité ma sympathie.

Comme je le questionnais sur les risques d'arrestation, Jean Rameur tint à me tranquilliser :

— Les flics peuvent toujours courir. Nous avons acheté un territoire plus vaste que la France. A deux mille mètres d'altitude. En pleine forêt vierge. Un immense Vercors sous l'équateur. Il n'existe pas sur terre de contrée aussi inaccessible et aussi insoumise.

Jean Rameur me présenta ses excuses, il allait devoir raccrocher.

— L'avion d'Ernesto vient d'atterrir, précisait-il.

— L'avion de qui ?

— Ernesto, le travelo. Ne me faites pas croire que maître Tombière ne vous a jamais parlé de ma liaison avec Ernesto.

Maître Tombière m'avait en effet relaté la rencontre du policier et du tapineur du bois de Boulogne. Leurs sentiments réciproques. L'accusation de proxénétisme. La révocation de la police nationale. L'expulsion d'Ernesto vers l'Argentine. Le contentieux devant le Conseil d'Etat.

J'étais ébahi que Jean Rameur ait pu retrouver la trace de son ami après tant d'années de séparation.

— C'est un vrai miracle, admettait-il. Ernesto vivotait au fin fond de la Patagonie. Honteux et reclus. Grâce à l'argent barboté par Christian Craillon, j'ai fini par le localiser. Ernesto a mis beaucoup de temps pour venir jusqu'à Singapour. Je l'attendais à l'aéroport. Vous comprendrez que je suis impatient de le tenir dans mes bras.

Un peu plus et je lui présentais tous mes vœux de bonheur. Mais je venais d'entendre « au revoir » dans le téléphone. La communication était terminée. Adieu, Jean Rameur.


Je considérai la porte d'entrée du restaurant The Ivy. Il était neuf heures et demie. J'étais très en retard.

A l'intérieur, le maître d'hôtel me conduisit vers la table que j'avais moi-même réservée. Nassim et Tino Notti n'y étaient pas. Avaient-ils eu un empêchement ?

Du regard, je faisais le tour de la salle. Les Murdoch étaient-ils présents ? Et Claudio, le latin lover qui avait tripoté Nassim devant moi ? Et le couple de septuagénaires dépravés qui nous avaient épiés ? Non, il n'y avait ici aucune figure familière.

A ma droite, un couple s'embrassait à pleine bouche. Je ne voyais de la fille que la tignasse noire qui ondulait au rythme des roulements de langue. Les pieds de son compagnon ne touchaient pas terre. Il se penchait pourtant en avant, le buste à moitié couché sur la table. Son visage se fondait dans celui de sa partenaire.

Le baiser des siamois en rut s'éternisait. J'étais époustouflé par leur performance physique. Un bout de langue s'échappait de temps en temps des lèvres soudées. Il y rentrait aussitôt. La poitrine de la fille se soulevait. Elle donnait l'impression d'inspirer sans jamais expirer. En face, le type serrait les poings et les genoux. L'excitation montait au summum.

Je crus apercevoir une jupe écossaise à l'entrée du restaurant. Je sursautai. Diane ? Au Ivy ? Je vérifiai. Terrorisé. Il y avait bien une jupe écossaise tout là-bas. Mais c'était mon ange noir qui la portait. Une jupe taille basse. Le tout petit modèle.

Le maître d'hôtel accompagna Nassim jusqu'à moi. Tino Notti traînassait dans le restaurant. Il s'attardait pour saluer des connaissances.

Nassim passa derrière la table du couple volcanique. Elle poussa une exclamation d'émerveillement à la vue de tant d'ardeur. « Waooh ! » Les deux pouces en l'air. Elle avait toujours aimé ça, le plaisir qui se donnait en spectacle.

Les deux amoureux se désenlacèrent. Le menton et les joues humides de salive partagée. Ils souriaient à Nassim. Béats.

Même de profil, je les aurais reconnus. Catherine Bensimon et Stanley Greenball. Ivres de bonheur. Les bouches aimantées. Les langues fougueuses. Ils n'avaient pas eu le temps de remarquer ma présence toute proche. C'était reparti : ils se galochaient à nouveau. Nassim les laissa besogner dans leur coin.

Catherine Bensimon et Stanley Greenball. Les amants de Londres s'étaient donc déclarés. Je les avais débusqués. Ils venaient grossir les rangs des traîtres à ma cause. Je n'avais croisé que ça depuis ce matin. Pouvait-il y en avoir d'autres ? Je ne pensais pas. Le stock de mes anciens fidèles était désormais épuisé.

Je quémandai à Nassim un petit cachet bleu. Ou plutôt deux. Elle transmit ma commande à Tino Notti. Il me fourgua la dose requise. J'avalai.

Dans dix minutes, j'aurais perdu la tête.

Connaître l'extase moi aussi. Et quitter ce monde.

## 57

« Comment va Diane ? » s'informa Nassim, à peine installée devant moi à la table du Ivy. « Quelles sont les nouvelles ? » insista-t-elle. Il me semblait que Tino Notti avait gloussé en entendant la question. Pour quelle raison ? Je ne savais pas. Du coup, je me tenais silencieux dans mon coin. Le cerveau pas encore assez saccagé pour me délier la langue. Les images du parking de la place de la Bourse me revenaient. La descente en décapotable vers le premier sous-sol. Les voyeurs patibulaires surgis de la pénombre. Le « Je te quitte » fulgurant. Diane ensevelie sous le déshonneur.

Depuis notre séparation, je n'avais eu aucun contact avec elle. Elle devait se cacher. Honteuse d'avoir voulu exercer sur moi un chantage à la maladie de Gabriel.

« Je l'ai fait », murmurai-je finalement. Mais Nassim ne m'écoutait pas. Elle avait cessé de s'intéresser à ma réponse. La contemplation du bécotage entre Catherine Bensimon et Stanley Greenball la distrayait davantage. Moi aussi, je les observais. Pendant un long moment. Sans rien dire. Jusqu'à ce que les deux mordus s'aperçoivent de ma présence à côté d'eux. Ils me dirent bonsoir, pas plus gênés que ça. Nassim sauta sur l'occasion. « Venez vous attabler avec nous. » Craignait-elle de s'ennuyer avec moi ? Souhaitait-elle une compagnie joviale pour animer notre dîner ?

Catherine et son lilliputien transi ne pouvaient pas décliner l'invitation. A leurs yeux, j'étais toujours président du Crédit Général. Ils n'avaient pas dû suivre le remue-ménage qui agitait l'état-major de la banque depuis ce matin. Leur passion ardente les avait accaparés ailleurs.

Le maître d'hôtel dressa la table pour cinq personnes. J'allais avoir sous mon nez le témoignage vivant de la perfidie de ma JAP. Son corps offert à un autre que moi.

A les voir ensemble, j'eus l'impression que Nassim et Catherine se connaissaient. Elles se parlaient à l'oreille. Rigolaient en aparté. Se touchaient les mains. Je suspectais un coup fourré. Leur présence concomitante au Ivy était-elle due au pur hasard ? La même coïncidence s'était produite à l'aéroport de Tokyo-Narita. Mon ange noir sur le pont supérieur d'un 747 de Continental Airlines, ma JAP au fond du Falcon 7X. J'en avais été troublé. N'y avait-il pas ce soir encore une machination contre moi ? Il fallait que je me méfie. Après tous les traquenards qu'on m'avait tendus récemment !

Pendant le dîner, Stanley Greenball demeurait aussi aphasique que moi. Il se satisfaisait d'admirer la beauté de Catherine. Ses rondeurs accueillantes. Ses fentes accessibles. Tino Notti passait son temps au téléphone. Des affaires urgentes à régler. Je n'entendais que des bribes de conversations. « Virez-le de la guest-list... » Quand il termina un appel, il se tournait vers moi : « Mes huit cent mille euros, je les aurai quand ? » « Demain, c'est promis. » Tino passa un autre coup de téléphone : « Je te jure qu'elle a plus de dix-huit ans... » Puis à mon attention : « Alors, mes huit cent mille ? » Je répondis : « Demain, promis. » A part Tino, toute la tablée me tenait à l'écart des discussions. On me délaissait. J'en profitais pour méditer sur mon sort. Avec ces catastrophes qui s'accumulaient sur mes épaules. Comment inverser le cours des choses ? J'avais beau me concentrer, aucune solution sensée ne me venait.

Demain matin, j'y verrais peut-être plus clair. Ce soir, j'avais la flemme.

Les bouteilles de champagne se succédaient dans le seau à glace. Tino se chargeait du ravitaillement. « Une autre. » « Une autre. » A un rythme infernal. Les Sevruga Caviar défilaient par convois entiers. Cinq boîtes à chaque livraison. Les filles se goinfraient à la petite cuiller. Elles avaient les lèvres noircies. Les dents et les gencives aussi. Stanley picorait les grains que Catherine laissait échapper de sa bouche.

Alors que je tentais de m'immiscer dans ses conciliabules, Nassim sortit de son pilulier en argent un comprimé bleu. Elle le déposa sur un morceau de blinis tartiné à la crème fraîche. « Prends ça, mon tsar. » Je m'exécutai. Stanley Greenball me regardait faire. Nassim reprenait ses confidences en aparté avec ma JAP.

Etait-ce nécessaire d'avaler un troisième cachet ? Mon cœur battait déjà si vite. Je commençais à ressentir un pincement dans le bras droit. La douleur ankylosait mon coude tout entier.

Tino Notti n'avait plus d'appel téléphonique à donner. Il commanda l'addition. Lorsqu'elle arriva, il me désigna du doigt au maître d'hôtel. Je tendis la carte de crédit de la banque. Une ardoise de deux mille livres sterling. Plus la peine de garder un justificatif pour le service comptabilité.

Personne autour de la table ne me remercia de l'invitation. Les convives étaient déjà sur le départ. Excités par la proposition de Tino Notti d'aller poursuivre la soirée dans un club dénommé le PolPot. « PolPot » en référence au héros de Brutality DeathKid, précisa-t-il. Il y avait là-bas une fête impromptue : la « Krach Party ». Un happening improvisé dans la journée pour célébrer les événements boursiers de la nuit précédente. Ça promettait d'être délirant. Je n'avais plus qu'à suivre le mouvement. Qu'aurais-je pu faire d'autre ? Je me souvenais seulement maintenant que je n'avais pas réservé d'hôtel pour la nuit. J'étais à la rue.

Nous étions montés tous les cinq dans la limousine réservée à mes frais par Nassim. Une Volvo blanche, modèle allongé. Pendant le trajet, des bouffées de chaleur m'avaient oppressé. Les battements de mon cœur devenaient irréguliers. Des saccades ébranlaient ma poitrine. Et puis cette contraction dans le bras droit qui irradiait maintenant jusqu'à l'épaule. Je ne me sentais pas bien.

Sur la banquette face à moi, les filles s'amusaient de ma décomposition. Je les entendais plaisanter à mon propos. Après une messe basse avec Nassim, Catherine s'était penchée vers moi. Elle tenait dans ses doigts un petit cachet bleu. Elle avançait sa main. Me faisait signe d'ouvrir la bouche. Déposait la came au fond de ma gorge. J'entendais : « Je vais te sortir les yeux de la tête. » Puis des ricanements.


Nous avions roulé un long moment avant d'arriver devant le PolPot. La limo fendait la foule agglutinée à l'entrée. Tino Notti descendit le premier. Il nous demanda de s'accrocher à lui en file indienne. Je me retrouvai en dernière position. Au cul de Catherine Bensimon. J'empoignai ses hanches. Je la tenais enfin.

Notre convoi s'enfonça dans la masse humaine. Toute une faune londonienne nous cernait. Des fétichistes, des satanistes, des piercés, des tatoués, des hard rockers, des grunges, des punks. La proportion d'hommes âgés dans l'assistance me stupéfiait. Ils étaient largement majoritaires. Des hommes venus en bande, sans filles pour les accompagner. Les démons décatis se ruaient vers les portes de l'enfer.

Tino Notti écartait ceux qui entravaient notre progression. « Ecartez-vous ! » Il les injuriait. « Bande de vieilles tapettes ! » J'avais peur qu'un incident n'éclate.

En voyant Tino se démener à proximité de l'entrée, les cerbères du PolPot s'élancèrent à notre rencontre. Ils repoussaient les récalcitrants. « Laissez passer les invités ! » Ils étaient au moins une vingtaine de gros malabars à nous ouvrir le chemin. Des seniors eux aussi, habillés tout en noir. Assez vaillants néanmoins pour faire régner un peu de discipline dans le bordel ambiant.

A la porte, un sosie de Richard de Suze nous accueillit. Même âge, même bronzage, même chevelure poivre et sel que le nouveau maître du Crédit Général. Mais en plus baraqué. Tino l'embrassa. Il lui désigna ses accompagnants. « Elle, lui, elle. » Et moi ? On m'avait oublié. Je faisais des grands signes. Je m'agitais. Une bousculade se produisit. Mes mains étaient arrachées des hanches dodues de Catherine Bensimon. La foule chavirait d'un côté, puis de l'autre. Nous devenions des algues chancelantes dans les courants marins. J'étais repoussé au large. Soudain des cris. Des coups. Je perdis l'équilibre. J'allais me faire piétiner quand une poigne énergique m'agrippa. Elle me ramena à la surface. Mon sauveur, c'était le Richard de Suze du PolPot. Il me harponna jusqu'à lui. Je ne touchais plus terre. Je me sentais aspiré vers l'intérieur du club. Je passais au milieu d'une haie de vigiles nerveux. J'empruntais un corridor lugubre. Je dévalais des marches. Même pas eu le temps de prendre un bon bol d'air frais avant de plonger dans l'obscurité. Une odeur moite. Un confinement de caverne. Des relents de transpiration. La rythmique techno à fond. Boum, boum, boum. Le souffle de la sono me remuait les entrailles. Le tapage m'oppressait. Des gens tout autour de moi. Des ombres plutôt. Les unes immobiles, les autres mouvantes avec la musique. Pas de Nassim. Pas de Tino. Pas de Catherine. Pas de Stanley. Ils avaient disparu. Dévorés comme moi dans l'antre du PolPot. Je ne croisais que des hommes. Aussi âgés que ceux qui poireautaient dehors en espérant être admis à l'intérieur. En moyenne, soixante-dix ans. Parfois plus : quatre-vingts ans, quatre-vingt-dix ans pour certains. Un night-clubber se trémoussait en appui sur un déambulateur. Son compagnon surveillait que les caoutchoucs ne dérapaient pas sur le sol bétonné. Dans le carré VIP, un malade au stade terminal gisait sur un lit d'hôpital. Il observait le dance-floor en contrebas. Deux adonis torse nu prenaient soin de lui. Ils réglaient des perfusions suspendues. J'avais perdu la tête. C'était fait maintenant. Complètement défoncé. Merci aux petits cachets bleus de Nassim. Grâce à eux mes perceptions se déréglaient enfin. Les hallucinations valsaient. Les extrasystoles déclenchaient en moi un séisme cardiaque. Le tempo de la musique s'accélérait. Boum, boum, boum. Mes oreilles saturaient. Un nuage de fumigènes m'enveloppait. Je n'y voyais plus rien. Un corps me rentrait dedans. J'étais projeté contre un autre. J'épongeais toute sa sueur. Une mousse artificielle montait du sol. Elle grimpait sur mes jambes. J'étais enseveli par le bas. Une nouvelle vision jaillissait en moi. Le bruit, la fumée, les heurts : j'avais connu ça dans le passé. Où était-ce ? Dans la rue. Ou sur un pont peut-être. Oui, c'était sur un pont. Sur le pont de la Concorde à Paris. Devant l'Assemblée nationale, le jour de la manifestation des altermondialistes. Pourquoi ce souvenir me revenait-il ? Mon existence était-elle désormais condamnée à tourner en rond ? Sans aucun avenir ? Je n'avais plus que des réminiscences à vivre. Comme celle de cette émeute sanglante que j'avais suivie depuis la terrasse de la buvette de l'Assemblée nationale. J'étais aux premières loges quand le western de la révolte avait démarré. Suffisamment à l'écart pour ne pas prendre une balle perdue. Aujourd'hui, je me retrouvais happé dans la rixe. Au cœur des combats. Sans refuge où me planquer. Je

n'imaginais pas autant de tumulte. Autant de sauvagerie.
Je prenais peur. Allait-on m'assassiner ? Serais-je le flic
écrabouillé par un bus ? L'émeutier zigouillé par des
coups de feu ? Non ! Je n'appartenais à aucun camp. Ni
celui des bons, ni celui des méchants. J'étais au-dessus
du lot. Invincible. Immortel. Supérieur. Un patron de
banque respectable. Pas un petit gars de la valetaille. Je
n'avais aucune envie de me battre. Je n'étais pas taillé
pour. D'autres s'en chargeaient à ma place. Alors pourquoi les gaz du PolPot m'asphyxiaient-ils ? Pourquoi
vociférait-on si fort autour de moi ? Pourquoi se faire
du mal à cause d'une chorégraphie brutale dans une
boîte de nuit ? Le pogo du troisième âge se déchaînait.
Des danseurs bondissaient en l'air autour de moi. Les
affrontements redoublaient d'intensité. Un champ de
bataille semblable au pont de la Concorde. Je recevais
des coups de genou. Des chocs sur le crâne. Je partis à
la renverse. Tino Notti me retenait par le col. Me plaquait contre lui. « Mes huit cent mille ? » On aurait dit
une bête furieuse. Mi-flic, mi-émeutier. « Quand ? » Il
me repoussait comme un malpropre. « Demain. » Je
m'écroulai sur le béton. « Promis. » Des carcasses
flasques de septuagénaires en transe me tombaient dessus. Un poids énorme sur le râble. Je rampai le plus loin
possible de la mêlée. Une semelle cloutée de Doc Martens me broyait la main. La main que je m'étais éraflée
jusqu'au sang cet après-midi sur le trottoir de Pall Mall,
devant les bureaux de Templeton. Parce que Dittmar
Rigule refusait de s'expliquer avec moi. La Doc Martens
me torturait. J'étais désemparé. La frousse de prendre
un bus dans le buffet. Ou un projectile entre les deux
yeux. Je hurlais n'importe quoi. « Arrêtez ! Sinon, je
vous supprime les stock-options ! Makache ! Il sera trop
tard pour pleurnicher après. Pas de main écrasée ! »
Mais personne ne m'entendait. On se foutait des stock-
options du Crédit Général. On se foutait de son cours

de Bourse. On se foutait de la Bourse elle-même. La décadence battait son plein au PolPot. C'était la perdition du monde moderne par la démence collective. Dans un boucan du tonnerre. Boum, boum, boum. Je réussis à récupérer ma main quand la Doc Martens se souleva. Je m'extirpai de l'échauffourée. Je me blottissais sur le côté, le long du mur. J'étais en vie. Je léchais mes phalanges meurtries. Des jambes de femmes apparaissaient. Deux paires de jambes. Catherine Bensimon s'accroupissait à hauteur de mon visage. Nassim surgissait à côté d'elle. Je leur souriais. Mes bien-aimées venaient à mon secours. « Sauvez-moi. » Ma JAP me soutenait le menton. Elle approchait de ma bouche sa main refermée. Une pleine poignée de comprimés bleus. De quoi achever un régiment de parachutistes. Je faisais non de la tête. « Ouvre-la ! » gueulait Nassim. Des serpents ondulaient sur sa tête. Je les voyais bien. Visqueux et entortillés. Il y en avait aussi sur la tête de Catherine. Une coiffe de reptiles toutes les deux. Je ne rêvais pas. Des Gorgones ! Oui, des Gorgones vengeresses. Je ne m'attendais pas à une apparition pareille. Qu'allaient-elles faire de moi ? Me transformer en pierre ? Parce que je les avais souillées de mon sale regard. Avilies de mes vicieuses pensées. Ce soir, les femmes demandaient réparation. Elles exigeaient que je paye pour les crimes commis par les hommes. Tous les gros dégueulasses du genre humain. Mais moi, je ne méritais pas un tel châtiment. Je n'étais pas pire que les autres. Pas plus vil. Pas plus méprisable. J'avais une âme. De la bonté. Une morale universelle. On ne pouvait pas me condamner à périr. C'était injuste. Je fermais les yeux. Je promettais de ne plus convoiter ni ma JAP ni mon ange noir. Je deviendrais aveugle et obéissant. J'ouvrais la bouche. Le poing de Catherine s'enfonçait entre mes dents. Je rétractais ma langue. Je me colmatais le tube digestif. Catherine écartait les doigts. Les petits cachets bleus descendaient dans ma bouche. Ils restaient bloqués. J'attendais. Ils se mettaient à fondre. Une bouillie amère se formait. Elle s'écoulait au fond de ma gorge. J'ingurgitais. Mon cœur bondissait. Boum-boum, boum-boum, boum-boum. En rythme avec les basses de la techno. Tout implosait dedans. Une douleur insoutenable dans la poitrine. Un serrement dans le bras droit. Je cessais de respirer. Une apnée irréversible.

Je n'en ai plus pour longtemps. Seul en moi, le cœur frémit encore. Tout le reste se pétrifie. Mon corps raidi ne sent plus rien. Fini, Marc Tourneuillerie. Qui s'en plaindra ?

Au moment où mon cœur s'arrête de battre, Nassim et Catherine m'aboient un ordre. Quoi ? « Crève ! » me semble-t-il.

Puis, plus rien.

Composition réalisée par NORD COMPO

*Achevé d'imprimer en février 2006 en France sur Presse Offset par*

## BRODARD & TAUPIN

GROUPE CPI

La Flèche (Sarthe).
Dépôt légal édition 1 : février 2006
N° d'imprimeur : 34279 – N° d'éditeur : 69005
LIBRAIRIE GÉNÉRALE FRANÇAISE – 31, rue de Fleurus – 75278 Paris cedex 06.
ISBN : 2 - 253 - 11701 - 3